天道有春问沧桑

翟传海 著

天津出版传媒集团

天津人民出版社

图书在版编目 (CIP) 数据

天道有常问沧桑 / 翟传海著 . -- 天津 : 天津人民
出版社 , 2024.7. -- ISBN 978-7-201-20598-4

Ⅰ . I267

中国国家版本馆 CIP 数据核字第 2024N70B81 号

天道有常问沧桑
TIANDAO YOUCHANG WEN CANGSANG

出 版	天津人民出版社	
出 版 人	刘锦泉	
地 址	天津市和平区西康路 35 号康岳大厦	
邮政编码	300051	
邮购电话	（022）23332469	
电子信箱	reader@tjrmcbs.com	

责任编辑	岳 勇
特约编辑	俞鸿彧
封面设计	邓小林
封面题字	王剑冰
主编邮箱	jfjb-lx2007@163.com

印 刷	三河市金元印装有限公司
经 销	新华书店
开 本	710 毫米 × 1000 毫米 1/16
印 张	25.75
字 数	490 千字
版次印次	2024 年 7 月第 1 版 2024 年 7 月第 1 次印刷
定 价	89.00 元

目　录

第一辑　天道有常问沧桑

第二辑　天若有情天亦老

第三辑　梦回儿时的家园

第四辑　十八年如昨泪满眼

第五辑　五谷稼禾在心间

第六辑　有个令人惊艳的地方叫镇远

第一辑　天道有常问沧桑

五羖大夫身霸秦

行客抱忧端，况复思古人。
何年一丘土，不见石麒麟。
断碑略可读，大夫身霸秦。
虞公纳垂棘，将军西问津。
安知无羊皮，自鬻千金身。
……　……

————宋·黄庭坚

2700 多年前一个阳光明媚的早晨，古南阳城西郊一户穷苦人家的门前，一对夫妻在片刻执手而泣之后，丈夫毅然决然地掉头而去了。其妻奔至家门口土丘之上，望着渐行渐远之人肝肠寸断，泣不成声……

一

春秋时期，古南阳城西南郊外的麒麟岗上，住着一户母子相依的贫苦人家。然家境贫寒不误其子向上不止，其子饱读诗书，才学过人。但因其家庭贫寒、地位低下，直到他而立之年仍不曾谋得一官半职，三十多岁方才娶得一妻，心怀壮志的他常常为没有施展自己平生抱负的机会而慨叹不已。

"大丈夫志在四方，年富力强正当一闯！"其妻杜氏虽亦是一位农家之女，却是个贤达有识的女子。她深知自己的男人饱有才学，胸怀大志，便主动鼓励他出游列国，寻求明君一展抱负。其夫望着妻子怀中的幼儿和堂前白发苍苍的老母，眉头紧皱："我早想出游列国，怎奈上有老下有小，于心何忍啊！"杜氏却道："郎君若真心有所作为就放心地去，家中一切有妻担当！"一席话说到了丈夫的心坎上。于是，他下定决心外出一闯。

临行前，其妻觉得家中虽穷，但也该为丈夫做个简单的饯行。她从瓦罐里倒出了家中仅有的一点糙米，杀了家中唯一的生蛋母鸡。柴草不够煮好一顿饭，就把门闩卸下来劈了当柴烧。最终，为其即将远行的男人，做了一顿饯行的"盛宴"。

于是，这个倔强的男人就这样饱含热泪地走出了麒麟岗，走出了南阳境。他就是秦穆公时期著名的宰相——百里奚，姓百里，名奚，字井伯，约公元前725年—公元前621年，春秋时楚国宛邑（今河南南阳市百里奚村）人。

二

百里奚从南阳出游后历经宋、齐等国，到虞国当了大夫。但虞国国君是个爱财如命的主，在收了晋国的宝玉、良马等财物后，就答应借道给晋国，让晋国经本土去征讨自己的邻国——虢国。百里奚用"唇亡齿寒"的道理对虞国国君进行百般劝说，也没有效果。最终，虞在秦穆公五年（前655年）被晋"假道灭虢"之后一举消灭，虞君及百里奚等臣属被虏。后晋献公把女儿嫁给秦穆公，百里奚也被当作陪嫁小臣送往秦国。百里奚以此为耻，在押送途中逃回楚国。

归家后村民告诉他："你走后家中遇上荒年，你的老母病饿而死，你的妻在掩埋老母之后，就带着儿子逃荒而去了。"他望着破屋，想起临别时其妻劈门闩、炖母鸡的情景，不禁潸然泪下。万般无奈，他只得暂时收拾破屋住下，靠给别人养牛为生。

楚国国君楚成王听说百里奚善于养牛，就让百里奚为自己养牛。刚当上秦国国君的秦穆公，名字叫任好，是一位胸有大志的国君。听说百里奚是个人才，就想重金赎回他。秦穆公的谋臣公子絷说："那楚成王一定是不知道百里奚的才能，才让百里奚养牛。若用重金赎他。不就等于告诉人家百里奚是千载难遇的人才吗？"秦穆公问："那我该怎么样才能得到百里奚？"公子絷说："可以贵物贱买。用一个奴隶的市价，也就是五张黑公羊皮来换百里奚。那样楚成王就一定不会怀疑了。"

于是，秦穆公便派人以五张黑公羊皮，把百里奚赎回了秦国。

三

百里奚到达秦国时，已经七十多岁了。秦穆公接见他时说："可惜老了啊！"百里奚却说："您要是叫我替您抓老鹰、捉兔子，我是老了些。可让我替您坐而谋国，我还太年少哩。至少比姜太公见周文王还早了十年呢！"他和秦穆公谈天下大事头头是道，秦穆公佩服之极，"与语三日而授之以政"，爵以上卿做了宰相，人称"五羖大夫"（五张黑公羊皮换得的大夫）。

"老牛自知夕阳短，不用扬鞭自奋蹄。"百里奚七十为相，深入民间，体恤民情，大兴农桑，集聚国财，勤理政务，废寝忘食。为实现其"并吞西方，积聚财富，监视中原，伺机而动，称霸西戎"的宏伟大业，鞠躬尽瘁，死而后已。

百里奚相秦七年，"谋无不当，举必有功"。辅佐秦穆公倡导文明教化，实行"重施于民"的政策，让人民得到更多的实惠，并内修国政，外图霸业。开地千里，称霸西戎，统一了今甘肃、宁夏等地区，开启了秦国的崛起。这一时期，百里奚"施德诸侯，而八戎来服"，使秦国成为春秋五霸之一，为秦国最终统一中国奠定了牢固基础。秦穆公赞扬他说："寡人之有井伯（百里奚），犹齐（桓公）之有仲父（管仲）也！"

百里奚相秦七年，始终与民同甘共苦，"劳不坐乘，暑不张盖，行于国中不从车乘，不操干戈"。也就是说他虽身为相国、虽为耄耋之人，但在外出工作时从不乘车坐轿，风雨酷暑也不张伞摆架子；在本国内行走，也从不带象征权威和高尚的车马随从与刀械！为此，在他死去时"秦国男女流涕，童子不歌谣，舂者不相杵"，整个秦国一片哀悼和感念！唐朝大诗人李白敬仰百里奚，感于百里奚伟业，热血沸腾，慨然留下了"秦穆五羊皮，买死百里奚"，及"陶朱与五羖，名播天壤间"的佳句。宋代大学者黄庭坚路过百里奚冢，看到的是断垣和残碑，感慨系之，写下了本文开头的《过百里奚大夫冢》。

四

"百里奚，五羖皮。忆别时，烹伏雌，炊扊扅（门闩）。今日富贵忘我为？／百里奚，百里奚！母已死，葬南溪；坟以瓦，覆以柴……"

百里奚相秦七年，国而忘家，心力交瘁，老态龙钟。当其妻杜氏流落千里寻夫，来到秦相府洗衣谋生时，二者已是相遇不相识了。于是，杜氏唱出了自编的《扊扅歌》。痛说分别时怎样用门闩为其烹煮老母鸡、在他离开后如何侍奉其老母、老母过世何以埋葬，及其一人在家何样艰辛等，如诉如泣。

百里奚闻过恍然大悟，知其老妻饱经辛酸自宛而来，百感交集痛悔不已。身居相位的百里奚终于得以与自己的老妻破镜重圆。因此，便有了古小说《歌扊扅百里认妻》和古戏曲《百里奚相堂认妻》流传至今。

五

现今南阳站北面，有条南北大道叫"百里奚路"。"百里奚路"中段有条与之相交的东西丁字路叫"麒麟路"（先前百里奚墓前立有两个石麒麟）。麒麟路东头，路南留有一青砖修建的碑亭，其内是清康熙三十六年（1697 年）南阳知府朱璘与通判张周腾所立的"百里奚故里"碑。那儿就是著名的秦相百里奚的故里。

2005 年冬，我初次到那里探寻时，那里路边是碑亭，亭后是一大片荒地。荒地中尚有六七座可见的坟冢，与其周围桃树、梨树相连成片，古墓俨然。而今再去，只剩路边孤零零的一座破败小亭，亭内的旧碑已斑驳不堪。孤零零的小亭身后，已是高耸的商住大楼。若不是反复几个来回，很难找到它了。

好歹，没有把那地标性碑亭一同毁了去。庆幸耶、可悲乎？无以言表！

发表于《河南日报》2019 年 7 月 12 日

楚庄王的"绝缨宴"

公元前597年，楚庄王熊旅率军攻打郑国。当郑国战败投降时，晋国军队却赶来救援。于是，楚庄王赶紧调转矛头，同晋国军队展开大战。在和晋国鏖战的危急关头，有位叫唐狡的将领奋不顾身，拼死作战，于万分危难中舍身解救了楚庄王，使楚军最终夺得了那次战斗的全面胜利。

战后，庄王论功行赏。但唐狡表示不要任何赏赐，只是说"我这是为了报恩啊"。庄王不解："寡人德薄，又未尝异子，子何故出死不疑如是？"意思是说"我的德行浅薄，又不曾特别优待你，你为何毫不犹豫地，为我出生入死到这样的地步呢？"唐狡才回答说："臣当死，往者醉失礼，王隐忍不加诛也；臣终不敢以荫蔽之德而不显报王也，常愿肝脑涂地，用颈血湔敌久矣，臣乃夜绝缨者！"

原来，七年前庄王平定了令尹斗越椒政变后大宴群臣。为了助兴，庄王令宠姬嫔妃统统出席。席间丝竹绕梁，轻歌曼舞，美酒佳肴，觥筹交错，直到黄昏仍未尽兴。庄王便命令点烛夜宴，还特别叫最宠爱的两位美人许姬和麦姬轮流向文臣武将们敬酒。这时，忽然一阵疾风吹过，筵席上的烛火被吹灭。酒壮怂人胆。一位喝高了的臣子，乘机拉住了许姬的手。拉扯中，许姬扯下了那人帽子上的缨带。国君之爱也敢非礼，这不是找死吗！

许姬到庄王面前告状，让庄王点亮蜡烛查看众人的帽缨，以便找出刚才无礼之人。但庄王听了，却传令暂且不要点燃蜡烛，而且大声说："寡人今日设宴，大家要一醉方休。现请诸位都去掉帽缨，以便更加尽兴饮酒。"直到大家都把帽缨取下，才点上蜡烛，而后直至君臣尽兴而散。

席散回宫，许姬怪楚庄王不给她出气。庄王却说："此次宴饮旨在大家尽兴，融洽君臣关系。酒后失态乃人之常情，若要究清楚罚也不罚？罚，大煞风景；不罚，君威何在？"于是那人蒙混过关，那人便是唐狡。这就是唐狡所说的"臣乃夜绝缨者"（那夜丢掉帽缨的人）的原委。事情传开后，那次宴会就成了历史上著名的"绝缨之宴"。

　　历史上有范增为杀刘邦而设的"鸿门宴"，也有康熙皇帝为加强孝德而办的"千叟宴"。不知当时的楚庄王，是否想到"绝缨宴"的善果，也不知当时的许姬，是否明白其中的道道。但楚庄王熊旅最终饮马黄河，问鼎中原，成为春秋第一位来自周王朝权力系统外的蛮夷霸主，是不是人们常说的，"得饶人处且饶人"的结果呢？多少有点吧！

发表于《南阳日报》2018 年 5 月 25 日

郑国有子产

2546年前，郑国一位官员病逝，全国呼天抢地，仨月不止。这位官员就是春秋郑简公、郑定公时期的人民好官员——子产。

子产，郑穆公之孙，姬姓，公孙氏，名侨，字子产。公元前554年为卿，公元前543年担任相，先后辅佐郑简公、郑定公，卒于公元前522年。历史典籍以其字"子产"通称。

迎难而上，功绩卓著。春秋末年，周室衰微，诸侯兼并，战争频仍，天下大乱。晋楚争霸，郑处其间，"南北有事，郑先被兵"。在郑国处于"国小而逼，族大宠多""疆场日骇，民生垫隘"的危难关头，子产被老帅们架上了政治舞台。

子产接过难以收拾的烂摊子后，从稳定国内局势着手，平衡各种势力，调解国中大族之间的矛盾；维护等级制度，整顿混乱秩序，首先使国家得以安定。国家安定后，大胆实施维护公室利益、限制贵族特权的一系列改革。比如：推行"作封洫"，改变井田制，开土地私有之先河，充分调动人民生产积极性；实施"作丘赋"，按照土地人口数征收赋税，充实国库，增强军备，走富国强兵之路；"铸刑书"，开成文法之先河，把国家法律条文铸刻在鼎之上公布于众，让民众依法行事，让国家从人治到法治。选贤任能，打破西周以来以血缘的宗法分封、世禄世袭，实行学而入政、择能使之等。

改革一开始，当时的许多人，特别是被触动利益的奴隶主旧贵族们激烈反对，骂他先人、祖宗，咒他不得好死，并扬言"孰杀子产，我其与之"。而子产却"苟利社稷，死生以之"，坚持改革到底。一年后，浪荡子不再轻浮好闲，老幼不必负重干活了；两年后，市场上买卖公平，不预定高价了；三年过去，人们夜不闭户，路不拾遗了；四年后，农民收工不必把农具带回家了；五年后，男子无须服兵役，遇有丧事则自觉敬执丧葬之礼。这一系列的改革成果摆在人们面前时，人们不但不反对了，反而举双手拥护："我有子弟，子产诲之。我有田畴，子产殖之。子产而死，谁其嗣之！"

在外交上，子产运用灵活的外交手段，巧妙地周旋于大国之间，使郑国得以安然自立。比如：郑简公十七年（前549年），郑简公朝拜晋国霸主，子产就托随行人员带去一封信，告诫晋国军队头目范宣子说：您治理晋国，四邻诸侯没有听说您的美德，却听说征收大量贡品，我对此感到困惑。诸侯的财货聚集在晋国国君的宗室，诸侯就离心了；您依赖这些财货，国人就会离心了。诸侯离心晋国就垮了，国人离心您的家室就垮了。都垮了，财货又能用到哪里呢？美名是传播德行的载体，德行是国和家的基础。有了德行就能与人同乐，与人同乐则可长久。大象招来杀身之祸，就是由于象牙是财宝啊。于是，范宣子便欣然接受了这个忠告，减轻诸侯纳贡数量，友结四邻。

再比如，郑简公二十四年（前542年），子产陪同郑简公出使晋国，因郑国弱小，晋国接待故意怠慢。为此，子产令人拆除晋国宾馆的围墙，以此安置郑国使团的车马。并从容指出晋国对郑国使团不够尊重，错在晋国，最终得到晋国方面的道歉与隆重接待。

还有，郑定公元年（前529年），子产辅佐郑定公前往晋国参与"平丘之会"。会盟的前前后后，子产表现特别出色，被孔子誉为"国家柱石"，等等。

思想高超，泽被后世。子产一生为国为民鞠躬尽瘁，提出了诸多高超的见解，形成了许多光辉的观点、主义、思想。其中主要有："听取民意，不毁乡校。"很早以前，郑国人就可以到乡校（设在乡间的学校，也是国人议论政治的地方）聚会，议论执政者施政措施的得失。到子产执政时，有的人害怕人民妄议，就建议毁掉乡校，禁止议政。子产却说：这是我们的老师，为什么要毁掉它呢？人们早晚做工回来到这里聚聚，说说施政措施的好坏。他们喜欢的政府就推行，他们厌恶的政府就改正。我听说通过忠善之举来减少怨恨，没听说过依权仗势来防止怨恨。难道制止这些议论不容易吗？那样做就像堵塞河流一样，河水大造成的决口和损害必然很大。不如常开小口导流。不如把这些议论当作治病的良药！

再比如："文治武功，不可偏废。"郑简公元年（前565年），子产的父亲公子发（子国）率兵入侵蔡国，俘虏了蔡国司马公子燮，郑国人都兴高采烈。而子产却说：国家没有文治却有了武功，没有比这更大的祸患了。蔡的盟友楚国前来讨伐，我们能不顺从吗？顺从了楚国，晋国的军队就会前来。晋楚两国进攻郑国，郑国就不得安宁了。事情的发展果不出子产所料，郑国把公子燮献给晋国不久，楚国就杀上门来。重兵压境，郑国只好屈从楚国。晋国得知后不答应，两次包围郑国首都。如此往复多次，郑国好长时间不得安稳。

还有"讲民主，勿专权。"郑简公三年（前563年），郑国发生"五族之乱"，叛乱分子进入郑国首都把郑简公劫持到北宫。平定叛乱后，公子嘉（郑穆公之子，郑灵公和郑襄公的弟弟）当国，打算专权独揽。他制作盟书（公告），规定官员各守其位听取法令，不得参与朝政。众人自然不干了，公子嘉准备诛杀他们。子产却劝阻他说："众怒难犯，专权的意愿也难以成功。把两件难办的事合在一起来安定国家，是危险的办法。不如烧掉公告安定众人。"于是，公子嘉烧掉了公告，众人这才安定。

上述"广开言路，听取民意""文治武功，不可偏废""讲民主，勿专权"，以及"为政必以德""依法治国""宽猛相济""象牙招祸"等诸多思想，在两千多年前算得上很超时代的了，可谓治国良策、劝世良言，可谓千百年来颠扑不破的真理，可谓历史留给后世的宝贵财富，并惠及后世两千多年。其间，难于认同、难于奉行的帝王及其贪官污吏们，已经或正在遭受灭顶之灾！

人民爱戴，怀念永远。公元前 522 年，子产因病医治无效，与世长辞。大思想家孔子闻讯，声泪俱下：子产可是古代留给我们的恩惠啊！郑国更是悲如亡亲，人人号哭，举国悲痛：子产去我乎，民将安归！

子产执政一贯廉洁奉公，死无余财。因为家中没有积蓄为他操办丧事，家人只得用箩筐背土，在新郑西南陉山顶埋葬他。消息传开，大家纷纷捐助珠宝玉器。由于他的子女谢绝接受，老百姓就把捐献的大量财物，抛到子产封邑的河水中，来悼念这位值得敬仰的人。珠宝在河水中折射出绚丽的色彩、泛起金色的波澜，人们便把这条河叫作"金水河"。这河，正是现如今郑州市大名鼎鼎的金水河！

2018 年 7 月 6 日

起哥哥，您太钻牛角尖了

　　很久很久以前，一位求职的男子因为老婆身份问题，受到招聘者的质疑。那男子获知自己求职受阻的原因，一咬牙一跺脚，便决绝地取下了她的头颅。当他一脸坚毅地捧着自己老婆血淋淋的头颅，出现在招聘最终决定者的面前时，那总裁大吃一惊：狠角儿！

一

　　这狠角儿，姓吴名起，卫国左氏（今山东曹县）人。据说吴王夫差是他曾祖，爷爷是太子友，后被越人攻杀。吴国灭亡后，他的爹娘逃至卫国左氏城，富累千金，并生下了他。

　　吴起虽幼年丧父，靠寡母养育，但他心高气傲，一心出人头地。为此，他四处奔走找门路。结果，千金散尽，倾家荡产，也没弄到一官半职。因此，遭到乡邻大肆奚落和嘲笑。一怒之下，他手刃三十多人趁夜潜逃。潜逃时，他咬破胳膊，对他老娘发下毒誓："不当卿相，不复入卫！"

　　吴起离卫去鲁，到孔门弟子曾申门下学习儒术。小有名气后，娶齐国大夫田居之女为妻。不久，他老娘因受其杀人夺命的拖累病死了。吴起闻讯后"仰天大哭，三声收泪，旋即低头诵读如故"，终不归丧，史载"母丧不奔"。这或许是因为人家负罪在逃，誓言未成？无颜江东，亟待发愤？但他的曾老师却说"起不奔母丧，非吾徒矣！"立即宣布与他断绝师徒关系，开除学籍，逐出师门。

　　吴起被逐出儒学校门后，弃文就武，发愤研读兵书。后经鲁相国公义休提携，被鲁穆公招纳。周威烈王十四年（前412年），强大的齐国进攻弱小的鲁国。鲁国宫廷无人可用，鲁穆公便想到了懂点兵法的吴起。但用还是不用？鲁穆公犹豫不定，因为吴起的床上睡着的是个齐国女人。就在鲁穆公踌躇之时，吴起竟然一咬牙一跺脚，决绝地取了自己老婆的脑袋。

二

　　"用吧，小吴已经下血本儿了！"鲁穆公看了血淋淋的人头，当即聘任他为大将军，把鲁国军队的指挥权交给了他。史称"杀妻求将"，坊言"最卑劣的求职"。那一年，吴起29岁。

　　木秀于林，风必摧之；行高于人，众必非之。吴起闪亮登场初试锋芒，一举击败了强大的齐国。然而这样的卫国巨功，对于鲁国贵族们来说，却是颗酸溜溜的葡萄。正当吴起踌躇满志之时，羡慕嫉妒恨的鲁国贵族们，便抖落出他的前科——怒杀乡邻，母丧不奔，杀妻求荣。于是"鲁君疑之，辞谢吴起"。

　　此处不留爷，自有留爷处。在"你死我活，以战为主"的战国时代，当过将军的资历就是最大的资本。吴起离鲁至魏，立刻被魏文侯拜为军事统帅，令其率军攻打秦国。两年时间里，吴起率领魏军陆续攻占了秦国的临晋（今陕西大荔东南）、元里（今陕西澄城南）、洛阴（今陕西大荔西南）、颌阳（今陕西合阳东南）等地，迫使西秦虎狼之师退守洛水，将黄河以西、洛水以东的广大地区丢给了魏国。之后，魏文侯建立河西郡，任命吴起为魏国边疆最高军政长官。这一时期他"与诸侯大战七十六，全胜六十四，余则钧解（不分胜负）。辟土四面，拓地千里"。特别是周安王十三年（前389年）的阴晋之战，吴起以五万魏军击败十倍于己的虎狼秦军，成为中国战争史上以少胜多的著名战例，使魏国成为战国初期强大的侯国。那一年，吴起35岁。

　　吴起卓著的军功，除了他的御敌天分，更源于他叫士兵变死士的能力。用现在的话说就是，善于煽动士兵的牺牲精神。因为吴起在做将军时，始终和下层士卒"同吃同住同劳动"。行军时不但不骑马坐车，还亲自背干粮；睡觉时不铺席子、不盖行李，拿树叶挡露水；士兵受伤生疮，他上嘴为其吸脓。为此，那个战士的母亲听说后失声大哭。有人说："你儿子是个小兵，将军亲自为他吸取疮脓，应该感动。"那个兵妈妈却说："你们知道个啥？先前吴帅为娃子他爹吸过疮脓，他爹作战时就一往无前地拼命，直至战死。现在他又这般，我是哭我的娃子离死不远了呀！"

三

　　后来魏文侯死，其子魏击继位，是为魏武侯。魏武侯因年纪尚轻，须设相国辅政。对此，不仅大家看好吴起，就连吴起自己也以为非己莫属。然而人算不如天算。最后，魏武侯却选择了齐国的孟尝君田文。吴起找田文辩论，田文说"国君年少，国人疑虑"。说白了，就是还没站稳脚跟的新国君，咋敢把相位授予有前科之人？

田文死后，公叔痤任相。公叔痤对吴起非常畏忌，便设计以消除武侯对吴起的信任（故意让吴起看到魏国公主的刁蛮，以至拒绝魏武侯让其娶公主为妻）。武侯许亲时，吴起不知是计随口谢绝，武侯从此心生芥蒂，并疏远吴起。吴起担心国君降罪，只好黯然离开魏国。这已是他第三次流亡了。

树挪死，人挪活。吴起抱着试试看的态度"跳槽"到楚国，受到了楚悼王熊疑的高规格接待。因为他有"大战七十六，全胜六十四"的本事，更因为那时的楚国"外有三晋压境，内有贵族不臣，国贫兵弱，内外交困"。

是金子总会发光的。"试用期"中的吴起被任命为南阳郡守，除了治理地方外还要抵御韩魏的进攻。一年考察期满，吴起被升为令尹（相国），并在悼王熊疑的强力支持下，开始大刀阔斧地改革。那一年是公元前381年，那次改革史称"吴起变法"，它比商鞅变法早25年。

吴起变法的措施很多，核心是"损其有余而继其不足"。通俗地说，就是剥夺楚国旧贵族的"有余"，补充国家开支的"不足"。吴起认为，本该成为强国的大楚，"积贫积弱"的关键就是"大臣太重，封君太多"，而且这些封出来的贵族全都世袭。老子死了儿子接，势力越来越大，甚至到了"上逼其主，下虐其民"的肆意妄为的程度。因此，他对"封君"施行"三世而收其爵"。在"罢无能，废无用，损不急之官"的同时，"徙贵族于边境，以实广虚之地"等，且暴风骤雨，雷厉风行，雷霆万钧。这些措施的实行，使"积贫积弱"的楚国很快有了起色，并在短期内南平百越，北灭陈蔡，遏制三晋扩张，西败强秦，威震诸侯。

谋事在人，成事在天。熊疑本可以继往开来，成为一代有所作为的明君；已经强起来的大楚，大可乘改革的东风，与小秦一决雌雄，甚至笑到最后一统天下，改写中国历史。然而胸怀大志的熊疑偏偏在这个关键的拐点，卸妆谢幕，撒手人寰，驾鹤西去了。

四

庄严的灵堂里，楚人崇尚的黑红二色成了一片缟素，王的遗体躺在铺满香草和雉羽的灵床上。众人一脸肃穆，正在进行国级追悼大会。突然，高大的宫门被人撞开，乱哄哄地冲进一群人来。乱哄哄的一群人，凶神恶煞地追赶着一位白发披面的老者。

凶神恶煞的人群是"吴起变法"的被打击者，白发披面的老者就是"吴起变法"的吴起。老迈的大楚相国吴起，刚刚从平越前线赶回参加追悼大会。疯狂的追杀把这个隆重的国家级追悼大会弄得稀里哗啦，狼藉一片。吴起跌跌撞撞跳到王的灵床旁，追杀者猛然收步，怯怯欲退。吴起笑了，笑得阴森恐怖。

吴起原以为曾经强力支持他的"天子"，可以威慑一切臣民，可以庇护他的身家性命。但"人走茶凉"亘古不变，往日至高无上的权威，一如逝者的灵魂全都飘然而去。追杀者片刻怯惧之后，更加疯狂地袭上前来。吴起急中生智，急伏王尸。然而一支支仇恨的乱箭已经飞啸而来，无情地射穿了吴起，也射中王尸。

功名高于一切的吴起戛然止步，卓有成效的"吴起变法"戛然止步，改写历史的大笔突兀翻篇儿。那一年是周安王二十一年，楚悼王二十一年，公元前381年。

五

能行之者未必能言，能言之者未必能行。太史公说："吴起说武侯以形势不如德，然行之于楚，以刻暴、少恩亡其躯。悲夫！"是的，那年吴起陪同魏武侯乘船畅游黄河，巡视自己所领管的河西之地。魏武侯看到黄河两岸"江山如画"，心生感叹："美哉乎山河之固，此魏国之宝也！"吴起当即向魏武侯指出："政权固在德不在险！如不施恩德，即便同乘一船也会成为仇敌！"可是，他到了楚国、有了生杀大权，却更加刻薄、暴戾、少恩起来。结果，被仇恨的乱箭插成了刺猬。这的确很可悲，很可叹！

吴起跳槽楚国并总理大楚，总算实现了离乡时"誓为卿相"的誓言。本该静下心来从前几次的失败中反思一下自己的理想、性格及其社会现实了吧？想想杀伐决断的后果和退路了吧？然而人到事处迷。处于人生顶峰的吴起忘却了一切，在"天子"的支持下，放开胆子，大开杀戒，挡我者死！

人生多美好，功名价更高。好男儿立志建功立业本是满满的正能量，但吴起却走火入魔，难以自拔，甚至丧心病狂！在"功名高于一切"的幡旌招引下，他无所不用其极。从"怒而杀邻"到"母丧不归""杀妻求名"。从"为卒吮疽"到"强力变法"，一路走来，心狠、手辣、寡恩、绝情成了他人生的不二法则，最终使其走向了万劫不复。

功名或许是人生在世的至上理想和重要支柱，但它真的并非唯一。起哥哥，隔着数千年的时空，容我们问一句：您是否太钻牛角尖了？

2019年8月27日

弑君赵盾有话说

《春秋》中"晋赵盾弑其君夷皋"寥寥八个字，便把在下钉在了历史的耻辱柱上。更因为后来的孔夫子说"董狐古之良史也，书法不隐"，和后世的文天祥在《正气歌》中所写的"在齐太史简，在晋董狐笔"等，数千年来我一直被"天地的正气"和"舆论的力量"轮番鞭挞。对此，我想说说此事的来龙去脉。

一

小孩没娘，说来话长。在下赵盾，生于周惠王二十二年，晋献公二十二年，公元前655年，嬴姓赵氏，死后谥号"宣"。我们赵氏发源于西周中期，出于嬴姓，始于造父。造父擅于驾车，为周穆王御戎，千里平定徐国之乱，受封于赵城，造父族由此为赵氏。此后造父的子孙担任周王室之卿士，到周幽王烽火戏诸侯时，我高祖叔带料到周朝即将面临灾祸，便率领家族投奔晋文侯。从此。我们这一支赵氏便在晋国落了脚。

我的老爹叫赵衰。他年轻时就追随晋献公的二公子重耳。晋献公晚年宠幸骊姬，最终酿成"骊姬之乱"。太子申生被迫自杀，重耳逃亡。重耳跑到自己的舅舅家——翟国，俺爹也跑到那里与他会合。后来翟国攻打戎族部落，得到了两个美貌的女子——季隗和叔隗。翟君就把季隗配与重耳为妻，把叔隗指配给了俺爹。叔隗就是俺妈。

在翟国待了十二年后，晋献公驾崩，重耳之弟夷吾在秦国的帮助下继位，是为晋惠公。惠公恐国人附重耳，派遣刺客追杀。重耳和我爹等一干人，不得不再次逃亡。其间先后逃奔卫——《重耳拜土》和《割股充饥》的故事您听说过吧，那就是他们逃经卫国时发生的——及齐、曹、宋、郑、楚、秦等国，在外逃亡长达十九年之久。十九年中寄人篱下、忍辱含垢、辗转流离、艰苦备尝，但俺爹和狐偃等不仅对重耳一直不离不弃，而且几多劝进。

鲁僖公二十三年（前637年）九月，晋惠公夷吾病死，他的儿子圉即位，是为晋怀公。周襄王十六年，晋怀公元年，公元前636年春，秦穆公委派公孙枝率秦军三千，护送重耳渡过黄河。重耳回国后，各亲信前来接应，各强族都积极响应。在众人的簇拥下被拥立为君，是为晋文公。

重耳即位后，在我老爹等贤臣的辅佐下，启用贤能，推行新政，积极改革，使晋国迅速强大。后为周王室平乱，获得了天下的广泛赞誉。后晋文公率军与楚军决战，大败楚军于城濮，并召集齐、秦、宋、郑等国于践土（当时衡雍附近，今河南省境内）会盟，成为春秋五霸中第二位霸主，开创了晋国长达百年的霸业。

后来晋文公驾崩，晋襄公继位，我老爹在扶其上马，又送一程之后也走了。再后来，俺继承了革命前辈的遗志，全力维护晋文公开创的宏伟霸业。自担任晋国"执政"（宰相）的那一天起，制定章程，修订律令，清理诉讼，追捕逃亡案犯，使用契约，治理政事中的弊端，恢复贵贱制度，重建已废官职，提拔屈居下位的贤能等。对此，还有史书称为"宣子治国"（俺的别名赵宣子）呢！

晋襄公七年（前621年）八月，晋襄公去世。晋襄公死后，我考虑到乱世当立长君。太子夷皋年幼（时四岁）不能理政，不如拥立襄公的弟弟公子雍。公子雍有才学，深受文公喜爱，在秦国也是官居大夫，秦国离我们又近，可以成为晋国的外援，立他的话晋国的霸业可保延续。

消息传出，太子夷皋的母亲穆嬴，不甘心儿子就这样被权贵抛弃，"哇哇"哭个不停，又吵又闹。面对如此泼辣的妇人，俺一时心软就拥立夷皋即位，是为晋灵公。

灵公继位，我总理一国军政，其间大败秦国，作为晋灵公的全权代表与诸侯会盟，用强势手腕震慑诸卿，巩固统治，以德服人，加强外交，弹压政变，力挽狂澜，勠力争霸，可谓兢兢业业，鞠躬尽瘁。

然晋灵公长大后，不仅没有遗传到他父亲的优良品质，反倒是袭承了他妈强势泼辣的个性。灵公十三年，在下正率军讨伐不顺从晋国霸主命令的齐国，突然传来国君要退军的命令。撤军回去一问，才知道灵公拿了人家的钱财。自此，各诸侯的胆子便都大了起来：我们是怕赵盾，但是赵盾怕灵公啊。哪怕捅出天大的娄子，只要贿赂下他的国君就啥事没有了。而且这招屡试不爽。就这样，晋国的霸权开始被天下诸侯嘲笑起来。

小霸王不仅在外界上让在下难堪，在国内也是个不君之主。为了满足自己的穷奢极欲，一再加重人民的负担，大造宫室豪宅。面对一国之君，我与群臣只能好言相劝。这下小国君乐了，不但荒诞还很残暴。他常常站在高台上用弹弓射击过往行人，拿百姓们抱头鼠窜的样子取乐。他还饲养了一只藏獒，说是能辨忠奸的神犬（其实是奸臣屠岸贾特意训练的），用那恶狗咬死咬伤许多无故臣工。

有一天，我去觐见灵公，看见几个宫女抬着个箩筐，箩筐外耷拉着一只死人手。一问才知道，灵公急欲下酒，厨师没有把熊掌煮烂，他就把人家打死并且肢解了。其时，列国离心，万民嗟怨。作为正卿执政大臣，我多次苦心劝谏，小主不仅如填充耳反而对我愈加忌恨起来。

<h2 style="text-align:center">二</h2>

因为我对灵公的荒诞、残暴苦苦劝谏，他就在奸臣屠岸贾的唆使下开始对我实施绝杀。先是派有个叫鉏麑的大力士，到我家进行刺杀。鉏麑潜伏我家准备五更下手，熟知五更刚过我就起身了。当时我穿戴好礼服准备上朝，看看时间尚早便和衣坐着打盹儿。鉏麑就现身对我说："我乃鉏麑也，您这般勤政真是百姓的福分。今宁违君命，不杀忠臣。恐有后来者，相国谨防！"说罢，他一头撞死在了院中的大槐树上。

灵公问事情如何，屠岸贾说："一计不成，还有一计。主公可召赵盾进宫，事先伏兵于左右。待酒过三巡，命他献上佩剑观看。那时，我就大呼'赵盾在君前拔剑，欲行不轨'。然后，命兵士一哄而上将其斩杀当场！"

来日，他们依计而行令我进宫赴宴。当我按照他们的设计正要解下佩剑时。我的车夫（也是我的卫士）提弥明，察觉不对劲儿，并疾步上前对我说："老爷，君上宴请您，您要喝多了就是失礼了。"说完拽着我就向外走，我愣过神后连鞋子都没穿就下了堂。屠岸贾眼见俺快要走掉，立即放出他那"神犬"咬杀我（后来听说，屠岸贾为了让那藏獒专门咬杀我，弄了个和我穿戴一样的假人，胸前塞入鲜肉。然后让他那藏獒饿上好几天，再放出上前撕咬。如此这般，已经训练一年多了），好歹提弥明眼疾手快，一刀把那恶狗砍了。他们没有办法，就命伏兵们追杀。因寡不敌众，提弥明为救我力尽而死。

在他们就要得手时，忽然杀出一人：相国莫怕，我来救你。我问他是哪个？他说："桑下饿人也！"原来，先前有一天我在首阳狩猎，在一棵桑树下遇上了一个快要饿死的人，叫作灵辄。我当时给他一些饭食儿，灵辄分留一大部分，只吃一小部分。我奇怪地问他为何如此？他说：家有老母。于是我把随身带的吃食儿全都给了他。后来，灵辄竟然被灵公招募为侍卫。灵辄突然倒戈，是为了报恩。

俺逃出后不敢回家，准备逃往国外。奔逃至西郊碰上我的堂弟赵穿（他从小跟随我父，长大后做了晋襄公的驸马爷，封于邯郸，称邯郸君），我简要言明情况，就匆忙向边境逃去了。熟知，堂弟赵穿——骄奢蛮横的驸马爷，竟在回城后用计把灵公给杀死了。

赵穿杀死灵公后把我接回。由于在下的从政和为人还算是可以吧，大家一致拥护俺还做相国。官复原位后，我派赵穿到洛京，迎回了晋襄公的弟弟（晋灵公的叔叔）公子黑臀继位，是为晋成公。晋成公即位后的第一件事，就是昭告天下：弑灵公的不是俺赵盾是赵穿，但赵穿屡有战功，今又有拥立之勋，姑且免死。

后来俺兢兢业业辅佐成公，并在晋成公三年（前604年）陪同成公与鲁、宋、卫、郑、曹会盟（当时连周定王都派遣特使王叔桓公，来为晋成公的会盟诸侯锦上添花呢）。维护了文、襄以后的晋国盟主地位之后，俺因积劳成疾不治而亡。那年，俺只有四十八岁！

三

其实，当时我们晋国太史董狐，将"赵盾弑其君"记录在案并公布于朝臣时，我是辩解过的。我说：一、灵公被弑并非在下所为；二、赵穿弑灵公我并不知情。但董狐申明理由说："子为正卿，亡不越境，反不讨贼，非子而谁？"意思是说你作为执政大臣，逃亡未过国境，回朝不讨伐杀人者，就未尽到职责。因此，你不承担"弑君"之名谁承担！

有人说是董狐故意和我过不去。其实也不然，因为当时记史的"书法（原则）"是依礼制定的，礼的核心在于维护君臣大义。我不讨伐弑君乱臣，失了君臣大义，所以董狐才定我弑君之罪。对此，孔子称董狐为"书法不隐"的古之良史。这是因为在礼崩乐坏的春秋时期，权臣掌握国命，有着生杀予夺的大权。以礼义为违合的书法原则，早已失去了它的威严。而坚持这一原则，往往会招来杀身之祸。因此，孔子赞扬他，后人褒美他，正是表彰他坚持原则的刚直精神啊。

不过孔子称赞董狐时的原话是："董狐古之良史也，书法不隐。宣子良大夫也，为法受恶。惜也，出疆乃免。"也就是说他既欣赏董狐记史"书法不隐"的春秋笔法，又为俺成为这一笔法的牺牲者而叹惋。并且假想如果我当初逃出晋国，就不会承担此罪了。所以啊，我承当弑君之罪也是事出有因。

转眼一瞬，事越千年。今天我道出这件事的原委，并非要喊冤叫屈，以求平反昭雪。其实，当年晋成公即位后就昭告天下：弑晋灵公者赵穿非赵盾，相国皆不知情。现在提起这件事呢，一是想让后人知道此事真相，二是想告诉后人几句话：第一句，用当今的话说就是"不作死就不会死"。即不论帝王或百姓胡作非为，非要往死处作，是没有好下场的。第二句话，有些时候勤政敬业和心有慈善是可以救命的。第三句，当你的君上或老板，不把自己的江山和家业当回事的时候，咱就别再死心塌地地愚忠了吧（在下几经绝杀就是莫大的教训啊）！

至于之后发生的"赵氏孤儿"事件，及其韩、赵、魏三分晋国都是俺身后之事，自有世人评说了！

仅此而已，别无他言，无他，无他！

2018 年 5 月 23 日

在齐太史简

　　一日，齐相国崔杼因桃色事件把国主吕光杀了，太史便在记录国家档案的书简之上记下"崔杼弑其君光"。崔杼恼怒生恨把那个太史也杀了，而后来其二弟、三弟却照记不误，崔杼就把他们全都给杀了。其四弟明知三个哥哥因如实记史被杀，却依然秉笔直书"崔杼弑其君光"。崔杼对他们的四弟说："你的三个哥哥都死了，你难道不怕死吗？"其四弟正色说："据事直书是史官的职责，失职求生不如去死。"崔杼无可奈何，只得放了他，他刚走出来便遇到南史公（另一位档案员）执简而来。四弟问他："来此作什么？"南史公说："我以为你也被杀，我是准备来续写实史的！"

　　前文《弑君赵盾有话说》讲了昏庸的晋灵公，诛杀赵盾不成反被赵穿所杀，晋国太史公董狐将"赵盾弑其君"记录于史，被南宋的文天祥称道："在齐太史简，在晋董狐笔"。有好友便追问"在齐太史简"之意，今日稍暇浅述一二。

　　话说齐国第二十五任君王——齐庄公（后）吕光，贪恋相国崔杼之妻棠姜的美色，偷偷与其私通。崔杼发觉后隐忍待发。一日，齐的邻国莒国君主黎比公前来拜访，庄公设宴招待。崔杼认为杀庄公的时机到了，假称生病不去赴宴，却在家中精心策划一场捉奸弑君的计谋。

　　好色的庄公也认为崔杼生病，是与棠姜幽会的好机会。于是就早早地离席，只带上几个护卫人员，匆匆赶到崔杼家。他让护卫待在府外，自己径直进入棠姜的卧房。当庄公正激情澎湃时，伏兵一拥而上将他给杀了。

　　"崔杼弑其君光！"齐国国史记录人员如此前赴后继，可谓大义凛然矣。因此文天祥便在《正气歌》中对其大加赞扬！

　　孟子云："孔子成《春秋》而乱臣贼子惧"。中国古代的史官制度，不仅对王公大臣具有一定的威慑力，也是对皇权的一种较大制约。"在齐太史简，在晋董狐笔"，是说他们是天地间正气的代表。

　　晋灵公姬夷皋、齐庄公吕光、晋宰赵盾、齐相崔杼、晋太史公董狐，及另几位不知姓名的齐太史们，在当时政局下的是非功过权且不论，单是这两则古代史官故事，高扬的誓死捍卫史官直书实录精神，很是值得世人常记。

　　若不是晋国太史董狐及齐太史等史官们的秉笔直书，玄武门之变、陈桥兵变、靖难之变、皖南事变等历史事件，会不会全都成为不了了之的悬案呢？不能断言。或许亮眼群众的口口相传，甚或"道路以目"亦能承传。若不然烛影斧声等大小事件，焉能传得有鼻子有眼呢？

屠岸贾是个什么东西

前些日，撰文《弑君赵盾有话说》，说了屠岸贾唆使晋灵公迫害赵盾的事，许多读者纷纷追问：屠岸贾是个什么东西（可能是对屠的所作所为较为憎恶，才说他是什么东西）？为此，在下不得不勉为其难，再说说屠岸贾的这这那那。

屠岸贾，姓屠岸，名贾。他的祖父屠岸夷，是晋惠公身边的一个大臣。在晋惠公争夺政权中立过功，被封为大夫官职。后来，在晋国与秦国的一次战争中，屠岸夷被秦军抓获，并且被秦穆公杀死了。晋惠公过意不去就追加他为上大夫，并令他的儿子屠岸击世袭大夫爵位。屠岸击就是屠岸贾的爸，屠岸贾自然就束冠立于朝了。

话说屠岸贾唆使灵公诛杀赵盾不成，灵公反被赵穿所杀之后，赵盾回朝拥立成公继大位。成公继位后，不但为赵盾平了反，还把自己的女儿（庄姬公主）嫁给赵盾的儿子赵朔。

赵盾恢复名誉后与同朝官员和睦相处，一心辅佐成公重新恢复霸业，不愿造成过多的杀劫，因此屠岸贾得以幸免。但江山易改，本性难移，屠岸贾一直在寻找恢复地位和受宠的机会。不久赵盾病逝，晋成公也在征讨陈国的途中病逝，这样晋景公就继位了。

兔子尚有三天旺运儿，秦桧也有仨朋友。新上任的晋景公和晋灵公一样昏庸和荒淫，于是屠岸贾终于被再次启用。屠岸贾被任命为司寇后，立即开始对赵盾的后人进行迫害。虽然当时赵盾已经死了，但这奸诈小人竟然罗列出一系列所谓的罪状。昏庸的晋景公不但相信了屠岸贾的谎言，并且命他全权处理灵公被弑旧案。他在朝堂内外大肆煽风说：做臣子的赵盾杀害了先君，他的子孙却还在朝为官，法理何在啊？请各位全力诛杀！他率领军队在下宫攻袭赵氏，杀死了赵盾的儿子赵朔等，并诛其族灭其门。于是就发生了悲惨的《赵氏孤儿》历史惨案。

过了三年，因晋国霸气日衰，迁其国于新田（山西西南部的新绛），百官朝贺。景公设宴于内宫款待群臣，天快黑时忽然卷入堂内一阵黑风，寒气逼人，在座者无不惊颤。怪风过后，景公看见一身长丈余的蓬头大鬼，披发及地，用铜锤来打。景公大叫乱斩，结果砍了自己的手指，口吐鲜血闷倒在地。

　　景公一病不起，久治不见好转后，派人请来一名外地大巫师。大巫师说："鬼乃先世有功之臣，其子孙被祸最惨者是也。"景公愕然："莫非赵氏之祖乎？"又过一会儿，景公才问："能治着这鬼不能？"巫师说："他既恶又怒，无人能治。"景公无奈地问："那我病情怎样啊？"巫师说："小人冒死直言，恐君吃不到新麦了。"站在一旁的屠岸贾训斥道："麦熟只在月内，君虽病但精神很好，何至如此？若主公得尝新麦，汝当死罪！"

　　之后，虽花重金聘请诸国名医终不见效果。一日，有个叫江忠的小内侍，梦见背着景公飞腾于天，醒来赶忙说与大家。屠岸贾一听高兴起来："天者阳明，病者阴暗；飞腾天上，离暗就明，君之疾马上就好了！"景公听了也自感轻松许多。这时有人来报："农人来献新麦。"景公便命人煮了碗麦粥。屠岸贾恨那巫师言赵氏之冤，便上奏说："前巫者言主公不能尝新麦，今看他全是胡说。"景公当即就让左右把那巫师拖出去斩了。

　　左右送上巫师的脑袋时，恰好御厨把麦粥奉上。景公正要食用，忽然腹胀欲泻，唤江忠"负我登厕"。江忠背景公如厕，刚放下，景公一阵心疼立脚不住坠入厕中。江忠顾不得污秽赶忙将其捞出，但其已气绝身亡了。到底是应了巫师的话：未尝到新麦！众议江忠先梦负公登天，后负公于厕，正应其梦。于是，就让江忠为景公殉葬了。

　　景公死，厉公继位；厉公死，悼公继位。悼公继位时，年虽小，但很有胆识谋略，欲清除前朝奸臣，重整朝纲。当时中军元帅韩厥，提出应为赵氏昭雪，悼公就命韩厥寻找赵氏后人。赵氏孤儿——赵武（赵盾之孙，赵朔之子）被秘密召回后，晋悼公便当着众大臣的面，对赵氏几代人的功劳予以充分肯定和竭力表彰。当时，杀害赵氏一家的屠岸贾就在一旁，这个害人误国的奸小，听了悼公的重要指示当场跪地谢罪。于是，晋悼公对一手炮制赵氏灭门命案元凶——屠岸贾进行了当场宣判："将贾绑出斩首示众！围其宅，无论少长皆屠（就是屠岸贾的屠）之！"

　　公元前376年，韩、赵、魏三家瓜分晋国。韩、赵两国于公元前349年，瓜分晋国都城，弑杀晋静公，晋国自此灭亡。

　　再后来程婴、公孙杵臼等，保护赵氏孤儿的忠义行为受到大家一致敬仰。现今，山西藏山（藏匿赵武的地方）被列为重点文物保护单位的藏山祠，就是专门为了纪念和追忆程婴、公孙杵臼而修建的！

2018 年 5 月 27 日

范雎与张禄

很久很久以前，有个魏国人叫范雎，早年是一个出身寒微之人，但同时也是一个胸怀大志之人。他苦心孤诣，孜孜以求，本打算为自己的国家做点贡献。无奈家贫，进阶无资，朝中无人，只得去到魏国中大夫须贾门下做门客。

公元前 284 年，燕国大将乐毅纠结魏、燕、秦、赵、韩五国攻打齐国，齐湣王被杀。次年齐湣王之子田法章即位，是为齐襄王。魏国昭王害怕其报复，派须贾出访齐国以求交好。作为打手兼某士的范雎自然跟随。

在齐国朝堂上，见主人须贾被齐襄王数落得无言以对，范雎便挺身而出仗义执言，不但替主人解了围，而且维护了祖国尊严。这一发言不打紧，他的雄辩之才深得齐襄王敬重，欲留其做齐国的得力干将，并赠黄金十斤，牛、酒等物，范雎坚辞不受。使者四传齐王之命不罢休，无奈范雎收下牛、酒，退回金钱。

露头的椽子先烂，出头的鸟挨枪。回国后，被属下抢占风头的须贾，不仅不赞扬老范的高风亮节，反向相国魏齐诬告，说他私受贿赂，出卖情报。魏相国听了不问缘由、不分皂白，令人把范雎打得肋骨折断、牙齿断落。范雎昏死过去后，魏齐让下人用烂席子，将其卷了扔在厕所里。让喝大的人们轮番向其身上撒尿，以此侮辱，惩一儆百。

天将黄昏，苏醒过来的范雎在席子里，悄悄对看守说："反正我也活不成了，您让我死到家里吧"。看守就请示扔掉席子里的死人，喝大了的魏相国同意了。后来魏齐恐其不死，又派人搜寻范雎。范雎的好友郑安平听说后，赶紧把他藏匿起来，并帮他改姓更名叫张禄。后历经磨难，被秦国使者王稽带回。

范雎逃到秦国后，巧进说词，以语激之，才见到秦昭王。面见秦昭王后大胆抨击穰侯（魏冉），越过韩国和魏国进攻齐国的做法和私心（欲扩其封地），提出了"远交近攻"的国家战略。主张将韩、魏作为秦国兼并的当下目标，同时应该与齐等国保持友好关系。于是，范雎就被拜为皇家顾问。之后，他又进言昭王，秦国的王权太弱，亟待加强王权。于是秦昭王废太后，并将国内四大贵族赶出函谷关外，拜范雎（当然，这时他叫张禄）为秦国相国。

秦昭王四十一年（前266年），魏王闻知秦昭王用张禄之谋，将要东伐韩、魏，急派须贾赴秦求和。范雎闻知魏王遣须贾至秦求和，换去相服装做寒酸落魄之状，去招待所见到须贾。须贾见了大惊："范先生？我以为你被魏相打死了呢。"范雎："当年被弃尸荒郊，幸得苏醒为一过客所救，亡命于秦为人打工糊口。"须贾不觉动了哀怜之情，留之同坐，索得食物赐之。时值隆冬，范雎衣薄而破，战栗不已。须贾见状，赶忙让随从拿出一件大衣，披在范雎的身上（故，后留《赠绨袍》），并求其引荐秦国当朝宰相张禄。

当须贾得知范雎就是张禄张大丞相时，如梦中忽闻霹雳，赶快脱袍解带跪于门外，托守门者报告说：魏国罪人须贾在外领死！范雎在鼓乐之中缓步而出，威风凛凛，坐于堂上。须贾跪伏不起，连称有罪。范雎说："你就是有罪。一、你无端说我出卖魏国。二、你卖仆求荣。三、魏齐打我、辱我，你不劝解、不制止。对你本该断头沥血以酬前恨，但你良心未泯送我一件袍衣，因此饶你性命！"

范雎入见秦王，说魏国惧秦遣使求和，并将往事一一禀报。秦王依范雎之言准魏求和，须贾之事任其发落。几天后，范雎在丞相府大宴诸侯大使，宾客济济一堂，觥筹交错很是热闹。唯独将须贾安排在阶下，只备些料豆让两个犯人手捧喂之。众宾客甚以为怪，范雎便将旧事诉说一遍，然后对须贾厉声喝道："秦王虽然许和，但魏齐之仇不可不报。留你一条蚁命归告魏王，速将魏齐人头送来。否则，我将率兵屠戮大梁（魏国首都）！"

须贾归魏，将此事告知魏王。魏齐闻知惊慌失措，弃了相印，连夜逃往赵国，躲藏于平原君赵胜家中。秦昭王闻知，设计诱骗平原君入秦扣为人质。声言若不送魏齐人头至秦，将不准平原君归赵。魏齐走投无路，不得不自刎而尽，头颅献于范雎。

在这儿，权且不论范雎在秦国崛起中的贡献和其睚眦必报的不是，单说身为国家精英的须贾也太庸碌无能、嫉贤妒能了点，贵为宰相的魏齐也太刚愎武断、心狠手辣了点。他们取得如此之下场，可能是压根儿没想到咸鱼也会翻身吧？

善恶有报大抵如此！

2018年7月1日

大风起兮云飞扬

公元前196年十月，大汉王朝缔造者刘邦，在收拾了淮南王英布，班师回朝途中，顺道回了一趟老家。荣归故里后大宴亲朋故旧十数日。一日酒酣，刘邦一时兴起，高歌一首：大风起兮云飞扬，威加海内兮归故乡，安得猛士兮守四方？当他唱到"安得猛士兮守四方"时，竟老泪横流——不久前，一位可守四方的猛士英年早逝了。

一

那英年早逝的猛士叫韩信，江苏淮阴人，据说是战国七雄之一的韩国王族后裔。年少时父母双亡，家道贫寒，但心怀异梦，刻苦钻研。因家道贫寒、浪荡不羁，一直未被推选为官吏（那时还没有科举，一般人做官靠推举）。又无经商谋生之道，常常依靠别人接济度日，屡屡遭到周围人的歧视和冷遇。其间，曾受"胯下之辱"，蹭漂母饭食。

时势造英雄，英雄不问出处。陈胜、吴广起义后，项梁渡过淮河北上，韩信就投奔了去。项梁败死后，又归属项羽。做执戟郎（宫门警卫）后多次献计献策，项羽都不予理会。项羽自立西楚霸王后，计功割地，分封了十八位诸侯王。并违背义帝（楚怀王熊心）"先入关中者王"的约定，把刘邦撵到偏僻荒凉的巴蜀封为汉王。这时，韩信便离楚投汉。投汉不久，他违反军纪要被处决。当十三名"案犯"被处斩完轮到他时，他抬头看到了夏侯婴，就大声喊："汉王不打算得天下吗？"夏侯婴看他相貌威武、话语不凡，便救下了他。同他交谈后进言刘邦可用，刘邦没发现他有啥不一样，只给他一个管理粮饷的工作。

其间，韩信多次凑近萧何萧高参，表达自己的主见。萧何十分赏识他，但一直未被刘老板重用。韩信就想，天下的公司又不止一家，既然人家刘总瞧不上咱，咱就再换一家呗。韩信一开溜，萧高参便急忙"月下追韩信"。经不住萧高参"争夺天下不能没有小韩"的唠叨，刘邦就说："看你面子，让他做个将军吧。"

老萧却说："让人家做将军也未必肯留下的。"刘邦说："让他做大将军？"萧何说："这还差不多！"

当下，刘邦就要叫韩信受命任职。萧高参说："大王如果诚心，就该拣个好日子，搭个高台子，弄个大仪式啊！"刘邦也就答应了。军官们听说搭台拜将，个个暗自高兴，都以为自己会被任命为大将军。等到举行仪式的时候，才知道大将军是韩信。那一年，韩信虚岁二十五。

二

韩信死时虚岁三十五。那是一个"人间四月芳菲尽，山寺桃花始盛开"的时节。那时的阳光是那么温和，温和得一如母亲温柔的手；那时的阳光是那么妩媚，妩媚得好像青春女子抛出的媚眼；那时的阳光是那么有活力，使得世间万物全都朝气蓬勃，活力四射。然而就在那温和、妩媚、活力四射的一天，大汉皇宫却苦情地绝杀着一位猛士：

韩信被萧丞相带到皇宫钟室（悬挂大钟的房间）。韩信正在纳闷：说好了群臣来贺皇帝凯旋，群臣呢？皇帝呢？突然，大汉皇后吕雉，威严地发话了："你犯了谋反大罪，君王叫我杀了你。"韩信先震惊、后镇静了一下说："你无权杀我，刘大哥封我'三不杀''五不死'。我要见老刘。不，我要见君王！"吕后"哼"了一下说："你抬头看看？"韩信抬头看，大钟遮得不见一丝天；低头看，厚毯遮地；左右看，不见亲爱的君王刘大哥。没等韩信开口，吕后又说："我们都按君王的意思办了。你是否还要说没有杀你的刀？"说罢一挥手，两旁数十名宫女，手握削尖了的竹杖一拥而上，统军百万、勋冠三杰的战神韩信就此倒下。那一年是汉高祖十一年，在高祖荣归故里的前六个月。

三

高祖四年，韩信降服且平定齐国后，打报告给汉王："齐伪诈多变，反复之国也，南边楚，不为假王以镇之，其势不定。原为假王（暂时代理王）便。"正被楚军紧困荣阳的刘帮主，接到"报告"勃然大怒："老子不过一汉王，你个打工帮捶儿的也想立王！"张良急忙暗中踢脚，交头接耳："老大，咱实力不允许啊！"刘帮主立马改口："大丈夫平定了诸侯，做什么假王，要做就做真王！"于是，韩信真就做了齐王。

楚军失去龙且后，项王害怕了，派人前往联络韩信：您之所以能到今天，是因为项王还在啊。假若项王今天被灭，明天就该您了。韩信义正词严：汉王待我不薄，俺誓死不叛！齐国谋士蒯通看得透彻，想出奇计打动他，以术士的身份找韩信聊天："时不我待只争朝夕"，"三分天下鼎足而立！"韩信说："刘大哥看重我，咋能背信弃义！"蒯先儿说："您知道'功高震主'不？"韩信说：换个话题吧！蒯通就此装疯卖傻做了巫师。

后来"项羽已破，高祖袭夺齐王军。汉五年正月，徙齐王信为楚王，都下邳。"韩信从齐王变楚王不久，刘邦在朝堂上公开一封举报信，说韩信谋反。于是，陈平建议天子"南巡"。

韩信接到接见通知又惊又怕：不敢去，又不敢不去。手下人出主意说："斩钟离眛人头献上！"（钟离眛是项羽手下大将，楚汉相争中曾多次大败刘邦。项羽兵败后逃奔韩信，磨不开老乡情面韩信就收留了他）

韩信拎着钟离眛的人头觐见了刘邦，刘邦立即结束视察直接返京。不过，韩信被顺便关进了后车厢。虽然谋反证据不足，但楚王是不能再当了，降级当个淮阴侯吧！

小命保住了，还是个淮阴侯，但人却滞留在了京畿重地。韩信就此整日闷闷不乐、牢骚满腹，又耻与大将樊哙、绛侯周勃、颍阳侯灌婴等同僚为伍。并经常装病不参会、不朝见，也不随领导出行。因为受了委屈而发泄的所有不服、不满、不忿，都成了"死不改悔"的具体表现。只不过，老板正在观察和犹豫之中罢了。

事情就那么寸。韩信的观察期未完，小小的钜鹿郡守陈豨反叛了。刘老板当即御驾亲征，留下皇后吕雉、丞相萧何留守衙门。当然，也没通知装病不上班的韩信。

刘邦带兵出发后，留守压镇的吕后，听韩信一位犯错的、家臣的弟弟报告："陈豨当钜鹿郡守向韩信辞行时，二人曾串联谋反。今要假传诏命赦免服役罪犯、奴隶，袭击皇后和太子。"吕后打算把韩信召来，又怕他不乖乖赴死，就和萧何密议，令人假说"皇帝平叛归来，列侯、群臣上朝祝贺！"于是，淮阴侯韩信就被丞相萧何带到了皇宫钟室。一介猛士被乱竹刺死于皇宫钟室大钟之下，灭三族。

四

一代名将、一名战神、一位开国功臣，在年仅三十五岁时，在成为"光杆司令"后，未经审判、未经有权人核准，被一个妇道人家巧妙地避开"三不杀""五不死"，以谋反罪被当场诛杀了。刘邦"御驾亲征"归来，得知韩信已被处决"且喜且怜"，问内当家的"他死前咋说？"吕后说："信言'恨不用蒯通计'！"

"假令韩信学道谦让，不伐己功，不矜其能，则庶几哉，于汉家勋可以比周、召、太公之徒，后世血食矣。不务出此，而天下已集，乃谋畔逆，夷灭宗族，不亦宜乎！"太史公除了责怪韩信不会谦让、低调外，还特别指出，韩信在天下大定时竟然图谋叛乱，是很应该被诛灭宗族的。这是在赞扬三杰之二萧何"自污保命"，三杰之三张良"托神保身"呢？还是咒骂天下大定时图谋叛乱的韩信呢？不得而知。

五

韩信任总司令后，刘邦问他有啥子好计策。韩信嘚吧嘚吧一说，刘邦听后那是"相见恨晚"。于是对其言听计从，并迅速实施"东征以夺天下"的宏伟战略。

刘邦东向与项羽争天下，楚汉战争爆发。于是韩信有了用武之地，开始发挥卓越的军事才能。高祖元年五月，他派人修复刘邦进入汉中时烧毁的栈道（当时表示无意东归，让项羽放心），迷惑雍王章邯。自己却率军悄悄沿南郑故道东出陈仓，并大败章邯军，一举拿下了关中地区，使汉王得以还定三秦，奠定大业基础。次年二月，韩信又引兵出函谷关，将兵锋直逼洛阳。韩王郑昌、殷王司马邛等，项羽所属封国先后归降。

刘邦兵败彭城后，齐、赵、魏等重又倒戈向楚，刘邦便封韩信为副丞相领兵攻魏。魏王豹陈重兵于黄河东岸的蒲坂，韩信针对魏军部署，将大量船只集中在蒲坂对面的临晋（山西临晋镇），大造正面渡河之声势，暗中却用木框绑扎瓦罐，从上游夏阳渡河突然出现在魏军背后。魏军大败，魏王豹被俘（后来魏豹的女人成了高祖的薄姬，薄姬生出个汉文帝）。

平定了魏国后，刘邦却命韩信急调其主力到荥阳。韩信只好带了万把人东下攻赵，赵歇集中二十万兵力于太行山井陉口。韩信先以两千轻骑，乘夜迂回到赵军大营后方埋伏。天明后亲率主力到河边背水列阵，诱使赵军出营攻击。汉军"背水而战"人人死拼，预先伏下的两千轻骑，乘机攻入赵军空营"拔旗易帜"。赵军见状，军心大乱。韩信趁势挥军反击，大破二十万赵军，斩杀赵军统帅陈余，生擒赵王歇。接着，用"上兵伐谋"之法降服了燕。

高祖四年十一月，韩信又用重兵急袭的办法，攻破了齐都临淄。楚将龙且急领二十万人马来援，与败退的齐军会师于高密，然后与汉军隔淮水对峙。韩信秘密派人用一万多个沙袋，乘夜在上游把淮水堵住。天明后派部分军队渡过淮水，在侧后攻击楚军，继而佯装溃败。龙且误以为汉军胆怯，率主力渡淮水追击。韩信命部属扒开上游堤坝半渡而击，全歼渡水的楚军，龙且被杀。未渡水的齐楚联军不战自溃，韩信趁势挥军追歼。齐王田广被俘，齐地平定。因为这，刘邦遣张良立韩信为齐王（刘邦此时仍是汉王）。

次年十二月，楚汉两军在垓下展开决战。刘邦以韩信为主帅，统一指挥各路大军。项羽指挥十万楚军从正面向汉军猛攻，韩信则用侧翼攻击法，令中军稍稍后退，避开楚军锐气。而后一下子完成合围，对楚军形成"十面埋伏"。入夜，韩信又让汉军"四面楚歌"，致使楚军士卒思乡厌战，军心瓦解。韩信乘势进攻，楚军大败，十万大军被全歼。西楚霸王眼见大势已去，光明正大地自刎于乌江岸边。汉王刘邦立时在山东定陶官堌堆登基称帝，一统天下。

在刘邦被赶进偏僻荒凉的巴蜀，一筹莫展、前途未卜之时，是韩信为其制定了"东征以夺天下"的宏伟蓝图；入关时，是韩信"明修栈道，暗度陈仓"，使刘邦得以还定三秦，奠定大业基础；"潍水之战"不但消灭了齐楚仅存的一支有生力量、占领三齐之地，实现了迂回到敌人后方去、对其战略包围的伟大转折；是韩信擒魏、破代、灭赵、降燕、伐齐，直至垓下全歼楚军，使刘邦一统天下……换句话说，没有韩信可能就没有大汉王朝，或者说大汉王朝来得要稍晚一些。

王、侯、将、相韩信无不胜任，可谓"国士无双""勋冠三杰"。因此，高祖刘邦曾毫不避讳地说韩信：战必胜，攻必取，吾不如韩信！而后人则奉他为"兵仙""战神"。

发表于《中国散文家》2021 年第 3 期

贵妃懿妮子

公元前 194 年，一个秋风凄厉的深秋，在一座森严的宫廷里，一位姿色俱佳的贵妃，被人强按着把一头漂亮的秀发生生地、一根一根地全部揪了下来。而后，她的双手、双脚被砍掉，两个明亮的眼珠子也被挖了出来，她的两只眼睛成了鲜血淋漓的黑窟窿。

这个悲惨的女人叫戚懿，乳名懿妮子，是威加海内的大汉高祖刘邦的贵妃，官号戚姬、戚夫人。

贵为贵妃的懿妮子，为何会有如此匪夷所思的悲惨下场？她来自何方？又经历了什么？

话说早在秦末汉初，山东定陶（在山东西南部、菏泽的中部，也就是范蠡从商发迹的地方），有一户姓戚的穷苦人，夫妻二人生有一女名叫懿妮子。懿妮子的爹是个轿夫，长期为当地的一个土财主抬轿子，她的娘靠为别人洗洗涮涮挣点小钱。三口之家住在风一吹就掉土渣渣的茅屋里，过着食不果腹、衣不蔽体的贫贱生活。

大约在公元前 206 年，刘邦趁项羽打马虎眼的时候，从他的汉中王封地一口气打到了定陶，就是家中有个懿妮子的那家农户所在地。

汉中王刘邦带着队伍，在懿妮子们的村庄休整的时候，懿妮子老爹的主子，也就是雇他抬轿子的那个土财主，翻起了花花肠子——得向大王送送礼，拉拉关系。送什么好呢？女人啊，女人最实惠！于是，他赶紧四下打听谁家养有未出阁的好妮子。

赶巧，这时候懿妮子的老娘病倒了，急需一大笔医药费。万般无奈，戚老爹去求那个土财主。土财主知道他的懿妮子是个如花似玉的大闺女，就扔给戚老爹一些碎银子把懿妮子买到了手。懿妮子的老爹拿着银子，火急火燎地去给老婆治病，因已经耽误了过多时日，她没等医治就断了气。

戚大妈死了，土财主怕戚老爹告官，就派人暗中把他给杀害了。可怜的懿妮子，就这样在同一天丧失了爹娘，如同一只待宰的羔羊被送到了山大王刘邦的脚下。

刘邦原本就是个不安分的主，在做乡长的时候就左右逢源，并且在拈花惹草时还生了个私生子刘肥。快到四十岁的时候，才正式娶了吕雉做老婆。原因是，吕雉她爹是个大财主，会点相面之术。通过掐算刘邦这货主富贵，才把吕雉嫁给了他。刘邦迫于老婆"千金之躯"的强势家景，一直都是个"妻管严"。

现在好啦，现在当王了。虽然还不是皇帝，但至少不要看老婆的脸色行事了。于是乎，刘邦喜滋滋地把懿妮子揽进了怀抱。

男人是泥，女人是水。但吕雉和懿妮子相比，简直是天上到地面还挖个坑。有了"擅跳'翘袖折腰'之舞"的懿妮子之后，刘邦一下子跌入了风情万种的温柔乡，把吕雉这朵家花冷落到了一旁。后来刘邦打败了"力拔山兮气盖世"的小项做了大汉皇帝，就更不把老吕当成一盘菜了。整天和成了戚姬、戚夫人的懿妮子泡在一起，如胶似漆。甚至在两人生下孩子之后，刘邦几次想要废掉正妻吕雉所生嫡长子刘盈的太子之位，而改立戚夫人之子刘如意。

当然，刘邦的这一举动，导致了以吕雉为首的太子党的强烈反对。在张良的谋划下，太子刘盈在一次宴会中请到了闻名遐迩的"商山四皓"等社会名流。换立之事已无可能，刘邦无奈地指着"四皓"背影，对戚夫人说："朕是实心实意的，但太子已得到社会名望的拥护了！"改立太子之举虽然未能实现，但懿妮子母子由此便坐到了火山口上。

平头老百姓会死的，万岁万万岁的大皇帝也会死的。威加海内兮的大汉高祖刘邦死后，皇太子刘盈高举大汉旗帜、继承高祖革命遗志登上了皇帝宝座，先皇的皇后吕雉，没有任何异议地成了皇太后。

先皇去世，位居第二的先皇皇后吕雉自然就递进为老大。她随便找个理由就把往昔炙手可热的戚夫人打进了冷宫，并把她漂亮的秀发一根一根地、生生地全部揪了下来，用铁链拴住脖子让她天天捣米。

往昔炙手可热的戚夫人一边捣米一边流泪，一边流泪一边哭唱："子为王，母为虏！终日舂，薄暮常与死相伍！相离三千里，谁当使告汝！"她妄想着当时取代吕后女婿张敖成为赵王的儿子刘如意能够救她。而阴险狠毒的吕雉，就此展开了她斩草除根的计划。

吕老太后以中央政府的名义征召刘如意入宫，誓死保护他的周昌（汉高祖御史大夫，后受刘邦所托担任刘如意的国相）晓得吕婆子的险恶用心，以赵王生病为由多次拒绝征召。狡猾的吕老太太就采取迂回战术：先行征召周昌进宫。周昌前脚刚离开赵国，就又下了一道征召刘如意的旨意。

小赵王刘如意进宫后，性格敦厚的皇帝哥刘盈，并没有记恨当年差点把自己皇位挤掉的如意小弟。为了防止老娘加害于对他，他与小如意"食则同桌，寝则同床"。

人的命天注定？一天早晨惠帝要去打猎，本来要和弟弟刘如意一起去的，但是看见他睡得死死的，怎么叫也叫不醒，就只好自己先去了。宫廷之中哪一个角落没有吕后的眼线？刘盈一走，消息立刻就传到了吕雉那里。她即刻派出杀手找到刘如意，按住他就把鹤顶红灌了进去。

除掉了后患，吕后开始肆无忌惮地、变本加厉地折磨起了戚夫人——别出心裁地、惨无人性地把懿妮子变成了"人猪"。之后，吕老婆子听烦了懿妮子撕心裂肺一般的凄厉喊叫，就强迫她喝下哑药。叫不出来了还不够，又令人用烟火把她熏成聋子。最后，才命人把惨不忍睹的懿妮子扔进了茅厕里。

吕后不仅把戚夫人命名为"人彘"，还叫小皇帝刘盈过来一起观赏。善良的刘盈还蒙在鼓里，问身边的人："那个黑乎乎的肉团是什么？"旁边的官员只好告诉他是戚夫人。刘盈听了放声大哭："这不是人干的事情，这不是人干的事情。我是太后的儿子，我奈何不了太后，但我已经不能够再当这个皇帝了！"于是，大汉第二任大皇帝（汉惠帝）刘盈由此忧愤而亡，享年只有 24 岁！

2018 年 9 月 8 日

不得宠未必不是福

公元前180年，一个秋风怒号的日子，中国历史上第一个临朝称制的女人——汉高祖刘邦的皇后吕雉，无论怎样叱咤风云，还是决绝地去了西天。

吕太后一驾鹤西游，刘氏皇族集团立马对吕氏一党进行了血洗。诛尽吕氏势力后，朝臣们认为（后）少帝刘弘（前少帝刘恭被吕后所杀）不是惠帝刘盈亲生，就废杀了他和他的四个兄弟。废杀完之后，吃尽苦头的朝臣们，在刘姓皇族挑选皇位接班人时，考虑的重点就是：其母必不能有一个势力强大的娘家。于是，天子之喜意外地降临到了代王刘恒的头上。

为什么说刘恒总统大汉是个意外呢？这得从他的亲娘说起。话说时值秦朝末年，各地纷纷起兵反秦，有个叫魏豹的自立为魏王，薄姬的娘魏媪就把她送给了魏豹做妃。后来魏媪找人为薄姬算命，算命大师说：此女主贵，将诞下天子！

当时西楚霸王项羽正与刘邦在荥阳斗法，天下大势尚未分明。魏豹开始时跟着刘邦一起攻打项羽，当听了算命大师的话后就信以为真，开始背叛刘邦。刘邦派曹参等人攻打并俘虏了魏豹，顺便把薄姬等也弄进了自己的宫中。

薄姬被召入汉宫一年多，连刘邦的面都没有见过。有一天，薄姬的两个朋友（也是魏豹的宫妃，和薄姬一起被刘邦纳入后宫）聊天时意外地说笑起薄姬来，说三人少时"苟富贵勿相忘"的约定就是一个儿戏（这时两人已经得到刘邦的宠幸）。刘邦听闻发问，两人以实相告。不知是心生怜悯或是老大心性使然，当晚便任性地宠幸了薄姬。

薄姬被刘邦临幸时，说："昨夜我梦见苍龙趴在我的肚子上。"刘邦说："这是显贵的吉兆，那我就为你促成这件好事！"此后，虽然刘老板把当日的一时冲动忘得一干二净，很少再与薄姬亲近。但结果还真的应了当年算命大师"诞下天子"的验——生下了龙种刘恒（后被封为代王）。

后来汉高祖刘邦一翘辫子，那些受到其宠幸的妃姬一个一个"无可奈何花落去"。其中，最为得宠的戚夫人被弄成"人彘"惨死。而薄姬因为极少被汉高祖召见的缘故，得以出宫跟随儿子刘恒前往封地，并成为代王的太后。最终，这才有了创造"文景之治"的汉文帝。

　　薄姬薄姬意外兮。刘邦意外临幸薄姬、薄姬意外受孕、刘恒意外总统大汉，这些个意外是算命大师一语成谶？但有句话或许有点道理，那就是：不得宠未必不是福！

2018 年 9 月 12 日

长怀贾傅井依然

　　国庆中秋双节，决意去往心仪已久的韶山圣地一观。因赶到长沙城已是下午，便在入住酒店后去往市内闲转。在孩子们的手机搜索、定位、导航下，直接走到了长沙古城的太平街。太平街是长沙古城保留原有街巷格局最完整的一条小街。巷宽不过六七米、全长也只是三四百米的样子，但鱼骨状街区门店林立，除了老字号、民族工艺品、文化休闲产业、湖南长沙特产之外，长沙臭豆腐、大香肠、糖油粑粑、肉粉等各样特色小吃令人眼花缭乱。可能是正赶双节假期，满街人流比肩接踵。不经意一扭头，竟然看到了"贾谊故居"，这真是太令人惊喜了！挣脱人流，凭身份证免费领取了门票，便一下子走进了一处"世外桃源"。

一

　　贾谊故居是贾谊被贬居长沙时的住所，始建于汉代，东晋改为陶侃庙，南朝修复，唐宋时其规模达到鼎盛。

　　故居很新，也很老。1996 年 11 月重建的贾谊故居草木齐整、院落有致，有大观楼、贾太傅祠、太傅殿、寻秋草堂、古碑亭、碑廊等，是一处小巧幽谧的庭院 。乍一看它又是一座牵强附会的人为之作，但仔细看了就会明白它的应有价值。故居介绍上说"贾谊故宅历代屡经翻修，然其基址未变"，从明朝成化元年始，形成祠宅合一之格局，历经元明清各朝。1938 年"文夕大火"（因日寇进犯，国民党当局采用焦土政策，于 1938 年 11 月 13 日凌晨发生在长沙的大火）后，在废墟上建太傅殿，"文革"中又遭毁灭。

　　"不见定王城旧处，长怀贾傅井依然。"故居内石条铺砌的地面上嵌有一口双眼井，上敛下大其状如壶，相传是贾谊所凿，称"太傅井"，因杜甫诗句又称其为"长怀井"。

二

贾谊（前200—前168年），河南洛阳人。西汉初年著名政论家、文学家，世称贾生，《汉书·艺文志》记载贾谊散文共58篇。其作品大体可分为三类，一类是专题政论文，如《过秦论》；一类是就具体问题所写的疏牍文，如《陈政事疏》；还有一些是杂论。

贾生从小刻苦学习，博览群书，18岁就因能诵《诗经》《尚书》和撰著文章而闻名于河南郡，并备受郡守吴公赞许和举荐；21岁就被刚即位的汉文帝召为博士，掌文献典籍；不到一年就因才学卓越而被破格提为太中大夫，朝廷上许多法令、规章的制定都由他主持进行。

"洛阳之人，年少初学，专欲擅权，纷乱诸事。"汉文帝在要提拔小贾做具有实权官职时，遭到了权贵们的反对，如绛侯周勃、颍阴侯灌婴。还有一个邓通，此人是擅长划船的黄头郎，因汉文帝做梦登天，得到他的推扶成为其嬖臣男宠。凭借与汉文帝的亲密关系，开铜矿铸钱富甲天下。文帝死后，景帝罢免并查抄了邓通，至死不名一钱。于是23岁的贾谊，只得根据工作需要去做长沙王的老师。

"宣室求贤访逐臣，贾生才调更无伦。可怜夜半虚前席，不问苍生问鬼神。"汉文帝在对诸多饱食终日的大臣感到厌烦时，又把贾老师从长沙召回了京城。汉文帝召见贾谊不问政事不问其他，只问关于鬼神的事。而贾老师关于鬼神的见解，也让文帝感到很新鲜，甚至挪动座位凑到他的跟前。君臣二人一直谈到半夜，汉文帝仍意犹未尽："好久不见贾生，我还以为自己的学问赶上了他，现在听了他的谈话，还是不及他啊！"

贾老师回到长安，朝廷上人事已有很大变化。原来曾压制过贾谊的灌婴已死，周勃在遭冤狱被赦免后回到绛县封地，不再过问朝中政事。但是文帝还是没有对贾谊委以重任，只是把他分派到梁怀王那里去当老师。其原因还是邓通这样的小人仍在文帝身边。

不过对贾老师来说，他所关心的似乎不是自己职务上的升降，而是国家的政治形势。在当时，西汉王朝的政治局势基本是稳定的，但也面临两个已见端倪的大问题：一个是中央政权同地方诸侯王之间的矛盾，一个是汉王朝同北方匈奴奴隶主政权之间的矛盾。如济北王刘兴居、淮南王刘长接连叛乱，吴王刘濞企图叛乱的消息时有耳闻，匈奴侵扰北部边境经常发生。贾谊透过当时政治局势的表面稳定，看到了其中潜伏着严重的危机。对此他接连多次向文帝递交意见建议，其中最著名的便是《治安策》。

《治安策》从国家的长治久安出发，居安思危，痛陈盛世下潜伏的危机，直指西汉同姓王分封制之弊：诸王幼弱，可暂免为祟，但将来长成，国家必现"一胫之大几如腰，一指之大几如股"的尾大不掉局面。他建议朝廷"众建诸侯而少其力"，及早削弱其挑战中央的能量。

贾老师的意见建议，不仅在文帝一朝起了作用，更重要的是对西汉王朝的长治久安起了重要作用。如景帝刘启时，晁错提出的"削藩"政策，就是贾谊主张的继续；景帝三年吴楚七国之乱，证明了贾谊对诸侯王分析的正确性。平定七国之乱之后，汉王朝就乘机削弱地方诸侯王的力量，使他们仅得租税，而失去了直接治理王国的权力；到了汉武帝刘彻的时候，颁行的"推恩令"（允许诸侯王将其封地分为若干块，分给自己的子弟，从而实际上分散和削弱了诸侯王的力量），更是贾老师提出的"众建诸侯而少其力"之主义、思想、理论、发展观的全面实行。他的《谏铸钱疏》是关于禁止私人铸钱、由中央统一铸钱的意见建议，汉武帝实行了，而且也抛弃了贾老师引为耻辱的和亲政策，并取得了对匈奴战争的伟大胜利。

"贾生才调世无伦，哭泣情怀吊屈文。梁王堕马寻常事，何用哀伤付一生。"后来，梁怀王刘揖入朝骑马的时候，不小心摔了下来死了。虽然这件事没有贾老师的直接责任（汉文帝也安慰了他），但是贾老师感到，自己身为太傅没有尽到责任，便一直哭泣和忧郁。因此，不久之后，年轻有为、怀才不遇的贾老师便在忧郁中英年早逝了，年仅三十三岁。

毛泽东许多诗词中提到过许多位历史人物，如秦皇汉武、唐宗宋祖、魏武、轩辕、霸王等，但多是提到一次而已，单单对贾谊却提到三次之多。如《七古·送纵宇一郎东行》："年少峥嵘屈贾才，山川奇气曾钟此"；《七律·咏贾谊》："少年倜傥廊庙才，壮志未酬事堪哀。胸罗文章兵百万，胆照华国树千台。雄英无计倾圣主，高节终竟受疑猜。千古同惜长沙傅，空白汨罗步尘埃。"还有《七绝·贾谊》。

三

"一时谋议略施行，谁道君王薄贾生？爵位自高言尽废，古来何啻万公卿。"改革家王安石看来，皇帝对臣子施恩之厚薄，不在于所赐爵位之高低，而在于是否采纳了他们有利于国计民生的政治主张。如果采纳了，就是恩深，否则，即使爵位再高，也只能算恩薄。

大文学家苏轼则反其道写有一篇《贾谊论》，他认为贾谊的才没有得到完全施展不是君王的过错，是他自己造成的。因为他不能利用汉文帝来施展自己的政治抱负，还因为他不善于处理人际关系。他应该结交讨好周勃、灌婴这样的权臣，使他们不猜忌自己，这样就可以施展自己的才能了，自己的理想就可以实现了。所以苏轼认为贾谊志向远大而气量狭小，才力有余而识见不足。

2017 年 10 月 9 日

伟大的阳谋

在中国二千多年的封建王朝历史进程中、众多皇权统治者的诸多统治中，曾经有个伟大的阳谋——"推恩令"。

一

汉景帝三年冬，西汉第六位皇帝刘启，采用御史大夫晁错"削弱诸侯王势力，加强中央集权"的建议，动手削夺吴、楚等诸侯王的封地。吴王刘濞为首的七个刘姓宗室诸侯，便以"诛晁错，清君侧"为名联兵反叛（史称"七国之乱"）。为平息叛乱，景帝迫不得已"不爱一人，以谢天下"，腰斩晁错于东市，全家灭门。然七国联军并未就此罢兵，反而认为景帝软弱无能。其中吴王刘濞竟自称东帝，与西汉政权分庭抗礼。

事实上，限制和削弱日益膨胀的诸侯王势力，一直是封建帝王面临的严重问题。上古时代，战胜的部族为了对战败的土地和人口施行统治，对其封土而建国。春秋时期，随着社会的发展，诸侯争霸。大"国"不断兼并小"国"，甚至"挟天子以令诸侯"。"礼乐征伐自天子出"的局面，被"礼乐征伐自诸侯出"取代，并最终导致周王朝寿终而亡。秦始皇一统天下后取消"封建制"，在全国推行单一的郡县制。

楚汉战争中，刘邦为了取胜大封功臣名将。到其建汉称帝时，已先后分封了异姓功臣七人为王。这些异姓王拥兵自重，专制一方，对抗统一的中央政权。老刘采取断然措施，从登位第二年开始逐个铲除。铲除了异姓王以后，又陆续分封一些同姓子弟为王，并与群臣立下"非刘氏不王"的誓约。到他牺牲的最后一年，已建立九个同姓王国。汉文帝即位后，除保留旧有的诸侯王外，又立了一批新的诸侯王。

汉文帝三年（前177年），济北王刘兴居起兵叛乱，被俘后自杀。三年后，淮南王刘长又阴谋反叛被罢去封号，死于发配蜀郡途中。对此，贾谊上《陈政事疏》，指出亲疏不是主要问题，同姓王并不比异姓王可靠，并提出"众建诸侯而少其力"。但仁厚的汉文帝出于多方面的考虑，并未对贾老师的提案予以落实，最终导致部分诸侯"尾大不掉"。

到汉景帝时期，诸侯势力恶性膨胀。像齐国有七十多座城，吴国有五十多座城，楚国有四十多座城。有些诸侯不受朝廷的约束，特别是吴王刘濞更是骄横。他开铜矿、铸钱币、煮海盐，设官市、免赋税，使吴国经济迅速发展。与此同时，他的政治野心也开始滋长，长期称疾不朝。吴国俨然是与汉朝平起平坐的独立王国，并招诱天下流亡人口，图谋叛乱。

二

之后，景帝虽然平定了叛乱，刘濞逃到东越，为东越王所杀。其余六王皆畏罪自杀或被杀，七国被废除。但至武帝初年，一些大国仍然连城数十，地大千里。缓则骄奢淫逸，阻众抗命；急则阻其强而合从，谋逆京师。

元朔二年（前127年），在汉王朝生死存亡的危急关头，汉武帝刘彻在主父偃的建议下，反其道而行之，果断实施一项重大的、全新的政改措施——推恩令：上施德惠，令诸侯推私恩分封子弟为列侯。诸侯王不是强烈抵触和反对削藩吗？我刘彻不但不削藩反而强化分封。但如果侯王的孩子没有自己的封地，仁孝之道就得不到弘扬。所以啊，朕就让你们诸侯将自己的孩子都封为列侯。

"推恩令"吸取了景帝时期晁错颁布的削藩令引起七国之乱的教训，规定诸侯王除了让嫡长子继承王位外，其余的庶子在原封国内封侯，新封侯国不再受王国管辖，直接由各郡来管理。

"推恩令"实施后，老侯王觉得反正肉烂在锅里，将封土分给自己的儿子们，老子的封地并没有减少。而得到封地的诸多小侯们，自然对皇帝感恩戴德——若不是如此这般，咱屁都不是。如今咱摇身一变也是王了，打死都得感恩这一重大改革成果。

"推恩令"下达后，诸侯王的支庶多受封为列侯，不少王国先后分为若干侯国。按照制度规定，侯国隶属于郡，地位与县相当。因此，诸侯王国在不知不觉中缩小了，朝廷直辖土地在不知不觉中扩大了。这样朝廷不用削藩，就使得这些王国自行分崩离析了。

三

"推恩令"颁布的名义是，皇帝厚待诸侯王的子孙后代。结果却是各个诸侯王的封国四分五裂，化整为零。因此，汉武帝刘彻打着推恩的旗帜，巧妙地避开了各个诸侯反抗的可能。在全国上下一致拥护中，不费一兵，不损寸土，兵不血刃，不动声色地将强大的诸侯王国四分五裂、越分越小。最后大国不过十多个城池，小侯只有十余里。再后来，武帝刘彻借"酎金夺爵"（所献助祭的"酎金"成色不好或不足而夺爵），直接废除了一百多个小诸侯国。从此，再也没有一个像样的诸侯国敢和中央叫板了。

高，实在是高！此计谋是公开的、正大的，在兵家叫"兵不血刃"，在民间叫"杀人于无形"，在国家叫"英明决策"。它是历史少有的反其道而行之，并且成效显著的决策措施。我们是否称其为伟大的阳谋呢？大家说了算！

2018 年 6 月 24 日

晁错是谁

拙文《伟大的阳谋》挂上博客，便有网友追问：晁错是谁？

晁错，颍水郡人，汉高祖七年（前 200 年）生，年少时师从张恢，学习法家思想、刑名之学。汉文帝时期，因文章写得好被任命为太常掌故。不久，被朝廷选派济南深造，跟随伏生学习《尚书》。他原来学的是法家的东西，又学了儒家知识，可谓学贯儒法。有了学问和名气后，说起话来头头是道。汉文帝说这是个人才啊，去辅佐太子（后来的汉景帝刘启）吧。因为有学问、有才能啊，在太子那儿从杂役小工，一直做到总管。

汉文帝前十一年（前 169 年），匈奴屡侵边境，侵扰甘肃狄道（甘肃省临洮地区）。文帝发兵征讨，晁错乘机向文帝上了《言兵事疏》。提出"以蛮夷攻蛮夷"的观点，文帝很赞赏，赐予诏书，以示嘉奖。接着他又撰写了《守边劝农疏》（用经济措施鼓励移民，用移民实边的办法抵御外患）、《募民实塞疏》（对如何安置移民生活提出了具体的措施），以及《令民入粟受爵疏》《论贵粟疏》等多篇政治论文和提案，因此其在政界备受关注。

汉文帝前十五年（前 165 年），文帝令大臣们推举贤良、方正、文学之士，晁错被推举为贤良。由文帝亲自出题，就"明于国家大体"等问题进行征询。参加测试的一百多人中，晁错的《举贤良对策》深得文帝嘉许，便由太子家令提拔为中大夫。

汉文帝后七年（前 157 年），文帝去世，太子刘启当上国家领导人，提拔晁错为内史。晁错多次单独晋见景帝，议论国家大事。景帝对他言听计从，宠信程度超过了九卿。更有许多法令，都是经他之手修改订立的。因此，丞相申屠嘉、大臣袁盎等对其心怀忌恨。申屠嘉死后，景帝提升晁错为御史大夫监察百官，位列三公，地位愈加显贵。

景帝二年（前 155 年），晁错向景帝再次陈述诸侯的罪过，请求削减封地，收回旁郡，提议削藩。提交《削藩策》议案，指出："今削之亦反，不削亦反。

削之,其反亟,祸小;不削之,其反迟,祸大。"

奏章送上去,景帝不是私下斟酌,悄悄实施,而是召公卿、列侯和皇族集体讨论。因景帝宠信晁错,没人敢公开表示反对。但从此把个晁错放到了风口浪尖。

景帝诏令:削夺赵王的常山郡、胶西王的六个县、楚王的东海郡和薛郡,吴王的豫章郡和会稽郡。诸侯哗然,都强烈反对,憎恨晁错。

晁错的老爹听到消息,专程从老家赶来问他:"你为什么要这样做呢?"晁错说:"不这样的话,天子不会受到尊崇,国家不会得到安宁!"他老爹听罢说:"照这样下去,刘家的天下安宁了,而我们晁家却危险了。"便服毒而亡了。晁错的父亲死后十几天,吴楚七国果然反叛,名义是"诛晁错,清君侧"!

清君侧,就是说皇帝被身边的小人晁错蒙蔽了,以至于要整治咱们自家人。我们都是姓刘的,一家人啊。所以这不是造反,只是想打到皇城去杀死晁错,帮助皇帝清理身边的小人。

时逢窦婴入宫,请求景帝召见袁盎。袁盎曾当过吴国丞相,于是景帝问计于袁盎。袁盎认为吴楚七国造反不足为患,并请求景帝屏退旁人,献策说:"只要斩晁错,派使者宣布赦免七国,恢复被削夺的封地,就可以消除叛乱。"景帝默然良久,决定牺牲晁错换取诸侯退兵。于是封袁盎为太常(掌宗庙礼仪之官),要他秘密整治行装出使吴国。

袁盎献策十多天后,丞相陶青、中尉陈嘉、廷尉张欧联名上书,弹劾晁错,提议将晁错满门抄斩。景帝批准了这道奏章,此时晁错毫不知情。于是景帝派陈嘉,去晁家里骗他说上朝议事。看到陈嘉来请他一起去见皇帝,晁错想都没想就跟着出了家门。出了家门,就直接被陈嘉带到了东市(当时行刑杀人的地方)。"不是去找皇帝商量国事吗?为什么要杀我?我要去找皇帝理论",没等他说完就被腰斩了。被砍时,晁错还穿着官服!

讨伐吴楚叛军的总指挥邓先报告军情时,景帝问:叛军闻晁错已死罢兵否?邓首长说:他们蓄反已数十年,"诛晁错"只是个借口。并且说:"夫晁错患诸侯强大不可制,故请削之以尊京师,万世之利也。计画始行,卒受大戮,内杜忠臣之口,外为诸侯报仇,臣窃为陛下不取也!"景帝这才默然良久,曰:"公言善,吾亦恨之。"

太史公曰:"'变古乱常,不死则亡',岂错等谓邪!"但在下以为晁错之错,在善于谋国不善于谋身!不知妥否?

发表于《金融文坛》2018 年第 7 期

那个受宫刑的人让人们不至肆无忌惮

因为羞于描述和无法表现之故，长久以来很多人一直认为，那个"功业追尼父，千秋太史公"，在著就"史家之绝唱，无韵之离骚"时，只是受了杖刑，被打断了腿，或者受了和孙膑一样的膑刑，被剔去了膝盖骨——因为故事里只是说他受了宫刑，影视里看到的他总是瘫坐着。

一

"千秋太史公"为什么总是瘫坐着？宫刑到底是怎样的刑罚？

"宫，淫刑也，男子割势，女人幽闭，次死之刑。"说明白一点就是阉割男子生殖器、破坏女子生殖机能、次于死刑的一种肉刑。宫刑又称蚕室、腐刑等。所谓蚕室，"凡养蚕者欲其温早成，故为密室，蓄火以置之。而新腐刑亦有中风之患，须入密室，乃得以全，因呼为蚕室耳"。宫刑称腐刑，是因为它不仅给受刑者肉体的痛苦，更辱其心灵使其成为腐朽之人。

宫刑出现于何时已远不可考。相传，在远古的夏禹以前已有之。它最初是用来惩罚男女之间不正当性关系的。在奴隶主阶级和封建统治者残暴的统治下，宫刑的施刑范围扩大到与初意完全不相干的地步，成为镇压异己者的一种残酷手段。它与太监被阉不同。太监被阉是为了进宫谋生，多是"心甘情愿"。有的不以为耻反以为荣，甚至耀武扬威。然而对于被迫受此刑的人，尤其是很讲脸面的士人，则是奇耻大辱，生不如死。

"祸莫憯于欲利，悲莫痛于伤心，行莫丑于辱先，诟莫大于宫刑（没有什么灾祸比贪图私利更惨的了，没有什么悲哀比伤创心灵更为可悲了，没有什么行为比让先人受辱更丑恶了，没有什么耻辱比遭受宫刑更严重了）。"这奇耻大辱对于大汉王朝一位堂堂的太史公来说，"肠一日而九回，居则忽忽若有所亡，出则不知其所往，每念斯耻，汗未尝不发背沾衣也（每日忧伤满腹，在家中心神不定，好像失去了什么东西；出门则不知道往哪儿走。每当想到这件耻辱的事，冷汗没有不从脊背上冒出来而沾湿衣襟的）"。因为他"重为乡党所笑，以污辱先人，亦何面目复上父母之巨墓乎？虽累百世，垢弥甚耳（更被乡里之人、朋友羞辱和嘲笑，又有什么颜面再到父母的坟墓上去祭扫呢？污辱了祖宗，即便是到百代之后，这污垢和耻辱会更加深重啊）！"

二

天汉二年（前99年），正当司马迁全身心地撰写《史记》的时候，却遇上了飞来横祸。这就是李陵事件。

那年夏天，刚愎自用、穷兵黩武的汉武帝，派李广利（汉武帝宠姬李夫人和宠臣李延年的长兄）领兵讨伐匈奴（另派李广的孙子、别将李陵随从）。李陵率领步卒五千，孤军深入浚稽山（阿尔泰山脉中段），遭遇八万匈奴骑兵围攻。经过八昼夜血战，斩杀匈奴一万多，最后弹尽粮绝，李陵也不幸被俘。李陵兵败的消息传到长安，武帝愤怒万分。满朝文武官员察言观色，趋炎附势，纷纷附和武帝，大斥李陵。

这时，原本和李陵非亲非故、"趋舍异路"，也不曾"衔杯酒，接殷勤之欢"，更没有谏言之责的史官司马迁，却以"款款之愚""拳拳之忠"，全盘托出了他个人的看法：李陵只率领五千步兵，深入匈奴，孤军奋战，杀伤了许多敌人，立下了赫赫功劳。在救兵不至、弹尽粮绝、走投无路的情况下，仍然奋勇杀敌，就是古代名将也不过如此。李陵自己虽陷于失败之中，而他杀伤匈奴之多，也足以显赫于天下了。他之所以不死、投降匈奴，一定是想寻找适当的机会再报答汉室。

说者无意，听者有心。伟大的汉武帝，竟然从一句无意的"救兵不至"中，听出了弦外之音，认为他讽刺劳师远征、因李广利救兵不至而战败，于是立时下令将其打入大牢。

被关进牢房后，案子落到了当时名声很臭的酷吏杜周手中。司马迁面对各种肉体和精神上的折磨一头雾水，反复不停地自问：这是我的罪吗？这是我的罪吗？"他哪里晓得那个未能如期会师、致使李陵孤军奋战、兵败而降的李广利，是人家大汉天子心爱的美人的兄长！好笑的是，在司马迁受以宫刑后不久，那个李广利自己也投降了匈奴。

不久，有传闻说李陵正在帮匈奴练兵，虽然后证实是误传，但当时汉武帝信以为真，便草率地处死了李陵的老娘、妻、子。由是，司马迁也被判了死刑。据汉朝的刑法，死刑有两种减免办法：一是拿五十万钱赎罪，二是受宫刑。司马迁官小家贫，自然拿不出这么多钱赎罪，拿不出钱赎罪就只有接受宫刑。

三

宫刑既残酷地摧残人体和精神，也极大地侮辱人格。因为这种可耻的刑法，施之于司马迁这样的"士可杀而不可辱"的文化人身上，所承受的痛苦之巨大，是今人难以想象的。他悲痛欲绝，他想"引决自裁"。但他转念一想，自己如果就这样"伏法而死"，就像牛身上少了一根毛一样毫无价值。

忍辱负重地活下来做些什么呢？苟且偷生、残喘余年？不，他要提笔大书明君贤臣，他要现出一切魑魅魍魉的原形！"做人君、人父若不通晓《春秋》要义，必定会蒙受罪魁祸首的罪名；做人臣、人子如不通晓《春秋》要义，必定会陷于篡位、杀上而被诛伐的境地。其实他们都认为是好事而去做，只因为不懂得《春秋》大义，而蒙受史家口诛笔伐的不实之言，却不敢推卸罪名"。

"先人（他那个亦做过史官的老爹）说过'自周公死后五百年而有孔子。孔子死后到现在五百年，有能继承清明之世，辨正《易传》，接续《春秋》，遵奉《诗》《书》《礼》《乐》精义的人吗？'他的用意就在于此，在于此吧！我又怎敢推辞呢。"于是啊，下体溃败、脓血弥漫的司马迁，在充满血腥味的污秽"蚕室"中，发愤著就了一部上自黄帝下至武帝、三千多年的通史——《太史公书》（《史记》）！

自此，三皇五帝、秦皇汉武、王侯世家，将相忠臣、奸佞酷吏、游侠商贾等，全都清晰地摆在了那里；自此，所有王侯将相、游侠商贾、文人墨客等，做事时不能不想到，身后高悬的如椽史笔。他们中的绝大多数在行事时，不至于毫无敬畏、肆无忌惮！

四

保尔·柯察金说："生命对于每个人来说只有一次。人的一生应该这样度过：回首往事时，他不会因为虚度年华而悔恨，也不会因为碌碌无为而羞愧"。科圣张衡说："不患位之不尊，而患德之不崇。不耻禄之不夥，而耻智之不博！"百姓说："为了活着要吃饭，不要为了吃饭而活着！"

对于那个万恶的"君要臣死，臣不得不死"的封建王朝，对于那个早已湮没在历史长河之中的汉武大帝，不想、也没有必要再说些什么。但是来到世上走一遭，原本就没啥意义的一个人，是否要尽力使自己充实一些呢？我想，拘羑里推《周易》的周文王，困陈蔡作《春秋》的孔子，放逐著《离骚》的屈原，目失明撰《国语》的左丘，受膑刑论《兵法》的孙子，及受宫刑著《史记》的司马迁一干人等，应该有很好的答案吧！

"人固有一死，或重于泰山，或轻于鸿毛。"记着吧，是那个受了宫刑的人，使人们在行事时，不至于毫无敬畏、肆无忌惮！

2018 年 12 月 26 日

公道自在人心

径万里兮度沙幕，为君将兮奋匈奴。路穷绝兮矢刃摧，士众灭兮名已
陨。老母已死，虽欲报恩将安归！

一

汉昭帝始元六年（前81年）冬，匈奴再次发生内乱，汉朝再遣使节与其谈
判。滞留匈奴19年的苏武，买通了个匈奴人，将他还活着的消息告诉了汉朝使
者。使者当庭发难，编了个"占卜辞上说苏武还活着"的诈言。单于为了向汉朝
示好，这才把苏武交了出来。

在苏武即将回归祖国的时候，投降匈奴多年的李陵，安排酒筵向苏武祝贺，
说："今日你还归，在匈奴中扬名，在汉皇族中功绩显赫！而我李陵虽然无能和胆
怯，假如汉廷姑且宽恕我的罪过，不杀我的老母，使我能实现在奇耻大辱下积蓄
已久的志愿，这就同曹沫在柯邑订盟可能差不多（像鲁庄公时的曹沫一样戴罪立
功），这是以前所一直不能忘记的！逮捕杀戮我的全家，成为当世的奇耻大辱，我
还再顾念什么呢？算了吧！我已成为异国之人，这一别就永世隔绝了！"

随即，李陵长歌当哭："走过万里行程啊穿过了沙漠，为君王带兵啊奋战匈
奴。归路断绝啊刀箭毁坏，兵士们全部死亡啊我的名声已败坏。老母已死，虽想
报恩何处归？！"至此直到李陵60岁终老他乡，再也不能回归汉廷。

二

汉武帝天汉二年（前99年）秋天，李陵在阿尔泰山脉中段的浚稽山，遭遇
单于主力，被匈奴三万多骑兵包围。李陵军驻扎在两山之间，以大车作为营垒。
匈奴见汉军人少，径直扑向前来。

李陵挥师搏击，千弩齐发，匈奴兵应声倒下。匈奴军败退上山，汉军追击，

杀匈奴兵数千。单于大惊，召集左贤王、右贤王部，八万多骑兵一起围攻李陵。李陵军向南且战且走，几天后被困在一个山谷中。连日苦战，很多士卒中箭受伤。三处受伤者用车载，二处受伤者驾车，一创者坚持战斗，竟又斩杀匈奴三千多人。

他们向东南方突围，走了四五天，被大片沼泽芦苇挡住。

匈奴军在上风头纵火，李陵赶忙令将士放火烧出一块空地，才得以自救。李陵的步兵在树林间与匈奴骑兵拼杀，又杀匈奴兵数千，并发连弩射单于，单于下山退走。

单于说："这是汉朝的精兵？久攻不能拿下，却日夜向南退走，把我们引到塞边，会不会有伏兵呢？"而他的部下却说："以单于亲率数万骑兵攻打汉朝几千人，却不能把他们消灭。那以后将无法再调兵遣将，也使汉朝越发轻视我们。"

于是，单于指挥匈奴骑兵猛攻。战斗一整天，匈奴兵又死伤二千余人。就在匈奴军不能取胜，准备撤走的时候，李陵军中有一个叫管敢的中级军官，因被校尉凌辱，而逃出投降了匈奴。管敢投降匈奴后，对单于说："李陵军无后援，并且箭矢已尽，只有李陵将军麾下和成安侯韩延年手下，各八百人排在阵式前列，分别以黄白二色作旗帜。派精兵射杀旗手，即可破阵了。"

单于闻言大喜，命骑兵合力攻打汉军。李陵处在山谷底，匈奴军在山坡上从四面射箭，箭如雨下。汉军坚持南行，一天之中，五十万支箭矢已全部射光。未等冲到鞮汗山（今蒙古国南戈壁省境），便丢弃战车而去。

当时，还剩士兵三千多。赤手空拳的，就斩断车轮辐条当武器，军吏们也只有短刀。后来被一座大山所阻，折入狭谷，单于切断了他们的退路，在险要处放下垒石，很多士卒被砸死，不能前进。

李陵叹息说："兵败如此，惟求一死！"军吏说："将军威震匈奴，陛下不会让您死，以后可想别的办法回去。像浞野侯（赵破奴）虽被匈奴俘获，但后来逃回去，陛下仍以礼相待，何况对将军您呢！"

李陵说："都别说了，我不战死，不为壮士。"于是他令部下把旌旗都砍断，把珍宝埋藏在地下。又扼腕道："再有几十支箭，我们足以逃出了。可现在没有武器再战，天一亮就只有束手待擒了。不如各自逃散，还可能有逃回去报告陛下的人。"他令将士们每人拿上干粮和冰块，准备夜半时分击鼓突围。

李陵与副将韩延年一同上马，十多名壮士和他们一道冲出。匈奴数千骑兵紧追，韩延年战死。李陵长叹："我无脸面去见陛下呀！"于是下马投降了。李陵兵败之处离边塞只有百余里，而当初所带的五千兵将，逃回塞内的仅四百余人。

得知李陵已降匈奴，武帝大怒。文武百官见风使舵，全都责骂李陵。武帝以李陵之事问太史令司马迁，司马迁为李陵辩解说："李陵提兵不满五千，深入匈奴腹地，搏杀数万之师，敌人被打死打伤无数；他转战千里，矢尽道穷，战士们赤手空拳，顶着敌人的箭雨，仍殊死搏斗奋勇杀敌，得到部下以死效命；他虽身陷重围而战败，但他杀死杀伤敌人的战绩，也足以传扬天下；他之所以不死，是想立功赎罪以报效朝廷。"武帝以为司马迁是想诋毁将军李广利，就把他打入了大牢。

过了一段时间，武帝说："李陵出塞之时，本来诏令强弩都尉路博德接应，只因受了这奸诈老将奏书的影响，又改变了诏令，才使得李陵全军覆没。"于是，武帝派将军公孙敖，带兵深入匈奴境内去接迎李陵。

公孙敖在匈奴之地转了一圈，无功而返，就对武帝撒谎说："听俘虏讲，李陵在帮单于练兵以对付汉军，所以我们接不到他。"因此，武帝盛怒，将李陵家处以族刑，他母亲、兄弟和妻子全被诛杀；对司马迁施以残酷的宫刑。

三

李陵战败投降、司马迁为其辩解被处腐刑、诛杀李陵全家，就是史书所讲的"李陵事件"。

李陵（前134—前74年），字少卿，陇西成纪（今甘肃省秦安县）人，飞将军李广长孙。

李陵年轻时善于骑马射箭，对人有仁爱之心，谦让下士，名声很好。汉武帝认为他具有李广的风范，命他率领八百骑兵。李陵曾深入匈奴二千余里，越过居延（今内蒙古额济纳旗境内）侦察地形，未遇到匈奴顺利返还。后升为骑都尉，带领精兵五千，驻在酒泉、张掖等地，教习箭术以防卫匈奴。几年后，汉朝派贰师将军［汉武帝命李广利到大宛国的贰师城（现吉尔吉斯斯坦的奥什城）取良马，故委任李广利为贰师将军］李广利征大宛，命李陵带其五千兵马随后。行至边塞，武帝又诏令李陵，要他留下手下将士，只率五百轻骑出敦煌，至盐水，迎接李广利回师，然后仍驻屯在张掖。

天汉二年（前99年），李广利统领三万骑兵从酒泉出发，攻击在天山一带活动的匈奴右贤王。武帝召见李陵，想要他为大军运送粮草。

李陵上殿，向武帝叩头，请求说："臣所率领的屯边将士，都是荆楚勇士、奇才、剑客，力可缚虎，射必中的，望能自成一军独当一面，到兰干山南边以分单于兵力！"

武帝说："你是耻于做下属吧！我发军这么多，没有马匹拨给你。"李陵答道："不须给马匹，臣愿以少击多，只用五千步兵直捣单于王庭。"汉武帝为他的勇气所感便同意了，并诏令强弩都尉路博德，领兵在中途迎候李陵的部队。

路博德曾荣获"伏波将军"称号，也羞于做李陵的后备，便上奏："现在刚进秋季正值匈奴马肥之时，不可与之开战。臣希望留李陵等到春天，与他各率酒泉、张掖五千骑兵分别攻打东西浚稽山，必将获胜。"武帝见奏大怒，怀疑是李陵后悔、不想出兵，而指使路博德上书。于是传诏路博德："我想给李陵马匹，他却说什么'要以少击众'。现在匈奴侵入西河，速带你部赶往西河（治所在今内蒙古鄂尔多斯市东胜区境内），守住钩营之道。"又传诏李陵："应在九月发兵，应从险要的庶虏鄣出塞，到东浚稽山南面龙勒水一带，徘徊以观敌情。如无所见，则沿着浞野侯赵破奴走过的路线，抵受降城休整，将情况用快马回朝报告。你与路博德说了些什么？一并上书说清楚。"

李陵这才率领他的五千步兵从居延出发，向北行进三十天，转战千里到浚稽山扎营。将所经过的山川地形绘制成图，派手下骑兵陈步乐回朝禀报。

之后李陵军在浚稽山遭遇单于主力。并以不满五千步卒，搏杀数万匈奴之师，最后矢尽无援，战败而降。

此后，有汉使到匈奴，李陵质问使者："我为汉朝领步卒五千横扫匈奴，因无救援而败，有什么对不起汉朝而要杀我全家？"使者说："陛下听说李少卿在为匈奴练兵。"李陵说；"那是李绪（本来汉朝的塞外都尉，驻守奚侯城，匈奴来攻便投降了），不是我。"

李陵恨李绪为匈奴练兵，而使自己全家被诛，便派人刺杀了李绪。大阏氏要杀掉李陵，单于把他藏到北方，大阏氏死后李陵才回到单于所在地。

再后来，单于因看重李陵，不仅把自己的女儿嫁给了他，还立他为右校王（匈奴贵族封号，即右贤王）。汉昭帝即位，大将军霍光、左将军上官桀辅政。他们一向与李陵要好，就派李陵的好友任立政等三人，去匈奴招李陵归汉。

任立政等到匈奴后，私下里对李陵说："汉朝已宣布大赦，辅政的霍光、上官桀请你回故乡去。"李陵却说："我回去容易，只怕再次蒙受耻辱，无可奈何！"于是李陵在匈奴二十多年，直到汉昭帝元平元年（前74年）病死他乡。

四

纵观整个"李陵事件"，有李陵英雄末路、故国难归的悲哀，有司马迁身受腐刑，备受摧残的凄惨，更有李陵所率五千步卒血洒大漠、命丧塞外的悲怆。

此事件谁之过也？首先是李陵的逞强好胜，自不量力。李广利统兵攻击匈奴右贤王，皇帝让你为大军运送粮草，你却耻于做下属。并且说什么"不须给马匹，臣愿以少击多，只用五千步兵直捣单于王庭"。

　　口号易喊，实战百艰。率兵作战，你以为是过家家做游戏呢？是的，在公元前119年时，卫青和霍去病率大军出征匈奴，战事不利，卫青把责任推到你爷爷李广身上，他愤而引刀自刎。此后你的叔叔李赶，又因打伤卫青被霍去病射死。当然，还有你的父亲因过早去世，几乎无有功业。因此，你急于立功，重振家风。但是你率领不多的步兵，到人家匈奴的地盘。人家可全是凶悍的骑兵，与他们相拼，成为人家碗里的手抓羊肉，不是分分钟的事吗？

　　其次是路博德的奸诈。路博德曾因军功封过侯，做过"伏波将军"，后因打败仗被撸。那个"老油条"，根本看不起李陵这个毛孩子，更耻于为他做后援。可他不直接说自己不乐意去，而是向武帝进言，说：现在不是时机，待次年春天才好出击。结果，导致李陵孤军无援，全军覆没。

　　第三是武帝刚愎暴虐。一不该轻信愣头青李陵的"以少击多"。二不该怀疑李陵挑唆路博德向他进言，因而打乱了原来的部署，而命令路博德出兵西河郡拦击匈奴，命李陵出居延塞北上到浚稽山。三不该轻信公孙敖所说的"李陵在帮单于练兵以对付汉军"，而斩杀李陵全家，使得李陵有家难回，故国难归。

　　其中，最可恶的还有那些被司马迁痛斥的一帮宵小，也就是那些见风使舵的文武百官。常言道"胜败乃兵家常事"。一群热血男儿在千里之外沙场上，抛头颅洒热血，脑袋别在裤腰带上，拼死拼活为国家卖命，原本已经很是不易。一有败仗，那些媚上欺下的家伙们，就推波助澜，夸大他们的差错，最终使皇帝酿成大错——斩杀李陵全家！

　　当然，坏事的还有公孙敖。完不成任务无功而返也就罢了，怎么能道听途说，说人家"在帮单于练兵以对付汉军"呢？正是其道听途说，才使汉武帝火上浇油，诛杀李陵全家的。

　　其他还有凌辱管敢的校尉，及投降匈奴的管敢。若没有那个校尉对管敢的凌辱，就不会有管敢的投降；若不是管敢投降和告密，李陵大军亦不至于突围不得。

　　关于太史公身受腐刑，在下不敢说司马大人的仗义执言是咎由自取，但他在五千兵卒全军覆没、头领投降的重要节点，公然为"叛徒"辩护，总有点不合时宜。这个时候的极力辩护，不啻为叛国行为张目。他只局限于李陵一人一事，却没有顾及自己的言论，对社会上忠义之风的消极影响。事实上，汉武帝诛杀李陵家族，是在其投降一年多之后，派人迎接无果、得到了"李陵在帮单于练兵以对付汉军"的情况之下。由此看来，当时的太史公还真有点"不当家不知柴米贵"的意思哩。

五

　　辛弃疾说："将军百战身名裂。向河梁、回头万里，故人长绝。"民间还有句俗语叫："群众的眼睛是雪亮的！"

无论把灵魂出卖给谁，记得留一点给自己

公元前 116 年将近年关的时候，西汉都城长安发生了一件大案——堂堂的大官张汤在监狱自杀了。

他自杀前在监狱被关押有段时日了，前后去了八批人，一句话也未审出来。第九个去的是赵禹。这人是张汤志同道合的老朋友，他们一起修订过汉律。张汤见了好友，自以为事情终有转机，正准备慷慨陈词，却被赵禹当头痛斥："今天你觉得自己冤枉了，当年被你杀的那么多人就不冤枉吗？现在别人告你都是有真凭实据的，皇上关你到牢里就是希望你自我了断，你一言不发在等什么呢？"他这才定了定神："明白了。我张汤出身刀笔小吏，没打过仗、没立过功，能位列三公，这辈子也算值！"言毕自杀身亡。咋死的，调查报告没说，反正是他自己觉得该死，也确实是自己了断的。

他为啥觉得自己该死，这还得从头说起。

张汤，杜陵（今西安东南）人，他爹曾当过长安丞。他小时候看家，肉被老鼠偷走了，他爹打他，他就掘开老鼠洞，抓住了偷肉的老鼠，并找到了剩下的肉。然后立案拷审、传布文书再审、确定罪名，最终才将那偷肉鼠处以极刑。他爹一看，这完全是个老练的法官啊，就让他学习相关的知识和技能。长大后自然就成了司法官吏，从基层狱吏做起。

汉武帝的舅舅田胜（王娡的同母异父弟）还没那么显贵的时候，曾经因为犯罪被关进了监狱，监管他的正是张汤。当时，王娡只是景帝的一个宠妃，刘彻只是老皇帝的儿子之一。一切都还不明朗，自然不会有人巴结一个准外戚，更何况还是个犯了事儿被关进监狱、生死未卜的家伙。但是张汤却从中看到了"商机"，竟"倾身事之"。因此，田胜被释放后就引见他遍见各位人物。张汤便跻身上层政界。田胜的哥哥田蚡当上丞相，便把张汤调到身边任丞相史。不久又推荐给武帝，补任为御史。这大概就是算命先生嘴上常说的"将有贵人相助吧"。

公元前 135 年，陈皇后和卫子夫争宠，让巫婆于后宫施法诅咒刘彻。武帝下令严查此事，张汤充分发挥干练本领深查细挖，最终把"造反团伙"一网打尽。

不仅陈皇后被废，被牵连者达千人之多。因此，武帝认为他很能干，晋升他为太中大夫，后改任廷尉。

公元前123年，淮南王刘安、衡山王刘赐谋反，事败自缢。张汤主审这场政治大案，穷追狠治大显身手，"凡淮南、衡山二狱，所连引列侯、二千石、豪桀等，死者数万人"。张汤遂飞黄腾达，开始了他人生中最辉煌的七年御史大夫生涯。

进入高层后，张汤自恃宠信，多行分外之职。天下之事皆由其决之，权势远超丞相。张汤断案，遇上武帝讨厌的就落井下石加重刑罚，碰到武帝关爱的就找借口法外开恩，逢着武帝不关心而与自己有过的，就毫不留情从严、从重处理。"于是往往释汤所言"，名义上万事由皇帝裁决，其实大多为张汤个人意志所左右。最终，他打着维护皇权的旗帜，在最大程度扩张己欲的路上越走越远。

匈汉之间长年大规模的战争导致国库空虚。为消除财政危机，武帝令张汤主抓制造白金货币和五铢钱、实施盐铁专卖法案等。他一走马上任，就以雷霆手段开展工作，严刑打击豪强富贾，酷法压迫平民弱势。比如强化税收、盐铁专卖、改变货币等，并实行"告密令"。也就是"有奖举报法"，谁举报偷、漏税，一经查实，被举报者全家贬为奴隶，告密者可得罚没全部家产的一半。自造白金、五铢钱后，吏民坐盗铸金钱者死者数十万人。以致民怨沸腾，怨声载道，"自公卿以下，至于庶人咸指汤"，致使其走到了万夫所指的地步。

就在这个时候，不知天有多高、地有多厚的张汤，又亲手制造了较之秦桧"莫须有"更绝的、中国古代法制史上最为严重的冤案——腹诽案：以廉直闻名的大司农颜异，因对张汤以一张白鹿皮（用白鹿皮制成的大额皮币）置换四十万钱的经济法案持有异议，得罪了汉武帝。与颜异有旧怨的张汤便借口颜异曾在下属面前妄议朝政时"不应，微反唇"（无语，只动了下嘴唇），上告其"不入言而腹诽，论死"（没说话但在心里诽谤，应该处以死刑）。武帝批准，颜异即被处死。"自是之后，有腹诽之法比，而公卿大夫多谄谀取容矣！"

常言道"不是不报，时机未到"。时机一到，倒汤运动便开始了。因为盐铁专卖损及利益的赵王刘彭祖，其便率先指控张汤与其下属鲁谒居阴谋危害国家。

话说到此还得稍做解释。刑部报给皇帝的文件，都要过御史中丞李文这道关。以备不时之需的李文就操了"溜红薯心"——专门留意张汤在文件中留下的问题线索。这事被张汤的线人鲁谒居获知，便弄了一封一句真话三句假话的匿名信，把李文给举报了。张汤接案，直接把李文"咔嚓"了。

按常理，做领导的多少应该维护下属吧，不维护也罢，有必要下杀手吗？于是刘彻随口问张汤：李文这个案子是谁最先捅出来的。张汤说：可能是李文的仇家吧。当时刘彻虽然没继续追问，但有了不好的猜测。

后来，张汤对鲁谒居一直心存感激。鲁谒居有病在家，张汤亲自去给他洗脚按摩。这个不太寻常的举动，被刘彭祖的线人听说了。刘彭祖便一封诉状直接递到刘彻手里：这里边绝对有内情！

鲁谒居被关入狱中不久病死，他的弟弟认为张汤见死不救，于是揭露了张汤与其兄违法挟私的黑幕。于是，武帝特命官员减宣专题调查。就在这关键时刻，有贼偷盗了汉文帝陵园的下葬钱。依惯例，时任丞相庄青翟与张汤相约一同向武帝谢罪。而张汤却临时变卦，将罪名全归于丞相，准备先行弹劾。与张汤结有深怨的丞相府朱买臣、王朝、边通三位官员，探得消息后一起联名先发制人。在替丞相声辩的同时，告发了张汤平日的种种非法行径。说张汤向武帝奏报经济改革方案前，都向他的好友透露了消息，并因此囤积取利平分。

一直都在等待时机的减宣见火候已到，趁机将李文一案的调查结果报给了刘彻：张汤和鲁谒居合谋杀李文，证据确凿。武帝心中猜测应验：张汤果然心中险诈！便不由分说以八项大罪将其打入死牢。于是堂堂的御史大夫张汤在监狱自杀了，并且是真的自杀。

好直谏廷诤的汲黯，被下放前曾对将军李息讲："我不否认张汤是个优秀的'打手'，但是现在他却在做'管家'该做的事情。'打手'做'管家'，朝廷、天下会被搅乱的！"权且不说张汤为官是否干练、清廉，单是自取灭亡来看，应该是算不上周全的。因此呀，无论做官或是做人，不管把灵魂出卖给谁，还是记得留一点给自己为好！

发表于《金融文学》2018 年 12 期

没有金刚钻不揽瓷器活

两千多年前一个烈日炎炎、火伞高张的夏日，一队人马在山东至长安的官道上狂奔。狂奔中，时不时就有马匹倒下、车辆散架，但整队人马片刻也不肯停歇……

一

官道上狂奔人马的"带头大哥"，是当时昌邑国时任昌邑王刘贺。他是奉了西汉时任"天下兵马大元帅"霍光的紧急通知进京的。通知内容大致是汉昭帝于元平元年 6 月 5 日驾鹤远游去了。传达通知的班头私下说，因汉昭帝没有子嗣，也没有选定接班人，几位大臣争吵了月余，霍光才果断下令征召他进京的。

深夜一时，昌邑王接到通知后，上午便带着自己数百人队伍赶往皇城长安。当天下午四五点，就赶了一百三十多里到了定陶。路上马匹是一匹接一匹累死，车辆是一辆接一辆散架。手下管事的龚遂多次进谏反映，刘贺才令五十多人离队返回。

7 月 17 日，人马风尘仆仆奔达长安。18 日上午，那个 19 岁的昌邑王便嗣昭帝（做昭帝继子），按礼仪要求哭丧、尊昭帝皇后上官氏（上官桀孙女、霍光外孙女）为皇太后，接受皇帝玺印和绶带继承帝位。

刘贺这边刚登基，霍大统领那边竟"悔棋"了。霍光与长史田延年等秘密计议商定后，由田延年通报丞相杨敞，大家伙儿一起"废旧立新"。

杨敞闻听吓得汗流浃背，含含糊糊不置可否。杨敞之妻乃是司马迁之女，见丈夫犹豫不决暗自着急，乘田将军更衣走开，便上前对丈夫说："国家大事岂能犹豫不决。霍大元帅已有成议，你当速决，否则必然……"但杨敞来回踱步依然拿不定主意。老田方便罢回还，司马夫人回避不及，索性迎上前去说：丞相赞成霍老师意见、拥护霍老师决定！

次日，在霍统领的安排下，杨敞率众臣谒见上官皇太后，弹劾新帝："受玺以来二十七日，使者旁午，持节诏诸官署征发，凡千一百二十七事。"也就是说，刘贺在位二十七日之中，使者往来不断，拿着朝廷标识下令各官署征调、索取物资等，做了一千一百二十七件坏事。因其荒淫无道，丧失帝王礼义，搅乱朝廷制度等，必须罢免。十五岁的皇太后一个"可"字，由昌邑王充任的新帝，便当即"从天而降"，成了平民一枚。

那一天是公元前 74 年 8 月 14 日，这位没有名号的"汉废帝"，登皇帝位"两头挂橛儿"仅仅 27 天。

二

那个西汉在位时间最短的"汉废帝"叫刘贺，他爸是老昌邑哀王刘髆。刘髆是汉武帝刘彻五子，天汉四年（前 97 年）被封为昌邑王。后元元年（前 88 年）正月，刘髆死后年仅五岁的刘贺嗣位，是为二代昌邑王。

汉宣帝继位，废帝刘贺被幽禁于昌邑。不过此时的昌邑国已被废除，代之而立的是山阳郡。负责监视的山阳太守张敞报告"故昌邑王已是废人"！宣帝知其已不足畏忌，便于元康三年三月下诏："封故昌邑王刘贺为海昏侯，食邑四千户。"于是，29 岁的废帝刘贺才前往封国豫章（今江西南昌），海昏侯国形成。

不久，扬州刺史上奏称，海昏侯与故太守卒史孙万世暗自来往，且对现实有不满之意。宣帝发话："那就削除他食邑三千户吧。"自此，刘贺一病不起。到了神爵三年（前 59 年）便愤慨而亡，年仅 33 岁。大汉国家档案记载刘贺死因，只有两个字"后薨"。而海昏侯国东游塘，因"昌邑王每乘流东望，辄愤慨而还"留名"慨口"。他死后推荐儿子继承侯国，然荐一个死一个，最终造成海昏侯国被除国绝嗣。

三

"成也霍光，败也霍光"的霍统领是何路神仙？霍光，河东平阳（今山西临汾）人。他爸名叫霍仲孺，曾以县中公差身份，被派到平阳侯曹参家中服务。服务期间与府中侍女卫少儿，私通生下霍去病。霍仲孺在平阳侯家服役结束返回家中，正式娶妻生下霍光。

霍去病出征凯旋，将异母弟弟霍光一起带到长安照顾。后来在霍去病将军的帮助下，霍光步入仕途并一路高升。公元前 117 年霍去病英年早逝，霍光荣升光禄大夫等要职，侍奉汉武帝左右。出入宫禁二十多年，未曾犯错一次，据传就连每次出入宫禁的脚印都没错过位，因此得到武帝的高度信任。

后汉武帝临终之时，指定霍光为大司马、大将军，与金日磾、上官桀、桑弘羊一同辅佐时年八岁的汉昭帝。辅佐中，霍光与几位权臣斗法，上官桀等人想发动政变弄死他。但计划泄漏，霍大人族灭上官桀父子和桑弘羊等。从此，霍大人成了西汉的大统领，并侍奉、送走汉昭帝，立废刘贺、扶汉宣帝。

汉宣帝即位初，霍大人表示要归政于帝。宣帝虽对霍老信任有加，但与之同车"若有芒刺在背"，朝廷事务悉数遵老规照旧矩——先经霍老再报皇帝。后几经波折，立其女霍成君为后，并为"昭宣中兴"做出了一定贡献。

地节二年（前68年）春三月，霍光寿终正寝。汉宣帝与上官太后一同到场治丧，以皇帝级葬仪将其葬于茂陵。地节四年（前66年）七月，霍家谋反事发招致灭族。其遗孀显及子、侄等家眷全部被杀或自杀（女婿金赏因告发被赦），女儿霍成君皇后被废，处昭台宫后自缢。长安城因此数千人家被牵连族灭。

四

"没有金刚钻不揽瓷器活"是民间很经典，也很形象的一句话。话面意思是，没有在坚硬瓷器上打眼的"金刚钻"，就不要揽承修复破瓷器的工作。隐喻是，没有相应的能力，就不要做相应的事。

刘贺作为世袭昌邑王，本来在封地可谓逍遥自在。当个王爷呼风唤雨，倒也其乐无穷。然而命运就是这么怪：在他不满二十岁的时候，他的小叔叔刘弗陵，刚掌权几年就驾鹤远游了。游就游呗，偏偏没有子嗣，也无指定接班人。国不可一日无主呀，当朝大臣们就紧急磋商：昭帝没有子嗣，新帝当从其兄弟中甄选。酝酿的结果是："武帝六男独有广陵王胥在，群臣议所立，咸持广陵王"。但广陵王刘胥已封王数十年，不仅体魄壮健、力能扛鼎，空手与熊、野猪等猛兽搏斗，而且已成"资深政客"。因此，霍光对其颇为忌惮（或许为社稷计，为国家计），坚决反对。于是乎，朝议了月余，天大的"馅饼"这才阴差阳错地砸到了刘贺的头上。

司马光的《资治通鉴》说，刘贺尽管不学无术，不务正业，甚至荒唐透顶，但也绝不可能在27天内，做出1127件荒唐的事情来。人们也在想：再淘气、精力再旺盛的熊孩子，一天怎么可能会做出41.7件坏事呢？就算有，谁一一统计了呢？况且一个王侯之后，又做了15年之久的昌邑国王，当初刘贺在昌邑国时，侯国辅佐龚遂说的"大王学习《诗》三百零五篇"，也好像证明刘贺并不"弱智"。

事实证明，不经认真考核，仓促任人、用人是个极大的错误——这也是霍统领拥立了刘贺之后才认识到的。那小子从接到"内部消息"就原形毕露，不说没有

"三推四请"、连夜上路、累死马匹，上京路上还干了件坏事：经过弘农郡时，有个叫善的奴仆，用准皇帝的名义抢了不少女子。这些，大概都列入了那1127件坏事了吧。

刘贺登基之后，在众多的大臣，特别是在霍统领跟前，也没有一点低调和谦恭。他大抵是认定了，这皇位是我家皇爷爷留下的，今已"明媒正娶"，一切凡夫俗子能奈我何？于是，我行我素毫无顾忌，甚至连大统领都不放在眼里。刚得权没几天，什么底子也没有就这般"骄傲"，要是翅膀硬了岂不翻天！

刘贺从进京的路上开始，直到进入未央宫领受皇帝玺绶，所做的一系列怪异之事，倒也符合他的"清狂不惠"。按理说，他做的那些鸡毛蒜皮坏事，应该在霍统领意料之中的，霍统领也应该暗自得意的。但他在"1127件坏事"中，竟然有调整宫廷禁卫兵马之事，甚至连掌管太后寝宫的近卫也触碰了。这是什么？这是"国家权力"的核心，你想"挟天子以令诸侯"吗？——动了我的奶酪我也不会放过你（当然我也得有"金刚钻"）！

刘贺进京前，留守昌邑的老臣王吉再三叮嘱：大将军是如何如何，大王要如何如何。刘贺当场满口答应，可一进长安，便忘得一干二净（或许是人家昌邑王故作荒唐、瞒天过海也未可知，只是有点幼稚罢了）。在某些个不知锅是铁打的家伙鼓动下，他一冲动就蛮干起来。于是霍光是可忍孰不可忍，请求15岁的外孙女以太后名义下诏、拿"1127坏事门"，一举废黜了这个糊不上墙的倒霉蛋儿。

好好的昌邑王33岁愤慨而亡了，好好的海昏侯国被除国绝嗣了。当初从昌邑国带出的二百多条性命，也多以"亡辅导之谊，陷王于恶"被悉数诛杀。他们临刑前号呼市中："当断不断，反受其乱！"令人扼腕万千，狐疑万世！

清人方浚颐说："昌邑受玺才二十七日，而连名奏书所陈罪状累累，信乎否乎？"而在下就一句：没有金刚钻可不敢揽那瓷器活！

五

公元前74年8月14日，是一个人的大不幸日子——刚刚登上天子宝座27天就被赶下了台。那个倒霉的人叫刘贺，曾任昌邑王、海昏侯，史称汉废帝。

发表于《南都晨报》2020年6月3日

霍氏之祸萌于骖乘

班固曰："宣帝始立，谒见高庙，大将军霍光从骖乘，上内严惮之，若有芒刺在背。后车骑将军张安世代光骖乘，天子从容肆体，甚安近焉。及光身死，而宗族竟诛。故俗传之曰：'威震主者不畜。霍氏之祸，萌于骖乘'。"

一

西汉宣帝地节四年（前66年）七月，霍光的老婆霍显和霍氏子女、亲属密谋：由上官太后出面宴请博平君（汉宣帝外祖母），让魏相（汉宣帝时丞相）和平恩侯许伯（许皇后父亲许广汉）前来陪同，再让霍光的两个女婿范明友、邓广汉，"承"太后旨意将魏相和许伯诛杀（二人曾劝谏宣帝削减霍氏权力），乘机废掉汉宣帝，立霍禹（霍光之子）为皇帝。

孰知，待他们密谋妥当，正待行动的时候，事情就败露了。因此，霍光侄孙（霍去病过继孙）霍云、霍山及范明友畏罪自杀。霍禹、霍显、邓广汉等被捕，其中霍禹被腰斩，霍显及霍氏兄弟姐妹全部被当众处死，霍成君皇后（霍光之女）被废处昭台宫后自缢，因与霍氏有牵连而被诛杀的有数十家。至此，历经汉武帝刘彻、昭帝刘弗陵、汉废帝刘贺、汉宣帝刘询的一代名臣霍光，一族几乎被诛族殆尽。

霍氏一门，从霍光同父异母兄霍去病算起，在西汉政坛闪耀达60年之久。殊功伟业，名动天地。但一朝败亡，恰似土崩瓦解，家族顿时烟消云散。

二

因霍光得势，从昭帝时起，霍光的儿子霍禹和侄孙霍云都是中、高级将领，霍云的弟弟霍山任皇宫车驾总管等。霍光的两个女婿分别是东、西宫的警卫长，兄弟、几个女婿、外孙都得以定期朝见皇帝，并担任重要官员。亲族连成一体，在朝廷中盘根错节。

元平元年（前74年），汉昭帝驾崩。霍光迎立汉武帝孙昌邑王刘贺即位，但只过了二十七日，就效法殷商伊尹，行废立天子之事——以淫乱无道为由把刘贺废黜了。

刘贺被废黜后，霍光同群臣商议后决定，从民间迎接武帝曾孙刘病已（戾太子刘据之孙，后改名刘询）继承帝位，即汉宣帝。

汉宣帝即位初，霍光表示要归政于帝。宣帝虽对霍光信任有加，但与之同车"若有芒刺在背"——宣帝深知，权臣霍光能废掉刘贺就能废掉自己。因此，朝廷事务悉数遵老规照旧矩——先经霍老再报皇帝。后几经波折，霍光立其女霍成君为后，并为"昭宣中兴"做出了一定贡献。

霍光主持朝政前后二十年。汉宣帝地节二年（前68年）春三月，霍大统领寿终正寝。汉宣帝与上官太后一同到场治丧，以皇帝级葬仪将其葬于茂陵。霍光的儿子霍禹，当天被拜为右将军。

三

霍光死后，霍光老婆毒杀许皇后的消息开始流传。当年，霍显想让其女霍成君成为皇后，让女医淳于衍把宣帝的原配许平君毒死。宣帝听闻后并未开始调查，而是先提拔自己的外戚及霍氏的政敌担任要职，架空霍家子弟的兵权。具体做法是：把霍光长女婿长乐宫卫尉邓广汉，调至为皇室管理私财和生活事务的少府；把霍光的二女婿羽林监（禁卫军统领）任胜改为安定郡（今宁夏固原）太守；收了霍光小女婿度辽将军的印信，由大将军改为光禄勋（宫廷事务名誉总管）；把霍光姐姐的女婿张朔，由给事中光禄大夫改为蜀郡太守等；对霍禹，给了他一个荣誉性的大司马衔，却收了他右将军的兵权。总之，凡是以前被霍家把持的胡越骑兵、羽林军，及未央宫、长乐宫卫将屯兵等，一概交由他的许皇后及他外婆史家的亲信掌握。

汉宣帝如此一调整，霍光的老婆及其整个家族便有了危机感。有了危机感就要有所应对，结果是名动天地的霍氏一门自此烟消云散。

四

《资治通鉴》的作者司马光说："霍光之辅汉室，可谓忠矣；然卒不能庇其宗，何也？夫威福者，人君之器也。人臣执之，久而不归，鲜不及矣。以孝昭之明，十四而知上官桀之诈，固可以亲政矣，况孝宣十九即位，聪明刚毅，知民疾苦，而光久专大柄，不知避去，多置亲党，充塞朝廷，使人主蓄愤于上，吏民积怨于下，切齿侧目，待时而发，其得免于身幸矣，况子孙以骄侈趣之哉！"

《汉书》的作者班固说：宣帝刚被立为皇上时，到高庙祭祀，大将军霍光以骖乘的身份跟从。皇上心里害怕他，像背上长了芒刺一样。后来车骑将军张安世代替光任了骖乘，天子才能从容地面对，感觉安全在身旁。一直到光死去，而他一族之人竟然全部被杀。因此民间流传说："威严震主的人不能活。霍氏的祸，是从骖乘开始的。"

在霍氏家族炙手可热的时候，茂陵有个青年人徐福曾上疏皇帝说："霍氏家族奢侈，陛下您要是喜爱他们，就应该按时加以抑制，不要使他们发展到灭亡的地步。"

俗话说"店大欺客，客大欺店"。汉宣帝对霍氏家族并非是"卸磨杀驴""兔死狗烹"，而实在是"客大欺主""若有芒刺在背"。也并非不想及早加以抑制，而实在是霍氏一族太无自知之明。你无自知之明、不知进退，人家只好"欲擒故纵"了。

霍光的老婆显、其子霍禹，及其相关亲属的谋反行动，除了无不自知之明、不知进退、不自量力外，也有被形势所逼、"骑虎难下"的成分。

而一代名臣霍光虽然"辅汉室可谓忠矣"，但终究是太不知收敛了。除了久不归权外，对待自己的家族也少有约束。自己的亲族在朝廷中已经盘根错节、连成一体了，在自己行将就木时，竟然还向宣帝提出最后的请求"封我侄孙霍山为列侯"。

"霍氏之祸，萌于骖乘"。霍家的祸患，从霍光作为皇帝的陪乘人员，让皇帝感到"若有芒刺在背"时就生发了，是很有道理的！

大功不言载史册

西汉宣帝时，有个名叫丙吉的，因有大功而不言，被班固载入《汉书》……

一

西汉宣帝元康二年（前64年），皇宫里有个叫"则"的婢女，让她男人上书朝廷，说是自己对当今圣上有保育之功。奏章转给宫廷事务总管核查，婢女则说，当今御史大夫丙吉可以为我作证。

宫廷总管带着那个婢女，去见丙吉。丙吉一看，认识啊。并且脱口道："就你还想邀功？你难道不记得当年抚养皇曾孙（汉宣帝）时，犯了过错被打板子吗？当时，女囚胡组和郭徵卿，人家才是真的有功啊！"

于是，宫廷总管把丙吉等人当年养护宣帝的情况报给了宣帝。宣帝心下感动，下诏寻找两人，但她们都已去世。宣帝就下诏对胡组、郭徵卿的子孙，进行了大大的赏赐。婢女则虽然有过，也给予免去其奴婢身份，另赏钱十万。

宣帝再亲自过问丙吉，才知道丙吉才是对自己有最大救护之功的。于是，宣帝下诏说："朕没有显贵以前，御史大夫丙吉对朕有恩，他的德行真美啊。《诗经》上不是说过'没有什么对我有德的人不受到报答的'吗？朕封丙吉为博阳侯，食邑一千三百户。"

临到受封时，丙吉病了。宣帝担心丙吉的病好不了，派人拿着侯印立即去封侯。后来丙吉的病好了，上书皇帝坚决推辞，说自己不应该靠这空名受赏封。宣帝回书说："朕封你为侯，不是空名。而你上书送回侯印，就使朕显得无德无义，知恩不报了！"

二

丙吉，字少卿，鲁国（今属山东）人。丙吉早年因熟研律令，得以出任鲁国狱警。因功逐渐升迁后，担任国家法院高级法官（廷尉右监）。后因牵连罪案被免职，于是回到州里做了基层一般司法人员。

征和二年（前91年），"巫蛊之祸"爆发。卫太子刘据被逼兵变，失败自杀，妻儿全都被害。武帝宠臣江充奉命追查巫蛊案，用酷刑、栽赃等迫使人们认罪。大臣、百姓惊恐之下胡乱指认他人，牵连者达数十万之众，长安各监狱爆满。司法人员不够用了，就从各郡国抽调人手。丙吉因为做过廷尉右监，被征召到朝廷，负责王侯、郡守府邸中所设监狱里关押的、涉及巫蛊之祸的人犯。

虽然有皇命在身，但丙吉很清楚涉案罪犯，多是被冤枉的。出于良知，他便尽量为其申诉冤情、减轻处罚，以至于耗时数年依然未能结案。

其间，丙吉在巡查监狱时得知，卫太子刘据几个月大的孙子刘病已也关在其中。他悲悯太子的遭遇，认为就算是刘据真的有过错，但也不能罪及尚在襁褓之中的孙儿。所以他便挑选谨慎厚道的女囚徒，由胡组和郭徵卿对刘病已进行细心哺育和养护。

不久，汉武帝听闻术士妖言："长安狱中，有天子气。"行将就木的刘彻急忙令人连夜到郡邸狱欲将"狱中皇族，无论长幼一律处死"。使者赶到监狱，丙吉闭门拒绝进入，说："皇曾孙在这里。别的人无罪被杀都不允许，况且他是皇帝的亲曾孙！"使者等到天亮不能进入监狱，便回去向汉武帝报告，并提出要弹劾丙吉抗旨之罪。谁知，"失心疯"的刘彻，却突然清醒过来，说："皇曾孙命不该绝，看来这是上天让丙吉这么做的！"

事后，武帝下令大赦，大批囚徒因此重获自由。丙吉趁机对监狱长说："皇曾孙不该继续关押"，并把刘病已移送京兆尹。因其不接受给予退回，只得继续留在郡邸狱。

胡组刑满该释放回家了，丙吉就自己掏钱雇胡组留下，同郭徵卿一同继续喂养刘病已。并派人查看其席褥是不是潮了，该不该晒了。同时监督胡组、郭徵卿，防止她们丢下皇曾孙自己疯玩。

宫廷事务署财务管理员对丙吉说，皇曾孙没"编制"，就没有伙食费，丙吉就拿自己的米、肉等伙食供给。其间，刘病已数次生病，丙吉自掏钱请医救治。后来，丙吉查到刘病已祖母史家还有人在，才把刘病已交给史家抚养。

汉武帝驾崩，临终前颁布遗诏，正式承认刘病已是皇曾孙。与此同时，丙吉因为平反冤狱有功，受到托孤重臣霍光的器重，被提拔为大将军长史，数年后又晋升为光禄大夫。

元平元年（前74年），年仅21岁的汉昭帝驾崩。霍光便扶立昌邑王刘贺为帝。后因刘贺"不守法度"，霍光又将其废黜。此时，深受霍光器重的丙吉提出建议，希望立昭帝的侄孙刘病已为帝，并得到霍光的首肯。于是在元平元年，境遇落魄的刘病已一步登天，当上汉朝皇帝，是为汉宣帝。

刘病已当上皇帝时，基本上不记得丙吉，而丙吉也绝口不提先前之事。所以朝廷没人知道，丙吉在 17 年前曾经冒死救下当今圣上之事。

地节三年（前 67 年），宣帝立了太子，让丙吉做太子太傅。几个月后，丙吉因表现突出，升迁为御史大夫。

三

等到宣帝得知丙吉保护、恩养自己的事实，便隆重地册封丙吉为博阳侯。神爵三年（前 59 年），魏相死后，宣帝就把时任御史大夫的丙吉提拔为丞相，使得丙吉由此位极一人之下万人之上。

五凤三年（前 55 年）正月，丙吉因病离世。临终前向皇帝推荐黄霸、杜延年、于定国、陈万年等人，最终都成为治世能臣。甘露三年（前 51 年），汉宣帝把丙吉、魏相、杜延年等十一位股肱功臣画像，列置于未央宫麒麟阁，以示纪念和彰扬。康熙六十一年（1722 年），丙吉与历代功臣四十人从祀历代帝王庙。

俗话讲："善有善报，恶有恶报。"丙吉大功不言得好报，或许也是一个很好的诠释？！

历史拐了一个弯儿

秦朝末年，刘邦在芒砀山斩蛇起义。大蛇讨命，刘邦随口答他"到平地还你"。果真，西汉延传到汉平帝时，被有个叫王莽的绑架着拐了一个弯儿。

王莽，字巨君，河北大名县人。他祖上没啥，倒是他姑王政君，是汉元帝刘奭的皇后、汉成帝刘骜的妈。俗话说"一人得道鸡犬升天"。因王政君为皇后，她兄弟八人，七人都封了侯。但王莽的爹王曼天不假年，先此而亡，没赶上这趟班车。因此，王莽便很知趣，屈身下人，节俭度日，刻苦自励。

伯父兵部尚书王凤生病卧床，王莽主动上门，连轱辘转侍奉了几个月。王凤以为孺子可教，在即将撒手人寰时，就把王莽托付给王太后和成帝。于是王莽被诏进皇宫，吃上了皇粮。

一段时间之后，他五叔成都侯王商见他乖巧，就上书皇帝，把自己的封邑分出一部分给王莽。于是，许多嫌贫爱富的都开始替王莽说好话，就连皇帝也从此看好他。

永始元年，王莽被封为新都侯，封国就在今南阳新野县王庄镇。爵位越尊，待人处事越是谦恭有礼。他不仅分散自己的车马衣裘，救济手下的亲信宾客，还特别注意联系天下四方名士。所以很多人都争抢着推荐他，为他吹喇叭抬轿子。如此一来，他便窗口吹喇叭——名声在外了。其知名度，很快盖过他的各位叔叔。

王莽的哥哥王永死得早，扔下个孤儿叫王光。王莽不仅供侄儿念书，还考虑到他的终身大事。论年龄，王光比王莽的儿子小，可王莽放在同一天使其哥俩娶妻完婚，不偏不向，如同己出。接亲的那一天，远近的人慕名而来，宾客满堂，好不热闹。

婚宴刚开始，有家人报告说，太夫人身上有地方疼痛要吃药，王莽便离席去服侍母亲吃药。整个宴会间，他起身数次，不厌其烦。给大家的印象是：这位既是慈父，又是大孝子。在讲究伦理纲常的封建社会，这是一个高大完美的形象。

王莽的另一位叔叔王根，担任大司马多年。因一直有病，几次要求退休。王莽的表兄、太后的外甥，淳于长名列九卿之首，按惯例应继任大司马。但淳于长忘乎所以，大肆收受贿赂，妻妾成群，生活侈靡。王莽暗中搜集他的罪过，并通过王根告到上边。淳于长被杀死，王莽因此获忠实正直之名，被提拔为大司马。这一年，是绥和元年（前8年），王莽年仅三十八岁。

王莽超过同僚之后，继四位叔父辅佐朝政，并没有骄傲自满。他招聘贤良方正做下属，皇上赏赐的邑钱（封邑的租税）全部拿来犒劳士人，而自己却一分钱掰成两半花。母亲病了，公卿列侯打发夫人去问候。王莽的妻子出面迎接，却衣不拖地，布仅蔽膝。见了的人以为是王家的下人、丫鬟，问知是王莽的夫人都很是惊讶。

王莽辅政一年多，成帝刘骜死，刘欣即位是为哀帝。刘欣的祖母傅氏和母亲丁氏，两家外戚开始得势，与王氏展开了激烈的争权夺位较量。王莽见形势不利，便主动递上辞职报告，哀帝好言安抚了一番准许其请。于是，王莽于建平元年（前6年）让权于哀帝外戚，回到了新野封邑蛰居。

元寿元年（2年）发生日食，贤良周护、来崇等人在殿上对策，深情歌颂王莽的种种功德。哀帝迫于舆论，只好下令征召在新野封地闲居三年多的王莽回京。还京一年多，没有子嗣的哀帝大驾崩塌了。太皇太后王政君当即驾往未央宫（傅太皇太后、丁太后都已先此故去）收取皇帝的玉玺，拜王莽为大司马，迎立元帝之孙、中山王刘衎为帝，即平帝。平帝当时只有九岁，还是个撒尿和泥玩的小屁孩，太后自然临朝称制。太后独立难支，一切皆委政于王莽。

周公恐惧流言日，王莽谦恭未篡时。王莽大权在握，换上自己的四梁八柱后，把自己的女儿引进宫立为皇后，完美地控制了平帝。平帝渐长，对王莽专权多有不满，王莽见其不好摆弄，便在酒中下药毒死了他。立两岁的子婴为帝后，王莽说啥是啥，再无人掣肘。

在封建社会，王权神授深入人心，改朝换代那是要有说法的。王莽有了想法，便要弄鬼花招，制造"天命"：这一年的十二月，朝官谢嚣报告说武功（今陕西扶风南）挖出白石一块，有丹书"安汉公莽为皇帝"刻在石上。王莽让群公报告太后，太后说："这是欺骗天下，不可施行！"太保王舜劝太后说："事已如此，挡也挡不住。再说王莽只是想称摄（代行皇帝事）来强化自己的权力，镇服天下罢了。"于是王莽居摄。

初始元年（8年），王莽居摄三年见火候差不多了，便自称皇帝，改号为新，年号为"始建国"。走上帝位后，王莽不仅继续保持谦虚、谨慎、不骄、不躁的作风，并且进行了大刀阔斧的改革。可惜，由于贵族、豪强破坏，超乎时代的改革，不仅没有缓和社会矛盾，反使阶级矛盾更加激化，并爆发了全国性的农民大起义。

　　地皇四年（23 年）十月初一，赤眉、绿林等造反大军攻入长安。王莽被当地响应起义的杜吴误杀。几天后，其头颅便被挂到了更始政权的临时首都——南阳宛县街市之上。

　　做弱者多不得好活，当强者多不得好死。王莽从"贤良圣人"到"乱臣贼子"，带着他的一生谦恭和改建 16 年的新朝，带着争议走完了自己的"双面人生"，粉身碎骨，不得好死。但历史记住了：那个叫王莽的人，让历史拐了一个小小的弯儿，那个弯儿叫新朝。

发表于《南都晨报》2020 年 6 月 10 日

赤眉古城默无语

在河南内乡县城西北 17 公里的湍河西岸，有个乡镇叫赤眉镇，镇中有座高出地面 15 米多、面积 8000 多平方米的古城。这座在风雨中默默矗立的古城，就是西汉末年风云一时的赤眉军留下的唯一遗迹——赤眉城。

话说王莽篡取西汉政权后，苛捐杂税日重，民不聊生，各地相继爆发了许多农民起义。其中在今山东莒县百八十人，于公元 18 年以樊崇为首领，开始与莽军对抗。因樊崇较为勇猛，他的同郡人逄安，东海人徐宣、谢禄、杨音等，都前来跟随他。地皇三年（22 年），王莽派出十万军队攻打他们。樊崇怕交战中手下的人和莽兵混淆，就让自己的人把眉毛染红以示区别。因此称作赤眉军。

赤眉军打败王莽十几万军队后，就发展到十万人以上，势力扩及青州、徐州、兖州、豫州各地。就在他们四处转战的时候，绿林军更始帝刘玄已定都洛阳了。樊崇等人听说汉室已经复兴，就带着二十多个将领到洛阳归降更始。但更始帝对他们冷漠应付，虽封樊崇等为列侯，但是无权、无禄、无封邑的"三无"人员。因此，樊崇等人愤然回到赤眉军营地。之后，樊崇和逄安带领一支队伍攻下长社（今河南长葛一带），向南攻击宛城（今南阳）斩杀县令；而徐宣、谢禄统领另一支人马也攻下阳翟（今河南禹州），带兵到梁县杀死了河南太守。更始二年冬，两路齐驱并进一起到了弘农县（今河南灵宝东北），和更始帝军一同作战接连获得胜利。于是，队伍便壮大到三十个军营（一个营一万人）。

当长安的更始政权日趋腐败之际，赤眉军开始大举进军长安，准备与更始政权一争高下。进军长安的途中，他们想到一个问题：眼看就要到都城长安了，自己还没有一个称号。就是打败更始皇帝，天下的百姓也不认可。所以自己也应该"拉虎皮作大旗"——拥立一个皇帝，好名正言顺地讨伐刘玄。

立谁呢？就学更始帝在皇族后裔中找吧。这一搜罗不打紧，竟然搜罗出来 70 多个人。其中数刘茂、刘孝、刘盆子 3 人与西汉刘姓皇族的血统最近。究竟该挑选谁来当皇帝呢？大家商量来商量去。还是按最直接、最有说服力、最能体现天意的办法来吧——抓阄！结果，他们玩了一个天大的历史笑话：选皇帝靠抓阁。于是，更始三年（25 年）六月，一个破衣烂衫、蓬头垢面，还光着脚的 15 岁放牛娃，刘盆子摸中头彩——被立为皇帝，自立国号建世元年，史称"建世皇帝"。与此同时，已是"跨州据土，带甲百万"的刘秀，也于当年六月二十二日在河北鄗城称帝，史称东汉光武皇帝。

刘盆子何许人也？据清《纲鉴易知录》载：刘盆子泰山式县（今山东宁阳）人，他的爷爷刘宪被元帝封为成侯，他父亲刘萌继承了爵位。到了刘盆子幼年时，不幸发生了——王莽篡位，爵位被废。当赤眉军路过他们家的时候，他们已经贫困得揭不开锅了。但因听说他是皇室之后，便被起义军挟裹到了队伍中。起初因其年龄尚小，被安置在军营赶牛、放牛、养牛，官号牛吏（即牛倌）。

更始三年九月，赤眉军攻破长安、刘玄被迫投降，刘盆子以建世帝身份入住长乐宫。刘盆子入住长乐宫后，赤眉军因在城中大肆抢劫，而得不到人民的拥护和支持。关中的地主豪强也隐藏粮食聚众反抗，致使长安城中粮食奇缺；地方郡县长官派人进贡财物，大家都争相抢夺；因抢掠施暴百姓关门闭户，坚守各自的壁垒。对于此赤眉军束手无策，将领们却天天争论战功，难以统一。到了腊祭之日，樊崇等设置礼乐大会百官，刘盆子坐在正殿之上。酒宴还未开席，大家又相互争辩、打斗起来，士兵趁机纷纷冲进来抢夺酒肉。卫尉带兵入宫，杀了一百多人才安定下来。刘盆子因此十分惊恐，日夜哭泣，并藏身于楼阁之中，不再过问外面的事情。

刘盆子的哥哥刘恭，眼看赤眉军混乱不堪，知道他们必将失败，就偷偷地教刘盆子交还玺绶，但大伙不依，刘盆子因此号啕大哭。而此时的长安，已是"人相食，城郭皆空，白骨蔽野"。公元 26 年春，因长安粮绝，赤眉军不得不向西转移寻找出路。但途中被在天水自立为王的"西州上将军"隗嚣击败，同时"逢大雪，坑谷皆满，士多冻死"，只好重又返回长安。到年末粮食等问题仍无法解决，赤眉军只好引兵向东撤退。

当赤眉军向东撤出关中时，被刘秀的大军堵截在崤山谷底（今河南渑池西南），赤眉军死伤过半。余部东退到今河南宜阳，又陷入刘秀的重重包围之中。饥寒交迫、疲惫不堪的赤眉军走投无路，刘盆子及其官员，只好袒胸露背到刘秀军营投降。至此建世政权灭亡，存世仅一年半。

赤眉军投降东汉政权后，光武帝刘秀故意问刘盆子："自知当死不？"刘盆子说："罪当应死，犹幸上怜赦之耳！"刘秀笑着夸奖他："儿大黠，宗室无蚩者！（小家伙非常狡黠啊，刘家宗室无痴呆人啊！）"于是，刘秀让他做了叔父赵王刘良的郎中，管理车马门户。刘盆子晚年患病失明，朝廷就在荥阳给他封地"使食其税终身"。

关于赤眉城，据传是更始三年正月，赤眉军从武关和陆浑关到弘农（今河南灵宝）会师后，进军长安途中路经现今的赤眉镇时筑建的。而赤眉军在此不惜耗费人力物力筑此大城，就是为了让刘盆子隆重地建元登基，但后来急于西进长安才被遗弃。

关于刘盆子之墓，《明嘉靖南阳府志》记载："刘盆子墓在内乡县丹水保，三冢各高丈余。"清康熙《内乡县志》载："刘盆子墓在赤眉城西三里许，屹然三冢，各高丈余。"刘盆子之所以死后还要葬到内乡赤眉，大概是他很珍惜这块"革命摇篮"的缘故吧。

饱经风雨沧桑的赤眉城，与刘盆子墓遥遥相望、寂然无语，并将永久地无语下去。刘盆子原本是一个小小的放牛娃，只因他有点皇室血统，竟然通过"抓阄"，哭哭啼啼地被人推上了帝王宝座，这是很难以令人置信的。但《后汉书》与《资治通鉴》对此均有记载，确实是历史上的真人实事。

而那支叫作"赤眉军"的农民起义军，虽然有过雄厚的群众基础，有过号称百万大军的辉煌历史，但他们只知道打打杀杀，却没有明确的思想和方向，从而沦为四处抢掠的乱军，并最终昙花一现，不见踪迹。

建世皇帝何处去，赤眉古城默无语。史书不屑提及，但世人又岂可忘记！

发表于《中国作家》2016 年 5 月 6 日

东汉王朝从哪儿来

地皇四年（23年）五月，绿林军副游击队长刘秀，率九千队员死守昆阳（今河南叶县），浴血奋战数昼夜，竟以少胜多，彻底粉碎新莽百万大军围剿。虎口脱险的刘秀还没来得及喘口气儿，南阳总部传来消息：亲哥哥刘縯被杀了。

刘秀闻之如五雷轰顶，惊讶万分。再一细问，"春陵军"统帅出身、现任更始政府大司徒的哥哥，不是死于战场，也不是死于敌人之手，而是被更始新政府处决的。

原来，更始帝刘玄下诏，要封刘稷为"抗威将军"。刘稷心想，我不就是不服你、发几句牢骚吗，你就说我抗威，那我干脆拒绝你们弄的军衔，抗抗你们的威。于是刘玄召开一个陈兵数千人的武装大会，突然对刘稷实施了逮捕，并当场宣布刘稷的罪状，须立即处决。原本就窝这一肚子怒火的刘縯，想都没想就冲进法场救人：刘稷是和我一起参加起义的老资格，要杀他先杀我！结果，刘縯就被当成总后台，和刘稷一起被当场处决了。

这是一个阴谋！念过书的刘秀心中明镜似的：想当初，我们哥弟俩高举"复高祖之业，定万世之秋"的大旗，砸锅卖铁，骑牛起义。组织南阳刘家宗室，和本郡豪杰拉起"春陵军"拼死作战，为了壮大声势，加强反莽力量，我们原本独立的春陵军主动与新市、平林、下江三支"绿林军"联合，并先后在唐河、宛城等地大破莽军。

在取得小小胜利后，有人提议应拉个大旗、选位老大。俺大哥刘縯倾其家产创建"春陵军"，捣毁反动政府据点多处，并率领义军粉碎敌人围剿多次。其策划周全，指挥有方，作战更是身先士卒。为此，就连反动头子王莽也是久仰大名："购伯升邑五万户、黄金十万斤，位上公。"因此，大哥刘縯原本就是新政权领导人的不二人选。可是这个由春陵、下江、平林、新市等，凑合到一起的杂牌军中的个别头头脑脑们，没有一点政治觉悟，竟然暗箱操作，武断地推选，混进草包刘玄坐主位。

为啥说刘玄是混进来的呢？是的，他是刘秀的族兄，同一个老老爷（他的老爷和刘秀的老爷是亲兄弟），都是汉高祖的九世孙、汉景帝之子长沙定王刘发的六世孙。但刘秀是因为窃国大盗王莽，剥夺了他们按照"推恩令"政策从列侯递降下来的、少得可怜的"抚恤金"，才自觉竖起"复高祖之业，定万世之秋"大旗闹革命的。而刘玄那小子呢？他是因为其弟被人杀害、找人报仇犯了法，才被迫逃到平林参加"平林军"的。他不仅没有一点革命自觉性，而且无德无能，一直是"平林军"的一名勤杂工。

那么大家为啥要推选刘玄做首领呢？原因很清楚，也很简单：这支杂牌联军里面啥货色都有。除了大哥刘縯带领的春陵军嫡系，还有下江军、平林军、新市军等，以及"嫌贫爱富"投靠来的各路草莽流寇。草莽出身的流寇们习惯了抢掠、烧杀，甚至强奸民女、霸占人妻等，但联军一成立就受到大哥的管束。所以他们才没心没肺、别有用心地推选既是高祖后裔，又是草包一个的刘玄做老大。

为啥说刘玄是个草包呢？先说个刘秀亲眼所见的事：地皇四年二月，刘玄在南阳城外白河滩举行登基大典。面对台下黑压压的一片，刘玄竟"俯首刮席不敢视"，在料峭的二月天竟把龙袍都给湿透了！其次，刘玄当上所谓的皇帝后，不仅不理朝政还沉湎女色，终日在后宫奢宴淫乐。在长安，他竟然让侍奉人员冒充自己，坐在帷帐内与文武大臣议事。对此，绿林军创始人王凤等感到很痛心，发了点牢骚、提了点意见，他就将这些将领诓骗宫中予以杀害。王匡、张卬等发觉了他的阴谋方得逃出虎口，新政权的内讧成了公开的内战，双方在长安竟然混战一个多月。你说他草包不草包？

绿林联军举行大会时，刘秀的大哥正在宛城与莽军作战。当有人通知他回基地开会选老大，他心想"这老大非老子莫属了"。但当他火速赶回老营时，才发觉气氛有点不对劲儿：内定候选人是刘玄！大哥不甘心就找个借口说：现在天下纷争，群雄并起，立了皇帝就等于竖了个靶子。咱不如先弄个诸侯王，等将来没人敢和我们争了再立皇帝也不迟。

眼看大哥就要演说成功了，具有一定实力的张卬（绿林将领，后投降赤眉军，并劝说谢禄绞杀刘玄）却蹦了出来："今日之议，不得有二。"于是刘玄被立了皇帝，大哥仅弄了个大司徒。大司徒就是丞相、总理，它要搁在盛世，也算是一人之下万人之上的大官。但临时组建的所谓政权下的总理又不掌兵权，就是空衔儿一个。

刘縯为啥被杀？《后汉书》载："自是兄弟威名益甚。更始君臣不自安，遂共谋诛伯升。"说白了就是他威名太盛。原本刘縯在春陵军就是"柱天都部"总司令，结盟绿林后，在他的带领下大破南阳守军、攻取宛城、义取新野，连续的战斗不仅消灭了王莽在南阳的精锐之师，而且夺得了大批军器粮秣。由此，刘縯大哥威名远扬，绿林军上下对其卓越的军事谋略与指挥才能佩服不已。木秀于林，风必摧之。至于说捕杀刘縯部下战将刘稷，压根就是引他上钩的一个圈套。只可惜刘縯恃才傲物，太缺心眼儿！那么为什么不当即斩草除根、弄死刘秀呢？因为那时的刘秀还是个不起眼的小跟班。

榜样、靠山、亲哥哥，被人无故弄死了，搁到咱头上咋办？要么拼，带人去拼命。要么跑，跑得越快越好。但人家刘秀是怎么做的呢？——立即奔回宛城更始政权中央所在地，向领导请罪："伟大的更始大皇帝，刘縯他骄傲专横，不讲纪律、不守规矩、对抗中央，他罪有应得。我作为更始政权的一员，坚决拥护更始帝的决定！作为他的小弟我虽未参与其中，但也应承担相关的连带责任，我坚决和他划清界限！"而且始终坚持"四不"：不为哥哥戴孝、不表昆阳之功，不问"刘縯事件"是非，更不为哥哥鸣冤叫屈。

登个基就弄得浑身湿透的刘玄，原本很是担心家属闹事，特别是身为老部下的亲兄弟喊冤大闹。但见到刘秀卑躬屈膝的端正态度，一下子就心软了：一副乖孩子的模样，要是斩草除根把他也杀了，咋向人民交代？于是乎，不追究、不株连、当场放人。

下班回家，刘秀依然做到"三不"：不悲伤、不议论、不串联，该吃饭吃饭，该喝酒喝酒，没事人一样。他大哥的旧部找他哭诉："这帮龟孙昏庸无能，乱发淫威，冤杀将军。咱们得报仇雪恨，得造他的反！"他反倒劝说大家："大哥他不服从领导、对抗朝廷，是犯有严重错误的。咱们作为新政权的先锋骨干要讲纪律、顾大局，要为更始帝分忧！"甚至在其亲哥哥尸骨未寒时，还和南阳大家闺秀阴丽华大办婚事……

能大能小是条龙，只大不小是条虫。刘秀的隐忍不仅使其逢凶化吉、死里逃生，而且使得他这个家属不但不受株连，反而被升为破虏大将军、封武信侯。这最终使得刘秀金蝉脱壳——单节空车巡河北，使得大汉王朝重又延续将近200年！

东汉王朝从哪里来？来自刘秀的大隐大忍！

2018 年 9 月 19 日

人贵有自知之明

"谦谦恭王，寔惟三让。"东汉建武十九年（44年），经过两年多的苦苦请求，当了十九年太子的刘疆，终于如愿以偿。自是，刘疆成了自秦吞六国之后，第一个谦让天下的皇太子。他不仅打破了西汉废太子不得善终的魔咒，"恭让天下、逊而知退"的美名也称闻于后世。

自知之明

建武十七年十月，光武帝以郭后"怀执怨怼""吕霍之风"为由，下诏废郭后。同时，立阴贵人为皇后。但郭氏与光武的长子刘疆，并未因母亲的废黜，而丧失储君之位。因为光武帝将其作为储君，已经培养他整整十六年，并无废储之心。然而谦恭聪慧的刘疆自有自知之明。他知道母亲既已废位中宫，那么由嫡子变为庶子的他，居储位便是于礼不合。因此，他反复要求光武帝允许自己退居藩王。但光武帝不愿违背父子之情，而始终不肯答允。

直到建武十九年六月，刘疆再度向光武帝提出"引愆退身"的强烈恳求。光武帝才下诏说："《春秋》之义，立子以贵。东海王阳，皇后之子，宜承大统。皇太子疆，崇执谦退，愿备藩国。父子之情，重久违之。其以疆为东海王，立阳为皇太子，改名庄。"

丽华之叹

新莽年间，南阳郡新野县"田有七百余顷，舆马仆隶，比于邦君"的阴姓地主（据说为管仲后裔第七代子孙管修的后人），与当地显宦邓家结了亲。邓家有个儿子叫邓晨，娶临县的姑娘刘元为妻。刘元的弟弟刘秀，也就有机会常跟姐姐、姐夫去阴家串门，于是认识了阴家小姐丽华。公元14年，刘秀在长安求学，路见执金吾的豪华车队，发出"仕宦当作执金吾，娶妻当得阴丽华"的丽华之叹。

更始元年（23 年）六月，刘縯被更始帝刘玄斩杀。以少胜多、血战昆阳（今河南叶县）的刘秀，闻听兄长被杀，赶忙回宛城向更始帝刘玄谢罪。回到宛城后，刘秀不表昆阳之功，亦不与刘縯部属私下接触，同时不为兄长服丧，饮食、言笑一如往常。

"更始元年六月，遂纳后于宛当成里，时年十九。"在此期间，刘秀决定立刻迎娶阴丽华为妻。那年，刘秀二十九岁，阴丽华十九岁，二人的故事由此开启。

就在刘秀称帝的那一年，郭圣通为刘秀生下了第一个皇子，名曰刘疆。同年冬十月，刘秀入主洛阳，很快他就派傅俊率兵三百人，将阴丽华接到了身边。阴丽华到来之前，郭圣通并未直接被立皇后，而是封为贵人。阴丽华到来不久，刘秀亦封其为贵人，与郭圣通相同。

刘秀登基称帝后，迟迟不立后。直到新皇朝建立将近一年，中宫立后才提上日程。刘秀以阴丽华"雅性宽仁，有母仪之美"，希望立原配阴丽华为后，然阴氏却固辞不受。

阴丽华不是不想做一国之母，而是现实情况不允许——天下未定。丈夫多情任性，做妻子的并没有沉醉在蜜糖罐里，她理解与支持他的事业。什么叫贤内助？阴丽华当仁不让！刘秀因此越发宠爱她，连自己行军打仗，也不忘让其跟随。阴丽华的第一个儿子刘阳，就是建武四年五月，刘秀在河北元氏县打仗时降生的。

建武初，"黄金一斤易豆五升"，"军食急乏"，百官俸禄以升斗计，阴丽华月俸"不过粟数十斛"。刘秀居然带孕妇打仗，对阴丽华用情之深足见一斑。直到建武十七年，废郭立阴，"丽华之叹"终成正果。

政治联姻

更始元年九月，刘秀与爱妻阴丽华，仅仅相处三个月，即受更始帝所遣西去洛阳。刘秀只得将阴丽华送回新野娘家。不久，更始帝刘玄遣刘秀行大司马（军事最高长官）事，北渡黄河，去镇慰河北州郡。

行大司马事但没有兵马，只有一根象征更始政权的节杖。但他还是以个人出色的能力，迅速拿下了河北数县，并且占据了真定国（今天河北省石家庄附近。汉武帝念与常山宪王刘舜的兄弟之情，析常山郡的真定、绵曼、藁城、肥垒四县，封刘舜的另一个儿子刘平为真定王）的肥累县和藁县。而此时他所亟待解决的问题，就是占据真定、拥有十余万军队、依附于王郎政权的前真定王刘扬的归向。

真定县重要的地理位置和真定王室百年积累的实力，促使刘秀派部下刘植去刘扬处游说。而刘扬在王郎政权中没有占据高位，并不愿意拿自己的家底跟刘秀血拼。经游说，刘扬最终决定归附更始政权，实质上是归附了刘秀。

为了共同征讨王郎，刘秀亲自来到真定。是时，刘扬也需要有人在更始政权中替自己表功。于是让刘秀迎娶了自己的外甥女郭圣通。与真定的这场联姻，确实给刘秀带来了不小的收益——不少城池受到刘扬归附以及与刘秀联姻的影响，而改变了原先的立场，使得刘秀得以顺利拿下这些地方。后经过连场激战，终于攻克邯郸，消灭了王郎政权。政治联姻本来就是利益需要，是刘秀扩大实力的一个手段。但这件事，却有愧于他的原配阴丽华。

之后，刘秀继续平定河北的征程，发兵幽州，成功击败并收编了以铜马军为主的大量河北农民军部队，使得自己的人马立增至数十万。在与各部农民军作战的同时，刘秀也将谢躬等更始帝在河北的势力顺利剪除。此后，刘秀继续转战并平定河北各地，终于形成了"跨州据土，带甲百万"的庞大势力。25年，有了称帝的雄厚资本，刘秀与更始政权公开决裂，并于河北鄗地（河北省柏乡县）登基称帝，年号建武。

建武十七年，东汉王朝开始欣欣向荣，"牛马放牧，邑门不闭"。刘秀"虽置三公，事归台阁"，并通过"退功臣，进文吏""度田亩，抑豪强"等办法，总揽了权纲。随即废后易储，郭圣通移居北宫。自此，政治联姻到此结束。有人说光武废后易储，是偏爱阴氏、庇护刘阳，也有说是光武帝调整河北、南阳贵族集团的政治需要。我想，二者或许兼而有之。

一语高中

建武十五年（39年），刘秀下令检查天下的垦田和户口，并命令刺史、太守们逐一汇报。12岁的刘阳就站在刘秀身后。刘秀发现，开封陈留县的报告中有："颍川、弘农可问，河南、南阳不可问。"刘秀莫名其妙，问下面的官吏们，大家也说不出个所以然来。

这时，站在刘秀身后的刘阳说："河南是首都所在，中央高级官吏都住在这里；南阳是陛下的故乡，陛下的亲戚多居住于此。因此对这两个地方的田亩数字，负责检查的官员们当然不敢多问。"刘秀恍然大悟，惊叹12岁的刘阳如此聪慧。"以刘阳为帝位继承人"的打算自此萌发。

刘阳（立太子后改名刘庄）原本是光武帝刘秀的第四子，由阴丽华所生。在其上有长兄刘疆，刘疆则是郭氏所生。因郭氏先生刘疆，建武二年（26年），刘秀立郭氏为皇后，刘疆即被立为皇太子。

刘阳虽不是皇太子，但因其是阴丽华所生，所以很得刘秀的宠爱。少年时代，他师从经学大师桓荣，10岁时，就能背诵和理解古典名著《春秋》等。刘秀觉得刘阳很了不起，简直是神童。便较早地留其在身边，学习和观察政务活动。直到建武十九年改立皇太子，建武中元二年（57年）光武帝去世后刘阳继皇帝位，史称汉明帝。

寿终正寝

刘疆被废太子后封为东海王，于建武二十八年到封地。刘秀认为刘疆被废不因本身有过失，而且去就有礼（去除太子尊位和就任藩王都很规矩），所以优待大封，兼食邑鲁郡，共有二十九县。并赐给虎贲旄头，宫殿中设有钟鼓之悬，还有乘舆等帝王仪仗。刘疆到了封地，几次上书让还东海封地，又托皇太子坚决辞让。皇帝深深嘉许叹息不许可，并把刘疆的奏章宣示给公卿过目。起初，鲁恭王好建宫室，起造灵光殿十分壮丽（后有"鲁殿灵光"之成语），那时还存在，所以皇上下诏让刘疆以鲁为国都。

中元元年（56年）刘疆入朝，跟从光武帝封禅泰山，于是留在京师。第二年春刘秀死后，刘疆便复回封地。其间，刘庄的同母小弟山阳王刘荆，伪造大鸿胪郭况（郭皇后的弟弟）的手笔，写信给刘疆要他夺回天下。刘疆见信立即将送信的使节和信件原本押送到京城洛阳，交给已经接班登基的刘庄（即刘阳）查办。

永平元年（58年），刘疆生病，汉明帝刘庄派太医乘驿车去诊治，并诏沛王刘辅、济南王刘康、淮阳王刘延等到鲁看望。刘疆临终上疏道谢。明帝派大司空持节护丧事，朝廷相关要员办理丧事，升龙、旄头、鸾辂、龙旂、虎贲百人，赠以特殊礼节。并诏楚王刘英、赵王刘栩、北海王刘兴、馆陶公主、比阳公主及京师京戚四姓夫人、小侯都来会葬。

有人说刘疆有点窝囊。然如若强争硬夺也未必见好，甚至"玄武之变"重现也未可知。因此，阴丽华及其刘疆所为，就是人们常说的"人贵有自知之明"吧？另，刘疆能打破废太子不得善终的梦魇，应该是源于这谦让出于"死心塌地"的缘故吧！

有位硬脖子县令叫董宣

在中国封建王朝公权与私权不分的时代，依然有不少敢于向皇权说不的大臣小官。比如汉代的张释之、宋朝的包拯、明朝的海瑞等，其中，还有东汉光武年间的董宣。

皇帝封他硬脖子县令

光武帝建武十九年（43 年），光武帝的姐姐湖阳公主府中的一个男仆，光天化日之下仗势杀人。洛阳令（当时的京都县长）董宣听说后，下令立即逮捕杀人犯。那个恶棍听说董宣要抓捕他，就躲进公主府中不出来。董宣是个小县令，不能进入皇亲国戚的高门大院，便派人天天守在公主府门外。

一天，蹲守的人回来报告：犯人从府中出来了，但他正跟随着湖阳公主，无法抓捕。董宣得知消息后，赶在途中拦住了湖阳公主的车马，说："我是洛阳令董宣，现在在您一行中藏着一个杀人凶手，请您允许我将他抓住。"湖阳公主却蛮横地说："你有几个脑袋，敢拦我的车马！"董宣便从腰间拔出佩剑，往地上一划，厉声喝问道："谁敢无视国法！"湖阳公主被董宣威严的气势震住了，呆呆地坐在车上。董宣一声令下，衙役一拥而上，把凶手抓住并当场处决。

湖阳公主见董宣不按"打狗看主人"的套路出牌，就到光武帝那儿告状。湖阳公主的丈夫骑都尉胡珍，在刘秀征战中立下赫赫战功，且战死沙场。所以刘秀对寡居的姐姐——湖阳公主刘黄，格外尊重。听了姐姐的哭诉怒不可遏，当即招来董宣准备用鞭子活活抽死。

董宣上殿叩首说："让我说一句话再死不迟。"刘秀同意后，董宣正色说："陛下盛德使国家得以光复中兴，如今却放纵公主家奴残害百姓，将何以治理天下？我不需鞭打，请让我自杀。"说罢以头撞柱，血流满面。

董宣一番理直气壮的忠言，以及刚直不阿、严格执法的行为，使得刘秀马上醒悟了过来。他赶紧令卫士把董宣扶住，给他包扎好伤口，然后说："念你为国家着想，朕就不再治你的罪了。不过你总得给公主一点面子——给她磕个头，赔个不是呀！"董宣理直气壮地说："我没有错，也无礼可赔！"于是，刘秀命令左右按着他，强行磕个头走个过场，但董宣两手撑地硬是不叩。

"文叔（刘秀的字）当年为布衣时，官吏尚且畏你三分。而今为天子，威严不能施加给一个县令吗？"公主见状又气又恼。但光武帝却笑着说："天子不与白衣同（做皇帝和当百姓不一样）"，并无奈地对董宣说："强项令出！（硬脖子县令，退下去吧！）"

君无戏言。光武帝一句"强项令出！"董宣算是有了御赐雅号——"强项令"。不过，董宣荣获"强项令"光荣称号的那年，他已经 69 岁了。有了皇帝的认可，董宣便大刀阔斧地打击起豪强恶霸来。因此，时人谓之为"卧虎"（威严如虎一般），"枹鼓不鸣董少平"（董宣字少平）。意思是：董宣做洛阳令（没有人敢违法胡来），没人去官府门前击鼓鸣冤了！

"强项令"一直很强硬

董宣，字少平，陈留郡国（今河南杞县）人。年轻时学识渊博，刚正不阿，精明能干，受到大司徒（主管经济的副宰相）侯霸的器重。后来，侯霸把他推荐给光武帝。董宣应荐出来做官以后，政绩显著，逐渐升迁为北海（今山东昌乐县西）侯国相。

董宣就任北海相后，发现郡中武官公孙丹，仗着自己是当地的大姓豪族，便为所欲为，横行不法。其间，公孙丹准备建造一座新宅院。请来的阴阳先生说：新宅房基不吉利——房子建成后会招来家人横死。公孙丹信以为真，竟指使他的儿子，在光天化日之下，把一个无辜的过路人拦截杀死，将尸体理在房基底下消灾。

对此，人们纷纷向董宣告发。董宣受理此案后，查明了犯罪事实，很快就把公孙丹父子斩首示众。公孙丹的宗族朋党，聚集了 30 多号人马，手持兵器，到衙门前聚众闹事。经调查，公孙丹先前伙同这伙人，曾经投靠过王莽，他就把这 30 多人全部抓起来关进了监狱。老百姓看到董宣真心实意为民除害，奔走相告，并向董宣告发了公孙丹一伙的大量罪行。审罢，董宣依法命令书佐（辅助官吏）水丘岑，把这 30 多个犯人全部斩首，以平民愤。

山东青州太守得知董宣一下子处死了 30 多人，就向光武帝上奏章弹劾他，同时将水丘岑逮捕查办。董宣等 9 人被押解到京城，被判处死刑。临刑那天，董宣如往常一样没有惧色。很多官员钦佩他的气节，预备了酒菜佳肴，准备为他送行告别。董宣见状，却严厉地说："我一辈子不曾吃过别人的酒席，何况是死已在即的时候哩！"说完，他登上刑车就走了。

"刀下留人！"快要轮到处斩董宣的时候，一匹快马从远方飞奔而来。马背上的使者一边高喊，一边跳下马当众宣读圣旨：将董宣等人暂送监狱。

汉光武帝派特使询问他处死那么多人的原因。董宣便将公孙丹等人的罪恶，详细陈述了一遍，并提出要求说："水丘岑是执行我的命令处斩人犯的。如果是做错了，罪过也不在他，要杀就把我杀了吧，千万不要杀他！"

特使把询问的情况，如实地向光武帝作了禀报。光武帝认为董宣秉公执法，被诛杀者系咎由自取，罪有应得。于是下诏书赦免董宣和水丘岑等人，并改派他出任河北宣怀县县令。

后来，江夏郡（今湖北省黄冈市西北）出了一个以夏喜为首的抢劫大团伙。他们终日里在江夏郡的边界抢劫滋事，骚扰百姓，弄得人心惶惶，鸡犬不宁。光武帝心里很犯愁，派谁去剿灭这伙大盗呢？考虑来考虑去，还是派那位不畏强暴、雷厉风行的董宣最合适。于是董宣又被派到江夏担任太守。

董宣一到江夏郡边界，就发出布告说：皇上相信我可以剿灭这里为非作歹的匪徒，才让我这个不太够格的人来充当本郡的太守。现今，剿匪的军队已经布置停当。奉劝各位看了文告后，要认真地考虑一下自己的处境。是自首投案、洗手不干呢？还是继续顽抗、自取灭亡呢？何去何从，望速抉择！

夏喜一伙对董宣从严办案的威名早有所闻，如今又看到这份文告，心里不免胆怯起来。不几天的工夫，偌大一个抢劫集团，便逃的逃、降的降，整个土崩瓦解了。

当时，在江夏郡作都尉（军事长官）的，是阴太后的族人。董宣不肯低三下四地去买这位皇亲国戚的账。因此，时隔不久，就被阴都尉给排挤走了。

死后方知其廉

董宣离开江夏郡以后到哪里去了呢？原来，光武帝对他另有重用。当时，京都洛阳是全国最难治理的地方。聚居在城内的皇亲国戚、功臣显贵，常常纵容自家的子弟和奴仆横行街市，无恶不作。朝廷接连换了几任洛阳令，还是控制不住局面。最后，光武帝万般无奈，就任命已经 69 岁的董宣做洛阳令。"强项令"强斗湖阳公主，就是发生在他刚当上洛阳令不久的时候。

董宣做了 5 年洛阳令后，74 岁那年死在任所。光武帝对他的去世很悲痛，派专人前去吊唁治丧。去的人看到董宣的遗体上，仅仅盖着一块破被头；家中除了一辆破木车和几石大麦外,别的什么都没有。使者回去向光武帝作了禀告,光武帝甚为叹息:"董宣这样廉洁奉公,直到他死后我才知道,惭愧啊,惭愧!"于是特赏赐其绿色丝带,按大夫的礼节予以安葬,并任命他的儿子董并为郎中。

　　"强项令"董宣的事迹,记录于《后汉书·酷吏列传》。不知是说董宣执法峻酷呢?还是说刘秀"光武中兴"的缘由呢?一时半会讲不太清楚!

科圣亦风流

　　伟大的科圣张衡，因其在天体演化、无限宇宙、浑天学说、行星运动、恒星观测等方面做出卓越的贡献，并研制和发明了"地动仪""浑天仪"及"指南车""记里鼓车（记里车）""瑞轮蓂荚（活动日历）""独飞木雕"等，而成为伟大的地震学家、天文学家、气象学家、发明家。同时，因其撰写了大量高品位的诗、赋、文、铭、赞、诰、诔、书、疏等多体文辞，特别是撰写了《西京赋》《东京赋》《南都赋》《归田赋》《思玄赋》等，也是一位地道的文人骚客。

科圣亦风流

　　"我所思兮在太山。欲往从之梁父艰，侧身东望涕沾翰。美人赠我金错刀，何以报之英琼瑶。路远莫致倚逍遥，何为怀忧心烦劳；我所思兮在桂林……美人赠我琴琅玕……我所思兮在汉阳……美人赠我貂襜褕……我所思兮在雁门……美人赠我锦绣段……"

　　这是张衡作的《四愁诗》："我所思念的美人在泰山。想追随我所思念的人，但泰山支脉艰险让我不得亲近美人。侧身向东望，眼泪沾湿了我的衣襟。美人送给我金错刀，我用什么来报答呢？我有琼英美玉。但是道路悠远使我徘徊不安。为何我总是不能绝念，总是心意烦乱呢？我所思念的美人在桂林……美人送给我琴琅玕……；我所思念的美人在汉阳……美人送给我貂襜褕……；我所思念的美人在雁门……美人送给我锦绣段……"

　　"美人"，"美人"，通篇"美人"，无日不思慕的美人。而且总是因不得亲近美人就哭哭啼啼。多么直白，多么露骨。一派小资情调，现在的人听了也有点害羞！不过人家张老前辈说的"美人"指的是君子，"珍宝"指的是仁义，"路艰"指的是小人，都源于屈原之遗义。

　　张衡的《四愁诗》，作于汉顺帝永和二年（137 年），他 60 岁左右。那时，汉安帝刘祜在位十八年中，外戚专权，宦官乱政，皇帝徒有虚名。永建元年（126年），汉顺帝刘保即位，不能革新政治，种种弊端不但没有革除，反而变本加厉。张衡目睹东汉朝政日坏，天下凋敝，而自己虽有济世之志，希望能以其才能报效国家，却又忧惧群小用逸，郁郁不得志，因而才郁郁叹恨。

《四愁诗》"骚"吗？还有更"骚"的哩："邂逅承际会，得充君后房。情好新交接，恐栗若探汤。不才勉自竭，贱妾职所当。绸缪主中馈，奉礼助蒸尝。思为苑蒻席，在下蔽匡床；愿为罗衾帱，在上卫风霜。洒扫清枕席，鞮芬以狄香。重户纳金扃，高下华灯光。衣解巾粉御，列图陈枕张。素女为我师，仪态盈万方。众夫所稀见，天老教轩皇。乐莫斯夜乐，没齿焉可忘。"

什么意思呢？翻译成白话就是：我意外地同您邂逅，因此有幸住在您的闺房中，做您的妻室。虽然与丈夫新婚感情很好，可我事事恐惧小心，如临热水。我虽没有什么才能，但我努力尽心，愿意成为您家族的一员。整顿好仪表，主管厨房飨客的菜肴，遵循礼仪辅佐举办祭祀。又愿意变成蒲草做成的席子，在下面遮蔽方正安适之床。又愿意变成绸子做的被子和帐子，在上面挡住寒冷的风霜。每天贤惠地把枕席清扫干净，并用上多种熏香。我把重重的门户都关好，屋里上下都点起装饰美丽的灯。解衣就寝，铺好枕头并挂好帐子，陈列素女、天老的图像。我要以素女为师，像她那样，仪态形容要呈现万种美姿。这是多数男子没有见过的，还有天老黄帝阴阳导养术图像。快乐莫过于夜晚的快乐，一辈子也难忘和丈夫共度的时光。

"骚"吧，洞房花烛、宽衣解带、春宫图等，赤裸裸的男欢女爱。

你想多了，人家张大才子的这首诗叫《同声歌》。这是他在23岁时，为时任南阳郡守鲍德当助手时写的。公元100年，黄门侍郎（侍从皇帝传达诏命）的鲍德，调到南阳郡做太守。那时，张衡已"游于三辅（长安周围），入京师观太学，通《五经》贯六艺"。

因赞赏张衡的才华，鲍德使多方设法邀请他，回到南阳帮助办理郡政。能给鲍德这样德高望重的人做助手，张衡感到很荣幸。于是便在任南阳郡主簿（负责起草、办理往来文书的文职）时，独出心裁地写下了这首《同声歌》。

这首诗的题目是据《周易》"同声相应，同气相求"的成语取义，比喻志趣相同的人互相呼应，自然结合。诗中张衡以妾自比，以君比鲍德。以妇女的口吻写出他勉供妇职，不离君子，以喻臣子事君以忠。这首以事夫托喻事君的手法，写就的《同声歌》，不仅抒发了自己出任鲍德主簿的兴奋心情、帮助鲍德处理好郡内政务的决心，也表达了年轻气盛的张衡，对未来的美好憧憬。这种以女子事夫托喻事君的写法，在文学描写上别开生面，是文学史上的一大创举，对后人具有很大的影响。不过单从字面看，那时的他一定是风流倜傥、潇洒至极的。

张衡在担任南阳主簿期间，竭尽全力辅佐鲍德治理南阳、报答故乡人民的养育之恩。他帮助鲍德兴修水利、推广铁制农具、兴学办教等，使南阳经济稳定发展，人民日渐富足。因此，当时老百姓亲切地称鲍德为"神父"。

他爷爷是位革命者

公元17—18年间，绿林、赤眉等先后起义，刘秀纠集南阳豪强地主起兵，张衡的爷爷张堪就率全家追随，并为东汉王朝的建立，立下了汗马功劳。东汉建立后，张堪先后被任命为郎中（帝王侍从官，仅次于丞相、尚书、侍郎的高级官员）、谒者（皇帝使者）、蜀郡太守、京城骑都尉（京城骑兵团长）、渔阳太守等。虽为高级官员，但所在各任均廉洁尽责。"桑无附枝，麦穗两歧。张君为政，乐不可支。"就是时人对其由衷的赞扬。张堪清正廉洁，他下世之后其家境很快就衰落下来。

张衡是个好青年

张衡，字子平，公元78年生于南阳西鄂（古县名，在今河南省南召县南）。张衡的父亲可能年岁不高就去世了，连名字也未能流传下来。因此，张衡童年时期家境相当清苦。但他年少就聪明好学，奋发有为，熟读《诗经》《春秋》等经典名著。在当时，只有熟读了这些经书才能做官。但张衡的思想开阔，不受传统观念的束缚，对做官并不感兴趣。相反，他对文学十分爱好，特别是对司马相如、扬雄等文学家的作品心向神往，苦心钻研，希望将来也能成为他们那样的文学大家。

他刚到16岁，就告别家乡南阳，踏上游览名都大川、访师求友的旅途。尽管由南阳到洛阳交通便利，可直通当时的京师，能尽快谋取官职。但他对名利十分淡漠，所以在离家之后并没有直奔京师，而是绕道去了前朝西汉的都城长安。最后，"因入京师，观太学，遂通《五经》，贯六艺"。正如崔瑗（字子玉，张衡密友）对张衡的评价"如川之逝，不舍昼夜"，"一物不知实以为耻，闻一善言不胜其喜"，这是一个勤奋好学，不流习俗，具有远大志向的有志青年。

"举秀才，不知书；举孝廉，父别居。"东汉时，秀才、孝廉是步入仕途的重要途径，但大都名不副实。因此张衡在南阳担任主簿期间，曾多次被推荐作孝廉，他都不屑一顾，连多次被招到公府做官也都谢绝了。公元108年，由于鲍德在南阳功绩卓著，被调入京城任大司农。张衡长期在其手下做事，并对其做出很大帮助。如果他随其进京，升迁应该不成问题。但张衡毅然拒绝了鲍德的盛情邀请，在其离宛赴任的同时，他也辞去了主簿之职，回到南阳西鄂家乡，专心钻研学问去了。并开始由文学转向天文、历法等研究，为他以后的诸多发明打下了雄厚的基础。

他在故乡专心钻研的时候，大将军邓骘（南阳人，东汉开国功臣邓禹之孙，也是皇亲国戚）看中了他的才学，屡次派人邀请他做官。他因研究学问，不愿依附权贵、为外戚充实门庭而坚辞不受。因此，他的诸多成就，是他在家乡（108年至111年）期间，"不舍昼夜"地刻苦钻研下而收获的。如太玄学研究、天体学、宇宙学及地震学等。

科圣亦愤懑

东汉安帝永初五年（111年），安帝刘祜对张衡的学识早有所闻，特地公车征召他入朝，并拜为郎中；汉安帝元初元年（114年），他按制迁升尚书侍郎（行政部门副长官）。次年，从尚书侍郎调任太史令，开始对天文、历算等进行更加深入的研究。

张衡步入仕途后，虽备受黑暗势力的迫害和官僚奸宦的嘲讽，坎坷备至。但他忧国恤民、刚直不阿、坚贞不屈的人格，始终不曾减弱和移转。早年他在《二京赋》中曾提出"下叛而生忧""坚冰作于履霜，寻木起于蘖栽"和"水可覆舟"的严厉警告；公元126年，他因世风日下，不慕权贵，在他调离太史令5年之后又复任太史令。这显然是东汉统治者对他的冷遇和贬抑。有人嘲笑他："尽管你能使三轮自转，木调独飞，可自己却免不了奄拉着翅膀落回老窝！何不也调理自身机关往高处飞呀？"并给他指出"卑体屈己，美言相克"的秘诀。他就作出《应间》回答"君子不患位之不尊，而患德之不崇；不耻禄之不夥，而耻智之不博"，并声明"捷径邪至，我不忍以投步；干进苟容，我不忍以歙肩"！

顺帝阳嘉元年（132年），张衡复任太史令8年之后升任侍中，成为皇帝身边的高级顾问。面对皇家为巩固统治、神话皇权而泛滥成灾的谶纬迷信，他冒天下之大不韪，上书《请禁绝图谶疏》据理反对；阳嘉二年，面对祸国殃民的宦官集团，张衡大胆直言："群臣奢侈，昏逾典式"，"威不可分，德不可共"等。这些兴利除弊的政治主张，不仅未得到昏庸顺帝的理睬，反遭佞宦的极力排挤和打击。他就通过《思玄赋》"欲巧笑以干媚兮，非余心之所尝""天长地久岁不留，俟河之清祇怀忧……回志揭来从玄谋，获我所求夫何思！"表达决心、勉励自己。

顺帝永和元年（136年），由于张衡不畏权贵，遭到宦官合力排挤。顺帝听信谗言调他出任河间相（河北省东南部，东汉封王的采邑区长官），时年他已59岁。

在任职河间相的三年里，他亲自和贵族豪强作斗。虽消灭了不少贪污官吏，使河间一带暂获"郡中大治"，但仍然"网漏吞舟之鱼"。

公元138年，60多岁的张衡身处黑暗势力的包围，同情人民疾苦又无能为力。屡次给皇帝上书建议惩治佞宦污吏，但均未获得采纳。因此，他因乱生愁，因愁生厌，因厌思归。于是上书顺帝乞骸骨，乞求免官回乡。他在《归田赋》中写道："游都邑以永久，无明略以佐时；徒临川以羡鱼，俟河清乎未期。"他是在以寂寞冷淡之语，对东汉黑暗政治进行强烈的抗议。

公元138年，张衡不仅没有被批准还乡，反又被调回皇城任尚书，协助皇帝处理政务。他在尚书台衙门，眼见更多的黑暗和腐朽，发出了"豺狼当道，安问狐狸"的感慨，并写出了韵调及其清冷的《髑髅赋》和《冢赋》等，表现出他对黑暗社会的强烈不满与怨恨、对改善汉朝政治的悲观和绝望，也是对汉朝腐朽统治的有力鞭挞。

顺帝永和四年（139年），张衡——一位历史巨匠终因忧劳成疾，在京师洛阳怀憾而去。这位千古不朽的科学家、文学家、发明家、政治家璀璨的光环中，更闪烁着崇高品德和伟大人格四射的光芒！"如此全面发展之人物，在世界史中所罕见"之人，真可谓"万祀千龄，令人景仰！"①

---

① "如此全面发展之人物，在世界史中所罕见"，及"万祀千龄，令人景仰"，是文学家、历史学家郭沫若为张衡墓题词。

天道有常问沧桑

东汉初平三年（192年）四月，一连多日的阴雨，把一个好好的阳春弄得阴风四起，寒气骇人。四月廿三日，献帝刘协久病好转，在未央殿召见群臣，大相国、大太师内穿铁甲、外罩朝服出席。

大相国、大太师在卫兵护卫下，威风凛凛，不可一世地一路走来。到得皇宫下车移步，刚刚跨过宫廷门槛，一人突出门旁挺戟搠来。因其重甲在身戟刺不进，移刺其颈，他用臂一挡手腕受伤，仰倒车上大呼："吾儿奉先何在？"

"吾儿"自身后闪出厉声喝道："有诏讨贼！"大相国脱口怒骂："庸狗也敢如此"！话未说完被一戟刺入咽喉，只手遮天的大相国、大太师当即"光荣殉职"！

一

红极一时、只手遮天、"光荣殉职"的大相国、大太师姓董，名卓，字仲颖，生于与西北羌人居地相邻的陇西临洮（今甘肃省岷县）殷富的豪强之家。其人"少好侠，尝游羌中"，依仗富足的资产多与羌族部落酋长交往，从小放纵任性、粗野凶狠。见羌族首领和地方豪帅，多迎合趋附自己，便不吝惜花费极力结交，进而加以控制和利用。之后，在打压羌人和黄巾军的过程中，逐渐建立了一支只听命于己的军队。

黄巾之乱后，东汉皇室威信受挫。董卓看到东汉政权腐朽无能，逐渐骄狂跋扈。汉灵帝试图解除他的兵权，任命他为并州牧。他意识到朝廷用心，遂要求带上亲兵。朝廷无力和强臣讨价，只好答应其带亲兵三千。

中平六年（189年），汉灵帝刘宏驾崩，少帝刘辩继位。因刘辩少不更事，暂时由何太后（灵帝的皇后）听政，大将军何进（何太后异母兄）主持朝政。刘辩不愿被操控，就依靠宦官回击外戚，从而形成外戚和宦官，两大相互对立的政治势力。

何进为打击宦官，不顾朝臣反对，私召董卓率军入京。董卓还没赶到首都洛阳，何进便在争斗中被宦官张让等人杀死。在洛阳统兵的袁术闻悉何进被杀，率兵追杀张让等人。张让等慌忙劫持刘辩和陈留王刘协（汉灵帝第三子，刘辩之弟），半夜出逃至黄河渡口小平津（今河南省巩义市西南）。打听到少帝在北芒，董卓便急忙率兵前往。把刘辩奉迎至皇宫后，挟天子以令诸侯，开始干预中央政权。

初到洛阳时，董卓部属兵力不过三千人。为造成一种强大的军事威慑，他每隔四五天就令所部，晚上悄悄溜出洛阳，次日早上再战鼓震天、旌旗招展、浩浩荡荡地开进洛阳，俨然千军万马，源源不断。首都各界包括朝廷官员在内，都被如此强大的武装力量所吓倒。后又勾结何进的将领吴匡，杀死了何进之弟何苗，不费一兵一卒收编了何进、何苗的部队。

有了强大的军事后盾，他便有恃无恐，为所欲为。首先迫使朝廷免除司空刘弘的职务，自己取而代之。为了进一步独揽中央政权，废掉少帝另立陈留王刘协为汉献帝。不久，借故杀死少帝刘辩，毒死何太后。自己把自己升迁为太尉，掌控全国军政，加斧钺虎贲出入僭天子仪仗。不久又晋位相国。通过对中央政权最高阶层的整治，整个东汉政府几乎全被这个叫董卓的人所掌控了。

人中吕布，马中赤兔。被董卓呼做"吾儿"，并被其亲手砍死的那个"奉先"名叫吕布，字奉先，五原郡九原县（今内蒙古包头九原区）人。其勇猛过人，武力超群，在并州当兵。并州刺史丁原领兵在河内驻扎，让其做了主簿。汉灵帝死后，丁原同样接到何进征召，率军入洛阳诛杀宦官。何进被宦官弄死，丁原便失了势（丁原是何进的部下）。董卓乘机赠予吕布一匹赤兔宝马和无数珍宝加以笼络。吕布终受董卓唆使，杀死丁原。吕布投靠董卓后，被安排做皇帝骑都尉，并共同发誓赌咒结为父子。接着，提拔为中郎将，封都亭侯，成为董卓的贴身侍卫。

最后，干娃咋就把大官儿干爹杀了呢？据传，源于父子争美！

二

话说，某日司徒王允邀吕布夜宴，唤"闭月之貌"的貂蝉侍酒。吕布见得如此美人痴望不已，神魂颠倒。如此这般一番客套，王允即与吕布约下迎亲的好日子。

过日，王允宴请董卓，仍令貂蝉上前侍奉。待貂蝉现身，董卓立马心旌摇荡，忘乎所以。如此这般一番客套，董卓便携貂蝉回了董氏府第。

吕布过王府追问，王允却道："想来太师看重将军，故有此举！"吕布返入董府探问，心上人竟被干爹霸占。小吕怒火中烧，又去责问王允。王允劝解："这大概，也许是府中误传，太师望重一时，怎会奸占儿媳？莫非吉期未到，以致迟留。"

小吕复回探问，老董入朝不在，却在凤仪亭与貂蝉相遇。美人见了吕布梨花带雨，且泣且语："妾身已为太师所占，只望见君一面，死也心甘。"说着撩起衣裾就要跳入荷花池内，吕布抢前一步抱住纤腰曲意温存。缠绵间，突有一人快步跑进，声如牛吼。吕布转身一看，正是干爹董卓。他解释不得，慌忙向外逃奔，董卓顺手取得一戟掷了过去。于是吕布怀恨在心，于是就……

三

一位将军，一位司徒，一个义子，一个义父，如此就翻了脸？就痛下杀手？非也，全是他人下的套、使的计。是司徒王允"一女许两家"，而后骗吕布说："太师接义女回去与你完婚却自己霸占。"——这就是传说中的美人连环计！

话说，董卓除了借故杀死少帝、毒死何太后、自封郿侯、晋位相国，且"入朝不趋，赞拜不名，带剑履上殿"，使汉献帝像一块木头任其摆布外，竟然利令智昏，严刑协众，胡作非为。比如，他率军初进洛阳，就放纵士兵实行所谓的"收牢"运动，到处烧、杀、抢、奸，把整个洛阳城闹得鸡犬不宁；再比如，他想犒赏出入护从，又没有适宜的理由，就让其出城将乡村良民全部斩首，车辕载回众首级说是杀贼凯旋，借此大犒三军。这样的事发生了许多次，都城附近的乡村几被灭绝人烟。

一次，董卓邀请官员赴宴。酒过三巡，董卓突然起身，神秘地对在场的人说："为给大家助兴，现有一精彩节目。"说完，击掌示意狂笑不已。原来，他把诱降的数百名北方反叛者，押到会场中央，一个个用棉布裹了，头朝下吊起来点起了天灯。

为了攫取财富，董卓还派吕布洗劫皇家陵墓和公卿坟冢，尽收珍宝。不仅任意掠夺宫女、嫔妃及公主，整个洛阳的许多贵戚，历年积累的资财，所有娇妻美妾尽被其占。在其淫威逼迫和陷害下，朝中忠义之臣不是被逼迫出逃，就是被铲除消灭。

他的滥杀无辜、恣意弄权，引起广大官员和社会的强烈愤慨和反对。为了躲避大规模的、持续不断的反董浪潮，他强令汉献帝及群臣迁往长安。洛阳城内外数百万口被迫西迁，迁移时他严定限期不准挨延，官民皆弃田去庐、扶老携幼仓皇赶路。路上盗贼乘隙偷夺，以致饿殍载道，暴骨盈途。为了防止官员和群众回逃，他下令将整个洛阳城及附近二百里内的宫殿、宗庙、府库等，大批建筑物全部焚火烧毁。

迁都长安后，他役民夫二十五万，在长安以西二百五十里处（今陕西省眉县东北）大兴土木，疯狂扩建院邸——郿坞。建造的郿坞高厚七丈，好似长安城一般，号曰"万岁坞"。坞内不仅"积谷为三十年储"，还挑选美女八百多人，且金玉珍宝、锦绣绮罗，逐日运积不可胜数等，罄竹难书。

为此，尚书仆射士孙瑞会晤司徒王允："自从去年年底以来，太阳不照，淫雨不断已达六十多天，我们应该让这种不利国家和百姓的时期尽快结束！"于是，王允便安排府中歌姬貂蝉色诱董卓父子，令吕布与董卓反目成仇，最终促成干娃手刃干爹！

四

黄昏之际，市中一具死尸横路，脂膏涂地，尸脐中用火点燃光明如昼。御史中丞皇甫嵩十分惊异，问明守尸小吏，方知是董卓之遗骸。

过日，董卓残部李傕、郭汜率兵攻入长安。把董卓残尸下葬后却突然电闪雷鸣，竟将其棺椁炸开。重新埋葬，依然如此。一连三次之后，董卓的尸首终是被雷电炸得片点无存。

"千里草何青青，十日卜不得生。"这是吕布刺杀董卓前，街头传唱的歌谣。意思很明白：董卓十日必死！

东汉末年军阀混战的肇事者董卓，你自边远地区的小混混儿混成一方军阀，自一方军阀步至"一人之下万人之上"，且自行废立天子，天子任由摆布，也算是一代枭雄。从虚张声势（三千兵夜出日进）威慑时人、拉拢吕布壮大实力，及其"挟天子以令诸侯"等行事看，你也不算傻啊！然，何故是如此下场？是你秉性使然，还是人们说的"有钱就学坏，有权就腐败"？不得而知！但"人神共愤，人怨天谴"是真的！

沧桑多变有天道，天道有常问沧桑！

2010 年 4 月 29 日

人中吕布好糊涂

人中吕布，马中赤兔。

东汉初平三年（192 年）四月廿三，你潇洒地出手一戟，权倾一时、作恶多端、不可一世的老贼董卓，顷刻间灰飞烟灭。这一戟好不潇洒，这一戟好不痛快：百姓歌舞于道，"市酒肉相庆"。

"市酒肉相庆"未散，其残部李傕、郭汜等，乱军便攻进了长安。攻进长安的乱军大肆报复，吏民死者万余、献帝被迫逃出长安，流离失所。从此，把刘协小皇帝逼到了更加绝望的境界，把东汉帝国拖入了军阀混战、再混战的混乱之中。因此，人们都说董卓是东汉末年军阀混战的肇事者。然而在下弱弱地问一声："吕布你个蠢货，下手时可想好后果"？你是否才是旷日持久混战的真正肇事者？

吕布，字奉先，五原郡九原县（今内蒙古包头九原区）人。汉灵帝熹平五年（176 年），鲜卑部落军事联盟四处武力扩张，对东汉进行掠夺战争。东汉边将大举南迁，你和家人不得不离家南撤。逃到山西境内归附并州刺史丁原，因其勇武被丁原大加亲待，任为主簿。汉灵帝死后，丁原同样接到何进征召率军入洛阳诛杀宦官。何进被宦官弄死，丁原便失了势。董卓乘机赠予你一匹赤兔宝马和无数珍宝加以笼络，你终受董卓唆使把丁原杀死。投靠董卓后，结为父子。因此，被提拔为中郎将，封都亭侯，成为董卓的贴身侍卫。

因董卓控制朝廷后胡作非为、严刑协众、作恶多端、倒行逆施等，引起了朝廷忠臣王允的忧虑和愤慨。于是便安排府中歌姬貂蝉色诱你董卓父子，于是你与董卓反目成仇，干娃手刃干爹。

董卓死后，旧部攻入京城。你撇下王允，带上董卓人头逃出长安。先是去投袁术，不久又北归袁绍。两人共事没几天，袁绍便想杀了你以绝后患。你闻讯后，慌忙改投河内张杨。兴平元年（193 年），你与陈宫合谋袭夺曹操的兖州。曹操回师击破吕军，你只得带着残兵败将去往徐州。徐州刘备见你穷蹙来归，于心不忍，将你权且收留。不想没过多久，你便趁刘备出兵讨伐袁术之机，袭夺了刘备的徐州。

当时占据淮南的袁术，给你送米二十万斛，约你一起夹击刘备。你收下粮米却又以"辕门射戟"，逼退了袁术的三万大军。既然如此你就该好好地与刘备合作，但没过多久，你却又把刘备逼投了曹操。袁术这时仍想与你搞好关系，派专使前来给儿子提亲。成不成尚在两可，但你竟然把袁术的使者押入囚车送到了许都。曹操一见，立刻把袁使枭首，断绝了你和袁术日后合作的可能。

建安三年（198年）十一月，曹操率大军来打徐州。你吕布因众叛亲离，在白门楼（今江苏省徐州古邳镇南大门）被曹军生擒。你见了曹操说："曹公得到我，由我率领骑兵，曹公率领步兵，可以统一天下了。"曹操颇为心动，但被你挤兑的刘备却在一旁，不冷不热地说："明公您看见吕布是如何侍奉丁建阳（丁原字建阳）和董太师的吗？"于是你"人中吕布"终被"咔嚓"了事。

董卓作恶多端自是百死莫赎，然你"人中吕布"行事是否也太过了呢。你的第一位主子是并州刺史丁原。是丁原将你从一介流民安排成将领，并"大加亲待"提拔为主簿。这可说是恩义不浅，然而在董卓标出更高的价码后，你立马就取了丁原的首级。

董卓对你也算待见，且你二人发誓赌咒结为父子。然而在听了王允的挑唆后，轻狡反复的你不加多想就痛下杀手。杀死干爹后，你又调动人马诛尽董氏三族，其中也包括董卓那九十岁的老娘。

约略地算来，你短促的一生起码投靠过七位主子，如丁原、董卓、王允、袁术、袁绍、张杨、刘备等。在那个风云变幻的年代里，审时度势、改投明主原本也无可厚非。但你吕布变心易虑的频率，未免太过频繁、太过急促了吧。

"人中吕布，马中赤兔。"三国名将之中，单论武勇，无人能与你比肩。可你空有盖世武艺，却毫无头脑和信义。《三国志·吕布传》评曰："吕布有虓虎之勇而无英奇之略，轻狡反复，唯利是视，自古及今，未有若此而不夷灭也。"我想，大抵如是！

吕布，旷日持久混战的真正肇事者，下手时你可想好后果？！

2018年10月11日

冲动是魔鬼

冲动是魔鬼，此言不虚。

一

蜀章武元年（221年）七月，为给关羽报仇，刚刚称帝的蜀汉昭烈帝刘备，便亲率十多万蜀汉大军攻打东吴。诸葛亮、赵云等绝大多数大臣、老将，都感到仓促攻吴不利，再三规谏其不要出兵，但恼怒难平的刘备丝毫也听不进去。

孙权求和不成，一面向曹魏称臣，一面任命陆逊为总指挥率军应战。陆逊上任后，通过对双方兵力、士气，以及地形等诸条件的仔细分析，认为刘备兵势强大，居高守险，求胜心切，锐气正盛，吴军应暂时避开蜀军的锋芒。于是，果断地实施战略退却，一直后撤到夷道（今湖北宜都）、猇亭（今湖北宜都北古老背）一线。这样，吴军完全退出了高山峻岭，把兵力难以展开的数百里长山地留给了十万蜀军。

刘备派遣将军吴班、冯习、张南率领约三万人（后期有沙摩柯等五溪蛮夷加入，总兵力应达到五万）为先头部队，夺取峡口，攻入吴境，在湖北巴东击破吴军李异、刘阿部，占领秭归。

次年正月，蜀汉吴班、陈式的水军进入夷陵（湖北宜昌）地区，屯兵长江两岸。二月，刘备亲率主力从秭归进抵猇亭，并建立了大本营。这时，蜀军已深入吴境二三百公里。

在吴军扼守要地、坚不出战的情况下，蜀军不得已在巫峡、建平（今四川巫山北）至夷陵一线，数百里内设立了几十个营寨。

此后，从正月到六月，差不多半年时间内，两军始终相持不决。刘备为了迅速同吴军进行决战，曾频繁派人到阵前辱骂、挑战，但是陆逊就是不予理睬。陆逊坚守不战，打破了刘备倚恃优势兵力，以求速战速决的打算。蜀军将士斗志，渐次松懈了下来。

公元 222 年 7 月，炭火一般的老日头炙烤着荆楚大地。刘备所率蜀军酷暑难挨，只好舍舟弃船，躲进深山密林。蜀军一躲进树林，陆逊立即下令士卒，乘夜突袭蜀军营寨，顺风放火。结果，"火烧连营"，蜀军大乱。

《傅子》记载："吴军消灭蜀汉军八万余，刘备仅以身免。"蜀军大乱，陆逊乘势率军发起反攻。结果，数万蜀军基本伤亡殆尽，刘备靠着众将士的死保死护，才勉强逃入白帝城。逃到白帝城后，刘备又气又急，恼羞成怒："我一世枭雄，竟受到陆逊的挫折侮辱，岂非天意啊！"而后一病不起，最终托孤于白帝城，成了蜀汉先主。

这一败，蜀汉损兵又折将，精兵殆尽受重创；这一败，先主托孤白帝城，恢复汉室几无望。持续一年之久的夷陵之战，不仅使得刘备损失大量士兵与物资，还有多名将领阵亡。这让刚刚建立的蜀汉政权，受到了沉重的打击。而君主刘备的含恨离去，更让这个所谓的国家叛乱四起，使得刘皇叔和他的追随者及其后人，"争天下，复汉室"的远大理想成了泡影、幻想。

二

夷陵之战，是段真实的历史，地址就在今天的湖北彝陵猇亭，因此也叫猇亭之战。它是三国时期蜀汉昭烈帝刘备对东吴发动的大规模战役。

大战的起因是，荆州之争和兄弟之仇。话说公元 208 年周瑜火烧赤壁打败了曹操，刘备也捡了个大漏——趁势取得了长江南岸的长沙、武陵、零陵、桂阳四郡。之后，经过诸葛亮和刘备的一番表演，孙权一时冲动大手一挥，就把位于长江北岸的战略要地荆州借给了刘备。

刘备借到荆州后，深知其位置的重要（从荆州北上，可经襄阳打到汉献帝所在地许昌，东进则可以直捣东吴的腹地），特意派了他的结义兄弟关羽镇守，以确保荆州的安全。

"刘备借荆州有借无还""大意失荆州"，是中国民间著名的民谚。孙权讨要了几年，刘备不是哭就是拖。于是，孙权在公元 219 年，乘关羽同曹军大将曹仁激战樊城之际，派吕蒙突然出兵袭击荆州，迫使关羽败走麦城，最后被擒杀。

孙权偷袭了荆州，还把自己的八拜兄弟给杀了。刘备气得暴跳如雷，当即就要出兵讨伐。诸葛亮赶紧阻止说，可不敢。现在咱们立足未稳，咋讨伐？刘备只得暂忍这夺地杀弟之痛。

到了公元 221 年，曹丕代汉称帝，刘备也急忙称帝。刘备一称帝，就把"夺取荆州要地，为关羽报仇"当作第一要务。于是就抱团找孙权打群架，于是就兵败夷陵，于是就败走白帝城……

三

战前，刘备求战不得、安营扎寨七百里连营时，马良回川把刘备布军图，呈给诸葛亮看。诸葛亮一看，当即长叹一声道："汉朝气数休矣！"

事后有人说，刘备恃强冒进，犯了兵家之大忌。在具体作战指导上又不察地利，将军队带入难以展开的二三百公里崎岖山道之中，是战败的关键；也有人说，在吴军的顽强抵御面前，备不及时改变作战部署，而采取了错误的无重点、处处结营，是火烧连营最终惨败的关键；还有人言，陆逊善于正确分析军情，大胆后退诱敌，集中兵力，后发制人，击其疲惫，巧用火攻等，才是刘备大军惨败的主要原因。

大家所言都在理，但不是根本。刘备惨败的根本，就在于"以怒兴师"！孙子曰："兵者，国之大事，死生之地，存亡之道，不可不察也。"也就是说，战争是一个国家的头等大事，关系到军民的生死、国家的存亡，是不能不慎重周密地观察、分析、研究的。然刘备刚刚"三分天下有其一"，入蜀立足未稳，称帝其国也不稳时，就仓促起兵，岂能不败？

曹魏属窃国者，孙权又志在守着自己的一亩三分田。刘备高举的是汉室正统大旗，若攻下魏国，则天下一统大事可成。然为报私仇、为挣得荆州一席之地，不惜毁坏孙刘联盟而大动干戈，是很不正确的。倘若待到民富国强、民心所向之时，再徐徐图之。别说夺取荆州为关羽报仇雪恨，就是光复汉室一统天下，也当是没有多大问题的吧？

织席贩履的刘备能够"三分天下有其一"，能够成为蜀汉昭烈帝，相对于芸芸众生，不谓不佼佼者、不谓不努力也。然普通老百姓都知道，"君子报仇十年不晚""打铁先要自身硬"。单单努力是远远不够的，只有愿望得以理想地实现，才是努力的意义之所在。倘若只是为了努力而努力，那努力还有什么意义？刘皇叔之努力，可说是没有意义的努力。这没有意义的努力，就来自其自身的盲目冲动！

过分骄狂是件很坏的事

过分骄狂是件很坏的事，有时甚至是致命的。

一

建安五年十月，曹操在官渡（河南中牟）抵抗袁绍大军。兵马两万和十万对峙一年有余，败亡可能随时降临。在上天就要收了那曹操小子之时，有个人偷偷跑进了曹军前线指挥部。那个人就是袁绍的谋士许攸。因其在袁绍处不展翅儿，建议屡遭驳斥，便临阵倒戈。

曹操闻听许攸来投，倒屣相迎。许攸献计说："今孟德孤军独守，既无援军，亦无粮食，此乃危急存亡。现在袁军有粮存于乌巢（今河南延津东史固村），只要派轻兵急袭，烧其粮草，袁军必将自己败退！"

也是被逼无奈吧，曹操果敢地采纳了许攸的计谋。当即决定留将军曹洪、谋士荀攸守营，自己带领五千骑兵，夜袭乌巢。

是夜，曹操突袭队人衔枚马缚口，打着袁军旗号，摸黑从小道疾驰。沿途诈称奉袁绍令，前去加强军粮守备，骗过袁军多道盘问。

一抵乌巢，立即包围袁军营寨，从四面纵火围攻。袁军毫无戒备，一片混乱。战至拂晓，守将淳于琼见曹军来兵也没多少，赶紧集结部队，出营布阵，企图反扑。曹操目标明确，率军死攻。

而在此危急关头，袁绍坚持要趁曹营"空虚"（袁绍自以为曹操率军攻击乌巢，其大本营必定空虚。），先攻下曹军官渡大本营，以断其后路。其部将张郃劝说："应全力救援乌巢。若那里粮草被焚，我们就完蛋了。"袁绍却固执己见，遣张郃和高览等强力攻击曹军官渡大本营，而只派少数兵力赴援乌巢。

增援的袁军迫近乌巢，曹操拒绝部下"分兵阻击"的建议，严令士兵拼死冲杀。结果，淳于琼被斩杀，囤积的粮草和车辆全部被焚毁。

乌巢粮草被烧的消息，传至官渡前线，袁绍大军迅速崩溃。狡诈的曹操既然敢率军攻击乌巢，其大本营必定是部署得妥妥当当的，久攻官渡曹营不下的张郃，也和将军高览临阵反叛，降了曹操。最后，袁绍只带了八百骑兵，仓惶退奔河北。其七万余残兵，竟被曹军歼灭和坑杀。

至此，对峙一年多的"官渡之战"，以曹操的全面胜利而告结束。曹操以两万左右的兵力，出奇制胜，击破袁军十余万。此战不仅起死回生，以弱胜强，而且一举奠定了曹操一统中国北方的坚实基础。

二

话说东汉末年，在镇压黄巾起义的过程中，各地州、郡大吏独揽军政大权，地主豪强也纷纷组建私人武装，形成了大大小小的地方割据势力，比如河北的袁绍、河内的张杨、兖豫的曹操、徐州的吕布、扬州的袁术、江东的孙策、荆州的刘表、幽州的公孙瓒及南阳的张绣等。各个割据势力争权夺利、互相兼并的长期战争，造成中原地区"白骨露于野，千里无鸡鸣"的凄惨景象。

建安元年，曹操迎献帝，迁都许县，自始"挟天子以令诸侯"。他先后击败吕布、袁术，占据了兖州、徐州以及豫州、司隶（陕西中部、山西西南部及河南西部）的一部分。

袁绍战胜公孙瓒后，据幽州、冀州、青州、并州，尽有河北之地，意欲南向以争天下。这样，华北两个最重要政治军事集团的决战，势所难免。

建安四年六月，袁绍挑选精兵十万，战马万匹，企图南下进攻许都，官渡之战的序幕由此拉开。那时袁绍已无后顾之忧，地广人众，可动员的兵力在十数万。曹操则是处于四战之地，除了北方的袁绍，关中诸将尚在观望。南边刘表、张绣不肯降服，东南孙策蠢蠢欲动，暂时依附的刘备也是貌合神离。

袁绍举兵南下的消息传到许都，曹操部将及许都百姓，多认为袁军强大不可敌。但曹操却认为袁绍志大才疏，胆略不足，刻薄寡恩，刚愎自用，兵多而指挥不明，将骄而政令不一。于是决定，以所能集中的一二万兵力予以抗击。

袁绍兵多而曹操兵少，千里黄河多处可渡。如分兵把守则防不胜防，不仅难以阻止袁军南下，且使自己本已处于劣势的兵力更加分散。而官渡地处鸿沟上游，濒临汴水，为许都北、东之屏障，是袁绍夺取许都的要津和必争之地。因此，曹操所采取的战略方针，不是分兵把守黄河南岸，而是集中有限兵力，扼守要隘，重点设防，以逸待劳，后发制人。

曹操做出部署是：派臧霸率精兵自琅玡（今山东临沂北）入青州，占领齐（今山东临淄）、北海（今山东昌乐）、东安（今山东沂水县）等地，牵制袁绍，巩固右翼，防止袁军从东面袭击许都；派人镇抚关中，拉拢凉州，以稳定翼侧；令于禁率步骑二千，屯守黄河南岸的重要渡口延津，协助扼守白马（今河南滑县东，黄河南岸）的东郡太守刘延，阻滞袁军渡河和长驱南下；主力在官渡一带筑垒固守，以阻挡袁绍从正面进攻；曹操自己，则率兵进据冀州黎阳（今河南浚县东，黄河北岸）。

十二月，当曹操正全力迎战袁绍时，刘备起兵反曹了，并占领下邳，囤聚沛县（今江苏沛县）。刘备军增至数万人，与袁绍联系，打算合力攻曹。为保持许都与青、兖二州的联系，避免两面作战，曹操亲自率精兵东击刘备。不仅迅速占领沛县、攻下邳，并且迫降关羽。刘备全军溃败，只身逃往河北投奔了袁绍。

当曹、刘作战正酣之时，袁绍谋士田丰，建议袁绍"举军而袭其后"，但袁绍拒绝采纳，致使曹操从容击败刘备、从容回军官渡。

建安五年二月，袁绍进军黎阳，企图渡河寻求与曹军主力决战。他首先派颜良进攻白马东郡太守刘延，欲夺取黄河南岸要点，以保障主力渡河。

曹操为争取主动，亲自率兵北上解救白马之围。此时，他的谋士荀攸建议"声东击西"。即先引兵至延津，佯装渡河攻袁绍后方。使袁绍分兵向西，然后遣轻骑迅速袭击白马的袁军。

曹操采纳了这一建议，袁绍果然分兵延津。曹操乃乘机派张辽、关羽为前锋，急趋白马。关羽迅速迫近颜良军，冲进万军之中，杀死颜良并斩首而还。

白马解围后，曹操迁徙白马百姓沿黄河向西撤退，袁绍率军渡河追击。军至延津南，派大将文丑与刘备继续追击。曹操当时的骑兵不足六百，驻于南阪（白马南）下，而袁军达五六千骑，尚有步兵在后跟进。

曹操索性令士卒解鞍放马，故意将辎重丢弃道旁，袁军中计纷纷争抢财物。曹操突然下令发起攻击。徐晃等人翻身上马，一举斩杀文丑击败袁军，并顺利退回官渡。

袁军初战失利，但兵力仍占优势。七月，进军阳武（今河南中牟北），准备南下进攻许都。八月，袁军主力接近官渡，依沙堆立营，双方又相持了三个月。

曹操外境困难，前方兵少粮缺，士卒疲乏，后方也不稳固，几乎失去坚守的信心。他写信给荀彧，商议要退守许都。荀彧回信说："袁绍将主力集结于官渡，想要与公决胜负。公以至弱当至强，若不能制，必为所乘，这是决定天下大势的关键所在。"于是曹操才又继续坚守，并积极捕捉战机。

功夫不负有心人。恰在那年十月，袁绍令淳于琼率兵万人护送军粮；恰巧淳于琼夜宿在袁军大营以北，约四十里的乌巢（今河南延津东南）；恰在这时，许攸就投奔了曹操。

三

当初袁绍起兵伐曹时，他的一位谋士田丰，规劝说：我们现在首先要做的事情是壮大自己。壮大自己的同时，我们可以派小股部队去骚扰曹操，让他疲于奔命，我们以逸待劳，这样用不了三年，事情就水到渠成了。

袁绍的另一位谋士沮授，也对他说：现在天下大乱，民不聊生，咱们的皇帝（汉献帝刘协）也刚刚安定下来。这个时候发动战争有道理吗？没有。我们现在已经获得了冀、青、幽、并四州之地，消灭了北方的公孙瓒。我们应该把自己为安定国家、统一国家，做的事情向皇帝报告。如果曹操干涉，咱再以强抗弱，用计消灭他。

曹操东击刘备、后方空虚时，田丰建议袁绍"举军而袭其后"；在曹操夜袭乌巢的危急关头，其部将张郃建议"应全力救援乌巢"……

我壮大什么？我现在尽有河北之地，可动员的兵力在十数万！我偷袭个啥？我要碾压式消灭他！救乌巢干什么？我就要先拿下曹军官渡大本营。

你倒是碾压啊。精兵十万，战马万匹。从头年六月到次年十月，一年多的时间。结果呢？十几万人马，让曹操的一两万人马给生吞了。虽然人们都说"胜败乃兵家常事"，但这种一败涂地的失败，就算不得常事了。这是刚愎自用，是过分的骄狂自负！

拿破仑说："一头狮子带领的一群羊，可以打败一头羊带领的一群狮子。"中国有俗话说："兵熊熊一个，将熊熊一窝。"历史上的战争多了去了，但"官渡之战"很好玩。好玩的倒不仅仅是曹操的狡诈、果敢，及其以少胜多的精彩战例，好玩的是袁绍那个熊将，那个带一群狮子的羊。而熊的要点、羊的关键，就是骄狂、过分的骄狂！

一樽还酹江月

　　赤壁之战火中烧赤壁很精彩。然倘若没有精彩的火烧赤壁，可能就没有三国鼎立，没有曹魏一统天下的迟延，没有无数将士的死伤，没有民众的水深火热……

一

　　东汉建安十三年（208年）十一月，曹操率二十多万大军，从湖北江陵（今荆州）沿江东进，直逼夏口（今武昌）。孙刘联军勉强组织五万人马，逆流北上在赤壁与曹军相遇。曹军的北方兵卒不善水战，初战失利。曹操便把水军"引次江北"与陆军会合，把战船靠到北岸乌林一侧，开展水军操练。周瑜则把战船停靠南岸赤壁一侧，与曹军隔江对峙。

　　曹操为了自己的北方兵卒不晕船，听从庞统的"馊主意"，把舰船连成"铁板一块"。"一个愿打一个愿挨"的黄盖，用苦肉计诈降。在那年十一月二十日约定的时间，选取轻便战船十艘，装上芦苇等干柴。并在干柴里浇上油，外面裹上帷幕，上边插上旌旗，光明正大地直奔曹操水寨。

　　黄盖提前派人送信，已经和曹操约得妥妥的。曹操及其官兵都走出船舰，欢迎、观看黄盖来降。而黄盖在离曹军约二里许时，却将十艘战船同时点了火。大火借着卧龙诸葛"借来"的东风，把各船箭一般推进曹营。

　　烧，大火不仅把曹军连着的战船全部燃烧，而且火势还蔓延到其设在陆地上的营寨。火借风势，风助火威，浓烟烈火，遮天蔽日，烧死、淹死曹军人马不计其数。

　　周瑜见火攻之计得逞，立即率领轻装的精锐战士上前厮杀。直杀得曹军丢盔弃甲，伤亡过半。曹操逃回江陵后，恐赤壁失利而使后方不稳，慌忙自还北方。孙刘联军大获全胜，"赤壁之战"列入皇皇史册。

　　列入皇皇史册的"赤壁之战"，是继"官渡之战"之后的又一次以少胜多，以弱胜强。只不过"官渡之战"是弱曹胜强袁，而这次的"赤壁之战"则是强曹惨败。"赤壁之战"的结果，直接奠定了三国鼎立的基础。

二

"赤壁之战"中黄盖的苦肉计、孔明的借东风、周瑜的火烧赤壁等，都很精彩，众人皆知无须赘言。想要啰唆的是"赤壁之战"的背景：曹操在平定北方之后，于建安十三年（208年）正月回到邺城后，立即开始了向南用兵。那年七月曹操挥军南下，八月荆州刘表病死，刘琮继任荆州牧。曹操接受了荀彧的意见，先抄捷径轻装前进，疾趋至宛、叶（河南南阳、叶县）。九月，曹操到达河南新野，刘琮就以荆州投降了曹操。

曹操南下的消息，临时依附刘表、屯兵樊城（湖北襄阳）的刘备一直不知。直至曹军到达宛地时才知晓，而此时刘琮已向曹操投降了。刘备闻讯慌忙弃樊南逃，到当阳长坂被曹操追上。张飞当阳桥头喝阻曹军，刘备"抛妻舍子"，与诸葛亮等数十人得以逃脱。于是，曹操进军江陵，任命刘琮为青州刺史，封为列侯。

曹操从江陵出发，将要顺长江东下，想和孙权联手消灭刘备。孙权手下的谋士大都主张降曹自保，只有鲁肃主张联刘抗曹。但鲁肃自知难以说服孙权和东吴文臣，特意请诸葛亮前往说服。于是，卧龙诸葛"舌战群儒"。结果孙权被鼓动起兵抗曹，"火烧赤壁"曹军大败，形成之后的三国鼎立。

三

再往前说说孙、刘、曹。刘备，东汉末年幽州涿县（今河北省保定市涿州市）人，据传说是汉朝的宗室，汉中山靖王刘胜的后代。刘备的祖父刘雄举为孝廉，官至东郡范县令。其父刘弘早亡，少年刘备与其母以织席、贩履为业。

中平元年（184年），黄巾起义爆发，二十几岁的刘备因打击起义军有功，被封为安喜县尉，从此混入官场。后来，朝廷有令，因军功而成为官吏的，都要被精选淘汰。该郡督邮要遣散刘备，刘备便将督邮捆绑起来，鞭打一顿弃官逃亡。其后，他先后跟随何进、公孙瓒、陶谦。兴平二年（195年），陶谦病重，刘备遂领徐州。

建安元年（196年），袁术率军进攻徐州，刘备迎击战败。再度招募万余人又被吕布打败，前往许都投奔曹操。曹操给予兵马粮草，让其做豫州牧（这便是

"刘豫州"的由头）。有了些兵马，又北连袁绍抗击曹操。曹操亲自东征，刘备战败后投靠袁绍。袁绍使刘备领兵，与刘辟寇略许都以南。而刘备则以联结刘表为由，带兵又跑到汝南。曹操亲自讨伐，刘备这才落荒而逃，往投刘表。

再后来就是刘表病死刘琮继任、曹操南下刘琮出降、刘备狼狈逃窜。到诸葛亮游说江东的时候，刘备手里只有一郡之地，一两万兵马。也就是说，刘备集团已危如累卵，或许顷刻间就灰飞烟灭了。

孙权的爹孙坚，原是东汉时下邳（江苏睢宁县古邳镇）的一个小县丞。东汉末年黄巾起义时，孙坚随会稽朱俊到中原镇压，后又转战于江南诸郡。董卓之乱时，孙坚参加讨伐董卓的关东联军，隶属于袁术在淮南活动。孙坚征荆州刘表、黄祖时战死。

孙坚的长子、孙权的大哥孙策，在孙坚死后投靠袁术，借了兵马攻占扬州。袁术自行称帝后，孙策与其决裂自立门户，开始向江东发展。汉献帝被挟许昌，孙策拒袁术而联曹操，受封为吴侯。建安五年（200年），孙策被前吴郡太守许贡的门客暗杀。孙权这才继而掌事，成为一方诸侯。而孙权在接过孙策的基业之后，采用吴人治吴的方法，竟坐拥江东六郡八十一州，兵马差不多十万之众。

至于曹操不多赘言，只简说一二。东汉光武帝建立后汉政权后，将全国划分为十三个州，其中南北两个最大的州——荆州和冀州。冀州原属袁绍，官渡之战后曹操吞并冀州。至此，天下十三州，曹操一人独得七个，基本上完成了对中国北方的统一。曹操率二十多万大军南下，荆州立即成了曹操的囊中之物，且打得刘备丢盔卸甲，且"丢了夫人又折兵"。

四

"天下之事，分久必合，合久必分。"文前所述想说的是，若不是有三寸不烂之舌的诸葛亮"舌战群儒"，很可能就没有赤壁之战、火烧赤壁。如果没有赤壁之战、火烧赤壁，哪有三国鼎立？没有三国鼎立，那时的中国之统一，又怎会延后数十年之久？没有大一统延后的数十年，当时老百姓的幸福指数定会提升很多！

三国鼎立互争互战，相互杀伐，很热闹也极精彩。让智圣诸葛、枭雄曹操，及关羽、司马懿等，大大地表演了一番。荆州之主刘琮拥兵十万不战而降，被世人"千夫所指"。然而三国英雄豪杰们的征战杀伐，除了徒增战乱、死伤人命、毁坏财产外，最终不亦是过眼烟云，为两晋南北朝所替代？

"大江东去，浪淘尽，千古风流人物……江山如画，一时多少豪杰……故国神游，多情应笑我，早生华发。人生如梦，一樽还酹江月！"

绿珠成衅雠

行乐争昼夜，自言度千秋。
功成身不退，自古多愆尤。
黄犬空叹息，绿珠成衅雠。
何如鸱夷子，散发棹扁舟？

这是诗仙李白《古风五十九首》第十八首结尾的几句。

"黄犬空叹息"自然是指不能牵犬东门的李斯，"何如鸱夷子"当然是说商圣范蠡。那么"绿珠成衅雠"又是个什么样的典故呢？

话说，早在一千七百多年前，时任西晋国子祭酒的刘寔，在一官员家院子里寻厕方便。按照提示，他走近一看：那里不仅有红绿鲜艳的帐幕、豪华的垫褥，更有婢女手持香囊侍奉。于是他甚是尴尬地退了出来，笑着对主家说：不好意思，不好意思，误入您的内室了。那主家则哈哈大笑说：这正是我家的厕所啊！

哈哈大笑那主儿就是传说中的晋朝巨富石崇。石崇，渤海南皮（今属河北）人，生于公元249年。他老爸石苞在长安贩卖碎铜烂铁时，无意间搭上了司马懿。随着司马家一统三国建立晋朝，官位升到三公之一的司徒。因此，人家石崇是个正儿八百的子弟；管家人事档案记载：石崇成年后历任修武县令、城阳太守、荆州刺史、大将军、大内秘书长等职，获封安阳侯；石崇在荆州刺史任上打脸蒙面，率亲兵扮强盗大劫远路客商，遂至金银珍宝无数，突然间就成了富可敌国的大富豪。

富到什么程度呢？历史上"石崇斗富"您一定知晓。说石崇曾与贵戚王恺（晋武帝马炎的老舅）比富：王恺用糖水洗锅，石崇便用蜡烛当柴；王恺用紫丝布做了四十里的路障，石崇便用锦丝绸封闭五十里；王恺刷墙用名贵的中药赤石脂为料，石崇便用花椒等香料制成的泥浆；王恺坐的坐轿用十二个美女轮流抬，石崇就用二十四个美女。

连败几个回合王恺很窝火，便去找外甥司马炎求助。一国之君的晋武帝，不但不阻止这场荒唐的炫富竞赛，反而专门送给王恺一棵外国进贡的"高二尺许，枝柯扶疏，世所罕比"的珍贵珊瑚树助阵。

王恺得到国宝兴奋万分，便兴冲冲地拿了找石崇夸示。谁知，石崇看一眼不屑一笑，就随手用玉如意把它敲个稀碎。王恺大惊失声，继而勃然大怒道："击碎吾宝，何嫉妒之甚也？"他以为石崇比不过而忌妒，不仅大声呵斥，并揪着石崇不放，要拉他去找皇帝评理。石崇却抬抬眼皮儿，说：别心疼了，我赔你一株就是了（"不足多恨，今还卿"）。言罢，命仆人把自家的珊瑚树取来。不一会儿，珊瑚树全部罗列在了桌子上：高达三四尺的就有六七棵，而且"条干绝俗，光彩耀日"。石崇抬手指了指，毫不在意地说："你自己随便挑一株？"王恺大惊失色，目瞪口呆，再也说不出一句话来。

楚王好细腰，宫中多饿死。你可能会问"石崇如此奢靡、肆无忌惮，就不怕被请喝茶？"说个插曲儿：晋武帝司马炎灭东吴一统天下后，认为天下从此太平，万事大吉，便开始穷奢极欲。"羊车巡幸"说：司马炎享有后宫万人以上，他每天坐着羊车寻美。拉车的羊随意停在哪，他便在哪临幸。后来，嫔妃们为了留着大皇帝，都偷偷地在门口洒盐水、插竹叶，以求乖乖羊能够在宫门前停下来；其次，晋惠帝（司马炎的儿子）司马衷执政时，百姓吃糠咽菜，甚至吃土（观音土，吃下去可以给人饱腹感，但是吃进去却排不出，吃多了便会撑胀而死），很多人被活活饿死。晋惠帝听了大臣的奏报，大为不解："他们没饭吃，咋不吃肉哩？"还有，赵王司马伦夺权后，"八王之乱"混战一片。至公元316年，那个很会闹着玩的短命西晋，仅存49年便呜呼哀哉了。说这些个插曲儿，是为了让您知道，石崇为啥不怕被请喝茶，无他。

闲言少叙，书归正传。话说石崇暴富后觅得一位叫绿珠的美女作爱妾。公元290年司马炎挂单，皇后杨氏一门外戚夺权。不久，贾皇后杀杨骏夺得政权。次年赵王司马伦杀贾皇后，篡了那个说"何不食肉糜"皇帝的权。石崇本是一直走贾氏道路的。因故，司马伦掌权后石崇自然就下课了。

司马伦的旧属中有个叫孙秀的无赖，趁机派使者向石崇强索绿珠。石崇将其婢妾数十人叫出任其挑选，但使者却非绿珠不可。以往皇亲国戚都不放在眼里的石崇，转不过这个弯，坚持不给。司马伦便借肃清余党为由，让孙秀把石崇逮了，不加审问就直接就把他咔嚓了，而绿珠也跳楼身亡了。

单从"绿珠成衅雠"看，是说石崇因绿珠惹祸。然，诗仙的全意可能是：做人要低调、要知足，要知得舍、要知进退？因为石崇就刑前曾长叹："奴辈贪我家财耳！"押解他的人说："既知人为财死，何不早点把它散了，做点好事呢？"这便是"绿珠成衅雠"，饭后茶余愿君一笑尔！

对了，石崇斗富和绿珠坠楼的地儿叫"金谷园"，遗址在今洛阳老城东北七里处的金谷洞内。现在的西工区金谷园路，就是由此而来的。

行乐争昼夜，自言度千秋。人生的乐趣原本在于由小到大，由大而终，劳而有获，知足而乐。倘若你不劳而获、尽占所有，全都不屑一顾，或者一定认为自己能活千年、永垂不朽，咱个也是无话可讲。

> 白云苍狗都一梦，
> 草木一生何所营。
> 自为在世一千岁，
> 嗤之以鼻两三声！

2019 年 3 月 14 日

风雨如晦，鸡鸣不已

唐永昌元年一个风雨如晦的上午，大唐朝堂正进行威严的朝会，"妖后"正在威严地责问："大胆，你说什么叫魁首？"

堂下一位从六品小法官镇定地答道："魁者，大帅；首者，主谋。"

"妖后"严厉质问："颜余庆咋就不是魁首？"

小法官神色自若地答辩说："永昌之乱的魁首早已伏诛，余庆算是支党！"

"妖后"粗着嗓子道："他为李冲征私债、买弓箭不是魁首是什么？"

"帮助要账是事实，但买弓箭与颜余庆也无关。"小法官对答如流。

"二月征债，八月通书，还能不是同谋？""妖后"怒不可遏。

小法官不觉提高了嗓音："所通书信未见查获，而口供也只说是礼节上寒暄。而且讨债、通信也只涉嫌，与同谋、主犯怎么也画不上等号呀！"

眼见着就要有人血溅当场、人头落地，在场的二三百文武官员个个脸色刷白，身如筛糠。然而"妖后"突然间对这个胆大包天、犯颜直谏的小法官"服了软"："他是支党不是支党，卿再去细细勘问！"骤然间，风扫残云，雨过天晴，和煦的阳光一下子洒满了阴森的朝堂。那个叫颜余庆的得救了，每个人的脸上都现出了温暖的阳光！

威严的"妖后"自然是杀人不眨眼的武则天。那个胆大包天的小法官是谁？"颜余庆案"又是怎么个事？

先说那个胆大包天的小法官。他叫徐有功，河南洛阳偃师人，名弘敏，字有功。因避李弘（唐高宗李治第五子，武则天长子）讳，以字行。二十几岁光明正大地通过明经科考试后，被分派到蒲州（今山西永济）任司法参军（法官）。他在蒲州做参军期间，纠正冤假错案数百件，救活人命数千，审判案犯力求宽仁，教育感化，从不轻易杖刑，被当地百姓和官员称为"徐无杖"。先进事迹传到京城长安后上调中央，任司刑寺丞。"颜余庆案"就是发生在他初任的时候。

话说永昌元年唐高宗逝世，武则天以皇后身份临朝执政，继而"革唐命"，自称"圣神皇帝"。因此李唐集团很不乐意，有的还起兵反对。如英国公徐敬业、唐宗室李冲、李贞（李贞为李世民第八子，李冲是李贞的儿子）的起兵，等等。面对严峻的政治形势，圣神皇帝"不拘一格"选用来俊臣、周兴等酷吏，大肆诬构、血腥镇压，凡是告发的都能得到重赏，因而全国告讦之风大起。

其间，有人密告河北贵乡县武装部长颜余庆，曾与去年（688年）武装暴动被杀的李冲通谋。武则天接到举报，立即让来俊臣审理此案。来俊臣知道这位圣神皇帝需要的是什么，便使用"定百脉""喘不得""突地吼""死猪愁"等各种酷刑对颜余庆进行突审。颜余庆抗不住酷刑，只得承认与李冲通谋。实际是李冲造反前，派家奴到贵乡县收债，写信要求颜余庆关照。那名家奴收完债，自己做主给李冲买了一批弓箭。当时李冲犯罪被杀后，武则天已下达了赦免令，不再株连其他人。

不识眼巧的徐有功，接到刑侦、监察部门移送的定案报告，认真审阅后觉得此案"证据不足，定性不准"。他查阅了武则天当年签发的《永昌赦令》，有"魁首""支党"之分，便判颜余庆为李冲谋反案的"支党"，使其免去死罪。但来俊臣、魏元忠等酷吏头子，却直接上奏武则天，请求以谋反"魁首"处斩颜犯，家口籍没。武则天签批准奏。于是就有了本文开头所述的法官徐有功朝堂强谏。

在"妖后""宁可错杀一千，不可放过一人"的血腥恐怖之时，徐有功竟迎风而上，公然抗上，可谓傻、蠢、愚，胆大包天了。

然而正是他的傻和愚，在风雨如晦、风声鹤唳的血腥恐怖中，拯救了无数的无辜百姓。比如：那个后来被大坏蛋来俊臣"请君入瓮"的另一个大坏蛋周兴，有一天交给他一份案宗说："此案是原道州刺史李仁褒兄弟的案子，现已侦查完结，定为谋反罪。"徐有功上眼一看说："俩兄弟练武比箭咋就叛逆谋反了？应该马上纠正！"周兴却冷冷地一笑："李仁褒兄弟都是旧唐李氏宗室的人，圣神皇帝的意思你懂的啊！"但徐有功依然到处争辩："难道练武比箭能推论成谋反？天理何存？国法何在？难道皇帝就可不论事实、不讲国法？"结果，武则天便下诏罢免了他的官职，削职为民。

再比如：周长寿二年（693年）武则天又重新起用徐有功，任命他为纪检大员。他任职后，在江苏镇江发生了一起"庞氏案"：唐睿宗李旦的丈母娘——窦德妃娘娘的妈、润州刺史窦孝谌的老婆庞氏，从闺女德妃被武皇镇压后，一直心神不定，抑郁成疾。其间她被一个奴婢（因告发有赏）哄骗，夜间在家里做法事驱邪，然后告发她暗地焚香诅咒圣神皇帝。酷吏薛季昶接案，揣测着圣意捏造庞氏为"不道"罪，将庞氏判为死刑，家属也要流放三千里。徐有功得悉后就直奔宫殿上奏道："依微臣查访庞夫人无罪可有。"武则天一听徐有功为她的心腹之患辩护，立即下令将其轰出宫殿，责成司刑寺治罪。司刑寺按照最高指示，很快就议定徐有功犯"党援恶逆"罪，并判处死刑。

徐有功有位好友获得内部消息后，便悄悄跑到他家里哭着让他早做准备。徐有功听后没事人似的说："难道这世上只有我一个人会死吗？权不能大于法呀！"后经众人多方奔走呼吁，武则天才下令"免去徐有功死罪，罢官流放边疆"。但那个庞氏却因此免去了死罪。

有关徐有功耿直不阿、守法护法的事例很多，他在司法任上约15年，就有三次被控死罪（其中一次改为流放），而他却泰然不忧，"死不改悔"。罢官复出后还是认死理、走老路，一心执法守法。就连"妖后"也被他的耿直和勇气折服，待她坐稳了帝位后，又将他起用为司刑寺少卿。他前后审、核、判大案要案六七百件，救人数以万计。他既不为己谋利，也不为君主私欲动摇。既不管政治需要，也不顾个人安危，始终咬定"以事实为根据，以法律为准绳"的死道理。不过也正是因此，他才能在种种诬陷冤告中挺立不倒。酷吏们虽然恨他入骨，但也无可奈何。相反，因为有徐有功的存在，"妖后"时代的酷吏之风竟也受到少许的遏制。大家都说，徐有功可以与汉代法官张释之相提并论，但徐有功身处风雨如晦的年代，能够据理力争更加难能可贵！

风雨如晦，鸡鸣不已。其实，身负相关责任或义务的人们，尤其是肩负民众生死、国家安稳的司法大员们，大可不必想当然地认为坚持正义、维护公道，就一定要付出"惨痛代价"的。关键在于你是否光明磊落、公而无私，比如今儿个说的徐有功就是多么值得称道呀！

2018年10月9日

张巡殉国

接战春来苦，孤城日渐危。
合围俺日晕，分守若鱼丽。
屡厌黄尘起，时将白羽挥。
裹疮犹出阵，饮血更登陴。
忠信应难敌，坚贞谅不移。
无人报天子，心计欲何施？

——（唐）张巡《守睢阳作》

一

公元 757 年年底，睢阳城的民众已经苦苦撑了十个多月了。他们在一个人的指挥下，与攻城叛军进行了大小四百余战，以不足万人之众杀伤贼兵二十余万。但终是四顾无援，日渐艰危。最后，他们逮麻雀、掘老鼠、杀人食士，然"人知必死，莫有叛者"。

那个率众作战的人叫张巡，祖籍山西永济，于唐景龙二年（708 年），生于邓州彭桥镇寺北张村（其父逃难至此）。年幼聪明，才智过人。每写文章，提笔落纸即成；壮年后，博览群书，知晓阵法。志气豪迈，不拘小节；开元末中进士，初任太子通事舍人，后调任清河县（今河北南宫一带）令，任内治绩优良；期满后被召回长安，有人劝他站站当道者杨国忠（张巡永济老乡、杨贵妃族兄、时任宰相。）的队，但他却榆木脑袋不开窍。其实，那时他哥张晓已位居监察御史。后，根据组织需要被调到真源县（今河南鹿邑），仍做县令。任上镇压恶吏，县境政通人和，百姓安居乐业。

天宝十四年（755 年）冬，那个比杨玉环大十六岁、却管杨玉环叫干娘的安禄山叛乱了，所到之处，守将或不战而逃或望风而降。叛军在夺取河北后挥师南下，攻克洛阳直逼潼关。同时派令狐潮（唐朝降将）领兵四万进攻雍丘。时任雍丘真源县县长张巡，招募了一千来人，先行占领雍丘奋起抗叛。叛军到后，张巡身先士卒，戴甲而食，裹伤复战，率领雍丘将士坚守六十多天，打退叛军三百多次进攻，使令狐潮不得不暂时退兵。过了两月，令狐潮又领兵来攻雍丘。此时长安已经失守，玄宗逃往四川，雍丘军心动摇。城里六名很有声望的大将，一起找张巡劝降，张巡佯作答应。第二天，他召集大家开会，堂上设天子画像，引这六将于前，责以大义当场斩首。自此，军心大振，誓言守城。

堅守雍丘一年多后，张巡接到睢阳（今河南商丘）太守许远送来的紧急文书，说叛军大将尹子奇，领兵十三万来攻睢阳，请他赶快援救。张巡赶到睢阳，与许远兵合一处不过六千余人。许远虽是太守，但知道这个身为县长的张巡善兵，就力请张巡做守城总指挥。张巡统领全城兵马，以弱兵数千，拒叛军十三万。皇上（肃宗李亨）闻知，乃诏拜张巡为御史中丞、节度副使。官衔虽然有了，但人马还是原来的人马。

随着时间的拖延，城外的叛军越聚越多，城里的守军越打越少。剩下一千六百多人的时候，城中就断了粮食，士兵们一个接一个饿倒，连树皮、茶叶和纸张都吃。在危难之际，他派人向节度使贺兰进明告急，请求援兵。但贺兰进明惧怕叛军，又忌恨张巡的声威，竟袖手旁观，不予相助。

张巡和许远借不到兵，两人反复商议后认为"睢阳，江淮保障也，若弃之，贼乘胜鼓而南，江淮必亡。且帅饥众行，必不达。"故而继续坚守，明知不可为而为之。"至此茶纸既尽，遂食马；马尽，罗雀掘鼠；雀鼠又尽，巡出爱妾，杀以食士，远亦杀其奴；然后括城中妇人食之；既尽，继以男子老弱。"城里的将士、百姓被张巡誓死战斗的精神所激动，知必死，莫有叛者。直到最后全城只剩下四百余人，尹子奇又率领叛军用云梯攻城，城头上的守军饿得连拉弓箭的力气都没有了……

睢阳城陷后，张巡与许远一起被俘。尹子琦以胜者姿态问张巡："听说您督战时大声呼喊，眼眶破裂，血流满面，牙都咬碎了，何至如此呢？"张巡答道："我要用正气消灭逆贼，只是力不从心而已。"尹子琦发怒，用刀撬开他的嘴，发现那时的张巡满嘴只剩三四颗牙齿了。尹子琦佩服他的气节，以刀胁迫其投降，他依然宁死不屈。于是张巡与南霁云、雷万春等三十六人一同被杀，年仅四十九岁。

二

张巡是如何以不足万人之众，前后大小四百余战，苦撑十个多月，杀伤贼兵二十余万的呢？

在雍丘时，叛军不断攻城，城内没有可用之箭镞。张巡便令士兵扎上千草人，在深夜裹以黑衣，用绳子从城头吊下。叛军见了，就盖地铺天地向草人射击，直到天亮才发现是些草人。待守军拉回草人，数十万支箭唾手而得（据传，此才是草人借箭之首创）。第二天晚上，张巡选了五百死士，仍用绳子吊下城。叛军以为又是草人骗箭，笑而不理。于是这五百人趁敌不备，直袭令狐潮大营。令狐潮来不及组织抵抗，几万叛军四下逃窜，一退十几里。令狐潮恼羞成怒，继续增兵围困雍丘。张巡守军不过一千多，而叛军总在几万人。但就这样坚守了一年之久。

守睢阳时，叛军在城外收麦以充军粮。张巡见了立即擂鼓集结士兵，做出立即出战的样子。叛军见状，立刻停止收麦待战。张巡却止住擂鼓，让军士做出休息的样子。待叛军放松了警惕，张巡才抓住时机命南霁云，率军大开城门突然冲出，直捣尹子琦大营，斩将拔旗。

张巡想在尹子奇布阵指挥时射杀他，但尹子奇平时上阵，总让几个人和他打扮得一样，无法分辨。为此，在两军对阵时，张巡让士兵向敌阵射击，用野蒿削成的箭支。叛军士兵拾到此箭，以为城里的箭用光，急上前报告尹子奇。待尹子奇把蒿箭刚拿到手，城头上的张巡立即吩咐身边的南霁云快箭直射。一箭过去，正中尹子奇左眼，使其当即跌下马去。张巡趁机下令出城冲杀，再一次打了一个大胜仗。

一天夜晚，张巡叫士兵擂起战鼓。城外叛军听到鼓声，连忙摆开阵势，准备迎战。等到天亮，却还是没见守军出来。尹子奇派人登上土山向城内眺望，只见城里静悄悄，没什么动静，就命令士兵卸下盔甲休息。叛军紧张了一宿，都倒头睡去。就在这时，张巡和雷万春、南霁云等十几名将领，各带领五十名骑兵，同时从各个城门杀出，分路猛冲敌营。叛军没有防备，顿时大乱，又被守军杀了五千多人……

三

虽然睢阳血战最后失败了，但这一战，屏障了江淮半壁江山十个月之久，保江淮免于战乱十月。同时，使安庆绪数十万大兵被其牵制。如此方使唐朝能够反攻，使郭子仪能够从容收复两京。最终实现了张巡的"以寡击众，以弱制强，……保江淮以待陛下之师"的悲壮"心计"。因而才有了杜甫及其万千民众，从"国破山河在，城春草木深"，到"白日放歌须纵酒，青春作伴好还乡"！

唐收复睢阳后因找不到张巡的尸骨，将其"招魂而葬"于睢阳（今商丘归德城）。之后，唐肃宗下诏褒赠其为扬州大都督，诏封为邓国公。

"……盖巡善用兵，贼畏巡为后患，不灭巡则不敢越过其南耳。"北宋政治家、史学家、文学家司马光，在给张巡以充分褒扬的同时，又指出："彼颜杲卿、张巡之徒，世治则摈斥外方，沉抑下僚；世乱则委弃孤城，齑粉寇手。何为善者之不幸而为恶者之幸，朝廷待忠义之薄而保奸邪之厚邪。"

"普天之下莫非王土，率土之滨莫非王臣。"不论"开元盛世"不期而至也好，或是"清君侧"为名的"安史之乱"也罢，原本都是与"沉抑下僚"的张巡是没多大干系的。但是天塌是要压大家的！不知道张巡属于什么阶级，算不算民族英雄，但他真的是宁死不屈！

历史如烟。张巡的壮举，一千多年来一直被后人传颂，被江淮、台湾以及东南亚等地的人们称之为张王爷，并且像敬神一样敬奉着。坐落于商丘古城南门外的张巡祠，是当地为纪念他，专门在其墓地修建的陵园；邓州市花洲书院的"唐忠臣封邓国公张巡故里"碑，距今已有四百多年的历史；邓州市彭桥镇寺北张村，张巡故里的油菜花，年年都在默默地祭奠着出生于此的历史英雄！

发表于《河南日报》2020年5月8日、《老人春秋》2024年第3期

白云苍狗问沧桑

天覆吾，地载吾，天地生吾有意无。
不然绝粒升天衢，不然鸣珂游帝都。
焉能不贵复不去，空作昂藏一丈夫。
一丈夫兮一丈夫，千生气志是良图。
请君看取百年事，业就扁舟泛五湖。

《长安十二时辰》"热"不"热"咱不敢妄说，但"男二号"李必和"男一号"张小敬倒是有点热。而李必的历史原型就是拼力辅助唐玄宗、肃宗、代宗、德宗四帝，并封侯拜相的大才子李泌。

一

李泌，西安人，生于公元 722 年，也就是唐玄宗当政的开元十年。据说他自幼聪慧过人，有神童之誉。不仅被唐玄宗召见，还受到张说、张九龄等大人物的高看。他逐渐长大，逐渐精通黄老、列庄等学说，经史著述读得烂熟，对《周易》尤其通熟。他想积极用世有一番作为，又不愿陷入世间亘古不变的尔虞我诈，一直过着终年吃素的独身生活，来往于华山、终南山之间。

天宝年间，他从嵩山到长安献上《复明堂九鼎议》。玄宗命他宣讲道教经典《道德经》，听后甚为满意，让他当官儿他不肯，就让他供奉东宫，与时任太子李亨为布衣之交。宰相杨国忠是玄宗宠妃杨玉环的哥哥，凭借裙带关系作威作福，因嫉贤妒能，对李泌横加刁难和排挤，说他讥讽时政、妄议朝廷，玄宗下令将他斥逐到湖北蕲春。他索性躲进深山修道，寄情于山水。

李泌归隐没多久，唐之大劫——"安史之乱"爆发了。逃亡路上，太子李亨在灵武成为唐肃宗后，李泌接受新皇邀请帮助唐肃宗制定了"攻取范阳、缓收两京"的战略方针，以最小的代价肃清了分布在河北、河南和关中的叛军。

在侍奉肃宗期间，他虽然没有担任实职，但权力却超过宰相，由此引起李辅国、崔圆等头头脑脑的嫉恨。由是，两京收复后，他便主动离开朝廷遁入衡山，由此躲过凶险的挤、压、轧。

归隐没几年，伟大的唐玄宗、肃宗相继永垂。新即位的唐代宗，因为感念李泌昔日护过自己的恩德，又将他召入朝堂做官，并强迫他吃肉、娶妻。做了几年翰林学士后，他因不肯依附于权相元载（《长安十二时辰》中的大理寺评事），结果被排挤出朝，担任江南西道判官，直到元载伏诛后才回朝。然而回朝没多久，又遭到另一位权相常衮的嫉妒被外放地方，后迁往杭州。主政杭州期间政绩颇佳，深受时人好评。

到了唐德宗时他再次被请回，被任命为宰相，封邺县侯。李泌在相位上勤修内政，充裕军政费用；调和将相关系，力保功臣李晟、马燧；对外与回纥、大食结盟，遏制吐蕃对边疆的侵扰，真可谓兢兢业业、成绩斐然。贞元五年（789年）三月，仕宦生涯近半个世纪的李泌寿终正寝，享年68岁。

<h2 style="text-align:center">二</h2>

李泌历经唐玄、肃、代、德四帝，可说是真正的四朝元老，可他视功名富贵如敝屣。为肃宗献计时，坚决要以白衣人的身份效力，以此表明自己没有政治野心，以避免卷进争权夺利的斗争旋涡；在帮助肃宗和玄宗理顺关系、收复长安之后他便选准机会，力请肃宗践约准许他归山。肃宗不解地问他："我同先生忧患好几年了，现在该一同享乐了，怎么急于离我而去呢？"李泌说："陛下任用我太重，宠任我太深，不许我走就是杀我了。"肃宗说："我能杀先生吗？"李泌说："陛下一直对我这么信任，有些事儿我尚且不敢说。等天下安宁了，我哪敢再说什么？"肃宗这才准了他的请求，去了遥远的湖南衡山。

后来，代宗将他从衡山征回，并遵循肃宗时旧例，赐他紫色服装、任做翰林学士、在皇宫中建置书院让他居住，并时常同他商议军国大事。代宗多次让他当宰相，他都坚辞拒绝。有一年端午节，王公贵族都向代宗贡献物品，而李泌没有任何表示。代宗问他："只有先生一人不曾献物，为什么？"李泌说："我住在皇宫中，所有穿戴全是陛下恩赐的，有的只是个躯体而已！"代宗借机做出重要指示："先帝想以宰相职位屈待先生而不能如愿，现在先生既将躯体献给我，就由不得先生自己了。"由是，年过半百的李泌这才被迫过上世俗生活。

满招损，谦受益。知足不辱，知止不殆。德宗要授予他集贤殿、崇文馆大学士的头衔儿，而他坚决要求去掉"大"字。后来获奖授称号的人也多引李泌为例，不敢妄自称"大"。李泌当了一人之下万人之上的宰相后，依然常常以世外神仙自居，甚至不惜以神仙光顾、麻姑送酒等荒诞的形式宣示于众。特别是当谎言揭穿后，他竟然能够泰然处之，毫无愧色。人们都说他过于荒诞怪异，其实他是为了让伙伴们清楚，自己无意人世间的权力，竭力与权力中心保持着一定的距离罢了。

三

《长安十二时辰》说李泌几多努力，帮玄宗的太子李亨固位，史书没讲咱也不乱说。但李泌力保唐代宗、德宗、顺宗周全确实是真：45岁的老太子李亨"意外"上任，还来不及确立新太子。在北赴灵武的路上经常遇上盗贼，他的次子建宁王李倓骁勇多智，指挥着为数不多的卫士簇拥在他的周围，和盗贼展开激战，保卫了他的安全。因此，肃宗想任命李倓为天下兵马大元帅。李泌见微知著，担心会影响固有秩序，给动荡政局火上浇油，就提醒说："建宁王诚然是元帅之材，但他的哥哥广平王（后来的代宗李豫）是嫡长子啊。"无所计虑的李亨说："广平王既然是嫡长子，何必还当什么元帅！"李泌进一步提示："太子是虚名，元帅有实权，二者的分离势必会造成政权的分裂。"肃宗这才作罢。如不然，建宁王和广平王之间会不会再弄出个"玄武门"呢？不好讲。但有句话叫什么来着？叫"一瞬间，就有一百万个可能"！

"种瓜黄台下，瓜熟子离离。一摘使瓜好，再摘使瓜稀，三摘犹自可，四摘抱蔓归。"李倓为人正直，多次向肃宗揭露李辅国、张良娣（唐玄宗母亲昭成皇太后的妹妹，后成为李亨的妃子）二人的罪恶。二人便诬陷他欲谋害其兄广平王李豫，肃宗听信谗言立马赐死。张良娣成为肃宗的皇后，愈加干预朝政，并阴谋废立太子。李泌就用武周时李贤被废时作的《黄瓜台辞》规劝李亨："陛下已经摘了一个了，千万不可再摘了呀。"由是，才使得当时的太子李豫成为后来的代宗。

可能是权力作怪，帝王之家总是逃不开血腥的杀戮。在李泌晚年时，唐朝第十二任（含武则天和唐殇帝李重茂）皇帝李适（唐德宗，就是《大唐荣耀》中的那个"阔儿"）又要重蹈覆辙，欲兴废立之事：郜国公主是太子李诵的妃子萧氏的母亲，因"蛊媚"获罪。德宗李适在处置完郜国公主后，因怒责备李诵，并有废立太子的意图，李诵束手无策，不知所措。李泌便对李适说：陛下有嫡子（指李诵）却要怀疑，想要立陛下弟弟的儿子（指李谊），那弟弟的儿子怎敢为陛下所信任？"德宗不满，语带威胁地说："你违背朕的心意，难道不顾及你的家族吗？"李泌回答说："我位居宰相且已衰老了，假使太子被废除，他日陛下后悔说，'我只有一个儿子却被自己杀了，李泌也不劝谏我'"。德宗听了总算受到感动，但仍然说："我的家事，你为什么要这样极力干预？"李泌说："臣现在独自承担宰相的重任，四海之内一物失所，责任都归咎在臣身上。"他甚至说："臣敢用整个宗族的性命来保太子。"同时，李泌又转身安抚李诵千万不可气馁、不可自绝。就这样，李泌舍了身家性命，在李适面前争论了数十次，"德宗乃醒悟，太子乃得安"，李诵终成唐顺宗。

其实，李泌的功劳有很多，婆婆妈妈地唠叨这些，不是说他对李唐王朝的传延有多大功劳，是说他为那时的芸芸众生免受动荡之苦，才是最值得一说的贡献！

<h2 style="text-align:center">四</h2>

天覆吾，地载吾，天地生吾有意无。李泌活了 68 岁，也算古来稀了。然相对于悠悠天地，也不过是白云苍狗，弹指一挥。他从隐遁山林到委身于朝，由委身于朝到执掌中枢，由执掌中枢到致身宰辅，平定叛乱、安定秩序鞠躬尽瘁，周全皇室、荐护大臣不惜性命、反妥协、反割地作风果敢，强军事、搞经济事无巨细，对江河日下的大唐王朝，尤其是苦难的芸芸众生可谓居功至伟。从隐遁逍遥步入人世纷争，是为了不枉此生？居功至伟能独善其身，是因为淡泊名利？

人生天地意何在？白云苍狗问沧桑！

2019 年 7 月 21 日

功耶过耶谁人说

　　眼见着赵光义被封晋王、当了开封府尹后，自丰羽翼，与太祖抗衡之势与日俱增。作为皇帝管家的赵普，看在眼里急在心上。为此，他多次在太祖耳边叨叨：养痈为患，尾大不掉，客大欺主，免除后患，等等，甚至还比过抹脖子的手势。

　　然而太祖却始终以兄弟之情、不仁不义、人言可畏等马耳东风，致使宋开宝九年十月壬午夜，在大宋皇宫上演了一幕狐疑千年的"烛影斧声"，使得赵家老三光义（本名赵匡义，后因避其兄太祖讳，改名赵光义，即位时又改名赵炅。）于"烛影斧声"的次日也得黄袍加身，成为宋朝第二代领导人——宋太宗。

　　太祖兄弟五人，老大光济早亡，老二即太祖匡胤，老三光义，老四廷美，老五光赞幼亡，赵光义登上大位后大封群臣，尤其对太祖的儿女及其弟赵廷美（原名赵匡美，赵匡胤称帝后改名光美，赵光义登基后改名廷美）特别优待。对哥哥的儿子德昭、德芳还称皇子，对其女儿们还叫皇女。并让其弟廷美做了开封尹（五代、宋初，任开封府尹者，多为事实上的储君），封齐王；让德昭做了京兆尹，永兴节度使，兼侍中，封武功郡王；授德芳兴元尹、山南西道节度使、同平章事、检校太尉等。

　　安抚是安抚了，众人依然对赵老三继位的合法性存有质疑。正当太宗万般焦虑、千般纠结，苦无良策的时候，在太祖末年因事被撤职宰相赵普，不失时机地伸来了橄榄枝。说自己曾参与太祖、昭宪皇太后（宋太祖赵匡胤兄弟的生母）临终顾托之事。于是赵老三灵光乍现，立马把赵普调回了京师。

　　赵普为何转向赵光义？赵普在陈桥兵变、杯酒释兵权、制定统一战略等一系列重大事件上，发挥了相当重要的作用。因此，他在太祖时代以佐命元臣身份，在中枢机构执政达10年之久，被太祖视为左右手。太宗继位后，赵普的地位已远远不及太祖时代，颇受压抑和冷漠。沉浮宦海几十年的他，深谙一朝天子一朝臣之道。

　　赵普的加盟，让赵光义对太祖的众多旧臣，有了最具号召力的旗帜。赵普复出后说，当年昭宪皇太后临终之时，考虑到五代，尤其是后周，失去王位是因为国无长君。因此，遗命赵匡胤百年之后传位其弟光义。为了坐实此事，还有鼻子有眼地说，遗命说了光义百年后传廷美，廷美再传德昭、德芳。并且言之凿凿地说，这事太祖答应后，自己当场作了"备忘录"。那份具有最高效力的盟约，就珍藏在黄金宝柜里——这便是世人所说的"金匮之盟"。金匮之盟不仅较好地消除了赵光义得位不正的尴尬，而且使蠢蠢欲动的反对派暂时平静了下来。

赵光义征辽时，德昭从征幽州。高梁河之战宋军惨败，光义只身逃脱不知所踪。这时有人商议立德昭为帝，后来太宗生还此事便作罢。光义回京后以此次北伐不利为由，好长时间不对此前平定北汉进行封赏。将士们不免议论纷纷，德昭便为将士们出面请赏，说："即使与辽作战失败了，还是应该赏赐平北汉有功的将领。"太宗听后大为光火："待你做了皇帝再赏赐不迟。"此言一出，德昭"惶恐万分，低头垂泪，默然而出"。

德昭所处地位本就微妙，而身为天子的叔父那番话，分明是怀疑自己有夺位之心。29岁的他想想日后难全其身，回府后便自刎身亡。两年后，23岁的德芳竟然睡觉睡死过去了。至此，金匮之盟中的，两大"隐患"全被消除了。

德昭、德芳兄弟死后，留在"传位图"——金匮之盟上的人物只剩一个廷美。不知是贪恋权位还是为了大宋江山的稳定，当太宗向赵普"征询"此事意见时，赵普便决绝地说"不可一误再误"，同样不失时机地比了个抹脖子的手势。

主意是你出的，你就看着办吧。于是就有了柴禹锡揭发赵廷美"骄横不法、私交大臣"的检举信，说时任宰相卢多逊，曾暗对赵廷美说"愿宫车晏驾，力侍大王"。赵廷美回话说"若如此，卿不愁高官"。意思是卢多逊曾暗地串联赵廷美，说"盼望当下皇帝早死，而后尽力侍奉大王您"。而赵廷美的承诺是"如果此事能成，你就会有高官做"。只是检举揭发人柴禹锡，是赵光义做晋王时的心腹，只是卢多逊当时已是一人之下万人之上的宰相了（还愁何高官）。

墙倒众人推——世人，特别是官场一向是见风使舵的。案情已公布，文武百官中有七十多名大臣联名声讨：卢多逊、赵廷美诅咒圣上，大逆不道宜正刑章。虽然赵廷美谋反最终也没找到切实的证据，但太宗很会抓时机做文章：不是朕如何如何，而是你如何如何。于是，宋朝的第三代皇帝候选人赵廷美，被罢黜开封府尹、迁居西京。卢多逊被削夺官爵，同党处死。

卢多逊倒了，赵普站起来了。为了永除后患，恢复宰相之位的赵普，便唆使开封知府李符，上言说"廷美不思改过，反多怨望"。于是赵廷美被下放到湖北房州悔过自新。廷美被下放到房州后，太宗特意安排可靠的人，到房州担任知州和通判，同时各赏赐白金三百两，希望对皇弟多加关照。年仅38岁的赵廷美在两年后便病死房州。

　　珍藏在黄金宝柜中最高法律文书——兄终弟及的金匮之盟，失去一切继续有效的条件后，天子大位继承终于回归到了"父传子"，从而保证了大宋江山的平稳延传。

　　常言道：功过自有后人说。赵普在赵匡胤陈桥兵变、黄袍加身中首屈一功，在太祖削夺藩镇、罢禁军宿将兵权、实行更戍法、改革官制及其制定守边防辽等，诸多重大举措中功不可没。他有"半部《论语》治天下"之才，在大宋江山延传出现不确定动荡时，一句"当年太祖已错，陛下还要再错吗？"力挽狂澜。然而他在大宋皇权交接中的所作所为，究竟是功是过呢？世人是否说得准呢，反正俺是说不准！

2019 年 6 月 23 日

身外声名岂足量

世间宠辱皆尝遍，
身外声名岂足量。
闲读南华味真理，
片心惟只许蒙庄。

这是至道元年（995 年），一位叫寇准的诗人在我们邓州（当时的邓县）当县长时写下的《南阳夏日》。

寇准？不是为寻访杨家将，背着靴子、歪戴帽子、撩起袍子踉跄跟踪柴郡主的，须发皆白、机智滑稽的老头吗？对，就是戏曲《寇准背靴》中的寇准。

一

别的大家可能一时想不起，但提到《澶渊之盟》大家全会"噢噢"有声。那是他对赵宋王朝最大的贡献，是他一生最大的亮点、最大的手笔。

话说景德元年（1004 年）八月，宋辽两国爆发战争——辽圣宗耶律隆绪和他的母亲萧太后，率二十万大军侵宋。这是宋真宗即位来两国发生的首次大战（前两次在太宗朝）。公元 979 年太宗打到了幽州城下惨败，公元 986 年太宗再次进攻败得更惨。两仗都败了，宋对辽的战略便转向了消极防御，再也不想、不敢进攻了。

当辽军南下"急书一夕五至"的时候，北宋统治集团的上层人物，大多一脸煞白：参知政事王钦若主张迁都金陵，陈尧叟提议迁都成都，宋真宗表现得更加惶恐不安。当宋真宗向大家征询意见时，时任宰相的寇准，知道王钦若、陈尧叟等人提出了迁都之议，但他假装不知。在朝堂上厉声说道："谁提议迁都？他的罪可以杀头！人心崩溃了，敌人乘势而入，天下还能够保住吗？！"他的杀伐决断阻止了妥协派的逃跑主张。

十月，辽兵攻下祁州（河北安国）向东南推进，经贝州（河北清河）直扑澶州（河南濮阳）。这样一来，不仅河北大片领土陷入敌手，而且仅一河之隔的都城汴京，也晾在了辽国铁骑的威胁之下。在寇准的几番强烈督促下，宋真宗终于决定亲征。但统治集团内部仍然有不少人对抗敌没有信心，甚至当时的宰相毕士安，也以自己抱病为由不愿随驾北征，并对寇准"迫使"真宗亲征说三道四。

当真宗车驾缓慢行至韦城（河南滑县东南）时，辽军日益迫近的消息，雪片似的从前方飞来。臣僚中又有人提议真宗到金陵躲避敌锋，于是真宗又动摇起来。寇准却对真宗讲"在大敌压境、四方危机之时，作为主心骨的天子只可进尺不可退寸。进则士气倍增，退则万众瓦解"，宋真宗这才艰难北行到澶州。

辽军已抵北城附近，真宗停在南城不敢过河（北宋时黄河还从澶州流过，并将澶州城一分为二）。寇准就找到军首长一起对真宗进行激励和督促，并逼着卫士把真宗的车驾转向北城，驱赶着渡过浮桥。当黄龙旗在澶州北城楼上一打出，"诸军皆呼万岁，声闻数十里，气势百倍"。皇帝亲征到了前线，将士不惧了，打击灵活了，战斗力提高了，战争转机了——辽提出了议和。

寇准始终反对议和，主张乘势出兵、收复失地。但由于真宗倾心于议和，妥协派气焰嚣张。他们攻击寇准拥兵自重，甚至说他图谋不轨。在妥协派的策划下，于同年十二月，宋辽双方订下条约——辽退兵，宋供岁币。这便是历史上著名的"澶渊之盟"，他给宋辽两个国家带来了一百二十年的和平。如果没寇准，如果寇准不够硬核，大宋王朝的命运，甚至中国历史的走向可能是另一模样。因此，可以说寇准保全了赵宋王朝，影响了中国历史的走向。

只是戏曲多是三分实七分虚，真实的寇准一生充满传奇。

二

寇准，华州下邽（今陕西渭南）人，生于公元961年，几乎和宋同龄。17岁时老爹就死了，从小跟着母亲，饱受人世艰辛。19岁在殿试大堂上，面对皇帝的提问对答如流，获进士、大理评事，被聘为秭归巴东县知县，那时他还不到20岁。上任不到半年，巴东就政通人和、百业兴旺，为此百姓亲切地称他为"寇巴东"。

三年任满，被平调为河北大名府成安县知县。到公元982年，区域自治的党项族逃到沙漠中，与宋军打起了游击战。于是，寇知县便奉命押送军粮。送粮中他主动搜寻信息、认真思考，回来后撰写了一份边境问题报告呈上。宋太宗一看："行啊，小寇是个有心人"！于是，提前结束他的任期，提拔为州通判。

　　寇准临行前向太宗辞行，太宗觉得让他去地方有点可惜。于是重新发文，留在了三司。又四年后，太宗说："想重用小寇，什么官位合适呢？"有人说"都城开封府的法官吧。"宋太宗说："怎么可以呢？再想。"老大臣想了想才说："要不然让他做枢密院的直学士？"太宗听了，想了好一会才说："且使为此官可也。"意思是这安排还不够，还要进一步提拔。果然，不到两年小寇就被提拔为枢密院副院长。这是军事最高机构，加上正副宰相就是当时的内阁。这时他刚刚三十三岁，算是史上最年轻的高位大臣了。

　　人们常说"朝里无人难做官"，但寇准却是个例外。其受到太宗欣赏的，正是他朝中无人、没有复杂的社会关系。因为聪明的赵光义怕手下人拉帮结派！当然了，其中除了他单纯的政治背景和才干，还有他为人刚直、敢于直谏。

　　说到刚直，有例子为证：当时查处两个贪官祖吉与王淮。受贿较少的祖吉被杀了头，而收受钱财千万的王淮，却因为副宰相王沔是他哥只受杖刑。大家都心知肚明就是不说，而寇准却让这个公开的秘密公开化；再比如，一次他大胆进谏，由于忠言逆耳太宗听不下去，生气地离开龙椅要回内宫，寇准却拽住太宗的衣角就是不让他走。不过事后太宗还是高兴地说"朕得寇准犹唐太宗之得魏征也！"

　　"祸兮福之所倚，福兮祸之所伏。"正当寇准春风得意时，却栽跟了个大跟头：一天寇准下班回家，路上碰到一个人迎着他大喊"万岁"。虽然经过治安巡逻队审问发现，那人是个疯子。但枢密院院长张逊为了整治他这个愣头青，就把这件事报告给了太宗。二人辩白时言辞激烈，互相指责对方的短处。于是太宗很生气，后果很严重：寇准被下放山东青州。

　　四川的起义在发展，党项人的骚扰在继续。这得与寇准商议，于是寇准被下放十个月就被召回，且任副宰相。但是还没到两年又被赶出了皇城，原因还是一件小事：至道二年（996年）春，太宗举行典礼后实行大赦和百官提级。这对大家来说是件大好事，但这种普调普涨对国家有害，寇准就做了甄别并予以区别对待。于是未达到理想境遇的广州大臣冯拯就闹意见，状告有人专权。太宗接到信，冲着正宰相吕端发起了火，吕端说这主意是寇准拿的，寇准坚持说这事跟吕端他们商量过。太宗就叹气：注意体面。寇准还争，气得太宗长叹："鼠雀尚知人意，况人乎？"没想到第二天上朝，寇准又抱出记录来，偏要争个是非曲直。结果太宗龙颜大怒，一气之下把他贬到了邓州。于是就有了一代名相知任我们南阳邓州的荣耀。

三

寇准临危受命自邓州回朝后，因"澶渊之盟"对大宋王朝功重如山做了第一宰相，真宗对他也敬重有加。这便引起了其他官僚的嫉恨，其中曾被寇准斥之为"罪可斩首"的妥协派首领王钦若，不仅对他恨之入骨，且耍起了阴谋——向真宗进行"澶渊之盟"反解：人家打到家门上签下的盟约是"城下之盟"，是我们，尤其是大国皇帝的耻辱；陛下亲征是寇准孤注一掷的"孤注"！虽然当时迫于形势，虽然结果是保全了赵宋王朝，虽然真宗到澶州北城，象征性地巡视后，就回了南城行宫（把寇准留在了北城一线）……但这般解释让皇帝很受伤。于是，景德三年（1006年）二月，寇准便被免去相职下放陕州。

从景德三年寇准下到地方七八年，真宗身边一帮宵小尽显"忠君之心"：以伪造的天书、编造的祥异粉饰太平，帮助因"澶渊之盟"反解，倍感失落的真宗成功封禅。可是有一天寇准的名字终于又在真宗耳边响起：时任宰相王旦病重，真宗问他接班人的事，一连说了几个人选他都不认同。真宗没办法："说说自己的意见吧。"当时各地争着报告祥瑞，祥瑞以万计出现（奸小们在蛊惑真宗大把花钱的同时大赚黑钱），整个国家天天在过狂欢节。两代积下的国库都空了，身为宰相的王旦也唤不醒真宗。所以王老宰相举举笏板说："以臣之愚，莫如寇准！"于是，寇准再次被召回并出任枢密使。不是宰相，但毕竟又回到了权力中枢。

王旦让寇准回来，希望他能力挽狂澜，打击天书派、改变天书崇拜运动。寇准也确实是名勇敢的斗士：他发现在天书运动中最卖力的林某，税收完成不好、裁军补贴发放不到位等，便抓着不放，想从人事上动摇真宗的天书崇拜运动。于是乎，真宗新仇旧恨涌上心头——寇准第四次下课了。

真宗接任时大宋公司财政相当不错，金钱堆积如山。但经过十几年的折腾，大库已经空空如也。加之连年灾荒，百姓水深火热，政府的官僚呈现失信的状态。为十来岁的太子考虑，身子骨出现问题的真宗又想起了寇准。于是，公元1015年寇准第五次还朝，并于天禧三年（1019年）六月再次恢复宰相职务。

真宗想用寇准遏制那个"狸猫换太子"的刘皇后，把寇准放到了刘皇后的对立面，自己的态度却是摇摆不定。一方面他感觉刘皇后不是太子亲妈，担心她对太子不利。另一方面想起自己与她的甜蜜，不相信刘皇后会背叛自己。

宋真宗得了风湿病后，刘皇后参与朝政，要求罢黜寇准的相职。真宗知道寇准不可能与刘皇后合作。为太子计，就半推半就地罢免了寇准的相职。丁谓当上宰相后，请求贬寇到地方去，真宗没答应。因为他知道寇准的忠诚，也预知他在未来可能的变化中的作用。

其间，太监周怀政联络同党企图发动政变：废皇后、杀丁谓、复相寇准，拥太子即位。结果"谋反"败露，周怀政被杀。刘皇后清洗朝政，二十五天连贬寇准三次，从大州到小州，从州官到司马。公元1022年真宗驾崩，仁宗即位，刘皇后摄政。十天后，丁宰相再次下达贬令：将他贬到广东雷州。当时的雷州是真的荒蛮之地，六十岁的寇准被迫在溽热中急行，穿山越岭到达雷州。第二年（1023年）九月，便在忧病交加中客死他乡了。

四

惊人吧。进士学历，19岁当上知县，20多岁出任通判，30出头当上枢密副使、参政知事，一生得到宋太宗、真宗两位皇帝的高度信任，五度入朝两次拜相。单看这个，寇准可谓大才之人。但从他的几起几落、数次遭贬看，除了封建社会人治的大因素外，他自身是不是有些欠缺和不足呢？别的不说，就说说他的数次下台吧。

第一次因"万岁事件"被贬青州。太宗皇帝对寇准向来很信任，为什么为这件小事发火呢？因为与之争执的枢密院院长张逊，是太宗的老班底、老心腹，你寇准和他较真不是不长眼吗？第二次因"冯拯提级事件"被贬邓州。按常理说，被贬不到一年重返朝廷权力中枢，应该吸取点教训的。但他依然得理不饶人，要与领导争是非曲直。领导不上心真假、对错，但一定厌恶属下和自己较真儿！第三次反解"澶渊之盟"被贬陕州。原本斥责妥协派"罪可斩首"已结怨与人，原本"迫使"皇帝亲征就有孤注一掷之嫌，原本因澶渊之盟得到老板的赏识和敬重已经引起了他人的嫉妒……但他依然特立独行，我行我素。这是什么？这是不知收敛、不会低调。第四次打击天书派被贬西安。你大义凛然打击天书派，让运动授意人、受益者情何以堪。第五次监护太子五连贬，并客死天涯。换作别人，他人的家事应该是不会牵肠挂肚的。当然了，这次迫害有小人丁谓作祟。但人家丁谓虽然比你寇准晚毕业了12年，但毕竟也是有进士学历的人。当你不小心把菜汤弄到了胡子上，人家好意上去给你擦擦。你怎么能在大庭广众之下，当场训斥人家有失大臣之体呢？人家热脸贴了冷屁股，等到人家搭上"天书快车"上去了，不整你整谁（虽然他后来因作恶太多，也遭到了罢黜和抄家，那是另说）？

五

范仲淹评价寇准时说"能左右天子，如山不动，却戎狄，保宗社，天下谓之大忠"。所谓大忠就是忠于朝廷和苍生，而小忠则是只是服务和顺从上级。在宋朝的历史上，寇准可说是光明磊落的、有骨气的大臣，但他在坚持理想与原则中，付出的代价是惨痛的！

直木易折，事直难成。固然，为人正直、坚持真理、敢于斗争是做人，特别是做领导人应有的品质。人是有思想、有私欲的高级动物，与人共事就必须与共事的人处理好关系。用现在的话说，叫交际艺术、领导艺术。显然，寇准有做事的能力，但缺乏交际艺术、领导艺术！

假如寇老为人、为官再低调一点，处事再委婉一点，对一些小事别那么较真儿，对待属下别那么横眉冷对，对一些小人别那么硬碰，对待老板别那么硬顶……兴许会一直处在高级官员位置上下不来。而一直处在高级领导岗位不下来，是不是自身的价值会得到更好的实现？对朝廷、对苍生贡献就更大些呢？

这可能是"身外声名岂足量"的缘故，或许是"江山易改，禀性难移"的缘故，也或许是一个人的定数吧！

发表于《中国散文家》2023 年第 1 期

政治风气亦杀人

北宋名将狄青之死，和南宋名将岳飞之死有所不同。岳飞死于宋高宗赵构的畏惧，而狄青死于那个时代的风气。

内乡有个狄青洞

河南省内乡县西庙岗乡，西南 10 公里处有条狭长、崎岖、蜿行的大山洞。洞内幻若迷宫，上可登支霄梯行至山顶，而豁然开朗，重见天日；下可入娘娘宫、达地府而无尽头。因此，被誉为"中原第一洞"。

洞内有聚仙厅、通天洞、将军洞、仙人洞、尼姑洞、蝙蝠洞、转运洞、龙宫、迷宫、云霄洞等大小 50 多个溶洞。其中两室一厅、洞穴结构、面积 2 万平方米、可容 1500 多人的"聚仙大厅"，洞顶有一神马图，传说是火龙驹飞出之遗痕。

火龙驹是狄青大将的战马，当地人称此洞为"狄青洞"。关于狄青洞的命名，传说：狄青为人正直，英勇善战，屡立战功，遭奸臣排挤，出判陈州（今河南淮阳县）。带职下放期间，他与夫人被奸臣追杀，曾避难于此洞。"火龙驹遗痕"就是他的战马，由通天洞飞出，向时任邓州（今河南邓州）知州范仲淹求救时留下的。

狄青乃北宋名将

狄青，字汉臣，汾州西河（今山西汾阳）人。生于北宋大中祥符元年（1008年），也就是宋真宗赵恒发动"天书封禅运动"的那一年。关于他的身世，史书少载。据传，他十六岁时，因其兄与乡人斗殴，代兄受过被"逮罪入京，窜名赤籍"（被强制列入军籍）。

宝元初期，西夏李元昊反叛，朝廷下诏选勇士到边疆。狄青到边疆后被任命为三班差使、殿侍兼延州指挥使。当时宋军对西夏的作战，那是屡战屡败。"三川口之战"（亦叫"延州之战"）三战，皆损兵折将。就连一代名臣韩琦、范仲淹等，也束手无策，只能采取保守的防御策略。

狄青因能骑善射，被任命为前线中低级指挥官。他每战必身先士卒，冲锋陷阵必披头散发，脸戴面具，手执利刃。因面目狰狞，形象骇人，西夏兵目之为"天使"，且见之魂飞魄散。在四年边关战争中，狄青经历大小战阵25次，身中刀箭8次。先后攻陷金汤城，夺取宥州，屠杀岁香、毛奴、尚罗等部族。焚烧西夏储备粮数万石，收缴帐篷二千三百多顶，俘虏五千七百余人。

尹洙任经略判官时，狄青以指挥使身份求见。尹洙与他谈论军事，见其是良将之材，便把他推荐给当时的经略使韩琦、范仲淹。二人一见狄青，也认为他是个奇才，都对他另眼相看。

"将帅不知古今历史，就只有匹夫之勇。"范仲淹教他读《左氏春秋》，狄青从此改变志趣读起书来，最终精通秦汉以来将帅兵法，并因此更加知名。后因积功升任执掌礼仪的官员、秦州刺史、泾原路副都总管、经略招讨副使等。

西夏李元昊称臣降服后，狄青调任真定路（今石家庄正定）副都总管。后历任殿前都虞候、眉州防御使、步军副都指挥使、马步军副都指挥使等。升任延州知府不久，又升枢密副使。

宋仁宗皇祐四年（1052年），广西壮族首领侬智高入侵，连陷数州，且围困广州两个月。宋军前线部队一触即溃，朝野上下深为震惊。危难之时，狄青主动请缨平叛。宋仁宗便一改"以文驭武"的祖宗惯例，任命他统一指挥广南军，挥师进击。狄青不负众望，否决了雇佣越南军的朝议，率领他从西北带来的锐卒连战皆捷，并顺利讨平了反叛的侬智高。

平叛时，狄青除了奇袭、勇猛之外，很有几个不同寻常：一是选对时间。先前宋廷派出征讨侬智高的文官将帅，在接到命令后，大都是急驰至广州。达到目的地，又是马上命令疲惫之师立即投入战斗。而广西气候炎热，北方兵丁乍然来到，多"不待戈矛之及，矢石之交，自相疾疫而死"。对此，军事经验丰富的狄青，选在十月初才率军启行，次年正月到达。到达后又按兵不动达十三天之久，使得疲惫士卒得以较好休整；

二是严令军纪。在此之前，蒋偕、张忠都因轻敌，而战败阵亡，致使官军声威大衰。狄青命令各将不得妄自与叛军接战，并将袁用等不听指挥的三十多人推出军门斩首。

还有一招"假痴不癫"。由于从前将领几次征讨失败，士气较为低落。狄青便心生一计：他率官兵刚出桂林之南，就拜神祈佑。并拿出一百个制钱，口中念念有词："此次用兵胜负难以预料。若能制敌，请神灵使钱面全都朝上！"左右官员担心，弄不好反会影响士气，都劝他不要这么做。而狄青却不加理睬，在全军众目睽睽之下，一挥手，一百个制钱全部撒出。结果，大家凑近一看，一百个钱面全都朝上。官兵见神灵保佑，雀跃欢呼，声震林野，士气大振。其实狄青撒的一百个制钱，是他提前特制的——钱币两面全都是钱面。

物极必反

福兮祸所依，祸兮福所伏。狄青一生南征北战、戍边御敌，所向披靡、战功赫赫。也正是因为有狄青的存在，西夏才不敢轻举妄动。而他本人则因战功，不仅名声大振，宋仁宗也称其为"朕之关张"。因是，平叛回朝，战无不胜的狄青，就被宋仁宗从国防部副部长提拔为部长。于是他的政治生涯达到了巅峰。那年，他年仅43岁。

狄青因功升迁，不但没有鼓舞朝廷上下，反而遭到了朝中大臣的一致反对。比如曾经对他赏识有加的韩琦，平叛侬智高时大力支持他的庞籍，以及名望如日中天的欧阳修、文彦博等，全都闻风而动，劝谏仁宗说：即使开国大将曹彬战功卓著，也只是享用朝廷厚赠，而未获得枢密使重位。狄青何德何能？

之后，在他出任枢密使的短短四年里，更是谣言四起，议论不断：一次，狄青家人因一时疏忽，夜间在家中祭祀时，焚烧纸钱火光太旺。有人就谣言惑众说，狄枢密使家中夜有怪光冲天。次日就有大臣议论说：那年叛唐自立的朱温在老家时，家里也常常夜出怪光；京师发大水，狄青暂避相国寺，众人更是揪着不放，借题发挥；而谏官们竟拿他们家狗生犄角说事："狗生角，且数有光怪"等。而大文豪欧阳修的参本竟是：今年发大水就是老天爷对狄青任官不正的严重警示！

虽然仁宗坚持己见，毫不动摇地支持狄青，让狄青高任枢密使重位。但是由此带给这位名将的，却是无休无止的攻击和指责。最后，欧阳修等大臣也纷纷上书，要求宋仁宗外放狄青，降级到地方。宋仁宗觉得狄青功高，说他是忠臣。大臣文彦博就立即反问："太祖岂非周世宗忠臣（赵匡胤也是周世宗柴荣的忠臣，后来不还是夺了柴家江山。）？"

由是，这"天下第一问"，便问出了狄青的悲惨结局：罢黜狄青枢密使之职，离京出判陈州。出判陈州，朝廷还"每月两遣中使抚问"。狄青深知名为抚问，实为监视。于是他便于嘉祐二年（1057年）三月抑郁而终，英年48岁。

名将之死很奇葩

狄青离开京城前，去找接替庞籍为宰相的文彦博理论，追问朝廷为什么对自己"无过而贬"？结果，文彦博只是冷冷地回他："无他，朝廷疑尔！"

一代名将、功臣狄青，缘何会成为那时大臣们的眼中钉、肉中刺，且必欲拔之而后快？

那年，韩琦出镇定州路时，狄青担任总管。狄青的旧部焦用带兵路过定州时，有部下状告他克扣军饷。韩琦不仅逮捕了他，而且要予以处死。身为总管的狄青，前去为老部下求情："焦用罪不至死，且屡立战功，是个好男儿！"孰知韩琦竟出口一句："东华门外以状元唱出者才是好男儿！"并强行处斩。什么意思？——武将及兵卒无论打过多少仗、立过多大功，都是鸡毛。只有高中状元者，才是真正的好男儿！

狄青出生寒微，因脸上黥字，而一直被文人士大夫所瞧不起。当年擢升狄青为国防部副部长时，仁宗皇帝就曾劝他把脸上黥文去掉。但狄青却愿留着这个印记，想让士兵都能像自己一样，虽然出身微贱但也能凭借军功，报答皇帝的知遇之恩。去不去掉印记算不得什么大事，但从仁宗的"关心"不难看出，皇帝也以此为耻。

以文驭武，重文轻武，是宋太祖留下的基本国策。从"黄袍加身"到"杯酒释兵权"，再至当下已近百年矣，可谓根也深蒂也固。狄青出身行伍，他自己也深知这一点。平日里，他曾多次感叹："我与韩枢密（韩琦）官职、军功相等，只是少一进士耳！"

枢密使是啥？是那时的最高军事领导，是当时的宰相之一。行伍出身，有功无名的白丁，别说他狄青，就是其他任何人就此高位，大家都会群起而攻之的。他们不是因为他没本事（他战无不胜，功勋卓著），也不是因为嫉妒他（带头参他的大多是高管重臣，有的已是宰相），而是容不得他破坏，大家全都认同的政治风气——重文轻武，以文驭武！

一代名将没有死于敌人的利刃，而是死在了毫无意义的官场之风。只是自此终北宋之朝，再无能征善战的武将入主国家最高军事决策层；只是赵宋王朝自此，深受大辽、西夏、大元等任意地攻伐和欺凌，直至七十年后靖难而亡。

赵宋王朝能担当起一代名将的，大约只有狄青和岳飞两位。可惜，这两人在重文轻武的宋朝，都被冤屈致死，而狄青尤惨。因为岳飞是被明杀，而狄青是被阴杀。岳飞之死有罪魁和祸首（秦桧和宋高宗），而狄青则死于悠悠众人。众人便是无人，或者说不是具体某一个人。因此，与其说狄青死于文官集团的合力排挤，不如说他是死于那个时代的风气！

违心会让你对自己有所憎恨

"我死后，你们要给我剃掉头发，穿上僧袍下葬！"——这是掌权十八载、为相十二年的大宋宰相王旦在自己行将就木时，对家人留下的最终遗言。名气上似乎还比不上寇准、范仲淹等北宋名相，但功业上要比寇准、范仲淹等胜出不少的宰相王旦，缘何会对自己如此惩罚？——"我这辈子没有什么其他的过错，只有不劝阻天书这件事，是赎不了的罪！"

"天书事"是怎么个事呢？话说公元 1004 年 10 月，辽兵攻下祁州（河北安国）向东南推进，经贝州（河北清河）直扑澶州（河南濮阳）。这样一来，不仅河北大片领土陷入敌手，而且仅一河之隔的大宋都城汴京，也晾在了辽国铁骑的威胁之下。危急关头，不少朝臣都劝真宗"鞋底抹油——溜之大吉"。真宗赵恒正准备接受建议呢，愣头青寇准却在朝堂上厉声说道："谁提议迁都？他的罪可以杀头！人心崩溃了，敌人乘势而入，天下还能够保住吗？！"硬逼着宋真宗御驾亲征。同年十二月，宋辽双方订下了历史上著名的《澶渊之盟》。

赵宋王朝保全了，寇准因此被老板任为第一宰相。这便引起了一些宵小的嫉恨，其中曾被寇准斥之为"罪可斩首"的妥协派首领王钦若，不仅对他恨之入骨，且耍起了阴谋——向真宗进行《澶渊之盟》反解：人家打到家门上签下的盟约是"城下之盟"，是我们，尤其是大国皇帝的耻辱。于是，寇准下课了。

怎样挽回脸面呢？王钦若说：收复燕云十六州，自然就可以洗刷前耻。但这事赵恒不想干也不敢干，因为发兵夺取幽蓟，他老爹赵光义曾经干过两次都以失败告终。赵恒不无嗔怪地说："别瞎扯，再想想别的办法。"王钦若便不失时机地提出第二方案："唯有封禅泰山，才可以镇服四海，夸示外国！"赵恒听了："嗯，有点意思！"

封禅之事起于战国。当时有些儒士认为五岳中泰山最高，皇帝是人间至尊，应该到泰山上举行祭祀天地的大典，以示皇帝是天之骄子、地之精灵。秦始皇、汉武帝都曾搞过这类劳民伤财的形象工程。王钦若倡议此事，意在博得皇帝的欢心，抵消寇准力主抗辽的影响。但到泰山封禅至少要满足两个条件，一是大一统的强盛国家君王，或者是出现盛世局面；二是天赐祥瑞。对于宋真宗来说条件一是个软指标，说是盛世就是盛世。条件二可是个硬指标，不符合天意的"封禅"是会让别人说闲话的。王钦若就对宋真宗说："所谓的天瑞都是人造的！"

寇准虽然被下放了，但正直的王旦还在。当时，王旦已经是工部尚书、同中书门下平章事。于是，真宗先派王若钦去王旦那里探探口风。王旦认为这是劳民伤财，坚决反对。最后，皇帝亲自出马把王旦召入宫中盛情款待一番。散席时又送给王旦美酒一坛，说是让他带回家与妻儿共享。可等王旦回家打开一看，哪是一坛酒，是满满的一坛金银珠宝。

打开坛子的那一刻，王旦明白了皇帝"贿赂"自己的意图——皇帝封禅心意已决啊！因此，一生谨慎的王旦放弃了，终身之恨就此铸成。

景德四年（1007 年）冬，真宗说："朕梦见神人了，当降天书。"不久，果然在左承天门南发现黄帛二丈如书卷，有文字。王旦知道这不过是赵恒和王钦若等人为封禅玩的把戏，但已经收了"封口费"的他，不得不率群臣跪拜祝贺。次年六月，王钦若又声称泰山也发现了"天书"。王旦明知其伪，也只能违心而从，亲率百官及百姓上万请求封禅。十月，宋真宗亲率庞大的仪卫扈队登泰山封禅，王旦以大礼使身份随行。在王钦若、丁谓等"五鬼"的操纵下，封禅历时四十七天，耗资八百余万贯。

大中祥符四年（1011）正月，尝到"上下欢腾，举国陶醉"甜头的赵恒又率众启程，队伍仍以"天书"为前导，经洛阳、出潼关、沿黄河北上，直趋汾阴（今山西万荣县西南）西祀后土。前后闹腾了近七十天，这趟"西祀"比"东封"耗费更大。准备工作就做了年余，征民夫、役兵卒、建行宫、修道路，动辄上万人、数十万钱帛。个别正直的朝臣上书劝谏，赵恒哪里还听得进去。回朝后，又是加官进俸，又是派使臣分赴五岳（为诸岳册封帝号），依然忙得不亦乐乎。直到赵恒死去，刘太后将神圣的"天书"作为随葬品陪葬，那场在全国掀起的、长达十余年的、轰轰烈烈的"天书封祀运动"才最终落幕、断根。赵恒接任时财政相当不错，金钱堆积如山。但经过他十几年的"东封西祀"，大库早已空空如也。

一代帝王登封泰山，被视为国家鼎盛、天下太平的象征，皇帝本人也俨然成了"奉天承运"的真龙天子。历史上首个对泰山进行封禅的皇帝是秦始皇，当时他一统天下，为了夸耀功劳，特地到泰山进行封禅。之后有汉武帝、光武帝、唐高宗、唐玄宗，加上宋真宗到泰山封禅的，前后总共只有六位皇帝。为什么自宋真宗之后，只有朝拜而不再封禅了呢？大概是因为宋真宗的封禅闹剧，戏弄了君权神授的神圣性，让后代皇帝不敢再玩这样的把戏了吧。

宋真宗把王旦拉上了天书闹剧的舞台，"旦为天书使，每有大礼奉天书以行，恒邑邑不乐"。王旦去世前之所以遗言"剃掉头发，穿上僧袍下葬"，就是对自己当年与宋真宗"同流合污"、欺骗世人的自我惩罚吧。

　　人生最痛苦的事情，或许就是自己不能或不愿做某件事，但由于某种原因最终违心地去做了。不过，每一次自我背叛，一定会让你对自己有所憎恨的！

　　大宋王宰相，内心好凄惶！

2019 年 1 月 22 日

一品与千金，问白发如何回避

　　昨夜因看蜀志，笑曹操孙权刘备。

　　用尽机关，徒劳心力，只得三分天地。

　　屈指细寻思，争如共、刘伶一醉？

　　人世都无百岁。

　　少痴騃、老成尪悴。

　　只有中间，些子少年，忍把浮名牵系？

　　一品与千金，问白发、如何回避？

　　自 2005 年写下《有德必有言——感悟范仲淹及其忧乐》之拙文以来，便一直想着去伊川范公墓一拜："天地间第一流人物"缘何曾酒后混同一般百姓、道得这般牢骚。然，大概是身居"要职"之故吧，十几年过去了终未实现。直到丁酉年早冬，方才决然成行。

一

　　虽是一拖再拖，但最终拜谒范公墓园的日子，竟是我国传承千古的祭祖节。

　　范公墓园位于伊川县彭婆镇许营村，距县城 17 公里，离洛阳市 25 公里。北依万安山，西望龙门山，山重水复，气聚风藏。墓园东三四百米处，就是唐代名相姚崇的墓园。范公之所以择此而葬，一方面是因为其母改嫁不能入葬苏州，另一方面是效仿姚崇。

　　范园广场上，矗立着一座高大的范公雕像（从雕像后面的文字看，是 2002 年一个叫范振国的范氏后人，花 20 多万元立起来的），雕像身着官服，遥望远方，煞是伟岸。雕像旁边立着一块落款，中华人民共和国国务院的"全国重点文物保护单位"碑，很是庄严、珍贵。然虽时值千古"祭祖节"，但未见前来拜谒、参观，甚或游览的人，只有三两位农民工在捯饬着不知用于何处的泥沙。

范园大门口坐着一位沧桑老人，自说是范氏第 29 代后人。老人的旁边放着一块"门票 20 元"的小纸板，但入眼一看那"20"是由"30"涂改的。我等正要掏钱，老人却说："反正好久没人来了，就不收你们钱了。"

走进范园满眼荒凉，但一字一块的"先天下之忧而忧，后天下之乐而乐"，和一座座墓茔、一通通石碑，依然显现着满园的厚重。墓园前为范公祠堂，祠堂正后是范母茔，右后为范仲淹墓，后域是他四个儿子、一个侄子、八个孙子和三个曾孙之坟茔。范公墓最前，长子紧随，次子、孙辈远远在后，形成独特的"扯儿背孙"。

祠堂前有几通高大石碑，护有青砖碑楼。七八通石碑是保存较为完整的文物，其中尤以"神道碑"最为珍贵。它立于范仲淹墓冢前面 20 米处的祠堂西侧，全称"资政殿学士户部侍郎文正范公神道碑铭"，碑额正中是宋仁宗皇帝亲撰的"褒贤之碑"四个字。碑文记载了范仲淹一生的事迹，为欧阳修撰写。

二

范仲淹，字希文，生于宋太宗端拱二年（989 年），祖籍彬州（今陕西省彬州市），后举家迁居苏州。他出生的第二年其父范墉便病逝了，其母贫困无依，逐改嫁平江府（今江苏苏州市）推官朱文翰。范仲淹的青少年时期一直过着颠沛流离的生活，不仅备受朱家族人封建礼教习俗的歧视和凌辱，而且随其继父频繁移任而游居。直到十多岁才寄居到醴泉寺僧舍读书，"画粥断齑"，昼夜苦读。十五岁时因规劝其同母异父的弟弟被辱骂，方知其身世并决然离家出走。

离家出走并不是自暴自弃，而是经长途跋涉到应天府书院（今河南商丘）求学。求学期间，早晚几块饭冻子也得不到保证，两顿改做一顿。穿的是离家时母亲追送的一件破棉袍，且五年不曾解衣舒睡。这番艰苦的生活磨练，使得他后来始终不忘"忧天下"之初心。

功夫不负有心人啊。他终于在大中祥符八年（1015 年）中进士第，并上表复姓、迎母赡养。及第后授广德军司理参军，历任兴化县令、秘阁校理、陈州通判、苏州知州、陕西经略安抚招讨副使等职。

庆历三年（1043 年），大宋与西夏的战争失利，天下百姓负担加重，骚乱四起。急待稳定政局的宋仁宗赵祯，显得格外开明和进步：罢免了宰相吕夷简，将前线的首领范仲淹调回京师，任命为替皇上掌管机要的枢密使、参政知事。

范仲淹任职后，仁宗对其下达了"拿出措施，扭转时局"重要而光荣的任务。于是，他便根据当时之形势，结合有关实际，拿出了"庆历新政"大纲——

《答手诏条陈十事》。北宋历史上轰动一时的"庆历新政"在范仲淹的领导下开始了。

　　"大纲"提出的十项改革主张，前五条都是整顿干部队伍的。新政实施短短几个月，政治局面便焕然一新：官僚机构开始精简，拼爷靠爹做官的子弟受到限制，靠资历晋升的官僚开始择优汰劣，有特殊才干的人员得到特事特办，等等。为了撤换不称职官员，范仲淹便把诸多庸官污吏从名册中一笔勾销。富弼看他一手举簿一手执笔，俨若无情的阎罗判官，便从旁劝谕："你这大笔一勾，可就要一家人哭了！"范仲淹却回答说："一家哭何如一路哭耶！"意思就是：一家人哭，总比一个省千万百姓哭要好得多！好高的见地，好大的气魄！

　　"蛟龙愤怒，鱼鳖惊慌，春雷一击，震撼四野。"十条改革主张皆有益于国计民生，但整肃吏治却条条戳到了某些人的痛处。为官尸位素餐不行了，祖传的好处被削减了，国家给的优惠惯例被革除了，怎不让既得利益者狗急跳墙？于是乎改革便节外生枝，突发变故：御史台检察官称破获了一起"谋逆案"，说拥护改革的石介在写给富弼的亲笔信中，隐然有废黜仁宗之意。这实际上是反对改革并被撤掉枢密使职位的夏某炮制的假信。事发至此流言四起，最终牵连到范仲淹，说他"居心不良"，想通过改革扩大自己的相权。更要命的是，仁宗看到了眼前反对改革的势力很大，且此时前方已与西夏议和了！

　　仁宗的主意一变，当初支持、追随范仲淹改革的人，开始见风使舵，有的还对改革派落井下石。于是乎，曾慷慨激昂、欲励精图治的赵祯退缩了：一切改革措施废弃，撤去范仲淹军政要职、贬官邠州（甘肃宁县）。

　　京师内外的达官贵人及其子弟啊，依旧歌舞喧天；范副总理革除弊政的苦心孤诣啊，却转瞬付之东流。一位正义的政治家，孤独地跪在大殿中央郑重三拜——挽救国家、造福于民的改革戛然而止，落得个白茫茫大地真干净……

三

　　其实说来，老范这次遭贬已不是首次，而是第四次了。天圣六年（1028年），经晏殊推荐范仲淹荣升秘阁校理（皇帝的文学秘书）。这对一般官僚来说是多么难得的腾达捷径啊，而范夫子竟将个人仕途置之度外，为国为民直言力谏，并因此"三黜三光"：一谏刘太后家国不分（要仁宗皇帝同百官，在前殿给她磕头庆寿）撤帘罢政，被贬官河中府（山西永济县蒲州镇）任通判。送他到城外的伙伴说："范君此行，极为光耀呵！"

　　三年后刘太后死去了，仁宗才把他召回京师，任做专门评议朝事的言官——

右司谏。有了言官的身份，他上书言事更无所畏惧了。恰好吕宰相借仁宗的家务纠纷要废掉郭后。堕入杨美人、尚美人情网的年轻皇帝，便签发文件废掉了郭皇后，并根据吕夷简的预谋明令禁止百官参议此事。范夫子知道这宫廷家务纠纷的背后，掩藏着深刻而复杂的政治角逐。于是便手执铜环叩击金扉隔门而呼。因故，次日凌晨他刚走到待漏院，便闻诏降贬他去睦州（今杭州淳安）。这次到郊外送别的人虽然不很多，但仍有人举酒赞许说："范君此行，愈为光耀！"

景祐二年（1035年），他因在苏州治水有功，又被调回京师并获得天章阁待制兼开封知府。几经遭贬的老范，看到有人广开后门、滥用私权，便画了一张《百官图》呈给仁宗。并指着图中众升调官员，对吕宰相提出尖锐的批评。偏偏吕宰相老谋深算，利用君主之势而最终取胜（当年仁宗二十七岁尚无子嗣，据说仲淹曾关心过仁宗的继承人问题）。于是，老范又被贬官饶州。这次到都门外送他的人已寥寥无几，但正直的王质却扶病载酒而来，并称许："范君此行，尤为光耀！"

范仲淹自幼多病，近年又患了肺疾。不久，妻子李氏也病死饶州。在附近做县令的诗友梅尧臣便规劝他说：在朝中屡次直言都被当作乌鸦叫了。愿他拴紧舌头、锁住嘴唇，除了吃喝之外只管翱翔高飞！老范却回复说：不管人们怎样厌恶乌鸦的哑哑之声，我却宁鸣而死，不默而生！好一个"宁鸣而死，不默而生"。这便是明道二年（1033年），京东和江淮一带大旱闹蝗灾，范仲淹奏请抓紧救灾而不予理会，便质问大宋天子仁宗"如果宫廷之中半日停食，陛下该当如何？"的原因所在啊！

四

皇佑三年范公升为户部侍郎移任青州，第二年（1052年）被调颍州。他坚持扶疾上任，但赶到徐州，便于五月二十日殉职了。范公死讯传开，朝野上下一遍痛哀，连西夏甘、凉等地少数民族，都成百成千地聚众举哀。凡是他从政过的地方，老百姓纷纷为他建祠画像，像死去父亲一样痛哭哀悼。大宋天子宋仁宗听说后，辍朝一日以示哀悼，追认他为兵部尚书，并亲书"褒贤之碑"。

《史记·谥法解》载："经天纬地曰文，道德博闻曰文，学勤好问曰文，慈惠爱民曰文；内外宾服曰正。"唐代以后为官者都梦寐以求地想得到一个谥号——文正，而在历史上能得到这个谥号的人却为数不多。比如司马光、方孝孺、曾国藩等，但这少之又少的人中就有一个范仲淹。

范文正公一生为官三十七年，曾知一县、一军、二府、十二州，官至宰相。

不仅是北宋的政治家、军事家，也是一位卓越的文学家和教育家。他领导的庆历革新运动，成为后来王安石"熙宁变法"的前奏；他对某些军事制度和战略措施的改善，使西线边防稳固了相当长时期；经他荐拔的一大批学者，为宋代学术鼎盛奠定了基础；他倡导的先忧后乐思想和仁人志士节操，成了中华文明史上闪烁异彩的精神财富。因而啊，大理学家朱熹称他为"有史以来天地间第一流人物"！

五

"一品与千金，问白发、如何回避？"此词是范仲淹写于新政失败之际。口语式的语言、诙谐的笔调，似乎在赤裸裸宣扬消极无为的历史观、及时行乐的人生观，是一派颓废情绪。然而，事实上它是词人因改革徒劳无功，而极度苦闷之心境的一个表现罢了。

人们常说"百年后如何如何"，其实绝大多数"人世都无百岁"。这首词固然有词人愤懑的宣泄，但也折射出他内心时不我待的焦灼：能够干一番大事的年华太少了，哪里禁得起几番蹉跎？于是，借酒浇愁，抒发其时光易逝、壮志难酬的情怀是再自然不过的了。这几句亦真亦幻的大白话、牢骚话，倒是显示了范公也是一位实实在在的平常之人呢。事实上范公身处逆境，失意惆怅乃至发牢骚，并不意味着永久的消沉。其后他被贬谪邓州，不是做到了"不以物喜，不以己悲。进亦忧，退亦忧"吗？反过来，不少啥官啥吏稍有"腾达"，便欺上瞒下、颐指气使、得意忘形，大有要活千年万年之势，那是叫人多么好笑啊！

……

走近范公墓立定，随行朋友说："咱们鞠个躬吧。"我无由地说："按老辈做法吧！"于是，三人屈膝着地肃穆三叩——不为别的，就为他知任邓州三年、死葬河南，算是我们大半个老乡，就为他"达不离道"！

发表于《中国散文家》2023 年第 1 期

塞下秋来风景异

秋天降临北宋庆历初年的边塞，大雁开始回飞南归，且去的那样决绝、没有一丝留意；黄昏时分长烟升起，风啸、马嘶、羌笛连同军营号角一同响起，悲悲咽咽；层峦叠嶂里暮霭沉沉、山衔落日，孤零零的小城赶忙关紧城门："塞下秋来风景异，衡阳雁去无留意。四面边声连角起，千嶂里，长烟落日孤城闭。"

"浊酒一杯家万里，燕然未勒归无计。羌管悠悠霜满地，人不寐，将军白发征夫泪。"在这寥廓、荒僻、萧瑟、悲凉的边塞，一群百无聊赖、心事重重的人中，有个人在啜饮浑浊的酒水，无由地就想起万里之外的家乡。因为他们未能像前人那样战胜敌人，刻石竖碑。因而啊，虽然十分想家、虽然南去的大雁都没有留意，他们却没有、也不能有回家的打算和想法；羌人的笛子幽怨弥漫，天气寒冷酷霜遍地。夜已经很深了，他们依然无法安睡：为操持军事的将军须发愈加苍白，长期苦守边塞兵卒的面颊泪水暗流……

这些含辛茹苦的人们，为何滞留在悲凉的边塞？又为什么有家难归？因为在北宋宝元元年，中国西部夏州（今陕北地区横山）臣属宋朝的党项人李元昊，突然在宁夏银川另建"大夏"（因其在宋土之西，故称之为"西夏"）。李元昊纠集十数万军马侵袭大宋，将宋之延州（今陕西延安）北部数百里边寨尽被洗劫或夺去。紧要关头，宋仁宗赵祯紧急选调一个贬官地方之人赴任前线。这个临危受命的人，就是"战地日记"——《渔家傲·秋思》的作者范仲淹。对，就是道得"先天下之忧而忧，后天下之乐而乐"千古名言的范仲淹。

是时，军队已是"兵不知将，将不知兵""兵无常帅，帅无常师""涣散不堪，不堪一击"了。因为赵匡胤"陈桥兵变"、另行组建宋朝，为防止他人再行"黄袍加身"，通过"杯酒释兵权"强力推行的"重文轻武"总方针，已经"贯彻落实"近百年了。

范仲淹虽非行伍出身，但他对军队弊病的观察、对国防空虚的忧虑已经很久了。针对上述弊病，范司令一到任首先改革兵制，将当地一万八千兵士分隶六将，分部训教，使得兵卒知道谁在管，将领知道能管谁。并积极整军经武，巩固防御，以防代攻，长功近守等。不日，就使敌闻惊破胆，边境局势大为改观。"人不寐，将军白发征夫泪"战地壮歌，就是他满头白发时在那个寥廓、荒僻、萧瑟、悲凉的战地写就的。

在范长官的率领和指挥下，守边虽然颇见成效，但当时的北宋依然处于下风。他们守边的全部功绩只体现于"能够维持住守势"的局面，时而还有疲于奔命、难于应对之感。这对有远大政治志向的范仲淹来说，肯定是不能满足的，也是十分无奈的。因而，在有着浓郁思乡情绪的将士们眼中，塞外的秋色没有宽广的气魄，更没有欢愉的气氛，全部笼罩在一种旷远雄浑、苍凉悲壮的氛围之中。

这"日记"给人的感觉是凄清、悲凉、壮阔、深沉，还有些伤感。而在这悲凉、伤感中，依然不乏悲壮的英雄气概：作者立志要打退进犯之敌、确保西北边境安定。这种爱国、卫国精神，又使得他们虽然想家却又不甘无功而返。所以他们只能用一杯浊酒，来排解对家乡亲人的思念，来寄托对成就功业的向往！

抽刀断水水更流，举杯消愁愁更愁。戍边将士原本想借酒浇愁，而一杯浊酒却使得他们乡关万里的苦愁，愁上加愁。久困孤城，大家早已归心似箭，然边患未平、功业未成，还乡之计又何从谈起？流泪的不只是士兵，将军也因有家难归、功业难成而白发袭首。军人征途的艰苦、将军的英雄气概一览无余，宋朝"不修武备、不重国防"的腐朽和软弱一览无余！

江山好，还要好打理；秋景异，亦应美且丽。我高赞范夫子的情怀，更向往秋色的平和美丽！

你总是心太软

热播剧《知否知否应是绿肥红瘦》中盛纮被皇帝留下，盛家大乱，全都在担忧盛家将要大祸临头，唯独盛老太太十分淡定：官家是宽厚和善之人，御花园无茶，他怕宫人受责罚，宁愿忍着也不吭声，到了皇后宫里才喝上茶。屈指算来，盛老太太口中那位"宽厚和善"的皇帝，应该就是你宋仁宗赵祯了。

"皇帝忍渴"事件，记录在案于北宋魏泰撰的《东轩笔录》。虽然没有说明它发生的具体时间，但从"宋仁宗回宫后，对嫔妃说道'朕渴坏了，快倒热水来'"看，那时的你不仅已经登基称帝，而且业已长大成人，至少在亲政前后吧。那个时候，你是宋朝第四任最高统治者，相去"澶渊之盟"业已二十多年了，可说是江山稳固，国泰民安。作为九五至尊，竟然混到忍渴找水的地步？

知否，知否，你总是心太软！

一次，你在吃饭时突然咬到一颗石子，把牙都硌出了血。你不仅没有龙颜震怒、大发龙威，反倒赶紧把石子吐掉，漱干净了才吩咐身边的太监和宫女：千万不要把这件事告诉任何人，否则那个厨师就没命了！

小事心太软，大事也太软。嘉祐二年，苏辙与其兄苏轼同登进士科。在那次考试中，年轻气盛的苏辙在考卷里写道："我在路上听人说，宫中美女数以千计，整天纸醉金迷。皇上既不关心百姓的疾苦，也不跟大臣们商量治国安邦的大计。"考官们都认为苏辙恶意诽谤应该严惩，你却说："哎，朕设立科举考试，本来就是要欢迎敢言之士。苏辙敢于如此直言，应特与功名。"

四川有一个老秀才一直考不中进士，气急之下发牢骚说出了"把断剑门烧栈阁，成都别是一乾坤。"天啊，这是煽动分裂、闹"川独"啊，是典型的反动言论！当地知府获知吓得两腿打颤，立刻将其逮捕上报。按照历朝历代的律条，不按"谋大逆"严惩，也得以"危害国家安全"治罪。而你看了却笑嘻嘻地说：这是不得志老秀才的牢骚话，你们不要那么紧张，也别小题大做。看看有什么职位给他安排一下，大家都不容易！于是，这个秀才就被安排做了司户参军。

黑脸包公说三司使张尧佐平庸，要拿掉他的职务。张尧佐是你爱妃张氏的伯父。你变通一下，想让张尧佐去当个管理内廷事务的闲职——宣徽使。包拯还是不依不饶，不光言辞激烈，连唾沫星子都溅了你一头一脸。他不人头落地也得罢官不用。然而你一位九五之尊、口衔天宪的大皇帝，不但不严惩他，反而对自己的爱妃大发脾气："你只知道为你伯要官儿，你不知道现在的御史是包拯吗？"

张贵妃身为你的爱妃，自然少不了有人巴结。大臣王拱辰因为反对庆历新政，刻意打压苏舜钦和范仲淹，被你下放到了地方。他想调回京城，便千方百计搜罗了一个定州红瓷器。张贵妃见到后爱不释手，但知道你"家教"甚严，只是偷偷赏玩。有一天你突然到来，张贵妃来不及收藏，你见了大怒："安得此物？"张贵妃不敢隐瞒，你抄起柱斧一下子就把珍贵的瓷器砸了个稀巴烂。

对别人心太软，对自己也太软。谏官王素曾劝谏你不要亲近女色，你就老实地说："近日，王德用（一位边将）确有美女进献给我。我很中意，你就让我留下吧。"王素说："臣今日进谏，正是恐陛下为女色所惑。"你听了虽然面有难色，但还是命令太监马上送她离宫。王素反倒不好意思起来，说："陛下认为臣的奏言是对的，也不必如此匆忙办理。女子既已进宫，还是过一段时间再打发她也为时不晚。"你却说："朕虽为帝王，但是也和平民一样重感情。将她们留久了，会因情深而不忍送她走的！"

你加班处理朝政到深夜，又饿又渴，想喝碗羊肉汤，但最终还是忍了。第二天皇后知道了，说："万岁爷是一国之君，龙体要紧，想喝羊肉汤让下人去做就是了。"你却回答说："朕的一时兴起会被弄成惯例，御厨就会夜夜宰杀。这样，不但浪费也会给老百姓造成负担的！"

对内心太软，对外也太软。朝鲜半岛的封建王朝高丽，是大宋属国，岁岁向宋朝进贡。有一次，使者回来报告说高丽的贡物越来越少，请求皇帝出兵教训一下。你却说：别动不动就教训这个教训那个。他们就算是故意的，也只是高丽国王的罪过。出兵不一定杀得了国王，无数百姓却要遭殃，还是算了吧。……

为此，不少人说你是"最窝囊的皇帝"。知否，知否，这"最窝囊皇帝"的得来，全是因为你总是心太软！

苏辙仅凭道听途说，便在科考中"妄议"朝政，且直指帝国最高领导，即便是在"康乾盛世"也难逃被灭九族。你倒好，不仅不以为忤，反而"特与功名"；黑脸包公唾沫星子溅了你一头一脸，"帝举袖拭面"成全了"包青天"千古流芳；怕厨师丧命，牙都硌出血了也不吭声；担心宫人受罚忍渴找水，恐百姓遭殃轻易不出兵，体恤读书人饶恕"出言不逊"，为了纳谏忍痛割爱，怕给百姓增加负担连碗羊肉汤都舍不得喝……知否，知否，你总是心太软！

"仁宗"是在你死后，朝廷根据你生前"为人君，止于仁"，而给出的一个

"盖棺定论"。孔曰成仁，孟曰取义。仁，在孔夫子看来，是最高的道德标准！中国从黄帝开始到溥仪逊位，数千年间，也出了数百个皇帝或国王。其中在位 40 年以上的不足 20 人，你占其一。用"仁宗"这个庙号的也只有六位，而这六位中也只有你赵祯名副其实！

由于有你的开明统治，仁爱治理，才有了"仁宗盛治"。那时的北宋是经济发达、文化繁荣，唐宋八大家有六位（欧阳修、苏洵、苏轼、苏辙、王安石、曾巩）活跃在你仁宗朝。实际上，宋仁宗朝涌现的人才绝不止这六位，其中范仲淹、吕夷简、包拯、富弼、司马光、程颢、程颐、沈括等，这些名动一时的政治家、文学家、哲学家、科学家，全都是在你仁宗朝登上历史舞台的。

公元 1063 年，54 岁的你走了，"京师罢市巷哭，数日不绝，虽乞丐与小儿，皆焚纸钱哭于大内之前"。讣告送到辽国后，"燕境之人无远近皆哭"。时为辽国君主的辽道宗耶律洪基，抓住宋国使者的手号啕痛哭："四十二年不识兵革矣。我要给他建一个衣冠冢寄托哀思！"此后，辽国历代皇帝"奉其御容如祖宗"。

很多年以后，激进的王安石改革失败了，宋神宗又恢复了你的"仁治"。辽国君主急忙召开大会：不要再去边界惹事了，宋朝又回到了仁宗之路！辽国人或许不懂他们敬畏的你，为什么称"仁宗"，但一定知道你造就了北宋的一世繁华。

人们常说天理、国法、人情相通，其实天道、王道、人道也是相通的啊！

2019 年 2 月 22 日

人心向善更嫉恶

宋仁宗明道二年初，春暖乍寒时节，临朝摄政十年有余的刘娥皇太后，到底还是抛下人间的一切驾鹤西去了。仁宗正自伤感，有人却上议说"刘太后并非陛下生母，生母宸妃死于非命"。仁宗闻言，立即发兵把刘后住处团团包围，眼见一场血雨腥风即刻降临……

一

听闻自己的生母竟死于非命，赶赴安放李妃灵柩洪福院的仁宗，一定要打开棺木查验真相。棺木打开，只见李妃安详地躺在棺木中，尸身以水银浸泡，服饰华丽，容貌如生。仁宗这才叹道："人言岂可尽信。"随即下令遣散了包围刘宅的兵士，并在刘太后遗像前焚香道："自今大娘娘平生分明矣"，且"待刘氏恩礼如故"。眼见的一场血雨腥风一扫而过，云散日出。

刘娥虽然没有加害李宸妃，但仁宗赵祯生于李妃却众人皆知，话柄就此落下——从明朝开始便流传一个至今众人皆知的传奇故事——"狸猫换太子"！故事说，北宋真宗时，刘妃和李妃都怀了身孕。刘妃恐李妃生子被立为皇后，于是与宫中总管郭槐定计，乘李妃分娩、众人慌乱之机，用剥去皮毛的狸猫换走刚出世的"太子"，并令宫女寇珠将其勒死。寇珠于心不忍，暗中将"太子"交付宦官陈琳，陈琳将"太子"装在提食盒中送至八贤王处抚养。而真宗看到血淋淋的狸猫，以为李妃产下妖物，便将其打入冷宫。不久，刘妃生了个儿子，被立为太子，刘妃也被册立为后。

不想，没过多久刘后之子病夭，真宗再无子嗣。因此，真宗将其皇兄八贤王之子（实为当年被狸猫换下的皇子）收为义子，并立为太子。一日，太子在冷宫与生母李妃见了面，母子天性，两人都面现泪痕。刘后得知后拷问寇珠，寇珠触阶而死。因此，刘后在真宗面前进谗将李妃赐死。太监余忠情愿替李妃殉难，放出李妃。太监秦凤将李妃送往陈州后自焚而死，李妃在陈州无法生活，只落得住破窑、靠乞食为生。

一日，包拯在陈州放粮得知真情，与李妃假认作母子，将李妃带回开封。此时，真宗早已死去，李妃的儿子已经做了皇帝（即宋仁宗）。包拯乘进宫奏事之机将李妃带进宫中，李妃才得以与自己的亲生儿子仁宗见面。包公设计让郭槐供出真相，已做太后的刘氏知道阴谋败露，自尽而死。

清代末期，这个故事被改编成京剧搬上戏台，演出后轰动一时。后被评剧、豫剧、黄梅戏、吕剧、湘剧、潮剧等改编，竞相传唱。到了现代，该故事又多次被改编成电视剧搬上荧屏，天下人无人不知无人不晓。

二

传说归传说，历史是历史。事实上，章献皇后刘氏是宋真宗的初恋情人。刘娥幼时孤苦貌美、善说鼓儿词（就是边摇拨浪鼓边唱曲儿），在京城开封谋生。十六岁的襄王（后来的宋真宗赵恒，当时叫赵元侃）第一次见到刘娥时，沉醉于其在表演之中的楚楚动人，真宗"一见钟情"并将她迎入王府。

正当二人形影不离、你欢我爱之时，襄王爱上了贫民女子一事，被襄王乳母获知。她让赵恒和刘娥断绝联系，并让赵恒将其赶出王府。赵恒难舍，乳母便将这件事告诉了宋太宗。宋太宗勃然大怒，责备赵恒过早沉迷于女色，并下令将刘娥赶出京城。赵恒迫于皇命把刘氏送出王府后，将她偷偷藏在王宫指挥使张耆家中。俩人从此便只得暗中幽会，这份地下恋情一直持续了15年之久。

太宗赵光义驾崩后，赵恒继承大统。当家做主的赵恒很快就把刘氏接入宫里，并封其为四品美人。此时的刘氏已非昔日击鼓小妹，经了长年幽居博览群书、研习琴棋书画，早已是才华出众。郭皇后病逝后，真宗很想立刘氏为后，但她既无子嗣又出身卑微，群臣多不赞同。真宗不悦，索性让后位空缺。

真宗后妃曾经生过5个男孩都先后夭折，忧心如焚的真宗和刘氏共同想出"借腹生子"的方法：让刘妃的侍女李宸代之。后李氏果然生下一子，即后来的宋仁宗赵祯，被抱到刘氏那里认其为母。

真宗早在赵祯出生三个月前，便已宣布刘氏怀孕，并定了级别——修仪（皇后之下、妃嫔九级称号）。刘氏既已"生子"，四十四岁的她虽几经波折，最终成为大宋王朝的皇后。

刘氏贵为皇后却不像其他妃嫔只知争宠，而是凭借超群才华"每每襄助真宗"。久之，真宗便离她不得，每日批阅奏章刘皇后必侍随在旁。后来真宗患病，难以支持日常政事，上呈皇帝的政务都由刘氏代为处置。之后，病重的真宗更是下诏："此后由皇太子赵桢在资善堂听政，皇后贤明从旁辅助。"乾兴元年二月，54 岁的宋真宗赵恒驾崩，遗诏曰："太子赵桢即位，皇后刘氏为皇太后，军国重事权取皇太后处分。"而小皇帝赵桢那时只有十一岁，所以刘氏摄政的十一年，一切国事皆由其决断。

赵桢的生母李氏呢？她虽一直居于宫中，却始终是一般宫人，和民间送养子女一样，一直不得与亲子相认。明道元年初，四十六岁的李宸患了重病。刘太后赶忙派太医前去诊治，并晋封她为宸妃。然而李氏福薄命浅，在封妃当天便病逝了。李氏病逝后，刘太后想秘而不宣，准备以一般宫人的身份殓葬了事。但宰相吕夷简"要想保全刘氏一门，就必须厚葬李妃"一句话，使刘太后如梦方醒，以一品礼仪将李妃殡殓，并穿上皇后冠服，以高规格为李宸妃发丧。

三

空穴易来风，万事皆有因。虽然史实中的刘太后，绝非如"狸猫换太子"传说般夺子杀母，史书亦称其"有吕武之才，无吕武之恶"，但民心向来是向善更嫉恶的。好歹刘太后做事还不算太过，好歹她依照宰相的提醒，给了李宸妃最后的以礼相待。否则，仁宗绝不会"待刘氏恩礼如故"，眼见的一场血雨腥风是万难一扫而过的！

天地之间五道分明，善恶报应祸福相承。而人心向来是，向善更嫉恶的！

2019 年 4 月 9 日

高尚的悲哀

元祐元年（1086 年）九月，草木摇落露为霜，汴京都城更凄凉。凄凉中，那个少时机智砸缸、中年作《资治通鉴》、暮年竭尽全力废除"熙宁新法"的司马光，终于"鞠躬尽瘁，死而后已"。在风中猎猎作响数十年的高尚旗帜，就此悲哀落地，一去不还。

一

司马光，字君实，祖籍陕州夏县（今山西夏县），于宋真宗天禧三年（1019年）出生于光州光山（河南信阳光山）。是时，其父司马池任光山县令，所以给他起名"光"。

司马光年少时勤奋好学，聪明过人，"砸缸救友"震动京洛；二十岁参加会试，一举高中进士甲科；初任华州（今陕西华县）判官，后改任苏州判官、江西丰城县代县令等；庆历六年，调任大理评事、国子直讲等；至和元年，离开志趣相投的王安石、包拯等人，派驻山东郓州、山西并州任通判，负责全州官吏考察；嘉祐三年，迁京都行政、司法署高级秘书（开封府推官）；嘉祐六年，掌记录皇帝言行，修起居注；不久充，为起居舍人与知谏院，负责朝廷纪律监察工作。任职五年期间，先后向皇帝上奏疏 170 余份。其中，多次上书仁宗解决继嗣问题，直到赵曙（太宗赵光义的重孙、濮王赵允让之子）被立为皇太子。

嘉祐八年三月，仁宗驾崩，赵曙即位，是为英宗。因仁宗盼亲子，英宗长期被冷落，加之曹太后垂帘听政等，两宫矛盾加剧。司马光见状，连进《上皇太后疏》《上皇帝疏》《两宫疏》等 17 封奏章，讲历史、摆利害、晓明大义，苦苦相劝，终使太后和英宗的矛盾趋于缓和。

治平二年（1065 年），任龙图阁直学士，仍留任谏职。但因谏官作用得不到较好发挥而失望，三状请辞。英宗批准他免去谏职，仍进龙图阁直学士。

治平三年，将《通志》（以《史记》为主，编成《周纪》5 卷、《秦纪》3 卷，共 8 卷）进呈英宗。英宗看后大为赞赏，并给他二条明确指示：接续《通志》往下编修；设立书局由其自择官属。后《资治通鉴》便在其主持下，在书局完成。

治平四年，英宗病死，神宗赵顼即位。副宰相欧阳修极力向神宗推荐，说他"德性淳正，学术通明"，神宗任其为翰林学士。不久，又任御史中丞；熙宁三年，神宗提拔他做枢密副使，他坚决推辞，并在该年年底，因反对变法无果，自请离京知永兴（陕西西安）；熙宁四年四月，主张辖区免用新法无果，自请西京洛阳赋闲。于是大儒、贤才司马光，在精壮之年"下野"洛阳十五年之久。一部皇皇巨著——《资治通鉴》就此永垂。

元丰八年，神宗病死，年仅 10 岁的赵煦继位。哲宗年幼，祖母高皇太后（英宗皇后）当政。已经六十七岁的司马光，被起用知山东陈州，不久授门下侍郎、尚书左仆射。

元祐元年九月初一，在竭尽全力反对、废除王安石推行新法中，司马光"鞠躬尽瘁，死而后已"，享年六十八岁，历仕仁宗、英宗、神宗、哲宗四朝。

二

老实地讲，有很长一段时间，我对司马光是很反感的，甚至有些憎恶。虽然知道他儿时曾机智砸缸，中年编有巨著《资治通鉴》，但他激烈、极力反对王安石变法。甚至到最后，不仅彻底废除了王安石推行了十几年的新法，而且还把其千辛万苦收复的 2000 里领土也拱手退还了西夏。

变法、改革、革新大体上是好的，是能够改除旧有制度弊端，维护、推进事务向好发展的。那么大儒司马光却为何竭力反对王安石的"熙宁变法"呢？

话说，年轻气盛的宋神宗赵顼即位后，既想振兴祖业，又想摆脱仁宗的影响。听了王安石提出的"民不加赋而国用足"的美好变革方案，便重用王安石为参知政事、中书门下平章事，主持"熙宁变法"。

关于"熙宁变法"，就是北宋熙宁年间，在宋神宗支持下，王安石推行的各项变革。它以"理财""整军"为中心，以富国强兵为目的，涉及政治、经济、军事、社会、文化各个方面。其新法主要分为富国之法、强兵之法和取士之法。富国之法包括"青苗法""免役法""方田均税法""市易法"等，强兵之法包括"保甲法""裁兵法""置将法""保马法"等，取士的主要有科举制的改革、整顿太学等一系列措施。

"熙宁变法"从次第实施到罢废，将近十五年。其总体成效是不可否认的。一方面，政府财政收入大幅增长。通过一系列新法的实行，国家增加了"青苗钱""免役宽剩钱""市易息钱"等。国家财政收入的明显增加，致使宋神宗年间国库积蓄，可供朝廷二十年财政支出，基本改变了北宋的"积贫"。

另一方面，通过"强兵之法"的推行，"积弱"局面也得以缓解。比如"保甲法"的推行，加强了农村的封建统治秩序，维护了农村的社会治安，建立了全国性的军事储备，并节省了大量训练费用；"裁兵法"提高了军队士兵素质，"将兵法"改变了兵将分离的局面、加强了军队战斗力；"保马法"使马匹的质量和数量大大提高，同时政府节省了大量养马费用；"军器监法"增加了武器的生产量，质量也有所改善。其最为显著的是，在北宋熙宁六年（1073 年），宋军进攻吐蕃收复河、洮、岷等五州，拓地两千余里。不仅扭转了北宋西北边防长期以来屡战屡败的被动局面。也较好地建立起了进攻西夏地区的有利战线。

但其诸多变革没有做到理论联系实际、一刀切强制推行、无及时纠偏等，致使其与初衷相悖。比如"青苗法"，原本是在每年二、五月"青黄不接"时，由政府给农民放贷，在夏、秋收回本金时，收取百分之二十利息。它设计的初衷是，在救民急困、限制地主富豪对农民剥削的同时，增加国家收入。但在实际执行中，由于利息以半年计，年息就成了百分之四十。同时，放贷时可能是小米等陈粮，收贷时是大米等新粮。如此这般，利息可能达到百分之六十。加之官吏为了自己的政绩、个人利益强贷强收等，结果导致百姓苦不堪言，不堪重负。

再比如"免疫法"，是将原按户轮流服差役，改为百姓交钱（免役钱）由官府雇人完成。它的设计是解决百姓不愿或不能服差役问题，同时增加政府收入。但执行中一刀切，使得有力可出、无钱可交的百姓，无力负担此等额外的"赋税"；

还有"市易法"，是国家出钱收购畅销货物，在市场短缺时卖出。目的是控制市场、限制大商人，有利于物价的稳定，同时也增加政府的财政收入。但国家经商专业化，就垄断了市场，阻碍了商品经济按自身规律的自由发展。

其他，农田水利法中有一个"淤田法"，就是把河道开一个口子，让河水把河底淤泥带到盐卤不毛之地，来改良土壤、创造新田。但不切合实际的强行淤田，所放洪水不仅冲毁原有良田，也毁坏百姓房屋、坟冢等财物；"保甲法"减轻了国家维护地方治安的付出，但残酷的连坐使农民深受其害；"保马法"将国家饲养不善的军马推给农民，无疑加重了农民的负担，等等不一而论。

三

新法的弊病及变法失败的情形和原因是很多的。有人说是触动了士大夫和地主阶级的利益，有人说是王安石用人不当，也有人说是保守派的反对和皇帝支持的失去（神宗死去）等。其实归结起来不外乎两条。一是没有做到理论联系实际，无及时纠偏。还有一条重要的、也是根本的原因就是，改革的总指挥王安石，恃才傲物，排斥异己。也即是司马光所说的"用心太过，自信太厚"。

别的权且不论，单看因反对变法而贬官，或退居二线的名单，就长得令人咋舌。如熙宁二年六月，罢免御史中丞吕诲；八月，罢免知谏院范纯仁，刑部刘述、丁讽，侍御史刘琦、钱顗、孙昌龄，审刑院王师元，条例司检详文字苏辙；十月，罢免宰相富弼。熙宁三年二月，韩琦因论青苗法被解职河北安抚使；三月，贬知审官院孙觉；四月，贬御史中丞吕公著，罢参知政事赵抃，罢知制诰宋敏求、苏颂、李大临，罢监察御史里行程颢、张戬、右正言李常；九月，罢宰相曾公亮、罢司马光为永兴军知府；十月，翰林学士范镇退休；熙宁四年，贬史馆苏轼为杭州通判；熙宁六年，罢枢密副使文彦博等。据说，当时台谏为之一空。据说，当时贤士多求引去以避锋芒。

司马光反对王安石变法，虽是君子之争。但二人经常激烈争辩，有时在皇帝主持的议政会议上也毫不相让。当面争辩无果，司马光又连续三次给王安石写信，"援朋友责善之义"，"反复劝之"。严厉指责王安石的变法，具有侵官、生事、征利、拒谏、怨谤等弊端，劝谕王安石（变法）不可"用心太过，自信太厚"。而王安石则写了《答司马谏议书》——予以批驳，并明确告知："如君实责我以在位久，未能助上大有为，以膏泽斯民，则某知罪矣。如曰今日当一切不事事，守前所为而已，则非某之所敢知。"最终，二人由昔日好友变作冰炭不同器、水火不相容。

司马光找神宗"告状"，神宗当起了和事佬。一边支持王安石，一边给司马光以枢密副使的安慰。而执拗倔强的"司马牛"，眼见局面无法改变、自己的主张无法得到认可，竟以"不习军旅"为由，连上五封札子坚决请辞。

"上曰，'卿何得出外，朕欲申卿前命（指授枢密副使），卿且受之。'"光曰："臣旧职且不能供，况当进用？上曰："何故？"光曰："臣必不敢留。"上沉吟久之，曰："王安石素与卿善，何自疑？"光曰："臣素与安石善，但自其执政忤甚多。今忤安石者如苏轼辈皆毁其素履，臣不改避削黜，但欲苟全素履……"由此可见，司马光是为避免继续争斗、为保全自身名誉，而知趣、无奈、伤心、执拗地离开京城去往地方的。

司马光出知永兴军的头衔，是兵马都总管安抚使。他出发前，神宗皇帝咐他

"边鄙动静皆以闻""本路民间利病当以闻"。皇帝把永兴军一路（省）的军政大权，完全交给了司马光，司马光也有在"自己的领域"大干一番的期望。

赴任前，他连上《乞免永兴军路苗役钱札子》《乞不令陕西义勇戍边及刺充正兵札子》《乞留诸州屯兵札子》三道奏书，希望在自己的辖区内实行特殊政策。而三个请求皆与新法相悖，即不执行新法。到任后，他又根据实情相继提出了《乞罢修复内城壁楼橹及器械状》《乞不添屯军马》《奏乞兵官与赵瑜同训练驻泊兵士状》等请求，但在新法如火如荼大力推行的大形势下，以神宗、王安石为代表的朝廷，自然对其束之高阁，置之不理。

司马光原本想在自己的领辖内施行自己的主张行不通了，一度热起来的情绪也随之降了下去。加之，又一位反对"熙宁变法"的朝官、礼部侍郎范镇被罢官。刚刚知永兴军不足八个月的"三朝元老"，"先儒司马子"再也无法忍受了。他从知趣、无奈、伤心、执拗，直至绝望，彻底死了从政之心。于是便呈请辞职，愤然退居西京洛阳甘就冗散。

尽管他抗旨不遵，但神宗皇帝还是对司马光眷礼不衰（是时司马光已是"三朝元老"，且在立英宗、调和与太后矛盾等方面表现突出），还想让他去知许州（河南许昌）。而他去意已决，僵持了三个月，神宗才答应他去西京留司御史台赋闲——留司御史台是闲职。赋闲洛阳十五年时间里，他闭口不谈、不理时政，埋头编著了从周威烈王二十三年，到五代后周世宗显德六年，涵盖十六朝一千三百六十二年历史、多达二百九十四卷、三百多万字的《资治通鉴》。

四

司马光暮年掌权后，以"王安石不达政体，专用私见，变乱旧章，误先帝任使"全盘否定新法，认为新法"名为爱民，其实病民，名为益国，其实伤国"。并打着"以母改子"的旗号，极力废除新法恢复旧法。

这样一折腾，通过变法而积聚起来的钱财，也在反变法派执政的几年当中"非理耗散殆尽"。对西夏，则继承了熙宁以前的妥协政策，把已收复的安疆、葭芦、浮图、米脂四地割让给了西夏。

王安石变法的宗旨是，"民不加赋而国用足"。但为国"理财"的实际结果，就成了变相增加赋税。即在分配领域内损下益上，也就是夺商人、地主、农民之利归于国家。从结果看，所有变法几乎全都是为国"捞钱"。加之没有因地制宜、因时制宜、因人制宜，结果还不如简单、单纯增加赋税。

王安石是个极端专制主义者，他自以为自己的方针绝对正确。别人只能服从，不能持有异议，否则便是改革的阻力，必须清除出去。同时，王安石在变法中提出的"三不足"论断，即"天变不足畏，祖宗不足法，人言不足恤"，固然是一名改革家应有的大无畏精神。然而偏激的"大无畏"不仅让改革失去了约束，更是引起包括司马光在内的广大民众不安和反对的关键。

强硬手段，雷厉风行，固然是改革必要、必需的勇气、措施和保障。然排斥、打击异己，党同伐异，甚至不惜以怨报德。所推行的改革何谈纠偏、完善和支持？所推行变法如何不弊端百出、归于失败？倘若王安石能开诚布公地与韩琦、富弼、范纯仁、司马光、文彦博等智者名望，甚至看得出表看不出本，但看得出某些问题的普通人等，做倾心之谈，虚心接受不同意见，争取和获得最大多数的理解与支持，从而最大限度地发现问题，及时有效找出解决问题的办法，并对相关问题和弊端加以及时纠正，其结果当不至惨败。

五

司马光要求停止变法、要求在永兴军实行特殊政策，与王安石甚至包括神宗皇帝在内，都是针锋相对的。不过实事求是地讲，他的一些主张是从实际出发的，是有利于减轻人民负担的。他在京和出知永兴军时，对于进、退问题是反反复复的。但所有反复不在于求官，而在于是否有利于施行自己"高尚"的政治主张。以他当时的威望，可说是"求官得官"的。但是他不愿做违心的官，不愿抛弃自己所为高尚的政治主张。

说到司马光"求官得官"，有实例为证：仁宗要他做起居注官，他认为自己"实非所长"，连上五状坚决推辞；四十四岁时，被提升为知制诰，起草皇帝命令，他连上多道《辞知制诰状》，认为不适宜任此职务，仁宗皇帝收回诏令，改授天章阁待制，做皇帝的文学侍从官，仍知谏院；治平元年，上奏《乞罢陕西义勇札子》，认为当时在边防组织"义勇"，使百姓"骨肉流离、田园荡尽"，希望朝廷审察利害特罢此事，但连上六疏却谏言失败。谏言失败，他连上五状要求降黜自己；治平二年，因对谏官失望，借机连上三状要求不当谏官，英宗批准他免去谏职，仍进龙图阁直学士；熙宁三年二月，神宗擢其为枢密副使，他以"不习军旅"为由，坚决推辞。并连上五封札子，自请离京；熙宁四年四月，主张辖区免用新法无果，自请西京洛阳赋闲；元丰八年宋神宗病逝，司马光闻讯后，当即起身赶往京城汴京奔丧。据《宋史·司马光传》记载，沿途官员和百姓得知司马光要去京城，"民遮道聚观，马至不得行"。人们甚至要求司马光"公无归洛，留相天子，活百姓"。而他在参加完神宗的葬礼后，就立即回到了洛阳；元丰八年（1085年）

赵煦继位，皇太后下诏授其门下侍郎。司马光上疏辞谢，以自己"龄发愈衰，精力愈耗"，请求只任知陈州等。

司马光是位伟大的政治家、文学家、史学家。为谏官时能言、敢言；为官多年，两袖清风。仁宗死后，英宗将仁宗价值百余万的遗物颁赐群臣，司马光也获得近千缗。但司马光却将自己所得赏赐，交给谏院为公使钱；其一生粗茶淡饭，坚不纳妾。甚至发妻去世，都无力下葬，直至把薄田典掉。

"水可载舟，亦可覆舟"。然"国之不存，民将焉附"。司马光和王安石皆可说是，一心为公、大公无私的社稷之臣。但二人一个是"执拗宰相"，一个是"司马牛"，全都非白即黑，非此即彼，执拗倔强。司马光之所以反对新法，除了为维护封建王朝政治纲常外，一心维护百姓。他的观点和主张，恰与王安石的"一切为了朝廷"相悖。

六

司马光死后获赠太师、温国公，谥号文正。宋哲宗赐碑名为"忠清粹德"，人称"先儒司马子"。其灵柩送往夏县时，京城的人们罢市前往凭吊，沿途自发哭送的民众成千上万。有的人甚至卖掉衣物去参加祭奠，街巷中的哭泣声超过了来往马车的声音。等到安葬的时候，哭的人仿佛是在哭自己的亲人。更令人想不到的是，在其故去后，京城及全国各地很多民众，将其画像"请"到家中，并在吃饭前一定要先祭祀他。

绍圣元年（1094年），章惇为相，议论司马光变更熙丰法度，哲宗下诏削除司马光的赠谥，毁坏所赐碑；崇宁二年（1103年），蔡京为相时，将其等列为"元祐党人"，并刻元祐党人碑；靖康元年（1126年），赠太师，再次赐谥。南宋高宗建炎年间，配享哲宗庙廷；咸淳年间，从祀于孔庙。明嘉靖年间，从祀时称"先儒司马子"。康熙六十一年，其与历代功臣四十人从祀历代帝王庙。

司马光是中国古代著名文学家、政治家、史学家、儒人的典范，王安石是中国古代著名的思想家、政治家、文学家、改革家的典范。综观他们生前身后，其为人绝对是正直的、大公无私的。然而他们似乎又不是一位优秀的政治家。因为司马光与王安石一样，心胸不广，非白即黑，矫枉过正。

司马光"执拗百姓"，由反对新法到尽毁新法，和王安石的恃才傲物、刚愎自用、造成的变法失败，都使得大宋王朝失去了一次有效的大变革，失去了一次重新崛起的机会。

神宗死后一年王安石病逝，王安石死去四个月后司马光离世。后来，以蔡京为首的新党，打着王安石变法的旗号，继续推行已经变了味的新法，并设"元祐党人"碑，迫害当时反对新法的一代名臣，却也因为贪污腐败，蝇营狗苟，成了断送北宋江山的乱臣贼子。自己遗臭万年，也累及王安石遭逢千年的骂名。

王安石和司马光所谓的高尚和极度执拗，是他二人的悲哀，更是大宋王朝的悲哀！

发表于《散文选刊》2021 年第 6 期

臣子恨何时灭

绍兴十一年腊月廿九，除夕将至，原本偏南的杭州城却寒风呼啸，天凝地闭。天凝地闭的杭州城内，南宋行朝大理寺监狱格外阴森。格外阴森的监狱内，一干奸佞宵小正在对一位好汉，实施万恶的加害——"诏其毙于狱也，实请具浴拉胁而殂（令狱卒将其处死狱中，假说请其沐浴，而后带其到刑房用大锤猛击双胁，胁骨尽碎，五内摧震，吐血而亡）"。随即，杭州城风雪大起，湖河哭泣，房树具白。一则千古奇冤就此写入煌煌史册。

一

"怒发冲冠，凭栏处，潇潇雨歇。抬望眼，仰天长啸，壮怀激烈。三十功名尘与土，八千里路云和月。莫等闲，白了少年头，空悲切！靖康耻，犹未雪；臣子恨，何时灭。驾长车，踏破贺兰山缺。壮志饥餐胡虏肉，笑谈渴饮匈奴血。待从头，收拾旧山河，朝天阙！"

是的，那蒙受千古奇冤者，正是您一代战神、岳飞岳元帅。老实地讲，您是俺和无数华夏儿女，最为敬仰的民族大英雄。这不单单源于您气壮山河的《满江红》，更源于您伟岸的人格！

您于北宋崇宁二年（1103 年），出生于河北西路相州汤阴（今天俺们河南省汤阴县）的一个普通农家。据传，您少时为人沉默寡言，常负气节。喜读《左氏春秋》《孙吴兵法》等，能左右开弓，武艺"一县无敌"。不满 20 岁能挽弓三百余斤，开腰弩八石，"时人奇之"。

宣和四年（1122 年），童贯、蔡攸兵败于契丹，河北官员刘韐在真定府（今河北正定县）招募"敢战士"以御辽。不满 20 岁的您应募，经选拔被任命为"敢战士"分队队长。后因父亲病故，赶回汤阴老家守孝。宣和六年，河北等路发生水灾，为了谋生，您又到河东路平定（今山西平定）投戎，被擢为偏校。

靖康元年（1126年），两路金军二次南下围困开封。宋钦宗在求和的同时，遣人送蜡书命康王赵构为河北兵马大元帅，征召各路兵马以备勤王。从平定军突围回到家的您，眼见金兵残杀、奴役百姓，愤然奔赴抗金前线。

投身抗金前线后，您同金军进行了大小数百次的战斗，先后收复建康（今南京）、襄阳六郡（襄阳府、郢、随、唐、邓等州、信阳群）等，所向披靡。绍兴十年，完颜兀术毁盟攻宋，您四度挥师北伐，先后收复郑州、洛阳等地，又于漯河郾城、颍昌（今许昌）大败金军。

绍兴十年七月，您率军直抵朱仙镇（今开封祥符），并喊出"直捣黄龙，迎回二圣"的口号。完颜兀术闻讯，欲弃开封而逃。然而正当大军势不可挡、节节获胜之时，一封上刻"御前文字，不得入铺〔皇帝公文，不得（进入驿站）停顿〕"八个金黄大字的，朱红油漆木牌牌"特快专递"，急达您的帐下。您拆开"特快专递"一看，内书："今大宋已和大金议和，边境无事，即着尔等率全军立刻回兵进京，钦此！"

当您的"速传各将聚集元帅府大厅议事"军令尚未传毕，"命你带军即刻进京，不得迟缓！见金牌如见朕面，立刻照办"的第二封"特快专递"已经火速抵达。随其后，大体相同的第三、四、五、六封"特快专递"，接二连三加急抵达。到第七、八封，内容已经升级为"再不火速返京即作叛逆论处！""命你速即起身，若再迟延即是违逆圣旨，立斩不赦"。直至一天之内，接连收到如此加急"特快专递"十二封。

那一封封系挂着上刻"御前文字，不得入铺"8个金黄大字的朱红油漆木牌牌加急"特快专递"，就是人们传说的"十二道金牌"。它来自南宋行朝（流亡政府）"金銮殿"，签发者乃南宋首任皇帝赵构。

在"十二道金牌"紧逼之下、在孤立无援之下，您悲愤交加，痛心疾首，仰天长叹·"金字牌，从天来，将军恸哭班师回，士气郁怒声如雷。震边陲，幽蓟已覆无江淮。仇虏和，壮士死，天下事，安有此，国亡之，嗟晚矣！"而后被迫班师撤兵。百姓闻讯攀辕卧辙："我等戴香盆、运粮草以迎官军，金人悉知之。相公去，我辈无噍类矣。"您含泪取出诏书示众："吾不得擅留！"随即，哭声震野。

二

大军班师鄂州（今湖北武昌），您则去往临安（今浙江杭州）行朝面圣。回到临安，您不再像以往慷慨陈词，只是一再恳请解除军职，归田而居。高宗赵构以"未有息戈之期"为由不允。其间，您曾再次奉命领兵驰援淮西。

绍兴十一年初，金国在无力攻灭南宋的情况下，准备重新议和。于是南宋小朝廷开始打压手握重兵的将领，尤其是坚决主张抗金的您和韩世忠二人。您二人先是被调离军队，到临安枢密院供职。随即投降派代表秦桧，就指使其党羽万俟卨（人坏名也怪，就依读音叫他"魔奇邪"吧）等开始对您进行弹劾，诬陷您援淮西"逗留不进"、主张"弃守楚州"等。因故，您便被罢去兵部副职，给个什么"万寿观使"闲职。您哪，干脆自请回庐山赋闲去了。

赋闲在野，已无兵无权。但流亡一隅的南宋小朝廷，对您的迫害却在步步紧逼。在奸佞秦桧的授意下，也已罢去军职的南宋"中兴四将"之一张俊，威逼利诱您军中小头目王贵出面，首告您较为倚重的将领张宪"谋反"，准备挖出"主谋"嫁祸于您。张俊私设公堂，对张宪严刑逼供毫无结果。最后，竟捏造其口供"为收飞处文字谋反"。于是您被诏回临安。刚一赶回临安"行在"（名为天子巡行之地，实为朝廷临时所在），您就被投进南宋行朝大理寺监牢。

您面对审讯义正词严，袒露脊背"精忠报国"刺字。主审官何铸为之动容，如实向上禀告您的冤情。宰相大权在握的秦桧却说："此上意也！"并改命"魔奇邪"主审此案。"魔奇邪"用尽手段，您宁死不自诬，乃至以绝食抗争。

同年十一月七日，宋、金达成"绍兴和议"："宋向金称臣，将淮河以北的土地全部划归金国，并每年向金贡奉银绢各二十五万两匹。"丧权辱国之和议达成了，您却依旧不得获释。为了坐实冤狱，"魔奇邪"等逼供不成，又为您罗织了所谓的"指斥乘舆""坐观胜负"等数条罪名。大理寺丞李若朴、何彦猷等，以您为无罪与"魔奇邪"据理力争，均遭罢官处分。平民刘允升上书为您申冤，被下狱处死。已经赋闲的韩世忠追问秦桧，桧不阴不阳："飞子云与张宪书虽不明，其事体莫须有。"韩将军忿然道："'莫须有'三字何以服天下？"然您终未获救。

不久，赵构下旨："岳飞特赐死。张宪、岳云并依军法施行。"随即，"诏其毙于狱也，实请具浴拉肋而殂"。那是绍兴十一年旧历腊月廿九（1142年1月27日），是时您英年三十九岁，您的绝笔只有八个大字："天日昭昭，天日昭昭！"

三

"天日昭昭，天日昭昭！"是啊，您死后，赵构去祭拜时曾说："非卿不忠，非朕不明。"就连后来嗣其位的孝宗，也在为您昭雪时说："卿家冤枉，朕悉知之，天下共知其冤。"是的，近千年来，亿万华夏子孙，无人不认为您光明磊落，忠义壮烈！然而这悲惨的结局，固然有长跪、并将永久长跪于您墓前的秦桧、王氏、张俊及其"魔奇邪"等宵小奸佞使坏、作孽，但您听没听到奸佞秦桧说过"其事体莫须有""此上意也"？

"上"缘何非要置您于死地而后快呢？慢慢说道，您看在理不？其一，有人说，那年（绍兴七年）赵构准备把行都迁回临安，您作为"中兴四将"之一被召回建康觐见。觐见时您明知赵构唯一的儿子已死于"苗刘之变"，他本人在扬州行乐时，因金兵惊吓也丧失了生育能力。却为了粉碎敌人之阴谋（金酋为制造南北两个对立的宋朝，准备废黜"伪齐皇帝"刘豫，改立钦宗的皇太子为帝），竟不过脑子地奏请赵构"早立皇储"，并且推荐了人选——宋太祖的七世孙赵眘（后来的宋孝宗）。当时，人家赵构怎么答您？"卿言虽忠，然握重兵于外，此事非卿所当预也！"当时您可能没有看到赵构拉长的脸，但有人却料到了："嗟夫！鹏（您的字）为大将，而越职及此，取死宜哉！"

其二，想当年为防止再有武将"黄袍加身"，你们太祖爷"杯酒释兵权"，将全国的军队分别划归三衙掌管，但明令规定调兵之权由枢密院掌控。自此，"崇文抑武"基本国策贯穿整个赵宋王朝，以至于积贫积弱、"靖康耻犹未雪"。这是赵宋王朝的祖宗家法，代代相承，纵是风雨飘摇的危急关头也不能例外。靖康之乱后，官府正规军编制基本被打散。在战争中建立的其他军事武装，大都是统军将领的私人武装。是时，赵构迫于大敌当前，不得不暂时承认此等武装的合法性。人家赵构为您题写了"精忠岳飞"，您当真就管自己的队伍叫起"岳家军"了。您哪里想到，这只是人家的一个权宜之计。随着抗战的深入，武将势力不断扩大，赵构便坐卧不安起来——国内武将的威胁比金人的威胁更严重——"攘外必先安内"！

其三，也有人说，绍兴三十一年，宋钦宗赵桓死去五年之久后，消息传到南宋，赵构面上如丧考妣、痛不欲生，内心却暗自高兴、如释重负。为何？他始终担心"二帝回还，帝位不保"。而你抗金就抗金吧，却偏偏要喊出"直捣黄龙，迎回二圣"的口号来。黄龙是金军老巢，捣就捣吧，但"迎回二圣"欲将人家赵构这当朝天子置于何地？

其四，有人说您死于"直梗"。一是当初，赵构曾将王德和郦琼两支军队一并交您北伐，后他又出尔反尔取消成命。您一怒之下就撂挑子，回乡为亡母守孝去了。赵构连下三道诏书，并且让您的部将以死相逼，您还是拖了六天才返回。这说轻了是使性子，不给皇帝面子，说重了是在要挟皇帝。后来您向赵构谢罪，赵构是怎么说的？"卿前日奏陈轻率，朕实不怒卿，若怒卿则必有行遣，太祖所谓犯吾法者惟有剑耳！"面上说"没啥"，心底的芥蒂未必不是"早晚弄死你"。二是，为庆贺和议达成，赵构论功行赏，准备重用您。而您非但没有感激，反而视之为耻辱，三次力辞不受："今日之事，可危而不可安，可忧而不可贺；可训兵饬士，谨备不虞，而不可论功行赏，取笑敌人。"人家正在和议成功的兴头上，您不表决拥护也就罢了，竟还公然唱反调。赵构表面上"温言奖谕"，心里或许已经下了"必须弄死他"的决心——死战派旗帜人物不死，安得"和议"久长。三是，您眼见收复失地无望，竟然"装病不上工"。李若虚不是责备您"是欲反耶？……若坚执不从，朝廷岂不疑宣抚"？四是，除了您反复强调"文臣不爱钱，武臣不惜死，天下太平矣"之外，每次收复失地，您都严命军队"冻杀不拆屋，饿杀不打虏"。直至最后，连对手金人也慨叹"撼山易，撼岳家军难"。为什么对您"十二道金牌"相催？就是怕您不听招呼。"还我河山"，还了归你还是归人家赵构？这些事儿，您不觉得有"树立个人""尾大不掉""功高盖主"之嫌么？

还有啊，"绍兴和议"前，金将完颜兀术给秦桧去信说"必杀岳飞，而后和可成"。也就是说，为了扫清和议障碍，您必须死，等等，不一而论。

总之啊，您是不知道后来的明英宗"夺门之变"，但不应该不知晓宋太祖、太宗时的"烛影斧声""金匮之盟"；您也许不知萧丞相为何自污、韩信为何死于皇宫钟室，但应该知晓同为"中兴四将"的张俊、韩世忠，在同样明升暗降后，张俊选择了与当权者同流合污，韩将军选择了隐忍不发。

四

"莫须有"是什么意思？大概、或许、可能有！秦桧的"莫须有"三个字，也可以直接解释为"不须有"，也就是说不需要理由。为什么不需要理由？因为奸佞秦桧明白这是"上意"，一切都是走走过场罢了。所以韩世忠"余怒未消却也无可奈何"。

"非卿不忠"是说您冤枉，"非朕不明"就是明知而为之。赵构为何要"自宫"？之所以赵构宁肯背负戕害忠良的骂名，也不愿奋力一搏，是因为他太害怕了，他得了"恐金症""软骨病"——他怕搏了之后，连屈膝称臣、称侄的机会都没有了。

他死里逃生建立了南宋，一个无缘皇位的"赵老九"当上了皇帝，就等于普通人一夜暴富。"苗刘兵变"后，文臣武将"勤王"，赵构得以"复辟"；复出后，他继续派使向金朝乞降，祈求金朝统治者"见哀而赦己"，对抗金却不做任何有力部署；金兵渡江南侵，他即率臣僚南逃。先越州（今浙江绍兴），后明州（今浙江宁波）、定海（今浙江舟山），直至漂泊海上。直到金兵撤离江南后，他这才又回到绍兴、临安。赵构一路千辛万苦，那叫一个怕呀。

赵构"黄袍加身"比起他祖先赵匡胤含金量高多了——赵家就这根苗了（余者都让金兵掳去了）。从后来赵构还没死就把皇帝传给了其养子来看，他也并不很看重皇位。人家需要的是，用您的消失换取自己的安心享乐！失地的收复、国家的大小，对他来说实在是无所谓，"得一会儿是一会儿"，就足够了。赵构为何明知秦桧是自金而来的"归正人"、明知其奸佞，又为何死拽着一直不撒手？就是不肯断了"和议"这个念想！

"人从宋后羞名桧，我到坟前愧姓秦"，"青山有幸埋忠骨，白铁无辜铸佞臣"。人们越是爱您，就越加痛恨陷害您的宵小和奸佞。他们在您墓前受够、并将永被后世唾骂。然而该跪在这里的又何止此等？而您对自己的"革命未成身先死"，及其北伐的功败垂成等，又有何等感想呢？

五

> 滚滚长江东逝水，浪花淘尽英雄。
> 是非成败转头空。
> 青山依旧在，几度夕阳红。
> 白发渔樵江渚上，惯看秋月春风。
> 一壶浊酒喜相逢。
> 古今多少事，都付笑谈中。

"是非成败转头空"，明代著名文学家杨慎的《临江仙·滚滚长江东逝水》说得很是明了。但我还是固执：人生在世，也就是活着的时候，特别是做事、做大事的时候，还是莫要忘了圣人的谆谆告诫——"人无远虑必有近忧！"您说呢？岳元帅、岳王爷？！

"臣子恨何时灭"，"八千里路云和月"！

2020 年 2 月 27 日

宣和年间那场大雪

凛凛严凝雾气昏，空中祥瑞降纷纷。
须臾四野难分路，顷刻千山不见痕。
银世界，玉乾坤，望中隐隐接昆仑。
若还下到三更后，仿佛填平玉帝门。

一天一夜的大雪封住了道路、阻断了出行，阻断出行的人们，望着漫天飞雪，油然地想起了宣和年间的那场大雪："正是严冬天气，彤云密布，朔风渐起，却早纷纷扬扬卷下一天大雪来。"风雪中一个人，"雪地里踏着碎琼乱玉，迤逦背着北风而行，那雪正下得紧"。雪借风势，风助雪威，天地昏暗，原野寂寥。那人在风雪中奔来奔去，天地之大竟无他容身之处。

风雪中奔来奔去的那个人叫林冲，外号豹子头，是北宋东京八十万禁军教头。他原过着安分守己的小康生活。然而一个突发的变故，改变了他的人生命运——他的妻子被殿帅府太尉高俅的干儿高衙内看中了。

林冲为保饭碗一再妥协退让。但高俅父子泯灭人性，为达霸人妻室之目的，不择手段地对他开始穷追绝杀：首先，高太尉事先命人将自己的宝刀卖与林冲，而后再以看刀之名，让人将他带入太尉府。高老虎原本要置其于死地，但在开封府尹的干预、周旋下，林冲被判"携带武器私闯军事要地"罪，面颊刺字发配沧州。

接下来，林冲在刺配沧州途中，被高太尉收买的公差董超、薛霸，使出毒辣手段欲致林冲于死地，但经鲁智深大闹野猪林相救；林冲被押解到沧州草料场做看守，再次遭到高衙内亲信陆谦、富安放火绝杀。可怜的堂堂八十万武警教练，在一而再再而三的逼杀下，不得不风雪中奔来奔去逼上梁山。

明末清初著名的文学家、批评家金圣叹，在评《水浒》时曾经说过："盖不写高俅，便写一百八人，则是乱自下作也；不写一百八人，先写高俅，则是乱自上作也。"然，乱自上作仅仅起于高俅？不尽然也。因为在选择北宋第八位皇帝时，宰相章惇曾厉声反对："端王轻佻，不可君临天下"！

　　端王是谁？端王就是后来的宋徽宗。他任职之前是个不问政事的人物，整日琴棋书画、品竹调丝。可谁曾想他的哥哥赵煦，也就是北宋第七任皇帝，连接班人都没生下，就赶着去了极乐世界。众臣召开了几经商定，最后才推选了端王。

　　他是怎样地轻佻呢？别的不讲，单说高俅一例。高俅，原名高毬，本是东京一泼皮无赖、市井流氓。连他的父亲都在忍无可忍之下，把他告给了官府，结果被"断了二十脊杖，迭配出界发放"。后来，他攀附上驸马爷王诜。一天，王诜向时任端王的赵佶借用了梳子。第二天，王诜让高俅到端王府送还时，正在踢足球的赵佶让高俅玩了一把。赵佶看他是个踢球能手，便派人给王诜传话："谢谢你送还梳子，我连同送的人一起收下了！"就这样，高俅便一脚定乾坤，成了"高毬"。

　　赵佶当上皇帝后一心要重任高俅，但提拔自有一套制度：七品县官要有进士学历。而高俅没有，文官这条路走不通。赵佶煞费苦心后让高俅到军中镀金，走曲线救国之路。边帅刘仲武等对老板的意思心领神会，想着法子多方关照。恰好，这期间大宋在边境打了几个少有的胜仗，于是高俅便混上了太尉。

　　一人得道，鸡犬升天。草包当了老板，包里的驴屎蛋蛋儿也会加官晋级。那个充其量仅能当个踢球教练的高俅，一下子当上了太尉，并掌管禁军 20 多年。20 多年间，乖巧善佞的高俅，身居高位圣眷不衰，玩尽奸人勾当。其间，就有对林冲的穷追绝杀。

　　赵佶不仅不务正业、亲小人远贤臣，还是北宋最荒淫腐朽的皇帝。他的老爹宋神宗上台时国库空空如也，但经过王安石等一番改革之后，到他上任时国库已经有五千多万结余。于是赵佶和他的伙伴们，开始分享这一改革成果。仅是一个"万岁山"（后叫艮岳，宋史称为"花石纲之役"），就是一种大权泛滥的可怕情形。

　　"花石纲之役"前后持续 10 多年，它的直接后果是宣和二年（1120 年），在受"花石纲"祸害最深的浙江东南一带，发生了近百万民众群起响应的著名方腊起义，波及人口数百万以上。《水浒传》"官逼民反"的文学主题，就来源于这个历史现实。"花石纲"的间接后果更为严重："自是四方珍异之物充牣二人之家，而入尚方者才十一。"以人治社会的"官场蝴蝶效应"推算，那些官虎吏狼在执行赵佶最高决策时，不知揩了多少民脂民膏。

　　凡此种种，最终导致宋太祖创立的北宋，历经 167 年风华绝代之后，被金吞没。而书法家赵佶在给民族造成令人悲叹万年"靖康之耻"的同时，最终也自食苦果：上万皇室族人为金人俘虏，嫔妃、公主沦为金兵玩物，自己也身死异国被金兵焚尸……

宣和年间那场雪好大啊，它摧毁了一个王朝、一个帝国。是百年不遇？千年不遇？谁知道呢！红泥小火炉……能饮一杯无……

发表于《躬耕》2018 年第 2 期

"昏德公"与"重昏侯"

公元 1127 年的一天，金太宗下令强行脱去一位皇帝、一位太上皇的龙袍，并贬其为庶人。一老一少两位皇帝，及众多皇族、后宫妃嫔、朝臣等，三千多人被金兵俘虏北去。至此，一百六十多年、九任皇帝的东京城公私积蓄为之一空。此事史称"靖康之变"，国人称"靖康之耻"。被掳去的两位皇帝，老的是宋徽宗赵佶，少的是徽宗的儿子宋钦宗赵桓。二帝被掳至金之上京后，金太宗特封赵佶为"昏德公"，赵桓为"重昏侯"。

一

那年四月，二帝一干人等被押解着先置燕京，后又徙往更遥远的上京会宁（今黑龙江阿城）。一路上，"天色已黑，路不可辨，山麓林间，凄风苦雨，狐狸悲鸣；晚上，鬼火纵横，终无止宿处，皆坐于地，至天晓又行；走在泥淖里，把鞋走掉，光脚走到沙石路上，血流趾间，苦楚不能行步……"经过一年多的奔波，于次年八月方抵上京。

到达上京后，金人举行了盛大的献俘仪式，命令二帝及其后妃、宗室、诸王、驸马、公主等，赤裸上身、身披羊皮、脖子系绳，被人牵着到金朝阿骨打庙去行"牵羊礼（受降礼）"。仪式上，金太宗隆重地封徽宗赵佶为"昏德公"，封赵桓为"重昏侯"。

"彻夜西风撼破扉，萧条孤馆一灯微。家山回首三千里，目断天南无雁飞。"二帝被封"昏德公""重昏侯"后，被发配至北国边陲小镇五国城（今黑龙江依兰县）"坐井观天（地坑，是居所也是监狱）"。到了公元 1135 年，老皇帝喉咙全都溃烂不能进食。当小皇帝去看他老爹时，老皇帝在土坑里已经僵硬了。小皇帝大哭，要求埋葬其父，但看管的人不准，并命他亲眼看着老皇帝被烧焦后扔进污水坑里。

徽宗死后，金统治者又命赵桓迁往源昌州，再从源昌州迁到鹿州、寿州、檀州（今北京密云），最后到达燕京（北京）。这一路，"帝日日哭泣不止，衣裙破弊，随行人及帝皆如鬼形"。

南宋绍兴二十六年（1156年）六月，金朝第四位皇帝完颜亮，命令56岁的赵桓和82岁的辽天祚帝耶律延禧赛马球。耶律延禧善骑，企图纵马冲出重围逃命，结果被乱箭射死。赵桓看到吓得掉下马来，又被"紫衣者"射死，被骑士们"以马蹂之土中"。赵桓二十六岁继任，任帝一年零两个月，被俘入金时二十八岁，五十七岁命丧北国，在金国做囚徒三十年。

二

宋徽宗赵佶自幼养尊处优、轻佻浪荡，登基之前是个不问政事的王爷，登宝时国库有结余5000多万缗（500多亿文）。于是赵佶和他的"六贼"（蔡京、童贯、王黼、梁师成、朱勔、李彦）利益集团，开始果断分享宋神宗的改革成果。

东北女真族崛起，建立大金国后，先后攻占辽之东京（今辽宁辽阳）、上京等，声威大震。赵佶便遣使赴金与之结盟，相约攻辽。宋辽虽互为敌国，但辽毕竟与宋和平相处已达百年之久，同时辽实际上已成为捍卫宋境的重要屏障。当时辽也感到宋、金夹攻的严重性，便遣使臣对宋奉表称臣，乞念前好。辽使至宋直言女真蚕食诸国，若大辽不存，唇亡齿寒，不可不虑。

然而昏庸暗弱的赵佶昧于形势，宠信奸佞，执迷不悟。对来自朝野上下、国内国外的好言劝告，一味昏昏然，固执地以弱益强。结果，在联合灭辽的过程中，宋军"丢人现眼"的战斗力，不仅完全暴露在金国面前，而且极大地诱发了女真人的侵略欲望。在没有了辽国这个天然屏障的遮挡下，"靖康之耻"很快就降临了。

正当大宋朝野张灯结彩、欢呼庆贺金灭辽的时候，金兵已占据燕京直逼黄河。警报雪片般飞来时赵佶方才如梦初醒，且束手无策。束手无策的赵佶，只好当即禅位太子，把这个烂摊子甩给了儿子赵桓。

三

金兵到了黄河北岸，守河宋军竟逃得无一兵一卒。金人从容渡过黄河直逼开封城下，太上皇赵佶闻讯出逃东奔。赵桓这才委任吴敏为行营副使、李纲为参谋长，准备依李纲之计固守。可是身边的白脸李邦彦、白时中等，却连劝带唬地要求赵桓暂避敌锋，逃往邓州（今河南邓州市）。赵桓听了，不禁心动。李纲说："天下众多城池，哪一个可以和都城相比呢？若金人探知陛下出行不远，必然会派兵驱马疾追，陛下难道要束手就擒吗？今日之计，应当坚守拒敌以待勤王军队的到来。"赵桓这才再次采纳李纲的建议，委任李纲为尚书右丞："朕今为你稍留"！"为你稍留"？多么好笑啊，你的江山你不守，为谁稍留？

京师开封被围后，李邦彦一伙贪生怕死的混混儿欲逃不成，便转而劝赵桓与金人议和。李纲坚决反对："此时金军乘胜而来，与他们议和是自寻其辱。金人孤军深入已犯兵家大忌，我们只要闭城固守，然后派兵断绝金军粮草，等四方援军一到，内外夹攻必定大获全胜，根本不用低三下四地与他们议和。"

正月初七，金兵攻打西水门，李纲募敢死队两千人迎战，击退了金兵；次日，金兵又攻北城二门，李纲亲率将士出城迎战，杀伤金兵数百人，金兵败退；当夜，李纲又遣敢死兵士千人袭击金营，杀死金将数十人、金兵数千人，金将斡离不被迫后退。但赵桓无视这等战果和李纲的苦心劝告，毅然听从李邦彦之计，派使者到金营求和。次日，屈耻的和议就送到赵桓面前：输金五百万两，银五千万两，牛马万头，表缎万匹；割让中山、太原、河间三镇地；宋帝以伯父礼称呼金主；须以宰相及亲王各一人为质。对此"丧权辱国"的无理要求，李邦彦等竟然不假思索一律答应。李纲奋然争辩："所要金银，即使搜遍天下也难足数，何况一个都城！三镇是我大宋在西北的屏障，屏障一失则国门大开，将何以立国？两国平等，怎有伯侄之称、亲王为质之说？！力劝钦宗不要应承，至少不能马上应承，等四方援兵齐集不怕他们不退！

然而赵桓却对李纲说："你只管去守城，朕自有主张。"李纲一走，赵桓马上按李邦彦之计，答应了金人的全部要求，并派康王赵构前往金营为质（后因故未达）。

很快，四方援兵齐集开封，特别是威震敌胆的两河制置使存师道的率兵来到，京师军民为之一振。李纲再次献策说："论兵力，金人只号称六万，而我勤王兵已到达的就有二十几万；论天时地利，金人孤军深入我国腹地，而我则以逸待劳。我们若计划周全，打败金兵是毫无疑问的。"这一计谋得到钦宗赞赏，即令李纲着手施行。

然而年轻少壮的新皇帝，却因姚仲平的冒进失败动摇了，再次与金人议和："这全是李纲所为，并非宋朝的意思。"二月三日，赵桓便降天旨罢免了李纲。罢免诏令一下，太学生等千余人直奔宫殿，要求留任李纲、罢免李邦彦等。军民不约而同参加者达数十万人，呼声动地，义愤如潮。赵桓不得已，又恢复了李纲的原职。

李纲复任，将士欢呼、踊跃登城，奋勇射杀金兵。金兵死伤无数，只好稍稍引退。金帅见李纲被复用，攻城无望。便遣使入城，得到割三镇书后，于二月十日不待金币足数便急忙向北而去。

金人退兵、太上皇还京，朝野内外上下释然，赵桓更是以为天下从此太平、万事大吉。以为天下太平、万事大吉的大皇帝便心无近耻、远患，安心、快活地享受太平君主的乐趣去了。唯独李纲杞人忧天，感到边患仍未消除，屡屡提醒赵桓万不可再错时机、重蹈覆辙。他苦口婆心说："金人要求按和议书割占三镇之地，现在三镇军民不愿陷于夷狄之手，皆奋然抗击，金人不能得逞，由于天气渐渐炎热，只好退归北界。秋高气爽、马肥兵壮后，金人必定卷土重来，我们现在应该有备才能无患啊。"可惜这些个保命的、保江山的宝贵意见与建议，赵桓一点也听不进耳。反而指责李纲用事太专，并于五月十九日遣他为河东、河北宣抚使。实际上是把他给撵走了。接着又以李纲"专主战议，丧师费财"为罪名，把他就地罢免并押送建昌军（今江西南城县）看管。

当年九月，金军便肆无忌惮地再次大举南下。至十一月二十四日，京师开封再陷重围。到这时，赵桓才后悔不该罢免李纲，以至于连一个可以率兵御敌的人都没有了。这时，才急忙任命李纲为资政殿大学士、领开封府事。然而，一切的一切全都"滚滚长江东逝水"了！

四

有人说，宋徽宗是位"搭错车的皇帝"，因为人家原本是喜爱艺术的，而且他的绘画和书法，是前无古人后无来者的。可他却偏偏被一些"别有用心的人"推上了皇帝宝座，搞起他本不在行的政治来。这在天下太平时尚可唬人一时、扬威一时、苟且一时，但在那个天灾人祸、外患燃眉的多事之秋，"昏德公"便不愧为"昏德公"了。

宋钦宗赵桓呢？宋徽宗赵佶之长子，初封韩国公，爵京兆郡王，立太子，拜开封牧，受禅让一登大统。虽然你老爹甩给你一个烂摊子，虽然你临危受命，但你业已经过 25 年之久的"久经考验"、身为太子、现任国首啊；攻宋金兵只号称六万，而你勤王兵已到达的就有二十多万，且金兵依然在重创之下退去……不应该呀，不应该会有如此结局呀！倘若非要说点什么，那只能说赵桓这个"重昏侯"真的很昏重！

不知妥否？仅此一说，无他！

2019 年 6 月 27 日

己所不欲，勿施于人

"呜呼！大丞相可死矣！文章邹鲁，科第郊祁，斯文不朽，可死……二十而巍科，四十而将相，功名事业，可死；仗义勤王，使用权命，不辱不负所学，可死……虽举事率无所成，而大节亦已无愧，所欠一死耳……"

他一心巴望老乡杀身成仁。公元1279年4月，一个人闻知押送文天祥的船只将过江西。他风急火燎，连明彻夜，赶作了《生祭文丞相文》。这篇旷世奇文空前绝后，千古未闻。其洋洋洒洒近两千字，有理有据，鞭辟入里，才华横溢，情感饱满。其字字句句表达的意思只有一个：文丞相应当死，应该死！其核心只有一个：希望文丞相尽快自裁，以杀身成仁，舍生取义，立地成佛。

为了达到"劝死"之目的，他又不厌其烦、不辞劳苦地，手抄《生祭文》数十上百份，沿文天祥北上必经之路的赣州至吉安、樟树、南昌、九江等地，在驿站、码头、山坡等张贴一路。

张贴了一路还怕文天祥看不见，又处心积虑地将此文誊写成"字大如掌"的大字报，并且"揭之高砌"。同时，派人在各处高声宣读：呜呼！大丞相可死矣！文章邹鲁，科第郊祁，斯文不朽，可死……

由于元兵看守很严，他当面给文天祥朗读祭文的计划落了空。他还不死心，就在文天祥将要经过赣州时，他专门在码头设了祭坛，哭天抹泪地大烧纸钱。完了还不过瘾，又尾随押解文大祥的队伍，赶到南昌码头，又把"赣江码头的故事"重新上演了一遍……

风急火燎赶作祭文、不辞劳苦誊写、张贴"大字报"，又四处生祭的不是别人，而是文天祥的小老乡、老部下——王炎午。

王炎午，江西安福人。本名王应梅，与文天祥同乡，但较其小16岁。南宋灭亡后，号称炎宋，改名炎午。咸淳甲戌年（1274年），在他还是太学生的时候，南宋朝已经到了危亡之秋。临安沦陷前夕，他只身前往拜访同乡文天祥。文天祥见到老乡来投，马上授予其军事参谋之职。

跟随文天祥干了一段时间后，王炎午可能感觉到蒙古人的兵锋是挡不住的、南宋王朝覆亡是迟早的事。便在军队人员紧缺之际，到文天祥的中军大帐中，言辞恳切地说："我父亲去世了还没有埋葬，母亲又重病卧床不起，需要我去伺候。"说完，便"开小差"打道回府了，直到文天祥被俘。

当时不少南宋遗民，都期望文天祥能再次逃出元军魔掌，好领导南宋爱国人士的抗元斗争。但王炎午知道，文天祥再也没有机会像先前一样逃跑了。于是他就心急火燎、连明彻夜、搜肠刮肚、挖空心思地写下了著名的《生祭文丞相文》。

人家早就准备舍生取义。在文天祥起兵勤王时，有人劝阻他说："现在元兵势如破竹，你以万余'乌合之众'赴京入卫，这不是羊同猛虎斗吗？"文天祥却答道："我也知道是这么回事，但是国家抚养培育臣民百姓一世，危急时没有一人一骑入卫京师，我感到深深的遗憾。所以我不自量力以身殉国，希望天下忠臣义士听说此事后能够奋起！"

"惶恐滩头说惶恐，零丁洋里叹零丁。人生自古谁无死，留取丹心照汗青。"宋祥兴二年（1279年），文天祥被押送途中过零丁洋时，作《过零丁洋》。只读这一首诗，我们就能知道，文天祥早在过零丁洋之时，就已经立下了死誓。事实也是如此：文天祥在押送元都的途中，两次自杀未遂，绝食8日不死。

文天祥，江西吉州（今江西省吉安）人，生于公元1236年6月，初名云孙。20岁中选吉州（吉安）贡士，改名天祥，并随父前往南宋首都临安应试。在殿试中提出的改革方案，切中时弊，被宋理宗亲拔为第一。先后任湖南提点刑狱，赣州知州等。

宋恭帝德祐元年（1275年）正月，因元军大举进攻，南宋的长江防线全线崩溃，朝廷下诏让各地组织兵马勤王。文天祥听闻"广告"，立即捐献家资充当军费，组建了一支万余人的义军，开赴临安勤王。公元1276年任第一（右）丞相，其间被派往元军营谈判被扣留。押解中在镇江逃出，流亡至通州（今江苏南通）坚持抗元。

祥兴元年（1278年）十二月，文天祥带领残兵且战且退。退到南海之滨的海丰县五坡岭，被突然出现的张弘范军队抓获。

后来，元世祖忽必烈派降元的原南宋副丞相留梦炎，对文天祥现身说法进行劝降。文天祥一见便怒不可遏，予以喝退；忽又让已降元的南宋大皇帝赵显劝降，文天祥北跪于地痛哭流涕说："圣驾请回！"赵显无话可说怏怏而去。元朝丞相孛罗亲自开堂审问文天祥："你现在还有什么话可说？"文天祥回答："我为宋尽忠，只愿早死！"孛罗大发雷霆，说："你要死？我偏不让你死。我要关押你！"从此，文天祥在监狱中度过三年。

这就是说，王炎午他们的担忧是多余的。文天祥被押解到元大都后，元朝当局三番五次要招降文天祥，都被他严词拒绝。哪怕是忽必烈屈尊降贵亲自劝说，文天祥也是宁折不弯。

人非草木，孰能无情。"收柳女信，痛割肠胃。人谁无妻儿骨肉之情？但今日事到这里，于义当死，乃是命也。奈何？奈何！……可令柳女、环女做好人，爹爹管不得。泪下哽咽。"在狱中，他收到女儿柳娘的来信，得知妻子和两个女儿都在宫中为奴，且过着囚徒般的生活。他深知女儿的来信是元廷的暗示——只要投降，家人即可团聚。然而他尽管心如刀割，却不愿，也不能因妻子和女儿而丧失了气节。王炎午之流已经逼得他非走绝路不可。

当时忽必烈多次搜求有才能的南宋官员。王积翁（降元南宋官员）说："南宋人中没有谁比得上文天祥的。"于是王积翁被派遣去传达圣旨并劝降，文天祥说："国家亡了，我只能以死报国。倘若因为宽赦，能以道士的身份回归故乡，他日以世俗之外的身份为国效力还可。"王积翁想与宋官谢昌元等十人一起，请释放文天祥为道士，叛徒留梦炎不同意："文天祥放出后，又在江南号召抗元，置我十人于何地？"此事最终作罢。

人非草木，孰能无情。文天祥是英雄也是人，面对妻女，面对生死，他应该和普通人一样，想让家人幸福、渴望生存。一句"以世俗之外的身份为国效力还可"，当知文天祥并非一味向死不向生。

己所不欲，勿施于人。公元 1282 年十二月初九，大元兵马司监狱内外，布满了全副武装的卫兵，戒备森严。上万市民听到文天祥即将就义的消息，早早聚集在街道两旁。从监狱到刑场，文天祥走得神态自若，举止安详。行刑前，文天祥问明了方向，随即向着南方拜了几拜。监斩官问："文丞相有什么话要说？回奏尚可免死。"文天祥不再说话，终于杀身取义，壮烈殉节，终年 47 岁。

消息传开后，王炎午之流一块大石头终于落地了——在他们的强烈呼吁下，他们敬重的文丞相终于做了烈士。于是他再次充分发挥自己做祭文的才华，又写了一篇《望祭文丞相文》。开头便说："相国文公再被执时，予尝为文生祭之。已而庐陵张千载心弘毅，自燕山持丞相发与齿归。丞相既得死矣，呜呼痛哉，谨哭望奠。"这简直是有些得意呀。意思是说当初我生祭丞相，希望你不要活下来，你现在果然当了烈士。太好了！一名高官被敌国俘虏后，自杀明志或慷慨就义，当然值得敬仰。但如果他像冯道、洪承畴那样"投诚"对手而活下来，也是他自己的选择。而其他人尤其是其旧部，不营救也就罢了，又有什么资格和权利催促、逼迫他去当烈士呢？王炎午能在历史上留下一笔，也就是因为生祭文天祥，逼着老上级当烈士！

强烈呼吁文天祥舍生取义、杀身成仁的带头人王炎午，想必也应该在"心意已了、大事已结"后，紧随英雄而去吧。然而他在此之后虽不仕元，却也贪生苟活了四十多年，直到七十三岁寿终正寝，高寿而亡——这没有道理。用现在的大白话说，一心攒掇别人死，自己却独自活，太说不过去！我们不禁要问：在文天祥就义之后的年岁里，你苟活得可心安理得？

在某些人的精神世界里，两种人是必须以死守节的，即被俘虏的官兵和被玷辱的女子。不死，他自己和大家都"羞愧难当"。他们也许会善待俘虏的敌人，但对于不幸被俘或遭侮的自己人，如果不能迅速被杀，则最好是及时自杀。然而令人最为气愤的就是，希望被俘虏和被侮辱的女人自杀的人，却不在此仁义道德之范畴。他们的任务只是，给他人的死鼓劲加油，给英雄和烈女写赞歌、树牌坊。

从王炎午写《生祭文丞相文》，到文天祥被杀，其间有长达三年多的时间。当文天祥数次自裁的时候，当他在狱中历尽折磨的时候（见文天祥的《正气歌》），王炎午之流既没有想办法营救（哪怕是谈判），也没有组织人力拼死抗争。只是写一通慷慨激昂的生祭文，还到处张贴，极力呼吁。他们不忧心文丞相的处境、不担心他的生命，而是担心他不死！换句话说，文丞相之死，有很大一部分是王炎午之流逼迫的！

己所不欲，勿施于人。对于一个人来说，生命只有一次，是人生最最宝贵的。任何人的生死，都应当由他自己抉择，其他任何人，无论用多么圣洁的理想或标准，都没有要求别人去死的资格和权利。王炎午的祭文，在道德高调主义的热情、壮烈下，却掩盖不住对生命的冷漠。他不是站在文天祥的生命立场来看待文天祥，而是以自己渴望又己不为的道德标准，去要求妻离子散的文大人牺牲——这没道理，太没道理！

城神铁铉

湖尚称明问燕子龙孙不堪回首,
公真是铁惟景忠方烈差许同心。

公元 1402 年 8 月的一天,明成祖朱棣将一位被肢解而死的大明官员下入油锅:"活着让你朝拜我你不肯,炸成骨头灰你也得朝拜我!"然而当卫兵们用棍棒夹着他的骨架令其转身时,油锅却"砰"地爆响,热油飞溅烫得在场的人嗷嗷乱叫,其骨架到底也没转过身来。

一

那位被肢解下油锅、死而不拜的人叫铁铉,河南邓州三里桥铁家营人,生于元顺帝至正二十六年。洪武年间,因学业出众,被明太祖从国子生直接选授科给事中,后调任都督府断事。在任都督府断事期间,处事明断,办案公允,政绩突出,因而深得明太祖赏识,特授予"鼎石"荣誉称号。建文初年,任山东参政,镇守济南。

叱咤风云的朱元璋在选择接班人上,咬定"论资排辈"不放松,硬是把大位传予死去的大儿子朱标之子朱允炆。很有实力的朱老四红了眼,以"靖难"为借口起兵北平,举兵南下,发动了叔侄争夺大位大战——靖难之役。

老朱晚年诛杀良将太过,导致建文帝无将才可用,只能派 65 岁的老将耿炳文率兵讨伐。屡战失利后再派大将李景隆征讨,铁铉负责督运粮饷。济南城外李景隆大败,朱棣随之包围了全城。城内只有盛庸所部,兵力单薄。正在外地为大军筹运粮草的铁铉,闻知济南危在旦夕,便"急趋济南与盛庸歃血为盟,相约死守"。

朱棣令人用箭将一封劝降书射进城内,铁铉见信后随即效仿此法回信一封。朱棣打开一看,竟是《周公辅成王论》一文。原来,铁铉意欲借此奉劝朱棣,要效法辅佐侄子治理天下的周公，好好辅佐侄儿朱允炆。

朱棣见劝降不成，遂下令攻城。而铁铉督众，矢志固守。朱棣攻城三个月不克，阵地喊话要掘黄河大堤引水灌城。为了城中百姓安危，铁铉决定以诈降之计诱杀朱棣。他让守城士卒大声哀号"济南城快被淹了，这可咋办啊？"并尽撤楼橹防具、派城中长者到燕王大营跪伏请降："您是高皇帝亲儿子，您尽情接管就是！不过为了不惊扰城中百姓，敬请大王单骑入城！"

燕兵疲惫至极，如果济南城降，即可割断南北，占有整个中原地区。因而朱棣未加多想，赶忙令军士移营后撤。自己带了数骑护卫，径直入城纳降。朱棣刚入城门，众士卒高呼"千岁到！"说时迟那时快，提前暗置在城门上的千斤闸轰然而下，旋即砸烂了朱棣的马头。

死里逃生的朱棣大怒，数门大炮齐轰。就在城池即将被攻破的危急时刻，铁铉急中生智：将明太祖朱元璋画像悬挂城头，又亲自书写大量朱元璋神主灵牌分置垛口。高举"清君侧"旗帜的朱棣，便不敢再炮火攻击。相持之间，铁铉又出奇兵骚扰袭击燕军。"燕王愤甚，计无所出"，和尚高参道衍劝言：师老兵疲，应回北平再图后举。于是燕军解围而去，济南城得以保全。得以免受战火的全城百姓，皆称铁铉为"城神"。

二

济南解围之后，惠文帝朱允炆遣官赐金慰劳守军，并擢铁铉为山东布政使，不久，又加兵部尚书衔，协助盛庸准备北伐燕军。铁铉与大将军盛庸合兵乘胜追击，收复德州诸郡县，兵威大振。

建文二年十二月，铁铉配合盛庸取得东昌（今山东聊城）大捷，燕军大败，损兵折将，不可胜计，朱棣手下第一勇将张玉阵亡。只是因了建文帝有"勿使朕有杀叔父名"的重要指示，几乎被杀的朱棣才得以脱离险境，奔还北平。"自是燕兵南下由徐、沛，不敢复道山东。"

建文四年正月，内臣告密京城空虚，朱棣乘机再次南下。自济南、东昌之败，朱棣不敢再与铁铉纠缠，而是以最快的速度绕道南下，长驱直入渡过长江，逼近南京。明惠帝见大势已去，在皇宫纵火后不知所踪。燕王朱棣自立为帝，改元"永乐"。

朱棣夺取帝位后，回兵北上复攻济南。因为河北百姓同情明惠帝，朱棣便在河北一带大肆屠杀百姓（就是民间传说中的"燕王扫北"）。燕军攻至济南，铁铉死守不降，但因寡不敌众终致城陷。被俘的铁铉见到朱棣后骂不绝口，立而不跪。朱棣使其面北一顾，终不可得。恼羞成怒的朱棣令人割下他的耳朵、鼻子，煮熟后塞入他口中，问他滋味如何？铁铉不仅不屈服反而厉声说到："忠臣孝子的肉甘甜得很哩！"遂受磔刑（分裂肢体）而死。是年，铁铉年仅三十六岁。

三

"湖尚称明问燕子龙孙不堪回首，公真是铁惟景忠方烈差许同心。"这是大明湖北岸"铁公祠"的门联，大意是说：问朱棣和你的龙子龙孙，大明湖还叫大明，而你们是否不堪回首；铁公真铁人，只有景清、方孝孺这些忠烈之士和你一样，都有一颗光照日月的赤胆忠心！朱棣虽然惨无人道地杀死了铁铉，但"他日对群臣言，每称铉忠"；神宗朱翊钧下诏祀建文朝尽节诸臣与乡，其中自然包括铁铉；南明弘光（朱由崧）追赠铁铉为太保，谥"忠襄"，清乾隆时追认为"忠定"；各地更是多建铁公祠予以祭祀，如山东诸地"铁公庙（祠）"，济南大明湖畔有铁公祠等。南阳邓州小东关有明建铁公祠，大东关有"双忠祠"（祀铁铉、张巡）。邓州龙堰乡闫营村有铁铉遗像墓，今花洲书院有铁铉等历史名人纪念馆，等等。

"靖难之役"是藩王朱棣打着反撤藩旗帜开战的，而他取胜后不是照样强力削藩吗。这原本是统治阶级内部夺权的一场内讧、火拼，他夺位后还是大明，而且那个大明还很永乐！只是朱元璋不讲"庸者下，能者上"的大道，只是朱棣不按套路出牌罢了。然而铁铉和被诛十族的方孝孺一样，只认大家全都认同的"名正言顺"老死理。结果，全都成了正统和非正统者火拼的牺牲品，是不是过于愚忠了些？

"中国知识分子所传承的文化中，其精髓有两个鲜明的特点，一个是爱国主义，一个就是讲骨气，讲气节。"国际著名东方学大师季羡林如是说。自古至今，在外敌的斧钺前面不低头者可谓多矣，而在内部恶势力不地道行为面前，不低头者则寥寥矣。铁铉正是这寥寥中的一位，他敢于在不讲规矩者面前不低头，敢于在正统危难之时挺身而出，敢于在非正统的淫威面前英勇不屈……如此这般之骨气、之气节，终究是可歌可泣的！

城神铁铉：铁骨铮铮显忠臣，视死如归真铁人！

2019年3月22日

真正的勇士敢于直面惨淡的人生

天顺元年（1457年）二月十六日，春分时节的北京城却阴霾四合，北风呼啸。阴霾沉沉下，一位对朱明王朝有着再造之功的"救时宰相"，被他再造的朱明王朝砍下了头颅。于是民谣四起："鹭鸶水上走，何处觅鱼嗛！"

一

"去南京好，南京是留都！""四川险要，上四川好！"正统十四年（1449年）七月十七日，紫禁城内哭声一片，朝堂上文武百官大声地争吵着逃跑路线。刚刚立国不到百年的大明王朝，突然"天塌地陷"，似乎走到了亡国的边缘。

"提议迁都者，该杀！"正当人们争吵不休、惊慌无措时，一声怒吼，声振屋瓦。争吵者哑口一看，怒吼者兵部侍郎于谦也。

于谦，字廷益，浙江钱塘（今杭州）人，生于明洪武三十一年，永乐年间进士。宣德元年，以监察专员身份随明宣宗平定汉王朱高煦之乱。因严词斥责朱高煦而受宣宗赏识，升为江西巡按，后以兵部右侍郎巡抚河南、山西等地；正统十一年，在山西、河南巡抚任上进京奏事，荐举参政王来、孙原贞暂时代理自己的职务。明英宗的宠信太监王振因其觐见礼是"两袖清风"，便借机诬告他"因不得升迁，而随意让他人自代以泄私愤"，把他判了死刑。在山西、河南官民纷纷联名上书下，三个月后被迫释放，但由正三品降为从四品大理寺少卿。不久，在朝野舆论之下，其又恢复兵部右侍郎、巡抚等原职；正统十三年，因瓦剌的不断南扰被召入京师，任命为兵部左侍郎，直接参与边防事务。

二

瓦剌？朱明王朝推翻元朝在中原地区的统治后，元朝的残余势力撤退到蒙古高原一带，史称"北元"。后"北元"分裂为鞑靼和瓦剌两部分。到十五世纪中叶，瓦剌逐步强大起来，成了明朝北方的一大劲敌。

正统十四年春，瓦贡使到北京两千人，诈称三千以获赏利。王振想抖一下威风，一反先前对瓦剌有求必应的常态，不仅核实人数减少赏赐，还削减贡马价格的五分之四，结果引起瓦剌的不满。就在这年七月，瓦剌的太师也先分兵四路进攻明朝边境。也先率主力进攻山西大同，大同守军及派援的四万明军战败。

边境战败消息传至朝堂，王振想借机冒滥边功，便乘机鼓动英宗亲征。不知锅是铁打的朱祁镇，就令其异母弟弟朱祁钰留守、于谦代理兵部事，自己亲率五十万大军和一百多名文武大臣出发了。

经过半个多月的大行军，五十万大军才到达边防重镇大同。等见到大同战死的士卒尸体满山遍野，王振和朱祁镇才知道御驾亲征并不是好玩的。于是当即决定秘密退兵。退就退吧，可王振在此紧要关头还不忘嘚瑟——想顺便让皇帝去他家乡蔚州（今河北省蔚县）显摆一下。去就去吧，但拐了四十多里后，他又改变了主意——怕前往五十万大军踩坏自家的庄稼，又令军队向东改道宣化回京。

这一逃跑、一改道，就被瓦剌军在宣府给咬上了。朱祁镇和王振匆匆逃出宣府，到了离怀来县城二十里的土木堡，被瓦剌俘获。王振被恨死他的明军当场捶杀了，但大明五十万大军全军覆没，二十多万匹骡马和无数的衣甲器械，全部成了瓦剌的战利品。这就是明朝历史上著名的"土木之变"。那一年是明英宗正统十四年（1449 年）。

三

"提议迁都者，该杀！"于谦怒斥后接着说，"京师是天下之根本，难道没有看到宋朝南渡的结果吗？"朱祁钰肯定了他的说法，大家才安定下来。然而明朝的精锐军事力量和中央机构，在土木之变中几乎全被摧毁，群龙无首，人心惶惶。于谦急请朱祁钰调南北两京、河南的备操军，山东和南京沿海的备倭军，江北和北京所属各府的运粮军等，马上开赴京师。人心安定后，于谦被升为兵部尚书，全权军事。

大事议定，朝臣请求将奸佞王振灭门九族。王振的党羽马顺出来训斥，群臣愤怒"奋臂起，捽顺发，且骂且啮其面，众共击之，立毙"。同党毛贵和王长憏憏懂懂刚到门口，就被一脚踹进朝堂"众又捶杀之，血渍廷陛"。朝堂秩序大乱，卫卒气势汹汹，乘兴把锦衣卫指挥王振的侄子王山揪出来海扁一顿，凌迟处死。之后，"振党诛之，振族无少长皆斩。"因该血案发生于午门，史称"午门血案"。

当时，望着一群衣冠不整、凶神恶煞般的暴力分子，朱祁钰脸色惨白，惊骇万状，无所适从。于谦见状立即建议朱祁钰，当场宣谕臣工所作所为乃"见义勇为""马顺等有罪该死，概不追究！"于是局势得以控制，而于谦的袍袖因此全被撕裂。吏部尚书王直握着于谦的手叹道："这事有一百个王直也不行，国家正在倚赖你呢！"

大臣们担忧国无君主难撑，请皇太后让代老板朱祁钰正位。朱祁钰害怕一再推辞，于谦劝解说："这完全是为国家考虑，不是为个人打算。"于是朱祁钰即帝位，为明景泰帝，遥尊英宗为太上皇。如此，不仅安定了明廷人心，更是及时地拆毁了也先拿英宗做挡箭牌的如意算盘。

接下来，于谦立即组织开展北京保卫战。一是推荐原为大同左参将石亨（土木堡战役前，在大同阳和口大战中兵败逃回，被贬官下狱）总领京营兵马。二是建议褒奖和推荐杨洪等一批军事将领。三是制订并公布了"奇功""头功""齐力"三等赏功办法。从而使眼见就要倾覆的朱明王朝，从一盘散沙回到了众志成城的状态。

抗击前，兵马司建议拆毁城门外民房以驻军战守，都督王通主张发动军民在城外挖深壕，总兵石亨认为军队应全部撤入城内坚壁据守。于谦则认为："瓦剌现在非常嚣张，据守不战表示我们害怕他们，更会助长敌人的气焰！"因而主张列阵城外坚决迎战。于是他将所有可用明军，分别列阵于京城的九个城门外。然后，九个城门全都关闭，断绝退路，破釜沉舟。

瓦剌大军进抵北京城外，让朱祁镇给皇太后、景泰帝和文武大臣，各写一封劝降信，要明朝派大臣迎驾。朱祁钰和一些朝臣畏于瓦剌的军势，抵抗的决心一度动摇，想派于谦等大臣去与瓦剌和谈。于谦却说："现在我只知道抗击瓦剌，和谈的事我不愿听到。"大家见没有商量的余地，这才没有人再提和谈之事。而于谦则是吃饭不回家，睡觉不脱衣，枕戈待旦。

在瓦剌军抵达北京城外的当天，于谦就派副总兵高礼、毛福寿等，在彰仪门北迎击瓦剌军并斩其前锋数百人。首战获胜，士气大振。接着，他又派人在夜间偷袭瓦剌军营，也取得小胜。然后派骑兵诱敌骑数千进入埋伏圈，用火炮火铳攻击。致使敌骑兵死伤无数，连号称铁颈元帅的孛罗（也先弟）也被火炮击毙。随后，南北两方的明朝援军赶到，三面夹击瓦剌军，百姓也登屋呼号助战，投掷砖石击敌。瓦军不支急忙退去，于谦命各军追击，三战三捷大获全胜。

也先见京城早有防备、手中的英宗已失去了挟持作用，又听说各路援军将要到京等，便在夜间偷偷带着英宗向北退去。至此，北京保卫战取得了决定性的胜利！这胜利，不仅让也先以挟持英宗迎战明廷的企图彻底失败，使明廷免去大宋南渡的悲惨结局，也为英宗的回京成为可能。

四

景泰元年七月，也先在内外压力和利益权衡下，决定送还朱祁镇。而尝到做皇帝甜头的朱祁钰却犹豫不决，于谦见状就劝解说："天位已定，宁复有他。不迎回英宗，皇上您和我等都将有愧啊。"于是历经坎坷的英宗，在被俘一年后才终于回到京城。

而于谦则全力投入加强边防之中，如修缮加固城堡、增加守军人数、惩办贪官、募民屯田、改革军制、强化练兵，研改兵器等。在于谦的积极筹划整顿下，明朝这时的军队和边防才日趋巩固和加强。

在于总兵积极整顿国防的时候，明朝的宫廷中却一直上演着皇位的保卫与争夺：朱祁镇回京后，朱祁钰为了提防哥哥复辟，就把他安顿于南宫。不久又废了太子朱见深（英宗的儿子），立自己的儿子朱见济为太子。但没过多久，朱祁钰唯一的儿子朱见济却死去了。于是有人提出建议，重新恢复朱见深太子之位。但是这个提议触犯了朱祁钰的心病，引来了残酷的拷问。

不觉中，朱祁镇在惊恐不安中，度过了七年的软禁生涯。就在那时，朱祁钰突然一连四五日不视朝，并且上元节百官宴也被取消了。于是在石亨、徐有贞、曹吉祥等密谋下，在一天凌晨，将南宫大门撞开，护着朱祁镇直升奉天殿，复了辟夺了位。同时废去朱祁钰皇帝称号（半月后死于西宫），改元天顺。

复辟当日，于谦和大学士王文等就被急急地斩杀了。这事儿史称"夺门之变"，时间是明景泰八年，也即公元1457年。

五

若无于谦，朱明王朝极有可能再步"靖康之耻"后尘。然而一个保家卫国的英雄，未曾倒在敌人刀枪下，却被他亲手挽救的朱明王朝，扣上谋反的污名送上了刑场！

斩杀于谦的罪名是"意欲迎立外藩（想要迎立襄王子为储君）"，不过这个"意欲"跟岳飞蒙冤的"莫须有"一样一样的。王文当面质问："召亲王入京须有金牌相符，遣人必有马牌，你等可到兵部查验是否动用过？"于谦知道这只是个借口，就苦笑一声对王文说："辩亦死，不辩亦死！"最终，徐有贞等就以"虽无行动，但有那个意思"为根据，按谋逆罪判处于谦死刑。在行刑时，朱祁镇担心杀了对朱明王朝有再造之功的于谦，有损于自己的名誉。徐有贞就怂恿说："不杀于谦，复辟就无名。"于是，于谦被斩于市。

事实上，于谦之死确非"意欲迎立外藩"那么简单。首先，当年朱祁镇被俘后，日夜盼望着明朝能和瓦剌讲和，早日把自己赎回去。而于谦不仅提出"社稷为重，君为轻"，让朱祁钰替代了帝位，并且组织坚决抗击，对瓦剌逼迫朱祁镇提出的一系列要求一概置之不理，使其在瓦剌军中吃了不少苦头，且差点性命不保。你说，你若是朱祁镇你不生恨？

其次，朱祁钰太贪婪。当时立朱祁钰为新皇帝时，同着孙太后、于谦等说好了，要立朱祁镇之子朱见深为太子，也就是待朱祁钰死后，把皇位还给明英宗一脉。但朱祁镇好不容易回京后，却被软禁于南宫，且一禁就是七年。更让人生恨的是，朱祁钰坐稳皇位后，不仅废了太子朱见深、立自己的儿子朱见济。而在其唯一的儿子朱见济死去后，依然死不松口。现在复辟的皇帝是不是不仅恨弟弟，更恨他的得力助手？只不过，作为臣子的于谦，在新皇帝面前又能如何呢？虽然在朱祁钰病入膏肓后，也就是在英宗复辟的前一日，于谦还在集文武百官议立朱见深为太子事，并且连夜写成了奏章，可惜的是还未来得及上奏就发生了变故。

再次就是，正直的于谦得罪了石亨、徐有贞。石亨虽然在北京保卫战中以戴罪之身，被于谦举荐总领京营兵马。但在其立功被封侯时，他觉得于谦比自己功大，就推荐于谦的儿子于冕为千户。而于谦不但不感激，反而认为这不是大将当做之事，并上书对人家进行了斥责。而徐有贞当年主张迁都，就曾被他当场斥责过。后来人家想任国子祭酒，于谦也没予应有支持。所以啊，抢拥朱祁镇复辟的俩小人，绝不会放过宁折不弯的他。

还有啊，杀掉于谦才会灭掉朱祁钰反抗的可能性。朱祁钰从即位起把朝政大权全部交给了于谦，在于谦的帮助下用了八年时间使朱明王朝起死回生，重焕生机。朱祁镇突然夺去皇位，但景泰帝还没死，他会甘心吗？他不串联于谦反攻倒算？那会儿于谦在朝廷的威望可是非同小可，朝中百官、军中将军等，大部分都是他提拔任用的。而于谦被杀后朱祁钰没有任何反抗，且很快就郁郁而终不是很好的说明么？

六

"真正的勇士敢于直面惨淡的人生，敢于正视淋漓的鲜血。"身为兵部尚书、兵权在握的于谦，对"夺门之变"是第一时间知晓的。以他当时的权力完全可以很好介入——拥护或平叛，但他的选择却是按兵不动。为什么呢？"顾以一死保全社稷也！"试想，且不论朱祁镇是否应当复辟、朱祁钰是否应当被拥护，而一旦兵戎相见，景泰帝与明英宗势必两败俱伤，国家也必因此大乱。为国家计，为社稷计，于谦只能按兵不动！

"千锤万凿出深山，烈火焚烧若等闲。粉身碎骨全不怕，要留清白在人间！"王直一句"国家正在倚赖你呢"，把于谦推上了风口浪尖。玩火烧身的朱祁镇复辟了，贪恋皇权的朱祁钰被废了，而我们真正的勇士，却白白地断送了卿卿性命。

"辩亦死，不辩亦死"的结局，于大人是早就料到了的。两任帝王的心术他早看得通透，骤然降临的国变他也明了于心。以他的权势、心机和胆略，保全自身是分分钟之事，但他唯一所想只有家国天下。这才是真正的于谦，一个大智大勇、置生命荣辱于不顾，敢于以一己之力担当天下大业的真正勇士！

2019 年 10 月 29 日

木匠皇帝是怎样炼成的

明熹宗朱由校 16 岁登基，青春年少，意气风发。但他不仅不爱江山，而且也不爱诗词书画、斗鸡走马，只一味醉心木工。因此，人称"木匠皇帝"。

不爱江山爱木工

"斧斤之属，皆躬自操之。虽巧匠，不能过焉。"据传，朱由校自幼就喜爱木工。但凡宫中所需的木匠活，他都要亲自动手或参与，且乐此不疲。凡是他见过的木器用具、亭台楼榭，都能原样复制出来。他亲手造的漆器、床、梳匣等均装饰五彩，精巧绝伦，出人意料。同时，人家做起木工活来，几乎废寝忘食——"朝夕营造，每营造得意，即膳饮可忘，寒暑罔觉"。

明代天启年间，匠人造的床极其笨重，十几个人才能移动，用料多、样式也极普通。朱由校便自己琢磨，设计图样，亲自锯木钉板。一年多工夫便制造出了一款折叠床。据说，那折叠床属历史第一款。

天启五六年间，朝廷对紫禁城的太和殿、中和殿、保和殿三座主殿进行大规模的重建。从起柱到上梁，再到外部装饰，朱由校都亲临现场、仔细指导。高兴了还会当场脱掉外衣，卷起袖子，和工匠们一起大干一场。

"御制十灯屏，司农不患贫。沉香刻寒雀，论价十万缗。"朱由校除了木工还酷爱雕镂木器，曾执着护灯小屏八幅，刻有《寒雀争梅戏》。制作好后让身边的小内侍到街上兜售，并叮嘱说价格不能低于十万。第二天，内侍们将其制作的灯屏拿到集市，没有竞拍就卖得十万钱。

人家朱由校的发明还不止这些，甚至还发明了历史上最早的喷泉：用大缸盛满水，在缸下钻孔，通于桶底形成水喷。再放置许多小木球于喷水处，启闭灌输，水打木球，木球盘旋，久而不息。

每到冬季，西苑冰池封冻。他就为自己设计了一个小拖床——床面小巧玲珑，仅容一人，涂红漆，上有一顶篷，周围以红绸缎为栏，前后都设有挂绳的小钩。他坐在拖床上让太监们拉引绳子。一部分人在岸上用绳牵引，一部分人在床前引导，另一部分人在床后推行。三面用力，拖床行进速度极快，瞬息之间就可往返数里。

他雕刻的小木头人栩栩如生，男女老少，神态各异。并且还自己动手，给这些木头人涂上五色油漆。派太监拿到市面上去卖，市人都以重金购买。

此外，朱由校还喜欢建造房屋模型，而且技艺高超。其建造的房屋模型高不过三四尺，却曲折微妙，小巧玲珑。其技巧娴熟度，一般工匠望尘莫及。

朱由校干起木匠活来常常不分昼夜，兴致高时，把衣服脱了光着身子干，一点也没有皇帝的架子。他做木工活时有两个特点：一是只有亲近的人才能靠近。如有重要紧急事件，他则边干边听，等念完了，就说："我知道了。你们看着办吧。"如果有人打扰了他的雅兴，他就会生气地说："朕用汝等何用？"

二是朱由校对自己制作的物件，不会保持太久的新鲜感。刚做成时爱不释手，没过多久就索然无味，随手就扔了。之后，又再造新的出来。哪怕制作得再精美的物件，他也不会爱惜，甚至在改造中随手损毁也无所谓。按现代的说法，结果无所谓，图的就是个过程。

大太监魏忠贤吃准了朱由校醉心木工的心思，专挑他埋头苦干的时候，抱着堆积如山的奏折请示。干得正起劲的朱由校，就不耐烦地说："朕在忙正事。别拿这些琐事烦我，你看着办就是啦。"从此，这位大皇帝再也没有见过奏折，国家大小事全让魏忠贤代劳了。

这一代劳不打紧，魏忠贤便趁机肆意矫诏擅权，残酷迫害力图挽救大明朝的东林党人，并杀害了坚持对辽正确方略的熊廷弼。国内各种社会矛盾日渐激化、民变频生、辽东战局陷于重重危机。于是乎，大明王朝拉开了灭亡的序幕、奏响了覆灭的前奏。为他的弟弟——崇祯帝吊死歪脖树奠定了良好的、坚实的基础！

他爷爷是个倔强头

朱由校的爷爷就是著名的万历皇帝，即明神宗朱翊钧。朱翊钧，明朝第十三位皇帝，年号万历，在位48年，是明朝在位时间最长的皇帝。

朱翊钧登基的前十年，内阁首辅张居正主持政务，实行了一系列改革措施。社会经济有很大的发展，人民生活也有所提高。亲政后，他励精图治、生活节俭，开创了"万历中兴"。执政后期因"国本之争"，与内阁闹别扭长达十余年。最后索性三十年不出宫门、不理朝政。

"国本之争"就是册立太子问题。再说明白一点就是，让皇长子朱常洛、第三子朱常洵谁个当太子。按照"嫡长子继承制",太子自然是皇长子朱常洛的。但朱翊钧不喜欢宫女所生的朱常洛,却因为宠爱郑贵妃,而有意立其子朱常洵为太子。

立朱常洵为太子,自然受到大臣与慈圣皇太后极力反对。因此,朱翊钧迟迟不立太子。朝中上下也因此分成两个派别,争论长达15年之久。直到公元1601年,朱常洛才被封为太子,朱常洵被封为福王。但是福王迟迟不离京就任藩王。直到"梃击案"发生,舆论对郑贵妃不利后,福王才离京就藩。

至此,前后争吵达15年,使无数大臣被斥、被贬、被杖打,明神宗气愤不过、郑贵妃悒郁不乐、整个帝国不得安宁的"国本之争",才算告一段落。

他爸爸是个短命鬼

朱由校的爸爸就是"国本之争"15年之久,才被立为太子的朱常洛。

当年,明神宗的皇后王氏、昭妃刘氏等,自万历六年(1578年)册封后都无子嗣。万历九年(1581年),朱翊钧在其生母李太后的慈宁宫中,私幸宫女王氏。后来王氏有孕,朱翊钧因忌讳这件事而不敢承认。但在《内起居注》中记载了这件事情,并有当时赏赐给王氏的实物为证。再加上李太后盼孙儿心切,朱翊钧最后被迫承认这件事情。宫女王氏所生之子就是朱常洛,并且是明神宗的皇长子。

因朱常洛是宫女所生,从小不得父爱。后历经"国本之争""梃击案"等重大历史事件。万历四十八年(1620年),明神宗驾崩后,朱常洛正式即位,年号泰昌。

朱常洛举行登基大典后仅十天,也就是泰昌元年(1620年)八月初十,就一病不起。同年9月26日,就因病而薨,史称"红丸案"(朱常洛病重,有人进献红丸,服后死去)。时年三十八岁,在位仅仅29天。

木匠皇帝是怎样炼成的

朱由校为什么会对木工活甘之如饴呢?常言道:"养不教,父之过。教不严,师之惰。"朱由校是明神宗朱翊钧的孙子,而神宗在位时一直不拿朱常洛当太子。同时,朱翊钧和朝臣们光顾着争国本了,谁还记得皇长孙的教育问题。什么"梃击案""妖书案""红丸案",大家吵得面红耳赤,朝堂闹得乌烟瘴气。他爹能不能当上皇帝还是未知数,这个可怜的皇长孙直到十六岁继位,也一直就是个"忽略不计"。

　　朱由校之所以精通木匠手艺，甚至"手操斧斫，营建栋宇，即大匠不能及"，全是拜他爷爷和他老爸所赐：他爷爷一直连朱常洛这个太子都不认，何况拟太子之子呢。他爹朱常洛自己都"泥菩萨过河"，不敢请、也顾不上，或者没心情为他请老师。万历年间，大臣亓诗教曾上疏说："皇长孙（朱由校）十有五岁矣，亦竟不使授一书、识一字。"在此期间，三大殿与三宫曾因失火而重建。不用上学的朱由校就整天看起木匠干活来。看多了木匠干活，就醉心上了木工。

　　经过大臣们十几年的"全力争取"，朱常洛只当了一个月皇帝就挂单了。也就是说，朱由校只当了一个月皇长子就变成了皇帝。因此他们都无暇顾及朱由校的人生教养和帝王之道。朱由校 16 岁继位时，文化程度很低，堪称"文盲皇帝"。

　　从人本主义心理学的角度看，朱由校醉心木作，是自我实现的内心需求，是对不善经营江山的一种较好弥补。因此，与其说好皇帝让木工给耽误了，倒不如说是好木匠被皇帝给耽误了；与其说朱由校不务正业，不如说这都是他爷爷和他爸爸惹的祸！

2020 年 6 月 19 日

雪崩时，没有一片雪花觉得自己有责任

　　崇祯元年（1628年）陕西大旱，饿殍枕藉。就在那个烈日炎炎的夏日，米脂县一个叫李鸿基、乳名黄来儿的下岗驿卒，因裁撤回家、种地无收、举债无力偿还，被债主艾诏告到了县衙。官府不由分说将其毒打一顿、戴上重枷押到市场上，在毒烈的太阳下示众。

　　为了杀鸡给猴看，艾老爷专门派了家丁在一旁监视着，不准他人送水送饭，要把黄来儿活活饿死。看守的狱卒于心不忍，便把黄来儿挪到树荫下给一点饮食。艾家的仆人们见了咆哮着上前阻止。好赖干过几天官差的黄来儿悲愤地说："让我晒死、饿死算了！"并踉踉跄跄地爬回烈日之下。就在其奄奄一息之时，愤怒的群众呐喊着，围将上去砸烂重枷，一齐逃进了城外的树林。

　　逃进树林的人们正在不知如何是好的时候，围剿的官兵赶到了。饥民们拿起树枝、木棍一拥而出。率队的小头目惊慌失措，跌下马摔死了，官兵立时溃散而去。黄来儿见弄出了命案，慌忙叫上侄子李过到甘州投军去了。

　　投到甘州驻军总兵杨肇基麾下不久，黄来儿凭借一身好武艺就当上了把总。黄来儿本以为苦日子终于熬到头了，殊不知那时的军队也不是一块乐土——在荒凉之地作战的所部，已经很长时间没有发军饷了，吃穿都是问题。就在这个时候，黄来儿所在的部队奉命要调往陕西——那里百姓先吃蓬皮，吃树皮，甚至吃石头，最后竟出现人吃人的现象。在这样的情况下，官府竟还在催逼沉重的苛捐杂税，百姓抱着"反是死，不反也是死"的心态纷纷造反了！

　　黄来儿不忍心回到家乡，打压在死亡线上苦苦挣扎的父老乡亲，又不能违反如山军令，被逼无奈之下发动兵变，杀死了克扣军饷的参将和当地县令。从此彻底走上了与朝廷为敌的不归之路。

　　这个走上与朝廷为敌不归之路的黄来儿，就是最终逼死崇祯、摧毁大明王朝的闯王李自成（原名李鸿基，投军后改名）。

　　李自成起事后投奔闯王高迎祥，因勇猛有识成为部下闯将之一。崇祯八年（1635年）荥阳大会时，李自成提出"分兵定向、四路攻战"的方案，受到各部首领的赞同，声望日高。次年高迎祥战死后，他继称闯王。崇祯十一年在潼关战败，仅率刘宗敏等十余人，隐伏豫陕边区商雒丛山中。次年出山再起，崇祯十三年又在巴西鱼腹山（今重庆市奉节县东夔州古城）被困，以五十骑突围进入河南。

就在李自成几乎绝亡的时候，有个忧天的杞人李岩，帮他打出"均田免赋"等口号，受到广大民众的热烈欢迎。在他"迎闯王，不纳粮"口号的广泛宣传下，造反人马迅疾发展到了百万之众。

李岩又是哪个？缘何成了李自成的黑高参？

李岩原名李信，河南开封府杞县人，天启丁卯年举人。其父李精白是山东巡抚加兵部尚书衔，崇祯初年在魏忠贤逆案中因"交结近侍，输赎为民"。李精白在家乡的名声并不坏，虽被削职为民，但李家仍是杞县数一数二的乡绅财主。

崇祯年间，苛政猛于虎，加上天下大旱，百姓无以为活，纷纷铤而走险，揭竿而起。在连续不断的天灾人祸打击下，河南百姓生活水深火热。即便如此，杞县县令宋某仍然在不停地催征钱粮，百姓苦不堪言。百姓的惨状，让天性善良的李岩无法坐视不理，他毅然去见宋某，为杞县百姓请命。但宋县令只是对上负责，百姓的死活他毫不在意。李岩无奈，回家取出家中存粮三百余石去赈济灾民。因此，百姓都称他为"李公子"。

当时有位人称红娘子的走绳卖艺女子，因为人们温饱不济，没有人看她的表演，生活无着的她身现饥民行列，成为一支"土匪流寇"的首领。她在一次攻击杞县时，把因赈济灾民出了名的李岩掳去。李岩不愿做"土匪流寇"，乘人不备偷偷逃回。就这样，官府以通匪罪将其抓获并判以死刑。在行刑时，红娘子率人攻破县城才将其救出。至此，"有文武才""好施尚义"的"李公子"，从此成了真正的土匪流寇。

李岩入伙后，劝李自成"尊贤礼士，除暴恤民""假行仁义，禁兵淫杀，收人心以图大事"。特别值得一提的是，李岩很懂得一些舆论宣传的奥妙，他派人扮成商人，在民间广布流言："闯王仁义之师，不杀不掠"。还编出童谣，让小儿到处传唱："开了大门迎闯王，闯王来了不纳粮。"由此，欲哭无泪的河南饥民，如大旱之望云霓"惟恐自成不至"。李自成从此走出隐伏商雒山中时的低谷危厄，起死回生，占洛阳、斩福王、破襄阳、取武昌一路奏凯，并在西安称帝，国号大顺。称帝之后一路东进，仅在宁武受到抗击，其他重镇均传檄而定。

崇祯十七年三月十九日凌晨，大批乱军从彰义门杀入北京城，崇祯帝朱由检要求老婆、儿娃们都自杀后，与数十名太监骑马出东华门。被乱箭所阻。再跑到齐化门，成国公朱纯臣闭门不纳。后转向安定门，太监以利斧亦无法劈开。天色将明，朱由检在前殿撞响大钟，想再召集一次大臣，结果钟响多时无一人应诏。万般无奈，崇祯帝自行跑到煤山，找一棵歪脖树吊了上去。自此，维系了270多年统治的大明帝国轰然倒塌了。骑在跃起的乌骏马上、毡笠缥衣、剑指青天的李闯王，摧毁一个腐朽的明王朝，也促成一个更加落后的清王朝！

"景山无好景，思宗却可思。"从酷爱木工的哥哥手中，接过千疮百孔的烂摊子，伴随着杀气四伏，交杂着凄风苦雨，朱由检走上了不归路。但就在他上吊的前三天，李自成派了一位特使坐在吊篮里进了城，给围在城中的朱皇帝捎去一封信。信的大致内容是：我李自成并不想要你的江山，只想当个西北王，割让一些地盘，给我白银百万两。条件只有一个，你朱家我李家平起平坐，都是大中国不可分割的一部分。我还可以帮助你们打败辽蕃！

最后为啥没有谈成呢？原因很简单，没有人替朱皇帝说话，没有人敢承担这个责任。大臣没人敢表态，崇祯皇帝自己也不敢表态。他怕手下不听使唤，身旁尽是老奸巨猾之辈，敢说真话的都被杀了、剐了，敢担责任的全都跑光了！

高大的雪山终于崩塌了。而雪崩时，没有一片雪花觉得自己有责任！那上吊的33岁的崇祯帝，死时光着左脚，蓝色袍服上大书："朕自登基十七年，虽朕薄德匪躬，上干天怒，然皆诸臣误朕，致逆贼直逼京师。朕死，无面目见祖宗于地下，自去冠冕，以发覆面。任贼分裂朕尸，勿伤百姓一人！"

"直逼京师的逆贼"是压根没想造人反、窃人国的黄来儿，黑高参是打死也不愿做土匪流寇的李岩；"误朕的诸臣"是铁板一块、无官不贪的万千官员；诸臣所误之"朕"是"苛察自用，不知恤民"的亡国之君朱由检！

发表于《散文百家》2019 第 9 期

崇祯跑马

崇祯十七年新年刚过，朱由检做了一个梦。梦中看到一匹马，穿过紫禁城进了皇宫。他向大臣询问，有人回想坊间传闻，未加思索地说：门中有马为"闯"，或暗指当下闹得正凶的李自成。而马穿紫禁城进入皇宫，当是意味着李自成，将率军攻入京城！朱由检听了龙颜震怒："造谣惑众，居心叵测"，当即令锦衣卫将其拿下收监。于是，朝堂众臣随即转舵：皇上梦见马表示"出马得胜""马到成功"！是祥瑞、是吉兆！寓意能平定、一定平定闯贼！自此，"崇祯跑马""跑马崇祯"便公开流传。

"崇祯跑马""跑马崇祯"是指天启七年铸造的"崇祯通宝"——钱币背面铸有一马，其"马头高昂、马尾高翘、四蹄飞扬"作奔跑状。

"崇祯通宝"正面一直是楷书，"崇祯通宝"四字对读，几乎没有变化。但它的背面可说是我国古代铜钱中版别最为复杂的。其背面有纪重、纪天干、纪铸局、纪铸地，及其兼纪币值、吉语等名目繁多。而"崇祯通宝"背面没有文字、只有一匹奔马的小平钱，最让人们关注："马闯宫门"预示李自成攻破紫禁城；"一马乱天下"暗示马士英断送大明江山！后一语成谶，"崇祯跑马""跑马崇祯"便倍受世人热议。

"闯土"原属高迎祥。崇祯元年高迎祥在安塞聚众起义，初转战延庆府，入据黄龙山，后又与王嘉胤、王自用联合东渡入晋，攻战河曲。崇祯四年王嘉胤遇难，众推王自用为首，联合陕晋各路义军结成36营。高迎祥为领袖之一，称闯王。

原名李鸿基、乳名黄来儿的李自成，投奔闯王高迎祥后，因勇猛有识，成为部下闯将之一。崇祯八年荥阳大会，李自成提出"分兵定向、四路攻战"攻略，备受各部首领赞同，声望日高。次年高迎祥战死，李自成"高举闯王旗帜、继承闯王遗志"继称闯王。之后，在"迎闯王，不纳粮"口号的广泛宣传下，"闯王"就逐渐成了李自成的专有称号。

崇祯十七年，李自成在太监的殷勤导引下，从德胜门进入北京城，经承天门步入内殿。崇祯皇帝眼见大势已去，出紫禁城后门在煤山自缢而亡，史称"甲申之变"。立国 276 年的朱明王朝，就这样被闯入北京城的这匹"黑马"给踏垮了。

"甲申之变"主要发生在北方，置身北京的大明朝廷虽然沦陷了，但明朝原来的京师南京，还有一套"完备"的政府体系。同时，除湖北、四川之外，南方几乎没有受到战争的破坏。明朝完全有机会像西晋、北宋那样，建立南明政权，撑起半壁江山。

事实上，明朝的皇室宗亲、朝廷大臣以及士大夫们，在"甲申之变"后，就是仿效东晋、南宋，在南京拥立朱由崧建立了"弘光政权"（朱由崧的年号）。而当时入关的清军，主要盯着北方的李自成。南明弘光政权完全有机会、有实力，凝聚各方力量、扛着大明正统的旗号、凭借南方的半壁江山，与清军抗衡的。

南明弘光政权既有这种实力，历史也给了它这个机会。然而它的复国大梦，却被另一匹害群之马，生生地踏破了——这匹"害群之马"就是马士英。因故，人们便有"一马乱天下"的说法。换句话说，"一马乱天下"指的就是马士英葬送了南明复兴的希望。

据传，马士英原本姓李，5 岁时被一贩卖槟榔的马姓商人，拐至贵阳而改为马姓。明万历四十七年，马士英与阮大铖同中会试。又三年，马士英授南京户部主事。后在魏忠贤逆党阮大铖的帮助下迁郎中，历知严州（辖区相当于今日的杭州市西南部）、河南、大同三府。崇祯五年，擢右佥都御史，巡抚宣府（宣化府）。巡抚宣府不足一月，因动用公款数千两白银贿赂朝中权贵，被革职充军。

"诸大臣乃不敢言。王之立，士英力也。""甲申之变"崇祯自缢，南京以东林党为代表一派，准备拥立潞王，而马士英与阮大铖却视福王朱由崧为"奇货"，迎接并给予拥立。因拥立有功，马士英被任命为东阁大学士兼兵部尚书、都察院右副都御史。

《明史》谓马士英"为人贪鄙无远略，复引用大铖，日事报复，招权罔利，以迄于亡"。而《南明史》则把他列入《明史·奸臣传》。单自马士英入阁辅政，首先提出的"大计四款"，亦可对其管窥一二：为弘光帝寻找走失的母亲；为弘光帝的父亲（被李自成处死的朱常洵）上尊号，并想办法将其棺木迁到南方；以弘光皇帝还没有生儿子为由为弘光帝大选宫女；把失去封地的藩王监视起来，避免被他人拥立为帝的事情再次发生。"不问国事问皇帝"的"四大要务"，可能就是"一马乱天下"的最好注解。

如果说朱明王朝的灭亡和复兴失败与马有关。那么，除了上面所提到的"闯宫"之马，和"一马乱天下"之马外，实际上还有一匹最要命的"马"——跨马入关的"八旗兵"。

　　其实，"跑马崇祯"与朱明王朝的灭亡及复兴失败，和南陈灭亡的"叉腰哭天子"（太货六铢）、东汉倾覆的"四出破京师"（四出五铢），及其大清王朝覆灭的"龙珠落地"（大清银币）等一样，并没有实际关联。据有关专家学者考证，"跑马崇祯"可能是一种生肖纪年钱。所有的谶言纬语只是民众对某一朝代、某一帝王的一种厌恶或祈愿罢了！

　　弄出这般文字并无他意，只是希望后之来者，当从源于太货六铢、四出五铢、大清银币，及其崇祯通宝等货币的"叉腰哭天子""四出破京师""龙珠落地"及其"跑马崇祯"等谶言咒语中汲取点什么，进而对空穴来风的谶言咒语提高警惕，杜绝些不良的谶言咒语、可恶的望风使舵！还有，莫要把"崇祯跑马"曲解为崇祯帝生理跑马，人家会笑话的！

发表于《金融时报》2023 年 3 月 3 日

史可法，史可法

　　三百七十五年前的五月二十五日，虽是烟花三月已过，但有着"淮左名都，竹西佳处"的江苏扬州，却也处处青翠，万物茂盛，初夏时光一派大好。然而就在这一派大好的初夏时节，美丽的扬州城，在北兵炮火的强攻之下失陷了。城陷，守城的史督师欲拔刀自尽，部属强行夺刀拥其入小东门。清军迎面而来，史督师大呼："我史督师也！"于是史督师被虏而杀，北兵屠城十日……

史可法，实无法

　　崇祯十七年（1644年），南京兵部尚书史可法，听闻"闯贼"李自成进逼北京，急率军进京勤王。军队刚出南京不远，便得知北京已失陷、崇祯已吊死。史大人向北痛哭失声，以头撞柱，血流湿鞋。

　　史可法正为崇祯帝发丧，收到了张慎言、吕大器、姜曰广等人的文书："福王朱由崧（福王朱常洵之子。朱常洵被杀两年后，崇祯帝下诏令朱由崧袭封福王爵位。崇祯十七年正月，怀庆有农民军进攻，朱由崧逃亡到卫辉，投奔潞王朱常淓。三月卫辉也有农民军进攻的警报，随潞王逃往淮安）是神宗的孙子，按辈分、排行当立为君王，但他有七大缺点：贪、淫、酗酒、不孝、虐待下属、不读书、干预官吏。潞王朱常淓是神宗的侄儿，贤良聪明，当立为君。"史可法也认为是这么回事。

　　但凤阳总督马士英为"拥立之功"，暗地与阮大铖商议，主张立福王朱由崧，并致书史可法。史可法告诉他们朱由崧有七大问题，并称福王"在藩不忠不孝，恐难主天下"，不可"带病提拔"。然马士英联合江防总兵刘孔昭、镇将刘泽清、刘良佐、高杰、黄得功等人，硬是发兵护送朱由崧到了仪真（今江苏省仪征）。史可法实在没法，只好随波逐流，稀里糊涂地予以迎接、认可、拥护。

　　朱由崧监国，朝廷推选内阁大臣，大家都推举史可法、高弘图、姜曰广等。刘伯温的后人刘孔昭攘拳撸胳膊，想入内阁大臣的行列，群臣以本朝没有勋臣入阁的先例阻止了他。刘孔昭愤愤地说："就算我不能，马士英为什么不能入阁呢？"于是，又推举马士英为内阁大臣。

过了两天，史可法被任命为礼部尚书兼东阁大学士，仍然掌管兵部的事务，马士英仍然督军镇守凤阳。等到朝廷的命令发布后，一心想当首辅大臣的马士英非常恼怒，就把史可法以前列举朱由崧不当立的七大问题，进呈给了朱由崧。于是，史可法只好主动请求外放。

崇祯十七年、顺治元年五月十五日，朱由崧即皇帝位，以次年为弘光元年。史可法入朝辞别，被加封为太子太保（正一品）衔，改任兵部尚书、武英殿大学士。

"都督满街走，职方贱如狗。相公（指马士英）只爱钱，皇帝但吃酒。"朱由崧是个沉湎酒色、荒唐透顶的主儿。他没有一丁点收复失地的"事业心"和"责任感"，而是大兴土木，建造宫殿，还派出宦官去民间搜罗美女，因好色有了"蛤蟆皇帝"之称。马士英等乘其荒淫作乐、不问国事之机，把魏忠贤的余党阮大铖也拉进了朝廷。阮大铖把持了兵部的实权后，他们疯狂结党营私，卖官鬻爵，为非作歹，使得南明小朝廷"文官三只手，武官四只脚"，一派萎靡糜烂。

史可法失势后自请督师江北，前往扬州，统筹江北四镇军务。那时，长江北岸有四支明军，叫作四镇。四镇的将领刘泽清、刘良佐、高杰、黄得功等，都成了骄横跋扈之人。他们割据地盘，互相争夺，放纵兵士残杀百姓。史可法亲自去找那些将领，劝他们不要自相残杀。

黄得功、刘泽清、高杰都争着要驻军扬州。高杰率兵先到扬州边界，一路大肆奸淫掳掠，所经之地尸横遍野。城中开始惧怕，登上城墙守备，高杰攻打了两个月。泽清也在淮上大肆掠夺，刘良佐也遭到攻击。

史可法前往劝解，得功、良佐、泽清还算听从命令。于是去到高杰那里。高杰一向惧怕史可法，听说史大人要来，连夜掘出近百个土坑，埋葬地面上的尸骸。翌日早上，高杰到军营中拜见，汗流浃背，脸色和言辞都变了。而史可法不但不斥责，反而亲切地予以接见和安抚。高杰喜出望外，但从此轻视史可法。

史可法简单地把情况上报给弘光帝，又把部分兵力驻守在瓜洲。扬州得以安定，史可法便在扬州开设府署，坐镇指挥。由此，大家就称呼他史督师。

崇祯十七年七月，多尔衮致书史可法，扬言"联闯平南"，而史可法在给多尔衮回信中，只是为弘光朝廷继统的合法性进行辩解，没有任何对付清军的办法。于是，多尔衮致书史可法以正统自居，否认弘光朝廷的合法地位，要求南明君臣无条件投降。

弘光元年（清顺治二年，1645年）初，史可法安排高杰率军北上河南，意图协助清军讨伐李自成。高杰到达睢州（今河南睢县）后，被南明河南总兵许定国诱杀，清军乘机南下，此为"睢州之变"。史可法闻讯伤心备至，亲自赶往高杰军营善后。立高杰子许元爵为世子，外甥李本深为提督。

二月，史可法从徐州回到白洋口。当时其幕中的阎尔梅（明末诗文家），劝他渡河复山东，不听；劝之西征复河南，又不听；劝之稍留徐州为河北望，又不听。史可法坚持以退保扬州为上策。

同年四月，镇守武昌的左良玉，率数十万兵力举兵东下，要"清君侧，除马阮"。已升任弘光政权首辅的马士英，竟命史可法（当时，史可法驻盱眙泗州，保护洪泽湖的西岸的明朝祖陵）尽撤江防之兵，以防左良玉，史可法只得兼程入援，抵南京燕子矶，以致江防空虚。后，左良玉为黄得功所败，呕血而死，子左梦庚率全军投降清朝。史可法奉命北返时，盱眙降清、泗州城陷，只好进入扬州。

弘光元年四月，多铎兵围扬州。史可法传檄诸镇发兵援救，但刘泽清却北遁淮安降清，仅刘肇基等少数兵至。此时多尔衮劝降，史可法致《复多尔衮书》拒绝投降。四月十八日清军兵临城下，史可法"檄各镇援兵，无一至者"。

四月十九日，刘良佐率部投降，高杰部提督李本深也率领总兵杨承祖等投降。史可法于扬州西门楼，写下四道遗书给他的家人——希望夫人在他死后和他一起以身殉国，愿归葬钟山明太祖孝陵之侧，"或其不能，则梅花岭可也"。

二十一日，瓜洲（扬州市邗江）总兵张天禄帅部下兵马投降，随即奉多铎之命参加攻取扬州之战。由于城墙高峻，清军的攻城大炮还没有运到，多铎派人招降史可法遭到严词拒绝。后多铎亲自出马，连发五封书信，史可法皆不启封就付之一炬。

同日，甘肃镇总兵李栖凤和监军高岐凤，带领四千兵马入城，准备劫持史可法，以扬州城投降清兵。史可法正言道："这是我殉国的地方，你们想要富贵请自便！"李、高二凤见无机可乘，于四月二十二日率领所部，勾结城内四川将领胡尚友、韩尚良一道出门降清。而史可法竟以"倘若阻止他们出城投降恐生内变"为由，听之任之，未加禁止和劝阻。

二十四日，清军以红衣大炮攻城。入夜扬州城破，史可法自刎，被众将拦住。众人拥下城楼，清军迎面而来。史可法大呼："我就是史督师！"然后被俘。被擒住后，史可法拒绝投降被杀害，时年45岁。

清军占领扬州以后，多铎以不听招降为由，下令屠杀扬州百姓。屠杀延续十天，死亡逾八十万人，史称"扬州十日"。史可法遗体难以辨认，不知下落。一年后，其义子史德威以其官袍、笏板招魂，建衣冠冢于扬州城天宁门外梅花岭。

史可法，不可法

对于史可法的誓死不降，自是应当充分肯定其民族气节的。他用实际行动诠释了中华民族抵御外族入侵的不屈信条，无愧于民族英雄之称号。然，他除了宁死不屈、杀身成仁外，其他似乎乏善可陈。

然"宁死不屈，杀身成仁"似又让世人可以效法而不可全仿：其一，无中流砥柱之气魄。作为政治家，他在策立新君上稀里糊涂，毫无主见和办法。最终导致昏君登基，他人窃取"定策"之功，进而大权旁落，朝廷昏聩，中央失控。

其二，无特异之才干。作为军事家，他以堂堂督师的身份，经营江北将近一年，耗费了大量的人力、物力、财力，却一筹莫展，毫无作为。直到清军主力南下，他所节制的将领绝大多数倒戈投降，并变成清廷征服南明的劲旅。由他自己四月二十一日遗书"清军于十八日进抵城下，至今尚未攻打，然人心已去，收拾不来"看，"扬州保卫战"中他并没有组织像样的抵抗。当时，扬州城内的兵力、粮草、弹药等，比当年张巡守睢阳的条件要好得多。如果他的抵抗意志再坚忍一点，"扬州保卫战"也不致如此惨败。同时，据说多铎下令攻城以前，史可法即已"自觉愦愦"，把军务交幕僚处理。因此，二十四日清军开始攻城，不到一天扬州即告失守。其作为南明江淮重兵的"督师"，比起江阴县区区典史（江阴司法所干警）阎应元相去何止千丈，但后者顶住二十多万清兵的重重包围，坚守了八十三天，简直就是天上到地下还得挖个坑！

其三，不善笼络人心。四镇中最强的军阀高杰，遭到叛徒许定国暗算后。他前往安抚，并将该军托付给刑夫人及其子高元爵。其间，高杰妻邢氏担心儿子幼小不能压众。知道史可法没有儿子后，便提出让其子高元爵拜史可法为义父。但史可法却因为高部是流贼出身（高杰原为李自成部将，后投降明政府）拒不接受。几个月后形势突变，"可法无子，遗命以副将史德威为之后"。最终，致使高杰部后来降清，成了剿杀抗清势力的一支劲旅。

第四，爱自己的名节胜过鸟儿爱惜自己的羽毛。扬州大战前不是想着如何组织、如何抵抗，更没有相应的战略战术。就连城内四川将领胡尚友、韩尚良出城降清，也未加劝阻。只是一味地召集诸将，安排自己的后事：希望有人在最后帮助他完成"大节"，也就是把他杀死——临阵认副将史德威为义子，求其成全。其间还上书弘光帝表明自己殉国心迹，最后遗言母与妻。没有血战死拼，也没有"拼一个够本，杀一双赚一个"，致使扬州城的攻防战，仅仅维持一天就失陷了。

最后，无为抵抗招致屠城。为进军江南，对当地不服之"异族"进行震慑，清兵攻克南京后，多铎在《谕南京等处文武官员人等》的布告中，就露骨地宣称："昨大兵至维扬（扬州），城内官员军民婴城固守，予痛惜民命，不忍加兵，先将祸福谆谆晓谕。迟延数日，官员终于抗命，然后攻城屠戮，妻子为俘。是岂予之本怀，盖不得已而行之。嗣后大兵到处，官员军民抗拒不降，维扬可鉴。"这份扬州"屠杀令"，虽反映了多铎的凶残，但也多少道出了"扬州十日，屠城八十万"的一些"缘由"。

总之，他和崇祯一样，被自己道德绑架，行动麻木，处事无方。若是太平岁月，他们治理国事兴许是大家高手。但在浩浩狼烟和刀光剑影面前，他那点孱弱的文化人格，只能归结于扼腕的失败。

史可法，史可法

史督师河南开封（祥符县）人，姓史，名可法，字宪之，万历三十年（1602年）十一月生；早年家境贫寒，以孝闻名于乡，师从左光斗；崇祯元年（1628年）登进士第，初任西安府推官，后迁户部主事、员外郎等；崇祯八年迁升副参谋，镇守安徽池州、太平两地。十年，擢都察院副长官，巡抚安庆、光州等府县，提督军务对付李自成军；后任漕运总督、凤阳巡抚等。

其居官廉洁勤慎，个人的品德修养毋庸置疑。颇有说服力的例证，一是他年过不惑而无子，妻子劝他纳妾，他叹息道："王事方殷，敢为儿女计乎？"始终不纳妾。还有，他做了"督师"后以身作则，与兵士同甘共苦，受到将士们的爱戴。比如守城期间，大年夜他办公至深夜，感到精神疲劳，想喝点酒。厨子说："遵照您的命令，厨房里的肉都分给将士去过节了，下酒的菜一点也没有了。"于是，他就拿盐和酱做下酒菜。

其被俘后，多铎以宾礼相待，口称先生，当面劝降，许以高官厚禄："前以书谒请，而先生不从。今忠义既成，当畀重任，为我收拾江南。"在多铎百般诱降面前，史可法斩钉截铁："城存与存，城亡与亡。我头可断，而态不可屈。我意已决，即碎尸万段，甘之如饴！"

他宁死不屈的气节，来源于他的恩师左光斗。那一年左光斗因为得罪了奸臣魏忠贤，被关进监牢。他买通守牢的人混了进去：老师靠墙坐着，头脸焦烂得简直认不出来了。小腿上筋肉全脱落，露出血淋淋的骨头。他一时没有忍住，痛哭了起来。左光斗眼睛睁不开，拿手用力扒开眼皮，怒目而斥："糊涂蛋子！国家已经落到这般地步，我是活不长了。你再跑到这儿来，让人害了，谁来继承我！"他老师用实际行动告诉他，真的英雄，心、肝、肺、胆都是用铁石做成的！其次，传说史可法是母亲梦见文天祥而受孕怀胎的，那大概是，世人对宁死不屈之民族英雄的一种崇拜吧！

　　"史可法人可法书可法，史可法今可法永可法。"一个不完美的英雄，才是普通人值得学习的、能够学习的。没有丝毫瑕疵的英雄，凡人谁又能学得了，学得像呢？史可法，史可法——史可法的办事能力和效果，或许值不当人们效法，但他宁死不屈的民族英雄主义精神，历史当效法永记，世人当效法永记！

蛤蟆天子

清顺治二年孟夏，豫亲王多铎率清军血洗扬州后，兵锋直逼南京。惶恐不安的南明弘光朝臣，在朝堂之上大吵大闹、相互指责。吵嚷中，有俩大臣竟动手互殴起来，一时间整个朝堂叫骂声、打斗声、哭嚎声响彻殿宇。过了好一会儿，龙椅上的皇帝突然厉声怒吼："住手！"

吵闹戛然而止，朝堂鸦雀无声。众大臣们个个规规矩矩，垂手而立，洗耳恭听着圣明皇帝的圣明之策。圣明的皇帝却厉声说道："大选在即，成何体统？"

大选？选皇帝？选总统？不，是选美、选秀、选妃！是那位宣布"圣明之策"的"圣明皇帝"，正在选美、选秀、选妃！这位"圣明皇帝"就是明朝第十七位皇帝、南明立国之君朱由崧，史称"蛤蟆天子"。

朱由崧，明神宗朱翊钧之孙、明熹宗朱由校之堂弟。其父乃明神宗时"国本之争"的失败者朱常洵：明神宗宠爱郑贵妃，将其子朱常洵视若掌上明珠。郑贵妃整天在明神宗枕边吹风，朱翊钧便产生了废长立幼的想法。因此，他迟迟不让皇长子朱常洛就学。不久，他又想出了三王并封的主意，以降低朱常洛的地位。但被"东林党人"为首的大臣们所阻拦，而未能得逞。之后，在拥立太子的问题上，双方争夺激烈。"东林党人"根据"有嫡立嫡，无嫡立长"的封建宗法制度，坚决反对立朱常洵为太子。明神宗"从此君王不登朝"，直到万历二十九年，方立朱常洛为太子，朱常洵出封洛阳为福王。朱常洵出封洛阳后仍迟迟不肯离京，直到"梃击案"发生才离京就藩。

"先帝耗天下之财以肥福王"的朱常洵，在崇祯十四年（1641年），被攻破洛阳的李闯王煮成"福禄宴"。而其子朱由崧侥幸出城逃脱，流落江淮。崇祯十六年继承福王封爵。清兵入关后，他辗转来到淮安（今江苏省淮安县）避难。

崇祯帝吊死煤山的消息传到南方，聚集在南京的一班明朝大臣，不甘于政权就此灭亡，决计拥立朱家王室的藩王，以重建朱明王朝。由于朱由检的三个儿子都没有逃出北京，大臣们只有从藩王中挑选。当时藩王中尚存的神宗直系子孙，有福王、惠王、瑞王、桂王四人。后三者在僻远的广西、四川，离南京近的只有从河南逃来的福王朱由崧。

由是，崇祯十七年五月，经过激烈争吵，朱由崧被大权在握的阉党阮大铖、凤阳总督马士英等拥立为帝，改元弘光。

"甲申之变"主要发生在北方，明朝原来的京师南京，还有一套"完备"的政府体系；当时南明弘光政权控制的区域，东自黄河下游以南，西迄武昌长江以南，其物力、财赋、人力等，都比清廷所控制地区雄厚。朱由崧当国执政，原本是可以"大有作为"的。但他被捧上皇帝宝座后，却将大权委于马士英、阮大铖等佞臣宦官。自己却整天只顾沉湎酒色，吃喝玩乐，生活荒淫透顶。

有史载，朱由崧即位后，就以"大婚"为名，派出内官在南京、苏州、杭州等地挑选"淑女"。是时，南京城内稍有姿色女子被选秀官员看上，在脸上贴一张黄纸就没入后宫。有女而隐藏者四族连坐，百姓为避此祸纷纷逃难，甚至有母女为避祸双双自杀。其间，他还命太监们在每日晚间出城，四处捕捉蛤蟆配制"伟哥"——"蟾酥合媚"。因为办事的怕守城官兵不允出城，特意做了很多灯笼，灯笼上特书"奉旨捕蟾"四个大字。守城官兵见了这"奉旨捕蟾"，便任其进出。由此，民间便称朱由崧为"蛤蟆天子"，并流传千古。

"自古亡国亡君，无过我弘光者，汉献帝之孱弱，刘禅之痴呆，杨广之荒淫，合并而成一人……真能集大成也！"时人张岱痛骂朱由崧时如是说。作为至高无上的皇帝，落得个"蛤蟆天子"倒也没啥稀奇。比如明宣宗朱瞻基就叫"蛐蛐皇帝"，明熹宗朱由校叫"木匠皇帝"等。昏庸、荒淫固然可恨，但荒淫误国就更令人切齿了。

"中书随地有，都督满街走，监纪多如羊，职方（掌天下地图等）贱如狗！"为了豪夺民财，"蛤蟆天子"执政期间，他竟批准奸佞马士英提出的"大卖官"：取消延续数百年的生员（秀才）试取制，改为以纳银多少来定"名次"。结果，导致官僚机构庞大，冗员大增。新官候缺，旧官想固位就拼命向上行贿，致使民怨沸腾。

与此同时，风雨飘摇的弘光小朝廷，在"蛤蟆天子"的指导下，竟然学着前朝弄出了大悲、太子、童妃"三大疑案"。大悲案：当时有个叫大悲的和尚，从外地来到南京。东林党人曾想立潞王朱常淓为帝，由于潞王信佛，"蛤蟆天子"就怀疑他是来为潞王刺探情报，便将其下狱，定成死罪。太子案呢：当时有个自称是崇祯帝朱由检太子朱慈烺的人，从北方来到南京。"蛤蟆天子"又怕自己的宝座被夺，便匆匆定他是假太子，投入狱中；童妃案是：当年李自成攻下洛阳，时为福王世子的朱由崧扒城逃脱，在开封与周王府宫女童氏私订终身。而今童妃千里寻夫到南京，他却坚不承认，将其投入狱中折磨而死。

　　"三大疑案"闹得满城风雨，并引起一系列的连锁反应。尤其是太子案，直接加速了弘光政权的灭亡——镇守南京上游的左良玉称奉太子密诏，以"救太子，诛士英"为名，顺流而下进逼南京。"蛤蟆天子"与马士英等人，就命江北防线的明军回师攻打左良玉。江北防线大开不战自乱，清军趁机攻取南京。于是乎，兵强马壮、坐拥江南良地的弘光政权，建立不足一年便土崩瓦解了，朱明王朝光复之希望就此覆灭！

　　"蛐蛐皇帝"是因为捉蛐蛐，"木匠皇帝"是因为玩木工，"蛤蟆天子"是因为捉蛤蟆，这个都很明了。但又有谁人说得清楚，这些个捉蛐蛐的"蛐蛐皇帝"、玩木工的"木匠皇帝"，以及捉蛤蟆的"蛤蟆天子"，究竟是怎样就成了天子并大行捉蛐蛐、玩木工、捉蛤蟆之道的呢？很伤脑筋儿！

杀人不过头点地

杀人不过头点地，其解有二：一是杀个人不过是头掉地上，死没什么大不了的，是想告诫人们不要怕死；二是对方已经磕头赔罪了，就不要苦苦相逼、斩尽杀绝，用以比喻做人或者做事要留有余地，不要太过分！关于第二层意思的史例，有以下三个：

宋仁宗时，一举子献诗于成都府，云："把断剑门烧栈道，西川别是一乾坤。"这分明是造反的言论！知府将这个人抓了，千里加急报到朝廷。但仁宗看了奏折却轻描淡写地批道："此老秀才急于仕宦而为之，不足治也。可授以司户参军，处于远小郡。"大概意思是：这不过是不得志的老秀才发牢骚，你们不要那么紧张，别小题大做，也别治他的罪。看看有没有司户参军的位子，给他安顿一下，让他有饭吃。大家都不容易的！

那年，燕军攻破南京后，朱棣屡次派人到狱中向方孝孺招降。希望由他撰写新皇帝的即位布告，方孝孺坚决不从。朱棣见方孝孺宁死不屈，即威胁他说："汝不顾九族矣！"方孝孺义无反顾地斥责说："便十族奈我何！"朱棣怒不可遏，命人把方孝孺从嘴角直割到耳朵，孝孺满脸是血仍怒骂不绝。最后方孝孺被打进死牢，并派人大肆搜捕方孝孺的亲属。方孝孺的妻子郑氏和两个儿子上吊而死、两个女儿投河而亡。朱棣将方孝孺九族诛尽还无法息怒，便把方孝孺的门生和朋友也算作一族予以处死。每抓到一个都带到方孝孺的面前，让他看着千刀万剐。"孝孺十族之诛，有以激之也。愈激愈杀，愈杀愈激，至于断舌碎骨，湛宗燔墓而不顾。"一共杀了七天，被杀者共达八百七十三人，投狱和流放充军者更逾数千。

大圣人孔子曰："导之以政，齐之以刑，民免而无耻；导之以德，齐之以礼，有耻且格。"意思是说啊：以政令来管理，以刑法来约束，百姓虽不敢犯罪，但不以犯罪为耻；以道德来引导，以礼法来约束，百姓不仅遵纪守法，而且引以为荣！

杀人不过头点地。强权的王者抑或强势的强者，都要得饶人时且饶人，这应该是天道！

第二辑　天若有情天亦老

寝门廊下哭微之

文宗大和五年七月二十二日，有消息传来——在武昌的你暴病而逝。惊闻噩耗，晴天霹雳，悲从中来，老泪横流：

> 八月凉风吹白幕，寝门廊下哭微之。
> 妻孥朋友来相吊，唯道皇天无所知；
> 文章卓荦生无敌，风骨英灵殁有神。
> 哭送咸阳北原上，可能随例作灰尘；
> 今在岂有相逢日，未死应无暂忘时。
> 从此三篇收泪后；终身无复更吟诗！

一

是的，是文宗大和五年七月二十二日，你在武昌军节度使任上，突然暴病而逝。去年五十三岁。

微之啊，贤弟呀，老哥我在河南闻听噩耗，简直晴天霹雳、五内俱焚。待消息确定，不禁老泪横流！想啊，你我相逢相知、相慕相牵、相伴相助，情同手足多少年了啊；想啊，那年你五十三，我满六十，你英年早逝，我知音远去；这叫老哥哥情何以堪？这怎不叫我肝肠寸断？

微之啊，贤弟啊，你之灵柩在咸阳北原下葬，老哥我依旧肝肠寸断，依旧悲痛难抑。肝肠寸断，悲痛难抑，只有再举笔，三首挽歌，墨蘸泪，泪拌墨：

> 铭旌官重威仪盛，骑吹声繁卤簿长。
> 后魏帝孙唐宰相，六年七月葬咸旧；
> 墓门已闭笳箫去，唯有夫人哭不休。

苍苍露草咸阳垄，此是千秋第一秋；

送葬万人皆惨淡，反虞驷马亦悲鸣。

琴书剑珮谁收拾，三岁遗孤新学行！

是的，你的名字叫元稹，字微之，排行第九。人称元九，我呼微之。你本是河南洛阳人，出生于大唐安史之乱，十六年后的代宗大历十四年。八岁丧父，家贫无业，幼学之年，不蒙师训，亲母为教。德宗贞元九年，十五岁的你为尽快获取功名、摆脱贫困，选择投考相对容易的明经科，一战告捷。贞元十五年你二十一岁，初仕于河中府（山西省永济市蒲州镇）。

兄长我名白居易，字乐天。祖籍山西太谷，曾祖父时迁居陕西渭南，于代宗大历七年，出生于河南新郑东郭宅。年长贤弟七岁。十六岁时为应考，作习作《赋得古原草送别》。其中的"离离原上草，一岁一枯荣。野火烧不尽，春风吹又生"不仅使著作郎顾况对我的指教由"长安米贵，居之大不易"，变为"道得个语，居亦易矣"。

"自我从宦游，七年在长安。所得惟元君，乃知定交难。"是的，贞元十八年，你我一同参加考试，同登书判拔萃科（破格选拔的经书义理和法律人才）、同授秘书省掌校典籍的校书郎。从此，我与"无波古井水，有节秋竹竿"的你相伴而行、相牵相挂、相帮相扶、相互酬唱、相互慰藉、相互勉励、情同手足、生死不渝。

二

初时，你我二人"花下鞍马游，雪中杯酒欢。衡门相逢迎，不具带与冠。春风日高睡，秋月夜深看"。而这相交、相随"不为同登科，不为同署官。所合在方寸，心源无异端！"

"我有鄙介性，好刚不好柔。勿轻直折剑，犹胜曲全钩。"宪宗元和元年四月，你我二人同时被"遴选"选中。你授朝廷高级谏官左拾遗，不久转河南尉，我为盩厔尉。那个时候，你我风华正茂，无所畏惧。虽然人不在一处，心却相印。

我作《折剑头》，借折断的剑头做比喻，理想为人处世宁肯直折，也不委曲求全。你马上作《和乐天折剑头》："风云会一合，呼吸期万里"。我作《感鹤》："鹤有不群者，飞飞在野田。饥不啄腐鼠，渴不饮盗泉。"表达自己宁肯挨饿，也绝不逐食腐鼠；宁愿干渴，也不做饮"盗泉"的不群之鹤。不为温饱就甘愿被人牵缚，不守节操、伤天害理。你即作《和乐天感鹤》"吟君感鹤操，不觉心惕然。

无乃予所爱，误为微物迁"给我鼓劲打气。我作《赠杨秘书巨源》："贫家薙草时时入，瘦马寻花处处行。不用更教诗过好，折君官职是声名。"诗来赞扬曾写下"三刀梦益州，一箭取辽城"的杨巨源，并为其叫冤鸣屈。你读后就作《和乐天赠杨秘书》："刮骨直穿由苦斗，梦肠翻出暂闲行。因君投赠还相和，老去那能竞底名。"那个时候，你我可说是壮怀激烈，壮志满怀。

三

宪宗元和二年，你为母守孝三年后升任监察御史，我也迁任左拾遗。你我二人，一个是掌管监察及弹劾官员过失罪行的监察大员，一个是向皇帝提意见建议的亲信官员。于是，我们本着过去在诗中相互勉励的"刚直不畏权贵，为皇帝办好政事"的志向，激情澎湃、无所顾忌地干将起来。

我作为谏官多次向宪宗上书，使其改革了当时的一些弊政，并且大胆、坚决地反对某些大臣企图谋取宰相职位，而向宦官拍马行贿。你作为有实权在手的监察御史，所作所为更加激烈，一出手就大胆地监察了剑南东川地方最高长官——节度使严砺的违法乱纪，并平反八十八家被其籍没的冤案。与之牵连的七个刺史，也为此受到了应有的惩罚。

对了，你去东川时有件奇趣的事，我记忆犹新：你走后十几天，我和弟弟白行简及陇西人李建，同去长安南郊的曲江池及池畔的慈恩寺游玩。傍晚，我们又一起到李建长安的家中。李备酒招待，喝得正高兴呢，不知怎的，我突然就想到了你。于是叫人拿出笔墨，在房间的墙壁上，题了一首《醉忆元九》："花时同醉破春愁，醉折花枝作酒筹。忽忆故人天际去，计程今日到梁州。"

奇怪和有趣的是，从你后来寄回的《梁州梦》：

> 梦君同绕曲江头，也向慈恩院院游。
> 亭吏呼人排去马，忽惊身在古梁州。

看，你梦见我们的那一日，正好也是我作《醉忆元九》的那一天，也是你刚好到达梁州的那一天。这岂止是心心相印、心神互通，简直就是人们传说的"心有灵犀"啊！

四

　　卒使不仁者，不得秉国钧。元稹为御史，以直立其身。其心如肺石，动必达穷民。东川八十家，冤愤一言伸。

　　你在东川的大胆行为，引起了朝中某些人的忌恨。等你回朝，当即就让你"分务东台"去了。嘻，就是调你到东都洛阳去坐冷板凳。为此，我作《赠樊著作》，对你予以高度赞扬，并且劝解你"君为著作郎，职废志空存。虽有良史才，直笔无所申。何不自著书，实录彼善人。编为一家言，以备史阙文。"职权既已削减，不如著书立传。

　　"如何至近古，史氏为闲官。但令识字者，窃弄刀笔权……解悬不泽手，拯溺无折旋……其次有独善，善己不善民。"你看到我的《赠樊著作》，立即对《和乐天赠樊著作》，表达你的志向和苦闷。其间，你贤淑、聪慧的妻子韦丛盛年而逝。弟妹之死，对你打击甚大，常常夜不能寐。为此，你专门写下了《遣悲怀三首》，为世人留下了"曾经沧海难为水，除却巫山不是云"的千古佳句。

　　"不能发声哭，转作乐府诗……寄君三十章，与君为哭词。"我在德宗贞元末年到宪宗元和年间，写了十首《秦中吟》、五十首《新乐府》。这些都是向高层提意见和建议的，大多数揭露了当时社会的黑暗、揭露了老百姓承受剥削阶级的肆意剥削、对底层劳动人民给予深切的同情。其中就有人们熟知的《采诗官》《寄唐生》《卖炭翁》等。其实，那也是"但伤民病痛，不识时忌讳"。因其触及了当权者的痛处，我于元和十年，被贬为江西九江司马。对此，我还笑称这类官为"送老官儿"。

　　被贬后，我依然坚持自我。比如，给你写的一封长信——《与元九书》，就表明了我的态度："启奏之间，有可以救济人病，裨补时阙，而难于指言者，辄咏歌之，欲稍稍进闻于上。上以广宸听，副忧勤；次以酬恩奖，塞言责；下以复吾平生之志。岂图志未就而悔已生，言未闻而谤已成矣……不相与者，号为沽誉，号为诋讦，号为讪谤……乃至骨肉妻孥，皆以我为非也。"想勤奋尽责，别人诽谤。有着骨肉亲情的妻儿，也都认为我做错了呀！

　　是啊，那时你也已被贬江陵府（荆州）了。被贬的原因是，元和五年你被召回罚俸。途经华州敷水驿，已经按规定住在驿馆上房。这时，宦官仇士良、刘士元等人也赶到了此地，也要争住上厅。你据理争辩，却遭到仇士良的漫骂。刘士元更是拿马鞭，对你进行抽打。并打得你鲜血直流，被赶出上厅，时人称"敷水驿事件"。然宪宗不敢得罪那个大宦官，竟以"元稹轻树威，失宪臣体"为由，对你进行贬谪。这个大宦官在中晚唐跋扈了二十多年。一生杀二王、一妃子、四宰相，而且当朝圣上李纯也是人家仇士良一手侍奉大的。这个不知你是不清楚，还是不畏惧？后来你也没细说。

贬你到江陵做士曹参军，赏罚不公，朝野哗然。我亦连上三状为你申辩，但胳膊扭不过大腿啊。从此，你开始了困顿州郡十余年的贬谪生活。你被贬的理由，面上是因为与宦官争房间，其实，真正的原因是，你在洛阳监察任上，得罪、威胁了某些权贵——这是对你的打击和报复啊！

再说你从洛阳被"罚俸召回"的原因，那是因为弹奏河南尹房式不法事：那时你虽被排挤洛阳，但仍旧不改秉性，不畏权贵。不仅上书皇帝弹劾当地豪门权贵违法事件十余起，而且还对河南尹房式的贪污行为进行监察。你以监察御史的身份，将其停职并带到东台讯问。这本是御史的正常职责，但朝中权贵们却认为你目无上级。因此，你不仅被扣发俸禄仨月，而且被调回京城听候处理。因为房式是开国重臣房玄龄之后，同时河南尹不仅仅只是一方大员，还是有资格参与朝廷大事的高官啊。

在返回京都的路上，你与朋友见面忆旧，潸然泪下作《元和五年予官不了，罚俸西归》。

> 拾遗天子前，密奏升平议。召见不须史，恂庸已猜忌。朝陪香案班，暮作风尘尉。去岁又登朝，登为柏台吏。台官相束缚，不许放情志。……分司在东洛，所职尤不易。罚俸得西归，心知受朝庇。

啥意思呢？我清楚：我当了天子面前的谏言官，常向皇帝密奏各种，使国家兴盛的意见和建议；皇帝面见我听取汇报的时间虽然很短，可一些小人已经对我心生猜忌；我早上还在朝上班，傍晚就被贬为河南县尉；去年好不容易才召回长安任监察御史，可史台的上级约束着我们，不许讲实话；分管东都洛阳、执行职务却更加困难，结果被落得个扣发薪水，调回京城听候处理！是这般意思吧？

五

> 初因弹劾死东川，又为亲情弄化权。
> 百口共经三峡水，一时重上两漫天。
> 尚书入用虽旬月，司马衔冤已十年。
> 若待更遭秋瘴后，便愁平地有重泉。

　　看来，你对自己被贬东都、江陵等地的原因，也是十分清楚的：我当监察御史之初，由于弹劾严砺而差点死在东川。后来又因为劾奏了宰相亲戚违法，宰相利用权势害我。你自己也在你这首《酬乐天闻李尚书拜相以诗见贺》中注释："予为监察御史，劾奏故东川节度使严砺，籍没衣冠等八十余家。由是操权者大怒。分司东台日，又劾奏宰相亲，因缘遂贬江陵士曹耳。"李尚书当宰相虽刚满一月，可我这个通州司马自从元和五年含冤被贬，迄今已近十年了。如果要等我遭受此地，秋时瘴气的侵袭后再被召回长安，我可能早已埋到深达两重泉水的坟墓中了！

　　按咱们当时的制度，被贬到外地的官员。在皇帝诏书下达之时起，便须立即上路，甚至来不及与家人告别、收拾行装。你被贬江陵的诏书下达时，我正在翰林院值班，下班时你已上路。你我在长安街上不期而遇，从永寿寺南相伴东行，一直到延兴门内的新昌坊，才不得不分别。我只能勉励你，要保持不畏权贵、敢于揭露一切贪暴不法的志向和气节，莫要因为被冤枉就消极忧伤——别的说些什么呢？没啥好讲啊！

　　那天是宪宗元和五年三月二十四日。当天晚上你住在山北寺（商山上的驿馆）。我因为值班没法送你，只好吩咐我的弟弟行简前去送行。并送上我写的二十首新诗，好让你路上不孤单。你收到我的诗百感交集，夜不能寐，并成诗一首——《三月二十四日宿曾峰馆夜对桐花寄乐天》：

　　　　微月照桐花，月微花漠漠……是夕远思君，思君瘦如削。但感事睽违，非言官好恶。奏书金銮殿，步屧青龙阁。我在山馆中，满地桐花落。

　　由于牵挂，我在晚上做梦梦到了你。待到惊醒，使者正好送来了你的书信，和你写的此诗。怅然中，我提笔写下一首五言长诗，作为回信：

　　　　永寿寺中语，新昌坊北分。归来数行泪，悲事不悲君……梦中握君手，问君意何如。君言苦相忆，无人可寄书。觉来未及说，叩门声冬冬……开缄见手札，一纸十三行。上论迁谪心，下说离别肠。心肠都未尽，不暇叙炎凉……桐花诗八韵，思绪一何深。以我今朝意，忆君此夜心。一章三遍读，一句十回吟。珍重八十字，字字化为金。

是这样，我说的没错吧？！

你到江陵后，将自己在旅途上新写的，《思归东》《春鸠》《春蝉》《兔丝》《古社》《松树》《芳树》《桐花》《知稚媒》《箭簇》《赛神》《大嘴鸟》《分水岭》《四皓庙》《青云驿》《阳城驿》《苦雨》等，十七首五言长诗寄给了我。我非常高兴地一一读了，感到每首诗都很有主旨，所说的又都有道理。同时，感到这些诗的音节、格律和体裁，都形成了你自己独特的风格。但是鉴于牛僧孺直言获罪的教训（也就是元和三年，牛僧孺以贤良方正应考。在试对策时，直言批评朝政的失误，并且涉及当权的李逢吉。李逢吉大怒，不仅将以第一名录取的牛僧孺黜退，而且连主考官杨于陵、韦贯之等，都被贬到外地了），我不敢给别人欣赏。只与李建、李复礼等几位好友一起吟读。

后来，我从这十七首中，选取最佳的十首，各和作了一首。这便是《和答诗十首》，其中包括《和恩归乐》《和阳城驿》《答桐花》《和大嘴鸟》《答四皓庙》《和姓媒》《和松树》《答箭镞》《古社》《和分水岭》等。

其中你作的《箭镞》，将身任监察御史的自己比作箭头。认为既然是箭头就要研磨锋利，并且无所畏惧地去射杀害人的"强盗"。可是这自然的、正直的举动，却遭到了皇帝的恼怒。你在诗中直率地讲说皇帝的不是。这种敢于把矛头直指当朝天子宪宗的做法，是相当胆大的。并且在诗的结尾说："君王不忍杀，逐之如进丸。仍令后来箭，尽可头团团。发硎去虽远，砺镞心不阑。会射蛟螭尽，舟行无恶澜。"诗不仅批评了圣上，还表明了你"死不改悔"的决心。

我作《答箭镞》，劝解你不要与那些宵小和奸佞直接争斗。那样反而弄污了你自己。劝你应该看远一点，多干实事，韬光养晦，进而找机会从上层着手革新，这样才意义重大、方见功效。

你在《大嘴鸟》中，将奉公守法的官吏比作慈乌，虽有慈孝五伦，却反遭欺负。把凶残的贪官污吏比为大嘴鸟，把妖言获宠者比作"老巫"，他们总是因宠得到庇护，而长久不死。

我在《和大嘴鸟》中，对你分析了凶残贪婪的"大嘴鸟"、蒙蔽主人的"老巫"，及不知是非之"主人"的成因。并在痛心疾呼的同时，以此等终究不会有好下场等，给你以劝解和宽慰。

昔公怜我直，比之秋竹竿。秋来苦相忆，种竹厅前看。失地颜色改，伤根枝叶残。清风犹渐渐，高节空团团。

你看到老哥对你的一些勉励，作《种竹》以释怀。其中说到你这个被我称

"秋竹竿"的人，由于受到打击，身体受到摧残而面色灰败，但依然保持清高而不随俗，且坚守节操、心无杂念。

我对此非常赞赏，作《酬元九对新栽竹有怀见寄》：

> 昔我十年前，与君始相识。
> 曾将秋竹竿，比君孤且直。
> 中心一以合，外事纷无极。
> 共保秋竹心，风霜侵不得。
> 始嫌梧桐树，秋至先改色。
> 不爱杨柳枝，春来软无力。
> ……　……
> 分首今何处，君南我在北。
> 吟我赠君诗，对之心恻恻。

勉励你我二人，心志既相同，就不怕纷扰多端。我们共同保持正直、有节操之心，不怕风霜雨露的侵袭。不学梧桐树，秋天刚到就变了颜色。也不羡那杨柳枝，春天时柔软无力、随风摇摆……虽然如此，每当我重吟这首诗时，心中还是非常凄凉和悲伤啊——因为你正直便遭受贬谪之苦！

六

宪宗元和六年四月，我的母亲不幸去世。依照当时"丁忧"之规定，我回到渭河北岸老家为母守孝三年。其间，由于没有官俸，生活困难，你就常常出手相助。这些我都铭记心间。

元和九年冬，我守孝期满，被任命为太子左赞善，也就是陪伴太子读书的闲差。三十七岁的你也于次年正月，由江陵府奉诏回朝。途经蓝桥驿曾题诗，留赠命运相似的友人刘禹锡、柳宗元。抵京后与我诗酒唱和，以为起用有望，意气风发。哪曾想啊，当你正编订《元白还往诗集》，却突然与刘禹锡、柳宗元等一同，再次被放逐远州（"永贞改新"失败）。

元和十年三月，你"一身骑马向通州"，出任通州司马。流落"哭鸟昼飞人少见，怅魂夜啸虎行多"（见你的《酬乐天得微之诗，知通州事，因成四首》）的通州，你给我写信。其内容除了介绍通州情况、诗歌创作外，被贬的悲愤心情跃然纸上。

　　于是，我奋笔疾书、一气呵成《得微之到官后书，备知通州之事，怅然有感，因成四章》："来书子细说通州……何罪遣君居此地，天高无处问来由……莫遣沉愁结成病，时时一唱濯缨歌……剑埋狱底谁深掘，松偃霜中尽冷看。举目争能不惆怅，高车大马满长安。"那真是既痛心又担忧，既气愤又无奈。然，老哥我除了安慰还是安慰，别无他法！

　　你流落通州，患上疟疾几乎死去。潦倒困苦中，你我只能以诗述怀，以友情互以慰藉。但在这般困苦之中，你毅然完成了最具影响力的新乐府诗歌《连昌宫词》，及与我酬唱之作等一百八十余首。这让我很欣慰！

<h2 style="text-align:center">七</h2>

　　天有不测风云，人有旦夕祸福。就在你被贬通州的那年六月，京都长安发生了一件极其严重的暗杀事件：宰相武元衡和御史中丞裴度遭人刺杀。武当场被杀并取去头颅，裴身受重伤，是为淮西节度使吴少阳之子吴元济反叛后为扰乱人心而制造的恐怖事件。对如此大事，当权者竟然无动于衷。身为东宫闲职的我气愤难抑。心想宰相被杀并取其头颅，是国家的奇耻大辱。于是便上疏力主严缉凶手，以肃纲纪。可恨、可笑、可悲的是，那些个掌权者（其中不乏因此事不敢上朝者，为了掩饰自己的怯懦而心生嫉妒者），非但不予褒奖和支持，反说我这个东宫闲官，抢在谏官之前议论朝政，是僭越之举。并借助母亲大人看花时坠井而亡，及我写的有关赏花、观井之作等，指责我有伤孝道，不配做左赞善大夫陪太子读书。于是那个后来"暴死"在长安的宪宗李纯，就把我贬为江州刺史（江西九江的行政长官）。然而诏书发出后，某些个"井下石"仍不肯罢休，致使我再贬为江州司马。

　　表面上看，我的遭贬是越职言事。实际上，我心知肚明——就是因为先前的《新乐府》，以及大量抨击当时社会现实的诗篇，早就刺痛了朝中的某些权贵。因此，只要有一点机会或借口，我遭劫也就在所难免了呗！

　　这年八月，贬谪诏书一下。我和当年的你一样，须立即启程，不得有半点迟延。去江州，从长安出发，东南行经蓝田的蓝桥驿、翻越秦岭、经商县奔东南，到达襄阳后才能乘船、沿汉水南下入长江，然后再顺长江而下，才能到达九江。我到蓝桥过夜时，写了《蓝桥驿见元九诗》。

　　　　蓝桥春雪君归日，秦岭秋风我去时。
　　　　每到驿亭先下马，循墙绕柱觅君诗。

因为半年前，你返回京都时曾经此地，并作有《西归绝句》十二首。我是很想在那里墙柱上，看到你题留的诗句啊！

　　残灯无焰影幢幢，此夕闻君谪九江。
　　垂死病中惊坐起，暗风吹雨入寒窗。

听闻我被贬江州，长期身患疟疾而卧病通州的你，不禁惊起提笔而书。《闻乐天授江州司马》寥寥二十八字，就真切地感觉到，贤弟对我之友谊，是多么地深厚呀。

在奔赴江州的船上，我读你以前的诗，以消除旅途孤寂。读得兴起时，通宵难眠：

　　把君诗卷灯前读，诗尽灯残天未明。
　　眼痛灭灯犹暗坐，逆风吹浪打船声。

你收到我的《舟中读元九诗》，也激动得通宵未眠，并提笔写下了《酬乐天舟泊夜读微之诗》：

　　知君暗泊西江岸，读我闲诗欲到明。
　　今夜通州还不睡，满山风雨杜鹃声。

当我去信告知你，我已平安抵达江州时，你竟然：

　　远信入门先有泪，妻惊女哭问何如。
　　寻常不省曾如此，应是江州司马书。

由你的《得乐天书》可见，你的心情是多么地真挚啊！"远信入门先有泪"，真是感同身受，令人感动。

八

　　元和十二年冬，我到江州两年多，你还在通州司马任上。我们分别已经三年，相隔数千里不能见面。可在此期间，你我二人以诗歌往还，既吟离别的思念，也互寄感怀，不停地交流着彼此的思想情感。不觉间，你我互相赠寄的作品，竟各达数百篇之多。后来我想啊，与其将这些诗都收藏在箱子里。不如将它们放在案头或身边，以消减对你的思念。于是从你寄来的几百首诗中，精选出短小清丽的律诗一百首，一一抄写在扇屏风上——使自己抬头即见，好友就在眼前！同时，我在屏风上题了一首七绝：

　　　　相忆采君诗作障，自书自勘不辞劳。
　　　　障成定被人争写，从此南中纸价高。

　　与此同时，你也因为思念我，而将我的诗篇题写在阆中开元寺的墙壁之上，并作《阆州开元寺壁题乐天诗》：

　　　　忆君无计写君诗，写尽千行说向谁。
　　　　题在阆州东寺壁，几时知是见君时？

　　"几时知是见君时？"你是多么想念哥哥啊。于是我赶快作《答微之》：

　　　　君写我诗盈寺壁，我题君句满屏风。
　　　　与君相遇知何处，两叶浮萍大海中。

　　你我多像茫茫大海中两叶微小的浮萍。能够相逢相知真是不易，所以才能身居异地，而两心如此相同啊！
　　你我自从唐德宗贞元十八年相交以来，到我们分贬通州、江州这十余年间。彼此之间诗章往来不断，相互酬唱几无虚时。咱们诗文交往的故事，和所作的大量新诗，在社会上广泛流传，颇有影响。以至于巴蜀、江楚，甚至长安的少年后生等，都纷纷效仿，争作新诗，并且号称"元和体"（"元和"是当时年号）。而你和我所写的许多诗篇，在皇宫大内、官府衙门、寺院道观、酒肆驿站，甚至边塞的墙壁之上，都有人抄写。上自王公贵人，下至妇女儿童，甚至牧牛放马之人，口中都经常吟诵。穆宗在东宫当太子时，他的妃嫔左右不也是都经常吟诵吗？这真可谓是，"诗到元和体变新"啊！

九

元和十五年，正月二十七日，宪宗被亲信宦官陈弘志药死。太子李恒继位，是为唐穆宗。不久，穆宗召崔潭峻归长安。崔向穆宗献上你的《连昌官词》等诗歌百余篇（你被贬江陵时，宦官崔潭峻任江陵的主管长官——荆南监军使。他很敬重你的才能，常索要你的诗篇诵读）。穆宗大悦，即日升任你为祠部郎中，兼知制诰（为皇帝草拟命令、诏书的秘书）。你虽然升了官并得到穆宗的宠爱，可朝中认为你的升官是走宦官或皇宫后门的结果。因此，不少大臣都很鄙视你。

崔潭峻是穆宗皇帝信任的宦官首领之一。因为他的缘故，宦官们争着与你交往。其中另一宦官首领、枢密使魏弘简，与你交情更为深厚。那时朝廷内的情况是，宦官已成为一个有极大势力的政治集团。有时甚至连皇帝的废立和生杀都由他们的阴谋决定。而朝内大官儿们也逐渐形成了集团，他们无力、也不敢反对宦官，却互相争权夺利。可有一条潜规则：任何官员如果和宦官有交往，不管是对的或错的，官僚集团一律瞧不起，并极力中伤和打击——你当时的处境正是这样的啊！贤弟呀，你明白不明白？

你任知制诰是非常合适的。你文笔过人，所草拟的诏书文辞高古，纯厚明切，天下盛传，那真是"制从长庆辞高古"。皇帝也因此对你特别宠爱，不久你被召入翰林任中书舍人（掌管中央诏令与皇宫财政的天子近臣）。长庆二年二月，穆宗升你为中书门下平章事，就是宰相。任命诏书公布时，朝廷内外的官员都认为，你是结交宦官才当上了宰相。他们不以为然，纷纷加以讥笑。自然，一些造谣中伤、打击陷害的阴谋也就随之而来。

这阴谋你也清楚：这年三月，支持宪宗削藩的宰相武元衡遇刺，督统诸将平定淮西之乱的"裴晋公"裴度，也被任命为宰相。你认为自己资历尚浅，皇帝破格提拔就要有所作为、做些成绩。一来报答皇帝，二来给那些嘲笑的人看看。赶巧，这时成德军节度使王庭凑叛乱，围攻河北深县的牛元翼。朝廷先赏赐王庭凑，然后下令叫他退兵。王根本不听，朝廷拿他没法子。

这时，你有个门客于方对你说，他有办法将牛元翼救出深州。只要求兵部和吏部，给他几张空白的低级官员委任状，由他去结交招募些人，来具体操办这件事。当然，这一切都得秘密进行。于是，你听从了他的建议。你的这个决定，原本是出于公心——如果此事真能办成，就给朝廷解决了大问题。即使不成，朝廷也没有什么大损失。

可没想到，由此引发了巨大的政治阴谋：一直对宰相职位怀有野心的李逢吉，得知了你的策划。马上派他的亲信李赏，暗中向裴度造谣说："元稹指使于方，欲收买刺客刺杀你。"裴度是位贤相，很有些见识。听了小报告可能不信，因而置之未理。

李赏又到左神策军营密告，神策军中尉上奏穆宗。穆宗命令李逢吉予以调查，结果根本没有此事。但于方设计解救深州牛元翼的秘事却全都暴露了。糊涂的穆宗皇帝，他不深究造谣者，更没有抓住阴谋的策划者，反而认为这样一查一闹，你和裴度两个人的宰相都当不下去了。于是下令，同时罢免了你和裴的宰相职务，并且外放你为陕西同州刺史。这样做，实际上就是对你的贬谪。那是长庆三年六月的事，你担任宰相前后不过仨月。

十

穆亲长庆三年冬，你自陕西同州刺史升任浙东观察使，兼越州刺史（浙江绍兴长官）。还在杭州刺史任上的我，获得此信儿，那是喜不自胜——因为越州与杭州为近邻，咱们今后会面、相互酬唱，可就方便多了。同时，杭越一带山明水秀，风景极佳，正是吟诗的好地方啊！我当即赠你七律一首——《元微之除浙东观察使，喜得杭越邻州，先赠长句》：

> 稽山镜水欢游地，犀带金章荣贵身。
> 官职比君虽校小，封疆与我且为邻。
> 郡接对玩千峰月，江界平分两岸春。
> 杭越风光诗酒主，相看更合与何人。

那年十月，你赴任途经杭州与我会面，两人相约数日。此后，你我二人诗歌往还，酬唱不断。比如你的《以州宅夸于乐天》，我的《答微之夸越州宅》。你的《重夸州宅旦暮景色兼酬前篇末句》，我的《微之重夸州居》，等等。

其间，你公务稍暇，将自己的旧作整理了一番。经过修议删削，余下的过百轴（那时的诗文等都抄在长条纸上，然后装裱成轴）。事毕，你感叹自己和我，一生都专注于诗歌。但两人都是只有女儿没有儿子，咱们的文集传给谁呢？于是写了一首七律寄给我。我答了你一首七律，说老天使我们都没有儿子，怨不了谁。写完答诗后，觉得我们在文章和诗歌方面，已经是有些"名堂"了，并且影响也很广。眼界应该更开阔些，不要为没有儿子而苦恼。

海内声华并在身，箧中文字绝无伦。
遥知独对封章草，忽忆同为献纳臣。
走笔往来盈卷轴，除官递互掌丝纶。
制从长庆辞高古，诗到元和体变新。
各有文姬才稚齿，俱无通子继余尘。
琴书何必求王粲，与女犹胜与外人。

因此，我又写了这首七言长律《余思未尽，加为六韵，重寄微之》寄给你。大致意思是：你我四海之内，诗名远传，你箱中所藏的诗作，更是无人可比。想你在整理自己的诗文时，看见当年在长安任监察御史，给皇帝所上章奏的草稿，定会回忆起我们同时作谏官的情景。此间，你我笔墨往来，互相酬唱，所作的诗篇多达数百。穆宗皇帝登基后，你我先后任知制诰，代皇帝起草诏书。你在长庆初年改革制诰文体，变俗体为高古，后继者均仿效。由于你我的创作，诗歌在元和年间，形成了新颖的"元和体"。遗憾的是，你我只有年龄尚幼的女儿，都没有儿子可以继承我们的文学事业。其实呀！我们的书籍文章，虽然无儿子可传，可也用不着非找三国时王粲那样的才子托付。传给我们的女儿，不是也很好吗！

十一

你回到长安后，被任命为尚书左丞，总领纲纪后严厉整顿，并将七名不称职、胡作非为的郎官罢免了。这本来是件其他官员都不愿做的善政，可当时朝内的许多官僚，认为你名望太轻、平时行为不检（指结交宦官事）。因此，你做了好事、干了正事，大家还是不赞许，并且议论纷纷。因此，你在长安一年，就又被排挤出朝，任武昌军节度使兼鄂州刺史。

诏书下达之时，你的妻子心中不快，你特别写了一首诗安慰她：

穷冬到乡国，正岁别京华。自恨风尘眼，常看远地花。碧幢还照曜，红粉莫咨嗟。嫁得浮云婿，相随即是家。
君应怪我留连久，我欲与君辞别难。白头徒侣渐稀少，明日恐君无此欢。自识君来三度别，这回白尽老髭须。恋君不去君须会，知得后回相见无。

文宗大和三年，你在浙东观察使任上被召回长安。你由浙江绍兴赴首都时，途经洛阳与我相聚，那时我又被改授太子宾客。临别时你恋恋不舍，写了两首充满感伤的七绝作别。

谁曾料到啊，你的这句"知得后回相见无"感伤之言，竟然成了"诗谶"——在此后的一年多至你突然离世，你我再没有机会见面。贤弟呀，你所有的诗歌，我是全部都欣赏和喜欢的。唯独这"知得后回相见无"，老哥憎恶透顶。每每想起，恨恨不已！

微之呀，贤弟呀，说是你在武昌突然暴病。其实老哥我心中明白：那是因为几经贬谪，几经被打击呀。尤其是你流落"哭鸟昼飞人少见，怅魂夜啸虎行多"的通州，衔冤十年余。因为颠簸，因为湿瘴，更因为你悲愤难填等，早就"失地颜色改，伤根枝叶残"了。加之所患疟疾，更是给了你无情的摧残。这是身心摧残过度，这是积劳成疾，这是鞠躬尽瘁呀！

安史之乱后，人们惧怕战乱、热望和平、渴望中兴。面对民不聊生、千疮百孔的社会现实，你和其他热血志士一样，积极入世，建功立业。其人生最高追求是"达则济亿兆，穷则济毫厘"。你虽累遭打击而不悔，且自励道：

此意久已定，谁能求苟营！所以官甚小，不畏权势倾。…… ……金埋无土色，玉坠无瓦声。剑折有寸利，镜破有片明。我可俘为囚，我可刃为兵。我心终不死，金石贯以诚！

读过此诗，其坚忍不屈的高贵品格，及其骨子里的那种傲视苍穹、不与奸小同流合污的浩然正气，不是早已经跃然眼前了吗？倘若你能"天子呼来不上船""乘桴浮于海"，去作你的诗、行你的文，再多活20年、30年又有何难？

十二

相看掩泪情难说，别有伤心事岂知。
闻道咸阳坟上树，已抽三丈白杨枝。

武宗会昌元年，已经七十岁的我，在东都洛阳当着位高而权轻的闲官（太子少傅）。一次，在读新结识的友人卢子蒙的旧作时，发现其中有不少是你与卢互相唱和之作。这使我不禁再次想到去世已整十年的你。想到早已去世的你，我依旧是伤心不已，老泪横流啊。

《览卢子蒙侍御旧诗》，看似是因读卢子蒙的诗歌引起，其实完全是因为思念你啊。虽时已十年，你坟头的白杨，已经长到三丈高了。可你的音容笑貌依然如昨，让我这老朽始终难以忘怀。

在大唐的诗坛上，你我二人有着长期的交往和无间的友谊。不仅情同手足，而且在诗歌创作上，互相切磋、互为影响。共同获得非凡成就的，应该有你我二人。在诗歌上你我不出左右，但在政治态度和实践上，你的情况却要复杂得多。

在我们生活的时代，宦官集团是极其腐朽的。你因结交了宦官崔潭峻，而受到皇帝穆宗的赏识和重用。后又因结交大宦官魏弘简，裴度三次上书反对你们的交往。崔潭峻和魏弘简，并非坏得出名的大宦官。潭峻在皇帝跟前推荐你，那是因为你的才干。而穆宗赏识你，也是赏识你的才干。你并没有伙同崔、魏干过任何祸国殃民的脏丑之事。可是当时官僚们依旧给你了极不公正的对待。

"结交宦官"成了大罪，都讥笑你不该交结宦官。究其根源，应与"牛李党争"有关。因为当时朝廷内的官僚，分属两大集团。一是以李德裕为首的"李党"，另一个是以牛僧孺和李吉甫为首的"牛党"。这两党不为国家计、不为民生计，为了争权夺利却"大打出手"，互相倾轧。一党上台就把不属于本党的通通排挤、贬谪到外地，根本不考虑是非曲直和人品才干。而对本党的人，则大都不分皂白予以提拔重用。

你的悲剧就在于，政治上既不属于李党，也不属于牛党，没有官僚集团做靠山。相反，两党的人都把你看作"异己分子"，谁掌权谁都排斥、打击你。你不过是想用"交结宦官"之手段，达到更高的权位，进而好干一番事业罢了。这又有何不妥，又为何受此不公？这是我伤心终生的呀！

十三

你和我"壮志空许国"，是偶然中的必然，也是意料之外情理之中的。因为我们所处的那个时代，正是李唐王朝经过"安史之乱"，由盛转衰之时；是当时从中央到地方，政治上极其腐败之时。宦官的权势极大，连皇帝都要看他们的脸色行事，甚至有几个皇帝，也不明不白地死在他们手里。还有一批世家大族出身的官僚，长期享受高官厚禄。他们不仅不为国分忧，反而同宦官狼狈为奸，想尽办法排斥和打击正直之人。致使不少人需要投靠他们，或对他们巴结逢迎，方可安身或保命。

因而我总是以儒家的"穷则独善其身，达则兼济天下"的说教为指导。写

"讽喻诗"是表达"兼济之志",其目的也是"惟歌生民病,愿得天子知"。贬谪江州之后,我在政治思想上,就打了退堂鼓、走了下坡路,由积极转为消极。我写的大量"闲适诗",就是倾向"独善之义"的。所谓"志在兼济,行在独善"的人生观,正是我思想上的矛盾反映。也正是这种思想上的矛盾,才使得我的晚年创作,走上了消极颓放之路。

自贬江州之后,便有"宦途自此心长别,世事从今口不言",及"面上灭除忧喜色,胸中消尽是非心"的想法。但"雁雁汝飞向何处,第一莫飞西北去""是岁江南旱,衢州人食人""一丛深色花,十户中人赋"之心犹存。

我虽常有"壮志空许国,薄命不如人"的感叹,但总是勤于政事,不曾懈怠。如疏浚李泌所凿的六井,解决人民的饮水问题;在西湖上筑了一道长堤(人曰白堤),蓄水灌田。并亲自撰写了一篇,通俗易懂的《钱塘湖石记》刻在石碑上。告诉人们如何蓄水泄水,让民众免受旱灾之苦;在七十岁被罢去太子少傅,成为"我是人间事了人"时,看到无数船工,命丧龙门西南伊河八节险滩,还是毅然扶着拐杖四处游说,最终使此段河道得以疏浚。但与我之初心相比,与贤弟所为相比,还是有很大差距的,说来很羞愧!

我懦弱地主张"待时而动",而贤弟你则在《酬别致用》中明言:"我有悬愤志,三十无人知。修身不言命,谋道不择时。达则济亿兆,穷亦济毫厘。济人无大小,誓不空济私。"就是主张不以境遇的改变,而改变自己的理想;即使境遇不顺,也要创造条件,通过人为的努力达到目的。简而言之,就是有条件要干,没条件创造条件也要干!

你我年轻时,有着相同的政治抱负,并且都以实际行动,和当时官僚集团中的腐朽势力,做过激烈的斗争。二人都被几贬几移,赶出京城。我受打击后开始"独善其身",极力避开当时的政治斗争,以求免祸。到了晚年,更是"乐天知命"。而你则不然,你在受到任何政治打击之后,从来都绝不气馁。总是想尽办法,争取获得更高的权位,以便做些较大的事业。

你流落"哭鸟昼飞人少见,怅魂夜啸虎行多"的通州,四年的司马岁月,虽"垂死老病",却始终忍辱负重,情系苍生。针对"人家恰似甑中居"的恶劣环境,你劝导百姓除草栽树,以利空气流通,进而身心健康;为减轻负担、发展生产,你带领百姓开山造田,兴修水利;你牢记"为官一任,造福一方"的基本信念,坚持整治吏政祈福百姓,且政绩累累。从而深得通州百姓拥戴。离任时通州百姓依依不舍,登高而望,目送天涯,并留下了"元九登高"的传统民俗。

元和十五年,你被授祠部郎中、知制诰时,进士考试有猥滥之弊,权势子弟多侥幸及第,而"寒门俊造,十弃六七"。你见状挺身仗义,使权贵豪门子弟十余人落榜。因此与李宗闵的积怨爆发，埋下党争的种子。

你蒙冤被贬，出同州刺史。依然关心民间疾苦，采用均田赋等办法，补救"二税法"之失。措施具体，切实可行。你也曾率所属七州，筑陂塘、兴修水利、发展农业。浙东六年，颇有政绩，更是深得百姓拥戴。

……

在短短二十几年的为官生涯中，你一贬县尉，二贬东台，三贬参军，四贬司马，五罢承旨学士，六罢宰相，七贬节度使，直至殉职。然而你终究是"不忘初心，至死不渝"！

十四

大唐历史的天空上，一颗璀璨夺目的诗星，在备受风雨雷电袭击后，不幸早陨了。你之早陨，惊愕朝野，撼动神州。你去后获赠尚书右仆射，我含泪亲为撰写墓志。

你来到世间，短短的五十余年，工作之余有传奇《莺莺传》，有收录诗赋、诏册、铭谏、论议等，共 100 卷的《元氏长庆集》。你和我老白齐名，世称"元白"。你诗歌成就突出，但在诗歌、小说、散文、文学批评等方面成就亦为斐然。方兴未艾的诗歌运动——新乐府诗歌，由你首开先河，我参与完备。不仅"诗到元和体变新"，且天下文人"递相仿效，竞作新词"。

文明不熄，民族不死。一名优秀的诗人、一位秉公执法的青年才俊，竟遭到如此对待，这是大唐的悲哀、是中华民族的悲哀！可贵的是，你在屡屡遭受挫折和打击之后，仍能以一个"优秀干部"、一名"优秀诗人"的品质和骨气，一如既往地对地方官僚们强民所难、草菅人命、献谀宦官、贪赃枉法等行径，给予大胆的弹奏，从而大大震慑了一大批不法官吏，也是得当期的政治环境清明了许多。所以呀，我老白以为，你为官是尽心、尽职、尽责的，为文是倾尽心血的，为人是坦坦荡荡、铁骨铮铮的！

"闲坐悲君亦自悲，百年多是几多时。"人老话多，忆起没完。逝者已矣，生者如斯。元稹、微之、贤弟，安息！

发表于《神州文学》2023 年第 10 期

寒江独钓

千百年来，有个人一直在"千山鸟飞绝，万径人踪灭"的冰天、雪地、寒江中，独处孤舟默然垂钓。千百年来这钓者一动未动，早已和冰天、雪地、寒江、孤舟凝结在了一起。这位钓者不是别人，而是"唐宋八大家"之一的柳柳州。

一

柳柳州原名柳宗元，字子厚，祖籍河东（今山西运城永济），世称"柳河东""河东先生"，因官终柳州刺史，被称"柳柳州"。

公元773年柳宗元出生于京城长安，792年被选为乡贡，793年进士及第（同榜32人，刘禹锡亦在其中，二人从此相识并结为终生知己），796年通过"国考"被任命为秘书省校书郎，801年被任命为蓝田尉（因京兆尹韦夏卿赏识其文才没让他去实任，而留在京兆府做文书工作），803年被任监察御史里行。从此与官场上层人物交游更加广泛、对政治的黑暗腐败了解更加深入、要求改革的愿望更加强烈，最终成为王叔文（唐德宗时太子李诵侍读）革新派的重要人物。

贞元二十一年（805年），唐德宗驾崩，太子李诵继位，称顺宗。顺宗即位后重用王叔文、王伾等人，柳宗元也被提拔为礼部员外郎，掌管礼仪等。王叔文等掌管朝政后，积极推行"抑制藩镇势力，加强中央的权力；废除宫市，罢黜五坊小儿（驯养宠物的宦官）；贬斥贪官污吏，整顿税收"等一系列的改革措施，史称"永贞革新"。804年7月李诵突然中风，俱文珍为首的宦官集团以此为借口，联合外藩向朝廷施压反对改革。805年4月，宦官俱文珍等立广陵郡王李淳（李纯）为太子并监国。5月王叔文被削翰林学士一职，7月王叔文因母丧回家守丧。8月5日，顺宗被迫禅让帝位给太子李纯，称宪宗。8月6日，贬王叔文为渝州司户（主民户），不久被赐死。永贞革新宣告失败，前后共180多天。

永贞革新失败后，参与革新的八个官员，一律被贬为边远地方的司马（他们和王叔文、王伾合称"二王八司马"）。柳宗元被贬为邵州（今湖南邵阳市）刺史，途中被加贬为永州（今湖南零陵）司马。

永州地处湖南和广东交界的地方，当时甚为荒僻，是个人烟稀少令人可怕之地。贬官是罪臣，戴罪之身形同囚徒。柳宗元被贬到"南荒"永州，名为司马实际上就是"劳改犯"。官署里连他的住处都没有，只好在一位僧人的帮助下寄宿龙兴寺。由于生活艰苦，到永州未及半载，他的老母卢氏便离开了人世，接着十岁的小女夭折了（799年与其结婚仅三年的妻子杨氏已病故，后终未再续娶，直至病逝）。永州多火灾，五年之间柳宗元遭遇四次大火，人虽光脚跑出来了，可墙倒窗毁书籍毁裂。元和七年夏天永州频发火灾，多时日夜数十次，少时也有五六次，一直过了三个月才停息，转年夏天又是这样。早晨不敢烧火煮饭、夜里不敢点灯，人都坐在屋顶上左右环视，彻夜不能安歇……永州十年，残酷的政治迫害、艰苦的生活环境，使得柳宗元悲愤、忧郁、痛苦不堪，身心损害严重，竟至以"行则膝颤、坐则髀痹""残骸余魂，百病所集，痞结伏积，不食自饱"。可谓"穷天下之声，无以抒其哀矣。尽天下之辞，无以传其酷矣"。

二

子曰："道不行，乘桴浮于海"，孟子云"古之人得志泽加于民，不得志修身见于世"。柳宗元被贬柳州，一贬就是十年。永州十年是他仕途的荒芜期，政绩几乎一片空白，因为当权者不允许他做事。无奈之下他开始仿效陶渊明、谢灵运，在田园和山水中寻求一丝丝自我安慰，用撰文著书排遣痛苦。《天对》《封建论》《六逆论》等，经典华章大多是在永州完成的。540多篇诗文的《柳河东全集》中，有317篇创作于永州。因而永州十年，是柳宗元政治、哲学、历史研究，及其文学创作成就最辉煌的时期。

"黔无驴，有好事者船载以入……断其喉，尽其肉，乃去……今若是焉，悲夫！"《黔之驴》《临江之麋》《永某氏之鼠》三篇寓言，以三畜生的愚蠢行为和结局明确指出，无才无德、得意忘形的小人，即使一时可以找到"保护伞"，但最终没有好下场，委婉地表达了他对奸佞小人的极端厌恶和痛恨。"永州之野产异蛇，黑质而白章……呜呼！孰知赋敛之毒有甚是蛇者乎！"一篇传记《捕蛇者说》，用"苛政猛于蛇"的事实，强烈控诉了社会吏治的腐败，曲折地反映了他坚持改革的强烈愿望。"自余为僇人，居是州，恒惴栗。其隟也，则施施而行，漫漫而游。"《永州八记》写出了他对美好的向往，潜在地表达了他的无奈和挣扎。"千山鸟飞绝，万径人踪灭。孤舟蓑笠翁，独钓寒江雪。"《江雪》一首诗，则把一幅峻洁、清冷、孤高的画面，永久地定格在了每个人的脑海，那是他"虽处孤境仍傲岸不屈"的公然表达……

柳宗元一生留下诗文作品达 600 余篇，他的散文与韩愈齐名，与宋代的欧阳修、苏轼等并称"唐宋八大家"。他和韩愈在文坛上发起和领导了一场古文运动，提出了"文道合一""以文明道""不平则鸣""辞必己出"等一系列思想理论和文学主张。在哲学论著中他反对天诸说，批判神学强调人事。把对神学的批判变成对政治的批判，把古代朴素唯物主义无神论思想发展到了一个新的高度。因此，柳宗元被世人认定为中唐时代杰出的思想家。大文学家、政治家王安石，则对"八司马"做了整体的评价，认为他们都是能在"无所用于世"的，困境中"自强"的"奇才"。

三

元和十年（815 年），同情王叔文一党的宰相韦贯之建议宪宗"怜才起用"。"流放"荒蛮十年之久的柳宗元等，方才奉诏回到长安。柳宗元和刘禹锡以胜利的姿态出现在京城，本来就令恨他们的人牙根更痛。加之刘禹锡以"紫陌红尘拂面来，无人不道看花回。玄都观里桃千树，尽是刘郎去后栽"对新贵的公然嘲讽，使得他们二月回朝三月便再度被贬。刘禹锡被贬播州（后改贬连州）刺史，柳宗元被贬柳州刺史。

当时柳州辖下五个县，到处是亚热带丛林，毒蛇肆虐，疫病猖獗，使得已经虚弱不堪的柳宗元的生命，和人生愈发地暗淡了。但此番遭贬之后，柳宗元预感到启复的可能性已经不大了，心境反而平静了许多。虽然仍是贬谪，但毕竟是一州之长。朝政上想操心已经操不上了，那就努力当好一名地方官吧。于是就有了"解放奴婢"（在原始荒凉的柳州，当时流行着一种"以男女质钱，子本相侔，则沦为奴"极不合理的"乡法"。柳宗元规定那些沦为奴婢的人，在为债主服役期间按劳折价，抵债完结就可自由）、"破除迷信"（之前当地人怕打井破坏"龙脉风水"从不打井，百姓用水异常艰难。在他的示范带动下，百姓们开始挖井取水。世世代代靠喝雨水的柳州人，从此喝上了卫生的井水）、"兴修水利""发展农、文、教、卫，促进柳州经济"等一系列的惠民业绩。

可怜啊，元和十四年（819 年），宪宗实行大赦，在裴度的说服下敕召柳宗元回京。然而柳宗元已身心具毁，油尽灯灭，于同年十一月初八客死柳州，英年47 岁。

柳宗元死后因家贫无钱料理丧事，停枢九个月后，靠生前好友捐款资助，才由其表弟将灵枢送回故里。因为有利民的思想和高尚的品德，才有清廉的表现。

因为有清廉的表现，百姓才会亲切地称呼他"柳柳州"。

四

安史之乱后，李唐王朝已是一个民不聊生、朝不保夕的颓废朝廷，你和刘禹锡等为了匡扶大唐社稷、救民于水火，一起参加了主张革新的王叔文政治集团。因触犯宦官与藩镇的利益，革新仅仅半年便惨遭失败了。但你和你的伙伴们制造的"永贞革新"，却永久地记录在了历史的大书之中。

当你走出长安城，面对南荒的凄风苦雨和凄凄荒草，就已失去了对朝政的依恋，而隐伏在骨子里的学术冲动却如火山爆发了。于是，中国唐朝政坛上失去了一位廉洁、正直、有为的官吏，却孕育了一位光耀千秋的文坛大师。你用"千山鸟飞绝，万径人踪灭，孤舟蓑笠翁，独钓寒江雪"冰冷、孤寂和悲凉的画面，为那个一天天走下坡路的大唐王朝，创造出一个美好的幻境。姜太公离水面三尺高，直钩钓到了圣贤的周文王。而你在寒江雪中的苦苦独钓，却一无所获，但那境界比起陶渊明《桃花源记》的构想，不知要虚无缥缈和孤高多少哟！

"少时陈力希公侯，许国不复为身谋，风波一跌逝万里，壮心瓦解空缧囚。"十四年贬放至死，是你人生最痛苦难耐的日子，可它却奇迹般地铸就了你人生的无限辉煌，成了那个时代以至后世无人望其项背的思想家、文学家。你是有唐以来的大儒，你的文章同屈原的《楚辞》，和司马迁的《史记》一样永存史册，你的思想光耀千古！

你那瘦弱的躯体承受的负担毕竟太重了，终于像一棵不堪重负的大树，在风霜雨雪的侵袭下，过早地轰然倒下了。一代文豪无声无息地走了，天子皇帝是不知道的，可是老百姓却记着你。那篇篇经典的传世佳作，就是你最好的墓志铭，百姓们亲切的呼唤，就是对你最好的缅怀！

柳宗元、柳河东、柳柳州、柳大哥，转眼间千百年一笑而过，你是否依然在峻洁清冷的江雪中独钓？"彼以其饱食无祸为可恒也哉"可否依然盛行？若是，"以俟夫观人风者得焉"！

发表于《中国散文家》2016 年第 6 期、《中国金融文化》2017 年第 11 期、
《躬耕》2017 年第 3 期

归来哟，归来吧

却看妻子愁何在，漫卷诗书喜欲狂。
白日放歌须纵酒，青春作伴好还乡。

杜工部，我知道在公元 763 年的春天里，你虽然漫卷诗书喜欲狂，但终究未能实现"青春作伴好还乡"的美好梦想。时光已逾越千二百年，又一个风和日丽、鸟语花香的春天已然来临。杜工部啊，归来吧！

"映阶碧草自春色，隔叶黄鹂空好音""好雨知时节，当春乃发生""江深竹静两三家，多事红花映白花""桃花一簇开无主，可爱深红爱浅红"……我知道你热爱风和日丽、鸟语花香的春天，可你除了对在城都为秋风所破的茅屋里度过的、不足四年的春光大加赞赏外，可否对你一生饿走半九州的缘由有所归结？根源的大体可否是：生不逢时，奸佞当道；性情耿直，造化弄人；国破家亡，世道混乱？

一

开元二十三年、天宝五年，你先后在东都洛阳（当时玄宗迁在东都）、京城长安参加两次国考，结果全都名落孙山了。无真才实学乎？不！你的诗歌仅保存下来的就近一千五百首，你与李白齐名，世称"李杜"；你的诗歌记载了社会的万象、人民的生活、艰难的旅程，反映了大唐王朝从强盛走向衰落的一个复杂、动荡的历史时代，被世人称作"诗史"。经过八百多年的沉淀到明代，你就被奉为诗圣——你不仅有才，而且是旷世大才啊！

无阅历乎？不！为了踏入社会谋求出路，你在考前曾两次"放荡齐赵间，裘马颇轻狂"，专门走了走封建时代读书人应试前要走的"程序"。你是符合当时应试需有社会实践和一定名望的"应试条件"的呀！

无能力，不机灵吗？也不是。你在落选后滞留长安很长的时间里，因受穷困压迫和事业心的驱使，先后向韦济（左丞）、张垍（唐玄宗的女婿）等多次上诗求荐，但终无下文；感到走投无路时，你又趁玄宗举行盛典之际，写了歌颂皇帝、展示己见的三篇《大礼赋》，径直投到皇帝的意见箱延恩匦中。小聪明还真管用：几篇赋文最终轰动京城、玄宗赏识，并命宰相出题，在集贤院对你进行了再次考试。召试结果明确你"名实相副"，后在"送隶有司，参列选序"中，由于奸佞作祟永无下文；你不死心，于天宝九年又写了《封西岳赋》和《雕赋》，并给天子写了亲笔信。只可惜，花开花落又一年终无下文。

说政治理想，当时的你有"致君尧舜上，再使风俗淳"的迫切愿望；说信心，当时的你有"自谓颇挺出，立登要路津"的十足信心；说名望，您早已和李白、高适等名贵熟识。那么原因何在？——你恰逢大唐王朝的大辉煌，人家不需要、也无意选人用人：第一次考试，参考者近三千人，只录用二十七人，录取率不及百分之一；第二次口蜜腹剑的中书令李林甫说野无遗贤，应试者无一人及第；第三次是身处盛世的大唐皇帝李隆基，已经喝足迷魂汤了，心思早已不在治世和用人上了。这大概便是传说中的生不逢时、奸佞当道吧？

二

天宝十四年（755年），左丞相韦见素，想起在长安"朝扣富儿门，暮随肥马尘。残杯与冷炙，到处潜悲辛"将近十年的你，是个文化人，便给你个（陕西）河西县尉做。但做了没多久你却不忍"拜迎长官心欲碎，鞭挞黎庶令人悲""不作河西尉，凄凉为折腰"，硬是改做右卫率府胄曹参军去看守兵器。

不久安禄山打到了洛阳，不久太子李亨（肃宗）在灵武即位了。为了献身大唐，你只身逃出长安投奔灵武。途中为安史叛军俘获，押至沦陷的长安。后因官职卑微，才未被囚禁。于是你冒着生命危险，穿越两军对垒的前线，经由无人行走的崎岖小道，潜逃到天子所在的凤翔。

到达凤翔时，你衣衫破烂不堪，两肘外露，拜见肃宗时穿着两只断绳的麻鞋。为此你被任命为左拾遗，从八品上，为皇上提意见和举荐贤良。上任后你念及两京沦陷、人民痛苦尽职太过，肃宗便认为你不是一个令人愉快之人。加之忠言直谏，上疏援救房宰相（房琯与叛军战败，肃宗问罪），引起肃宗愤怒。于是你被贬为华州（今陕西华州区）司功参军，管理地方祭祀、学校等。干了一年多一点吧，你便觉得这位置实在没啥意义，不能发挥自己的才能。加之对房琯重用无望等的考虑，脑袋一热你便辞职不干了。

相州（河南北部安阳）败后河南骚动，你不能回洛阳老家，又没有钱居住在生活昂贵的长安，这才带着全家去往秦州投亲。

后来在流亡成都时，也曾被成都尹兼剑南节度使严武推荐为节度使府中的参谋、检校工员外郎（节度使府中下属部门的代理副长官）。但你因不惯于"当面输心背面笑"的幕府生活，只干了几个月就辞职不做了。这样总的加在一起，你一生为官不足两年。

县尉相当于县公安局局长，虽在县长、副县长（县令、县丞）之下，好歹也算是个有分量的地方官了。拜迎长官、鞭挞黎庶等，不是那时（现在好像也存在）再正常不过的吗？好端端的位置不坐，非要改做看守已经有点傻了。好不容易步入高层，又辨不清形势和路线，不会迎奉长官、不会站队，到基层老老实实做事也就算了。脑袋一热，自己把自己开除了。流亡的日子多么艰苦，好不容易谋个疆吏副长官，又不会"当面输心背面笑"。这下好了，热切期盼的、得之不易的、人皆向往的铁饭碗丢了，法力无边的护身符没了，你不流亡谁流亡？杜工部你说，这是不是性情耿直，造化弄人呢？

三

> 岁拾橡栗随狙公，天寒日暮山谷里。
> 中原无书归不得，手脚冻皴皮肉死。

不久吐蕃攻陷秦州，在秦州衣食无着、觅居不成又奔赴同谷。去拜访同谷县令，人家知你弃官、穷困潦倒，便避而不见。你和你的家人，在大雪封山的隆冬季节，饥寒交迫长歌当哭。在同谷停留了一个月左右吧，不得不跋涉入蜀，到达成都。在表弟等大力帮助下，经过三个多月的苦拼，才在浣花溪畔一块荒地上，建起一座为秋风所破的茅屋。

> 百年已过半，秋至转饥寒。
> 为问彭州牧，何时救急难。

在成都草堂生活不下去，多次想到返乡。但由于成都少尹徐知道叛反，道路阻隔，你等不得不流亡于梓州、阆州、绵州及汉州、云安、夔州等地。这期间你为了生计"近辞痛饮徒，折节万夫后。昔如纵壑鱼，今如丧家狗"！

> 可怜处处巢居室，何异飘飘托此身。

暂语船樯还起去，穿花贴水益沾巾。

在夔州滞留一年多，又漂泊到江陵。想北归洛阳，却因河南兵乱交通阻隔不能成行。没办法又讨饭到公安，公安也发生了变乱。你漫无目的地逃至岳阳、衡阳。投友不成到处碰壁，在陆地上再也没有你们的安身之所。寒流侵袭长沙家家灶冷，你以船为家停泊在湘江岸边，熬了四个多月。当地渔民们看你这满头白发、两眼昏花、半身不遂的老人，全家无以维持。好心指点你去鱼市摆设药摊，出卖先前在蜀地采得的草药维持生计。

娟娟戏蝶过闲幔，片片轻鸥下急湍。
云白山青万余里，愁看直北是长安。

你打算南下郴州投奔舅父崔伟，溯郴水入耒阳遇江水大涨，五天得不到食物。于是，在"乌几重重缚，鹑衣寸寸针"的艰难困境中、在"转蓬忧悄悄，行药病涔涔"的悲惨境况下，您溘然长逝于长沙与岳阳之间大江上、飘飘摇摇的小船之上。那是大历五年（770 年）冬，你时年只有五十九岁吧。

国破山河在，城春草木深。
感时花溅泪，恨别鸟惊心。

杜工部，您的悲惨遭遇令人不寒而栗、泣不成声。但这令人不寒而栗、泣不成声的悲惨流亡，就是因为国破家亡，世道混乱所致啊！

江上小堂巢翡翠，苑边高冢卧麒麟。
细推物理须行乐，何用浮荣绊此身。

杜工部，可怜、可悲、可敬的杜工部啊，不管是大唐王朝有意抛弃了你，也还是你无意舍弃了大唐王朝，时光依然迈步越千年。现如今正是"黄四娘家花满蹊，千朵万朵压枝低。留连戏蝶时时舞，自在娇莺恰恰啼"的大好春光。归来吧，归来哟，别再四处漂泊，我的老乡——伟大的诗圣！
杜工部啊，归来哟，归来吧！

发表于《金融文坛》2018 年 3 月号 总第三十九期、
《河南文学》2022 年第 2 期

菊蕊独盈枝

"寒花开已尽，菊蕊独盈枝。"望一眼黄灿灿的菊花，也或嗅一股扑鼻的菊香，脑海中便立刻浮现一位倔强、洒脱、潦倒的老翁来。这老者便是田园大诗人——陶渊明。

我十岁左右就与老陶"相识"了，初次相见于他"采菊东篱下"。相对"熟悉"大概是在我十四五岁吧，那是在"桃花源"。后来，在"归园田居"通过"五柳先生""归去来兮"慢慢地就成了"故交"。

在老陶"采菊东篱下"，与其初次"相见"时，我曾精明地认为他只是个普通的农夫，而且还是一个嗜酒如命的邋遢老头罢了。后来在"桃花源"溜达才知道，人家原来曾经当过县太爷，而且还是一位泰斗级的田园大诗人。再后来在他"归去来兮"中，慢慢地熟知了他的既往。

一

陶渊明，字元亮，又名潜，绰号五柳先生，浔阳柴桑（江西九江）人。他的曾祖父就是东晋著名的大将军陶侃，祖父陶茂当过武昌太守，父亲陶逸曾任安成太守。公元365年，陶渊明出生在这个没落的官僚家庭中，八岁丧父，十二岁母病逝，生活较为贫困。尽管如此，陶渊明还是"少年罕人事，游好在六经"，"猛志逸四海，骞翮思远翥"，且"不戚戚于贫贱，不汲汲于富贵"，并"在昔曾远游，直至东海隅"，颇有"佐君立业"的政治抱负和"大济于苍生"之志。他二十九岁时当上江州祭酒进入官场。之后，当过建威参军、镇军参军、彭泽县令等，但都为时不长。最末一次出仕为彭泽县令，八十一天便弃职而去，从此归隐田园直到终老。

为什么有才有志的小陶，直到将近而立之年才入仕呢？因为"上品无寒门，下品无世族"。也就是没有政治背景。再加上他"性格耿直，不攀附权贵"，不会见风使舵！

那为什么后来还是当官了呢？那也是一个偶然。话说有一天，江州刺史王凝之（王羲之的儿子）看到了陶渊明的《闲情赋》十分欣赏，才把江州祭酒的位置交给了小陶。

那为什么好不容易当上官，而且还是个不小的官（相当于省政府总务吧），又撂挑子不干了呢？别急，听我慢慢讲。

良禽择木而栖，贤臣择主而事。小陶进入官场后，浑身是劲儿，卖力工作。谁知人家王凝之每天的功课就是修炼道行，实事压根不在心上。经过激烈的思想斗争后，小陶同志一跺脚、一咬牙，向王凝之递上了辞呈。

在家闲居了五六年后，陶渊明三十五岁。这个时候，天下大乱，也许是实在是过不下去了，他到荆州投入荆江二州刺史桓玄门下做了个参谋。元兴二年（403年），桓玄在建康公开篡夺了皇帝的位置，改国为楚，把安帝幽禁在浔阳。他愤然归乡躬耕自资，闭户高吟："寝迹衡门下，邈与世相绝。顾盼莫谁知，荆扉昼常闭"，表示对桓玄称帝之事，不屑一谈。

元兴三年（404年），下邳太守刘裕联合刘毅等起兵讨桓平叛，桓玄兵败西走。陶渊明高兴极了，怀着"四十无闻，斯不足畏（我今四十无功名，振作精神不足惧）"的信念，雄心万丈地投奔了刘裕。这时候桓玄被刘裕打得一败涂地，把幽禁在浔阳的安帝带上，一溜烟跑到了江陵。陶渊明为了救安帝，为了黎民，也为了显现自家的才能，扮作一个落魄文士，几历生死到达建康。把桓玄挟持安帝到江陵的始末报给了刘裕，可怜的皇帝终获救。他高兴得很，也颇有些得意，写诗明志："四十无闻，斯不足畏，脂我名车，策我名骥。千里虽遥，孰敢不至！"他心里觉得理想抱负的翅膀终于可以展开、在天地间自由翱翔了。但在论功行赏时，渊明只得到一个顾问之职。

后来，安帝被刘裕挟持并挟天子以令诸侯。渊明对刘裕的"谋朝篡位"颇为不满。刘裕对渊明这样的心态自然也是心知肚明，因此渊明便得不到重用。另外，刘裕为剪除异己杀害无辜、凭私用人等，也使渊明大失所望，终于再萌去意。公元405年三月，他写个辞职信，辞了这个"顾着问、顾不着不问"的参军，回家种地去了。

但陶渊明终究是陶渊明，官场里知道他的人很多。晋安帝义熙元年（405年）秋，当他四十一岁时，因为"余家贫，耕植不足以自给"，又被推荐到彭泽（今江西九江东北）当了县令。但干上县令才八十一天，这位已经步入仕途的陶大人，又决绝地抛弃了"十万雪花银"的县太爷之职。

既然当上了一县之长又为什么撂挑子不做了呢？在老陶《归去来兮》中，我听他说："质性自然，非矫厉所得。饥冻虽切，违己交病（我本性坦率，不会勉强做作；饥冻虽是急迫，但违心是很痛苦的）"，"世与我而相违，复驾言兮焉求？（既然这社会和我的愿望相违，我驾车出来追求什么呢）"，"富贵非吾愿，帝乡不可期（富贵不是我的愿望，理想的局面又不可预期）"，等等。这是面儿上话，也是主观原因。

后来了解到，渊明当上县令不久后得到一个消息：权臣刘裕已封自己为车骑将军，并总督各州军事，这个野心家只差一步就要夺取皇位了。陶渊明预感到晋朝已经是名存实亡了，所以十分灰心。赶巧的是，陶大县长正心灰意冷呢，郡里派了督邮到彭泽稽核，属下劝他须整冠束带、笑脸相迎。他的倔脾气又发作了："吾不能为五斗米折腰，拳拳事乡里小人邪？"这便是直接因素，算是客观原因吧。

二

从公元 393 年到公元 405 年的十三年间，是渊明为实现"大济苍生"不断尝试、不断失望、终至绝望的十三年（渊明五次出仕，除去第一次与第五次，是为"亲老家贫"而做官外，中间三次都是为自己的理想抱负而为。但每次做官的时间都很短暂，终于"不为五斗米折腰"而归隐，从此再不出仕）。自此，渊明结束了他仕途的努力和彷徨，义无反顾地走上了归隐田园之路。

渊明自四十一岁归隐田园之后，即在家乡过着躬耕隐居的生活。其间，确确实实享受了一段"暖暖远人村，依依墟里烟。狗吠深巷中，鸡鸣桑树巅""相见无杂言，但道桑麻长""此中有真意，欲辨已忘言"的田园乐趣。然而书香门第出来的陶渊明，毕竟不是稼穑的好手，"开荒南野际"的辛勤，也未能使他过上衣食无忧的小康生活。

义熙四年（408 年），陶渊明四十四岁时，一场灾祸更使得他全家一贫如洗：这年夏天，诗人笔下洋溢着生活气息的"方宅十余亩，草屋八九间"被一场无情的大火烧光了，全家只好寄居船上，"弱年逢家乏，老至更长饥"，靠亲朋好友的接济过活。但他始终不愿再为官受禄，甚至连江州刺史送来的米和肉也坚拒不受。朝廷曾征召他任著作郎，也被他拒绝了。在官本位思想向来严重的中国，连送酒给渊明的田父都说："一世皆尚同，愿君汩其泥。"但老陶却说："深深感谢父老言，无奈天生不合群。仕途做官诚可学，违背初衷是迷心。姑且一同欢饮酒，决不返车往回奔。"直到元嘉四年（427 年）十一月淡然离世，终年六十三岁。这不仅表现了他"君子固穷"的志气，而且也表明了他同腐朽社会的决绝、与统治者的彻底决裂的决心。

在老陶同志归隐期间，他虽"心远地自偏"，但"猛志固常在"。先后创作了

《饮酒》《归园田居》《桃花源记》《五柳先生传》《归去来兮辞》等大量传世作品，计诗一百二十五首，文十二篇）。他的诗、辞、赋和散文，在艺术上具有独特的风格和极高的造诣，开田园诗一体，为古典诗歌开辟了新的境界。其中，元熙二年（406 年）六月，刘裕废晋恭帝为零陵王，改年号为"永初"。他奋笔疾书借故抒怀，生生构建了一个与污浊社会相对的美好境界——"桃花源"！

三

陶渊明是在贫病交加中离开人世的。他原本可以活得舒适些，至少衣食不愁，但那是要付出人格和气节作为代价的。陶渊明因"不为五斗米折腰"，而获得了心灵的自由，获得了人格的尊严，写出了一代文风及其流传百世的诗文。在为后人留下宝贵文学财富的同时，也留下了弥足珍贵的精神财富。他因"不为五斗米折腰"的高风亮节，成了中国千万有志之士的楷模。

陶渊明少年时受传统儒经的影响，怀有兼济天下、大济苍生的壮志。但是门阀制度的存在使庶族寒门出生的人很难突破门阀士族对高官权位的垄断。在这样的情况下，陶渊明的理想是难以化为现实的，他理想的梦幻注定终将破灭。

他在《归园田居》里说："误落尘网中，一去三十年"，"久在樊笼里，复得返自然"，这让我看到了他，对仕途溢于言表的厌恶之情。但从他那"亲故多劝余为长吏，脱然有怀""四十无闻，斯不足畏""既自以心为形役，奚惆怅而独悲？""日月掷人去，有志不获聘"等话语中，我又真切地体会到，老陶渴望入仕又不得的深深苦痛：人生天地间，几人不欲为？至此，我想"渴望入仕又不得"，才是陶老终生第一大痛。为此，余潸然泪下，长歌当哭！

陶渊明是一股清流，是中国文化史上一个巨大的文化符号。"采菊东篱下，悠然见南山"，让菊成为陶渊明专属的文化符号，唐人就将菊称为"陶菊"或"陶家菊"。因为陶渊明，菊也就有了高洁、清雅、坚贞、淡泊等象征意义。因为菊的高洁、清雅、坚贞、淡泊，菊便成了陶渊明的象征。

为此，我当在圣菊盛开时节，折上一束敬献给可怜、可悲、可敬的伟大诗人——陶渊明！

发表于《华夏散文》2019 年第 8 期、《中国银行业》2016 年第 11 期

醉里挑灯看剑

"醉里挑灯看剑，梦回吹角连营""稻花香里说丰年，听取蛙声一片。七八个星天外，两三点雨山前""而今识尽愁滋味，欲说还休，却道天凉好个秋""东风夜放花千树，更吹落，星如雨……众里寻他千百度，蓦然回首，那人却在，灯火阑珊处"。这些都是我等在无知年岁卖弄的唱曲儿。然，随了岁月的流转和人身的老朽，蓦然回首，有个人真的在灯火阑珊处。

一

在灯火阑珊处的那个人姓辛，名弃疾，宋高宗绍兴十年生于山东历城，别号坦夫、幼安、稼轩。他不仅是位开一代词风的伟大词人，也是一位勇冠三军、能征善战、熟稔军事的民族英雄和伟大的爱国者。

"靖康之变"时因"累于族众"，他的祖父未能随宋室南渡而仕于金，先后为开封等地太守、县令。辛弃疾出生的公元 1140 年，是宋金交战史上悲剧氛围最浓的一年。这一年，岳飞所率的岳家军在抗金节节胜利的情况下，被南宋朝廷十二道金牌召回，淮河以北大片领土得而复失。

小弃疾出生不久父亲就去世了，他自幼随祖父生活。他的祖父虽在金国任职，却一直希望有机会"投衅而起"。小辛同学随着年龄的增长，不断目睹汉人在金人统治下所受的屈辱和痛苦后，自觉立下了恢复中原、报国雪耻的志向。绍兴三十一年，二十一岁的他聚集了两千人，参加由耿京领导的一支义军，并担任掌书记。

公元 1162 年，当金人内部矛盾爆发、完颜亮在前线为部下所杀、金军向北撤退时，辛弃疾建议耿京投靠南宋。当他带着朝廷的诏书返回时，叛徒张安国弄死了耿头领，并带一部分人投金了。他怒火中烧，当晚便吆喝了五十几人，直奔金人大营，把叛徒擒拿了，交给南宋朝廷斩首示众："壮声英概，懦士为之兴起，圣天子一见三叹息。"他被任命为江阴判官，从此开始了在南宋的仕宦生涯。

弃疾初到南方，对朝廷的怯懦和畏缩并不了解，热情洋溢地写了不少抗金北伐的奏论，如著名的《美芹十论》《九议》等。尽管这些建议在当时深受人们传诵，但有"难言之隐"（怕挨打，怕丢了天子名号）的朝廷却反应冷淡。只是鉴于其才干和公众舆论，才派他到江西、湖北、湖南等地，担任转运使、安抚使等，去治理荒政、整顿治安。

"刚拙自信，年来不为众人所容。"他虽有出色的才干、豪迈的性格和执着北伐的热情，但畏缩而又圆滑、嫉贤而又妒能的官场上，他这个"归正人"却难以立足。虽每到一处兢兢业业、政绩卓然，但却屡受弹劾和罢免。比如，公元1181年他刚刚由湖南被提拔为两浙西路提点刑狱，就有人弹劾他任潭州知州兼任湖南路安抚使时有问题，罪名是"虐害田里""敢于诛艾"等。而事实上，他在湖南做的第一件事，就是整顿"乡社（地方武装）"。经过他的整顿，乡社由地方土豪劣绅横行不法的工具，变成了官府管理地方的武装。第二件事便是创建了著名的"飞虎军"。在得到宋孝宗批准的情况下，他很快就组建了一支步兵二千人、马兵五百人的地方武装，并"雄震一方，为江上诸军之冠"，并在后来对金作战中，发挥了很大作用；第三就是救荒。由于措施得力，不但他自己辖区百姓顺利度过荒年，还帮助别的辖区度过了饥荒。为此，朝廷曾特意下诏褒奖。就这样，一有弹劾，朝廷还是不由分说，就下达了罢免令。就是这一纸罢免令，却让年轻有为的弃疾被迫退隐了十年之久。

公元1192年春，辛弃疾被任命为福建提点刑狱。一复职他便更加卖力，冬季就被召到京城担任大理少卿，不到半年又提升为集贤殿修撰、福州知州兼福建安抚使等。当他回到福建准备撸起袖子大干一场时，又有人对他提出了弹劾，他不得不再次归隐。他归家之后，有人还是不肯放过他，举报他"虽已黜责，未快公论"，将集英殿修撰降为秘阁修撰，直至秘阁修撰的职名也被削夺了。最后，因"累遭白简，恬不少悛（多次处分，死不改悔）"，剩下的最后一个"主管建宁府武夷山冲佑观"的空名也丢了。

公元1203年，拥立赵扩即皇帝位的权臣，韩侂胄准备北伐讨金，老辛才再次被起用——知绍兴府兼浙东安抚使。上任后，因"摒弃前嫌"，积极为百姓兴利除害，被任命为处于抗金前线的镇江知府。在镇江任上，他以六十六岁高龄积极备战，先后提出了自己的作战思想与多项备战主张。然而他的"要做周密准备，不能贸然行事"的主张，却引起了急功近利的韩长官的极度反感。这时，恰巧他推荐的一个小官犯了事，因举荐不当被连降两级，改派隆兴府知府。还没等上任又被弹劾，结果隆兴府知府也当不成了。就这样，他的理想与希望便随之付诸东流了。

开禧三年，北伐完全失败，倔老头辛弃疾忧郁成疾。等朝廷准备重新起用他的时候，他已经卧床不起了。当年九月初十，那个叫辛弃疾的"别倔头"，带着无限遗憾和忧愤与世长辞了。据传，他咽气前从病床上强撑起三次，皆是大呼"杀贼"。

二

道不行乘桴浮于海。光复故国的伟大志向得不到施展，满腔忠义发愤而为词。其独特风格的"稼轩体"，造就了南宋词坛一代大家。辛词现存六百多首，是两宋存词最多的词家。强烈的爱国主义思想和战斗精神，是辛词的基本思想和内容。

> ……把吴钩看了，栏杆拍遍，无人会，登临意。
> 休说鲈鱼堪脍，尽西风，红巾翠袖，揾英雄泪？

他带领不多的人马冲过战场烽火奔到南方，满怀热血渴望一展宏图。但投奔八九年了，却只当一个建康通判投闲置散。登临周览之际，心头的悲愤之情油然而生——流年如水，壮志成灰，英雄热泪横流！

淳熙八年，弃疾四十二岁时，被免职归居上饶。此后二十年间，他除了有两年一度出任福建提点刑狱和福建安抚使外，大部分时间都在乡闲居。一个热血男儿在正是大有作为的壮年，被迫离开抱负舞台，这使他难以忍受，心灵深处波澜起伏："了却君王天下事，赢得生前身后名。可怜白发生"，"却将万字平戎策，换得东家种树书"……这是何等的无奈和悲愤啊。

"千古江山，英雄无觅……凭谁问：廉颇老矣，尚能饭否？"公元1205年，弃疾仟镇江知府，时年六十五岁。登临北固亭，感叹对自己报国无门的失望，写下了《永遇乐·京口北固亭怀古》这篇传唱千古之作。

"要挽银河仙浪，西北洗胡沙"，"马革裹尸当自誓，蛾眉伐性休重说"，"道'男儿到死心如铁'。看试手，补天裂"……无不豪情飞扬，气冲斗牛。永不在平庸中荒废人生的英雄本色，伴随了他的一生，并在他的词作中奏响了宋词的最强音。"厄酒向人时，和气先倾倒。最要然然可可，万事称好。"而对于庸俗圆滑、面对民族危亡无所作为的官僚，他是本能的、发自内心的厌恶。"李蔡为人在下中，却是封侯者。"正是这样的人充斥官场，把持权位，引导着南宋在苟且偷安中，走向了绝路！

抗金复国是其作品之主旋律，处处满含英雄失路的悲叹与壮士闲置的愤懑。

但其词作也不乏以生动细腻的笔触，描绘江南农村四时的田园风光、世情民俗。《清平乐·村居》《西江月·夜行黄沙道中》的农家生活是这样的："茅檐低小，溪上青青草。醉里吴音相媚好，白发谁家翁媪？大儿锄豆溪东，中儿正织鸡笼，最喜小儿亡赖，溪头卧剥莲蓬。""明月别枝惊鹊，清风半夜鸣蝉。稻花香里说丰年，听取蛙声一片。七八个星天外，两三点雨山前。旧时茅店社林边，路转溪桥忽见。"《清平乐·检校山园书所见》中，他的生活是这样的："拄杖东家分社肉，白酒床头初熟。西风梨枣山园，儿童偷把长竿。莫遣旁人惊去，老夫静处闲看。"《西江月·遣兴》中自己的放旷，是这样的："昨夜松边醉倒，问松'我醉何如'。只疑松动要来扶，以手推松曰'去'。"

辛弃疾在文学上与苏轼齐名，号称"苏辛"，与李清照并称"济南二安"。刘辰翁说："及稼轩，横竖烂熳，乃如禅宗棒喝，头头皆是；又如悲笳万鼓，平生不平事并厄酒，但觉宾主酣畅，谈不暇顾。词至此亦足矣。"他的词作"大声镗鞳，小声铿鍧，横绝六合，扫空万古，自有苍生所未见"。辛弃疾——开一代词风的伟大词人！

三

"辛弃疾，心气极。"我等无知年少调皮的胡喊乱叫，不幸切中了辛弃疾的人生——他气极，你气极，世人更气极！一心许身报国却屡遭挫折，且全都是"莫须有"。他气极否？世人气极不？——心气极！

龙案后黑暗的半径，量不出民间疾苦的周长！他每调一个地方，都风风火火，兢兢业业。但昏庸的朝廷已容不下他的正直！于是乎，小人的几句谗言，皇帝的一纸诏书，便决定了他一生壮志难酬。

"烈日秋霜，忠肝义胆，千载家谱。……更十分，向人辛辣，椒桂捣残堪吐。"家族命运其实更是辛弃疾本人的写照。常言道"逢人且说三分话"，他却一分余地也不留。此种对恶势力绝不调和"捣残堪吐"的辛辣之恨，又何尝不是源于他对国家、民族忠肝义胆的火辣之爱？然而却因了他这"更十分向人辛辣"的性格，才使得他与官场格格不入，到了"堪吐"之地步！

"地也，你不分好歹难为地；天也，你错勘贤愚枉做天！"偏安一隅的南宋迟早会亡，但没有岳飞和辛弃疾它必将早亡。辛弃疾本有不世的奇才，想用手中的利剑拯救泪尽胡尘的百姓。可是没有人给他机会——终日内斗的南宋朝廷，只充斥着猜忌与攻讦。当权者文恬武嬉，他偏又不长媚骨。他终于被弄权之辈、奸佞小人以排挤、以弹劾，一次次罢官，直至忧愤而亡。

　　蓦然回首，那人却在灯火阑珊处。在灯火阑珊处的那个人就是当年的辛弃疾——文韬武略难以施展、只能在一旁孤芳自赏。在灯火阑珊处的那个人，就是如今的辛稼轩——历经千年，"人中之杰，词中之龙"，多么耀眼！

发表于《河南工运》第 490 期

天若有情天亦老

> 茂陵刘郎秋风客，夜闻马嘶晓无迹。
> 画栏桂树悬秋香，三十六宫土花碧。
> 魏官牵车指千里，东关酸风射眸子。
> 空将汉月出宫门，忆君清泪如铅水。
> 衰兰送客咸阳道，天若有情天亦老。
> 携盘独出月荒凉，渭城已远波声小。

在唐诗的国度里，饮誉古今的诗人似满天繁星，难以尽数。其中许多大家高手都有一个雅号。而这些雅号，同他们的诗篇一样流芳千古。譬如"诗仙"李白、"诗圣"杜甫、"诗豪"刘禹锡、"诗佛"王维、"诗魂"杜牧、"诗魔"白居易等，其中还有一位"诗鬼"——李贺。

一

李贺，河南洛阳人，生于唐德宗贞元六年（790 年）一个破落贵族之家。远祖是唐高祖李渊的叔父李亮（大郑王），到李贺时早已世远名微，家道中落。他的父亲叫李晋肃，早年被雇为"边上从事"。唐代宗大历三年（768 年）去蜀任职，到李贺出生的贞元年间稍得升迁，任陕县（今三门峡市陕州区）令，但不久老死。李母郑氏生一女二子，长守昌谷（今洛阳宜阳县三乡镇），家境十分贫寒。

李贺自幼体形细瘦，通眉长爪，长相极有特征。但他才思聪颖，七岁能诗，又擅长"疾书"。相传贞元十二年（796 年）李贺正值七岁，担任吏部员外郎的大文豪韩愈及侍郎皇甫湜造访，李贺援笔辄就《高轩过》一诗。韩愈与皇甫湜大为赞赏，李贺从此名扬京洛。

本可早登科第振其家声，但"年未弱冠"即遭父丧。直到唐宪宗元和五年（810 年），二十一岁的李贺才参加韩愈参与的河南府试，一举得中。年底即赴长安应进士举，但"阊扇未开逢猰犬"。妒才者放出流言，说李贺父名"晋肃"，"晋"与进士"进"犯"嫌名"。尽管韩愈"质之于律""稽之于典"为其辩解，终无可奈何，李贺不得不愤离试院。从此，埋下了他一生的辛酸悲惨。

李贺被迫放弃国考后，在京城谋得了一个管理皇家家庙祭祀的从九品小官，官称是奉礼郎。于是他"牢落长安"三年，三年间他亲身经历、耳闻目睹了许多世事，对当时社会状况有了深刻的认识。虽然此间他"憔悴如刍狗"，却创作了一系列反映现实、鞭挞黑暗的诗篇。"深刺当世之弊。切中当世之隐"的贺诗，大多就产生在这一时期。他在唐代文坛的杰出地位，也是这一时期写就的近六十首作品奠定的。

京城生活中，他感到自己的仕途实在渺茫，哀愤孤激之思日深。加之其妻病卒，他忧郁病笃。元和八年春，他告病回昌谷老家。休养了一段时日，他不甘沉沦，又举足南游。希望在南楚或吴越一展才华，但"九州人事皆如此"。

元和九年，他决然辞去奉礼郎之职，然后入太行、过长平，到达潞州（今山西省长治市）。此后，在潞州张彻（韩愈的侄女婿）的荐举下，在昭义军节度使郗士美的军队帮办公文，做了差不多三年的幕僚。

元和十一年，因北方藩镇跋扈、分裂势力猖獗，郗士美讨叛无功，告病到洛阳休养，友人张彻也抽身回长安。李贺无路可走，只得强撑病躯，回到昌谷故居整理诗作。元和十一年（816年），李贺病死家中，英年二十七岁。

二

李贺短暂的一生，给后世留下二百四十余首诗歌，他与李白、李商隐并称"唐代三李"。倘若上述赘说，让您依然对他一知半解，那么说出"天若有情天亦老""黑云压城城欲摧""雄鸡一声天下白""石破天惊逗秋雨""桃花乱落如红雨"等千古佳句，您定会感到熟悉。

他在仕途蹭蹬、贫病交加的困境下，人生仅仅度过了二十七个春秋。生命虽然短暂，但他目睹了朝政的混暗、国势的衰微。加上自己遭际坎坷，因而愤强激越。他把这种思想情感熔铸到自己的创作中，形成了"长吉体"（李贺字长吉）诗风。

正因为李贺未能在仕途上成就功业，所以他的诗缺少士大夫那种雍容清闲的气度。但其无拘无束的生命力和创造力大为显现。他对生命、时间进行了深刻思考，最终的结论是：人会死、神仙也会死，人生终是虚无！除了穷困和疾病这两个恶魔缠身，只有诗像恋人一样可以抚慰他内心的苦痛。他所写的诗大多慨叹生不逢时的内心苦闷，抒发好景不长、时光易逝的感伤情绪，但对当时藩镇割据、宦官专权，以及人民所受的残酷剥削等也有所反映。他笔下的人生、社会、战争、神仙、鬼怪、花草、器具，乃至采玉的老者、怀春的女人，无论有生命的还是无生命的、现实的还是虚幻的，都被他抹上了冷艳的色彩，描绘成了诡异的景象，而且活灵活现，摇曳多姿。

"雨冷香魂吊书客。"他在自己凭吊自己，其哀痛何以复加？他不但站在人的角度来看人世，而且也以鬼神的眼光看人世。可谓奇中又奇，极又生极。他的诗经常应用神话传说来托古寓今，想象奇谲，辞采瑰丽，变幻缤纷。诗作中具有代表性的部分，多是以描写鬼神、怪异为题的神怪诗。他借"鬼"寄慨，以瑰丽奇特来抒发自己抑郁未伸、怀才不遇的深广忧愤，凝成了瑰美而冷俏的语言，读来令人胆战心惊，惊魂不定，唏嘘不已。所以后世诗评家称他的诗为"鬼仙之辞"，李贺本人也获得"诗鬼"之名号。

三

"少年安得长少年，海波尚能变桑田。荣枯递传急如箭，天公不肯于公偏。莫道韶华镇长在，发白面皱专相待。"唐代群星璀璨的诗歌王国里，李贺是一颗划过长空的耀眼的流星。他惜时如金，醉心创作，留于后世的二百多首诗作全是呕心沥血之作。人生虽短，但他却在诗歌的王国中获得了永生。

他一生短促，却经历了中唐德、顺、宪三朝。这一时期由于"安史之乱"的浩劫，大唐王朝正在逐渐走向衰败，昔日的胜景已是过眼烟云。生活在这一时期的知识分子，普遍感到精神空虚，而李贺的心态就是那时文人的主要表现。他的"鬼仙之辞"，就是他极度感伤的直接结果。

李贺不过是一支早已疏淡的皇族血脉，但他却一再用"王孙""皇孙"自我标榜。虽然这"八竿子打不着"的血脉，并未给他带来什么福祉，但却始终存在于他的思想意识之中。他固执地认为自己这个"唐诸王孙"，理所当然地显贵通达，而现实却使他处处碰壁。因而他始终徘徊在幻想与现实的矛盾之中。

"我当二十不得意，一心愁谢如枯兰"，"壶中唤天云不开，白昼万里闲凄迷"，"天荒地老无人识"，"我有迷魂招不得"。李贺生活的年代，读书人的唯一出路是仕进。但他因避家讳，不能通过考试获聘（当然，这也与他不按通行的"考前钻营奔走，俯首乞怜"潜规则有关）。这不能不使他的心灵受到极大的压抑和摧残。

"礼节乃相去，憔悴如刍狗"，"天眼何时开？古剑庸一吼"。李贺虽应征召赴长安任奉礼郎，但奉礼郎品位低下且容不得半点舒展。因而他在职三年，几乎中断同所有人的来往，他过着"扫断马蹄痕，衙回自闭门"的闭塞忧愁的生活。

"我有辞乡剑，玉锋堪截云。"他一直自命不凡、自命清高，但理想是一回事，现实又是一回事。常言道"希望越大，失望越大"，生活越不如意就越凄苦。他只好焚膏继晷，废寝忘食，呕心沥血，把苦闷全部倾注在诗歌的创作上。他每次外出，都让书童背一个袋子，想出几句就马上在纸上记下来放到袋子中，回家后再重新整理、提炼。他的母亲见了总是既生气又心疼："是儿要呕出心乃已耳。"由此可见，他是多么呕心沥血、劳心费神啊！他敏感世事纠结不止，用尽毕生精力，为世间奉献了诸多绚丽的作品，而燃尽了自己的宝贵生命。

四

天若有情天亦老，月如无恨月常圆。人生在世固然不能为了吃饭而活着，但为了活着总是要吃饭的。如若人们没有"人家骑马我骑驴，后面还有推车的"这种自我满足、自我安慰和自我调节，世上不知又有多少愁苦的李贺啊！

牢骚太盛防肠断，风物长宜放眼量。人生不如意者十之八九。面对挫折、苦难，是需要有一份豁达的情怀、乐观向上之心态的。人生苦短，世事多艰。面对困苦和磨难，我们必须学会淡泊和坦然。倘若你感到痛苦，证明你的心还没有完全麻木。在逆境中忍耐坚守、磨炼抗争，也是人生不可或缺的心态！

人生苦短，艰辛漫长。为了不愧来世一遭，我们是否应在沧桑人生中坦然面对，力争向上？人间正道是沧桑！

2017 年 1 月 3 日

东风无力百花残

> 相见时难别亦难，
> 东风无力百花残。
> 春蚕到死丝方尽，
> 蜡炬成灰泪始干。
> 晓镜但愁云鬓改，
> 夜吟应觉月光寒。
> 蓬山此去无多路，
> 青鸟殷勤为探看。

儿时小学至初中期间，不止一次地用"春蚕到死丝方尽，蜡炬成灰泪始干"赞美我们的老师。然而直至高中通读了《无题·相见时难别亦难》才知道，诗人说的是爱情、相思之情。

一

这首诗以女性的口吻抒写诗人在悲伤、痛苦之中的灼热渴望和坚忍的精神状况。什么意思呢？大抵如是：由于受到某种力量的阻隔，诗人与情人难以相会，分离的痛苦使她不堪忍受。"春蚕到死丝方尽"中的"丝"与"思"谐音，意思是说诗人自己对情人的思念，如同春蚕吐丝到死方休，喻感情至死不渝；"蜡炬成灰泪始干"是比喻，不能相聚的痛苦无尽无休，好似蜡泪直到蜡烛烧成了灰方才流尽；"云鬓改"是说自己因为痛苦的折磨，夜晚辗转不能成眠，以至于鬓发脱落，容颜憔悴；"夜吟"是推己及人，揣想对方大概也和自己一样，夜不成寐吟诗遣怀，且愈发感到环境凄清，月光寒冷；结尾两句以仙山为对方居处，以青鸟作为使者。然而把寄托希望的使者置于结尾，并没有改变"相见时难"的痛苦境遇，不过是无望中的希望罢了。由此，高中时期的我便断定：诗人是说的爱情、相思之情！

二

　　许多时候的自以为是和自作聪明是很可笑的——这是我步入社会的某一天细研了诗人的履历才知道的，这位诗人就是李商隐。

　　李商隐（813—858年），字义山，故又称李义山，号玉溪生、樊南子等，晚唐著名诗人，祖籍怀州河内（今河南省博爱县）。李商隐十岁前后，其父亲李嗣在浙江幕府去世，他和母亲、弟、妹们回到了河南故乡。大约在他十六岁时，写出了两篇优秀的文章《才论》《圣论》，获得了一些士大夫的赞赏。这些士大夫中，包括时任天平军节度使的令狐楚。

　　李商隐早在文宗太和二年（828年），就开始了漫长而艰苦的应举之路。随着失败次数的增多，他渐渐开始不满："鸾皇期一举，燕雀不相饶。"直到开成二年（837年），在令狐楚的影响下，第四次赴考，才考得进士资格（看来朝中有人好做官，是颠扑不破的真理啊）。李商隐考中进士的当年末令狐楚病逝，在参与料理令狐楚的丧事后，李商隐应泾原（今甘肃泾县）节度使王茂元的聘请，去泾州做了王的幕僚。其间，王茂元对李商隐的才华欣赏有加，并将女儿嫁给了他。

　　王茂元与晚唐名相李德裕交好，被视为"李党"党员。而令狐楚父子属于"牛党"。因此，李商隐的行为就很轻易地被解读为对刚刚去世的老师和恩主的背叛。政治的游戏就是站队的游戏，于是李商隐很快就为此付出了代价。在唐代取得进士资格，一般不会立即授予官职，还需要再通过吏部举办的考试。开成三年（838年）春天，李商隐参加授官考试，结果想当然地在"面试"中被除了名。

　　到开成四年，李商隐再次参加授官考试，才得到了秘书省校书郎的职位。没过多久，被调任弘农（今河南灵宝）县尉。李商隐在弘农任职期间，因为替死囚减刑而受到上司的责难，最终以请长假的方式辞职。武宗会昌二年（842年），经过一段时间调整的李商隐，才设法回到秘书省任职。这一次，他的职位品阶比之前的"校书郎"还低。即便如此，李商隐毕竟又有了一个新的发展起点。然而命运似乎与他开了一个大大的玩笑：李商隐重入秘书省不到一年，他的母亲去世了。他必须遵循惯例，离职回家守孝三年。而他闲居在家的三年，正是李德裕执政最辉煌的时期。随后不久武宗去世，李德裕政治集团便骤然失势。

　　会昌六年三月，武宗去世，李忱即位。在宣宗的支持下，以白敏中为首的牛党新势力，逐渐占据了重要位置。由于支持李德裕的政治纲领以及之前就被令狐绹（令狐楚之子，李商隐好友）等人视为背叛，因此李商隐很难分享牛党的胜利果实。因此，当大中元年（847年）桂管观察使郑亚邀请他前往任职时，他几乎没有犹豫，便远赴五千里之外的桂林了。在桂林不到一年，郑亚就再次被贬官为惠州刺史，李商隐随之失去了致仕机会。人们常说"阳光总在风雨后"，而李商隐的阳光呢？

大中二年秋，他回到京城长安。他在潦倒之际，书信给故友令狐绹（已经进入权力的核心）请求帮助，但遭到拒绝，结果只能通过自己考试，得到一个盩厔县县尉（陕西周至县令之下的小职位）。此后，李商隐便在牛、李两党争斗的夹缝中求生存，辗转于各藩镇之间做幕僚，郁郁而不得志，潦倒终生。大中十三年（858年），秋风扫落叶的深秋，年仅四十有六的李商隐便郁郁而终。有《樊南甲集》二十卷，《樊南乙集》二十卷，《玉溪生诗》三卷，《赋》一卷，《文》一卷，现存诗约六百首。杜牧与他齐名，两人并称"小李杜"，李商隐又与李贺、李白合称"三李"。

三

李商隐生活的年代，正是李唐王朝江河日下、社会动荡不安、政治日渐腐败的晚唐前期，社会病态纷呈，矛盾重重。李商隐出生于一个小官宦之家，少年丧父，十六岁即以文章知名于文士之间。先得白居易赏识，再得令狐楚知遇，对其培植奖掖。然科场不公，五考方得一第。官场污浊，十年不离青袍。与妻王氏恩爱情笃，却给仕途带来厄运，致使终生处在朋党争斗的夹缝之中。虽苦苦挣扎，也无法摆脱人际关系这张无形的大网，致使他"虚负凌云万丈才，一生襟抱未曾开"。

在两党争斗之中，李商隐没有一次趋炎附势。相反，他总是同情那些失势被整之人：牛党中的萧浣、杨嗣复被贬时，他曾前往贬所探望；会昌年间令狐绹失势时，李商隐与他的交往反而密切；李德裕被贬后，他毫无顾忌地为其《会昌一品集》作序，并对其政绩人品给予最高的评价……仅此便可看出商隐是具有坚持正义、守正不阿、不依附权贵的可贵品格的。晚唐社会官宦窃柄，扰乱朝纲，牛李党争，钩心斗角，人事纷纭，互相倾轧。但李商隐终生关心民生疾苦，在弘农县县尉任上，为活狱而不怕得罪上司、不怕丢官，足以显示出他的热血心肠和骨鲠气节！

由李商隐的经历可知，高中中期的我对《无题·相见时难别亦难》的断定——诗人绝对是说的爱情、相思之情，是一个很可笑的自作聪明。其实，李商隐的"相见时难别亦难"，是说他自己当时在艰难困苦之时，向令狐绹为代表的当权者祈求而遭到决绝的悲惨境遇。"东风无力百花残"是在说，当时的"我"已走投无路；"春蚕""蜡炬"是在鼓励自己，和那些为理想而奋斗的人们；"蓬山此去无多路，青鸟殷勤为探看"，由深深地"到死""成灰"的绝望，到"无多路""为探看"，表现了诗人对"绚党"的悲愤呐喊！

<h1 style="text-align:center">四</h1>

李商隐生活在动荡不安的社会大环境中，本人又遭逢种种不幸。但他不仅不见风使舵，而且从未向命运低头，一直在拼命抗争。他精美绝伦的诗文，便是他抗争与控诉的血泪记录。

晚唐诗歌在前辈光芒的照耀下，已经大不如前，而李商隐却又将唐诗推向了又一个高峰："此情可待成追忆，只是当时已惘然"，"夕阳无限好，只是近黄昏"，"历览前贤国与家，成由勤俭破由奢"……"君问归期未有期，巴山夜雨涨秋池。何当共剪西窗烛，却话巴山夜雨时"，"昨夜星辰昨夜风，画楼西畔桂堂东。身无彩凤双飞翼，心有灵犀一点通"……及其那脍炙人口的"春蚕到死丝方尽，蜡炬成灰泪始干"，无一不浪漫，无一不纠结。李商隐的仕途生涯，在纠结中走向了失败。而他的诗歌，的的确确在纠结中走向了辉煌！

春蚕到死丝方尽，蜡炬成灰泪始干。一代诗人李商隐，你这条春蚕吐出的丝，绵延千年未尽！你这支蜡炬流下的泪滴，淌万年不干！

发表于《躬耕》2021 年第 7 期

你眼中的白雪为何总是那般凄惨

诗词大家历来都对，玉万家的皑皑白雪情有独钟、大加赞赏。而"缀玉联珠六十年"的诗魔，你眼中的白雪为何几多苦凄？

一

"九江十年冬大雪，江水生冰树枝折。……雁雁汝飞向何处？第一莫飞西北去。"公元 815 年冬天，江西九江下了一场大雪，江水生冰树枝折。百鸟无食到处乱飞，一只很饿的迁徙雁，因为翅冷飞动迟缓，被江边孩童持网捕到，拎到街市要生生卖掉。身贬江州的你路过看到此景，同病相怜，掏钱买下大雁将其放飞。在放飞的时候你默默祝祷：首先，千万不要往西北飞啊！因为那里官军、乱兵百万，正在苦苦鏖战。他们早已食尽兵穷，你若飞去，他们会把你射下来吃掉啊！为此，你特作《放旅雁》。然，"九江十年冬大雪"，雪呢？

唐宪宗元和六年至八年，你因母亲去世归家居丧。退居期间身体多病，生活困窘作了《村雪夜坐》。

> 南窗背灯坐，风霰暗纷纷。
> 寂寞深村夜，残雁雪中闻。

在风雪凄迷的深夜，你独坐窗前，屋内灯影昏昏、窗外冷雪纷纷。风雪中，就有残雁叫声传来……诗的背景分明是雪，你却不用心去写雪。只是借雪夜，抒发你寂寞清冷的心。

在为母丁忧的末一年，你又作了《村居苦寒》"八年十二月，五日雪纷纷"十多句长诗，开门即说那年，接连五天大雪纷纷，但接下来却是"竹柏皆冻死，况彼无衣民。回观村间间，十室八九贫"，全是说酷寒季节，农民生活的艰辛和自己的不安与自愧！

元和九年，你服孝结束回到长安，皇帝安排你做左赞善大夫，掌管皇后、太子事。你在街市看到一位不幸的卖炭老人而作《卖炭翁》。整诗只有一句"夜来城外一尺雪，晓驾炭车辗冰辙"，其余全是老人悲惨的遭遇："卖炭得钱何所营？身上衣裳口中食。可怜身上衣正单，心忧炭贱愿天寒。"牛累了，人饿了，太阳也升高了，他在集市南门外冰泥中歇息（当时有规定的开市时间）。

那骑着高头大马、趾高气扬、得意忘形的人是谁啊？是皇宫内的太监和他下边的打手。他们手里拿着官文、嘴里说着皇帝的命令。一千多斤的一车木炭，被他们强行拉去，老翁万般不舍又无可奈何；那些人把半匹红纱和一丈绫，照牛头上一挂，就充当一车炭价了。满脸灰尘、十指焦黑、身上只穿件单薄衣衫、担心木炭卖不出去祈求着"冷些吧、再冷些"的两鬓斑白的老人，无端被恶人欺凌，被你看得一清二楚，被你说得一清二楚。人们不禁要问，身为大唐官员的你是居何心？居心何在？是在给伟大的大唐抹黑？是指责至高无上的天子？令人不寒而栗、心惊胆战！

二

"江山不夜雪千里，天地无私玉万家"，"风雨送春归，飞雪迎春到"，"雪月最相宜，梅雪都清绝"，"有梅无雪不精神，有雪无诗俗了人"……诗词大家历来都对玉万家的皑皑白雪情有独钟、大加赞赏，而你眼中的白雪为何尽是那般的悲凉凄惨？

公元772年，你生于郑州新郑，名曰白居易，字乐天。少年时读书刻苦，十六岁时写下《赋得古原草送别》。诗中的"离离原上草，一岁一枯荣。野火烧不尽，春风吹又生"，不仅让著作郎顾况对你的指教由"长安米贵，居之大不易"，变为"道得个语，居亦易矣"；还让你在长安那个酷热的夏季里，成筐装取昂贵的冰块而分文不付，更让无数身处逆境的人备受鼓舞。

贞元十六年你考中进士，十八年与元稹一同拔萃（后，于诗坛元白齐名）。先后任秘书省校书郎、陕西周至县县尉、翰林学士，元和年间任左拾遗，草拟诏书参与国政。你自以为受到了喜好文学的皇帝的赏识，便频繁上书言事，并写出大量反映社会现实的诗歌，从各个侧面深刻地反映了当时的政治弊端和民生疾苦，希望以此补察时政、报答上级的知遇之恩。但你言事太过直接，不仅让宪宗不快，也使无数权贵切齿、扼腕、变色！唐宪宗曾私下对宰相李绛说："白居易小子，是朕拔擢致名位，而无礼于朕，朕实难奈。"

元和八年，你为母丁忧结束回到长安，被任命为太子左赞善大夫。元和十年夏，宰相武元衡和御史中丞裴度，因为主张对谋反的节度使吴元济进行清剿而遭人暗杀。此等大事，当权者竟无动于衷。你气愤万分、意气用事，上疏严缉凶手、严肃法纪。然而那些掌权者反而污说，一个东宫之官议论朝政是僭越。宪宗李纯借机把你下放到江州。诏书发出后，某些落井下石之人仍不肯罢休，致使你由市长改贬为督察（司马，当时是被贬人员的一种闲职，虽有俸禄但没有政事）。自此，你虽先后任忠州（重庆忠县）、杭州、苏州等地方长官（刺史）、刑部侍郎、河南尹、刑部尚书（公安部、最高法院老总）等，但却不得不"宦途自此心长别，世事从今口不言"。

　　然而你毕竟是一个有良知的诗人，一名有良知的"官人"，所作诗词依然饱含忧国忧民之心，比如"雁雁汝飞向何处，第一莫飞西北去""是岁江南旱，衢州人食人""一丛深色花，十户中人赋"。你依然勤于政事不曾懈怠，如疏浚李泌所凿的六井，解决人民的饮水问题；西湖筑堤（今有名的白堤）蓄水灌田，让民众免受旱涝之苦；你在七十岁被罢去太子少傅成为"人间事了人"时，看到无数船工命丧龙门险滩，毅然扶着拐杖四处游说，最终使此段河道得以疏浚。

三

　　因"酒狂又引诗魔发，日午悲吟到日西"，后人便以"诗魔"称之。虽然因你所处的那个时代，是从上到下已经腐败透顶的时代（正是唐王朝经过"安史之乱"由盛而衰、江河日下之时）。虽然你一直"壮志空许国"，但你一生创作诗文手不停歇，成绩卓著（仅现存诗歌就有二千八百多首，散文八百多篇），并成为唐代伟大诗人之一。你的《长恨歌》《卖炭翁》《琵琶行》等，将与日月同辉！

　　"文章合为时而著，诗歌合为事而作。"你不是写老百姓怎样受苦，就是写当官的怎样理直气壮地作威作福。不是写时事如何可恶，就是写时政如何大义凛然地黑暗，甚至直接对当朝皇帝进行大胆谴责，并做到篇篇言之有物，通俗易懂。以致唐宣宗闻知你去世后，动情地写下了悼念长诗！

　　　　缀玉联珠六十年，谁教冥路作诗仙。
　　　　浮云不系白居易，造化无为字乐天。
　　　　童子解吟长恨曲，胡儿能唱琵琶篇。
　　　　文章已满行人耳，一度思卿一怆然。

　　白皑皑、晶莹莹的白雪多么美妙啊，但到了你的眼中，却为何总是那般苦冷凄惨？因为你悲天悯人，因为你有常人不多有的悲世情怀！好歹，你暮年所作的《问刘十九》却也那般温馨："绿蚁新醅酒，红泥小火炉。晚来天欲雪，能饮一杯无？"漫漫寒夜，但愿我等能借这万般温馨，好梦、香眠！

发表于《诗词世界》《南阳晚报》

你的不幸来自何方

　　热剧《知否知否应是绿肥红瘦》中，顾老侯爷顾偃开从考官的口中得知：顾二叔顾廷烨文采非常好，原本进了三甲的。但有人把他在十几岁时说的一句"官家对杨无端太苛刻，毁了他的一生"告诉了官家，因此官家不仅把他从三甲上划去，还要让他与杨无端一样，五十岁后才能再考！稍懂文史者，立刻便从顾老侯爷说的"那杨无端曾狂言'中举及第不如情寄花楼'"一句中推知，那杨无端便是你不幸的柳永——只有你柳永曾言"忍把浮名，换了浅斟低唱"。而你柳永的不幸又来自何方？知否，知否，全因了你少时无知太轻狂！

　　你祖籍山西，祖父柳崇曾为福建沙县县丞，父亲柳宜初仕南唐官至监察大员，南唐亡后供职北宋，先后任山东雷泽、费县（山东临沂）县令、赞善大夫等。你于北宋雍熙元年（984年）生于老爹任所费县，后在老爹任赞善大夫时，随叔叔返回老家福建。排行第七，又称柳七，出身算得上官宦世家。

　　你少时学习诗词，有功名用世之志。十八岁时计划进京参加国考，因那时的京师在开封便由钱塘入杭州。因杭州繁华，便在那里逗留了四五年，忘情于听歌买笑的浪漫生活之中。其间，因写了一些不错的游记诗词曾名噪一时。

　　"富贵岂由人，时会高志须酬。"大约在大中祥符二年，你自信"定然魁甲登高第"，结果真宗有诏"属辞浮靡"。初试落第，你愤慨之下作《鹤冲天·黄金榜上》发泄牢骚："黄金榜上，偶失龙头望……忍把浮名，换了浅斟低唱。"

　　开口辄言"龙头"，把头名状元作为自己的囊中物，落榜只是"偶然"。大胆的是，你竟以"明代遗贤"来讥讽朝廷，未能做到"野无遗贤"。虽然你只是说"暂遗"，没敢把话说得太死，但何其敏感？"如何向……才子词人，自是白衣卿相"，头一摆泪一甩，狂妄尽显。"且恁偎红翠"，这就放开享受烟花伴侣的风流生活？"忍把浮名，换了浅斟低唱"，虽然其中的一个"忍"字，道出了你内心的痛苦和无奈。但别人不管这个，认定你向往"浅斟低唱"，就此要"浅斟低唱"！

　　你毫不顾忌地把敏感、刺目的字眼写进词里、让人传唱，故意弄出惊世骇俗来，以极端对极端，求得一时的心理平衡。痛快倒是淋漓了，潇洒倒是尽致了，但后果是啥？——禁考！仁宗他父皇都说了，你写的东西"属辞浮靡"，所以当你再考时，当政皇帝只好以《鹤冲天》为凭："此人好'浅斟低唱'，何要'浮名'？且填词去。"再次，皇帝将你的名字从皇榜上抹了去。

宋仁宗在位四十二年，死后，史家把他在位治理国家的时期，概括为"仁宗盛治"。其间，他怕宫人受罚忍渴不语，怕厨师送命，牙都咯出了血也不声张。体谅落榜之人之艰辛，饶恕了写反诗的老秀才，还成全了唾沫星子溅了他一脸的"包青天"……缘何偏偏和你个年轻人过不去？"未遂风云便，争不恣狂荡？""风流事平生畅""忍把浮名换了浅斟低唱"。谁说的？谁说的？

人狂没好事，狗狂挨砖头。年轻人啊，不听老人言，吃亏在眼前。科举考试是干什么的？不是过家家做游戏的，那是招揽管理国家、管理人民之人才的！你如此公开的"不恣狂荡""风流事平生畅"，可以把仕途换成饮酒作乐，朝廷颜面何在？国家形象何在？恃才傲物、吊儿郎当、玩世不恭，谁人敢录？何人敢用？

"归云一去无踪迹，何处是前期。"晚了，一切都晚了。到了禁考已成不可逆转的现实时，你才明白那一时的轻狂，付出了多么昂贵的代价！

"对潇潇暮雨洒江天，一番洗清秋。""今宵酒醒何处？杨柳岸晓风残月。"之后，你虽"奉旨填词"，写下《雨霖铃》《八声甘州》等，高扬起一面婉约的旗帜，使得时人"不愿君王召，愿得柳七叫""不愿千黄金，愿得柳七心"，及至"凡有饮水处，即能歌柳词"。但传说，你放浪多年后身心俱伤，死在名妓赵香香家，因既无家室也无财产，便无人过问。是谢玉英、陈师师等一班名妓念你的才学和情痴，凑了一笔钱才把你葬了。

知否，知否，你的不幸来自何方？全是因了自己少时无知太轻狂！

注：柳永真实结局是：真的在五十岁时，仁宗特开恩科并登进士榜、授睦州淳安团练推官，后调任余杭县县令等，逝于皇祐五年，享年七十岁。

2019 年 3 月 6 日

风雪起时忆韩公

傍晚时分，成群的玉蝶从昏暗的天空蜂拥而下，扑簌簌纷纷扬扬。不大一会儿，天地间白茫茫不辨东西。眼望漫天飞雪飞，还未来得及感慨些什么，脑海里就涌现出一首久远的唐诗：

> 一封朝奏九重天，夕贬潮州路八千。
> 欲为圣明除弊事，肯将衰朽惜残年！
> 云横秦岭家何在？雪拥蓝关马不前。
> 知汝远来应有意，好收吾骨瘴江边。

一

元和十四年（819年）正月，大唐京都及其周边一连下了多天大雪。一时间，大地没了路眼，京城小巷及其通往各地的道路，全都被白雪覆盖了去。而风雪中，有个人却拽着一匹马，在深一脚浅一脚地迤逦而行。当他艰难地走到蓝田关口时，望着天地间白茫茫一片，欲哭无泪，悲愤之至。于是他奋笔疾书，成诗一首。那诗，便是在下刚刚望雪时，想起的那首唐诗。那诗的名字叫《左迁至蓝关示侄孙湘》。作者也就是在元和十四年正月"雪拥蓝关马不前"的唐代杰出文学家、思想家、哲学家、政治家韩愈。

韩愈，字退之，河南河阳（今河南孟州市）人，生于唐代宗大历三年（768年）。他3岁时父母双亡，得兄韩会抚育，后随韩会贬官到广东，韩会死后随嫂郑氏北归河阳。贞元二年起，四次进士科考三次名落孙山，直到第四次才榜上有名。考中进士后，又经过三年三次皇帝亲自殿试，未得一官半职。

贞元十二年，他应宣武节度使董晋之召，到汴州任观察推官，掌管狱讼之事。在此期间，他悲愤、冷静地作《马说》，大声疾呼"其真无马邪？其真不知马也！"后经多方努力和积极表现，于贞元十八年（802年）得以上调回京，担任国子监四门学博士。在此其期间，他敢为人师，广授门徒，积极推荐文学青年，写出了流传千古的《师说》："嗟乎！师道之不传也久矣！欲人之无惑也难矣！"贞元十九年，得"伯乐"举荐迁任监察御史。但不过半年，因上书《御史台上论天旱人饥状》为民请命，遭权臣谗害被贬为阳山（今广东省阳山县）令。贞元二十一年，唐宪宗即位大赦天下，他获赦北还为国子监博士（最高学府校长）。此后，十余年间历任河南县令、比部郎中、考功郎中、知诰、中书舍人等。

唐宪宗元和十二年，韩愈作为行军司马，随裴度讨伐淮西叛军，到前方作战。班师回朝论功行赏，韩愈被擢升为刑部侍郎，不久转兵部侍郎。

二

在元和十四年，韩愈咋会"雪拥蓝关马不前"呢？话说，那年宪宗李纯把所谓的释迦文佛的一节指骨，从法门寺迎入宫廷供奉，并送往各地寺庙，要官民顶礼膜拜。在朝为官的韩愈看到这一荒唐行为，便提笔写了《论佛骨表》。指出它无益于家国，劝谏阻止皇帝。要命的是，韩愈因急于劝谏，竟在上书中说出"明帝在位，才十八年耳。其后乱亡相继，运祚不长，惟梁武帝在位四十八年，前后三度舍身施佛……其后竟为侯景所逼，饿死台城，国亦寻灭。事佛求福，乃更得祸。"拿"自东汉以来信佛的皇帝都短命、国运不长"等，来骚皇帝的气。结果，想当然地触怒了皇帝，韩愈因此几乎被处死。最后，在裴宰相等多人多方奔走下，韩愈被贬潮州，并严命责成即日上路。

潮州在广东东部，距离当时的京都长安有八千里之遥。韩愈只身一人仓促上路，风雪中艰难地走到了蓝田关口（蓝田县东南）。当他望着天地间白茫茫一片，欲哭无泪、悲愤之至时，他的侄孙韩湘匆匆追赶了来，为这位凄惨的老人送行。于是韩老悲歌当哭、奋笔疾书，一挥而就了《左迁至蓝关示侄孙湘》！

风雪中，孤独一人丧家犬般仓促奔走，路途的艰辛与困顿不言而喻。满腔委曲、愤慨、悲伤难以掩饰，"云横""雪拥""马不前"，景阔情悲，蕴涵深广。他原是抱着必死的决心上表言事的，如今自知前途难料。因故，对赶来的侄孙安排后事——"好收吾骨瘴江边"。语虽悲酸却悲中有壮，表现了韩老先生"为除弊事"，而不惜残年、虽死无怨的悲壮情怀！那一年，韩愈已经五十一岁了。

三

元和十四年，韩公因上书力谏佛事被贬潮州，后移袁州（江西西部）；元和十五年，宪宗被杀，穆宗即位，韩愈被召回朝，担任国子祭酒；长庆二年，镇州王庭凑叛乱，他单刀赴会"勇夺三军之帅"，穆宗大喜，任其为吏部侍郎，后转京兆尹兼御史大夫；长庆四年（824 年），穆宗驾崩，敬宗即位，韩愈仍为吏部侍郎。

是年 12 月 25 日，中唐"古文运动"的奠基人和开拓者、一代文学大师溘然长逝，享年五十七岁。

韩公作为一名政治家，不仅在京城任过职，也在地方任过职；不仅在学校干过，也在军队干过；不仅在司法部门工作过，也在皇帝身边工作过。在地方做过幕僚、县令、刺史，当过国子祭酒，在朝做过检察大员等，还做过京兆尹。他的阅历之完整、经验之丰富、政治素质及综合素质极佳，是极少人能够经历的。

韩公作为一位文学家，他开创了著名的唐代"古文运动"，开辟了唐以来古文的发展道路，提出了"文以载道""文道合一""辞必己出""不平则鸣"等主张，反对六朝以来骈偶之风，著有《韩昌黎集》四十卷、《外集》十卷等，其《马说》中"世有伯乐，然后有千里马。千里马常有，而伯乐不常有……"及其《师说》提出的"人非生而知之者，孰能无惑？惑而不从师，其为惑也，终不解矣……"备受世人称赞，不愧为"文章巨公""百代文宗"。

韩公作为一名思想家，一生都在维护有利于当代复兴和发展的儒家思想权威，敢于，且一直和佛、道以及其他干扰儒家思想的行为做坚决的斗争。

韩公作为一名军事家，他曾作为行军司马讨伐淮西叛军，凯旋后被提升兵部侍郎。晚年，即他去世的前两年，镇州王庭凑叛乱，他毅然单刀赴会，圆满完成了他人不能为、不敢为的安抚使命，被誉为"勇夺三军之帅"。

四

据传，韩愈入学时，嫂嫂郑氏为给他起学名几经犯难："你大哥名会，二弟名介，会、介都是人字作头，象征他们都要做人群之首。会乃聚集，介乃耿直，其含义都很不错。"韩愈听后，立即说道："嫂嫂，我就叫韩愈好了。愈，超越也。我长大以后，一定要做一番大事，前超古人，后无来者，决不当平庸之辈。"这个"愈"字，正是韩愈少年胸怀大志、不甘人后的最初表露。然而韩愈虽然自幼聪慧，饱读经书，从三岁起就开始识文，每日可记数千言，不到七岁，就读完了诸子之著。但由于唐代科举制度过于苛刻，他不善投机钻营，当他满怀信心步入社会时，却连续八年屡考不中，未得一官半职。最后，不得不走唐代多数知识分子求仕的另一途径——投奔藩镇幕府。他与河南府法曹参军之女卢氏婚后，卢氏劝其道：人求言实，火求心虚，欲成大器，必先退之。于是他立即选用卢氏赠言中的最后两个字"退之"作为自己的字。

他经过几十年艰难曲折的努力和奋斗，从一个贫寒的读书人到"临时工"，从"临时工"到国子监，从国子监博士到国子监祭酒，直至成长为一名核心官员。原本，不善投机钻营、不看权贵眼色的韩愈，是很难取得如此结果的。但一

"愈"，一"退"，使他一步一个脚印、一步一个台阶地走向了成功。

韩公的成功，一是不放弃理想，执着追求。二是坚持原则，勇于变通。他二十岁赴长安应进士试，应试不第连考四年，三试博学鸿词未选连考三年。之后，三次上书宰相、三次拜访权贵，但均被拒之门外。然而他始终怀抱"忧天下之心"，不学他人遁迹山林；为了实现自身价值，不气馁、不自暴自弃、不怨三道四，而是适时地走了上"曲线救国"——投奔藩镇幕府，且从临时工做起；为了实现自身理想，不仅没有安于临时工现状，反而积极奔走，呼唤"伯乐"；在其谋职之后，依然奋发向上，最终步入核心官员之列。

步入仕途后又因性格耿直、直言无忌而贾祸，一贬阳山，再贬为教员，三贬潮州。颠沛流离，身心憔悴间，他始终做到宦海浮沉，宠辱不惊。李纯迎接法门寺释迦佛指骨时，他认为佛教教人无为而徒食，无益于江山社稷、黎民百姓。他不但不明哲保身、缄默不言，反而奋不顾身上《论佛骨表》力谏，公然向至高无上的皇帝说"不"。宪宗要用极刑将其处死，幸亏裴度等为其求情才免去一死，被逐出京城贬至潮州。

他在辛苦奋斗几十年换来的政治前途即将断送之际，一方面把中原先进文化带到相对落后的岭南地区，多为当地民众做好事（潮州人为感念韩愈，甚至将这里的笔架山改称韩山，将山下的鳄溪改成韩江）。另一方面按照仕途的游戏规则，主动给宪宗呈递《潮州刺史谢上表》，适时给皇帝致谢和道歉。这不仅给至高无上的皇帝一个台阶，也使自己得以及时回到朝廷实现自身最大价值。

五

韩愈前辈的一生虽然天不假年，但熬过了唐朝代、德、顺、宪、穆、敬宗六位至高无上的"万岁"。他入仕既晚，命运多舛，但其一生如其名、同其字，进进退退，退退进进，终归是不屈不挠、奋发向上的！虽然在生活现实面前，有所变通和妥协，但也正是这坚持原则、坚持真理基础之上的变通和妥协，才成就了他伟大的事业与名望！我等之辈可望其项背？可有这般能耐？难！

阴云四围我何在？风雪起时忆韩公！

2019 年 11 月 23 日

问君能有几多愁

"春花秋月何时了？……问君能有几多愁，恰是一江春水向东流。"

一

旧历七月七日，是牛郎织女相会的日子，是中国的"七夕节"。然而在北宋太平兴国三年（978年）的那一日。一位国主、一位著名的词人，因其一句"故国不堪回首月明中"，被北宋太宗用牵机药，结束了他年仅四十二岁的生命。据说，那个七月七日，正是这位国主、词人的生日。

那个被赵光义在"七夕节"结束年轻生命的国主、词人叫李煜。李煜，南唐中主李璟第六子，初名从嘉，字重光，祖籍彭城（今江苏徐州铜山区）人。初封安定郡公，累迁诸卫大将军、副元帅，封郑王。

李从嘉善诗文、工书画，丰额骈齿、一目双瞳，因貌有奇表，遭二哥李弘冀（太子）猜忌。为避祸，他醉心经籍、不问政事，自号"钟隐""钟峰隐者""莲峰居士"，以表明自己志在山水，无意王位。

后周显德六年（959年），太子李弘冀病死。李璟的老大到老五死完了，天上下雨——淋到了李从嘉。李璟封李从嘉为吴王，以尚书令参与政事，入住东宫。宋建隆二年（961年），李璟迁都洪州（南昌），立李从嘉为太子并监国，令其留在金陵（南京）。六月李璟死，李从嘉在金陵登基即位，改名李煜。

二

其实，李煜原本不姓李，他的南唐国也和唐朝没啥关系。他祖父徐知诰原本是徐温的养子，而徐知诰也不知所出。据说是南吴太祖杨行密在争战中所掳孤儿，并以之为养子。但杨行密诸子不能容，遂将其给予徐温，才有名徐知诰。

徐温原本是南吴的开国功臣，后来慢慢掌握了南吴的实权。他年老的时候，因亲子徐知训骄狂被杀、徐知询等亲子年少且能力不足，从而依赖、信任养子徐知诰。公元 927 年徐温去世，徐知诰设计控制了徐知询，以大丞相、齐王身份，掌握了杨吴实权。同年，扶杨行密四子杨溥称帝，但实权仍在徐知诰手中。徐一方面对杨氏旧臣竭力怀柔，另一方面则积极扶持自己的势力，大力招徕、奖拔北来士人。

经过十年苦心经营，徐知诰完全获得了杨氏旧臣的支持。吴天祚三年（937 年），徐知诰废杨溥，登上皇位，以金陵为国都，国号大齐，年号昪元。次年，徐知诰改国号为"唐"，改姓为李，改名为昪。改国号为"唐"是打先前唐朝的旗帜，姓李自然是攀李唐的高枝儿。说白了，就是扯虎皮作大旗呗。因其位置在中国之南的南京，史称南唐。对，南唐就是这般走上中国历史舞台的。

李璟为何要迁都南昌？又是怎么死的？李璟，南唐烈祖李昪长子、南唐第二位皇帝，即南唐元宗。他上台后，放弃了他老爹李昪的保守策略，开始了扩张之路。大规模对外用兵，虽然消灭了楚、闽二国，也扩大了不少国土，但因连年战争，南唐的国家经济也被拖垮了。加之李璟奢侈无度、政治腐败等，其实力迅速减弱。以至于后来，被后周夺去了淮南江北之地。

被后周打败后，李璟便削去帝号，改称国主（史称南唐中主）。李璟的委曲求全，虽暂时免除了战争的威胁。但他明白，后周不会止步于长江以北。于是他一边加固金陵城防，一边动了迁都念头。

"建康（南京）与敌隔境，江又在下流……今吾移都豫章（南昌旧称），据其上流，而制其根本，上策也。"在李璟看来，仅仅依靠长江作为屏障的建康不安全，相比之下，位于长江中游的南昌则要好得多。但这一提议，却遭到了群臣的反对。因为自唐末以来，经过杨吴、南唐数十年的治理，六朝故都金陵，早已成了当时以繁华著称的大都市。

虽然群臣反对，但北宋建隆元年（960 年），后周将领赵匡胤"黄袍加身"建立了宋朝。为了统一南方，赵匡胤在开封大练水军。李璟明白，宋的攻势相比后周，怕是有过之而无不及。因此，他还是于公元 961 年迁都南昌，并将太子李煜留在金陵监国。但到了南昌后，李璟就后悔了。因为南昌城市规模、皇宫规模都很狭，且不好改建。因此，群臣牢骚满腹。因此，李璟迁都南昌不足四个月，就郁郁而终了。

三

李煜从李璟手中接一个"不可收拾"的烂摊子后，赶紧遣人入贡北宋，赵匡胤也释放南唐降卒千把人。之后，一直奉赵宋为正朔，岁贡以保平安。

北宋开宝四年（971年）十月，宋太祖灭南汉，屯兵武汉。李煜非常恐惧，赶紧去除唐号，改称"江南国主"。并遣其弟李从善朝贡，上表奏请罢除诏书不直呼姓名的礼遇。太祖同意，但扣留了李从善。同年，有商人告知，宋军于荆南建造战舰千艘。很多人请求进行秘密焚烧，但李煜惧怕，没敢同意。时，国家形势紧迫，李煜忧心似焚，每日与臣下设宴酣饮，悲歌不已。

开宝五年正月，李煜又下令贬损仪制。改"诏"称"教"，朝廷相关部门全部降格，降诸"王"为"公"。金陵台殿所设鸱吻（殿脊的兽头）一应器物，也尽行撤去不再使用。而太祖却晋封其弟李从善为军节度使，并在汴京赏赐宅院。

开宝六年夏，太祖遣翰林院学士卢多逊出使南唐。李煜上表，愿接受赵宋册封爵位被拒。开宝七年秋，宋太祖先后派梁迥、李穆出使南唐，以祭天为由诏李煜入京。李煜托病不敢前往，回复："臣侍奉大朝，希望得以保全宗庙，想不到竟会这样，事既至此，唯死而已。"太祖闻信，即遣颍州团练使曹翰兵出江陵，又命宣徽南院使曹彬等随后出师，水陆并进。李煜亦筑城聚粮，大举备战。宋军攻下安徽池州，李煜下令全城戒严，并停止沿用北宋年号，改为干支纪年。

这时，吴越也乘机进犯江苏常州、润州，李煜遣使质问，说以唇亡齿寒之理。吴越王不答，转送李煜书信至宋廷。北宋攻陷芜湖和雄远军，沿采石矶搭建浮桥，渡江南进。李煜招募兵卒，全力御敌。然，终因强弱悬殊，节节败退。

开宝八年，北宋尽围金陵，昼夜攻城。金陵米粮匮乏，死者不可胜数。李煜两次遣人使宋，进奉大批钱物求宋缓兵，但太祖却答以"卧榻之侧，岂容他人鼾睡"。

南唐亡国后，李煜被俘入北宋汴京，被赵匡胤封作"违命侯"，度过了三年"日夕以泪洗面"的囚禁生活，屈辱受尽，以至"相持大哭、坐默不言"。宋太平兴国三年"七夕节"，他的四十二岁生日到了。在这个特殊的生日里，他不遣词选句，也不管几个"春"、几个"东"，随口而就，胸襟直抒：

> 春花秋月何时了？往事知多少。小楼昨夜又东风，故国不堪回首月明中。雕栏玉砌应犹在，只是朱颜改。问君能有几多愁，恰是一江春水向东流。

这首词叫《虞美人·春花秋月何时了》，也是这李后主的绝命词——在寓所吟唱时声闻于外，宋太宗闻之大怒，赐牵机药鸩杀之。

四

李煜多才多艺，工书善画，能诗擅词，通音晓律，尤以词的成就为最大，被世人誉为千古词帝。李煜的词存世有三十余首，在内容上，可以亡国降宋为界，分为前后两期。前期主要反映宫廷生活和男女情爱（部分词里也有沉重的哀愁），风格绮丽柔靡。虽不脱花间派习气，但在人物、场景的描写上，较花间词人有较大的艺术概括力量；后期反映亡国之痛的词，哀婉凄凉，意境深远，造诣极高。

　　别来春半，触目柔肠断。砌下落梅如雪乱，拂了一身还满；雁来音信无凭，路遥归梦难成。离恨恰如春草，更行更远还生。

《清平乐·别来春半》写出怀人念远、忧思难禁之情。据说是，他牵记其弟李从善入宋不得归，故触景生情而作。上片点出春暮及相别时间，那落了一身还满的雪梅正像愁云欲去还来；下片说弟善留宋难归，托雁捎信无凭，心中所怀的离恨，就好比越走越远还生的春草那样无边无际。两者相形，倍觉愁肠寸断的凄苦和离恨常伴的幽怨。不过这凄苦和离恨常伴的幽怨，好像不单单是为其弟，或许也为其己，为其国！

　　昨夜风兼雨，帘帏飒飒秋声。烛残漏断频欹枕，起坐不能平；世事漫随流水，算来一梦浮生。醉乡路稳宜频到，此外不堪行。

这首《乌夜啼·昨夜风兼雨》，是李煜降宋后生活实况的真实心境。没有用典，没有精美的名物，也没有具体的情事，有的只是一种顾影自怜，空诸一切的心念。一切都是那么朴素，那么直白，却又令人思绪悠远无限。

同样作于软禁时的，还有《浪淘沙·怀旧》。

　　帘外雨潺潺，春意阑珊。罗衾不耐五更寒。梦里不知身是客，一晌贪欢；独自莫凭栏，无限江山，别时容易见时难。流水落花春去也，天上人间。

它表达的是，惨痛欲绝的国破家亡的情感。字字泪珠，以歌当哭，千古哀音……

五

史载，赵光义曾问南唐旧臣潘慎修："李煜果真是一个暗懦无能之辈吗？"潘慎修答："假如他真是无能、无识之辈，何以能守国十余年？"徐铉在《吴王陇西公墓志铭》也写道：李煜敦厚善良，在兵戈之世，而有厌战之心，虽孔明在世，也难保社稷；既已躬行仁义，虽亡国又有何愧！这也就是说，李煜的亡国不是他的错。一是当时的形势和历史发展趋势注定的；二是南唐中主李璟的"玩法儿"所注定的。

太宏大、太高深的不论，咱就说个小故事吧。《南唐书》载：乐府词云"小楼吹彻玉笙寒"；冯延巳（南唐"五鬼"之一。）有"风乍起，吹皱一池春水"之句，皆为警策。元宗尝戏延巳曰："吹皱一池春水，干卿何事？"延巳曰："未如陛下'小楼吹彻玉笙寒'也。"元宗悦。

什么意思呢？是说在南唐快要灭亡的时候，李璟还在一次宴会上，拿他的宰相冯延巳开涮："吹皱一池春水，干卿甚事（冯延巳《谒金门·风乍起》首句是'风乍起，吹皱一池春水'）？冯延巳为奉承溜须，以李璟《摊破浣溪沙》中有"小楼吹彻玉笙寒"答对："未若陛下'小楼吹彻玉笙寒'！"于是李璟格外高兴。

这有什么不对吗？且听南宋爱国诗人陆游怎么说？"时丧败不支，国几亡，稽首称臣于敌，奉其正朔，以苟岁月，而君臣相谑乃如此。"在它看来，国家败亡到这个程度了、为了苟延残喘已经向敌人后周稽首称臣了，这对没心没肺的君臣，不知道重振朝纲、励精图治，却还在为文字游戏争风吃醋。岂有此理！

还有，李昪自幼孤贫，深知民间疾苦，而长期的社会实践，也造就了他柔顺、勤谨和富有同情心、善解人意的品性作风。他的一生艰苦朴素，不为声色所迷惑。尤其是他称帝后，志在固守吴国旧地，而无意开拓。如昇元四年，南唐边将不遵命令，进入后晋安州（今湖北安陆）抢掠，被晋军击败，损失将士两千余人。为此，李昪"辍食咨嗟者旬日"。对此，冯延巳则认为李昪息兵，是龌龊无大略，并讥刺李昪说："田舍翁，安能成大事？"

相反，冯延巳看到，李璟攻楚时暴师数万于外，不但不体恤安抚，反而"宴乐击鞠，未尝少辍"时，却大加赞赏："此真英雄主也！"

试想，一个自大国版图临时割据的小小郡国，在如此爱诗词胜过爱国家，爱自己忘记爱民众的君臣操弄下，又怎能不亡？李煜继位，能，也只能消极守业。然而尽管李煜时的南唐面临着这样那样的困难，其毕竟维持政权达十五年之久。并且在他被俘的日子里，还始终不忘故国，心系故土，其心从未归宋，并因其心不归宋悲壮而去——据说，人吃下"牵机药"，头部便开始抽搐，最后与足部佝偻相接而死，状似牵机，因故名曰"牵机药"。虽然史书未载明李煜服用，大宋太宗"赐予"牵机药的情景，但那一定是万分之悲壮的！

六

李煜前边有五个哥哥，并且很早就醉心经籍、不问政事。然身不由己，命不由人。最终还是阴差阳错地做了帝王，甚至极其无奈地做了亡国之君，宋太宗用牵机毒鸩杀了。

"四十年来家国，三千里地山河……"建国四十余年，国土三千里地，居住的楼阁高耸入云霄，庭内花繁树茂……人们都说李煜的《破阵子》是他作词前后期的分水岭，这当是不错的。

"国家不幸诗家幸，赋到沧桑句便工。"有人说，李煜更适合做一个词人，不适合做君王。如果他不做君王，在词方面的成就会"更上一层楼"。然而倘若他不做君王，没有经过亡国的切肤之痛，他的千古绝唱又从何来？

李煜在历史上是亡国之君，但还不算一个很坏的国主。他生于深宫之中，长于妇人之手"性宽恕，威令不素著"。其在位时"好生戒杀"、减赋税、赦囚徒，面对强宋的压力，逆来顺受。被俘北往时老百姓泪送拱别，饮毒死去后江南闻之"皆巷哭"……

问君能有几多愁，恰是一江春水向东流。这"愁"来自南唐，这"愁"来自李煜，这"愁"来自纷繁的人间！

两首快意诗背后满悲酸

伟大的诗仙李白，一生写下众多不朽的诗篇。其中《南陵别儿童入京》和《早发白帝城》，当是其一生最为快意的两首。而这两首快意诗的背后，却隐含着他无限的悲酸。

一

天宝元年（742年）正月，唐玄宗李隆基突然颁发一则招贤公告："前资官及白身人有儒学博通、文辞秀逸及军谋武艺者，所在具以名荐。"意思是，前朝已去职官员，或当下无官职的人员，只要精通儒学或文章、通晓军事武艺等，地方政府都可以向朝廷实名举荐。

由是，可能是先前干谒持盈法师（玉真公主，唐睿宗的女儿、唐玄宗的妹妹。因崇信道教，出家为道士，法号持盈法师）有所响应，已经四十二岁的李白，终于获得入京诏书。

李白得到入京通知书高兴万分，自以为实现政治理想的时机终于到了。在南陵家中，与儿女告别，丝毫不掩饰自己的兴奋之情：

> 白酒新熟山中归，黄鸡啄黍秋正肥。
> 呼童烹鸡酌白酒，儿女嬉笑牵人衣。
> 高歌取醉欲自慰，起舞落日争光辉。
> 游说万乘苦不早，著鞭跨马涉远道。
> 会稽愚妇轻买臣，余亦辞家西入秦。
> 仰天大笑出门去，我辈岂是蓬蒿人。

李白素有远大的抱负，他立志要"申管晏之谈，谋帝王之术，奋其智能，愿为辅弼，使寰区大定，海县清一"。但步入社会二十多年来，四处奔波却一直一事无成。此时他得到入京诏书，狂妄、高傲的原形全都显现了出来：要仰面朝天大笑着走出门去，我到底不是长期身处草野的人！

"会稽愚妇轻买臣，余亦辞家西入秦。"朱买臣，会稽人，早年家贫，以卖柴为生，常常担柴走路时还不忘念书。因而其妻便弃他而去。后来朱买臣得到汉武帝的赏识，做了会稽太守。诗中的"会稽愚妇"，就是指朱买臣的妻子。李白把那些目光短浅、轻视自己的世俗小人，比作"会稽愚妇"，而自比朱买臣，其得意之态溢于言表。

天宝元年秋，信心百倍的李白到达大唐帝国中央。玄宗不仅走下步辇亲自上前迎接，而且还为他调制汤羹，并且毫不掩饰地对李白说："如果不是你的道德品行高、文章做得好，哪有今日的相见呢？"

虽然玄宗高规格接待了他，但可能是京都人才太过济济，结果只给"岂是蓬蒿人"的李白安排了一个翰林待诏。翰林待诏是个什么职位？就是等待皇帝诏命的文人。虽然沾了个"翰林"的边，其实就是个文职"临时工"。其工作内容就是，在皇帝需要的时候，侍奉皇帝娱乐游赏。怎么侍奉呢？李白是个诗人，自然是写诗助兴、歌功颂德了。

玄宗每有宴请或郊游，多命李白侍从。一日，唐玄宗和杨贵妃在宫中沉香亭观赏牡丹花，伶人们正准备表演歌舞以助兴，玄宗却说："赏名花，对妃子，岂可用旧日乐词。"因是急召李白。李白奉诏进宫，挥毫而作《清平调词三首》。其中的"云想衣裳花想容，春风拂槛露华浓"，惊艳一时，流传千古。

李白受到玄宗的宠信，同僚不胜艳羡，但也有人因此而嫉恨、谗谤。久之，玄宗逐渐疏远了他。皇帝疏远他以后，他自己也对这个官职日渐厌倦，终日借酒浇愁。

"晨趋紫禁中，夕待金门诏……功成谢人间，从此一投钓。"朝政的腐败、同僚的诋毁，使李白不胜感慨。他写了一首《翰林读书言怀呈集贤诸学士》，意现归退。于是玄宗顺水推舟，准许他的请求"赐金放还"！李白自天宝元年秋天到天宝三年初春，前后不过一年多的皇宫任职生涯就此结束。这不仅使大诗人李白一生最光鲜的政治生涯一闪而过，也使得他四十多年的政治理想和抱负就此打住。

二

朝辞白帝彩云间，千里江陵一日还。
两岸猿声啼不住，轻舟已过万重山。

《早发白帝城》也叫《白帝下江陵》，它几乎是我国千百年来老幼张口就来的一首唐诗。大家都知道他是诗仙李白写的，是关于"千里江陵一日还"的快船快意。

其实，"千里江陵一日还"的快船快意，来自李白内心的快意：唐肃宗乾元二年（759年）春天，李白因永王李璘案流放夜郎，取道四川赶赴被贬谪的地方。行至白帝城的时候忽然收到赦免的消息，乘舟东下大快人心。

关于"李璘案"：在李白写这首诗的四年前（755年），爆发了震撼大唐帝国的"安史之乱"。在这次战乱中，唐玄宗被迫逃往四川。逃经马嵬驿的时候，手下士兵发动兵变，砍死了杨国忠，同时又缢死了杨贵妃。而这场兵变的主谋太子李亨，就正式站在了玄宗的对立面。

李亨与玄宗分道扬镳后，在灵武即位，是为肃宗。玄宗收到消息后不认输，诏令诸子分领天下节度使，而永王李璘则受封为山南东路、岭南、黔中、江南西路四道节度使，及江陵郡大都督，坐镇江陵。当时江淮地区所征的租税，都集中在江陵，李璘的谋士就劝他割据江南自保。李璘听了信心十足，开始招兵买马，私设官署。

因为李白当时在文人中很有名气，所以永王便三次遣使，去寻阳（今江西九江）请李白出山装点门面。李白多年来怀才不遇，永王的这番举动让他感觉，自己这匹千里马终于遇上了伯乐，于是成为永王水军的参谋人员。

> 永王正月东出师，天子遥分龙虎旗。
> 楼船一举风波静，江汉翻为雁鹜池。

五十七岁的李白跟随永王东下，还作了《永王东巡歌》来鼓舞士气。但永王其实就是想跟肃宗争夺帝位，却又志大才疏。李璘失败被杀，李白也就被贴上了"逆党"的标签。

后来，在郭子仪等人的营救下，被判长期流放夜郎（今贵州桐梓一带）。乾元二年（759年），朝廷因关中遭遇大旱宣布大赦，规定：死者从流，流以下完全赦免。李白经过长期的辗转流离，终于获得了自由。

五十八岁的年龄被流放夜郎，抛妻别子走向长途，忽然遇赦得以回家，内心的高兴可想而知。而那首著名的《早发白帝城》，就是他内心欢快心情的快意表达。

"大鹏飞兮振八裔，中天摧兮力不济。"被赦免后，李白往来于浔阳、宣城（今安徽宣城）等地。上元二年（761年），已六十出头的李白因病返回镇江。在镇江他的生活相当窘迫，不得已只好投奔了在安徽当涂做县令的族叔李阳冰。次年，他在病榻上把手稿交给了李阳冰，赋《临终歌》而与世长辞，终年六十二岁。

三

李白的一生除了写诗外，从十八岁成人到六十二岁离世，几乎全在漂游。其足迹遍及四川、山东、山西、河南、河北、湖南、江苏、浙江、安徽等地，几乎游遍整个大中国。

回头看看李白的漂游足迹，他的漂游似乎又与访道修仙、求仕问路密不可分。比如他二十四岁离开故乡，辞亲远游的第一站是成都。而他出游成都的目的，就是干谒被贬在成都做益州（今我国西南除西藏川西一带，治所在蜀郡的成都）刺史的苏颋。据李白自己说，当时苏颋见了他的文章习作之后，公开夸奖他说："此子天才英丽，下笔不休，虽风力未成，且见专车之骨。若广之以学，可以相如比肩也。"

> 大鹏一日同风起，扶摇直上九万里。
> 假令风歇时下来，犹能簸却沧溟水。
> 世人见我恒殊调，闻余大言皆冷笑。
> 宣父犹能畏后生，丈夫未可轻年少。

李白在成都干谒苏颋的同时，还"一颗红心两种准备"——拜谒了当时的渝州刺史李邕。大概李白见到李邕后没得到怎么礼遇，因此年少轻狂的李白，便写下了那首傲慢无礼的《上李邕》。李邕不仅是当地直属长官，还在武周和中宗朝任左拾遗、殿中侍御史，并且是著名古文注释家李善之子，在当时是很有些地位和名望的。因此，苏颋对轻狂的李白的拜谒也就不了了之。

"蜀国多仙山，峨眉邈难匹。"成都之行失利后，李白先后去了四川的青城山和峨眉山。他为什么要去青城和峨眉两座名山？因为干谒求仕失败了，他扬言要学道修仙。

唐开元十三年（725年），二十五岁的李白乘船出夔门进入湖北境。当他听闻司马承祯寓居江陵时，他就立即前往拜谒这位道教大师。李白为什么急于拜谒司马承祯？因为司马承祯不仅是当时著名的道教大师，而且屡被武则天、唐睿宗召见，唐玄宗也曾两次专门邀请他到皇宫亲授《上清经法》。

开元二十三年（734年），三十二岁的李白，选择司马承祯最初修道地嵩山学道。在此学道三年间，李白得到了元丹丘无微不至的关照。也正是和元丹丘的结识，才有后来元丹丘把李白向持盈法师的推荐（也正是持盈法师向兄长玄宗的介绍，才有了后来玄宗对李白的召见和使用）。

"玉真之仙人，时往太华峰……几时入少室，王母应相逢。"李白被赐金放还后曾去往华山和终南山，去往华山自然还是访道。而专程去往终南山，除了访道就是追寻玉真公主。他听说玉真公主在终南山建有别馆，希望在那里与玉真公主能够偶遇。

其他游览泰山、黄山、洛阳等地，除了访道也多有问仕之目的。而他一生和漂游、修道的纠缠，正是他求仕而不得的具体表现。

"大道如青天，我独不得出。"李白的一生，除了两头算，进皇宫的一年多外，几乎一事无成。我们透过千年的时光，依稀看见诗仙李白一生都在奔波漂游。而他终生奔波漂游的原因，可能有他的家庭出身问题（他的先世可能是犯科之人，其父可能是一般的商人，因此不能参加科举），也可能与他桀骜不驯、狂傲不羁有关，但更多地应当是封建王朝的用人制度问题——讲出身、靠（有一定地位的人）推荐，而不看重实际才能。而这一切，归根结底是"朝中无人难做官"！

七夕今宵看碧霄

八百多年前，一个繁花竞妍的春日，一位南宋才子随意漫步到绍兴城外禹迹寺的沈园。在园林深处的幽径上，迎面款步走来一位女子。低首信步的男子猛一抬头，迎面走来的竟是阔别多年的前妻。那女子轻举红袖，慢伸酥手，优雅地为其斟酒一杯。那男子举起酒杯一仰而尽之后，潸然泪下，涕泗滂沱。随即他举手在粉墙之上，留下一首千古绝唱：

　　红酥手，黄縢酒，满城春色宫墙柳。东风恶，欢情薄。一怀愁绪，几年离索。错，错，错！
　　春如旧，人空瘦，泪痕红浥鲛绡透。桃花落，闲池阁。山盟虽在，锦书难托。莫，莫，莫！

一

留下千古绝唱者叫陆游，词为《钗头凤·红酥手》。陆游，字务观，号放翁，越州山阴（今绍兴）人，南宋文学家、史学家、爱国诗人。

那个在沈园为陆游斟酒的女子，名字叫唐琬，是陆游的首任妻子。不过，作为陆游的首任妻子，已是这次会面十几年前的事了。

据说唐琬是陆游舅舅的女儿，二人从小青梅竹马。大约在陆游二十岁时，二人"亲上加亲"成为事实。婚后，二人是你欢我爱、你诗我和，整天沉醉于二人爱的天河。以至于陆游把科考课业、功名利禄全忘到了九霄云外。

封建社会的陆母很封建，她不仅希望儿子金榜题名、光耀门庭，更看不惯儿媳的才情外漏、儿子的儿女情长。但两位新人只顾你欢我爱，哪顾得了这些。于是陆母由嗔怪到反感，由反感到迁怒。

就在他们结婚将近三年仍无一男半女的情况下，陆母偷偷跑到到郊外无量庵，请庵中尼姑为儿、媳卜算一卦。尼姑见陆母满口怨气，便煞有介事地说："二人八字不合，先是误导男方，后恐伤男方性命。"陆母闻言，吓得魂飞魄散，急匆匆赶回家叫来陆游，强令他速修一纸休书，将唐婉休弃。同时，定是哭天抹泪地说了些"老身不活了"之类的话。

一双情意深切的比翼鸟，行将被无由的孝道、世俗和虚玄的八字活活拆散。陆游不忍就此一去，相聚无缘，悄悄另筑别院安置唐婉。一有机会就前去探望，互诉衷肠。然纸里包不住火，精明的陆母很快就察觉了此事。严令二人断绝来往，并为陆游另娶一妻。从此，一对鸳鸯被棒打，陆、唐二人劳燕分飞。唐婉而后由家人做主，嫁给了同郡士人赵士程。

二

"红酥手，黄縢酒，满城春色宫墙柳。"《钗头凤·红酥手》是一首好词，更是一篇风流千古、催人泪下的好情书、美散文：你红润酥腻的手里，捧着盛上黄縢酒的杯子。满城荡漾着春天的景色，你却早已像宫墙中的绿柳那般遥不可及。春风多么可恶，欢情被吹得那样稀薄。满杯酒像是一杯忧愁的情绪，离别几年来的生活十分萧索。遥想当初，只能感叹：错，错，错！

美丽的春景依然如旧，只是人却白白相思地消瘦。泪水洗尽脸上的胭脂红，又把薄绸的手帕全都湿透。满春的桃花凋落在寂静空旷的池塘楼阁上。永远相爱的誓言还在，可是锦文书信再也难以交付。遥想当初，只能感叹：莫，莫，莫！

"错、错、错"是千错万错，悔不当初；"莫、莫、莫"是悔恨莫及，痛心疾首！

唐婉看到陆游的题诗，紧随其后和作一首《钗头凤·世情薄》：

> 世情薄，人情恶，雨送黄昏花易落。晓风干，泪痕残。欲笺心事，独语斜阑。难，难，难！
>
> 人成各，今非昨，病魂常似秋千索。角声寒，夜阑珊。怕人寻问，咽泪装欢。瞒，瞒，瞒！

"难、难、难"是难回首，肝肠断。"瞒、瞒、瞒"是不堪言，无留恋！

之后不久，唐婉便郁闷愁怨而死。而陆游也北上抗金，后转川蜀等地任职。数十年几贬几罢、风雨兼程，陆游心中之痛始终无法排遣。他六十三岁"偶复来菊缝枕囊，凄然有感"，写了下了"唤回四十三年梦，灯暗无人说断肠"，及"人间万事消磨尽，只有清香似旧时"两首情词哀怨的诗。

　　陆游六十七岁重游沈园时，看到当年题写《钗头凤》的半面破壁，触景生情，感慨万千，又写诗感怀："林亭感旧空回首，泉路凭谁说断肠。"陆游七十岁时复游沈园，人已老，情依旧，作诗道："城上斜阳画角哀，沈园非复旧池台。伤心桥下春波绿，曾是惊鸿照影来；梦断香消四十年，沈园柳老不吹绵。此身行作稽山土，犹吊遗踪一泫然。"

　　陆游八十一岁时又作《十二月二日夜梦游沈氏园亭》："路近城南已怕行，沈家园里更伤情。香穿客袖梅花在，绿蘸寺桥春水生；城南小陌又逢春，只见梅花不见人。玉骨久成泉下土，墨痕犹锁壁间尘。"

　　"沈家园里花如锦，半是当年识放翁。也信美人终作土，不堪幽梦太匆匆！"这是陆游临终的前一年写下的《春游》。

三

　　陆游生逢北宋灭亡之际，少年时即深受家庭爱国思想的熏陶。宋高宗时，参加礼部考试，因受秦桧排斥而仕途不畅。宋孝宗即位后，赐进士出身，历任福州宁德县主簿、隆兴府（今江西南昌）通判等职。因坚持抗金，屡遭主和派排斥。乾道七年（1171年），应四川宣抚使王炎之邀，投身军旅，任职于南郑幕府。次年，幕府解散奉诏入蜀，与范成大相知。宋光宗继位后，升为礼部郎中兼实录院检讨官，不久即因"嘲咏风月"罢官归居故里。嘉泰二年（1202年），宋宁宗诏陆游入朝，主持编修孝宗、光宗《两朝实录》和《三朝史》，官至宝章阁待制。书成后，陆游长期蛰居山阴，嘉定二年（1210年）与世长辞，留绝笔《示儿》。

　　陆游一生笔耕不辍，诗量极多，经他自己删汰之后仍有九千三百多首（实际上有一万三千多首）。即使诗风前后转变了三次，但始终充满着爱国情感"气吞残虏"。譬如"读书三万卷，仕宦皆束阁；学剑四十年，虏血未染锷。""三万里河东入海，五千仞岳上摩天。遗民泪尽胡尘里，南望王师又一年。""早岁那知世事艰，中原北望气如山。……塞上长城空自许，镜中衰鬓已先斑。出师一表真名世，千载谁堪伯仲间。""僵卧孤村不自哀，尚思为国戍轮台。夜阑卧听风吹雨，铁马冰河入梦来。""衣上征尘杂酒痕，远游无处不销魂。此身合是诗人未？细雨骑驴入剑门。""楚虽三户能亡秦，岂有堂堂中国空无人。""莫笑篷窗白头客，时来谈笑取幽州"等。最为真挚和感人的当为《示儿》：

　　　死去元知万事空，但悲不见九州同。
　　　王师北定中原日，家祭无忘告乃翁。

　　一个人在病榻弥留之际，回首平生，百感交集，环顾家人，恋恋难舍，要抒发的感慨、要留下的语言千头万绪。而诗人却以"北定中原"来表达其生命中的最后遗愿，以"无忘告乃翁"作为对亲人的最后嘱咐！因此，现代杰出的散文家、诗人、学者、民主战士朱自清说："过去的诗人里，也许只有他才配称为爱国诗人！"

四

　　"山重水复疑无路，柳暗花明又一村。""小楼一夜听春雨，深巷明朝卖杏花""零落成泥碾作尘，只有香如故。"……每当我们吟诵此等朗朗上口的妙言佳句时，内心深处总会不觉地感知，诗人那"错、错、错""莫、莫、莫"的切肤之痛、断肠之恨。一错恨千古，痛失唐婉是陆游的终生之痛，亦是世人永恒之痛。

　　在"君为臣纲，父为子纲，夫为妻纲""不孝有三，无后为大""女子无才便是德"的封建时代，唐婉是不幸的。然而能让一个多才的男人，思思念念长达半个多世纪，甚或至死不忘，也不谓不幸运矣——这种爱赢得了天长地久！

　　人们都说《牛郎织女》《白蛇传》《梁山伯与祝英台》《孟姜女哭长城》，是中国四大爱情故事。然而伟大的爱国诗人陆游与才女唐婉的爱情，亦是惊天地泣鬼神的！

　　"七夕今宵看碧霄，牵牛织女渡河桥。"一年一度的七夕节就要到了，但愿陆、唐二人也有一座鹊桥，能够一年一相会！

发表于《南阳日报》2020 年 8 月 21 日

第三辑　梦回儿时的家园

儿时的家乡

　　黎明时分，窗子尚且黑糊不清，惦记牲畜的爷爷们，就窸窸窣窣地下了床，摸摸趄趄地走向牛棚，开始给牛或驴们添草加料上早餐了。

　　不大一会儿，做父亲的便在爷爷们"呼啦、呼啦"的扫院声中离床了。先是钩担和水桶的叮咚之声，接着就有"扑通、扑通"坚实而有节奏的脚步声、桶鋬与担钩发出的"吱扭"声响起。还未分清响声来自哪一家，这响声已在村里和通向村头水井的小路上响作一片了。

　　紧接着就是各家鸡呀羊呀，迎接光明的欢叫声。顷刻间，扫地声、担水声、鸡鸭牛羊欢叫声，及妇女们做饭弄出的锅碗瓢勺声交错而起。一首优美的乡村晨曲，便在整个村庄奏响了。

　　清早，多数时候是不做公活的。各家的男人们都在自家的自留地里摆弄着。比如往地里挑点大粪、刨持刨持地块、捯饬捯饬葱蒜什么的；小伙子和妮子们多是懒洋洋地起床，将牛羊赶上山坡，或是到山坡上盘几趟先前砍拾的柴火；爷字辈的多是拎了粪叉，挑个烂筬子（竹子编做、带襻、盛粪土用的萁子）满庄转悠，一边捡拾牲畜随意拉下的粪便，一边哄撵哄撵跑进庄稼地里的大小禽畜；孩子们呢？他们多是缩在奶奶床上睡懒觉，不到日头晒着屁股是不会挪窝的。

　　当炊烟越飘越高、牛羊越走越远时，门前的坡嘴头上便有"爹（叔、大姐、二哥）呀，吃饭喽……"的喊声此起彼伏。其实不喊，他们也知道啥时该回家吃饭，既是回晚点也是手头活不够茬。只是那悠远顿挫的声声呼唤，充满了家人间无尽的关爱。虽然两口子在呼喊时只是那么一声："喂……吃饭了……"

　　农村饭，八点半。门前坡嘴头上的呼喊声渐次稀落了，村子当中的碾盘，抑或生产队的老粪场四周，便陆续地热闹起来：一口口狼烟四起的海碗，一蹭一挪地围到了一起；海碗里盛着的是黏糊糊的红薯面汤或棒子面粥；汤粥中间是一块块红薯干儿，或好大几轱辘红薯；碗边某一处黑黢黢的，可能就是剁碎的酸菜，也或是泥状的韭花儿；碗后则是一个个龇牙咧嘴的歪脖子脑袋吃饭。

　　到这里来的没有一个带凳子、搬椅子的。有的围着碾盘而立，有的凑在墙根石上，有的干脆在饭场当中一蹲，坐在自己的脚后跟上。吃馍的，饭碗就搁在眼前的地上。

"噫，萝卜丝掌香油！来，来来，尝尝，尝尝！"不大一会儿，某个人碗中的香油萝卜丝，就传遍了饭场的好几个人。饭场上是没有人扯"老婆舌"，说李家长道张家短的。生产队长讲的是当天的农活安排，小伙子们谈的是县城、公社的新鲜事。也有没话找话的，聊些十里八乡的奇闻怪事，说个"没腔话"、丢个酸儿啥的。

妇女们一般是不串饭场的，在屋戳锅攘灶、哄孩子哩，要是到了，那一定是她家的鸡鸭走丢了、葱蒜萝卜叫人偷拔了，要不就是想当着大家评说自家婆婆、公公如何不是，儿子、媳妇不孝怎的……不管讲些啥道些啥，那无座无位的老饭场，总是那样叫人肆无忌惮地开心和快活。

晌间，集体劳动是无须过多吆喝的。一则生产队长在饭场上已做了安排，一则"工分，工分，农民的命根"。劳力大致分为12分的壮劳力（包括使牛的技工），8分的半劳力（包括强壮妇女和半大小伙），和3、5分的老、小、病、残弱劳力。多劳多得，少劳少得，不劳不得，同志们永远是干好干坏一个样。劳动时，经常壮的壮的一起，弱的弱的一群，没有嫌弃，没有压制，更没有什么打击报复。没有妒忌、没有猜疑，也无须献媚殷勤。干起活来有说有笑，全都"没心没肺"地傻乐疯扯。

日头落，狼下坡。黄昏下，一幅"饥乌索哺随雏叫，乳牸憐归望犊鸣"的乡村画卷，清晰展现又慢慢合围。

月亮和星星是那样地亲近乡村和乡村的人们，它们总是把辉光最早地洒满乡村的天空，最早地照亮乡村的每一角落，甚或各家的灶台上，都洒着一片银白的亮光。上眼一看，是那么踏实和温馨。明亮的星月下，一切缘于妖魔鬼怪的恐惧，全都荡然无存。槌布石四周，有着奶奶或妈妈们，永远也讲不完的"瞎话儿"、古经。

乡村的夜晚永远是空旷和漫长的。当夜幕四合，一切物什都模糊不清了，劳累了一天的男人们，草草地喝了汤、吃过晚饭就倒头睡下了。他们没有升官发财的算计，更没有可想的爱恨情仇，有的只是困乏，一会儿的工夫便鼾声大作了。

"屋里人"摸黑收拾罢锅碗瓢勺、喂了牲畜，才打着哈欠、挤挤抗抗地躺到了男人的另一头；鸡鸭鹅是早早地就归宿了的，只有大猪小猪们吞了主人刚刚倒下的"恶水"（洗碗刷锅水），吃饱吃不饱哼唧几声也就卧下了；瘦狗呢，虽然整日地热恋着家中的每个人，但在农村是没有专门喂养的。它们在饭场拣食几口人们歪撒、或有意无意吐给的残渣剩饭（比如人们看到它可怜巴巴的双眼，把将要下咽的留下半口；正吃着被沙粒硌着了牙齿，也或太咸、过烫，兴许是咬着了坏红薯等，猛不丁吐一口出来)，也或偷蹭几口猪食，便心满意足地到门口卧着了，没有惊动是再不吭声的；疯娃子们玩足疯够了，回到家也不叫大人，门缝"吱呀"一声就是他们回屋了。从此，整个村落再无响动。偶尔有点动静，那是哪个晚上喝汤太多，起身撒尿呢。稍时就会复归平静，万籁俱寂的。一切的一切都在黑暗中沉寂了，那空旷，那漫长，一如回到了万古洪荒，所有的人都会睡死一般淋漓酣畅……

　　儿时的家乡哟，为什么魂牵梦绕，时时入梦来？

发表于《中国金融文学》2021 年第 2 期

美好的春天

庚子年大年初四，天空一派晴朗。一连多日的阴雨、阴霾、阴冷全然散去了，就连压在人们心头的愁思，似乎也缓解了许多。

独自一人漫步白河岸边，四下里阳光明媚，河边杨柳的枝条，已经像蘸了小磨香油一般柔软、油润起来了。仔细看了，那油润的枝条之上，还沾有些许的芝麻小粒——哦，春天到了！

望着柔软、油润的柳枝，闭目想了：两三天的工夫，那芝麻小粒就会变成颗颗饱满的"谷籽"；再有不几日，那颗颗"谷籽"，就会幻化成只只振翅欲飞的小蜜蜂、只只长着毛茸茸小肚肚的小飞蛾。它们均匀对称、稀疏有致，死死地叮在根根酥润的枝条上，整日里欢快地荡漾起来。

田野里经过严寒蹂躏的麦苗，已经活脱脱、俏盈盈地滋润起来了。驻足田边举目四望，全都是绿油油的。绿油油的麦苗一如贵妇人床上的绿绒毛毯，微风吹过，柔柔滑滑，绿光闪闪。

春寒料峭时，潦草的雪们就慌忙地把未竟的事业，草草地交给了"雨水"。初时的春雨一如初次见到生人的小女孩儿，总是躲在母亲的身后，稍一露面就躲回去了。之后，她便在人们春眠不觉晓之时，悄悄地来到人们的院落，零零星星地洒下少许的水滴儿，让早起的人们猛然感到一阵清新。接下来，她就轻车熟路地飘临各处，时不时就"沙、沙、沙""滴答、滴答、滴答"地响于人们的耳畔。

惊蛰过了，人们便在自家房前屋后找一朝阳的空地，挖一深不过尺的大池子，将保存一冬的红薯种，一个挨一个地码放进去，然后均匀地撒上一层草木土粪。冷时盖上草苫保温，暖时掀去草苫接阳。不足一个月的时间，整个池子便会由紫红到青绿拥挤不堪了。

春分时节，成串成串挂于蛾房的山茧，就会化蛹为蛾，破茧而出。经过成亲配对，诸多小米般鲜白鲜白的蚕籽就会呈现。依据春的脚步保暖、加温，一个个针尖般、黑茸茸的蚕宝宝，就会在清明前后破壳而出、攀枝而上了。

清明泡种，谷雨下秧。谷雨前河水还凉着呢，操心农时的父辈们，就会按时对上年留下的秧母田（靠近水源的水田，稻子收割后没有或不能种上麦子，专供来年春日育秧苗）开始整治：先要放上水犁上一遍秒匀耙平，隔日水田振瓷了再四下挖沟，撒出一个个豆腐块样的秧畦来。为了不让撒下的谷种漂起来，也为不让长出的秧苗扎根过深（便于移栽时薅拔），他们还会专门把每个秧畦都拍个瓷实、抿个溜光；做好后，秧畦四周的沟里放满水，湿润而光滑的秧畦挺立其中，一如大盘子里摆放着的豆腐块儿、凉粉块儿；早已浸泡好了的、金黄金黄的谷种均匀地撒上去，那豆腐块儿、凉粉块儿就成了沾满了芝麻的大面包。随了天气的日渐暖和，豆腐块儿、凉粉块儿上的谷粒，就如同菜畦的韭菜一般绿起来、密起来、高起来了。

阵阵暖风吹过，老榆树枝端朦胧的绿意间，便萌发出一个个褐红色的小苞芽，似发胀的豆粒、如欲爆的米花，结绳记事似的一天一个样子。随了风儿的挑逗，那颗颗"豆粒"就如同苞米般粒粒爆开了来。一片、两片，圆圆的花瓣嫩嫩的、绿绿的，一嘟噜一嘟噜挤满枝头，像万贯钱串般挂满全树——那便是榆钱。立于榆树下看了，那榆钱好似女孩颈间挂带的碧玉，阳光一照绿莹莹、亮闪闪。又似一群扎堆的玉蝶，微风吹过仿若振翅欲飞；远观，那榆钱一如轻巧的小铜钱儿，微风吹过仿佛叮当作响。它们就像乡间清纯的丫头，一时间仗着钱多势众，在树顶、枝端荡啊荡，疯啊疯，闹得整个乡村"春"意盎然。

忽如一夜春风来，千树万树梨花开。步入新春，天气时暖时寒，人们时忙时闲。时暖时寒、时忙时闲中，不经意间日子就到了春二三月。某个阳光明媚的日子走过乡间田野，正在低头思虑某件事情，猛一抬头惊讶有声：梨花，梨花！

老槐树呢？老槐树也不甘落后地，在枝头挂出了一串串槐米，一如针线穿出的一串串、稀疏有致的青谷粒。不经意间，那串串谷粒，就突然跳出一个个干干净净、鲜鲜亮亮的小白点来。紧接着，那小白点就如同爆米花般一个个炸开，变成了一只只精巧的小白蛾儿，而且愈来愈多，日渐拥挤，会弄得整个城乡都弥漫着浓浓的香甜哟！

这间儿，月季、牡丹、杜鹃、油菜花、玉兰花、杜鹃花等，全都会争先恐后地一股脑绽放开来，花枝招展，争艳斗芳的啊！

等待我们的是、必将是美好的春天！

发表于《躬耕》2020年第4期、《南阳晚报》2020年3月9日

童年的夏天

夏日，连天晌午，忙活了大半日的大人们，都在房前屋后的树荫下发困。水库边，一群参差不一的孩童，一个个猴急猴急地，耍去身上长裤改就的裤衩子，把了小鸡鸡照着肚脐眼儿浇上一泡热尿尿（农村避免冷水激伤身体的陋方），在稍大孩子的带领下，从库坝的垂直处，也或山头的突兀点，"扑通、扑通"青蛙般，一个接一个地跳向水中。这时候，所有的孩童是都把大人们"晌午头鬼露头，晌午错鬼推磨"的谆谆教诲，忘得一干二净了。

那水库是在两道山梁狭隘处拦闸的，涨满水的时候几乎探不到底。村边的池塘呢？那是猪打泥、牛喝水的地方，只有鸭们、鹅们才留恋呢，山里娃子从来都是不屑一顾的！

孩子们跳水的样式，有一手捏鼻一手捂肚慌乱跌入的，有双臂伸直夹着脑袋扎入的，也有双手举于头顶、单脚点地一跃而入的，还有"空中后翻"钻入的……样式多极了，双臂平伸栽入反倒是很少见的，那样会把脸面和肚皮拍得生疼生疼。

不管样式如何，我们都叫"沁猛子"或"浮水"。有的一猛子从库这边潜到库那边，有的在水里还能腾出手来打水仗。有蛙泳的，有仰泳的。还有露能的拿了衣物、砍柴镰刀，双手举过头顶"踩水"而往，游上一圈衣物竟然滴水不沾。

初夏的库水清澈见底，尽可能地睁眼潜游，水中的鱼虾、水草，甚或水底的沙石都了然可观；唯有盛夏洪水泛滥之时，库水才会浑不见底。在水中泡了半天，出水时反倒野人似的，长出一身黑乎乎的长毛——那是细泥沉附于汗毛上的缘故，只需到水库边上，或山沟的泉水里冲洗一番便可。

泡足耍够，蹿上岸也不急于穿衣服。一群赤肚肚的孩子们开始到库边或库岔里，爬上野生野长的柿树，折上几枝挂有许多青蛋蛋的柿枝，到库边的稻田或泥坑里，摘下圆溜溜的柿果，各人找一地儿一窝窝地埋下，并插上树枝或野草做下标记。等过了两对时，趁下次洗澡或上山打柴之机，再将其一一起出，拿到山沟沟的泉水里一洗，一枚枚可口的漤柿便可入口了。咬一口脆而不硬、甜而不酸、软而不糖、细而不腻、滑而不涩。

当然也有失误的。比如埋错地方、记错了时间或起错了窝，等等，使得孩子们取出洗好后咬一口，苦涩难忍，龇牙吐舌；更有因上学或农忙等原因，在埋下后一直顾不得前往。等到有了机会去起，已经成了一窝粑粑雷，臭气熏人了。

上学的路上，有眼口径两三米、水深二三十米的大机井。上学娃子们不管是去上学也或是刚刚放学，赶到井边，都不管三七二十一，甩了书包剥了衣服跳将下去。开始只是扒着井砖，也或抽水管子浮在上面嬉耍，也有抱了抽水管子下潜一段的。时间久了，就有胆大的拿了砖头、石块投入井底，然后直潜下去再把它捞出，在大家面前炫耀。

于是孩子们就开始比赛潜水捞物，一粒石子、一枚扣子都能捞出。井下的水好凉也很有压力，一不小心冷水就直灌双耳。冷水灌耳后虽是撒手上蹿，但那冷水已早激坏了耳膜。激坏耳朵也不敢告老师，更不敢告家长，使得那孩子蔫了整整一个夏季，现在想来还打冷战：那小生命差点就此打住！

一闪念就有另一画面清晰地呈现：大雨过后，干涸的河道就会出现"龙闸水"：眼见着跟前的河道干干净净，水不成流。但抬眼向上游一望，远远地就有一堵墙直推而下。那堵墙推到跟前狭窄的河道，就一个劲儿地上涨。犹如一条龙横扎在那儿，直到"水漫金山"、河堤决口。顷刻间，"百川灌河；泾流之大，两涘渚崖之间不辨牛马。"

河岸上一群人正在跑上窜下："看，上边漂下的是一头牛？！""哪是哩，是个大柴火捆子！""那里又卷下来一棵大树，谁赶紧去打捞？"……雨后"看大水"比过年看大戏还重要，男女老少都会专程赶到河边，一观洪水的浩渺与澎湃！

看罢大水，大人们开始到沟沟岔岔里，打捞洪水冲下的木头树枝、瓜果红薯。孩子们则是赶到房前屋后的小河沟，开始驯服溪流：就近挖拌一些黄泥，在小河沟里闸出一条坝。坝的一边留一缺口作溢洪道，在泥坝中间斜着贴上一条泥管子，再在管子上梯次戳出一串小洞洞，用小塞子（我们管它叫"漏通捉"）堵了，在坝底穿一大洞与泥管子相通——"漏通"就做成了。"小堰潭"里聚满了水，就依次拔去"漏通捉"，库水从"漏通"流出，直泄坝外。坝内水沁的"漏通"眼边，就有一个水旋旋动。随了水旋的摆动，就有"吱噜、吱噜"的响声发出。

……

儿时是苦难的，整日里缺吃少喝。记忆里和母亲说得最多的是"妈，我饿得慌！"三伏天赤脚上学，以至于烙得鼻血直流。但从来不知酷热和难挨，更没有烦恼和悲伤，总是没心没肺地日日快活着。如今呢？如今吃得好、喝得美，却烦恼接踵、悲伤成堆，只落得梦回童年的夏日了！

乡村的夏日

"起吧，起来吧，乘凉快担几担水，把菜园的豆角、茄子浇一浇！"天刚麻麻亮，家里的"绣子（主妇）"们就喊叫起来。

夏日早晨麻麻亮的时候，也只是四五点的样子。四五点钟，各家男人们便在"内当家儿"的一遍遍哄叫下，松松垮垮地去到自留地里，或担或提，开始对蔫头蔫脑的茄子、豆角施救。攒劲紧干的时候，脊背上越来越热烘，身上的汗珠越来越密集起来。肚子狼掏了一般的时候，才汗流浃背、满身泥土地回家。

回到家中，汗如雨下地草草吃了早饭还不能休息，因为里沟和河边的秧苗该蹚（松土除草）二遍或三遍了。原本想，到水田里蹚秧会凉快和轻松一点。但等下到田里才知道，这活也是很受罪的：赤脚把秧苗根部的泥土，生生地翻一遍，同时把杂草盖到下面，不大一会儿就会叫人的双脚麻木难忍；在蹚泞泥土的同时，还需要时不时地弯下腰去，把长高了的、夹杂在稻棵中的猪牙槽、稗子等杂草认真地拔除。而每一次薅拔，双臂、脸面、脖子及胸膛等肌肤，都要和刺辣辣的稻叶亲密地接触。亲密接触的直接后果是有血有肉有知觉的，肌肤火辣辣地痒痛；倘若薅拔的稗子等杂草较大，不能埋于稻棵下的泥土里，还需要将其缠好使劲扔出田外，防止其在田间复活。抛一次挺好玩，抛得次数多了不仅弄得满身泥水，而且也叫人双臂酸痛不已。干的虽是蹚水的活，头上的太阳却是火辣辣发烫。戴上草帽闷热，摘掉帽子火烫，穿着衣裳捂热，脱去衣裳刺拉……一晌下来叫人急头怪脑、浑身瘫软。

急头怪脑、浑身瘫软地赶回家，先是来上大半瓢井拔凉水，也或水芹菜、鱼腥草等，清热解毒、祛火防暑的"蒿草"熬泡的、凉透的"凉茶"。等胸中通泰了才端起海碗，蒜汁捞面条、红薯面花卷馍，也或玉米面饼子等，不管三七二十一地胡乱吃上一通。胡乱吞食的时候，满身的汗水如同山溪一般，早已沟满河平，恣肆横流。

正午的大太阳高高地悬在天上，火球般烘烤着大地，房阴、树阴以外的地皮滚滚发烫。各样庄稼和树木，全都病了似的枯蔫蔫耷拉着。这个时候别说下地干活，就是在太阳底下走一走也会热晕的。父亲、兄长们挥汗如雨地胡吃海喝一通后离开饭桌，望一眼火辣辣的阳光骂骂咧咧："该死的日头，是个煤球也该烧透了。"于是乡村盛大的歇晌开始了。

歇晌最先起自最先丢下饭碗的父亲们。他们抹着不断线的汗珠子，不拿扇子，不带铺盖，甚至连个枕头也不找，赤裸着上身、趿拉着破鞋，不洗也不涮，直接去往过屋也，或门楼下的柴床轰然倒下。门楼下或许有风或许没风，但总是不大的工夫便鼾声震天。

已经成年的哥哥们呢？刚刚成家的自然是黏着花嫂子，回到刚配了新床、新席、新枕头的"洞房"里去了。"洞房"里真的不热吗？好奇的孩子多次想进去瞧瞧，但那个破门也关上了。

未成家的则是揭了床上的烂席片，去往房前屋后的大树下或树林中，仄仄歪歪地席地或就石而卧。虽然听不见鼾声，但看到睡相很难看时，他们已经"睡死过去了"，任凭五雷轰顶也难以醒来。

待父兄们都"倒下"了，爷奶们这才拿了名义上破扇子，有意无意地说着似懂非懂话儿，回到与他们年龄相仿，或比他们年龄还大的老屋躺下。躺下也睡不着，只是为了响应这盛大的歇晌。

父兄、爷奶都歇了，大姐、小妹也跑邻家闺蜜那照镜子、扎头绳去了。忙了大半天的母亲，才随手拎把小凳小椅，来到父亲酣睡的门楼下，赶做一年到头都做不完的针线活。原本是打算好了，要赶出多少多少活的母亲，在父亲如雷的鼾声诱惑下，不大一会便栽起嘴来，以至于手中的针线活，散乱地落了一地上。

火辣辣的太阳，在没有一丝云彩的大天上，肆无忌惮地吐着火放着热；屋檐下从来没有吃饱过的老黄狗半趴着，舌头吐到最长；树荫下的牛们眯着眼，大嘴巴一下一下不停地咀嚼着；树梢的知了像是有只大手捏着脖子，一直不曾松开，始终"憋……哇……"声嘶力竭地咧咧着。就这样，整个乡村还是在光天化日下沉寂了。

一切都沉寂了吗？不，一群浑身是劲儿的半大屁孩儿们，正趁此大好机会溜出了家门。他们偷了母亲的缝衣针，在灯头上烧红握个小钩，再用母亲拆被子拆下的长线，把它系到一根半截不长的竹竿上。然后，扬眉吐气地扛了这亲手做成的钓具，奔向村外的稻田。来到稻田埂上，他们随意地撕一片黄灿灿的北瓜花儿，胡乱地挂在缝衣针做成的小钩钩儿上。轻轻地吊入稻垄里，一上一下地一提，就有肥大而鲜活的青蛙，被长长的细线提上来，一会儿的工夫就是一大串。更有胆大的家伙忘掉了大人们"晌午头鬼露头，晌午错鬼推磨"的谆谆教诲，一窝蜂地奔向河流、潭涡也或堰潭、水库，去疯玩那他们最高兴的戏水、游泳也或

"猪打泥"。

乡村的午休不像城里有限制，最多到三点。而乡村的歇晌会一直到火热的太阳偏西很多了方才结束。打了无数个盹，又始终不肯躺下的母亲，看着西屋阴凉的宽度，试试摸摸地叫起"睡死过去"的父兄。不胜厌烦的父兄起身后不洗也不涮，喝上大半瓢凉水、戴上草帽或名义上的草帽，便开始了"后半晌"的劳作——干渴很久的玉米、大豆们，正眼巴巴地盼着他们走近前去。

一坨炽热的火球释尽了最后的淫威，灰溜溜地躲进了山后。大地一派爽朗过后，受尽煎熬的人们欢快地收工了：回家的人们，有的拿了镢头或锄把撬着装满红薯断秧、大倭瓜、小红薯的担子；有的肩扛一大箩筐青菜叶子或杂草，牛把儿则扛着犁耙跟在牛后走着吆喝着；村口堰潭内倒映出一簇簇晃动的各样影像；堰潭边老井旁围着的是一堆提水淘菜的女人，坡嘴头黄楝树下，疯一样的孩子正在追逐嬉戏……

如水的月光洒满乡村小院的时候，家中的女主人早把做好的米汤下面片儿，也或清汤利水的汤面条，端到院当中的柴桌，抑或半方不圆的槌布石上了。爷爷奶奶则吱唤着不大的孩子们，把刚刚打回的井水，将干净的院子浇个透湿。等下地的大人在小河，或池塘洗净了泥脚回来，粥饭正好黏和可口。大点的孩子盛上一大海碗，独自跑开饭桌。尚且不会端碗的小孩，则急不可耐地哭叫起来。妈妈喂猪撵鸡后，解了围裙走到饭桌前，自然少不了冲着低头、只顾自个的男人嗔怪几句。但这又怎么会影响乡村小院，荡漾着的家的温馨？

人们抹着不断线的汗珠，不管稀稠，不论咸淡，嘴不离碗，碗不离嘴一阵猛吃海喝。顷刻间饭桌上满满一大盆粥饭，便风扫残云般汤水无存了。

喝罢汤，男人们总是最先离开饭桌。他们跑向村外水塘，趁着昏暗赤条条跳进去，深吸一口气，整个沁入水中。憋得实在不行了，才伸出头来换口气再沁。反复几次之后才胡乱地擦几把，爬上岸随意地裹上宽大的土布裤衩，趿拉上早已坐跟了的步鞋，一趄一挪地往回走。

家后坡平日晒粮的地方，早已散乱地摊放着一张张灯草席、芦苇席、被单子，抑或谁家爷爷的羊皮大袄。其上或躺或坐着的多是一家老小，或许是爷孙，或许是母子。席子是从家里床上揭下来的，多年的踢腾大多已经旋圈，抑或脱续得不成样子。而家里两顶尚好的苇席，是母亲晒粮的宝贝，无论如何是拿不出来的。

来晚了的父亲们，干脆卸了自家的门板扛来，在人群外的坡边处，随便找一地儿，歪歪斜斜、漾漾荡荡地，一放就倒下了。尚且坐着的女人们，在大腔大调地谈论着麦子的收成、菜园的倭瓜。不经意说出了张家长李家短，自家的男人就会在不远处的黑地儿里，突然冒出一句："瞧着吧，就你能"！说话的女人一龇牙："死鬼还没睡着哩？"于是赶忙又挥了手中破扇，朝怀里吃奶的或是躺在身边的小孩身上拍打几下。

稍大点的孩子们总是纠缠在爷奶身边，听那总也讲不完的嫦娥和吴刚、牛郎与织女、王小和财主，还有海瑞罢官、康熙私访、老包铡美等传奇故事，孩子们总是听得愣怔不已，以致夜间梦话不断。

朦胧的月光把田野和村庄全都幻化成了童话世界。碧蓝的天穹上散乱地粘着的星星，就跟在泉水中涮洗过一样亮晶晶的，时不时还调皮地眨巴几下诡秘的眼；萤火姑娘们挑着小灯笼，来来往往不知在忙些什么。急急忙忙的样子像是在赶夜路，往往返返的样子，像是在寻找丢失的爱物，定睛看时又像是在招引你去接近她，可你当真挨上前去，她却又忽地飞高、飞远了。远远近近的池塘里、稻田间，青蛙们正不约而同地放喉歌唱，清脆嘹亮，此起彼伏，极像是正在进行的一场盛大的歌咏比赛，随风传来不但不觉聒噪，反倒让人产生几多畅快；悄悄溜出村口的多半是热恋中的情人，夜色不正是他们互说衷肠的最佳屏风？

一阵清凉的夜风悠悠拂过，清新的泥土气儿和庄稼的清香便四下弥漫。天际有热闪传过，仿若天外传递的神秘信息，令人玄思遐想。当夏夜慢慢寂静下来，四周便是一派无限的静谧，劳作一天的人们说着说着竟酣然而睡。他们没有爬高的卑鄙和虚伪，没有滥竽的厚颜与无耻，没有不才的败坏和狂妄，更没有可想的爱恨情仇，有的只是疲劳和困乏，一会儿的工夫便鼾声大作，此起彼伏了。这时，月色笼罩下的整个村落便陷入了旷古的宁静。偶尔有丝丝声响，那一定是田间的庄稼在伸腿拔节……

梦中的乡村之夏哟，可是来自我儿时的记忆？

知了声声叫夏天

　　每到夏季，乡村农家房前屋后的，柳树、杨树、槐树，也或老榆树的枝杈间，定会有一种单调而热烈的虫鸣。那鸣叫，听起来像是"哇哇哇哇哇……"，又像是"憋憋憋憋憋……"。这单调而热烈的鸣叫声，来自一种昆虫——知了。

一

　　知了，书名蝉、蚱蝉、金蝉，又名鸣蜩、马蜩、蜘蟟等。人们之所以叫它金蝉，主要是因其有金褐色的外表。多数人根据它"知了，知了"的叫声，称其为"知了"。而我们家乡的老辈人，可能嫌弃它的叫声过于单调、寂寥，也或叽喳嘹焦吧，一直都叫它"嘛叽嘹"。

　　蝉是一种吸食植物汁液的昆虫。体长拇指般，腹部9节，腹面有足3对，背部膜翅2对。据说它长有5只眼，其中头部2个突出的是它的复眼，视野广阔。俩复眼中央，成三角形排列有三个小红沙砾样的单眼，只有感光作用，没有视力。

　　蝉的生活方式较为奇特。某个夏日，雄雌交配后，雌蝉就用剑一样的产卵管，在树枝上刺出一排小孔，把卵产在小孔里。完婚、产子的一对雄雌，皆在一周或几周后死亡，完成了蝉类生命的传延。

　　蝉卵一直待在木缝中，至次年夏季方才孵化。孵化成虫子后，风一吹，它就掉到了地面上。到了地面，它会马上寻找松软的土壤，自行掘洞钻下去。在土中经过漫长的若虫期，短则三四年，长则十多年。在这段时间里，它吸食树木根部的液体。经过多年缓慢的生长，在某个炎热的夏天破土而出。破土而出的幼龄虫，身体多为白色或黄色，既鲜嫩又柔软。钻出土洞的幼虫，会凭着生存的本能，迅速找到一棵树爬上去。

　　爬到树上之后，在某个"月黑风高"的夜晚，背部猛然炸出一条裂缝——开始偷偷地"换装"。蜕皮时，身体垂直面对树身。以其"外套"为依托，身体如脱衣服般，从裂缝向外钻。上半身获得自由后，倒挂着使其双翼展开。"金蝉脱壳"后，爪子微红、身体嫩绿。"新衣"晾干了，翅膀也就长硬了。

换下的盔甲样的旧装（包括"鞋子""手套"，连脑袋上的"天线"都连在一起）通体如一，像人们晾晒衣服一般，长久地悬挂着。那长久悬挂着的"旧装"，就是人们说的蝉蜕、蝉衣，也就是蝉壳。不过在这儿"壳"不读 ké，而读作 qiào。

蝉的鸣叫，并不是从嘴中发出来的，而是出自腹部。它的肚皮上有两个小音盖儿，音盖内有一层透明的薄膜。这层膜叫瓣膜。鼓动瓣膜，就会发出声响。不过只有雄蝉会鸣叫。雌蝉的构造不完全，不能发声，所以雌蝉是"哑巴蝉"。雄蝉每天唱个不停，不是因为天热，也不是为了"预报天气"，而是为了勾引雌蝉来交配的。

从幼虫到成虫，要有五次蜕皮。其中四次在地下进行。而最后一次，是钻出土壤、爬到树上完成的。蜕去干枯、浅黄色的壳，才化为成虫。化作成虫后，最长寿命也只是六七十天的样子。也就是说，蝉儿寿命虽然很长，但在阳光下生活的时间却很短。它的一生，几乎都煎熬在黑暗的地下。

蝉的两对膜质翅膀很硬，但大多时间总是覆盖在背上，很少自由自在地飞翔。只有在采食或受到骚扰的时候，才一下子从一棵树飞到另一棵树上。它渴了饿了，就会用自己坚硬的口器插入树干，长时间地吮吸汁液。不过它吃喝的时候，也是不耽误鸣叫的哦。

二

在我的印象中，从草长莺飞到黄叶纷飞，一直都有嘛叽嘹的叫声。那叫声有天气冷热的信息，也有乡村泥土的芳香。起初鸣叫的时候，像是参加大奖赛的青年歌手初次登台。先是在幕后"知"地一下清清嗓子，接着，"哇哇哇哇哇……"，"憋憋憋憋憋……"一发而不可收。

到了盛夏，天气越闷热它叫得越欢实，太阳越毒辣它叫得越嘹亮。你高兴时它叫得就欢快，你若心烦它叫得就聒噪。虽然心烦时没办法制止它，但你若用心投入某件事情，那叫声似乎又听闻不见了。其实蝉鸣叫得越热烈，乡野就越空旷。要不，骚客们咋会发出"蝉噪林愈静，鸟鸣山更幽"的感叹呢？

儿时，夏日里时常仰头寻声观望。猛然发现一只，就会呼朋唤伴地指给人家看。大家踮脚尖伸脖子地看了，全都欢呼雀跃起来。接着，就会"那有一只"，"那还有一只"地喊叫起来。再接着，一大群半大不小的孩子们，就跟头流水地跑遍整个村庄，及至村外的地头或河堤。当然了，如此疯上大半天回到家，是少不了父母臭骂一通的。比如："死哪去了""啥活也不干"。唉，今天想来，也不知当时的乐趣究竟在哪？

往昔盛夏，农村的孩子，中午大都不睡午觉。不午睡的孩子们，趁大人稍不留意，就顶住大太阳，跑到水塘也或小河中去了。"野孩子"们在水中耍够玩足了，就跑到树林里去爬树玩。可能受了蝉鸣的吸引，玩着玩着，就开始逮起嘛叽嘹来。嘛叽嘹的听觉，似乎是很灵敏的。虽然我们屏声静气、蹑手蹑脚，但是往往刚一爬上树，就被它发觉了。发觉有人靠近，它撕着喉咙的鸣叫，会戛然而止。同时，"日"地一下就飞得没踪没影了。

失败是成功之母。失败次数多了，我们也就变得聪明了——再爬树，除了屏声静气、轻手轻脚外，还会爬一下停一停。捉嘛叽嘹全凭身手——先闻其声，再寻其影，爬到近前下手，要稳、准、猛。

"粘个嘛叽嘹也要舍个红薯皮儿。"是我们老家的俗话，意思是办啥事都要有投入。闲暇时，我们也会借助工具去专门粘嘛叽嘹。粘时，提前找来两三根竹竿或柴火棍子，粗绑细，大接小，接得老长老长的。用的粘料，开始是刮些桃树、春树等树的胶，捏成软团团儿。后来用废弃的自行车内胎熬制。熬时，狼烟动地，臭气熏天。为此，没少挨大人的训斥。再后来，有人说用面筋能粘。我们就趁母亲擀面条、蒸馒头之际，偷偷拽下一小块面团，在饭碗里用水泡制成面筋。不过始终不曾拿红薯皮儿做粘剂。因为不管生熟它都是不够黏的。现在想来，那可能只是一个比喻吧。

跑进树林、走到树下，闻声抬头。看准一个，先把粘剂裹在细棍儿梢上。太阳一晒，几十秒钟就发黏了。然后双手倒竿，躲开树的枝杈、叶子，一点一点伸向前去。然后，猛地一按就粘着它的翅翼了。一般情况下，它会在一声惨叫中，挣扎着就做了俘虏。有些时候，一个中午能粘数十、上百只呢。

那时候我们粘嘛叽嘹，并不是为了当食吃。我们家乡的山坡上也或田地间，有的是大大的黄蚂蚱、肥肥的"木花儿"（栎树里寄生的大黄虫）、"老水牛"（大黄虫蝶变的飞虫），及其柞蚕（蛹、蛾）等。这些虫子可比嘛叽嘹好吃、好逮多了。并且，我们还认为，从地下钻出来的嘛叽嘹是不大干净的。

我们捉嘛叽嘹，大多是为了听它叫唤和喂养家里的大老公鸡。在捉嘛叽嘹时，可以摘取很多嘛叽嘹壳。嘛叽嘹壳叫蝉壳，就是嘛叽嘹退下的蝉衣。它入药可散风除热，利咽、透疹、退翳、解痉等。那个时候，拿到供销社去，每五只可以卖到一分钱哩。因此，摘拾嘛叽嘹壳，和扒蝎子、逮蜈蚣一样，是我们儿时一项重要的经济劳务。

三

有个《痀偻承蜩》的典故说：孔子到楚国去，走过树林，看见一个驼背的老人用竿子粘蝉，就好像在地上拾取一样。就问他"有什么技巧吗？"老人说："经过五六个月的练习，在竿头累叠起两个弹丸而不会坠落，那么失手的情况已经很少了；叠起三个弹丸而不坠落，那么失手的情况十次不会超过一次了；叠起五个弹丸而不坠落，也就像在地面上拾取一样容易了。我立定身子，犹如临近地面的断木。我举竿的手臂，就像枯木的树枝。虽然天地很大，万物品类很多，我一心只注意蝉的翅膀。我不反身，不侧视，一动不动，绝不因纷繁的万物而改变对蝉翼的注意。这，怎么会不成功呢？"孔子就转身对弟子们说："运用心志不分散，就是高度凝聚精神，它就是驼背老人说的道理！"

《痀偻承蜩》和《卖油翁》差不多，讲的都是"熟能生巧"的道理。比喻凡事只要勤学苦练，持之以恒，专心致志，就一定能够有所成就，即使先天条件不足也不例外。

还有一个"螳螂捕蝉，黄雀在后"的成语，说吴王想要讨伐楚国，就告诉左右大臣："我会杀死所有敢劝谏我不出兵的人！"吴王的侍从中有个年轻人，想要劝谏吴王却不敢，就怀揣弹弓，在后院游荡，连衣裳都被露水沾湿了。这样做了几天，吴王说："你这是干什么？"年轻人回答说："园子里有一棵树，树的高处有一只蝉。蝉一边放声叫着，一边吮吸着露水，却不知道螳螂在它的后面；螳螂弯曲身子、贴紧前肢正要捕蝉，却不知道有只黄雀在它身后；黄雀踮着脚、伸长脖子正要啄螳螂，却不知道弹丸已经等在它的下面了。"吴王听了，这才打消出兵的念头。这则典故是告诫人们，不能只顾眼前利益，而不考虑身后的祸患。

不过从《痀偻承蜩》和《螳螂捕蝉》的典故中，我们可以知道，人类捕蝉是很早就有了的。从出土的蝉型玉器中，可以发现，新石器时代古人对蝉就有了认识。在商代墓葬和战国墓葬中，也有玉蝉大量出土。这表明，当时的玉蝉已是达官贵人佩戴于腰间的装饰品了。到了汉代，由于蝉有纯洁、清高、通灵的特征，玉蝉成了逝者口含的陪葬品，并发展成为一种流行的丧葬习俗。

蝉在中国古代象征复活和永生。这个象征意义，来自它"周而复始"的生命周期。同时，它饮露为生，又是纯洁的象征。又同时，"蝉"与"禅"同音，佛家认为"知了"已经参禅悟道。据说，禅宗传入中国时，把梵文"禅那"翻译成"禅"，就源于译者想到了会飞行、会唱歌的"蝉"。

《诗经·豳风·七月》中的"五月鸣蜩"，和《诗经·大雅·荡》中的"如蜩如螗，如沸如羹"，可见蝉鸣这一习性和特征，在很早的周朝就已经被人们所熟知了。

四

"池塘边的榕树上，知了在声声叫着夏天；操场边的秋千上，只有蝴蝶停在上面……等待着下课，等待着放学，等待游戏的童年……"曾几何时，一首轻松、快乐的《童年》让我们兴奋异常、幸福登天。那朗朗上口的旋律、没心没肺的歌词，几乎让我们找到了神仙般的快乐！

> 垂緌饮清露，流响出疏桐。
> 居高声自远，非是藉秋风。

其实，蝉早就飞进了唐诗宋词。南北朝至隋唐时期书法家、文学家、诗人、政治家虞世南认为，蝉垂下像帽带一样的触角，吮吸着清澈甘甜的露水，声音从稀疏的梧桐树枝间传出。其声远传的原因是居在高树上，而不是依靠秋风。言外之意是，一个品格高尚的人，不需要外在的凭借，自能声名远扬。

唐高宗仪凤三年（678年），那个"曲项向天歌"的骆宾王，因上疏论事触忤武后下狱。他的《在狱咏蝉》使我们听到了他的悲伤和哀怨："不堪玄鬓影，来对白头吟。露重飞难进，风多响易沉。无人信高洁，谁为表余心。"

白居易在《早蝉》说："六月初七日，江头蝉始鸣。石楠深叶里，薄暮两三声。一催衰鬓色，再动故园情。"又说："一闻愁意结，再听乡心起。渭上新蝉声，先听浑相似。"刘禹锡在《答白刑部闻新蝉》中说："蝉声未发前，已自感流年。一入凄凉耳，如闻断续弦。"雍裕之在《早蝉》中也说："一声清溽暑，几处促流年。志士心偏苦，初闻独泫然。"司空曙在《新蝉》中说："今朝蝉忽鸣，迁客若为情？便觉一年老，能令万感生。"其中的乡愁和感慨，叫人感同身受。

更叫人感同身受的还有，有才能干、不畏权势、几起几落、较早过世的才俊——元稹的《送卢戡》：

> 红树蝉声满夕阳，白头相送倍相伤。
> 老嗟去日光阴促，病觉今年昼夜长。
> 顾我亲情皆远道，念君兄弟欲他乡。
> 红旗满眼襄州路，此别泪流千万行。

还有，处于牛李党争夹缝中、一生困顿不得志，且更早离世的才俊李商隐，有一首《蝉》也叫人肃然起敬：

本以高难饱，徒劳恨费声。五更疏欲断，一树碧无情。薄宦梗犹泛，故园芜已平。烦君最相警，我亦举家清。

其他如孟浩然的"日夕凉风至，闻蝉但益悲；戴叔伦的"饮露身何洁，吟风韵更长"；许裳的"造化生微物，常能应候鸣"；卢殷的"犹畏旅人头不白，再三移树带声飞"；姚合的"秋来吟更苦，半咽半随风"；陆龟蒙的"一腹清何甚，双翎薄更无"；等等。简直数不胜数，不胜枚举。

宋代诗词呢？杨万里说"蝉声无一添烦恼，自是愁人在断肠"，苏轼说"蜕形浊污中，羽翼便翩好"，朱熹说"高蝉多远韵，茂树有余音"；辛弃疾有"明月别枝惊鹊，清风半夜鸣蝉"，刘克庄有"何必雍门弹一曲，蝉声极意说凄凉"……

最为婉约的，还属柳永的《雨霖铃》："寒蝉凄切，对长亭晚，骤雨初歇……"婉约的旗帜在风中猎猎作响，"凡有井水饮处，皆能歌柳词"！

"哇哇哇哇哇……"，"憋憋憋憋憋……"，知了声声叫夏天。蝉在土中，蝉在树上，蝉在荫下，蝉在唐诗中，蝉在宋词里，蝉在我们的心坎！

发表于《金融文坛》2020 年第 9 期、《神州文学》2023 年第 8 期

秋风凉棒槌响

　　天高云淡的时候，村前的小河便热闹起来。飘带一样弯弯曲曲的河床上下，有洗澡戏水的、有逮鱼摸虾的，还有洗萝卜淘菜的，更多的则是浣洗衣裤、床单和被窝面子的。

　　经了夏季暴雨的洗礼，经了秋后多日的沉淀，河水不盈不欠，不浑不浊，清澈明亮。潺潺淙淙，涡动流淌，一如老酒良浆。河水清澈，连河底的沙石、鱼虾，及那嫩白的草须、红润的树根儿，都是那么鲜白、鲜亮。

　　鱼儿游在有云彩的天上，鸟儿飞在有鱼虾的水中。大姑娘小媳妇坐在清水荡漾的河边，河边有早就堆垒好的大块洗衣石，紧挨洗衣石的是将将就就的小石凳。大姑娘小媳妇两腿叉开坐在将将就就的小石凳上，双脚全都浸泡在清清净净的河水里。

　　不大安分的河水，撩拨着她们赤裸裸的脚踝，坏坏的鱼虾，啄弄着她们白皙的肌肤，甚或弄得人家大腿和前胸全都湿漉漉的。但她们对此是一点都不介意的，她们在意的是自己跟前一大堆要清洗的衣物——准备过冬的棉衣棉被、床单内衣及家中放了好久的烂袜子、破帽子，脏手巾、污围裙……

　　好一点的人家切一块半方不圆、黏而吧唧的棉油皂，挨件打抹一遍。次一点的，会把随手带来的皂角板儿浸泡一会儿，捣烂了揉进难洗的衣物。

　　皂角放在衣服内用棒槌敲打几下，衣物上就会泛起许多白色的泡沫。娘亲捣碎皂荚弄出里面的籽儿，剥下籽上的二层白皮儿，在河水中一涮，直接塞进正在近前玩水、摸鱼的小孩嘴里。那籽皮嚼起来脆筋筋的，有点像牛筋儿，有点像脆肠，筋筋得久嚼不烂，既好玩又解馋。

　　旧时的衣裳、被单都是用棉线织就的老粗布，乡村人又要地里滚山上爬地劳作，虽然沾染不到多少油水，但经了多天甚或一个夏季的浸污，也是非得棒槌捶打才可脱灰去污。因而啊，赶到河边浣洗物的老太太小媳妇们，人人都带着一柄把细肚子大、瓷实又光滑的木棒槌。她们在一件件地揉抹肥皂、棉油皂，或皂角等去污剂之后，便开始了洗涤的第二道工序——棒槌捶打。经了棒槌的槌打，易于吸汗藏灰的粗布衣物就会松弛。一松弛，藏在其中的灰土、污渍，全都轻松地脱离了。这算是我们先人投机取巧的一种聪明智慧吧。

"嘭、嘭、嘭"，"乒、乒、乒"，棒起水珠扬，槌落声顿起。倘若河流上下，大姑娘小媳妇们全都一扬一落，水珠四溅，木槌声声，也是非常优美、壮观和悠扬的。

单薄的衣服敲击时声音脆响，厚实被单捶打时响声浑厚。紧促的是个急性子，或者家里人多、事多，洗着被单还惦记着家里的其他事；有节有拍是位老道人，否则要么有心事要么戏细法。她们槌衣洗涮也不耽误说笑，早上吃的是啥饭、中午准备做啥饭、地里的庄稼、床上的汉、猪拉窝鸡下蛋……全都大腔大调、浪声浪气。若是谁的棒槌或红兜兜、花内裤顺水飘走了，那可是一道河湾都要炸锅的哟。

"长安一片月，万户捣衣声。"先前洗涤衣物叫浆洗。那时用棉线手工织成的粗布衣物比较粗糙，人们管它叫老粗布。为了解决粗布衣物易松软、爱枯搐，不耐穿、不经盖、易吸灰、不易洗等问题，先人们早就"研发"了浆洗技术。浆（四声，同糨），就是把洗净的衣物放入用米汤（有钱人家可以用淀粉、石粉做成的"土粉"）稀释恰当的温浆水浸泡。这样洗出的衣服清洁、干净，尤其是白色的衣服、床单、被面会显得更加洁白、光瓷、滑溜。不仅光展好看，而且结实耐用，更重要的是在下次洗涤中容易脱灰。

"富人家的骡子马，穷人家的槌布石。"在往昔贫困的年代，家家户户别的东西可能没有，但或方或圆、或大或小，敦敦实实的槌布石，总是不曾缺少的。为了消除浆洗过衣物的强硬、增加其韧性，母亲们还要在当日下午或傍晚，把浆洗过的衣物予以反复地槌打，这叫"槌布"。槌打的目的是为了把浆粉槌打匀实，使其光滑、好看和耐用。因而，秋高气爽时节的午后或夜晚，每个村落总会响起一片"梆嗒、梆嗒、咿梆嗒"的槌布声。那响声抑扬顿挫，清脆悠扬。那是一个时代的旋律，也是我等儿时心头美妙的歌谣。它管叫心烦气躁的人心平气静，能让骚动不安的村庄安静祥和。

秋风凉棒槌响，梆嗒、梆嗒、咿梆嗒……

发表于《南阳晚报》2018年9月14日，获全国诗歌散文大赛金奖

秋雨淅沥伞花开

秋雨绵绵的早晨，天刚一放亮，谁家的门前便有花朵飘动，一朵、两朵、三朵……不大一会儿便开满了大街小巷。大街小巷相连的十字街头，就是花的海洋。

花海荡漾着又分出许多花溪，弄得工厂、商店、学校、机关，甚或乡间小路、田间地头尽是花朵飘动。那飘动的花朵有红的、黄的、黑的、紫的、蓝的，有深有浅，有大有小，还有图案、花色多样的。尽管它们形态各异，但全都是花口向下、游移不定。这便是盛开在秋雨中的别样花朵——伞花。

伞，挡雨雪、遮阳光的用具。收起似花儿含苞，张开如花朵盛开。其形状与"伞"字一样一样的，顶端尖鼓，状若碗儿反扣。其内有骨架，架中有主干。它的构造包括柄、骨、面三部分。伞柄是伞的主心骨，是整伞的支撑，大多用木头、竹子、金属等材料制成；伞骨是支撑整个伞面的，既能撑开又可收拢；伞面是伞的主要部分，担负着挡雨雪、遮阳光的重任。制作材料有油布、绸布、塑料布，以及既轻便又耐用的尼龙布等。

中国是世界上最早发明伞的国家。相传在三千多年前，黄帝部落与蚩尤部落在涿鹿（今河北省境内）干仗。时值春末夏初，风刮土扬，烈日炎炎。黄帝就命人在战车上撑起一个布篷，用以遮阳光、挡风沙，名曰"华盖"。黄帝战胜了蚩尤，迷信的古人以为是"华盖"的神功，因此，视它为荣誉和权力的象征。黄帝走到哪里，华盖就跟到哪里。那华盖就是早期的伞。

又传春秋战国时，土木鼻祖鲁班在乡间为百姓建房屋、做家具。妻子云氏每日往返送饭，遇雨总要挨淋。鲁班就在沿途设计建造了一些亭子，遇上下雨便可在亭内暂避一阵。然，亭子虽好，总不便多设。于是云氏突发奇想："要是亭子能够随身移动就好了。"鲁班听了妻子的话茅塞顿开，用竹木、布料做出了可以移动的小"亭子"。于是世界上第一把真正的"伞"就这样问世了。

唐代造纸业十分发达，社会用纸广泛。有的工匠在纸上涂上桐油，制成能避水的油纸伞，作为罗伞（绫罗面料伞）的一个补充。一时间，雨天人人举油纸伞的情景，在长安各地成为时尚；宋代广泛使用"绿油伞"，颜色以绿色为主，在著名的《清明上河图》中，热闹的集市上，人们用的就是这种"绿油伞"；到了元代，由于棉布的发明，出现了棉布上油的油布伞；明清代时期，油纸伞在民间广泛使用。同时这一时期的书画家们，也喜欢在伞上创作；清代以后一直到20世纪70年代，油纸伞一直是民间主要的防雨工具；之后，由于钢架布伞的普及，油纸伞被钢架伞、折叠伞取代，油纸伞逐渐成为工艺品。

我们小时候常用的雨具，除了用蓑草编织的蓑衣之外，就是"大黄伞"。大黄伞是用刷了桐油的布料做伞面，用毛竹做伞把、伞骨，粗铁丝当伞撑做成的大黄伞。那伞很大，撑开能罩着整个八仙桌，人站在下面好像待在一个小房间里。但它很重，一柄总有三四斤，也很笨，十来岁以下的孩子几乎撑不开、合不拢。这种"大黄伞"，父辈们都叫它"雨监"。雨地里的一间房子？雨中的"监护"工具？不得而知。

乌云蔽日、山雨欲来中，伟人手执红油伞，踏着氤氲的山路，意气风发地走来，像太阳一般给万千民众增添了无限的希望和力量；许仙那把书生味十足的油纸伞，撑上白娘子头顶的那一刻，一曲泣鬼神动天地的爱情故事便传延开来；骄阳之下、细雨之中，举伞伫足的母亲在等候亲人的场景，令人感到温馨不已……

你不为别人遮风挡雨，谁会把你举在头上。如今，绸伞、纸伞、油伞、黑布伞、透明伞，以及帽伞、图案迷人的花伞、格子伞、防紫外线伞等，式样繁多，日新月异。其他还有置于案头、茶几上的灯罩伞，有直径达两米多的海滨浴场遮阳伞、折叠自如的自动伞，还有用于歌舞道具的小花伞，用于广告、装饰的小彩伞等。很多时候，伞已不再是传统意义上遮阳避雨的工具，而是美的象征、俏的标志。一把小伞在手不仅让人年轻靓丽，更是多了许多风流浪漫。

略略烟痕草许低，初初雨影伞先知。天空刚有雨滴落下，各家各户必备的、收存已久的各样伞花，立时应景绽放：一朵、两朵、三朵……不大一会儿便开满了大街小巷！

发表于《南阳晚报》2019年9月22日

八月仲秋好时节

八月仲秋好时节，
天高云淡河水澈。
谷豆饱满无所事，
风清气爽赏明月。

日子跨入农历八月之后，天空一天天高起来了，云彩一天天淡起来了，稻田里的花蜻蜓一天天多起来了，河水一天天清澈起来了，一切全都向着清爽宜人走去。

这个时候，打下的麦子已经筛选、晾晒多遍，干干净净地装进了瓦瓮。稻田四周撒好排水沟等待收割，豆子、玉米其他秋作物，也翻锄了最后一遍，不再需要浇水、施肥及除草等侍奉。白日里各家的大人照例扛了锄头下地，但到了田间一看，一串一串的稻穗沉甸甸地垂挂着，黑豆、绿豆已经连成一片，高高的玉米全都密不透风、荷枪实弹，总是让人不忍挨碰，也无法挨碰。只有扛了锄头东转转西悠悠，见有歪倒的玉米棵扶一扶，有熟了的北瓜、葫芦摘几个……这时，劳作一夏、一秋的人们，心底开始像眼前的天空慢慢地宽展起来了。

八月十五到了，家庭主妇也不征求当家的同意，将米缸搬出来扫底下锅。下到菜园地里拽两颗青萝卜洗了，连叶子带萝卜一同切了，做上一顿美美的咸米饭。

蒸咸米饭，我们叫"控干饭"。做时把大米下锅煮八成熟，捞出控干水分，萝卜丝、干菜等衬菜粗略炒拌后垫底，倒入煮过、控干的大米稍蒸，而后揭盖搅拌即成。做起来省事省工，吃起来松散咸香。

饭时，门前的槌布石中间，搁着大半碗白亮亮的蒜汁，四周是一碗碗热腾腾的咸干饭。当家的收工进门看到了不怪也不问，一家老少便围了槌布石兴高采烈吃起来，温馨与幸福写上了每个人的脸。

傍晚时分，温顺很多了的老日头，温顺地溜下了西山。母亲或奶奶，早早地把在坡边地头摘回的北瓜、葫芦，洗涮了切片或剁丝，加上咸盐及剁碎了的花椒叶儿，用麦面拌了做成饼状，放入抹了少许猪油的铁锅内，煎炕成一个个焦黄的"瓜坨"。

等到干活的收工回来，连同早就凉在盆子里的稀饭，端上院子当中、一摇三晃的木桌上。不用灯不要亮儿，一家人聚在明亮的月光下，兴高采烈地用起了晚餐。每个人的头顶都悬挂着一轮明月，皓月当空，月色如画。许是司空见惯了，也许是过于劳累，每个人都是端起碗就吃，吃得狼吞虎咽。拜月、赏月之事，压根都不曾想起。只是因了那难得的饼子，才说"嗯，好吃，瓜坨好吃！"

直到吃过饭把饭碗推向一边，仰起头来方才看到天宇四垂，一碧无际。往日满天的繁星，可能因为过节都放了假，只有玉盘样的明月一个儿当职。月宫里的月奶奶、桂花树，还有一只玉兔清晰可辨。那明月不招摇不羞涩，安详地照看着大地的每一个角落。有喜的送上些许喜庆，有忧者给以些许抚慰，不偏不倚。

大人们不在意地望了一会儿天空和天空中悬挂着的那轮明月，才随口说："城里人管八月十五叫中秋节。人家赏月时要吃月饼哩。那月饼金黄金黄的，上边有图有字，里面有花生仁、白冰糖，还有很好看的青红丝。咬一口酥脆香甜！"随后便仰着脸、低下头掐算当年的收成。算着算着就说："先把东头小块地的谷子割了吧，好早点吃上新米！"

"勾，勾，勾月亮，月亮勾得亮堂堂。搭，搭，搭戏台，问问戏子来不来，今儿个不来明儿个来。戏子来了有酒喝，戏子来了好吃菜……"村头，一望无际的天空下，孩童们正奶声奶气唱着久远的儿歌。小院门前，趁了月光为哥哥洗涮上学衣裳的小姐姐、大妹妹，边洗边哼："大月亮，小月亮，开开房门洗衣裳。洗哩净，洗哩光，打发哥哥上学堂。"槌布石旁，奶奶也或母亲把吃奶的婴儿，也或咿呀学语的稚童揽在怀里，哼唱起那老掉牙的小曲儿："月奶奶，黄巴巴，爹织布，娘纺花，呼啦呼啦呼啦啦。娃子哭着要吃妈（奶），剠吃剠吃两嘴巴。娃哭哩，哄不下，买个烧饼哄娃娃。爹一口，娘一口，咬住娃娃哩丰指头。爹卜拉（揉摸），娘卜拉，卜拉哩娃娃笑哈哈……"

那时，虽然没有上好的瓜果、美酒，没有当有的月饼，更没有隆重高雅的赏月仪式，但皓月当空，碧空悠悠，凉风徐徐，亦是那么静谧美好，以至于令人终生难忘！

发表于《南阳日报》2018 年 9 月 21 日

乡村的冬天

"十月一儿，棉堆堆儿。"

每年进入农历十月，草木们全都撤回各路给养大军，开始舍车保帅；鸟兽们迁徙的迁徙，冬眠的冬眠，开始自保，大人小孩全都穿戴上棉衣棉帽，把自己裹起来，人们只有一种感觉：冷，冷，冷！然而乡村的冬天虽然寒冷，却冬意盎然、韵味无限。

先看那山水。平日里在草木的掩盖下，远近高低几乎不能显山露水。现在草枯树光，山高坡低、河流沟壑、大树小树，甚或是羊肠小道、山石棱角、溪流来去，全都分明可见。大大小小的松树，点缀其间分外醒目。再看那平日被这样那样庄稼覆盖的田地，现在经了寒风的整治，边是边沿是沿，埂是埂垄是垄。麦田里嫩绿的麦苗一行行规规矩矩、醒目流畅，就连菜畦里刚刚长出的蒜苗、菠菜都棵棵分明、株株可数；被树木掩映一夏一秋的村落房舍，现在也差不多都裸露了出来。前村后院、白墙灰瓦，高低错落。躲在谁家山墙边儿的一丛山竹似静似动，翠绿有趣。院内墙外的树木赤条条地站着，不仅看清了胳膊与腿儿、肋骨和关节，甚至身体上的每一块结疤都暴露无遗。羞是羞了点，但很骨感。

整个冬天雪是乡村的常客。他就像不大知趣的老头，总是时时光顾，而且来了就赖着不走。来时蹑手蹑脚，试试探探，时紧时慢。去时走走停停，留留恋恋，不声不响。他的可爱除了干净肃穆外，还有广被大地、公公平平。虽然时多时少，但总是如阳光般不偏不袒，田野、村庄，丘陵、沟壑，房舍、树木……全都均均匀匀。朱门和蓬户所得相同，雕栏玉砌与瓮牖桑枢无有差别。

"江上一笼统，井上黑窟窿。黄狗身上白，白狗身上肿。"白雪老人大方地把棉被送给高山，把毛毯铺向大地，把大衣披上屋顶，把围巾分给树枝，把帽子戴给草垛。在他公平无私的奉献下，"山舞银蛇，原驰蜡象"。一棵棵银树傲然挺立，一座座白宫平地而起。生活其间的人们只有一种感觉：白，白，白茫茫大地真干净！

清理积雪虽是各扫门前，但各家各户都铲出一条路来，全村也就全都贯通了。贯通了的小路干净醒目，一如清新可见的联络图。大人们可以轻松地来往串门儿，小孩们可以开心地穿梭游戏。

寒冷的冬天里，乡村的人们与火最亲。有的在灶间就地取火，有的在堂屋支起火盆，也有的在牛屋熏燃碎草。更有懒婆娘拿了一根树干，整根地燃了，终日不熄。为了家人餐前、饭时和外出前临时取暖，母亲们总是在做好饭后，把余火从灶膛里掏出来，让大家凑合着烤烤；在牛屋熏燃碎草是为了给牛驱寒，用碎草燃起的一堆微火总是半明不灭。半明不灭的火堆边除了牛把儿，总有不大安生的半大孩子，围着上了年岁的爷爷们讲古经、拍瞎话儿；在堂屋支起火盆取暖就有点讲究了：把坚瓷的树桩树根、柞木疙瘩，拿到当院中点燃了，直到烧透了烟尽了，剩下的火炭炭儿，才弄到堂屋的火盆中，慢慢地当炭火享用。坐在火盆近处做针线活的母亲，总是家长里短唠叨个没完。处于远处编筐握篓的父亲，总是有一搭没一搭的。听得实在不耐烦了，干脆丢下手中的活计，拿了饭勺子给离不开爹娘的小娃们炒起豆豆来。娃子们咴嘎一笑，爹妈脸上的愁云也就一扫而光了。离不开被窝的爷奶，喝过一碗热热的米酒，便一直赖在床上不肯下地。因为那热乎乎的被窝里，放有一块久热不凉的热砖。那热砖是爹妈在灶膛或火盆烧透了、沁过水（去灰除烫）、用破布包裹好了的——这点秘密，是夜间给爷奶暖脚的小孩子一清二楚的。

屋内生火久了，房顶的积雪便悄悄融化。悄悄融化的雪水，顺了缮草小瓦渗到屋檐。渗到屋檐便一点一点冻结，一点一点凝结便形成长长的冰挂。那冰挂横看像水晶帘子，直观如寒刀利剑。于是，孩子们便争相打取，大人们便一遍遍吼叫："滚一边去，房瓦（缮草）松动了，屋檐不就损坏了吗？"被臭骂的孩子们便茑茑地跑到村头滚雪球、堆雪人去了。滚雪球、堆雪人的屁孩们，虽然手脸冻得通红，虽然堆出的雪人只是一个雪堆儿、堆起的狮子像条死狗，可他们照旧欢呼雀跃、乐此不疲。

一九、二九不出手，三九、四九冰上走。数九寒天，天寒地冻。凡有水之处全是晶莹剔透的冰凌，就连家中的水缸都结了厚厚的一层，敲下来拿到手中就像透明的玻璃。如果它不会融化，用它替换糊在窗户上的旧报纸该多好啊；倘若晚饭后没有把锅碗瓢勺中的清水倒掉，第二天早上一准会冻成一块。稍一加温，一个碗样、瓢样冰雕，就完整地取下来了。受此启发，我们晚上睡觉前，会在碗、勺里加上一点糖水，让它慢慢上冻——那便是我们最早吃到的冰糕。

久违的太阳出来了，做针线的母亲们、久卧在床的爷奶们，都会不约而同地积聚到背风向阳的墙根儿晒暖儿。他们一边做着针线活（吸着旱烟袋），一边唠着家长里短：谁谁家有借无还、谁谁家儿女不孝，今年收成多少、过年打算割几斤大肉……正唠得热火朝天哩，不知谁个就猛不丁地和进出村子的人打上了招呼："他三叔这是要赶集去呢？老队长您开会回来了！"

"老太太你别烦，过了腊八就是年。"过完腊月初八，人们就开始慌年了。买的卖的、洗的刷的，大人小孩全都慌慌张张，喜气洋洋；交着腊月都是好儿，村子里隔三岔五就有或嫁或娶的。一家有喜全村慌张，提前商量，临事张罗，事毕善后，有帮忙的，有贺喜的，也有捧场的，有前凑，有高潮，还有延续。那真是热闹翻天，欢上加欢；更加热闹的还有，时不时走进村里的"宣传队"。打着彩旗、穿着彩衣的"宣传队"，敲锣打鼓、耍狮子、玩旱船、扭秧歌，耍的看的全都眉开眼笑。

之后的日子里，杀猪、宰羊、磨豆腐、挂年画、贴对联、穿新衣、放鞭炮、吃年饭、走亲戚，等等，一个接着一个，天天都有欢乐。现在闭起眼来想一想，乡村的冬天是多么温馨和快乐啊！

　　发表于《南阳日报》2018 年 2 月 2 日、《辽沈晚报》2020 年 1 月 13 日

乡村夏日的晚上

乡村夏日的晚上是清爽的。炎炎夏日，因了没有大路小路、大街小巷水泥盖子的散热，没有钢筋混凝土高楼的遮挡，夏日乡村的白昼也是较为清爽的，尤其是凉阴下、池塘边、小河旁。太阳落下后的傍晚不仅更加清爽，而且还有丝丝的凉意。甚至有的深山区，到了后半夜还要盖上棉被子呢。

到了"三伏天"，坐在乡村小院吃晚饭，虽然也会汗流浃背、汗珠不断。但麻利地吃过了，走出门外，清凉的去处还是很多的。比如年轻的男人和女人们，会带了半大不小的孩子，不约而同地去到村外的小溪大河。

上游是男池，下游是女池；西头是男池，东头是女池——大河小溪里天然的男女浴池，是早就约定俗成了的。这儿是个潭窝，那儿是片沙滩；那儿有个大石片，这儿有个河光石等，人们心中早就一目了然，一清二楚。

廖天野地里，男的一群，女的一群。借助树影、借助河水，全都脱得一丝不挂。大家坐在清澈拔凉的河水里，既是面对面也只是看个轮廓。看个轮廓也知道是谁。"别让老鳖吸了宝贝"，"小鱼会钻洞洞的"，全都放浪形骸，又说又笑。不大一会儿，身上的汗水全消了。再过不大一会儿，身上一层小鸡皮疙瘩。

懒得走动的大叔、大伯们，丢下饭碗，会不声不响地单独走向村旁的老堰潭，整个沁入水中。

爷奶们多是搬一把小靠椅、小板凳，去到门前不远处的坡嘴头。手中虽然有把破蒲扇，一直在有一下没一下地忽闪着。但那也只是做个样子，走个过场。只有四下里的野风吹过，才有些凉意。那野风好似摇头电扇一样，凉爽阵阵。

乡村夏日的晚上是寂寥的。洗足泡透的男男女女，开始三三两两地往回走。往回走的人们不照灯不打亮，全凭经验和感觉。走着走着他们才发现，白日熟悉的山坡似有若无，远处的房屋若隐若现，眼前的树木影影绰绰，一切都变得那样的亦真亦幻，空旷无际，寂寥无边。

家后坡平日晒粮的地方，人们坐定了抬头仰望天空：浩瀚的天空深邃无边，没有一丝云。天空像被暴雨冲刷过一般，明净而悠远；碧蓝的天穹上散乱地粘着的颗颗星星，就跟在泉水中涮洗过一样亮晶晶的，时不时还调皮地眨巴几下诡秘的眼睛。看着看着，天际边忽然就有热闪传过，仿若天外传递的神秘信息，令人玄思遐想。

渐渐地，夜深了，露水悄悄地爬上来了。打湿了头发弄湿了眉毛，就连身上罩的被单子、裸露的竹凉席，都弄得湿乎乎的。于是，大人们嘟噜着"乡下昼热夜寒"，催促着早已进入梦想的孩子们回屋。

午夜的虫声渐弱，如潺潺的流水，伴着凉风一起向人们的耳畔流泻。

发表于《南都晨报》2020 年 7 月 22 日

第四辑　十八年如昨泪满眼

十八年如昨泪满眼

——悼念大师二月河

2018年12月14日晚上，姑娘把她去商丘开会带回的《芒砀山探秘》交我看。打开书，首页便是著名作家二月河（原名：凌解放）的《汉风浩荡兮芒砀山》。还未细读，姑娘便问我："你老师现在干啥呢？"知是嬉我，但还是不无惆怅地答她："他生病在北京住院呢！"

次日早上8时，草草吃点东西，准备回乡下老家看视弟侄。孰知，刚开车出门，就有消息传来：二月河老师病逝了！一时间，吃惊、惶恐、失落莫名而至。车停路边再行，一条条询问、自编的消息刷屏而来。其中不乏质问的声音。为此，四五十公里的路程，走走停停到达老家竟过了中午。

我与凌老师初识，是十八年前的2000年5月。那是在"南阳市文联·作协2000年文学讲习班"上，第一堂课就是凌老师讲的《红楼梦的小说艺术及长篇历史小说创作》。开篇讲的是他的两次"硬着陆"：红学研究因高档刊物采用较少而放弃；"1982年在上海召开的第三次全国《红楼梦》学术讨论会上，有人提到康熙对我们中国历史贡献很大，但是到现在没有一部像样的文学作品，我脑子一热就说由我来写！"

那次讲座他讲了很多，有关于"红学"（穿插有《西游记》《聊斋志异》《三国演义》等），有关于他的作品，也有关于读书。我紧赶快记写了满满十几页笔记。现追忆几句如下：天赋很重，不要老想着当作家、当大作家；一个作家对社会没有认识，最好不要写东西；文化密度是文学生命力强盛不衰的根本；拿起笔老子天下第一，放下笔后，本人天下最末（后改为"放下笔夹着尾巴做人"）。课后，我自卑而冒昧地上前求教，他便随手在我的笔记本上写下："读书精进，毋懈毋怠。"那一日是2000年5月16日！

之后，我见写下皇皇巨著的大师，短发平头、粗衣布鞋，竟与老农、慈父无别，便在内心里与他亲近起来（同样，在那个培训班上，有个还算不得著名的老师，竟然公开对大家说："雷锋只是个传说，千万不要在他身上费心思。"

又说"我日理万机，大家千万不要打扰我"，等等。自此，我虽不才，但再不愿面见斯人）。

我的拙作《月奶奶黄巴巴》求他做跋，他认真地说："有了版权页再说。我不是难为你，是希望大家出真书！"见了版权页，他欣然提笔按原拟名写了书名。那是 2009 年 4 月间。到了 2013 年初，我拿了整理好的《曳杖行歌》书稿求他指点。他说："我知道你，先放下吧。"我想先生太忙了，这次恐怕无望了。孰知，不几日的工夫，他就电话通知我过去。

我拿到序言的那一刻，真是潸然泪下，感激之情难以言表。百忙的泰斗级大师，不仅翻看了书稿，而且做出了恳切的评价、指正和鼓励。

"早些年，我曾对记者说过，一个人成才或者说成功，需要力气、才气加运气。没有天生的禀赋不行。父母给你禀赋，你爱惜力气，不去努力不行。天生我才，也不惜力气，但没有运气，没有适宜的土壤和气候，也就是说成才的必然环境，也是不行的。"这是凌老师在书序里写给我的，也是写给大家的！

其间，有一次我去他家里看望他，末了想和他合个影，他当即就答应了。因为室内太暗效果不理想，他看了说："既然照了就照好点。"说着就移步走到了当院中。可惜，由于我的技术有限，加之老师穿着朴素（土袄拖鞋）、居室简陋（本色砖墙），终未显现老师的"伟大"，故而一直不敢示人。

还有一次，给他带了一点茶叶和一条本地香烟。凌夫人（不敢称师母）见了说："他一向不收礼。况香烟是害他！"可是说予凌老师，他竟乐呵呵地说："茶你带走，烟还是留下吧！"后来总说要去看望他，但自以为他是大家、他太忙了，便没有多打扰。未料，自此再难见面，再难聆听一切教诲。呜呼哀哉，痛惜永远！

读者们都亲切地称他"二老师""月河先生"，可他真的不姓二，也不叫月河。先生原名凌解放，1945 年出生于山西昔阳。儿时随父母辗转在河南多地，1958 年随父母到南阳邓县（现邓州市）。高考中断，他便去山西太原当兵。参军十年，任务是挖煤、打山洞。1978 年转业，到南阳市委宣传部宣传科工作。

"我在 40 岁前连个豆腐块、火柴盒大的小说也没发表过。"初涉文坛的二月河把研究红学作为敲门砖，给《红楼梦学刊》投了一篇稿件，但却石沉大海，半年多都没见回信。心有不甘的他，便给当时编委会之一的冯其庸，写了一封信"讨说法"，并附上另一篇稿子。不到一个星期，冯老师就回了信，不仅推荐刊发了二月河的文章，还建议他从事文学创作。1985 年，冯老师看完他写的《康熙大帝》前 10 章后，对他说："你不用研究什么红学了，这就是你的事业！"从此，他走上了呕心沥血的康熙、雍正、乾隆数百万字的帝王文学创作之路。

　　《康熙大帝》是他的开山之作。他每天从晚上 10 点开始写作，写到凌晨 3 点睡觉。早晨 7 点半，天蒙蒙亮就起床点煤炉子煮粥，然后到单位上班。晚饭后睡两个小时，到晚上 10 点再起来写作。"一天三睡三起，我的时间都是偷来的。这就像是一次精神上的沙漠旅行，疲惫不堪，但只要穿过沙漠，前面就是绿洲！"

　　"写历史小说不能没有历史背景知识，我写的不是架空或穿越的幻想小说，而是依据真实史料的帝王系列，需要阅读大量的笔记。究竟读了多少已经记不清了，肯定不止几百万字。"当时他一家三口，蜗居在一间不到 30 平方米的平房中，"房间被我淘来的发黄的书和报纸堆得满满的，妻子和女儿要从堂屋里过都迈不开腿"。

　　十三卷、五百三十多万字的三部大书，全是他一笔一画秃笔写就。没钱买电扇，夏夜写作时他就在桌下放个水桶，把两条腿放进去祛暑防蚊；冬夜瞌睡难耐时，就用烟头烫胳膊。二十年如一日，坚持白天上班，晚上创作，从来没在凌晨 3 点前睡过觉。他以一年一卷四十多万字的速度投入创作，硬是把康雍乾一百三十余年的晚霞画卷，活色生香地呈现在世人面前。

　　"蛟龙愤怒，鱼鳖惊慌，春雷一击，震撼四野。"关于反腐，他反复建言：反腐的力度不能光从刑罚的轻重、杀人的多少判定，而要看它动员人民群众有多少、动员的决心和意志有多大；腐败不会导致速亡，历史上没有这个效应，但腐败能导致必亡；一个政权不能下狠心治理腐败问题，其他方面再强大都不能成为一个强大的国家；如果权力关在笼子里，钥匙还在官员手里，那等于没用，笼子的钥匙要放在舆论监督和人民的手中，让反腐败更为公开、更为透明！

　　勇于吃苦，敢于拼搏；平易近人，坚持正义。这便是我理解的"二月河精神"吧！

　　凌老师慢走！二先生千古！

　　（仓促拙笔，聊表敬意）

发表于《南都晨报》2018 年 12 月 18 日

其实我小时候很聪明

其实我小时候是很聪明的，只是人们都说那叫"小聪明"。

小时候我家总是缺吃少穿的，母亲有病，也总是硬撑着。劳累一天，到了晚上实在难受了，母亲才叫我们去买些止痛片。那个时候乡村很荒僻，夜晚到处黑黢黢、寂寥寥的。小小的我翻山过河去公社（乡政府所在的小街）买药总是害怕，害怕了总是要叫个同伴。时间长了，便怎么求也找不到伴儿。有一天晚上，母亲的胃病又发作了，疼得在床上直喊叫。没办法我就硬着头皮出门，但一出门便是黑天黑地的，叫人直发怵。咋办呢？我转身回屋对俺妈说："一会我喊话，你别理我。"然后跑到村口扯起嗓子喊："妈，妈呀，公社公演，不要票的电影哩，我去看了啊！"连喊几遍，就一个人慢慢地走出了村子。不大一会儿，庄里就有人吵吵闹闹地出了家门，还听到掂椅子、搬凳子的碰撞声哩。于是我就高高兴兴地到药铺买回了药。返回时，路上还有成群的人往街上走呢！

每年秋天，生产队的男女老少齐上阵到山地里挖红薯。先是大家齐动手，拿了镰刀将枯萎的藤秧割了，折卷地衣样卷出地块，湿润润的地垄上现出一道道裂缝，一窝窝红薯呼之欲出；而后，男劳力挥着镢头一垄一垄地挖掘，身后热气腾腾的地垄上，一串串鲜亮的红薯，好似撵人的一群小笨猪样，便一直跟在身后；身强力壮的妇女，或拎不动镢头的半大小伙、妮子，便提了箩筐将刚刚挖出的红薯，一趟一趟地扛到一处，隆起山样的一堆；爷爷奶奶和小一点的孩子们，便围了这红薯山"择红薯"（择掉残余的茎蔓，去其泥土）。随着面前"荒山"逐渐降低，另一座鲜亮的红薯山，慢慢地就高起来了。这时候昏黄的太阳已经落下了山，生产队的队长、会计扛了大杆秤"50（斤）、100（斤）……"一家一家地分配。劳力多的工分多，工分多分得的红薯就多。有的一家能喊到"800（斤）、1000（斤）"，而对我家总是只叫到200斤或300斤（没劳力公分少），再听喊声已是另一家了。

有一天生产队挖红薯，天快黑时队长叫我们几个刚放学的小学生，到地里捡拾红薯。我们扛上几趟天就黑了，地里来回的人只能看到人影。有一趟走到半路，我就装着歇脚让过别人，在黑天黑地里甩甩胳膊踢踢腿，见没人注意就把抆着的半筐红薯倒进了地沟里。看见迎面有人走过来，就提了筐子往回走。碰到折回的人，还直夸我跑得快呢。操着"溜红薯心"的我，过后就偷偷地把它弄回家填肚子了。

1980 年秋我跨进了高中校门，每周都是自己背了粮食步行到校的。当时学校规定：学生除了拿粮食兑换饭票外，可以自带红薯，让学校食堂蒸熟。由于人多和每个学生所带的红薯好坏不一，食堂便不管收集、储存、淘洗和零星分卖。蒸时，每个学生提前把各自要蒸的红薯，用网兜装好，并在网兜上绑上写着各自名字的布条送交食堂。食堂收到学生们送交的红薯，不分好坏、多少和是否淘洗，只管把学生们送交的红薯兜，胡乱地放到蒸笼里一顿海蒸。饭时，食堂师傅按每个网兜上的名字分发，也有干脆把蒸笼抬到食堂门外空地上，由每个学生自己挑拿的。

学校蒸红薯并非免费，而是每斤要收取一分钱的燃料费。有一次，我身上没了零钱（大钱更没有，每顿连一调羹姜汁都买不起），趁学生们挤着过秤之际，就把自己的红薯兜从门缝（过称在窗台买饭口），偷偷地抛进食堂里、已经过了秤的大堆。但有个眼尖的师傅，随即捡起就抛出来了。抛出来我也不管不问（其实那时好多学生这样做，师傅们看到没人捡拾也就捡回去蒸了）。有一次，校长监督，把认准没过秤交钱的红薯兜，挂到食堂门口的大树上。但学生都一口咬定自己的红薯过了秤、付了费。于是，还引发了小小的"学潮"：还我红薯，还我红薯！

这等"小聪明"都是穷困逼出来的，现在想来不仅隐隐作痛，而且还有点小害羞。它算不得奇趣，亦算不得什么人生经验，但它是人生的一种经历。现在讲说它，是想对有爷奶、爸妈等家人陪玩、陪读的、幸福的中小学生，乃至在校的大学生们说：你们有什么理由不专心读书呢？

母亲的泪水悄悄流进我心里

由于营养不良、吃食不忌，我小时候一直"烂鼻子"。轻时两个鼻孔下鲜红两道，重时鼻子以下至整个下巴，都烂得没有皮面。

血红的嫩肉整日里鲜红鲜红地露在外面，风一吹干疼干疼的。因为没有干净的手绢和方便的清水，疼痛难耐时就用唾液湿润。结果，越是这样越是烂得厉害。厉害得实在没法治了（其实，因为缺钱压根没就过医、用过药，只是用些民间偏方），我的兄长就建议用食盐杀一杀。

我难受得实在没法也就点头同意了。当一把生盐一下子捂到伤口上时，我才真真切切地知道了"疮口上撒盐"的滋味——疼痛钻心，撕心裂肺、忍无可忍、痛不欲生。而背过脸的母亲在我杀猪般哭嚎时，早已由声声叹息转为失声痛哭。

母亲不忍我这样难受，便带着我去到离家十里外的姨家。那姨并非亲姨，只是和我的母亲同名同姓罢了。虽然不是亲的，家中也不富裕，但对我们的上门还是较为热情的。不仅管吃管住（当然是家常的粗茶大饭，破屋烂床），而且还专门依照民间偏方，用黄蜡为我炸制核桃仁吃，用羊胡子灰拌香油涂敷。

因为偏方说，炸核桃仁非晚上睡前吃不可，灰膏非睡着后敷抹，我和母亲便在那姨家"赖住"几天。其间，母亲见到那姨家的表姐会织袜子、手套，并说拆两双手套就能给我织一双棉袜（当时正流行拆机织白线手套）。我的母亲经过再三犹豫，最后掏钱让她卖两双手套，给我打一双袜子。母亲说我已是高小生了（小学四年级学生），没有像样的衣裳，就先弄双"洋袜"吧（母亲管线织袜叫"洋袜"）。

那表姐倒是手快，两天一夜就给我织好了一双还算好看的洋袜子。然而把那洋袜子拿到我的脚上一比，母亲便哀叹起来——那袜子比我的小脚小去一大圈，根本穿不到底。母亲说"两双手套怎么弄这么小的袜子？"那表姐狡辩说是棉线太缩水（其实是她自己留了线，要给自己织东西），并告她妈说我妈讹骂她。为此，我母亲的眼泪，像断了线的珠子般扑簌簌落了下来。

当母亲领着我带着愧疚和委屈往家赶时，我又没心没肺地耍起赖来——嫌走得太远，不停地叫唤"跑不动"。正在我不停地叫唤时，在我们公社当干部的瞿姑父骑着自行车同向而来。母亲舍脸把他拦下，要他把我捎带一段。然而那姑父看了看寒酸的我们母子，竟然二话不说搭上车就飞跑了。母亲望着飞远的瞿姑父，泪水再一次挂满了脸颊。

年幼无知的我啊，哪里知道母亲的痛苦和无奈。然而母亲扑簌簌的眼泪，已然悄悄钻进了我的内心。

后来，听说那个表姐因为不满所嫁男人的殴打，把那个男人捅死被判了无期徒刑；那个当了更大干部的干部姑父，也在一场大火中被烧死了。对此，村里人和我的母亲全都惋惜不已，而我却是幸灾乐祸，大快人心！

数十年一晃而过，倏忽记起往事，酸楚过后总是想：那时的我是否不够厚道？但终无满意的答案！

2018 年 11 月 28 日

我的父亲

三十六年前我就已经没了父亲。而我"舞文弄墨"多年，追忆母亲的相关小文也有十数篇，对于父亲却一直"缄口未提"。个中原因，老实地讲，重要的一个就是，我的父亲是一个不合格的父亲。

我记事的时候，我们的国家还较为贫困，尤其是我家所在的山村，更尤其是我们生产队，为数不多的田地全都种了蔬菜——要供应所在地的兵工厂。村上其他有劳动力的人家相对好一些，而我们一家上有七十多岁的奶奶，中有常年疾病缠身的母亲，下有四个未成年的兄弟，一家人不说经常吃糠咽菜，也是吃了这顿没那顿，常常食不果腹、饥冷难挨。因而啊，我的母亲在世的五十多年间，"心里疼（胃疼）"了三十多年（奶奶说她是在 1958 年生我二哥的月子里，饿急了吃了生柿子）。其间，我经常看到疼痛难挨的母亲用拳头、筷子或是擀面杖捣压腹部，更有很多时候漫床滚、满屋蹦。幼小无知的我总是三天两头、怵悄悄地，求候在同村医生家的门外。而那医生却总是推推脱脱，要么不去，要么遗忘九霄。后来才知道，那是因为我们买不起药、打不起针。直至最后，我的母亲因胃疼到胃穿孔、手术感染而去——我内心的痛和恨真是天高海深！

那期间我的父亲不仅是"公家人"，而且是银行的大主任。人们不信，一名数十万人公社的"财神爷"张张嘴，会弄不到一筐半袋粮食？而我们知道，其实他分包的贷户，有人曾经给我家送过半袋绿豆，也有人给我家送过一筐红薯干等，只是在他知道后全都狠心地原样退回了。其中，已经吃了的也要向人借了补齐。就连他生病住院期间，单位和别人带的一点小礼物也全都如数退回了。其中有一回，别人见到我的母亲没饭吃（她在医院侍候），就悄悄地送了我母亲几斤粮票。他知道后，竟然对我的母亲大吵大闹，硬是逼着母亲当众退给了人家。

大事不说，说小事：1980 年我到他单位所在的公社参加初中升高中考试。原本想这样的"大考"总可以和他一起住，行李没带就兴高采烈地去了。谁知见到他一讲，他竟然坚决不同意："银行是经济重地，不得留宿外人！"

后来，我在那所高中就学期间，偷偷地找他单位的会计要半瓶墨水。不知是为了讨好或是告知一声，那个会计把倒好的半瓶墨水，交给了我的父亲。结果他不仅坚决不让我拿，而且对我是痛说革命史、大讲公与私；还有，他患脑瘤在地区专科医院住院期间，一同侍奉的兄长，因吃住太差生了病。陪同的人要以他的名字给开些药报销，他不仅不同意，还给陪同的人上了一堂教育课：公是公，公私要分明！那是他即将开颅的前一天，也是他离世的前三天。

由于他常年在外，又过世较早，我对于父亲知之甚少。现在综合村里人偶尔道说的只言片语细想，大致是：他生于1924年，在村子初级小学读过三四年书（相当于初小学历吧）。刚过十三岁，他的父亲（我的祖父）因病去世，他便辍学在家，十五岁时遭叔父们嫌弃分家单过。小小年纪就和寡母一同带领九岁的弟弟、六岁的小妹艰苦过活；十七八岁躲壮丁（国民党抓兵）逃进内乡麻罗坡大山养蚕、侍奉菩提寺和尚等。1947年"中原我军占领南阳"前夕，已婚的他借着一腔热血参加"翻身队"（支前队），步行数百里，忍饥挨冻、冒"枪林弹雨"为解放大军跑前忙后，为解放南阳做出过些许贡献。这些内容都被他写进了入党志愿书。

由于思想进步，也有一定的文化，1948年南阳解放后，他便抛家舍妻，跟随"干部政审工作队"（兄长依稀记得是这个名字），到全国各地为组建地方政府选定人员。大哥说："他就是在那时（1950年）加入的中国共产党。那时他还去过川藏哩！"1952年他回到老家在地方政府工作一段时间后，被分配到中国人民银行，1953年到开封中国人民银行河南省分行银行学校进修（他留下的合影照显示"银校四期"）。之后一直在本县县行、营业所做股长、主任等。只是，那时的银行还是政府的一个职能部门，扶贫救灾、水利建设、农田改造、粮食征购、税款收缴，以及资助社员们的生产生活等，都是他们的重要职责和任务。

20世纪60年代，村里的年轻人因为找不出造反对象，就近到他所在的营业所贴大字报。穷伙伴们空手找上门，他不仅管吃管喝，就连纸张、书写和粘贴全部操办了。后来，村上人总说"你伯（他排行老大，我叫伯）好到自己给自己贴大字报！"

20世纪70年代，他所在的单位就实行了"车改"，也就是单位把配备给个人使用的公有自行车作价卖给个人。虽然我父亲按照"单位内部和原使用者优先"的原则，把先前单位配给他的加重自行车低价（好像是九十几元）买到了手。但由于我们家庭经济条件的严重不足，车子买到手还没有推回家，就转手卖给了我叔家要结婚的二哥。

三十六年前麦收时节，我侍奉了三年的父亲撒手而去了。我从此没了父亲。

关于我的父亲，其他几乎一无所知。只是听人说"他的钱穿在肋巴骨上"，

"他一碟韭花（咸菜）靠兑水加盐能吃半个月"，"他很多次回家都是光着脚，到村口才穿上鞋子"；只是记得，他去世时的遗产只有一块老式手表、五十块存款和八元现金、二十斤粮票（其中全国通用粮票十斤零四两）……

父亲走的时候，突然来了很多"亲戚"，这让我家很"光荣"，村里人很是羡慕了一阵子。事后听说那都是他的"社员"。只是家人不认识，他们也未细说，也未留下"吃场"。但村上人都说，他们当时有好多人失声痛哭，口中还念叨"是您帮了俺一家""是您救了我们的命啊"。

现在想来，我的父亲也是苦出身、文化层次不高，思想却积极进步，工作普通但积极认真，"全心全意为人民"，公私分明大公无私。虽然他是一个不够合格的父亲，但他也算是一名合格的共产党员、合格的国家公务人员、合格的人民百姓吧！

父亲姓翟、名讳文化，简忆缪结以示记怀！

发表于《南阳日报》2019 年 6 月 14 日、

《中国金融文化》2020 年第 9 期、

《河南工运》2022 第 5 期、

《老人春秋》2023 年 21 期

走亲戚

有一年一个老汉在集市上碰到他外甥，二话没说挥手就打。外甥慌忙喊："舅舅，为啥打我？"老汉边打边说："你的驴啃了我家的树！"外甥急了："舅啊，我三年都没去你家了，我的驴咋会啃你的树？"老汉一巴掌扇过去："打的就是你三年不走亲戚！"儿时逢年过节，乡亲们就会百讲不厌地传说这个老掉牙的笑话。

走亲戚就是亲戚之间相互走动，是中国人祖祖辈辈传承下来的、古老的传统民俗，是亲戚间互相看望、慰问和联络的重要亲情交流活动。人们除了平时参加亲戚间的红白喜事外，走亲戚主要集中在春节期间。

"娘亲舅大。"按照传统风俗，一般是初一拜本家（不带礼物不吃饭，礼节性拜见一下后，回到自己家吃新年团圆饭），初二看外婆拜舅舅（新婚拜老丈人），初三走姑家（出嫁姐妹家），初四瞧姨，初五走舅（姨、姨奶、舅爷），初六看朋友，等等。有的一天走一家，有的一天走多家（比如一个地方的外爷、外婆相关的大舅二舅等），一直延续到正月十五。在此期间，可说是家家户户全行动，风雪无阻马不停蹄，大路小路皆是人，提篮挎包不怕累，迎来送往笑哈哈，春风满面藏不住，笑逐颜开乐陶陶。

先前贫穷年代，各家走亲戚多是送点蒸馍、挂面、点心、砂糖（白、黄、黑，白糖为上品），"四色礼"（鲜鱼、猪腿、猪礼条、点心包）等吃食儿。一般情况，"四色礼"谢媒人瞧丈人，蒸馍送外婆，砂糖看舅、姑、姨，挂面走姨奶、舅爷，点心瞧朋友。贫穷一点的"四色礼"一般是鲜鱼、猪腿、猪礼条、点心包四选二，其他的用挂面等代替。实在拮据的，就在猪腿、猪礼条上，绑几根粉条凑数。鲜鱼二三斤重、猪礼条也就两三根肋骨（三四指宽、三四斤重吧）。蒸馍十六到十九不等（忌讳五、十等数），挂面一到三包（一包三把，三把一斤，品字形包裹），砂糖一包多则三斤，少则半斤，草纸包裹、纸绳绑扎、上面压条红纸，一头低一头高（形如靴子）、有棱有角甚是标致。点心（我们叫果子）包也就一二斤吧，包裹方法如同砂糖包。

　　那个时候，各家收到挂面、砂糖、点心等礼包，全都摆放在堂屋的神台（用土坯、泥巴砌成的供台）上。除了显摆自家的亲戚多之外，就是防止家里的小孩偷吃。为什么要防止小孩偷吃呢？说来现在的孩子们都不相信——要用它再走亲戚用！有的干脆等着别人送了才走亲戚，多数时候一包点心能转十几家，甚至转一圈能返回原主。有一年，我的一位表叔到我家看望他姑（我的奶奶），送了一个果包。奶奶珍藏了一段时间后要打赏我们，打开果子包一看，竟然是他自己在家，用黄豆面炕的仿造饼干。为此，奶奶和家人笑谈多年。

　　现在的年轻人不知道，以往待客为什么有"女人和小孩，甚至非家长的老年人不上桌"的规矩。因为啊，上桌的"好东西"太少了——多是煎鸡蛋、炒腊肉，一荤一素或两荤两素（鸡蛋算荤菜）。荤菜呢也只是上面盖个面，下面全是家常衬菜。如果一家人都眼巴巴地盯着桌上为数不多的"好东西"，叫客人如何下筷张嘴？让客人情何以堪？

　　有个笑话也是真事：说有家人添了客，主家借了点大米给客人做了一碗白干饭（蒸米饭）。客人吃完了干等，不见主家盛二碗，客人不好意思直说，便对主人说："今年雨水好，俺家去年栽下的杨树，今年就长这么粗了。"说着两手捧起空碗给主人看。主人家心里明白客人的意思，笑着说："是哩，俺家前年栽的桐树也长很粗。"说着跑到灶间把空锅给端上来比给客人看。客人一看，哈哈一笑再不往下说了。

　　先前通讯不方便，等亲戚也是一种习俗。很多家走亲戚都是让小孩或年轻人去，家长或老人一般都在家等客，而且老人都清楚初几初几谁谁会来。就是不联系，亲戚上门也绝对不会扑空。如果到了正月初八，该来的亲戚还没有来，家中的老人心里就会不痛快。倘若过了正月十五，该来的亲戚还没上门，这门亲戚可能算是就此断了。本家也该想想自己的为人处事，及礼尚往来是否有欠缺了。

　　我们小时候，虽然送的礼拿不出手、走的路累死个人，好吃食也不过是煮鸡蛋、炒粉条，但走亲戚却是我们日常最大的期盼。刚懂事就哭着喊着要随大人一起走亲戚，稍大一点便由父母指使着独自走亲戚。走亲戚不仅可以外出跑着玩、"见世面"，更可以得到亲戚全方位的热情款待。现在闭起眼来想一想，都美好无比、回味无穷。

　　如今生活富足，商品丰富，交通便捷，走亲戚不再靠腿走步行，招待不再犯难发愁。远的有飞机、火车、高铁，近的可以骑摩托、电车。远途有高速路，近的有村村通，小车直接开到亲戚家门口；送礼有果盒礼包、特产奇玩，招待是大餐、小吃，甚至酒店、农家乐、民宿馆"一锅包"。然而时下生活是越来越好了，可那份快乐离我们却越来越远了。许多年轻人自以为自己年轻有为，有权、有钱，不希望亲戚打扰，没必要专门瞧看。除了春节勉强看一下父母、瞧一下岳丈外，不仅自己不走其他亲戚，更不带领、教育孩子走亲戚。有的只是发个短信、视频或者微信红包了事，再也没有往昔"走亲戚迎亲戚，你欢天我喜地"的那份亲热和欢闹。

不行春风难得春雨。走亲戚关键在一个"走"字，他除了先前交通不便，走亲戚多靠腿走步行外，讲的就是一个走动。它是一条无形的纽带，会将"七大姑子八大姨"时时联在一起，那是一个传统、一种亲情、一份期盼、一项快乐，会给你平凡的生活增添别样的期盼与欢乐，会在你遇到风雨时得到及时的帮助和关怀。

小时候哭着哭着就笑了，长大了笑着笑着就哭了。人们说人生的意义是这是那，其实啊就一条：你牵挂我，我牵挂你！再说白一点就是活在亲朋心中！朋友们、亲戚们、年轻人们，难道你的人生旅途真的不会遇到风雨？你确定没了亲戚间的牵挂和关爱就过得很开心？朋友们、亲戚们、年轻人们，我们多走一走亲戚吧。走亲戚实在是我们人生中不可或缺的、生活中其他任何活动难以替代的、最最美好的事情啊！

发表于《金融文坛》2020年第2期、《南阳晚报》2023年1月20日

找头发啊换针

"找头发换针，找头发啊换针……"

清脆的拨浪鼓声和着悠扬的吆喝声刚在村头响起，各家各户的母亲及至奶奶们便不约而同、失急慌忙地走出家门，奔向村口。与此同时，各家各户大大小小的孩子们，全都先于自家的大人赶到了村头。他们奔向并围拢着的是刚刚进村的货郎担儿。

"找头发换针"只是一种叫法。那货郎兜售的既有针头线脑，又有头绳发卡、儿童玩具和吃食儿，等等，并不单单是做针线活的大针小针；讨取的方法也不光是用头发换，还可以用鸡蛋、碎铜烂铁、牙膏皮儿换，当然也可以拿钱买。拿东西换是因为没钱；头发、鸡蛋、碎铜烂铁、牙膏皮儿可以换针，也可以换其他任何小物小件（当然了，少又贱的乱头发，大概也只能换得几枚小针了）。之所以吆喝和称呼的都是"找头发换针"，大概是因为缝衣针是各家各户的必需品，也是有能力换取的缘故，可谓抓着了要点哩；"找头发"则可能那头发都是各家各户一点点积攒起来，且多是顺手塞在墙缝也或门边、窗头，现用现找的缘故吧。

找头发换针的"小货郎"多是精精明明、黑瘦黑瘦的，承载货物的工具只是一副担子而已。担子的一头是装盛着用小商品换回的鸡蛋、粮食、碎铜烂铁、牙膏皮儿，以及乱头发等物什的大箩筐，另一头才是孩子们叫作"百宝箱"的百货箱。"百宝箱"盛放着各样待卖（换）的各样小商品，箱子的上面放置一个用铁丝轧制的花格子铁笼子。通透的铁笼子内，挨排摆放着扎眼的红头绳、橡皮筋儿、扣子、锥子、小顶针儿、大针、小针、绣花线儿等各样展销品。

大姑娘、小媳妇稀罕的是头绳、发卡、雪花膏，妈妈和奶奶们关心的是梳子、篦子、缝衣针（当然了，倘若条件许可，也会为自家的男人、老伴顺便捎回个烟锅、烟嘴、挖耳勺）。惹得半大不小屁孩们过大年一样兴奋的，也不过是花糖豆、琉璃蛋，和那担子上垂挂的三两串花米团儿等，一些小玩意儿、小吃食儿，至多还有个把千变万化的"万花筒"、脆响聒耳的小口哨而已。

琉璃蛋儿、万花筒及小口哨，算是较为高档的奢侈品，多数孩子只是撺着、围着看看稀罕、解解眼馋罢了。一二分钱一个的花米团（用爆米花和糖稀团成的、鸡蛋般大小的米花球，只是其表面上粘着几粒非常诱人的彩色米花）和一分钱能买三五个的彩色小糖豆，才是大人们经过几多控制、几多犹豫之后，给哭闹不止的熊孩子们的天恩赏赐！

拳头大小的一团乱发，能换大针小针三两根儿，也可以换一两个花米团。倘若买（换）的东西较多，个别大方的货郎一高兴，就会顺手添送个把花米团、三几颗小糖豆——这才是熊孩子们缠着大人、攒着货郎的最大愿望和满足——因为这个大多是能够实现的。

如今的人们护理头发用洗发水、护发素，外加洗染烫，而先前的人们多是在脏乱得很是难受了，也或要出门走亲戚了，才用皂角、洋碱、棉油皂洗一洗。因而啊，那时许多整日劳作的女人们，总是脏脏乱乱的，其长长的头发多是乱麻一般缠成一团。只有用木梳狠劲儿地梳、拿篦子使劲儿地刮（刮虱子、虮子、头皮屑），才可"长发飘飘"。而用木梳狠劲儿地梳，特别是拿篦子使劲儿地刮的直接结果，就是长发掉成团儿。所以啊，把梳掉的头发积攒起来，用以换取必需的、急用的日常用品，也算是废物利用呢。货郎换得的头发做啥子用呢？大约是制毛刷、做拂尘，或许是用它入药治病、做毛料衣物的原料吧，反正是"变废为宝"了。

褒贬是买家。妇女、老太太们挑拣好所需的东西，就拿出各自的绝招讨价还价。闹闹吵吵地讨价还价，虽然争得面红耳赤，小货郎不但不生气，反而变着法儿打情骂俏——因为走南闯北的货郎，早已把本行的生意经谙熟于心。货郎口渴了还会向大家讨碗水喝，热心的村民们便会热情地递上满满一大碗，有的甚至拉他去家里喝上一碗稀饭、啃几块儿饼馍，全然没有刚才讨价还价时的小气样——善良的乡亲们都知道货郎东奔西跑、日晒雨淋的也不容易。

货郎走千里路吃百家饭，白天笑脸相迎，夜晚住牛屋钻草垛，虽然聪明耍滑，但为的也不过是养家糊口。货郎来村里的次数多了，大家也就相互熟悉了。帮大家传个话、捎个信也就成了理所当然。倘若谁想买点什么，恰巧货郎这次没有，甚至自个不做这些买卖，小货郎也会在下次专程捎带过来。货郎走的地方多，见的世面广，天下大事、各地奇闻等，都会从货郎的口中传来。因此啊，货郎也是那时人们快乐的小天使。隔上些日子他不进村，人们也是十分想他念他的……

找头发换针是先前乡村最为流行的一种售货形式——以物换物。那是当时因为社会商品极度匮乏、乡村经济极度拮据的特有产物。与此相同的还有鸡蛋换盐、粮食换豆腐、红薯换粉条，等等。

"找头发啊换针"，"磨剪子来戗菜刀"，悠悠扬扬的生生吆喝，早已刻印在那个时代每个人的脑海。在为生活苦命奔波、疲惫不堪时，耳畔就会有声声悠扬的吆喝响起：找头发啊换针！

发表于《河南日报》2020年8月14日

那年母亲瘫坐在寒风中

寒风中，望着一头渐行渐远的大黑猪，憔悴的母亲一下子就瘫坐到了地上——那是 1978 年冬天腊八节的前一天。

那天早上，家人刚准备吃饭，队长就领着公社食品站的收购员上门了。虽是已经约了好几天，虽是有心理准备，但见到拖着大绳、扛着大称的人们，母亲还是有点惊慌失措——不仅没给来人打声招呼，反而折回灶房舀两大瓢凉水倒进了饭锅。而后随手一搅，舀上一瓢直奔猪圈，手一扬倒进了猪食槽中。

"这是弄啥哩？这是弄啥哩？"愣怔的收购员回过神来，立时呵斥起来。跟随的生产队长也附和道："老李，你可是个好人啊！"

没心没肺、憨吃贪睡的猪啊，你是否知道母亲喂你的最后一餐，并非为了临时增加斤两，而是对你满满的爱怜和不舍——因为你陪伴了她一年，她精心侍奉了你一生！

依稀记得你是头年腊月进的我家。母亲赊账从邻居家把你逮回家时，你还不足月，只有六斤来重。虽然小肚子鼓鼓的，身子却是病歪歪的——那是别人挑剩下的，是打了折钱的。

刚抱回家的几天，母亲专门为你拾掇了个藤筐，藤筐里塞了大半筐碎草。惊魂不定的你钻进碎草不肯出窝，母亲就一边"猪儿猪儿"（可能是换茬太快吧，母亲都管小猪叫"猪儿猪儿"，对大猪叫"唠唠"）地叫着，一边用手给你不停地挠痒痒。喂你时，母亲特意煮了熟食儿，放凉用小瓦盆盛了送到你嘴边。就这样，你吱吱哼哼了两三天才完全习惯下来。

不几天的工夫，你便滚瓜腰圆，满地撒欢了。像个笨笨的小熊样，母亲去哪你去哪。这个时候我们才看清你的长相：通身乌黑，四蹄粉白。头上最突出的是嘴巴和鼻子，两片梧桐叶儿似的耳朵直插两边。四肢短短的，身体有些笨重。屁股上一根细短的尾巴还打个卷儿，是那样的憨厚可爱。

见你活蹦乱跳，满地撒欢儿了，就由你院里、屋里、灶房随意钻，只是把你的吃饭家伙，改到了猪圈里的石槽。说是猪圈，不过是院墙没挡没拦的一角——

墙角半人高处搭了个扇形草棚儿而已。那石槽儿可是用石头凿成的，放在那里人不挪猪不拱，已经用了"猪老好几辈儿"了。

有毛猪娃乱哼哼，没毛猪娃也过冬。你到我家时正是寒冬腊月，无论是泔水或菜粥、剩饭，母亲总要给你加热并用手搅试了才舀给你。见你稀毛直立，身子发抖，母亲不仅一遍一遍地为你添加热食儿，而且把你拱乱的猪窝拢了又拢。因而啊，那个冬天你的身上，总有掼不掉的短草碎屑。

天气一天天暖和起来了，你刚要放开身段长个，那个走村串户、肩抗竹竿、竿头挑着红绳绑着一绺猪鬃的"坏人"——骟猪匠，我们小孩子叫他坏人——就上门了。那坏人将小猪拉到跟前，摞倒地上用脚踩着头，让兄长拉起两条后腿，下手捏捏便一刀下去，再一挤一切，可怜的"猪儿猪儿"便净了身子。净了身子的"猪儿猪儿"嗷嗷叫几声、哼哼一天半天，便开始疯长起来。

疯长起来的"猪儿猪儿"变成"唠唠"的时候，便开始不安生起来：吃饱吃不饱总爱往外边跑。母亲一旦发现你不在院子里，立时像丢了孩子似的四处"唠唠"起来。拱了人家的菜园、啃了人家的庄稼，母亲就要遭白眼和数落，甚至赔礼道歉，赔钱赔粮。从此，你个白蹄猪不得不终日披枷带锁（脖子下拴着一根长木棒，我们叫绊脚索）。

在人们缺吃少喝的年代里，喂猪大多是清汤寡水的刷锅、洗碗恶水（泔水）。好的时候也只是在恶水上面撒上一把谷糠。麦麸子在打面时，为了免去加工费已经兑给人家了。有时留下的一点，还要喂给下蛋的鸡鸭呢。不过你这头白蹄猪来到我家还算是比较有福的。因为我的母亲总是想尽办法给你弄吃食儿。

春天里，她会捋些榆树、槐树嫩叶儿。夏天到了，她就给你薅点拉拉秧、马齿菜。秋天里，她给你割些红薯秧。冬天冷了，她就把刚刚挖出的红薯煮烂、捏碎了去喂你。平日里，总要隔三岔五地，给你煮上一锅老菜粥（那时，我们是为"三线厂"供应蔬菜的蔬菜生产队。菜地、菜场总有可捡的黄菜叶、老菜帮）。你个邋遢货，整日里把个猪头拱得满是臭泥烂粪的，并且每次吃食儿前，总要把两个臭前蹄扒到食槽里。因此，在你每次挑肥拣瘦一通海吃后，母亲就要下手把你吃剩的半槽子脏东西弄个干净。

长大后的你虽然终日"披枷带锁"，但你的胃口不但不减，反倒越来越大。为此，母亲总要每天起早给你煮上一大锅"小灶"，每顿给你喂上一大桶。进入秋天后，在红薯叶、红薯秧、烂红薯的堆拥下，你一下子由先前的五六十斤长到了一百多斤。

长到一百多斤的你，突然萎靡不振，啥食不进。母亲急得又是给你灌绿豆水，又是喂你生鸡蛋。实在没法儿，就叫来上院的大叔，用剪子生生地把你的大耳朵剪了个豁子（农村叫放血疗法）。虽然你嗷嗷地叫了一阵子，但不到半天工夫你就欢实起来了……

转眼间数十年一晃而过，但那年母亲瘫坐在寒风中的一幕，及喂养那头白蹄黑猪的琐碎片断，却一直深深地留在我的脑海之中，没齿难忘！

发表于《金融文坛》2021 年第 3 期

五月当五过端阳

春雨惊春清谷天，夏满芒夏暑相连。四月初八赶夏集，"五月当五"过端阳。

地里的麦子从脚到梢全都如期而黄，压在人们心头"青黄不接"的忧虑才有所减轻。虽然，更艰巨的"三夏"大忙的序幕刚刚拉开，不死也要脱下层皮的抢收、抢种，将在炎炎的烈日下愈加猛烈和沉重。但各家各户都为能及时地吃上新麦而笑逐颜开——农家人盼望已久的"五月当五"到了！

整整一个荒春，人人都在清汤寡水、半稀不稠地苦苦等待，他们早就瞄准了村东头那块麦地。每天要看上好几遍并扳了指头数算着，恰好在农历四月底五月边可以开镰。别的可以先不管它，专门对这一块进行快收快打，直至磨出新麦面来，赶到"五月当五"正好下锅。

多数农家人只知道五月初五叫"五月当五"，而不知它的洋名字——"端午节"。只知道这一天是农家人企盼了一冬一春的一个小站，是农家人"三夏"大忙开始的一个仪式。虽然他们也曾隐隐地记得，有位古人在这一天投江而亡，但却不知道也不想知道，这个人缘何投江而亡。他们需要在熬过漫长荒春之后有所填补，在"三夏"苦战之前填饱一次肚子。于是这个古老的日子便假借纪念古人的外衣，而代代流传，一年一度。

"五月当五"一大早，"吃杯茶"（黑卷尾）和布谷鸟还没有开唱，各家各户的男人们，便叫上睡眼惺忪的孩了们下地了。他们要趁凉快，把雨岭注地里的麦子割倒；需要在家做饭的妇女们，则搬出腌了好久的咸鸡蛋罐子、积攒了多日的鸡蛋篮子，扳了指头犹犹豫豫地咸、甜（淡）搭配捡拾一些，连同剪好的大蒜头，洗净了放到锅里煮上。而后大呼小叫地吆喝起贪睡的小孩子们，去往村前的小溪小河。要他们趁太阳还没有出来，到溪流河水里好好地洗漱一番。奶奶说："月亮里的月奶奶会在'五月当五'的头天夜间，把她捣了一年的仙药，全都撒到人间的溪流河水里。人们在酷暑之前洗漱了，身体就不会长疮，五官就不会生疾！但太阳出来一照晒，药效可就全无了。"因此，无论怎样贪睡的孩子们，在这一天的早上都很是机灵的。大人一叫都跟小狗撒欢儿似的，跑出家门直奔河流小溪而去。在溪水里洗足要够了，还要端的端、提的提，把清净的溪水带回一些，让下地的大人，和出不了家门的爷奶们，也用这下了仙药的灵水洗漱洗漱，好让全家人一年都能安康无恙。

洗漱爽朗回村，抬头一看，各家各户的门头全都在头天夜晚偷偷地插上了新鲜的艾草。端午节门头插艾，源于另一个动人的故事：说唐朝末年，黄巢义军从山东打到河南。当兵临邓州（今河南南阳邓州市）城下时，大家都纷纷外逃。黄巢在城外察看地形时，发现一位惊慌逃路的大嫂，一手拉扯几个孩子，怀中还抱着一个嗷嗷待哺的婴儿。黄巢上前施礼问过方才得知，那大嫂怀抱的婴儿并非自己的孩子，而是邻居一个父母双亡的遗婴。黄巢获知此情十分感慨："老乡别怕，你爱邻里的孩子，我爱天下的百姓。有爱，只要有爱就不会乱杀！"黄巢见大嫂半信半疑，看了路边的艾蒿灵机一动，对大嫂说："大嫂有爱（艾）不杀。你赶快回城暗地传话，让穷苦人家把艾蒿插上门头，凡是有此记号的我们保证各家不遭伤害！"并当场传令将士们"有艾不杀"。

大嫂听了黄巢首领的话，化惊为喜，牢记"有艾不杀"迅速返回城内。当天晚上，三五枝艾蒿在暗地里悄悄地插上了全城穷苦、善良之家的门头。次日，黄巢率领起义大军，在当地老百姓的相助下，一举攻下邓州古城。攻城始终，义军所到之处，对罪大恶极的贪官污吏、土豪恶霸严惩不贷，而对门头插艾的穷苦、善良人家，果真做到了秋毫无犯。这一天，正好是五月初五端阳节。双喜临门，家家户户在煮鸡蛋、包粽子的同时，拿出雄黄酒（有黄巢英雄之意）舞艾欢庆。从此，端午节门头插艾、饮用雄黄酒纪念黄巢义军的习俗，同煮鸡蛋、包粽子，纪念爱国诗人屈原的风俗，一直在南阳大地广为流传着。

小孩子们端提了河水回到自家小院。鸡蛋、鸭蛋和大蒜，早已煮好，并且冰在了凉水里。昨晚用新麦面新蒸的发面蒸馍，也已馏得翻热虚透。柴桌小椅也在打扫一净并洒了清水的当院摆正……下地割麦的大人们一到家，爷奶和小孩们便欢天喜地把热饭端上了桌。大人们洗罢绕桌坐下，妈妈适才把冰好的鸡蛋、鸭蛋送上，咸的甜（淡）的每人各样发给一个。先是爷奶后是孩子，最后留在桌上的才是爸妈的。但很多时候，剩在桌上的就只是大蒜了。这时候，爷奶就会把分给自个的，让给爸妈也或更小一点的孩子们："我不爱吃鸡（鸭）蛋"，"我不好吃咸（甜）的"。于是，每个村庄的每个农家小院，便全都充满了欢声笑语，并随了袅袅炊烟四下飘荡！

这笑语是因了这天早上吃到了盼望已久的煮鸡（鸭）蛋和新麦面蒸馍？还是因为这天中午还有一顿盼望已久的新麦面凉拔捞面条外加新蒜浇汁？总之，这是农家人在一个又一个企盼中得到的又一个小小的满足！

发表于《中国散文家》2019 年第 3 期、《南阳晚报》2019 年 5 月 31 日

小年到，炕火烧

有一天街上冷清多时的火烧摊，突然兴隆起来，人们不惜排上半天队，也要买上三五个火烧，那就是腊月二十三小年到了。

俗话说"兔子也有三天旺运儿"，这不是骂人，它是说世间各样事物都有或多或少、或短或长发达的时候——腊月二十三就是火烧摊最旺的一天。

农历腊月二十三，是我国传统的祭祀灶日。传说这一天灶王爷要到天庭向玉皇大帝"述职"、报告各家的功过是非。二十三晚上炕火烧，就是给灶王爷准备的上路干粮。让他老人家吃好带足，好"上天言好事，下界保平安"。所以先前的人们无论穷富，都不能慢待请安求福的灶王爷（当然了，最终的祭灶吃食儿，还是祭奠人自己享用了）！久而久之，火烧便成了人们的传统食品。

传统火烧是怎么个做法呢？第一步，用酵母把麦子面发酵成发面。第二步制作，把切成拳头大小的发面块，揉擦成手掌样的面片，再在面片上抹上些油盐、五香粉、辣椒面，卷起来压成饼后，再慢慢地擀圆。第三步就是烤炕了。烤炕时先要把做好的面饼，在厚厚的饼鏊上烙炕成形。烙炕成形后，再将其移至饼鏊盖着的炭火炉内烘烤。烘烤三五分钟出炉，一张焦黄焦黄的火烧就成了。拿到手左手换右手，咬一口咸香酥脆，吃起来外焦里香，揭开来看层层油旋儿。寒冷的冬天里，一个热热的火烧在手，要多爽有多爽！

20世纪六七十年代时一个火烧5分钱，1毛钱能买俩。因为那时的我，常常在街头听到一声声长长的吆喝："火烧馍5分钱哟，一毛钱吃哟拿哟！"后来因为小生意利薄，炕火烧的人慢慢少起来。之后随着物价的上涨，碗口大的火烧慢慢便成了"指甲盖儿"，而且由5分卖到1角、2角、5角。在5角停留一段时间后，少有的几家炕火烧的在过小年时，把火烧恢复到原来碗口般大小，只是价钱变成了1元。涨到1元没几天，那碗口大的大火烧又便成了"指甲盖儿"。前几天再去买已经成了1.5元，刚张嘴落实，人家倒理直气壮：涨半年了！

说到此，有一个故事很耐人寻味：说早些年间，某个小镇做生意的人很刁滑，不少人卖东西都以十四两（过去一斤十六两）当一斤。城隍将这种缺德事上奏到天庭，天庭震怒命火神前往惩治。火神不忍心让全镇人都遭火灾之难，就变作一个老翁，用篮子盛了一个大火烧，手里摇着铃铛昼夜在街上叫喊："十四两的大火烧，十四两的大火烧。"意思是说缺斤短两的赶快改邪归正，否则将遭天谴承受火灾。如此喊叫了三天，绝大多数仍是执迷不悟。第四天突然火起，街上很多房屋都被大火烧尽，只有少数买卖公平的商户免遭火灾。

　　说是说笑是笑，民间传统的火烧真是好啊：咸香酥脆，外焦里香，好吃耐看！

发表于《南阳日报》2019 年 12 月 5 日

有种美食俺们叫扁食

"荠荠菜包扁食，小妮给我挤挤眼儿，我给小妮一点点，小妮给我点点头，我给小妮一壳篓（大碗）。"

儿时，我们每每唱起这儿歌，总是扳了手指盼望着快点过年。过年了，就能美美吃上这样一种只有过年了才能吃上的"好东西"——扁食。

扁食就是现在说的水饺。因为先前南阳的老辈人，都用手擀的方叶（方形饺子皮）包饺子。包成的饺子形状扁扁的如元宝一般，所以都叫它"扁食"。它是俺们南阳传统的特色美食。

俺们的扁食，不单用的面皮儿是方形的，所包的馅也很别致、很讲究。馅的做法就是：将红白萝卜切成块煮熟了，或者直接煮些干萝卜干，然后用纱布包了，挤干水分剁碎。将平时炼油时剩下的"肉知了"（油渣），或新鲜的五花肉剁碎煸熟。再把碎萝卜和碎肉掺兑一起，加五料面（五香粉）拌匀。而后，将其倒入热油煸好姜末、辣椒的热锅内炒干水分。加盐、葱花、酱油等拌匀出锅，放凉即可使用。这个俺们叫"盘饺子馅"。

方叶（方形饺子皮）的做法是，像擀手工面条一样，用大擀面杖在大桌子上，擀出一张厚薄均匀的大面皮。而后将擀好的大面皮，一反一正地折叠起来，切成三四指宽的长面皮。再将切出的若干长条面皮对齐了叠放一起，一刀前宽后窄，一刀前窄后宽，切出一头宽一头窄的一摞摞梯形方叶儿。

包的方法更别致、更讲究。包的时候将面皮放在左手，窄的一端放在指尖，宽的一头置于手心；然后取饺子馅少许，放于指尖处的面皮上。托面皮的左手四个手指往里轻轻一弯，右手开始卷动。大约卷上两次或两次多一点，两端那么一捏对折，合在一起再一顶、一捏。一个圆宝般的水饺就有底有叶、有模有样地呈现在了你的面前。

每包一个都像做一件艺术品，每一个饺子并排放在一起就像一群待飞的白鸽子，栩栩如生，跃跃欲飞。不是吗？儿时大人们常说的一个谜语："盖子上一群布鸽，扑通扑通下河"，指的就是传统农家饺子下锅的情形。不过过年包的要旋圈摆放到锅拍子上（高粱莛扎制的锅盖子），象征团团圆圆；年后包的要一行一行放到簸箕中，寓意高飞远行。

这扁食，不仅做时舒心惬意，更重要的是吃起来爽口熨腹。它不像现在的"洋饺子"，面软皮厚，馅油味怪。咬一口菜水直烫嘴，嚼一下要么太油腻，要么就是瓷定定的肉疙瘩，或者酸了或者辛辣或者浓甜。而传统的"扁食"有馅有皮，面皮劲道，皮大馅酥。咬一口不变形，咬两口可吃完。吃入口中软而不黏，脆而不硬，松散爽口，味蹿心口。其美、妙、奇、爽，非亲口尝过是难以想象和感知的。

相传，这"扁食"源于俺们南阳人——医圣张仲景。说他在长沙做官回家过年，看到很多人把耳朵都冻烂了。医者父母心，他就发明了医治冻耳的、像耳朵一样的面包肉"祛寒娇耳"。

当时"祛寒娇耳"的具体样子和做法已不得而知，但现今我们南阳的"扁食"应该传承于此。我儿时家中贫困，为了改善生活，能为无米之炊的娘亲，就时常做"秃耳饺儿"给我们解馋。其做法是，将酸菜剁碎，拌上油盐、辣子、小葱等做成"饺子馅儿"。抓一小把红薯面于手掌，然后取一点带有一定水分的"饺子馅儿"，放到手掌的面粉之上，再攥紧拳头用力一握，一个可爱的"秃耳饺儿"就搦成了。一个个放在拍子上，像极了家常的扁食。做够一定数量，下到锅内煮一会儿，一个个全都漂浮着，如同真水饺一样叫人眼馋。

亲爱的"扁食"啊，我为你魂牵梦绕，垂涎三尺，没齿难忘。虽然你没有现在的洋饺子面多皮厚、肉多成丸、葱多不成花儿、油多成灌汤等，但你有你的好，你有你的妙。虽然人们常说"饥不择食，慌不挑路"，"饥饭甜如蜜，饱饭蜜不甜"，但俺们南阳人可是不这般看的。这绝不是饱与饥的事，而是实实在在的地方传统风味美食啊！这般的特色美食，能让人找回妈妈的味道，找回过年的感觉！

　　　　一个扁食两头尖，
　　　　下到锅里成万千。
　　　　金勺舀，银碗端，
　　　　端到桌上敬老天。
　　　　天神见了心喜欢，
　　　　一年四季保平安。

有种美食俺们叫扁食！

发表于《南阳日报》2018年2月8日

一双白球鞋

踏雪回屋，一眼看到火堆旁烤着的鞋子，烧出一个洞来，眼泪唰地就流出来了——那是 1982 年除夕夜，不，是 1982 年大年初一早上两三点钟。

那时，为侍奉卧病在家的父亲，我已经休学，不，辍学在家差不多一年了。

"人家的闺女有花戴，我爹钱少不能买。"为过大年，在那年大年三十"穷人集"上，我一咬牙一跺脚，偷偷地买回一双当时最时髦的白球鞋。那鞋子虽是当地兵工厂，外来"蛮子"（那时，当地农民管讲普通话的东北工人叫"蛮子"）打下的，但那是我考上高中后就一直"应急"（想要）的。也是我在那年整整一个年集上，三番五次、五次三番侦查，捡得的"漏儿"。

那鞋子全胶底、纯一色机织白色帆布鞋帮，就连系在"气眼儿"上的鞋带儿，也是纯白的——那是当时最流行的运动鞋——虽然乡下人很反感，认为白鞋是亲人故去才穿的孝鞋。

那双白球鞋是我买的第一双机制鞋。先前大抵是一直穿着母亲手缝的虎头鞋、百纳鞋？时间久了，早记不得了。但多数时候都是趿拉着座根儿、露趾的破布鞋，父兄的黄帮鞋（解放鞋）。其间也趿拉过一双"呱哒板儿"。那"呱哒板儿"是母亲在兵工厂生活区，捡拾的破凉鞋剪成的。那凉鞋是机器压制的，鞋底和鞋面都是生塑料，生硬生硬的。虽是夏秋热天穿，趿拉一天，脚面和踝骨总是磨得皮破血流。

后来，多处断裂难以挂脚了，母亲就把鞋襻至鞋后跟的鞋面剪去，做成一双"趿拉板儿"。改就的"趿拉板儿"只能挂个脚尖，很像今天的凉拖鞋。只是那剩下不多的鞋面上，多处都被母亲黏合得厚硬厚硬的。怎样黏合的呢？我眼见着母亲在剪下的鞋襻、后根儿上，剪取一段或一片废塑料，压在鞋面断开处，而后把一段一端砸扁了的铁丝片，在火苗上燎红，插入二者中间一捏，拔出铁片再一捏就粘好了。只是黏合时黑烟突起，黏合后更加磨脚。

扯远了。那年三十下午，我把刚刚买回的宝贝刷了又刷。到了除夕晚上熬年儿，就把湿鞋子拿到火堆边烘烤。可是等烤干了拿起一看，鞋帮与鞋底连接处，全是黄黄的洇渍。于是，我就重新刷了，并找出几页考试纸（用作考试的信纸）来，把两个鞋子裹好，放到火堆旁烘烤——那是我在上初中时听一位同学说的妙法儿。只是因为家中没有卫生纸，而将就用"试卷纸"替代了。

鞋子重新刷净、趁湿包裹好后，已经过了零时、交了新年——远远近近的鞭炮声，已经很是响过一阵儿了！把鞋子重新放到火堆旁之后，我便带了蒸馍、（熟）肉方儿，跟兄长们一起去自家坟园上坟去了（那时因为"破四旧"，各家各户新年上坟还是在夜间进行的）。

上坟祭拜先祖，及刚刚过世一年半的、苦难的母亲，我没有流泪。看到一双旧鞋子被烧出一个洞来，我竟然泪刷脸颊。球鞋烧了一个洞，还是值得庆幸的呀！我对那双白球鞋过于珍爱，出门时是对它摆了又摆、挪了又挪、看了又看的。因而只是烤了一个洞出来，而且那洞儿也只是刚刚烤破而已……

穿上过年时孩子特意为我买的一双新款"足力健"，准备出门活动活动。

"没有一个冬天不会过去，没有一个春天不会到来。"翻看微信圈里的图片，知道今日正是"立春"。我们已经从站起来到富起来，从富起来到强起来了，还有什么困难不能战胜呢？我们能、一定能战胜难关！

发表于《山东散文》2020 年第 6 期、《南阳日报》2021 年 7 月 22 日

第五辑　五谷稼禾在心间

世界月季大会就要开幕喽

好嗨哟，2019 年世界月季洲际大会，就要于 4 月 28 日在我们大美南阳开幕喽。

世界月季洲际大会，是由世界月季联合会主办、41 个成员国每三年轮流申办一次的全球月季界高级别的专业盛会。到那时，南阳市城区及其辖属 13 个县（市）区的月季博览园、月季大道、月季公园、月季游园、月季基地、月季社区、月季庭院等，汇聚十数万亩、亿万株、两千多品种各色各样的月季花，将花香漫城乡，嘉宾八方至，人流如潮涌……闭了眼想一下，就太美了！

我的家乡在伏牛山南麓、高高的五朵山下，东有"南召猿人"山，西有"长城之父"楚长城，各种动物、树木、花草，数也数不清、辨也辨不完。我小时候就常常在山窝崖头、田埂地边、路旁坡根等，随处可见一墩一墩的"脏脏柴"（最劣的烧柴之意）。

它大多是丛状的，一棵能发无数的枝条。枝条通身长有小刺，几无用处。因为它无所用途，人们便不管不问，任其自生自灭。丝丝搅搅久了就成了一窝乱刺，即使四季开花不断，也少人搭理。只是在每年春暖时节，我们一些打柴的孩子，才肯走上前去。上前去也不是为了看花、采花，而是为了吃食——因为那时的它，总长出长长的、鲜嫩的芽梢。

那新长出来的枝梢有筷子样粗，最嫩的一截儿也有铅笔样长（所以也有人叫它"长长苔"）。虽然也长有嫩刺儿，但并不扎手。用手轻轻掐下来，剥去青皮儿，露出水灵灵的嫩茎来。送入口中咀嚼，脆脆的、青青的，算不上香甜，但可以充饥解渴。因为它自春到秋，一年三季月月开花，而且花朵是很鲜艳的大红、粉红，村上人又叫它月月红。

那"脏脏柴"、月月红，就是书上说的月季，只是因了小时候太贫寒、见的山花野草太多，才对她未加上心和了解。之后，听书上讲"月季，蔷薇科，常绿、半常绿低矮灌木，四季开花，一般为红色或粉色"，仅此而已。

直到 2011 年三四月间，在市内文化路上，看到长长的一路鲜艳芬芳的她们，才为之倾心倾情。前年去了盛产著名独玉的独山脚下，看了万亩月季花海，方才知晓，她们已有万千姐妹出嫁南阳城，并开花散枝。而并且在当地花农、艺师们的抚育和疼爱下，做到了月月开、随时开。并且从红色、白色，到赤、橙、黄、绿、青、蓝、紫、黑样样有。从盆栽到田种，从室观到路景，从矮株到树状，已经到了万紫千红、分外妖娆、登峰造极、不可一世之地步。

"月季只应天上物，四时荣谢色常同。可怜摇落西风里，又放寒枝数点红。"词家张耒这样讲。文豪苏东坡说："花落花开无间断，春来春去不相关。牡丹最贵惟春晚，芍药虽繁只夏初。"而诗人杨万里道："只道花无十日红，此花无日不春风。"

月季枝条为木质，其上有保护自个的小刺儿；绿叶羽状卵形，缘有小齿；月季花的花骨朵，像枚小仙桃。每朵有七八片花瓣紧裹着，一层包着一层鲜润无比；花朵绽开，小的若梅花，大的如牡丹，看久了一如彩色的旋涡；那花瓣如绒布似胶片，脆脆的、滑滑的、柔柔的。细细看了，其上还布着若有若无的细小绒毛；那花蕊似摇曳的根根银针，像四射的道道烟花；初放的好似羞涩的小妮儿，含羞带笑；似开未开的犹如矜持的少女，娇美端庄；刚刚绽开的恰似盛装出嫁的新娘，美丽动人；怒放开来的，像极了时髦的贵夫人，雍容华贵，让人入眼一看就心花怒放、心旌摇曳、双腿打弯、脚步难抬。不论男女、不分老少，全都会不自觉地凑上前去，俯首深嗅一番。真格是：爱美之心人皆有，唯是月季醉煞人！

一棵月季虽可同时开花多朵，但通常情况多为一色。奇妙的是，当下南阳培育的树状月季，一棵树不仅能开出红、黄、绿、青、蓝、紫多色花朵，而且有的竟是多色复合花。那年我在市内文化路上，看到的即是如此。它就是用我们家乡的老山季做的身子骨（嫁接砧木）。

如果说那一街街、一路路盛开的月季，是手举鲜花夹道迎宾的仪仗队，那么满园、满地怒放的月季，就是盛装待场的演员。倘若那一丛丛、一簇簇、一支支、一朵朵、一路路、一片片，全都盛开了来，定是满城花海十里花香，定如大家闺秀、小家碧玉、高雅女子、华贵夫人等，天下美人齐聚一堂。

"南都信佳丽，武阙横西关。此地多英豪，邈然不可攀。"南阳是我国历史文化名城，有两千多年的建城历史，为楚汉文化的发源地。谋圣姜子牙、商圣范蠡、科圣张衡、医圣张仲景、智圣诸葛亮等人杰辈出，南有"南水北调"水源丹江，西有宝天幔国家地质公园。

月季栽培历史亦是悠久，至今已有两千多年的栽种历史。"王莽撵刘秀"传说：当年光武刘秀，成事前为避王莽追杀，曾在东汉著名科学家张衡故乡（今独山下月季田）的月季花丛中躲过一劫。因感念月季救命之恩，刘秀称帝后，特封月季为"花中皇后"。

　　1995 年，南阳市人大常委会批准她为市花。2000 年，南阳市被国家林业局、中国花卉协会命名为"中国月季之乡"。当下，本市已引进名优月季新品 2051种，品种、数量已居全国第一、亚洲第二。

　　好嗨哟，世界月季洲际大会就要盛大开幕喽！届时，整个南阳将是嘉宾齐聚，花海如潮，万人空巷，热闹异常，欢乐不尽，商机无限！

发表于《南都晨报》2019 年 4 月 24 日

夏收将至歌麦子

"农家少闲月，五月人倍忙；夜来南风起，小麦覆陇黄。"望一眼田间即将熟黄的麦子，内心总会油然地充满无限的敬意：人间麦子如爹娘！

麦子还是一粒种子时，就要先"苦其心志，饿其体肤"——"必须日曝令干，及热埋之"，使其在密闭状态中饱受持续高温的闷蒸。

"白露早，寒露迟，秋分种麦正当时。""霜降到立冬，种麦不放松。立冬到小雪，种麦显晚些。"在寒风乍起、寒冻降临时，人们穿上了厚衣、花卉搬进了暖房，就连供水的管子也裹上了厚厚的石棉。而麦子却被决绝地抛撒到了田野冷地；对于立身之地，麦子们没有任何可选的余地。它们不像稻谷们，毫无悬念地直接分配到平坦、肥沃、细水长流的水田，也不能够像越冬的蔬菜们，经了特批高派到玻璃，或塑料薄膜罩起的温室。不管是水田、旱地抑或乱坟岗，也不论干旱、水涝或盐碱地，麦子只能是随遇而安。

播种呢？麦子不能像稻谷一样要先育出秧苗，等到天热水暖、万物适存时，才开始一点一点地移栽到肥沃、平坦的大田，也不像粗食杂粮的红薯，要先在暖暖的温室培出芽苗，等到春暖花开、雨水充足了，才一棵一棵地倒栽。麦子只能在寒风中成把成把地撒下去，不论地陡垄斜、沟深土浅，也不管是稀是稠，一切听天由命。

秋冬的劲风吹枯了草木、吹干了大地，小小的麦粒儿，在干渴和寒冷中苦苦地挣扎。播种三五天后，它们便顽强地拱出了硬土，探出了嫩嫩的绿芽。一开始星星点点的，"草色遥看近却无"。几天工夫，就扑面而来绿染大地了。这时，严霜却一次比一次猛烈。大地上先前还是葱茏的庄稼、蔬菜和草木，一夜之间被寒霜击得奄奄一息没了精神。西北风呼啸着向大地一次凶过一次地扑来，除了山顶的几株松树、墙根的几棵竹子，生命的绿色似乎就只有寒冷的土地上那一片倾情的麦苗了。

随着一阵凶似一阵的寒风，天上的雨水化成了皑皑白雪，铺天盖地。千里冰封、万里雪飘下，郁郁葱葱的树木们如木乃伊般，赤裸裸地了无生机；汹涌澎湃的河流，如僵虫般直挺挺了无气息；万紫千红的花草枯萎，几无踪迹，趾高气扬的人们满脸苦凄……各样生命仿若全都凝固了一般。

然而就在这万般肃杀中，一片片生命的绿色，却醒目地呈现在四野大地——那就是维系我们人类生命的上等食粮之棵苗——麦苗。皑皑白雪中只露出尖尖叶稍的麦苗，在整个冬天、在凛冽寒冻中顽强地独自绿着。绿得那么活泼靓丽，绿得那么清新脱俗。在漫长的寒冬里，那绿不仅滋润着人们的目光，更温暖着人们的心房！

人们都说"麦盖三床被，头枕蒸馍睡"。其实那只是一个美好的想象。一场又一场的大雪，把幼嫩的麦苗按倒，继而使之以长久的封冻，直到抬不起头、喘不过气。

"雪深一尺则入地一丈。"大雪几乎吞噬了所有的热量。就连"我花开后百花杀"、雄心勃勃、傲气十足的菊花，也早已枯萎得没了形。而麦子为了冻杀害虫，不得不咬紧牙关，用信念维系生命。

整整一个冬天，不仅不曾生长反倒虽生犹死——小麦冻害是广大北方麦区麦子不可逾越的灾害。虽然多数小麦是经过抗寒历练的，大都能忍受零下 20 摄氏度的低温。然而地温一旦低于零下 23 摄氏度，死苗现象还是特别严重的。麦子在静穆中冷却自己，拒绝一切喧哗与骚动，在寂寞中苦苦等待，在等待中苦苦坚守，在坚守中坚定着孕育金穗的最高信念。

当暖阳驱走寒冬、第一缕春风从山梁掠过，经受漫长寒冬摧残和蹂躏的麦子，艰难地伸展一下腰身后才缓过神来。它们经历寒冬的洗礼，虽显憔悴却精神昂扬。株株清纯的麦苗相依相扶，牵牵连连一派生机。谷雨过后，个个都如逞强好胜的小伙、情笃初开的大姑娘，个个全都开始可劲地疯长起来。你若留步田间地头，一定能听到"咯吱、咯吱"的拔节声。

这时，畏霜惧雪、怕寒嫌冷的各样植物，也开始翘首弄姿，喷绿吐翠，竞相招摇。而长期匍匐在地的麦子，不仅起身挺直，而且花开得也很小、很淡。南风过后麦芒上空空荡荡的，好像压根没开过花似的。

在姹紫嫣红的吵闹中，它们通身油绿，随风起伏，绿浪千层，尽显自身的朴实无华。油亮油亮的麦苗犹如贵妇人床上快要滑下的绿绒毛毯光滑黝黝，层层波浪，叫人一望，眼前立时就浮现出"麦浪滚滚，万里金黄"。

春雨贵似油。刚刚起身的麦子，热切地盼望着雨水的到来——它们已经干渴一个月了。可是老天似乎要和麦子比耐心，从早盼到晚没有一丝云彩。于是麦子们不得不开始饱尝干渴的煎熬。三个月不下雨，山梁的麦子挤出仅存的乳汁给孩子——硬撑着灌浆了。

　　"蚕老一时，麦熟一晌。"初夏，热风一阵强过一阵，不经意间，炎热已经占领了山坡低洼。似火的骄阳，几乎要把地里的麦子点燃了，但人人都担心"摇扇急死麦"，再热也不摇扇纳凉。可麦子已经等不及了，它们怀揣着天地的指令，不管播种早晚，也无论是否获得应有的给养，全都在既定的时刻焦黄熟透，一齐涅槃了。

　　麦子于头年秋后播种，次年初夏收获，是唯一经历秋、冬、春、夏四季的农作物。它们在萧瑟的秋风中扎根展叶，在严酷的冰刀雪阵中忍耐坚守，在乍暖还寒的春风里拔节抽穗，在烈日炎炎的阳光下凝粉灌浆。尝遍苦楚的麦子，虽是随遇而安，逆来顺受，但最终呈现的确是一场轰轰烈烈的辉煌。虽因寒冻、干旱及给养不足，而籽不饱粒不满，但奉献的粒粒麦子磨成面后，却依然细白如雪，清甜纯香。

　　回想一生饱受千辛万苦却始终不挠不挠的麦子，多么像我们那吃苦耐劳、与世无争、乐观向善的爹娘。我爱我的爹娘，更须礼赞如爹似娘的小麦食粮！

发表于《南阳晚报》2016 年 5 月 20 日

怀念啊，家乡的柞蚕和山茧

"不足，不足，蚕倌可恶；不足，不足，蚕倌可恶……"

清晨，刚刚起床，便有声声粗犷的布谷鸟叫自不远处的小花园传来。闻听这熟悉的鸟鸣，心中便不由地冒出一句："哦，家乡又到养蚕时！"

我家乡养的蚕，不是在室内用桑叶养殖的桑蚕（家蚕），而是在山坡上食柞叶（栎树叶，叶片倒卵状椭圆形，叶缘具尖锯齿）为主、兼吃槲叶（槲树的叶子，如小荷叶，常用作蒸馍布）的山蚕，它的学名叫柞蚕。

惊蛰蛾子春分蚕。每年春节前后，乡亲们总会把经筛选、保鲜的种茧，一个个用针线串了皮儿，成串成串地垂挂于地下及墙壁有过火通道、专门培育蚕籽的屋内（我们叫作"蛾房"）。依据节气的远近和天气的冷暖、栎茅的发芽等情况用火控温，到惊蛰前后刚好见蛾儿。

蚕蛾经过几日的"配对成婚"，便有诸多小米般鲜白的蚕籽呈现了。有了蚕籽还不能马上让它变蚕，还要将蚕籽淘洗干净，晾干、杀菌、消毒。然后才依据时令适宜用火，左右出蚕的时间，在农历二月惊蛰前后刚好见蚕；见蚕后，将柔嫩的柏叶或栎叶碎枝，搭在蚕籽盒内，一个个黑芝麻般红头、黑身、满身白毛的蚕宝宝便攀枝而上了；用筷子般光滑的竹签、轻轻地夹了爬满蚕虫的碎枝出户，坡上一墩墩发了芽的栎茅早已绑扎在一起（便于小蚕串枝不至于落地），正等着可爱的蚕宝宝上棵爬枝呢。

蚕儿已上坡，爱吃虫子的布谷鸟就有了偷吃的机会。布谷鸟要偷吃，蚕倌（养蚕人）就哄撵。于是，布谷鸟就有："不足，不足，蚕倌可恶"的叫声，很像是在可怜兮兮地埋怨蚕倌不让它吃足蚕虫。

"子规啼彻四更时，起视蚕稠怕叶稀。""宁叫蚕老叶不尽，莫叫叶尽老了蚕。"上坡三五日后，黑茸茸的蚕宝宝便由针尖般、米粒样，长至寸余、粗如小孩的手指了。经过一两日的眠、启（苏醒），先前黑茸茸的蚕宝宝已蜕变成了身穿黄袍、袍镶金星的大黄虫。

别看这黄虫，"蚕食"起树叶来也是很快的，一只柞蚕一天一夜，也能吃净好几片柞叶呢。多只柞蚕把树叶吃净了，就要赶快铰蚕，即将其连枝剪挪到另一片栎茅坡，让它在新的嫩芽坡地再美美地吃上五七日；每五七日剪挪一次，剪挪一次它要休眠一次、蜕皮一次。经过如此三四次的眠、启（返醒）和剪挪，拇指一样粗、食指一样长、黄腾腾、金灿灿的天下第一虫（蚕）便开始依托枝叶"作茧自缚了"。

"蚕是个金贵的东西，吃的是树叶吐的却是丝！"蚕农不无骄傲地说。有人傻问："那你们是怎样饲养它的呢"？"咋饲养？它不会叫，不会咬，跑又不会跑，只会慢慢地蠕动，什么鸟、什么虫都能欺它。刮风日晒我们挡不住，有雨没雨我们盼不得，一切全仗天！"

话虽如此，但蚕农在驱赶幼蚕时用的是轻盈的羽毛，幼蚕爬茅前有挡光布、遮阳伞，放养的棵茅选的是最嫩的。最嫩的还要绑扎在一起，并特意除去其上的枯枝、残叶、杂草，使落地的小蚕容易返回。而布谷鸟"不足，不足，蚕倌儿可恶"的声声叫唤，更是证明了蚕农对蚕宝宝有多么关爱。

"春蚕到死丝方尽"，蚕儿作茧自缚全靠自己吐丝，丝尽茧成。做成了的茧蛋拇指般大小，椭圆黄白，硬硬实实，周身丝壳封闭。晒干了轻轻一捏，"啪、啪"作响。自此，蚕儿完成了它一生，由籽到虫、由虫到蛾、由蛾到蛹的四次蜕变和涅槃。

麦熟一晌，蚕老一时。到了农历五月初，盛夏降临，蚕农们便开始突击拽茧（收茧下坡）。却看蚕农愁何在，肩担蚕茧喜欲狂："就这月余时间，如果天公作美，一斤蚕籽能拽一万多茧（四百到六百斤）呢！"蚕农们揉搓着满是血痕的双手，脸上的皱纹却是那样地舒展。

养蚕是为了抽取茧丝，茧丝是蚕虫长成后"作茧自缚"时所分泌丝液凝固而成的连续长纤维，也称天然丝。缫丝时，把蚕茧在热水锅中煮透，将几个蚕茧的茧丝抽出，借丝胶粘合成长长的细丝线即可。蚕丝是自然界中最轻、最柔、最细的天然纤维，它不结饼、不缩拢，均匀柔和，撤销外力后可轻松恢复原状。其丝轻细绵长，柔软光滑，经久耐用，是织制各种绸缎的上等丝线。织品温而不燥，吸湿透气，光亮柔滑，滑爽丰满，是我国重要的文明产物之一。

甲骨文中有丝字及丝旁之字甚多，黄帝之妃嫘祖始教民育蚕。春秋战国我国蚕丝开始输出国外，汉时大量输出西域，并形成著名的"丝绸之路"。我们南召（县）散养柞蚕已有两千多年的历史，明嘉靖年间"山丝产额甲于各县"，"妇孺会络经，满城梭子声"。清代南召蚕业进一步兴旺发达，民众以"养蚕为业，植柞为本"。光绪年间，上海"久成"丝行在南召设立分店，南召丝绸远销欧美和俄国。20世纪，全县的柞蚕养殖量一直占河南省的一半以上，被誉为"召半省"。

1958 年荣获周恩来总理签发的奖状，2000 年 6 月，该县被中国特产经济委员会命名为"中国柞蚕之乡"。20 世纪 80 年代到 21 世纪初期，南召丝毯风靡一时，行销世界。

随着时代的快速发展，金贵、华美的丝绸逐渐被各种化工产品取代。慢慢地，"妇孺会络经，满城梭子声"消失了，万千蚕农不见了，家家户户、山山岭岭大面积养蚕的壮观景象不见了踪影……

"不足，不足，蚕倌儿可恶。"布谷鸟依旧在声声鸣叫着，而家乡的柞蚕山茧啊，你究竟去了哪儿？

发表于《南阳日报》2019 年 5 月 10 日

芒种插秧满天下

　　为赶芒种的最佳时机把秧苗移栽大田，好让它早些生根、发棵，在暑天趁热生长，各家各户大凡能出气儿、会下地儿的，都跟救火抗洪一般在田间抢收抢种。收麦是抢收，插秧是抢种，说"赶着栽秧"是一点不假的。

　　我的老家在豫西南南阳盆地西北盆边儿、伏牛山南麓，那里崇山峻岭，万千沟壑。山岭收尾处是大小不一的水库，沟壑交汇地有条条的河流。山下甚或半山腰的田地，都可以春种小麦、夏栽水稻。因而我的家乡虽然田地不够多，也不够宽广，但年年都有米面搭配，早上稀饭配蒸馍，中午必定是好吃又耐饥的控干饭（蒸米饭）。不过"幸福不会天上来"，为了米面搭配的幸福生活，农家生活是要比别的地方更忙些的。

　　清明泡种，谷雨下秧。每年谷雨前，河水还冰脚呢，操心农时的父辈们，就按时对上年留下的秧母田开始了整治。靠近水源的水田，稻子收割后没有或不能种上麦子，专供来年春上育秧苗，秧苗移栽完再栽种水稻。先要放上水犁上一遍耖匀耙平。隔日，水田镇瓷了再四下挖沟，撤出一个个豆腐块样的秧畦来。为不让撒下的谷种漂起来，也为不让长出的秧苗扎根过深，以便移栽时薅拔，他们还会专门把每个秧畦都拍个瓷实、抿个溜光。做好后秧畦四周的沟里放满水，高高的、湿湿的、周周正正的秧畦挺立其中，就跟一个大盘子里整齐地排放着的块块豆腐或凉粉。而后把早已浸泡好了的、金黄金黄的谷种均匀地撒上，那豆腐或凉粉就成了粘了芝麻的大面包，入眼一看挺喜人的。

　　刚割下的麦铺儿，还未打捆拿出地块儿，牛把儿（使牛的把式）就风急火燎地赶着牛、拖着犁子赶到了。犁起的麦地还没来得及晾晒呢，那边库水（或河水）就顺了地头的小渠窜进了地块儿。耙吧，不然这有限的水儿可就流到下一家了。于是，牛和牛把儿都顾不得喘气儿，当即卸下犁子套上长耙下水了。强健的牛把儿双脚叉开分立于长耙两框，手抖缰绳，真如威猛的勇士驱了双驾战车一般。随了牛把儿"哒哒""咧咧"的声声吆喝，牛、人、耙整架"战车"，便泥水四溅弄出层层泥浪来。顷刻间，原本"显山露水"的田块便如方镜一般平平亮亮了。

"战车"一出田就得赶紧插秧苗，不然耖好的田地就要镇瓷了。镇瓷了再去插那可就费力气了，有时把手指抠破了也很难出活儿，而况后边的地块儿还正等着引水耙地呢。于是一家人或几家人全都赶了来，把裤管儿高高挽起来，赤脚下入刚刚耖好的水田，从南到北或从东到西一字儿排开。

刚好满手的秧苗把儿是提前就投好了的，每人就近在田中取一把打开把于左手，同时分出三五棵捏到右手里，待经绳儿拉下（为了插出的秧行宽窄均匀一致拉的行线。两端各有一根长两尺左右的木橛，其上缠有适量的绳子，可以根据田头宽窄自由缩放），大家便一齐弯下腰并顺势把捏在右手的秧蕽插入水下的泥中。捏秧蕽的右手一出水，左手就把中指与拇指早就分好的下一蕽秧苗，送到了右手的跟前。这时每个人都头不抬、腰不直、双手不落膝盖，从左至右或自右到左，一人一庹多宽十几趟要一气插完。

插秧可是要有真功夫的：左手分苗要均匀，右手插秧要快速，双手协调一致。右手插秧先是拇指、食指和中指同捏一蕽秧，挨水后拇指缩回，食指和中指顺带把秧苗插下。不然秧蕽是要在拳头戳出的泥窝窝里漂浮起来的；插秧的右手三个手指须捏了秧苗的根部，而不能夹秧苗的中间，否则秧苗会折腰卷根，看似插下实则根未入泥，那做的可就是无用功了；行距凭经绳儿，株距靠目测。前后左右须均匀一致，方可横成行竖成趟，不然栽下的秧苗可就成了搐蟮（蚯蚓）找它娘——弯曲得很了。一行插完经绳儿拔起，大家一齐双脚拉开后退。退时双脚只可在泥里拖动，倘若拔脚倒走就会弄出许多深坑，再插秧可就大大地困难了。这就是前人说的"手把秧禾插野田，低头便见水中天。顺其自然方成道，后退原来是向前"。有人会问，插秧干吗要退着走，往前走多顺当？这他就是"四体不勤五谷不分"，不懂农事了。为啥呢？自己想吧。

插秧时碰到蚂蟥是常事，因为它爱吸人血且吸上就不肯松口，我们就都叫它"蚂鳖"。原本麦田刚耙成的稻田是没有的，它是在秧母田随了秧苗来到新田的。这东西兴许好多人没见过，在水中漂浮时壮如柳叶，软而滑溜，大的长几寸，小的只有几毫米。它平素蜷缩于阴冷的死水杂草中，一旦嗅到有人，它就放开"S"形舞步漂过去，极韧地黏贴到你的皮肤上抽吸鲜血，且让你觉不出一丝的疼痛。等你感觉皮肤有些发痒时，它早已大腹便便、摇摇欲坠地挂在了你的腿肚上。你看一眼可能会毛骨悚然，其实这等小小的寄生虫有何惧哉？你才骂一句"该死的蚂鳖"，正要想办法处决它，它却酒足饭饱似的坠到水里去了。

插秧时是很慌张的，一是大伙都在赶进度，二是只有赶快插上一阵子，才可到田埂上坐下小憩，往往插上半日腿脚上就会吸附好多条。你若是看到了，只要用手在它吸附处用力一拍，它就会掉下去的。即使一晌不去理会也没什么大碍的，大不了痒上一阵子而已。但你若专门去对付它，弄出血来，它更多的同伙，就会嗅着血腥味儿蜂拥而至，这时你就惹祸上身，反倒应接不暇了。

其实同割麦相比，在水田里插秧还算是美差。虽也是头顶有烈日，左右是热风，但毕竟人在水里，且没有密不透风的麦墙和很是扎人的麦芒。你若会干，不妨在插秧的同时与同田或邻地的伙伴们，来个和唱或对唱。不行就各来上一段侃子。那样就会轻松多了。如果有人喊着要秧苗，有爱闹的就会一个秧把儿，甩到他的正前方。插秧的行列，立刻就多出一个花脸和尚来，这时的大伙就会更加地开心……

> 小满栽秧两三家，
> 芒种插秧满天下。
> 栽秧割麦两头忙，
> 芒种掌灯夜插秧。

发表于《中国散文家》2021 年第 7 期

家乡辛夷已大开

电话问候家乡的亲人，兄长最后随口说道："村里辛夷树花骨朵满枝了，有的已经大开了呢！"

是啊，每年春暖乍寒时节，我家乡的村里村外、坡头地边，就会有许许多多的辛夷花次第绽放。其初，光秃秃的辛夷树枝头会显现许多椭圆稍尖、鳞毛细密的蓓蕾。那似鸡心、如狼毫（尖）的，就是兄长所说的"辛夷花骨朵"，也就是玉兰花的花蕾！

是的，辛夷树是落叶乔木，木有香气，高数丈。花初枝头，苞长半寸，尖锐如笔头（毛笔尖），因而俗称木笔。及开则似莲花而小如盏，紫苞红焰，作莲及兰花香。有白色者，人呼玉兰。今多以"辛夷"为木兰的别称。

关于辛夷之名，相传古时一秦姓人，常鼻流脓涕四处求医。后经一夷人指点用一种花蕾为茶，鼻疾霍然告愈。此人便要了些那花的种子带回家去种，遇有患鼻疾的人就如法炮制。治好鼻疾的人问起药名，他当时忘记询问也不知叫啥。仔细一想：这是夷人之地有辛味的草药，就说"叫它辛夷花吧"。其实，明代著名医药学家李时珍就指出："夷者黄也，其苞初生如荑（花蕾初生时的嫩芽），而味辛也"。也就是说，它是有辛味的花蕾。因此，辛夷花是泛指，入药用的"辛夷"当是辛夷的花蕾。

中药辛夷指辛夷树（玉兰）的干燥花蕾，其辛散温通、芳香走窜、上行头面，宣肺通窍、祛风散寒。可医头痛、可降血压，更能治愈各种鼻疾。《本草经》载："辛夷主五脏身体寒热，疗头痛、脑痛。"现代药理学研究表明，辛夷能够散风寒，通鼻窍，久服下气、轻身明目，主治头痛、脑痛、鼻塞、鼻炎和齿痛等症。同时，辛夷还具有扩张血管、降低血压、兴奋呼吸、抑菌镇痛、抵抗病毒等作用。

说到辛夷治鼻疾，我很有些"发言权"：我少时自记事至入中学，一直"烂鼻子"，鼻子甚至半个脸蛋儿都红烂不堪。没钱吃药，母亲就用黑白丑牵牛子、黄蜡、野红萝卜缨等让我吃、洗。偏方土法不行，就用食盐敷抹试试。这一试可让我疼痛难忍，叫苦不迭！直到有一次去南阳城求医不得（还是住不起院、吃不起药吧），一好心人告知用辛夷花煮大肉丝方才治愈。因而，数十年来我一直视其为救命仙药。并因其状若心形、心存仰慕，便一直固执地叫其"心仪花"！

对哩，我的家乡南召位于豫西西南伏牛山之南，东有"南召猿人"遗址，西有楚长城残垣断壁。那里是北亚热带气候向南暖湿带气候过渡区，气候温暖湿润，无霜期长，光照充足，积温高，温差大，很利于辛夷的生长和品质的提高。据说，全县辛夷种植面积有8万亩、200万株，年产干药50多万公斤，占河南省年产量的80%、全国年产量的40%左右。早在2000年的时候，国家林业局就把南召县命名为"中国名特优经济林辛夷之乡"了。2018年3月，南阳市政府又把"南召望春玉兰"定为南阳"市树"哩。

"桂栋兮兰橑，辛夷楣兮药房。""辛夷始花亦已落，况我与子非壮年。""问君辛夷花，君言已斑驳。""山吐晴岚水放光，辛夷花白柳梢黄。""北村寻古柏，南宅访辛夷。""识人间花事，十丈辛夷着花未？"……这圣洁之花来自遥远的春秋战国，红紫于伟雅的诗词高坛。

辛夷花是大家闺秀也是小家碧玉。随了春风的日渐增暖，辛夷蓓蕾便一个个爆裂开来，竞相绽放了。朵似莲，瓣如勺，灵动流畅，温润厚实。有白有红，有紫有黄，如脂似玉，朵朵支棱标致。花枝招展啊，一如一群白鸽飞临树端，或翘首弄姿或曲项梳羽，总是弄得树端枝条震颤不已，好像随时就会扇翅飞迁；花朵招展啊，酷似高高挑起的玉盏，灵巧而精致，精致且巧妙，绚烂而温馨，仿若稍一晃动就会盏落玉碎；花枝招展啊，好似大家厅堂的明珠，晶莹且灿烂，不慎触碰就会立遭白眼；花枝招展啊，犹如大家闺秀，高雅亦清高，清高又不染，闲杂凡人难以近前。树树似喷玉吐玉的涌泉，仿若稍一触动开关就会浪花不见。

我常常想，若非天造地设、鬼斧神工，万不会有此香脂凝玉、娇柔优美、纯洁无瑕的圣洁之花。她们白得圣洁难染、紫得神秘婉约、黄得温馨暖人。朵朵温润婀娜，端庄典雅。风起舞姿翩翩，风止静若处子。凝视，她们清新脱俗，含情脉脉。个个冰清玉洁，矜持孤傲。孤傲啊，轻瞟一眼就让人心旌摇荡。矜持啊，偷瞧一下就叫人心正肃然，真是可望而不可即，可亲而不可亵，可敬而不可渎的哟！

"试问春风何处好？辛夷如雪柘冈西。""名占辛夷播方册，诗豪惟许少陵挥。"蜗居陋室多日时，忽然听闻"家乡辛夷已大开"的消息，真是令人满心欢喜、满怀希望啊！这不单是因为辛夷花蕾能宣肺通窍、医人杂疾，辛夷花朵令人赏心悦目、身心愉悦，更重要的是美好的春天已悄然降临了人间啊！

发表于《南阳日报》2018年3年23日

家乡的茱萸红了

　　百花开尽，落叶凋零的时候，我们家乡伏牛山"宝天曼"山间便层林尽染，一派绚烂。其中某些区域远观火红一片、夺目耀眼，近看穿珠缀玉、提溜成串。那夺目耀眼、提溜成串的就是名贵中药——山茱萸。

　　山茱萸，落叶灌木，多丛生墩状。老枝黑褐色，嫩枝青绿。叶对生，卵状椭圆形。适宜温暖湿润气候，有耐阴、喜光、怕湿的特性，海拔600—1000米是其最佳生长区。茱萸果椭圆形，像野酸枣，但较其红；似圣女果，较其小；似樱桃，较其长；如桃枸杞，较其饱。茱萸果虽鲜亮、水灵、多肉，但其味道酸涩难食。入药只用其干皮，人们称其为"山萸肉"。而我们当地人都把茱萸果叫作"枣"（酸枣就叫酸枣，大枣就叫大枣），管"山萸肉"叫"枣皮儿"，称茱萸树为枣皮儿树。

　　枣皮儿树是休眠期很短的一个树种，同迎春一样先花后叶。早在秋果成熟时花蕾已分化成形，俏立寒风只待开放。每年正二月寒风料峭之时，它便在深山的山山岭岭、沟沟坎坎悄然开放。伞状的娇妍黄花在苍茫寂寥的山野，像孔雀冠上的金翎，又似秀发上的步摇，欢天喜地地向人间报告着春天的消息。

　　枣皮儿树是小乔木大灌木，树冠开阔饱满，夏来浓荫似盖，影姿婆娑。幼果青圆如豆，簇生红枝绿叶间野趣无限。每簇坐果约3个到7个，5颗至7颗算是大年。每棵树大致可采摘青枣七八十斤，多的可达百余斤。

　　秋来，春天酝酿的花事渐渐淡去，历尽沧桑的黄叶知趣地隐退，茱萸果便成串成串地显露了出来：颗颗小红果如玛瑙似琉璃，晶莹剔透，珠滚玉圆，红艳欲滴。由远至近，由近至远，一树树山茱萸比繁星还多，一串串红果果比太阳还温暖；深秋雨后站在山头远远望去，粒粒饱满、鲜亮的茱萸果像是会说话的眼睛，在瑟瑟秋风的激励下，一眨一眨地诉说着"红衣仙子"的风情；冬日紫叶落光小果尽红，尽红的果儿久挂不落，与白雪美景相映成趣。相映成趣的美景在苍凉的冬野，情致高洁，分外妖娆！

　　《本草纲目》载："山茱萸，主治心下邪气寒热，温中，逐寒温痹，去三虫，久服轻身；有强阴益精、安五脏、通九窍、止小便淋沥之功；久服明目、强力长年。"常用于腰膝酸痛、头晕耳鸣、遗精滑精、尿频遗尿，及其崩漏带下、月经不调、大汗虚脱、内热消渴等。现代研究发现，其还有抗菌、抑制血小板聚集的功能，对失血性休克抢救有肯定意义。近来的实践证明，六味地黄丸对扶助治疗糖尿病有显著的疗效，治疗糖尿病的处方中大多都增加了山萸肉这味药材。

因其大量用于补益类药物，故被列为国药四十种大宗品种之一。计划经济年代，当地人常常把"枣皮儿"缝制于被子行李中外出倒卖。改革开放后，由于祖国医疗事业的发展，山萸肉的用途被广泛开发，多种中成药中山萸肉被当作药使用，因此需求量大增，价格暴涨。以至于在 20 世纪 80 年代，每斤"枣皮儿"高达 200 元。

当时有个笑话说：一穷汉子去某家提亲，疑似丈母娘拌腰拦门："有车子（自行车）、手表、缝纫机没？"男："没有。"再问，"有三间瓦房过风脊没？"男："没有。"丈母娘脸一黑："啥都没有说啥说？"男："家里有十几棵枣皮树。"丈母娘立马一脸灿烂："屋里说，屋里说，外边风大！"虽是笑谈，但当时枣皮之珍贵可见一二。

目前，以山茱萸为原料生产"六味地黄丸""八味地黄丸"的厂家不下 100 个。山茱萸在六味地黄丸中的成分占 16%，在知柏地黄丸中的成分占 13.7%，在金匮肾气丸中的成分占 14.83%，在左归丸中的成分占 10.53%。"药材好药才好"的"仲景地黄丸"，主用"好药"就是我们伏牛山产的"枣皮儿"——山萸肉！

收获山茱萸需经采摘、捏皮、晾晒等程序。采摘，大人小孩皆可围树摘捋，或树下铺胶单、被面摇之击之；捏皮，先前都是用手逐个捏出核留其皮，多用热水稍加焯煮，算是较难的一道工序，现在多是机打。

"独在异乡为异客，每逢佳节倍思亲。遥知兄弟登高处，遍插茱萸少一人。"茱萸雅号"辟邪翁"，晋代周处《风土记》中有"九月九日折茱萸以插头，避除恶气，以御初寒"的记载。到了唐代，这个习俗更是盛行。人们认为在重阳节这一天插茱萸可以避难消灾；或佩戴于臂，或做香袋把茱萸放在里面佩带，称为茱萸囊，还有插在头上的。

家乡的茱萸红了，不来看看吗？

2017 年 9 月 23 日

痴念韭花到梦里

"……花，新鲜……花。"自由漫步于空旷的菜市小街，昏暗小巷深处，忽然飘过一声飘忽的叫卖。复听细辨是："韭菜花，新鲜的韭菜花。"哦，原来有人躲在昏暗小巷深处叫卖韭菜花。

随着年岁的增长，早晚走动已然成为一种强制。早间散步自然选在空气清新的河边小道，而晚上走动却总要固执地穿行于菜市小街。穿行于菜市小街，既可边走边看、猎奇捡漏，又可大大消减对"强制"的抵触。

先前的菜市小街整日里人来人往，卖东买西，叫卖连天。附近的菜农也或独院老人，一人一摊，时蔬鲜嫩；失业、无业者小买小卖，丰富价廉；务工家属或陪读家长们的小吃小喝，风味解馋；勤工学生远买近卖，新潮时尚……现如今随着"文明城市""文明经商"的广泛和深入，热闹不堪的自由小市及大街小巷，仅存"早间天不明，晚时无明天"的片刻"鬼市"。一下子"白茫茫一片大地真干净"，简直文明极了。

"……花，新鲜……花"飘忽不定。虽然不敢循声走进旮旯"鬼市"，但那辛辣的韭菜花却早已了然于胸：每年金秋时节，乡间菜园里一畦畦或一片片碧绿的韭菜，在秋风的吹拂下，定然会生出高高低低、细细嫩嫩、翠翠绿绿的长苔。长苔顶端，就高挑着一簇簇洁白洁白的小花儿。花儿虽小，然几十朵，上百朵凝集于枝头竞相绽放，也是霜白一片。走近了去，浅绿的花萼、淡黄的蕊更是惹人怜爱。轻缩鼻子深深一嗅，就有一股淡淡的、柔柔的辛香窜鼻入腔。

韭菜花锥型，总苞伞形花序，一簇有十几、三十朵。未开时白衣嫩包，绽放开来花片有六。花蕊有子房，子房分三室。种子盾形色黑，质硬味辛，有补肝肾、暖腰膝、壮肾阳之功用。秋到冬将至，各家各户都要采摘一些韭菜花儿，腌制些咸菜过冬。这种用韭菜花做的咸菜酱，我们叫它"韭花儿"。而韭菜开的花，我们则专门叫它韭菜花。

先前，制作韭花辣酱很简单。就是把韭菜花连带嫩籽（籽更辛辣）择洗干净，用蒜白等工具捣碎，拌上较多的咸盐（咸菜嘛当然很咸的。不过原始的用意是防腐），腌上一腌而已。只是殷实的家庭也或馋嘴的主妇，为了丰富口味方才再想方设法，添加些生姜、青椒等。添加了生姜、青椒的韭花儿，经了一定时间（一周以上）的腌放，辛辣咸香。倘若条件较好，把捣碎了的韭花儿，装在透明的玻璃瓶中存放。吃不吃看一眼，仿佛要冲出瓶壁的鲜绿，也会惹得口水直流。韭花富含钙、磷、铁、胡萝卜素、核黄素、抗坏血酸等有益健康的成分，吃之生津开胃、增强食欲、促进消化。

　　韭花儿食用从秋天开始。如果足够多的话，可以常年食用。吃的时候挖一些放到小碟小碗里，兑上几滴小磨香油一拌和，韭香四溢。用筷头稍稍蘸一点放入口中，再一咀嚼，一种舒心的香辣从舌根升起，直通鼻窍、额头，整个口腔甚或胸腔都会泛出浅浅的辛辣。吃馍可以蘸，吃面可以拌。吃久了，就是喝碗稀饭也要来上一点。它可以做配菜，也可以充主菜，随食随取很是方便。当下，它还是大小火锅店必备调料了呢。

　　由韭花儿的制作来看，可说它是菜类吃食儿中的低档下品。然而在往昔贫困年代，它也是人们的珍馐美馔：村上谁家常常食得它，便名列大家富户；我们外出求学，有同学"炫富"一定是它；父亲吃韭花儿，却是只见其吃不见其减（经常兑水加盐）。

　　"四之日其蚤，献羔祭韭。"追溯中国人吃韭菜的历史，当开始于春秋时代。从《诗经·豳风·七月》阳春四月用小羊和韭菜祭司寒神来看，今天我们吃涮羊肉离不得韭花儿，可能和当年的"献羔祭韭"有关呢。

　　"世人尽学兰亭面，欲换凡骨无金丹。谁知洛阳杨疯子，下笔便到乌丝栏。"与王羲之《兰亭序》、颜真卿《祭侄文稿》、苏轼《寒食帖》、王珣《伯远帖》并称为"天下五大行书"的，就有杨凝式的《韭花帖》。杨凝式是五代时梁、唐、晋、汉、周五朝元老，官至太子太保，一生狂傲纵诞，人称"杨疯子"。说有一年秋天，杨凝式一觉醒来已是午后。恰在此时，宫中就送来一盘韭花儿。为表谢意，杨当即手书一封谢折送往宫中："昼寝乍兴，輖饥正甚，忽蒙简翰，猥赐盘飧。当一叶报秋之初，乃韭花逞味之始。助其肥羜，实谓珍羞。"《韭花帖》章法独特，字句疏朗，笔致洒脱，澄静精绝。因为是笔札随手而写，每个字都平和简静，意趣闲逸，而通篇又具装饰意味，给人一种疏宕旷远之感。

　　《韭花帖》被杨氏子孙献给了宋朝廷后，一直作为历代宫中珍品被皇帝收藏，直到清乾隆。一封不经意随手写就的手札，杨凝式也定未曾料到，它会成为传世之宝。韭花儿使《韭花帖》名声大振，《韭花帖》又使韭花儿徒增名气，这不能不说是小小韭花的一个传奇佳话！

　　咸菜韭花，因其食用方便、物美价廉，很多人家都会在秋天里设法多采摘一些韭菜花，而后再多多添加一些罢园（秋季扫尾）的好赖辣椒，腌制成坛成罐的韭花儿。韭菜花和辣椒等原料多了，就要上碾子碾轧。洗好晾干了的韭菜花、青辣椒、生姜等，倒在干净的石碾上，只需人力推转上几圈，鲜亮鲜亮的韭菜花儿就轧成了（现在机打的糊状韭花，不仅难吃更没嚼头，实在是难吃极了）。儿时，母亲们用小铲子把韭花儿刚刚铲进瓷坛瓦罐，我们便像猴子一般蹿到碾盘边，把早就准备好的馍馍掏出来，专挑留有韭花碎屑处蘸。没有馍馍，就拿手指抿一点直接填入口中。那生鲜、无盐的韭花儿暴辣暴辣的，往往弄得我们口水连连，鼻涕横流……

凉风起时秋又至，痴念韭花到梦里！

发表于《南阳晚报》2022 年 9 月 22 日

秋去冬来卧酸菜

说起来很是光荣和骄傲呢：20世纪60年代至90年代，我家所在的生产队，曾为建在当地的工厂供应了近三十年的蔬菜。近三十年里，一年四季茄子、豆角、葱、姜、蒜等供应不断。农业生产队也因此变成了蔬菜专业队。得到的回报是可以按人定量购买比市场粮价低、较商品粮价高的"统销粮"。吃上统销粮的几十年里，虽然不仅没有因此而富裕，反倒因为钱粮双缺一直穷困不堪。但数十年来，乡亲们老几辈却一直以此为豪。

将近三十年，每年霜降前后，我们生产队总要为工厂供应大量的萝卜白菜。萝卜白菜被厂子里的大货车一车车运走后。一片狼藉的萝卜地里，到处都是凌乱的萝卜叶子。那萝卜叶是整棵整棵切下的，连带切下的萝卜头把一棵萝卜的叶子完整地连在一块。拿到手中，怎么看都似一束硕大的树冠。因为尚未经过霜打，每束萝卜缨都直棱棱、青灵灵的。只是因为抢收，一束束被快刀切下后，全都随手扔在湿漉漉的土地上。

白嫩嫩、水灵灵的萝卜被一扫而空后，队里的队长、会计、保管、计分员等，开始向社员们分配剩下的萝卜缨。可能它算是"边角废料"吧，分配的时候不论工分不论斤、不按人头不扒堆。各家各户的大人小孩便欢天喜地地捡拾分给自家的、散落一地的萝卜缨。而后大人挑小孩扛，蛤蟆噙"癞肚"（蟾蜍）般弄回家去。为了长期存放和方便食用，就要当即趁青把它做成萝卜缨酸菜——我们叫"卧酸菜"。

怎样"卧"呢？说来也很简单：就是把弄回家的青萝卜缨，整棵整棵地在清水中淘洗两遍（并排两盆水，两道工序一次过），湿淋淋地直接放到大饭锅里榨（焯）；因为萝卜缨青湿占地儿，每一锅都要撺得山一样高高的。随着锅底大把大把柴火的燃烧，三五分钟时间，高高的叶子山，便在不知不觉中落了下来。当其降至与锅口相平时，用大铁铲或木棍子，将其兜底翻过来，盖上草莛或木板做的锅盖，再闷上一两分钟就出锅；五六成熟的萝卜缨出锅后，直接装进早就洗好的大瓷（瓦）缸中（不够用时，连平时吃水用的水缸也征用了，吃水自然要靠水桶现吃现提了）。而后趁热锅再装再榨，直到把弄回家的萝卜缨全都榨完装缸。

有人说做酸菜要用酸浆做引子、加盐、放作料，等等，而母亲做酸菜时并没那般复杂——不加盐、不放料，也不需要酸浆引。只需把榨好的萝卜缨整棵、成团地趁热"卧"进大缸，注入少许冷水（淹过菜体为止）激一下使其发酵，压上干净的大石头——防止其发酵膨胀后浮出水面，脱离酸水管控而腐败。只此而已，这样"卧"的酸菜才原始自然（放盐叫腌咸菜，加佐料是烹饪吧）。

榨过的萝卜缨在大缸中卧上五七天，整棵整棵的萝卜缨有叶有苔，松散散、黄亮亮的。吃的时候或多或少随用随取，在清水中淘洗一下切了，可热炒可凉拌，可做酸菜干饭、酸菜面条，也可蒸包子、包饺子。当然了，现在可以用它做酸菜鱼、炒牛肉。在葱花油盐的帮衬下酸爽可口，不腻不淡，不软不硬，既可下饭又可解馋。

记忆里，小时候对母亲说得最多的一句话就是："妈，我饿里（得）慌！"那时母亲无法为我们解决温饱，更谈不上"日益增长的美好生活需要"，只能随手在酸菜缸里，为我们捞点酸菜充饥解馋！

秋去了冬来，霜降了天寒。困卧在寒冷的病房里输液，输着输着，就想起了秋去冬来卧酸菜——老家的乡亲们是否正在忙着卧酸菜呢？想念亲亲的母亲，想念亲亲的酸菜！

发表于《南阳日报》2022 年 11 月 28 日

秋来柿子黄

墙头累累柿子黄，人家秋获争登场。每当秋天悄然来临的时候，便悠然地想起老家门前的柿子树。

我老家所在的村落位于伏牛山南麓，一个圈椅样的山窝，我家的院落紧依"圈椅"的右扶手——"家后坡"，坡跟儿艰难地生长着一棵柿子树。

那棵柿子树具体生于何时不得而知，听奶奶讲是爷爷建造我家房屋时，拢养（修护）的一棵柿树苗。如此算来，它亦有百岁之久了。说它艰难地生长，一是它生长的坡跟儿全是麻骨石，底部十分坚硬。二是它所处的里沿是我家的出路，不多的沙土也被我们踩得"坚瓷坚瓷的"；外沿是条小河沟，几条树根经沟水的冲刷常年裸露在外。

我记事时，那棵柿子树的主干就有一人高、碗口样粗。整个主干虬曲古怪，树皮黑暗而且粗糙。其上有两三棚儿，第一棚儿分两杈，第二棚儿三四杈，第三棚儿胡乱地生长着许多细枝。整个树冠也不过一间房屋大小，通体也只是三四人高的样子。它的叶似槲叶，椭圆形，巴掌大小，但厚实而光滑。通体干不直、枝不繁、叶不茂，叫人入眼一看，就有一种瘦骨嶙峋、病态连连、可怜兮兮的感觉。

由于它就生长在我家门前，我的整个童年及至少年间，曾无数次攀爬到它的身上，把它当马骑、当轿坐，有时干脆当床睡。无数次寂寞时骑着它瞧看外面的景致，无数次饥肠辘辘时骑着它盼望着父母的归来，更有很多次攀爬到它的上面躲避父母打骂，当然也有爬在树杈上装模作样读书的时候。

每年四五月间，柿树也会绽放许多小小的四瓣黄花。每朵小花都像是淡黄的奶酪做成一般，黄灿灿、脆生生。它们躲在四瓣翠玉般的花托中，绿黄相映很是好看。勾一枝开满柿花的枝条，放在鼻尖下细嗅并没有花香。"奶奶，柿花咋没有别的花芬芳？"奶奶说："柿子是单性不经授粉即可结果的，所以它没有必要招蜂惹蝶。"我一脸茫然。

花朵谢后便长出了小小的柿子，起初指头肚一般，然后有鸡蛋大小。到了秋天就长到拳头般大了，并在人们不经意间脱去绿色紧身衣，穿上橙黄的外套。穿上橙黄外套的柿果一如羞臊的孩子，一个个躲在大大的柿叶间，脸庞橙黄，半藏半露，很是喜人。

我的童年至少年，是以粮为纲、大割资本主义尾巴的年代。我和我的伙伴大多没有见过桃、梨、苹果，甚至连花生、西瓜也见得很少。陪伴我们的瓜果只是山里果（山楂）、野酸枣之类，家门前柿子树结出的柿子更是我们的宝贝。在当时来说，它可是我们家的"摇钱树"，许多与钱有关的开支都靠它。其中我们每年秋季的学杂费，就是最为重要的一项。这要感谢我们家的老柿树，我们不曾为它施肥、浇水和整修，而它全凭艰难的自生自长，年年为我们提供许多鲜果。当然，这更要感谢我的母亲。

我的母亲是一位极为普通的农家妇女，但她每年都能在我们秋季开学前，把老柿树提供的果实，用阴阳水（开水兑凉水）、草木灰和北瓜叶将其漤制成商品——漤柿，并到街市上"心忧柿贱愿天暖"地换回我们的学杂费。

制作漤柿的方法大概是：在柿子尚未红透之时便提前摘下（否则漤出的柿子就不脆），烧上一锅开水倒在水缸里，再加适量的生水（水温到人手适应即可）兑成"阴阳水"，加入适量的草木灰（锅灶灰）搅拌均匀。而后把完好的柿子一一浸泡到漤水中（以水淹没柿子为准），最后在水面上覆盖几层新鲜的北瓜叶，再在缸口盖上盖子。倘若温度合适，三个对时，新鲜的漤柿便制作成功了。制成的漤柿较桃子要清脆，比梨子要细腻，整体的感觉就是清香、脆甜、滑嫩。莫说在那年月，即便是今天想来也会柿香满腔，口齿生津。

丰收的年景，那棵柿子树总能为我们提供三四箩筐、数百枚柿果。一枚卖三分或二分钱，也可换回十数元钱，总能为我们的上学解决燃眉之急。然而我读四年级的那一年，不知是时令不赶或是干旱少雨，老柿树竟在我们秋季开学好长时间，才将其果实姗姗送上。而我的母亲，为了让我们早一天缴上学校已催逼多日的学杂费、早一天领到各样课本和作业，在急切之中把漤柿子的水温一再提高。结果，漤柿子成了煮柿子。虽然在母亲的声声悬讨中换回几元钱，但与我们欠缴的学杂费相比、与我们的期望相比还是相差很多。为此，我还是非不分地爬到门前那棵高高的柿树上，同母亲大闹了一场。亲亲的母亲便由声声惋惜而失声痛哭，并因此病倒在床。这是我终身最大的痛，以致到今天看到柿子或柿子树，我的内心都会升起一阵深深的愧疚。

因为要制作漤柿，所以我家的柿树上是很少见到"满树挂起红灯笼"的景象的。但为了奶奶能吃到软甜的红柿子，也为了年节用红透的柿子酱给红烧肉上色，在采摘时母亲总会指点我们，在树杈上便于采摘的地方留下一些个大的柿果。霜冻过后树叶全都脱落了，那留下为数不多的几颗柿子，通红通红地挂在树端枝杈间，也是很有诗意的。

岁月如歌，时光如流水。如今爷奶、父母早已作古，老房屋也早已坍塌，而那棵老柿树在兄长盖新房时砍掉了，但它将永远长在我心头！永远感念苦命的老柿树，感念苦命的母亲，愿天下仁仁，"柿柿"如意，"苹苹"安安！

发表于《中国散文家》2019 第 5 期

家乡遍地黄花苗

黄花苗，路边瞧，
黄花黄，多热闹，
煮茶喝，把毒消。
……　……

每年春夏之交，乡间的院落、路边、山坡、河埂、地头，及至老堰滩、老坟场等，大凡有土、见光之地，全都或多或少地绽放着一簇簇靓丽的小黄花。那招人惹眼的绿叶黄花，就是蒲公英。因其花黄，我们乡下人都叫它"黄花苗"。

"黄花苗"，书名蒲公英，别名黄花地丁、婆婆丁、华花郎等，是多年生宿根性植物。它们多匍匐在地，其叶成倒卵状披针形、倒披针形或长圆状披针形，边缘为波状齿或羽状深裂，有时为大头羽状深裂。顶端裂片较大，三角形或三角状戟形，全缘或具齿。每侧裂片三五片，裂片三角形或三角状披针形，通常具齿，平展或倒向，裂片间常夹生小齿，基部渐狭成叶柄。其根略呈圆锥状，多弯曲。表面棕褐色，皱缩。有粗有细，粗的筷子般，细的如线。根儿长 4 厘米到 10 厘米。挖掘时，多未尽而断。

春夏之交，天气日渐变暖的时候，棵苗的正中间，会向上长出一根或几根空嫩的径，即为花莛。其上部紫红色，有密蛛丝状白色绒毛；头状花序由许多黄色舌状花组成，似金钱菊，既鲜且艳。远远地看去，一如一顶顶黄艳艳的小黄帽儿，阳光下随风摆动，煞是招人喜欢。

十几天的工夫，小黄花"人老珠黄"了。头状花序就现出一个白色的绒球，绒球上长满一粒粒种子。风姑娘到了，白色绒球一哄而散。一颗颗种子全都乘坐降落伞般，随风飘起。

摇啊摇，飘啊飘。有的欢快地飘进了乡间的院落、田间地头，有的不情愿地落到了路边、山坡、河埂，还有的身不由己地跌到了老堰滩、老坟场……一遇雨水，小种子便欢喜地发芽、生根，长叶、开花，结籽、飘飞，完成生命的又一个轮回。

蒲公英，素有清热解毒、抗感染的"八大金刚"之誉。它具有清热解毒，利尿散结，治疗急性乳腺炎、淋巴腺炎、瘰疬、疔毒疮肿、急性结膜炎、感冒发热、急性扁桃体炎、急性支气管炎、胃炎、肝炎、胆囊炎、尿路感染等功效。

我们乡下人都知道的是，它能祛火败毒，是上等的凉药。不管是嗓子疼、牙疼，或是身上生毒疮等，多会随时挖掘一些，连叶带根一起熬煮大半锅，喝上一两次。这熬煮的汤水，我们不叫它药，而是叫它"凉茶"。

为了管得宽一些，治病全面一点，在熬煮"凉茶"时，会随意添搭一些地黄根、白茅根、水芹菜、夏枯草、紫花地丁及竹叶、石膏等可以不花钱、随手得来的花草。

这种"凉茶"，老家乡亲们不仅在嗓子疼、牙疼发作时，熬煮些应急喝，一年四季，有病没病，也时不时地熬煮一锅，让全家人当茶喝，用以清热防病。

随了生活水平的提高，人们便以食代药，药食同疗。比如蒲公英加莲藕，绿豆加猪排。它不仅清热去火，而且汤浓味正，清香可口，有吃有喝，去病解馋；再比如，蒲公英炖小公鸡，既可止痒去湿毒，又是特色美味。

蒲公英的叶可以调凉菜、拌蒸菜，也可做馅料。洗净的蒲公英嫩叶，用沸水焯一下，用冷水冲一下，佐以油盐酱醋清爽可口；用其嫩叶加拌面粉蒸而食之，软香爽口；把嫩叶焯水剁碎，加佐料（也可加肉、蛋）调拌了，就是别样的饺子馅、包子馅。

小时候看了电影《苦菜花》，以为俺们那儿漫山遍野的蒲公英就是苦菜花哩。其实它们并不是同一种。苦菜就是苣荬菜，中药名称败酱草。而蒲公英，就是俺们说的黄花苗。二者都有清热解毒、散结消肿的作用。但苦菜是直立生长，黄色的花开在顶端；蒲公英的花开在叶间，一莛一花。就颜色来区分，蒲公英的花更黄、更艳丽。

槐花谢尽枣花黄

"忽忆故乡树，枣花色正新。"

儿时穷家小院里长有一棵穷枣树。每年四月，天气日渐热起来的时候，它才弯曲着身子、凌乱着枝杈，慢慢活泛起来：先是枝头渐次长出一些小小的嫩芽，接着嫩芽化作稀疏的绿叶，不久，绿叶间便爆出一簇簇小米般碎花。那黄色的小花儿，细密，娇小，俏丽，开得热烈又羞涩，低调又隆重。小花虽然碎小也有六瓣，而且金黄。上眼一看，一如金黄的六角小星星。它们躲在碎叶间，竟也有微微的清香频频散出。于是，一群群小蜜蜂，便整日"嗡嗡"地围作一团。

说儿时小院中的枣树是穷枣树，是因为它野生独长，孤苦伶仃，瘦骨嶙峋，疤痕累累。据奶奶说，有一年发现院子中突然自长出一棵小枣树，舍不得拔掉便拢（护理）了它。其间并未嫁接，长大了竟是棵家枣（非野酸枣）哩。

它的位置呢，就在西屋上房与北屋灶伙（厨房）之间。平日里除了雨雪外，只有随手泼洒的恶水。一年四季，它不声不响地立于院落中，不择地皮，不争阳光。树干虽也有一二丈高，但"九曲十八弯"。枝条稀疏而凌乱，"皮皱似龟手，叶小如鼠耳"。

就这样，稀疏的枝条上，还生有许多扎人的小刺儿，容不得人们轻易靠近。树干上的累累疤痕，除了人碰猪啃外，是每年"腊八喂枣树"时家人刀砍斧剁有意为之的。若不是春夏果叶装扮，整日里一如十枝枯树，可怜兮兮。

然而，就是这样一棵穷枣树，却为我很穷的儿时，平添了莫大的欢乐和幸福。

每年"人间四月芳菲尽"的时候，她适才如同笨丫头、懒婆娘一般醒过劲儿来，慢慢地发芽，慢慢地开花。叶儿虽小，但翠绿油光。花儿虽碎，但金黄清香。

"四月南风大麦黄，枣花未落桐荫长。"天气一天天热起来的时候，一串串小青扇儿一般的树叶，慢慢地密起来，树下一大片荫凉也跟着厚实起来。日间我们几个小孩子和母亲、奶奶在树下乘凉。她们做着永远也做不完的针线活，我们则没心没肺地在斑驳的树阴下肆意地戏耍；午饭时，一家人多围在树下吃午饭。虽然饭食很差，但很凉快、很开心；午后，父亲或兄长总要在枣树下，靠在柴椅上，或歪到破席片子上困午觉。虽然有点将就，倒也很恣肆酣畅。

"汝家蚕迟犹未箔，小满已过枣花落"，"簌簌衣巾落枣花，村南村北响缲车"……枣花脱落的时候，纷纷而下，簌簌有声。倘若地面干净，一准会均均匀匀，碎金满地。

"桃三杏四梨五年，枣树当年就还钱。"随了树叶的日渐茂盛，枝叶间便结满了一颗颗绿宝石般的青枣儿。那青枣提溜成串，青光闪闪，既清新又喜人。

诗圣杜甫说："忆年十五心尚孩，健如黄犊走复来。庭前八月梨枣熟，一日上树能千回。"而缺吃少喝的我们，自从枣树枝头挂出青果，就日日在树下抬头仰望，垂涎欲滴。树高人小爬不上去，就找竹竿"猴弄"。而奶奶和母亲发现了，总是训斥："竹竿打枣树会聋棵（不结果）的！"我们便不敢再作孽。长大了回想，大人们总是聪明而狡猾的：过年炸油货，不让小孩在跟前眼馋，便说"小孩在近前油锅会溢锅"；不让小孩骂人，就说"骂人会口舌生疮"；要小孩在过年前剃头，就说"正月剃头会死舅舅"；等等。

"七月十五枣儿红衫，八月十五枣儿落杆"。立秋前后，枣树枝条上的叶儿由浅绿变深绿。圆鼓鼓的大枣由青变白，由白泛红，开始炫耀卖弄：如玑似珠，玛瑙串子一般，晃眼馋人。偶尔摘食几颗，嘎嘣，脆甜，解馋！

"旱枣涝栗子，不旱不涝收柿子。"倘若枣儿尚未红透，遇到一场连阴雨，半红不红、红里带青的蹦蹦枣，就会一个个瘪下去。经风一吹，便雨点一般相继而坠，叫人心痛。儿时穷家小院孤独的穷枣树，就总是差年不差年地提前坠落。到收获时，也只是一碗半盆的。加上晾晒不及时、我等偷食等，到了几无存留。

"红红玛瑙染秋分，打枣声喧落地纷，入口香甜心里美，农家小院晒红云。"倘若风调雨顺，每年总也收获干枣若干。一藤筐？一簸箕？印象不深。

"人言百果中，唯枣凡且鄙。"那个道得"离离原上草，一岁一枯荣"、说过"晓驾炭车辗冰辙"的诗魔白居易说，枣树是百果之中既平凡又粗鄙的，并劝人"君爱绕指柔，从君怜柳杞。君求悦目艳，不敢争桃李"。但说到底，却强调："君若作大车，轮轴材须此！""须"是必须，只有。枣树坚瓷结实，想要车轴结实耐用，只有使用枣木才好。

"八月剥枣，十月获稻。"枣在中国的文字记载，已有三千多年矣。关于它最古老的著述，大略出现于《诗经·豳风·七月》。《战国策·燕策一》记载：苏秦游说六国时，对燕文侯说："南有碣石、雁门之饶，北有枣栗之利，民虽不由田作，枣栗之实，足实于民，此所谓天府也。"它表明枣果是当时燕国的经济命脉，是帝王治国安邦的重要依托。

关于"枣"的来历，相传，那年黄帝带领人马狩猎，困到一处山谷，饥渴难耐。几番寻找，方才见到半山腰几棵树，结有诱人的红果。采摘而食之，酸中带甜，口舌生津，即解渴又止饥。黄帝便说："找它不易，就叫它'找'吧！"后来，仓颉造字时，根据"找"树有刺的特点，就用刺的偏旁叠起来造了"枣"字。

"一日三枣，长生不老"，"五谷加红枣，胜过灵芝草"。《本草纲目》载："大枣味甘无毒，主心邪气，安中养脾，平胃气，通九窍，助十二经……""干枣润心肺、止咳、补五脏，治虚损，除肠胃癖气。"近年又发现枣肉中含有大量的芦丁，有保持毛细血管畅通、防止血管壁脆性增加之功效。对高血压、动脉粥样硬化等病症，有极佳疗效。枣核中的枣仁具有镇静作用，为中医常用药物，民间多用于医治失眠。

"二十八，蒸枣花。"每年腊月二十八，童谣阵阵响起的时候，年味便厚浓起来。村庄里到处飘溢着的，便是肉食和枣花馍的浓香。其他节日也是少它不得的，譬如端午节包粽子、腊八节熬粥等。

红枣除了单食、烹饪外，还可制作枣面、枣酒、枣醋，以及做香水、卷香烟所需的红枣香精等。平日里，哪家的儿女嫁娶，它更是不可或缺的吉祥之物。新房的床上席下，都会藏有大把大把的红枣、栗子和花生。而嫁妆里也是少不了这些的，除了大红包单里有，新表、新里、新棉花的新被子里藏的也是。它是对一对新人"早生贵子，早立家业"最美好的祝愿！

又一个炎热的夏季悄然降临了。炎热夏季降临的时候，我就会深深地忆起，儿时穷家小院里的那棵穷枣树——槐花谢尽枣花黄！

发表于《中国散文家》2020 年第 3 期、《山东散文》2020 年第 7 期、
《躬耕》2023 第 6 期

油桐花开是故乡

数十年来，脑海里总是有一幅靓丽的图画：明媚的阳光下，一河两岸低矮的油桐树新叶嫩绿，嫩绿的新叶间挂满了黄蕊白朵的小喇叭花儿；金色的阳光透过枝、叶、花，满地碎金一般；嘻嘻哈哈穿行其间的，便是我们一群半大不小的穷学童……

油桐，落叶乔木。树皮灰色，近光滑；树干不高，长到一两米就四下分杈，分出的枝虬曲横斜；叶柄细长，几乎与叶片相等；叶片油绿卵圆，尾部短尖，似一把长柄小扇；花朵先于叶或与叶同时开放，多为五六朵依偎成一簇。小喇叭状的单层花朵分片五瓣。白色的花碗儿、深红的基底、金黄的花蕊，上眼一看，一如害羞的乡村小姑娘，但朵朵机灵小巧。

油桐四五月开花。小小的花朵，用最灿烂最美的生命点缀母株，不几日便飘然而坠，一朵接一朵，前仆后继，落英缤纷，宛若天降雪花一般，所以人们称之为"五月飞雪"。

花后子房膨大，结外肉内核球形青果。青果顶端有一凸起的锥尖，形似生橘子、青苹果，很是喜人。但这一树树很是喜人的"生橘子""青苹果"，不但苦涩难食，而且有毒。没有见识的人啃食了，不仅口舌涩苦，而且会引发干哕和呕吐。那青果，我们叫它"桐油蛋"。青果摘下，柄部有乳状的白汁渗出。

盛夏时节，身处野外口渴难捱，随手摘一片宽阔的油桐叶，折成一个小锥体，就可大享清澈甘甜的山泉。先前人们蒸馍馍，很少用笼布。往往摘几片油桐叶，放到清水里一涮，就垫在笼底了。蒸出的馒头不仅不粘算子，而且还有淡淡的清香。

霜降前后，果实呈黄铜色或褐色时采收。采收时无需一个一个摘取，只需站在地上摇动树枝。树枝一摇动，一个个"桐油蛋"便小皮球样，纷纷弹跳到了地面上。

采回的湿果堆到阴湿处，放上一段时间，软厚的外皮自行腐掉。薄而结实的内皮里，嵌裹着蒜瓣般宽卵形果仁 3 到 5 颗，剥取时有点扎手。果仁外边还有一层硬壳，整个儿晒干即可出售。出售油桐籽，是旧时农村生产队一项重要的经济收入。

油桐籽榨出的桐油，不透水、不透气、不传电，抗酸碱、防腐蚀、耐冷热。它广泛用于制漆、塑料、电器及人造橡胶、人造皮革、人造汽油和油墨等。民间作坊用得最多的是刷制黄油伞。用竹条、铁丝做伞骨，用粗布浸桐油张伞面，做成的大黄伞虽然有些笨重，但结实耐用，是旧时大户人家值得炫耀的时尚家具。

旧时，各家各户都常用的是油鞋。用桐油涂刷的麻布鞋底，不仅防水而且耐穿。穿上刷了桐油的新鞋，走起路来"邦邦"作响，很是神气。

桐油棕黄明澈，装在瓶子里与食用香油几无区别。因而有人误作香油食用。不过因其味道不佳，误食的也不会太多。误食少许，也只是呕吐恶心罢了。

桐油有毒，其木、叶、花、果也有毒。种子毒性较大，树皮及树叶次之。人食五六粒种子即可中毒，症状先是腹痛，大吐大泻，然后头昏、口渴，以致虚脱等。

虽然它有一定毒性，但也有一定的药用功效。其根可消积驱虫，祛风利湿，用于蛔虫病、食积腹胀、风湿筋骨痛、湿气水肿等；其叶可解毒，杀虫。外用治疮疡、癣疥等；其花可清热解毒、生肌，外用治烧烫伤等。

油桐树是属于乡村的。它们不择地势，不选土壤。河沙埂、低山洼，有时一株，有时成片。随遇而安，随性生长。

儿时家乡贫穷，整个乡村少有桃园、梨园。桃花、梨花的芬芳，几无不见。而那一树树绚烂的油桐花，就是我们最美的乐园。我们在桐油树上玩"摸猴"游戏，会百玩不厌；我们在桐油树下挖草药，一遍又一遍；我们踏着油桐花上下学，会忘却饥饿和炎热；我们在桐油树林捡拾"桐油蛋"，总会惊喜连连，幸福满满。

野生野长、土里土气的油桐树哟，你不仅曾为贫困的乡民提供莫大的方便和收入，而且还在每年春夏之交为乡野荒村平添一抹动人的靓丽，使广大乡村美丽如画！

梦牵魂绕是故乡，故乡开满油桐花！

发表于《老人春秋》2022 年第 10 期

麦黄杏子熟

儿时村前老井下边有一块稻田，稻田的北边、高高的老粪场外崖长有一棵果树。每年过了农历四月半后，田间的麦子黄梢时，一树的果子就逐个成熟了。

那果子圆滚滚，胖乎乎，黄腾腾，一如躲猫猫的小孩儿，又似夏夜的星星。一个个躲在浓绿的树叶下，半露半掩，忽隐忽现。它们先青后黄，黄里透红。待到熟透了，一半红一半黄，上眼一看就口水直流；捡拾一枚熟透了的，上手轻轻一拘，杏肉一分两瓣，杏核干净可取；俯首深嗅，扑鼻香心；小口少嚼，酸香、沙面，糯软……

那果树叫杏树，那果子叫"杏"。乡下人嘴懒，好多字念起来都转音儿。如"牛"念"吽"，"药"念"约"，"回来"念"胡来"，"钥匙"念"月匙"，等等。"杏"在俺们那叫"横"，麦子黄梢时成熟的叫"麦黄横"。

长在村前稻田边的杏树，据说是野生的，生于何时不得而知。我记事时它已经两丈来高，主干也有大瓷碗口粗。树冠不大，但枝繁叶茂。它虽然一年到头就矗立那儿一动不动，但终日里进出村子的、打井水的，以及在树下拴牛、解牛的人们，几乎视它如不见。直到春二三月，老树还没来得及发新芽、一朵朵小花挂于枝头的时候，人们才随口夸赞两句"横花开了哩！""小花怪好看呢！"

许是"深挖洞，广积粮"的缘故，那时生产队没有任何经济林。一年到头，除了地头的"脏脏柴（野蔷薇）"花、河堤上的桐油树花、山坡上的野梨花之外，几乎看不到其他好看的鲜花。小小的杏花挂满枝头，村头往来可见，无疑是村间一大快事。不说奔走相告，总也扫除人们心头不少苦愁。

杏花的花萼鲜红外翻，小花多瓣，花瓣圆形至倒卵形，白色或带红色。颜色浅是浅了一点，但每朵小花都似描一点腮红的少女，粉嫩粉嫩的，既娇俏又可人。细细的花蕊一片灿烂的黄，让人上眼一看，顿觉温暖和舒朗。真是：满枝杏花一树香，小家碧玉待人寻！

"小楼一夜听春雨，深巷明朝卖杏花。"南宋爱国诗人陆游这般讲，想必是杏花娇小可人，比桃花、梨花更好折卖；而大诗人杜牧"借问酒家何处有，牧童遥指杏花村"，想必唐时那个"杏花村"有很多杏树；而河南南召县的"杏花山猿人遗址"，可是早在五六十万年前的。

在《庄子》记载中，杏本是具有神圣气息的。作为孔夫子讲学的杏坛，应该是一片杏林。杏树环绕，花香在上。弟子们在香花中读书，夫子在花影中抚琴。书声、歌声、花落、香雪。尽管顾炎武考据以为，"渔父不必有其人，杏坛不必有其地"，然而读书能有这般一个"绕坛红杏垂垂发，依树白云冉冉飞"的环境，总归是令人神往的。

还有，《神仙传》记载，三国时吴国人董奉隐居庐山，日为人治病而不取钱。凡来乞医而治愈者，重症令植杏五株，轻者植杏一株。数年计十万余株，郁然成林，自号"董仙杏林"。董奉每年用杏子换谷3万余斗，"赈救贫乏，供给旅行不逮者"。后来，人们在董奉隐居处修建了杏坛，称"真人坛""报仙坛"，以纪念董奉。久之，"杏林"便成了中医的代名词。而"杏林春暖""誉满杏林"等，就成了对具有高明医术和高尚医德者的最高褒扬。

再者，唐中宗时，每年三月，新科进士放榜后，朝廷便在长安广植杏树的曲江公园组织一场庆祝宴会——"杏园宴"。宴会开始前，在新科进士中选年少俊美者骑马采花，以助喜庆，遂称为"探花郎"。南宋以后，"探花"特指为殿试第三名（与第一名状元、第二名榜眼合称"三鼎甲"），故而杏花又有"及第花"美称。而"杏林得意"，指的就是进士及第。

"杏花看红不看白，十日忙杀游春车。谁家园里有此树，郑重已着重帏遮。"杏花饱蕾未放时蓄红，称"红蜡半含萼"，夸张一些就是"蓓蕾枝梢血点干"。刚一绽放就由浅而淡，但含蕊中仍保留一点胭脂色，这便是"似嫌风日紧，护此胭脂点"了。

一树的鲜花倒映在村前的水田里，水田便活泛起来。簇簇花朵一如生于水底，春水荡漾，花树水天。岁月渐丰，花色会越来越淡，及至凋谢，雪白一片，像历经困苦的女子，昙花一现便又素净下来。小花飘落的季节，花瓣如雨纷纷扬扬，弄得老粪场、土崖、水田及井台、出村的小路都花瓣处处，胭脂万点，香花满地。

梅花、桃花媚艳妖冶，但有关杏花的诗词并不比其少。比如韩愈的《杏花》："居邻北郭古寺空，杏花两株能白红。曲江满园不可到，看此宁避雨与风"；吴融的《杏花》："粉薄红轻掩敛羞，花中占断得风流。软非因醉都无力，凝不成歌亦自愁。独照影时临水畔，最含情处出墙头"；杨万里的《咏杏五绝》："道白非真白，言红不若红。请君红白外，别眼看天工"；范成大的《繁杏》："红粉团枝一万重，常年独自费东风。若为报答春无赖，付与笙歌鼎沸中"；等等。而南宋叶绍翁的《游园不值》最为有趣："应怜屐齿印苍苔，小扣柴扉久不开。春色满园关不住，一枝红杏出墙来。"

杏花因春而发，春尽而逝，既有绚丽灿烂的无限风光，也有凋零空寂的凄楚悲怆。不同的读书人，因不同的人生际遇，对杏花的联想与感慨也是千差万别：有人因坎坷、别离而感叹杏花飞落的凄凉；也有人因顺心如意而"春风得意"。

杏花与桃花、梅花相仿。杏花有白色短梗，花蕊为黄白色，大多成簇状开放，开败了发芽；而桃花无柄，其色为粉或者接近红，花蕊为紫红色，开时枝端已有叶芽或嫩叶，且先于杏花开放；梅花和杏花一样，先开花后长叶，但其花瓣较多，花朵分布比较密集，花瓣深红或浅红，也有其他颜色，但比桃花要艳丽，又比桃花开得早些。

"叶底青青杏子垂。枝头薄薄柳绵飞。"在南风的吹拂下，随着麦子的泛黄，杏儿也从阳春三月的小白花骨朵，长到手指盖那么大的青疙瘩儿，再由青疙瘩儿长到乒乓球大小。仅仅五十多天，提溜滚圆的小杏果，就长成了金黄的小金桃。站在树下，透过浓郁枝叶，看一眼就嘴酸腿软。倘若嫌刚采摘的过酸，拿回家放到米缸或被窝棉套中，捂上三两天，微酸浓甜，口感极佳。

老家村前唯一的那棵杏树，大约是毁于 20 世纪 80 年代。有的说，一顽皮的孩子爬树，偷摘杏子而摔断胳膊，杏树被摔断胳膊的孩子家长砍伐了；有的说，一顽皮孩子拿石头砸杏子，石头打到树干上反弹回来，砸破了孩子的脑袋，杏树被砸破了脑袋的孩子家长连根拔了；也有的说，杏树是分产到户时，因为无法分配而被毁掉的。

总之，老家村庄唯一的一棵野生野长的杏树，最终是消失了的。唯一的一棵杏树消失了，寂寥的村庄再无胭脂万点、香花满地，再无杏果累累、花果飘香！

亲亲红薯如父母

儿时，和我最亲的除了父母，就是亲亲的红薯了。它土生土长，有甜有面，有圆有长，说不上多么好吃，但它却是往昔众人的保命食粮。

一

"红薯汤，红薯馍，离了红薯不能活。"相对于米面，红薯算是粗粮。然而在往昔缺粮少食的日子里，一日三餐，红薯可是农家救命的主要口粮。先是在秋冬红薯刚刚挖出来时，早饭是红薯面糊涂（粥）或玉米糁汤煮红薯块。饭时每人端了一海碗狼烟四起的红薯轱辘，蹲在老饭场的一角，一边板着凉腔（说些没意思的话），一边狼吞虎咽热热地吃着，想必那热红薯赶得上了大米白干饭。中午是蒸红薯。洗上一篮子红薯囫囵个蒸透了，拿起一个，热得左手换右手。捏去薯皮露出沙棱棱的瓤，咬一口噎得你直瞪眼。这时你得赶快喝一口稀面汤也或酸菜面条汤。晚上呢？晚上多半是白水煮红薯片，喝起来甜滋滋的，只是不耐饿。

平时缺食少油，脸色大都带着菜青色，入冬后吃上一阵子红薯，便一个个脸色红润起来。白馒头、白米饭呢？那只是偶尔的事，即使隔三岔五吃上一顿，也是离不了红薯的，而且多半是红薯多米面少的。

由于没有其他较多的粮食搭配，往往是冬天还没过完，储藏的红薯已经吃得差不多了。这时不多的红薯，便成了爷奶及病号的细粮。在漫长的荒春里，偶尔吃到一点窖里久藏的红薯，那也是不小的改善。

"红薯干，红薯面，红薯轱辘黑馍蛋，上边胀，下边酸，一肚子酸水吐一天。"吃"三红"（红薯、红薯干、红薯面）久了，人们就会肚子发胀口吐酸水。为了改善口味，巧为无米之炊的母亲，在做红薯饭时，就会变出许多花样来。譬如：用干红薯面搦了剁碎的酸菜，做成秃耳朵饺子；把红薯面打成面糊，熬熟了放凉，做成红薯面凉粉；也有把红薯面用开水烫了，挤些红薯面面条蒸了吃；还有就是，把红薯切成条蒸了，浇上蒜汁当饭吃；把红薯切成片蒸了晒干，当点心吃；等等。

<h1 style="text-align:center">二</h1>

每年"惊蛰"刚过，人们便在自家房前屋后，找一朝阳的空地，挖一深不过尺的大池子打平底子，而后将保存一冬的红薯种一个挨一个地码放进去，均匀地撒上一层草木土粪。有条件的上面再罩上一层塑料薄膜，没条件的就用草苫遮盖一下。有雨雪时盖上草苫为池内保温，天晴日出掀去草苫为池内加温。大约有一个月的时间，不知不觉中，池内的薯芽已由紫嫩到青绿，并且拥挤不堪了。

在下种育苗的同时，人们冒着初春的寒冷，早早地把炕了一冬的旱、坡地（干旱坡地不能种麦子，上年红薯挖后便撂荒闲置）翻犁了，宽阔地拢起条条长龙样的地垄。地头窄的，就拢起一个个坟堆似的土堆。到了农历三月末四月边，天气变暖的时候，育成的红薯苗正好下地。

"谷雨栽上红薯秧，一棵能收一大筐。"春风里，人们从育种池内半尺有余、拥挤不堪的芽苗中，剔剪出成把成把的嫩苗，带到坡边地里一棵一棵地均匀地栽入地垄或土堆。再从老远的堰潭或山沟里担上几担浑水，一窝一窝地点上一点。然后将窝边的干土拥到刚浇水的苗根，这叫封土保湿。当然了，倘如遇到下雨天，只需将剪来的芽苗照地笼上一戳也就完事了。三两天的工夫，栽下的薯苗便返青成活了。不到一个月的时间，绿油油的薯藤便爬满了整个地块。

这时栽下的红薯，因其是从种薯上剪下的芽苗，所以叫"芽子"。芽子红薯因下地早、生长期长，所以水分少、淀粉多。蒸煮熟了异常面，吃起来噎得人们瞪眼伸脖子。它不易储藏，可晒薯干，是制作粉条的上等原料。芽子红薯的栽种几乎没有时间限制，自农历三月底到五月间麦收前，根据种苗的供应（种薯可剔剪多茬幼苗）和人们的闲忙一直栽种。

到了五月间麦收后整好麦茬地，红薯种过了育苗期便开始腐烂。再栽种的红薯，就是"秧子"了。所谓"秧子"大抵上是因了栽种它的薯苗，是从早期栽种"芽子"红薯的秧（藤）上剪截而来的缘故。其栽法是在早期栽种"芽子"红薯的藤秧中，拣茂盛的剔剪若干。然后，将剪下的薯秧再剪作五六寸长的若干段，每段即为一棵，同先前栽种"芽子"一样栽下即活。虽然栽种的同样是旱坡地（好一点的水地，麦收后是要栽种水稻的），但能种植麦子的旱坡地，多为地势相对较低的黄土、黑土也或沙土地，其土质相对潮湿、松软一些，相对于沙盘地算是肥沃的了。因而"秧子"红薯水分和糖就相对较大，吃起来软甜可口，易下窖长久储藏，可作为来年的红薯种。

"陆月陆（六月六）红薯鸡蛋粗。"这时的红薯地已是秧藤蔓地了，密匝匝严实实。远远望去，蜿蜒起伏的山地里犹如铺上了一块块绿油油的地毯。这时，也只有这时，才需要人们把胡乱蔓延的秧藤翻倒一下（秧藤处处可以扎地生根，"翻红薯秧"可避免给养分散），随手薅拔薅拔秧藤下薯根处的杂草，翻拽断的红薯秧可以拿回家去做菜吃。一根红薯秧长达八九米，最短的也有二三米。翻倒的藤秧顺着地垄一边倒捋直了，像极了少女刚刚梳理过的长长秀发，很有动感，煞是好看。

在这之后，人们总是忙着插秧种菜、收稻摘果，再没有侍弄它的工夫。直到寒霜降过，秋风快要把树上的黄叶扫光了，满坡遍地的红薯藤由绿变黄、由黄变枯时，人们才想到地里的红薯该挖了。于是人们就扛了镢头，挑上箩筐来到红薯地里。

每年的这个时节，都是男女老少齐上阵。先是大家齐动手，拿了镰刀将枯萎的藤秧割了，折卷地衣样卷出地块。割去藤秧的地块湿润润的，地垄上现出一道道裂缝，一窝窝红薯呼之欲出；镢头下去用力一提，红嘟嘟、胖乎乎、鲜亮鲜亮的一提溜红薯，就呈现于你的眼前了。看着这三五斤一串的鲜红薯，人们全都心花怒放，喜不自禁。于是丰收的喜悦便化作串串笑语，洒满了一道道山坳和一块块田地。

男劳力挥着镢头一垄一垄地挖掘，身后热气腾腾的地垄上，一串串鲜亮的红薯，像极了一群小笨猪。你挪一步，它跟一步，始终跟在挥镢人的身后；身强力壮的妇女或拎不动镢头的半大姑娘和小伙，便提了箩筐将刚刚挖出的红薯，连码带泥一起拾了，一趟一趟地提到一处，隆起山一样的一堆；爷爷奶奶和小一点的孩子们，便围了这红薯山"择红薯"（择掉码子，去其泥土）。随着面前"荒山"的逐渐降低，另一座鲜亮的红薯山就慢慢地高起来了。

深秋初冬，昏黄的太阳正要或已经落下山去。生产队的队长、会计扛了大杆秤，"50（斤）、100（斤）……"一家一家地分配。这个时候，"多劳多得，不劳不得"体现得最为分明。

当天挖掘的若是"芽子"，接下来就是"刨红薯干"了。家人先把分得的红薯，一筐筐一担担，挪到朝阳的坡头或已挖过红薯的空地。然后，在清冷的月光下一个一个地刮刨。大人坐在带凳子的刨板上，用手推着红薯在刨刀上飞快地来回滑动，下面一片片雪白的红薯片飘然而下。母亲便领着孩子们将接下的一篮篮湿薯片，均匀地撒到红薯堆和刨刀周围的地面上。待到第二天早上，再由我们踏着白霜，呵着小手，将其一片片找高地、石块或土坷垃一一摆开。红彤彤的太阳升起来了，直起身举目四望，远远近近高高低低，群群振翅齐飞的"白鸽"正在到处盘旋。

若是遭遇连阴雨，成片成片的薯干儿就会被浸泡得"血色"全无，一如干底河床上的小鱼。日子一久，便会渐次烂掉。于是家家户户的住房、牛屋、灶台、桌椅甚或床铺之上，都是晾着的薯片。自然，每个窗户的每根窗棂间，都会被薯片插得满满的。虽然家家户户都在一边想尽办法晾晒，一边一日三顿蒸着煮着当饭吃，淋湿或原本未干的薯片，还是一片片地开始霉烂了。先由每片的中心烂开，之后便成了没有镜片的眼镜圈，再后就是全部坏掉。那境况很是让人心疼和无奈。

如若挖掘的是"秧子"，母亲就蹲在红薯堆前，如数家珍样给红薯分类。挑最好的、个头大的、没受伤的下窖，差一点儿的留在地面上现吃，最差的就用来喂猪。下窖时，先把半大孩子吊到两人多深的红薯窖里，而后把红薯一桶一桶系下去。这是不能用筐，怕把红薯皮划破不能久藏。孩子轻拿轻放地一一摆摞到窖瓮里，便节省了储藏空间。冬天吃红薯时，再把孩子放下去，一桶一桶拾出来，吃一桶拿一桶，可以吃到来年惊蛰前后。

三

1980 年，没啥特别的秋天，我跨进了高中校门。每周的伙食，都靠自己背了粮食到学校兑饭票。当时学校规定：学生除了拿粮食兑换饭票外，可以自带红薯到学校食堂加工——蒸熟。由于人多和每个学生所带的红薯好坏不一，食堂不管收集、储存、淘洗和零星分卖。蒸时，每个学生提前把各自要蒸的红薯用网兜装好，并在网兜上绑上写着各自名字的布条，送交食堂。食堂收到学生们送交的红薯，不分好坏、多少和是否淘洗，只管把学生们送交的红薯兜，胡乱地放到蒸笼里一顿海蒸。饭时，食堂师傅按每个网兜上的名字分发。也有干脆把蒸笼抬到食堂门外空地上，由每个学生自己挑拿的。

学校蒸红薯并非免费，而是每斤要收取一分钱的燃料费。有一次，我身上没了零钱（大钱更没有，每顿连 2 分钱一调羹的姜汁都买不起），趁学生们挤着过称之际，就把自己的红薯兜从门缝（过称在窗台买饭口）偷偷地抛进食堂里已经过了秤的大堆。但有个眼尖的师傅，随即捡起就抛了出来。抛出来，我也不管不问（其实那时好多学生都这样做，师傅们看到没人捡拾也就捡回去蒸了）。有一次，校长监督，把认准没过秤交钱的红薯兜，挂到食堂门口的大树上。但学生们都一口咬定自己的红薯过了秤、付了费。于是，还发生了小小的"学潮"，口号是"还我红薯，还我红薯！"

　　稻谷与麦子金贵得如同豪门里的千金，总是占据着肥沃的良田，而且一直在肥料、药剂的呵护中艰难地生成。而红薯不然，红薯向来命贱，从不矫情、娇气，无论是陡坡、荒岭也或旱坎、沙盘，甚或石头笼中间的一抔薄土，从不挑剔土地肥沃抑或贫瘠。只需要在沙土中刨个小坑，栽上一个芽或者插上一段藤，浇上一勺水。除此之外，几乎再不依赖人们的侍弄就能顽强生长。它从不哗众取宠、炫耀自身，只知道匍匐在大地上，不开花只结实，结果也是藏在深深的地下……

　　低贱的红薯不似高贵的细米白面、大鱼大肉，能够让人大快朵颐，幸福满满。但它像极了我们平凡的父母，虽然不能给我们以大富大贵，但总能够保证我们的日常生活有一顿又一顿的家常便饭；虽然不能给我们以山珍海味，但总能够在我们饥肠辘辘、奄奄一息时，让我们得以及时果腹和有效续命……

　　亲亲的红薯如父母！我深深地爱恋着我平凡的父母，也深深地爱恋着一如父母般的红薯！

第六辑　有个令人惊艳的地方叫镇远

有个令人惊艳的地方叫镇远

两山夹溪溪水恶，一径秋烟凿山脚。

行人在山影在溪，此身未坠胆已落。

深深的峡谷里，一条宽百余米、深三米左右的"高峡平湖"河，S形将一座山城一分为二；河中碧水如练，山、楼、树、人倒映成像，快艇、游船、乌篷船往来穿梭；两岸临河而立的古色小高楼并肩相连，高低一致、外观整齐划一，灯笼成串；沿河青石步道蜿蜒曲折，其间青石砌就的台阶、码头直通清水，时不时还有形态可爱、栩栩如生的一组组黄铜雕塑显现——那是国庆长假游览甲天下的桂林归途中，不期然遇见的一座古城。这个令人惊艳的地方叫镇远。

10月2日至4日，横跨豫、鄂、湘、桂四省，"不远万里"去看桂林的"甲天下"。几天下来，兴坪镇20元人民币背面那个山没看真切，"大美漓江"水太浅，"遇龙河"挡着强收钱，"十里画廊"租车坐地要价（电动单车起步百元），"象鼻山"圈着，不掏钱乘船便看不见，每处停车张嘴就是三十上百元，还有很多"一日游"跟着屁股乱撺……走马观花地看了几眼，不仅心烦意乱、大失所望，还有点小遗憾。不承想，归途半路竟然意外捡得个大喜欢。

5日下午，高速归途天色将晚。原本打算就近下路将就一宿，但下入峡谷小城，立时就被眼前的清幽所惊艳了：街道紧凑而不狭窄，房舍林立而不参差，商铺众多而不凌乱，人流不断而不拥挤……

择一临水楼阁扔下行囊，顾不得舟车劳顿，就急匆匆踏进了美丽的画卷：那古城就在"高峡平湖"河的北岸，那入城古道是一座古老的石拱桥。那桥共七孔，清一色大青石条砌就。桥面正中一座三层穿斗式、三重檐、八角攒尖、青筒瓦顶楼亭古色古香。

经探问，那桥始建于明洪武二十一年（1388年），初名舞溪桥，由镇远土司思南宽慰使田大雅与镇远知州何惠同奏请朝廷修建。后因田氏土司家族内部变故，修桥半途而废。此后于万历三十七年（1609年）重修，至崇祯元年方告竣工，前后历经二百五十余年。后屡破屡修。清雍正元年（1722年）最后一次修复竣工时，正赶康熙皇帝圣诞，"舞溪桥"便改名"祝圣桥"。

其上的楼亭为清光绪四年（1848年），镇远知府汪炳敖倡捐修建。希望经此进京赶考的滇黔学子，能够魁星点斗，高中状元。故，老百姓又称其为"状元楼""魁星阁"。状元楼一面"扫净五溪烟，汉使浮槎撑斗出；辟开重驿路，缅人骑象过桥来"的经典对联，述说着清嘉庆年间缅人骑象赴京朝贡、路过此地的重要史实及此地昔时南方丝绸之路上水陆通衢的过往。

据说，这桥还是抗战期间西南大通道上的骨干桥。每天都有若干辆从滇缅公路、史迪威公路进入中国的大量援华战略物资的大卡车从桥上驶过，开往华中华东前线，曾为中国人民夺取抗日战争的胜利做出过重要贡献。

过桥入城，宽阔的青石路街道，油光厚重。街口"缅人远来"的古铜雕塑栩栩如生：大象在前小象在后，小象一旁的仆人风尘仆仆；街道两旁，一边靠山而建，一边临水而立，高低一致，整齐划一；商铺相连，物品繁多，餐馆挨排，洁净简练。

商铺身后的民居，是把中原四合院的原型，搬到山沟改造成山屋、吊脚楼、回廊等多种形式的山庄式院落。既重现了江南庭院的风貌，又显现山地建筑的布局。即有堡垒式的森严，又兼商贾大户的豪气。它是江南与山地的完美结合，是民居建筑的奇观。其中，最怪的当是"歪门邪道"——开在小巷道旁的各户大门，皆不与小巷平行或垂直，小巷也不与大厅正对，而是特意将门口朝向转一个角度，斜斜地对着街道——个种缘由，或许是山地狭窄，也许是为了"财不露白"。据说，这儿的明清古民居、古巷道、古码头、古城垣等，有一百六十余处，其建筑风格多为青砖黛瓦、高封火墙、飞檐翘角、雕梁画栋。

其主要古巷至少有七条，如石牌坊街、四方井巷、复兴巷、仁寿巷、冲子口巷、米码头巷和陈家井巷等。其间，古井遍布全城，但形状各异，有圆有方，有长有窄，更有像猪食槽样的猪槽井。有清澈见底的自然浅井，也有深达余丈的吊井等等。

其间，引人驻足的是，那里的人民政府很深入群众，很联系群众——县、镇政府机关及其诸多行政机关就置身其间，而并未外迁重建高楼大厦、高门大院。

与故城相连的除了祝圣古桥，西边不远处还有一座新建的跨江（总觉那河如江）大桥。其桥亦为石拱构造，其上护栏、桥灯等装饰古色古香。立于桥上，清风徐徐，江水清幽，楼阁排列两岸。对岸临河的餐座排挨排、串连串，那真是天下第一的"长桌宴"，那壮观简直叫人惊叹、惊艳、叹为观止。

下桥临河漫步，垂柳依依，清风拂面，游客如流，吃客欢颜。欢颜的吃客南腔北调，穿戴迥然，灯红酒绿，交杯碰盏，热闹非凡。上桌的饮食酸辣为主，丰富多面：有陈年道菜、酸汤鱼、牛肉粉、油炸粑、烤鱼、红酸汤、腊肉火锅、豆花火锅、苗家炸辣蟹、肠旺面、糯米粑、袁家嫩豆腐，以及极具特色的镇远特色火锅等，数不尽看不完。其间，组组铜雕惹人心欢："渔人钓鱼"老翁煞有介事，童女有模有样，童男慌手忙脚，柴狗着急慌忙，"渔妇浣洗"娃娃光肚，"口岸厘金"官商迥然。

流连忘返间夜色已晚，举目四顾，万家灯火一河两岸，山水相连，辉煌壮观。转至祝圣桥抬头上看，呀，这儿还有更佳景点——青龙洞。青龙洞建于明代，至今已有六百余年历史。其特色在于其集儒、道、佛、会馆、桥梁及绎道建筑文化于一身。整群建筑靠山临江，依崖傍洞，贴壁凌空，钩心斗角，错落有致。式样独特的建筑与悬崖、古木、藤萝、岩畔、溶洞天然合成。紫阳洞、青龙洞、万寿宫等，洞有阁，阁中有洞，一片阁楼洞天巧夺天工。

过古桥，灯火连天，亦梦亦幻。原来这高高矗立的就是古城石屏山。它临街而立，高两百米开外。因石崖绝壁高千仞，"端直苍阔如屏风"而得名。据说，其上有苗岭长城，专家考证后誉为"南国苗疆的塞外长城"。

"镇远其实不远。"游兴未尽回至客栈，老板竟热情善谈：镇远古城位于长江水系上游、贵州高原东部武陵山余脉的崇山峻岭之中。地处入黔要道（是湘黔两省的怀化、铜仁和黔东南三地区五县接壤交汇之处），是贵州省的东大门，素有"滇楚锁钥、黔东门户"之称，是贵州省黔东南苗族、侗族自治州镇远县和舞阳镇政府所在地。

这里自秦昭王三十年（前277年）设县开始，至今年已有三千年。宋宝祐六年（1258年）筑黄平城，赐名镇远州，"镇远"之名已经叫了七百多年了。元、清时做道、府所在地达七百多年。1958年州府迁往凯里，改此为县。

古城不人，但有八大会馆、四洞、八祠、九庙、十二码头，与府卫古城洹、吴王洞、四宫殿、古全井、古戏楼等名胜古迹近二百处；和平村，周达文故居，古城中的寺庙、庵堂、馆祠、亭阁、宫阙、古民居、古巷道、古码头等，有"传统文化迷宫"之称；新大桥南街还有一个"和平村"，那儿是原国民政府贵州省第二模范监狱，曾关押日军战俘六百多人。

穿城而过的"高峡平湖"实际是条河，名叫舞阳河。它发源于贵州的瓮安，终点在湖南的洞庭湖。河北岸称"府城"，南岸叫"卫城"，湘黔铁路、株六复线铁路、沪昆高速公路、320国道等穿境而过——火车在楼顶飞、高速（公路）在山顶悬！

镇远古城是一个多元化融合的古城，汉、苗、侗、土家等22个民族和睦相处，中原文化、荆楚文化、巴蜀文化、吴越文化、闽粤文化、土著文化等与域外文化融会，被专家称为"世界文化保护圈"。——不过来镇远不单单要看古城，镇远更有野趣神韵，堪与湖北神农架相比的"高过河幽地"、风景秀丽的"舞阳河国家级风景名胜区"，还有吴敬梓笔下《儒林外史》中描述的龙神嫁妹之地——"铁溪景区"，等等。

"两山夹溪溪水恶，一径秋烟凿山脚。行人在山影在溪，此身未坠胆已落。"这是民族英雄林则徐在清嘉庆二十四年受钦命赴任云南乡试正考官时所做的《镇远道中》一诗的首四句。

这儿，仅 2018 年上半年就接待游客 584 万人次，实现旅游综合收入 49.6 亿元，其中省外游客创收 33.9 亿元。2009 年，镇远荣获"中国最美的十大古城"称号，位居第五。

坐于客栈望台，近处楼桥迎面，河水深深，清澈见底；远处灯火辉煌，山水相映，游人熙攘。凝望间，倏然闪出一念：我们的黄河壶口、黄山、庐山、泰山以及漓江的象鼻山等，祖国的大好河山、社会公众的天然资源，缘何都成了"此处是我开，此树是我栽，要想进入看，留下买路财"的私有景点，全都设卡圈拦，坐地敛钱？某些极力开展旅游事业的地方政府，缘何不学学只投资不敛钱（这里不收景点参观钱）的镇远？

唉，此非我等之辈当思应虑。遇此一佳境，此趟远游之缺憾足以补矣！

2019 年 10 月 9 日

本文入选"延安杯"《中国最美游记》第六届文学大赛获奖作品集，
荣获"延安杯《中国最美游记》第六届文学大赛三等奖

西岳崚嶒竦处尊

——西岳华山游记

西岳崚嶒竦处尊，诸峰罗立似儿孙。

安得仙人九节杖，拄到玉女洗头盆。

车箱入谷无归路，箭栝通天有一门。

稍待秋风凉冷后，高寻白帝问真源。

——唐·杜甫《望岳·其二》

2019 年 9 月 23 日，在新中国七十华诞前夕，去往革命圣地延安途中，我终于爬上了仰慕已久的西岳华山。

一

乘坐缆车直上，那里的山势壁立万仞，刀劈斧凿，特别是一段、二段半山腰处，几乎是垂直上升。坐在缆车中手出冷汗，心惊肉跳：上望壁立万仞，下看万丈深渊；缆车徐徐，时而悬空万丈，时而直冲崖下，几多次与万丈绝壁擦肩而过；偶尔低头下望，山路蜿蜒崎岖，游人似蚁蠕动；山风吹过吊厢飘摇欲坠，不少人惊呼惨叫。当缆车"呼"地钻入绝壁石洞出站口的那一刻，无人不觉脱逃虎口，绝处逢生。

为赶时间，我等没有如常人由北峰攀爬而上，走"自古华山一条路"，而是先乘太华索道直上西峰。太华索道即华山西峰大索道。那索道超长，总长 4200 多米，差不多 8 里半。中途加站，为我首次所见。下站在瓮峪内东沟口，中站在仙峪白缺寺。上站在海拔 2000 多米的华山西峰、巨灵足（据说那里曾是巨灵神留下足迹的地方）南侧下绝壁硐室内，相对高差有 1000 多米，是世上第一条采取崖壁开凿硐室站房，总耗资 5 亿多元。

乘缆车仅用了二十几分钟，若是步行攀爬，三四个小时也是困难重重。出了索道石洞，便是道教著名宫观——镇岳宫。而后沿青龙背拾级而上，路过一道教宫馆翠云宫，就到了西峰之巅。

"白帝金精运元气，石作莲花云作台。"西峰海拔 2000 多米，因峰巅有巨石状若莲花，人称莲花峰。徐霞客《游太华山日记》载："峰上石耸起，有石片覆其上如荷花。"

"会当凌绝顶，一览众山小。"西峰是一块完整巨石浑然天成，西北绝崖千丈似刀削斧劈，陡峭巍峨，阳刚挺拔。登峰远眺：云霞四披，周野屏开，黄渭曲流，群山起伏，万山如朝。一时间犹如置身神仙府邸，万种俗念与烦扰立时风吹云散。

西峰景观有：翠云宫、莲花洞、斧劈石、神龟探海等。其中沉香劈石救母的故事流传最广。相传沉香之母因私嫁凡人，触犯天条，被关莲花洞。为救出母亲，沉香拜师霹雳大仙学得百般武艺，长大后用萱花神斧劈开大石救出母亲。山顶那两块巨石中间缝隙上宽下窄，像极了一块巨石一劈两开，似乎是这个千古传说的实物实证。峰北绝顶叫西石楼峰，峰上杨公塔为杨虎城将军所建，塔上有杨虎城将军亲笔题词。

二

"女娲娘娘补了天，剩块石头成华山。"置身于西峰之巅即可探寻华山全局：他南接秦岭，北瞰黄渭，是一块完整的花岗岩大石头，人称"天下第一块大石头"。他的雅称是"太华山"，因其险峻而名列"五岳"之首，号称西岳华山。地质工作者科学测定，其花岗岩山石形成期距今约 12100 万年。

《山海经》描述华山称："山高五千仞，削成而四方，远而望之，又若华状。"古时"华""花"相通，故而花山就成了"华山"。华山素有"奇险天下第一山""势飞白云外，影倒黄河里"之称。《史记》中载黄帝、尧、舜都曾到过华山巡游，秦始皇、汉武帝、唐玄宗等十数位帝王，也曾到华山进行过大规模祭祀活动。他是我国第一批国家重点风景名胜区，如今已是国家 AAAAA 级旅游景区、全国重点文物保护单位、国家地质公园。

华山是道教主流全真派圣地，也是中国民间广泛崇奉的神祇，即西岳华山君神。其间共有 72 个半悬空洞，道观 20 余座，其中玉泉院、都龙庙、东道院、镇岳宫等，被列为全国重点道教宫观。

华山有东、西、南、北、中五峰。南峰，是华山最高主峰（也是五岳最高峰），海拔 2154.9 米，人们尊他为"华山元首"。因回归大雁常于此落下歇息，故又称其为落雁峰。峰顶有金天宫（白帝祠）、老君洞、仰天池等。登上南峰绝顶，顿感天近咫尺、星斗可摘。举目环视，但见群山起伏，苍苍莽莽，黄河渭水如丝如缕，漠漠平原如帛如绵尽收眼底，使人一下子领略到了华山高峻雄伟的博大气势和如临天界、如履浮云的奇妙情趣。

东峰，顶有朝阳台可观日出景色，故名朝阳峰。其上冈石斜削，古松参天。南望秦岭，峰峦起伏，万里波涛；下视平野，苍茫浩渺。峰上仙掌崖、甘露池、青虚洞、下棋亭、鹞子翻身等都是险景胜迹。其中朝阳台的海拔最高，居高临险，视野开阔，是观看日出的最佳地点。下棋亭在清虚洞附近一座孤峰上，铁瓦亭内有铁棋一枰。据说宋太祖赵匡胤在此输棋，而将华山输给陈抟老祖。因此，有"一文钱困倒英雄好汉，逼得我赵匡胤卖了华山"的戏文。

"安得仙人九节杖，拄到玉女洗头盆。"中峰，居东、西、南三峰中央，峰高也在2000米开外。传说春秋时隐士萧史善吹洞箫，箫声吸引秦穆公之女弄玉舍弃宫廷生活，与其到此隐居。因此，中峰又被称为玉女峰。峰上许多名胜都因玉女而得名，如玉女祠、玉女洗头盆等。二人的居所就是西峰之下的"天下第一洞房"。立于中峰之下，环布而立的西、南、东、中诸峰，真如一朵花的几个花瓣。

"车箱入谷无归路，箭栝通天有一门。"游罢西、南、东、中四峰，沿山而下去北峰至"金锁关"。此地是经五云峰通往东西南中诸峰的咽喉要道，锁关后则无路可通。古时道家认为华岳为仙乡神府，只有过了通天门才算进入仙境，所以有"过了金锁关，另是一重天"之说。

再向下走，就是"苍龙岭"了。苍龙岭以其苍黑色的外部和其悬龙般的地势而得名。其宽度不足三尺的花岗岩岭脊状若苍龙，岭脊岩石凿有数百石阶（华山石阶均就山凿石），两旁绝壑千尺，行其上如履薄刃。身处于此，举目俯视，崖壁如削，谷深莫测。岭脊的东侧有一数米见方的平台，即是"韩退之投书处"。相传韩愈当年登华山览胜，游罢三峰下至苍龙岭时，见苍龙岭山道如履薄刃，两旁绝壑千尺，不由得两腿发颤，寸步难移，曾蹲此大哭，并投书山下给家人以诀别。明清时该岭开始修凿台阶，共修凿台阶530余级。现今，为防止上下堵塞、保护游客安全，岭东又凿出一条登山复道。

华山北峰，又名云台峰。景色虽不及其他几峰，但山势非常险峻。三面都是绝壁，只有一条山岭通向南面，是易守难攻之地。"智取华山"的故事就发生于此：1949年5月华阴解放，国民党保安旅旅长韩子佩带领残部400余人逃上华山，负隅顽抗，我人民解放军为全歼残敌，刘吉尧等八位勇士从两岔口出发，攀悬崖、越峭壁，过猩猩沟、老虎口，占领北峰，创造了"神兵飞越天堑，英雄智取华山"的奇迹。现今"擦耳崖"下建有纪念亭，亭柱两旁上书"千秋功勋三军猛勇震天地，万代楷模将士奇智惊鬼神"。

北峰是华山五峰中最低的山峰，据说海拔只有 1600 多米。其峰四面悬绝，上冠景云，下通地脉，巍然独秀。峰北临白云峰，东近量掌山，上通东西南三峰，下接沟幢峡危道。峰头由几组巨石拼接浑然天成，是传说中"华山论剑"之地。登顶环顾四周，前面悬崖峭壁，后面万丈深壑。对面层峦叠嶂，奇石耸立，尖峰挺拔，白云缭绕。沟壑间风声呼啸，翠浪汹涌。

立于北峰回眺苍龙岭，其更像是从天而降的一挂云梯，长达百余米的陡峭坡崖，狭窄的石阶，奇险惊心。再翘首上望，几个主峰像极了一个硕大的金元宝。又因汉武帝分封五岳，华山神少昊主管天下金银财宝的分发，更使得华山成为天下子民公认的财神山。

三

回想游路，真是"人模糊天照顾"。若是自北峰而上，单是从苍龙岭攀到西峰也要两三个小时，说不定会望而却步、半途而废，遗憾终生呢。

五岳之一的华山北临渭河平原和黄河，南依秦岭，是秦岭支脉的一座花岗岩山脊。他并非像故宫、秦陵、汉陵、十三陵及狮子林、拙政园、颐和园等倚仗权势、财富由人力建造，而是天地之造化，是至高无上的帝王或财大气粗的鸿商富贾所不能的。

有人说华山是北方的大汉，我则认为他是中国的伟丈夫！在下不才，祖国万里江山仅到过安徽的黄山，江西的庐山，云南的苍山、玉龙山，张家界的黄石寨、杨家界、袁家界而已。然而西岳华山的险、峻、奇，尤其是他的峻拔和伟岸是所见名山难以比拟的。因故，亲临他山无文无记，甚或无照，唯独对西岳华山念念不忘，并专门书以浅见拙悟，以示记之！

2019 年 10 月 9 日

两小时后中到大雨
——从"洗脸盆"说话到智能电视

　　星期天陪孩子们到"新时代影院"，观看 3D 电影《狄仁杰之四大天王》。刚走到一楼大厅，就看见一群人围着一台大屏幕、超薄电视机在嬉嬉闹闹。其中有个人冲着电视机喊："我不想上班！"那电视机随即就发出一个稚嫩嫩的回话："好啊。买个碗，我负责哭，你负责喊，咱俩都是老板！"原来大家在围观新型电视机展销。看到这款集互联网、多媒体、网络视频等技术为一体的人工智能电视机，我内心不由得感慨：时代步伐太快了！

　　四十多年前，人们还是点灯靠油，耕地靠牛，娱乐靠盲人说书、鼓儿哼，顶多在"五天年"（初一至初五）里看三天戏。后来在"楼上楼下，电灯电话，'洗脸盆（儿）'会说话，苏联有啥咱有啥"的传说中，才挂上会说话的洗脸盆儿——小广播。

　　那小广播像只浅底黑饭碗儿，通体就是一个厚一点的黑纸壳，底部有一块小磁铁和两根电线头。一根线头接到从远处拉来的广播线上，另一根与"地线"（一根直接埋到地下的铁丝）相接。它一般都挂在堂屋的土墙上，讲究的人家会做个小木盒子把它装起来。小广播也装有拉线开关，但难得用上广播的人们基本不用它，全都是任由电台播停。播放时，那小纸碗会一鼓一鼓地跳动，音量开关就是拔出地线或往地线上浇水。

　　小广播一天响三次。每天早晨，随着"东方红，太阳升，中国出了个毛泽东……"雄浑高亢的《东方红》乐曲响起，一轮红日冉冉升起。一个个活泼可爱的孩子走出家门，披着灿烂的朝霞蹦跳着奔向学堂。各家的男人女人，在生产队长的带领下，荷锄挑担，有说有笑地走向田间。羊倌、牛把儿们则甩着响亮的鞭子，驱赶着欢快的牛羊走向山坡。天地间万物生机勃勃，一切都是那么美好。

　　中午 12 点准时开播。人们赶不上收听半个小时的"新闻和报纸摘要"，全都心急火燎地端了饭碗收听后半小时袁阔成的《三国演义》评书连播。晚上人们可以从收工开始，轻松地收听一些生活常识、红色歌曲，特别是《红灯记》《智取威虎山》《沙家浜》《海港》等样板戏，直到伴随着欢快的《大海航行靠舵手》结束曲入眠。其间公社和大队的大小通知，算是插播的广告了。

通过小小的"洗脸盆儿"，当时的人们不仅知道了很多国内政治新闻、全国人民大干快上的壮志豪情，也了解了苏联、越南、南斯拉夫等国家的风情和动态。在"秀才不出门便知天下事"的同时，它也给人们带给了极大的悲伤和惶恐。比如周总理、毛主席的逝世，广播里沉重的哀乐让人哀伤不已，唐山大地震的消息和当地警报更是让人惶恐不安。

1982 年的大街小巷及许多农户家里，都飘荡着王刚那颇富磁力的声音——《夜幕下的哈尔滨》《牛虻》《神秘岛》《上海的早晨》等长篇小说连播。因为那时的收音机已不再是每个家庭"三转一响"（自行车、手表、缝纫机和收音机）时尚的"四大件"。收音机已从大台式变成巴掌大小的半导体，走进了寻常百姓家。从此，人们不仅可以随时随地收听，而且还可以自由地选台和调控音量。不仅可以学唱《学习雷锋好榜样》《社会主义好》等革命歌曲，还可以收听《李天宝吊孝》《宝莲灯》等戏曲选段。不仅能听到马季、唐杰忠、高英培等诙谐的相声，也可以收听《红星照我去战斗》《花儿为什么这样红》等电影插曲。让少儿迷恋的是"嗒嘀嗒……嗒嘀嗒，小喇叭开始广播啦"，让大人们侧耳倾听的是"嘟……嘟……嘟……嘀! 刚才最后一响是北京时间中午 12 点整!"

"中央电视台，中央电视台，这里是中央电视台，您现在收看到的是……"当宋世雄老师快节奏且铿锵有力的声音回响在人们周围的时候，电视机已经悄然进入了人们的生活。不过那时候的电视机播放的画面只有黑白两色，收到的一两个频道，也是雪花点或马赛克经常不断。因此，买了电视的人家都插有一根高高的天线杆。

几乎与此同时，"池塘边的榕树上，知了在声声叫着夏天""晚风轻拂澎湖湾，白浪逐沙滩"等流行歌曲已经风靡大江南北、大街小巷——因为录音机走进了百姓生活。其初是人们倒腾来的香港二手货——手提式"砖头块"（下方是喇叭、中间单卡磁带槽、上方手提处有几个按键），之后便是国产单卡单喇叭、双卡双喇叭大台式。那时我虽然已经参加工作三四年了，但第一次听到录音机里飘出的曼妙歌曲，真是感到"此曲只应天上有，人间难得几回闻"。那通俗的歌词、舒缓的旋律，听得人如痴如醉，唱得人激情澎湃，大有"沉醉不知归路"之感。

当《雪山飞狐》《霍元甲》《东邪西毒》等武打电视剧让人废寝忘食、如痴如醉的时候，电视机已悄然地由黑白变成了彩色。电视机悄然变成彩色的同时，录像机、家庭音响也在不知不觉中走进了千家万户。1988 年过后，有线电视、VCD、DVD、数字电视、网络电视等现代化视听用具和设备，全都一股脑地涌进了人们的日常生活……

电影结束，走出现代化放映厅，电视机展销区还有人兴致勃勃地和电视机对着话："当前天气怎么样？"电视机随口回答："当前较热，两小时后有中到大雨！"

2018 年 8 月 1 日

如今，我们"不食人间烟火"

先前，人们说"不食人间烟火"，就是说你不吃人间用烟火做的饭食，不是凡人是神仙。而现在，随着时代的发展，灶房和灶具日新月异。这让如今的我们，几乎"不食人间烟火"！

先前贫穷年代，大多数人家用以栖身的住房都是土墙草屋，用以生火做饭的灶间就更加简陋。连屋灶（住房和锅灶在一起）是少数较为贫困的人家，一间标准房做灶房的是少数的富裕人家。大多数人家是在农家小院的一角，盖一间低矮、简陋的小草屋（一边借助主房的前墙，一边借助院墙，其余两边用高粱秸秆或茅草夹起来，再糊一层烂泥巴）而已。

简陋的灶房中最主要、也最占地儿的就是锅台（灶台）。锅台盘造得很合理，也很有趣：在后墙一角、灶房四分之一处的地面上，紧挨着反 L 形扣下大、中、小三个锅印儿。依照三口锅印儿的大小立底盘——土坯一个挨一个立起来，不用泥巴（省坯、通风）；底盘前边立仨腿儿，留俩洞漏灶灰（我们叫"锅底洞"）；后边紧贴后墙垒实，里边大锅与后边小锅的一边紧贴里墙墙壁；三个腿儿上分别放置两个生铁铸造的灰箅子（多是等距离粘上几根铁丝）用以漏柴灰，其上按照三口锅的大小垒出三个火圈；灶膛内，大锅与中锅之间立半坯厚隔子，虽都与后小锅相连（余火都通后小锅，仨锅共走一个出烟洞），但可以单独烧火（大锅用来蒸馍做饭，中锅作炒菜用，后边的小锅利用做饭炒菜的余火温水），互不影响；前边留有两个方口，用以添加柴火，我们叫"烧火洞"；三口锅坐在火圈里，与台面基本持平（留一寸锅沿，便于取拿）；"烧火洞""锅底洞"两两直通，四个洞口上下左右齐直。只是灶腿儿与灶膛相连处（和灰箅子同一平面），自大锅里墙到中锅外墙，一条直线悬出半砖（用以捧抬进灶柴火、存放火柴、打火机等，也明显地把整个灶台分为上下两部分），这就是"锅台脸儿"。

两个灶膛与后小锅相通、经过后小锅在后墙上开一小洞，顺外墙向上垒一人多高方洞，即为冒烟洞（烟囱）；灶台前四分之一处，为存放柴火和烧火的地儿，我们叫"锅底忙儿"。灶抬后留下的反 L 形小空道就是掌锅地方，我们叫"锅后落"；仨锅相连处，有外边中小锅通向后小锅的烟洞，宽四五寸，整平搪光即为锅台面，上可搁铲（勺）放碗；盖锅口的是桐木薄板合制，或高粱莛扎制（一横一纵两层）的锅盖子，我们叫"锅拍子"，与之相配的有蒸（熘）馍的篦子，和稻草扎制的锅圈等。

小时候，我家虽然在伏牛山山区，但也常常为没有柴烧而发愁。那时真可以说是"赤地千里"——漫山遍野几乎没有可以捡拾的柴草。因此，那时的我们上学不是第一要务，主要任务就是捡拾柴火。甚至爬到树上去一片一片摘取树叶，站在树下等着枝头最后一片树叶落下来。

"大雨纷纷下，柴米都涨价。板凳当柴烧，吓得床害怕。"每年春秋连阴雨时节，家中总是烧了这顿没那顿。若遇上十天半月的连阴雨，各家更是叫苦不迭。这时，我的母亲总会淋雨，到外面捡拾一些青禾湿柴。然而捡拾回的青禾湿柴难以点燃。每次做饭总要从床铺上的稿荐（草苫）上，抽拽一点干草做引火。以至于一个雨季过后，艰难制备的稿荐被抽拽得不成样子。

就这样，较多的时候还是难以点燃（那时候，2分钱一盒的火柴向人借也是论根儿的）。为此，我的母亲总是在每顿饭做好之后，就趁热把湿柴火放到锅灶里烘炕。但这炕柴火也很是恼人的——放早了会自燃，放晚了炕不干。为此，奶奶和母亲终日地戳锅攘灶，终日地被烟熏火燎着。

1983年我端了"铁饭碗"后，因为没有可做饭的灶房、灶台，才开始使用煤炉子。那炉子外面是铁皮筒子，里面是耐烧瓦芯，中间用泥巴等东西填充。烧的是十个或十二个孔的"蜂窝煤"。它占地少，也比较干净，烧饭、炒菜、取暖都靠它。但它弊端还是很多的，比如不易点燃、（日夜燃烧）比较浪费、开始冒黑烟、正用时烧败了、炉灰很大及产生毒气等。

使用煤油炉，是20世纪七八十年代。它的下面是个圆形的储油罐，中间等距离安置着多个灯芯桶，外加一个调节火候的开关，上面则是个圆形聚火罩，顶上放有坐锅的支架。用时拿火柴一点，炉子上便冒出红红的火苗，拧动旋钮火苗可大可小。用"煤油灯"做饭是当时的洋气事，算是第一次颠覆人们对烧火做饭的认知。但因煤油炉燃烧不充分，总会散发出一股呛人的煤油味，而且还要常加油、剪（换）炉捻等不便，更由于使用代价太高等，并不为大众所接受。

大约是20世纪90年代初期，液化气开始走进寻常百姓家。那个煤气罐外表看上去就像是氧气瓶，里面装的东西却很厉害，配上一个灶盘就能点火做饭了，而且方便好用，干净卫生。只是经常驮着气罐换气，也是很气人、累人的。为了能把液化气用到极致，人们会在气罐燃烧将尽时，弄盆热水将气罐泡一泡，或者抓着罐把手摇动几下。其间，电水壶、热得快开始出现和流行。

2015年南阳市城区天然气改造工程落地，我家便用上了这一清洁、经济、安全、高效、优质的锅灶。第一次看到那一圈圈火焰，像一朵蓝色莲花时，还兴高采烈、热泪盈眶呢。后来，电磁炉、微波炉、电饭煲、电饼铛等悄然入驻，煎炸炖、蒸煮焖、烧烤炒全都不见烟火，举手而就！尤其是那电磁炉，不点火、不冒烟，没火芯、无火苗，真是颠覆我们的认知。

如今，我们这般"不食人间烟火"，是否就是传说中的神仙生活？我看有点！

2018年12月31日

孩子成家再买台高级轿车

　　每每驾驶私家车，总有一样什么物什在脑海里时隐时现。经过反复的搜索和定格，它终于由漫漶变得清晰起来——那就是少时魂牵梦绕的自行车。

　　20世纪七八十年代，买辆自行车是人们可望而不可即的奢望和梦想。虽说当时的一辆自行车还不到200元，但别说每天十几个工分，只合几分钱的庄稼人难以实现，就是每月有三十几块工资的"公家人"，也是极其不易的。一来，微薄的家庭收入维持一家老小的吃穿都很艰难。二来，那时所有的商品都是凭票供应的。比如：扯布要布证，购粮要粮票，就连买点灯用的洋油（煤油）都得有点灯用油证（供销社按计划填写的条子）。因此，自行车是那个时候家庭生活水平标志的"四大件"（车子、手表、缝纫机，三间瓦房过风脊）之首。

　　当时的自行车，都是黑色的"二八大杠"，就是车轮直径28英寸（约71厘米），用一个粗重的三角架，把前后轮连在一起的加重型直梁自行车。高高的车把、突兀的车座、宽大的后座和硬邦邦的双支架，在显现牢固和稳重的同时，也使它的笨重一览无余。自行车的牌子，主要的就是天津产的"飞鸽"和上海产的"永久"，之后还有上海的"凤凰"和广州的"五羊"等。当时社会上关于自行车牌子的说法是："飞鸽快，永久耐（耐用），红旗加重也不赖！"

　　那时候，自行车的品牌虽然就这几种，即使买得起也没有挑选品牌的余地，但就这几种品牌却丝毫不亚于当今的"宝马"和"奥迪"。谁家若是买得一辆自行车，不管新旧，一律都要用红布把车牌子包起来。直到泥瓦没了、车圈龙（弯曲）了、车身哪儿都响就车铃不响时，车把下那块已经由红变白、由白变黑的布片，还是舍不得摘下来。其实，那时的人们对于自行车标牌的看重，并非源于这件商品的质量和信誉，其重要的原因有两个方面：一是在当时人们的心中，自行车标牌是自行车自身价值的基本体现；二是每辆自行车的拥有者，从来没有想到这样一大件，要在自己手里用到最终——总是考虑随后的转卖。由此，我想中国人对于商品品牌的重视，一定是从自行车开始的。

　　大约在我10来岁的时候，银行给我伯（父亲）配发了一辆飞鹰牌"专车"，配合他作为农金员走村串户的信贷工作。我依稀记得那辆自行车并不是崭新的，大约是上级行打下的"二手货"。同样，车把下的标牌用红布包着，前后轮中间的三脚架上，吊着一个用帆布做的大布兜。

尽管如此，当我伯第一次把那辆半新不旧，但又是那样新奇的"洋马儿"骑回家时，还是在全村引起了不小的轰动。从下路到进庄儿，一路两旁正在劳作的老老少少，全都老远地手搭凉棚直起身来："是三哥吧，该哪（打哪）弄回恁好的洋驴子？""他三伯出息了，是公家发的吧？""自行车会自行不？"纷纷丢下农活争相围上前去看稀罕。

车子推回家后，赶来看稀奇的人那是相当地多，全庄儿的老老少少就跟赶集似的，一下子全都跑进了我们家。不光是门口人流不断，院内站坐无地儿。事后，我伯说："就这，我生生搭进去一盒'大舞台'（纸烟）！"但当时我的感觉却是，那一天是我们家最为荣耀的一天。虽然，之后的日子里，我的父亲并没有时常带车回家，但我却总是对同伴们说："这两天，俺伯就骑着他的自行车回来！"

然而这样的好景并没持续多久。大约一年多吧，他所在的单位就实行了"车改"，也就是单位把配备给个人使用的公有自行车作价卖给个人。虽然我父亲按照"单位内部和原使用者优先"的原则，把先前单位配给他的自行车低价（大约是九十几元）买到了手。但由于当时我们家庭条件的严重不足，车子买到手还没有推回家，就转手卖给了我叔家二哥。

1983年我参加工作，但每月工资只有三四十元。因此，直到1987年完成人生大事，也没有买回一辆梦寐以求的自行车（结婚时把积蓄多年的300元当作了彩礼，岳父又用它买了台"华生"牌落地扇当作了嫁妆）。大约是1993年吧，孩子进了幼儿园，为了接送方便些才紧巴巴地买了辆26型、单支架、"凤凰"牌坤车。可惜没过多久，爱人在送孩子上幼儿园时让小偷给偷走了。为此，爱人还当场昏厥了过去呢。

为了防贼偷又买了辆二手自行车。就这，我在一次去县酒厂朋友那玩，一转眼的工夫又让小贼弄走了。那朋友想是在他家丢的，便推了辆新车送我。虽然咱没要，但我从此对他尊敬有加。直到他出事故跑去另一世界，还结欠咱大几千元呢。

之后，随着工资由八九十元涨到七八百元，家里不仅买了两辆自行车，还买了踏板摩托车。再之后，随着工资涨到几千元和物价的不断降低，咱也自然而然地买回了私家轿车。如今别说小偷不再对数百元的自行车下手，就连几千元的电动车也不屑一顾了呢！

已经打算好久了，孩子成家再买台高级轿车！

发表于《河南日报》2018年6月22日

沉舟侧畔千帆过

——浅谈古钱币之演变

物竞天择是达尔文进化论的核心，原指生物进化的一般规律。这一规律不仅适用于世间各种生物，也是其他各种事物发展的基本规律，比如中国古钱币。中国古代钱币萌芽于夏代，起源于殷商，发展于东周，统一于嬴秦，历经了四千多年的漫长历史，在漫长的四千多年中始终在不断演变。这看似变化无常，实则是物竞天择，优胜劣汰的一个自然结果。

四五千年前的原始社会，因为生产力低下、物质极不丰富，部落或家庭之间，偶尔发生的交换活动，也只是以物易物。随着生产力的发展和社会的进步，人们物质生活中的需求不断扩大。以物易物不能适应社会生活的需要时，人们便把贝壳作为交换的中介物。贝，具有小巧玲珑、色彩鲜艳、坚固耐用、便于计数、方便携带等特点。在不知金属为何物的原始社会，天然贝便由人们珍爱的装饰物，逐渐成了商品交换的一种特殊商品——等价物。

到了商代晚期，随着商品经济的发展，交易范围不断扩大。中国北方因不易获得用量极大的海贝，便以陶、石、骨、玉、铜、金等其他材料制成仿制贝。有文铜贝是楚国的青铜贝币，因其铸有的"紊"字形如同一只蚂蚁爬在鼻子上，故称之为蚁鼻钱（因其铸有的"咒"字仿佛一个鬼脸，所以被后人称之为"鬼脸钱"）。后来，有文字的铜贝统统被称为蚁鼻钱。

春秋时期，位于我国东部沿海地带的齐国，按照当地的风俗习惯铸行了一种形状像刀（青铜刀）的青铜铸币，称之为"刀币"。"刀币"是由日常生活使用的工具刀削演变过来的，它的性质与铜仿贝差不多。后来随着齐国疆土的扩大和与邻国交战，齐国的刀币流通范围逐渐扩大到燕、赵地区。此时的刀币因为铸地不同、形体各异等，而形成了"齐刀""燕刀""赵刀"三大系列。

公元前六世纪后期，"贝币"已完全不能适应市场交换的需要了：有时为了买一头牛，要背上成斗的"贝币"或者"仿贝"到市场上去。买更贵重的东西呢，携带"贝币"的数量恐怕要肩挑、车推才能支付。因此，东周景王二十一年（前 524 年），铸造出了大钱——"布币"。为什么叫"布币"呢？古时有种类似锹的挖土工具叫"镈"，物物交换时人们常用它来做交换的媒介。为了便于携带，周景王便把这种农具小型化，铸成象征性的"镈"。因为"镈""布"声母相同，音韵相转，于是"镈"就转成"布"了。选择"镈"这种农具作为货币的型制，是注重农业的传统思想。因为地域和时间的不同，"布币"可分为空首布、尖足布、方足布、圆足布、三孔布等。空首布又有耸肩尖足空首布、平肩弧足空首布、斜肩弧足空首布等。

"千秋唯有长城在，不见当年秦始皇。莫道区区仅半两，曾看刘项入咸阳。"战国时期，各诸侯国各自为政，自己铸行货币，齐有法化刀，楚有蚁鼻钱，燕有明刀，韩有方足布，赵有尖足布，魏有桥足布，等等。钱币形状各异，轻重不一，并且有优有劣，换算困难，给当时的商品流通造成了极大的困难。公元前 221 年，秦始皇统一六国兼并天下。在书同文、车同轨、统一度量衡的同时，以法律形式废除了战国时流通于各国的布币、刀币、蚁鼻钱等，推出全国法定的唯一流通币——"秦半两"。以天圆地方的宇宙观赋予古钱币，代表不可逆转的皇权。

汉初，政府因掌控力弱，允许民间私铸钱币。于是郡国诸侯、地方豪强便纷纷私铸，形制各异的"榆荚钱"风行于世，导致通货膨胀及后来的七国之乱。公元前 113 年，汉武帝废除一切旧币铸造"五铢钱"（二十四铢等于旧制一两），并在上林苑设立负责铸钱的机构，称作"上林三官"。颁布严刑峻法："盗铸诸金钱罪皆死，天下非三官钱不得行。"从此五铢钱成为唯一的流通货币。独步于大汉王朝的五铢钱，又一次迎来了重大钱币史改革。

到了唐代，人们意识到"半两""五铢"起决定作用的并不在于它的重量，而是为大家所认同的中介作用。于是，唐高祖于武德四年（621 年）废除了五铢钱，改钱文为"开元通宝"（径八分，重 2.4 铢，每十文为一两）。这标志着独立的钱币概念诞生了，它从实物货币开始向一种符号化、抽象化、信用化演变。

沉舟侧畔千帆过，病树前头万木春。在四五千年的历史长河中，我国古钱币几经变换。但每次变换都蕴含着它的必然性，那就是：物竞天择，优胜劣汰，适者生存，此消彼长！

钱币如此，人事如此，一切事物亦如此！

2018 年 3 月 29 日

孔方兄有绝交书

——古诗词中的钱货

> 菁菁者莪，在彼中阿。既见君子，乐且有仪。
> 菁菁者莪，在彼中沚。既见君子，我心则喜。
> 菁菁者莪，在彼中陵。既见君子，锡我百朋。
> 泛泛杨舟，载沉载浮。既见君子，我心则休。

《诗经·小雅·菁菁者莪》以"菁菁者莪"起兴，展现了在一幅莪蒿满地、青绿繁盛的春天胜景中，一淑女与一少男相见、获得男子厚赐后的喜悦心情，并把一个美妙动人的爱情故事表现得引人入胜、美好无限。其中"既见君子，锡我百朋"，是说：见到心上人我很高兴，他送我不少钱。"朋"，是我国最早的货币计量单位。夏商时期，贝壳开始广为人们接受，并成为商品交换时的主要媒介和王室的赏赐品。人们把十枚贝壳串在一起，称为一朋。"百朋"，即百串钱，比喻很多。诗歌中的"锡我百朋"，是我国最早反映钱货的诗词。

《诗经》中反映钱货的还有《诗经·卫风·氓》，讲述了一位女子从青梅竹马、求婚恋爱、两心相许、结婚度日，到男子变心、一刀两断的全过程，是一位弃妇、怨妇的悲愤表达。其中首句"氓之蚩蚩，抱布贸丝。匪来贸丝，来即我谋"，是说憨厚的农家小伙，怀抱布匹来换丝。其实不是真来换丝，是找此借口来求我。古时，"布"是用麻织成、用来遮体御寒的。西周时期，由于生产力的发展和商品交换的频繁，流通于市场的货币除贝外，"布"也开始被用作价格支付的手段。

"我所思兮在太山，欲往从之梁父艰，侧身东望涕沾翰。美人赠我金错刀，何以报之英琼瑶。路远莫致倚逍遥，何为怀忧心烦劳。"在是科圣张衡在河间（今河北沧州）任职时作的《四愁诗》。其中的"美人赠我金错刀，何以报之英琼瑶"是说"美人"曾送我金错刀，我将用何报答……这里的"美人"比的是君子，金错刀则指的是金错钱刀，实为一种货币。

"金错刀"有两种情况：一是指黄金镶嵌刀环或刀柄的装饰品，即佩刀；二是王莽铸的特大钱币，名"一刀平五千"，即错金（用黄金镶嵌文字）的刀币，故叫金错刀。其形状独异，像一把现代的钥匙，头为圆形，身为刀形，"一刀"二字用黄金镶嵌而成，是中国古代数额最大的钱币。诗圣杜甫的"金错囊从罄，银壶酒易赊"，和韩愈的"尔持金错刀，不入鹅眼贯"等中的"金错"和"金错刀"都是金错刀钱。

诗豪刘禹锡《蜀先主庙》"天地英雄气，千秋尚凛然，势分三足鼎，业复五铢钱"，其中的"业复五铢钱"，指的是汉武帝元狩五年（前118年）铸的五铢钱。这里刘禹锡以光武帝恢复五铢钱的史实，赞喻刘备想复兴汉室。

诗仙李白《南都行》："南都信佳丽，武阙横西关。白水真人居，万商罗鄽阛"中的"白水真人"，是指光武帝刘秀。刘秀生于南阳郡春陵白水乡，并起事于南阳白水河畔。"真人"是说，刘秀是道教所说的修行得道之人。"白水真人"是说，刘秀乃起于白水的真龙天子。王莽兴铸的"货泉"钱中的货泉二字，拆开来读就是"白水真人"。刘秀就以此为"受命"，不但不禁绝王莽兴铸的"货泉"，反而在即位之后沿用了十六年。因此，"白水真人"是说刘秀，也是指"货泉"钱币。

宋代诗人黄庭坚诗《戏呈孔毅父》中有"管城子无食肉相，孔方兄有绝交书"，明时袁宏道《读钱神论》中有"古时孔方比阿兄，今日阿兄胜阿父"，这其中的"孔方兄"指的是外圆内方的铜钱。这是因为，秦始皇削平诸侯之后通行"秦半两"。秦半两这种钱奠定了我国各朝代铜钱的基本形式，直至清朝末年方废止使用，共使用了两千多年。其间，无论铜钱的铜质如何不同、大小如何不一，钱币都是内方外圆。关于"内方外圆"，除了"天圆地方"观外，还有一个实用原因：人们为了让铜钱整齐圆滑，便于使用，钱币铸成后还要用锉刀修整。一枚一枚地修锉，不仅不方便而且很费工夫。铸钱工匠就在铜钱的中间开一个小孔，把百十来个钱币穿在一根棍子上，一刀锉下去，百十枚铜钱的外缘全都锉到了。后来发现，加工时钱币会胡乱转动，有的锉到，有的锉不到。他们这才把钱孔做成方形的，用以固定。

"爱酒苦无阿堵物，寻春奈有主人家。未容黄蜂酿成蜜，已怕恶雨不容花。云间明月无可揽，海中蟠桃良未涯。浮名误人不得脱，黑发减来那得加。"是北宋诗人张耒作的《和无咎》。"爱酒苦无阿堵物"中的"阿堵物"，也是指钱币。西晋有个名叫王衍的自命清高，从来不说"钱"字。他的妻子郭氏，曾多次设法逗他说"钱"，都没有成功。一天晚上，郭氏趁王衍睡熟，让婢女悄悄用一串串的铜钱，把他的床围起来。她以为待他醒来下床，一定能说出"钱"字来。但第二天早晨，王衍见此情景，就把婢女唤来，指着床前的钱，只是说："举却阿堵物（拿走这个东西）。""阿堵物"是六朝和唐时的常用语，相当于现代汉语的"这个东西"。由于这个故事，"阿堵物"从此成了"钱"的别名，并且带有轻蔑的意味。

"钱之为体，有乾有坤，内则其方，外则其圆……亲爱如兄，字曰'孔方'。失之则贫弱，得之则富强。无翼而飞，无足而走……钱多者处前，钱少者居后。处前者为君长，在后者为臣仆。君长者丰衍而有余，臣仆者穷竭而不足……""有钱可使鬼，而况于人乎？"世间不知几人与"孔方兄有绝交书"，而我实在做不到啊！

发表于《金融时报》2023 年 8 月 4 日

熬年守岁

年末岁尾，一场积雪把远远近近的田野、道路、村庄，装扮得格外肃穆和安详。除夕傍晚时分，一阵鞭炮响过，远处山坡上隐约的黄叶、翠柏，全被皑皑白雪淹没了去，四下里雪白一片；近处白雪遮顶的丛竹，在四下白雪的映照下更加翠绿；院子内外在雪光的映照下亮亮堂堂，亮亮堂堂中刚刚贴好的春联分外红艳；堂屋正中上好木柴点燃的大火烧得正旺，欢快的火苗把围火而坐的一家人撩拨得快活不已、兴高采烈——农家人一年一度的熬年守岁开始了！

熬年守岁，就是人们在年末岁尾的除夕之夜"拖延"时光，守候年岁。这是对如水岁月的惜别留恋，也是对新年的美好期盼，它是炎黄子孙经久相传的一项重要年俗。

关于熬年守岁，我所熟知的有两个传说。一是驱赶、防范猛兽"年"。传说上古时有一种猛兽，狰狞凶残，专食飞禽走兽、鳞介虫豸，一天换一种口味，从磕头虫一直吃到大活人。它们平时隐匿在深山老林，到年末岁尾方才接近村庄。人们根据它们"每隔三百六十五天（一年），窜到人群聚居的地方吃一次人"的活动规律，管它们叫"年"，把它们肆虐的时期叫作"年关"。因此，每年年关，家家户户就开始燃放爆竹加以驱赶。到了年三十晚上，在燃放大量爆竹的同时，各家各户都提前吃过晚饭躲进屋内围火而坐，小心防范。久而久之，就形成了家家户户除夕夜熬年守岁的传统习惯。

第二个传说是等候、迎接灶王奶奶。相传，玉皇大帝的一个女儿爱上了一位穷小伙，玉皇便把她打下凡间跟着穷小伙受罪。后来王母娘娘讲情，玉皇才勉强封给穷小伙一个"灶王"（那仙女也就成了"灶王奶奶"）。灶王奶奶深知百姓的疾苦，常在"回娘家"时偷偷带些东西，回到人间分给大家。玉皇对此非常生气，就规定灶王爷夫妻一年只能在腊月二十三回天宫一趟。为了能从天宫给人们多带些东西，灶王奶奶是想尽办法收罗。从腊月二十三开始，每天弄些扫帚、豆腐、肉类、公鸡、大枣、馒头等。一直到除夕晚上，方才慌忙带了东西连夜赶回人间。人间则家家户户点起旺火、香烛守望等待。直到深夜零时灶王奶奶归来，人们便燃响爆竹迎接和欢庆。因是，人们每年除夕要熬年守岁。

熬年守岁最早记载见于西晋《风土志》：除夕之夜，相与赠送为"馈岁"，酒食相邀为"别岁"，长幼聚饮为"分岁"，终夜不眠曰"守岁"。南北朝诗人徐君倩《共内人夜坐守岁》说："欢多情未极，赏至莫停杯……帘开风入帐，烛尽炭成灰。"到了唐宋，除夕守岁更是盛行。如诗圣杜甫有《杜位宅守岁》："守岁阿戎家，椒盘已颂花……谁能更拘束？烂醉是生涯！"诗人白居易有《客中守岁》："守岁尊无酒，思乡泪满巾。始知为客苦，不及在家贫。"山水田园派诗人孟浩然有："守岁家家应未卧，相思那得梦魂来。"而文豪苏东坡的《守岁》，不仅道出了守岁时"儿童强不睡，相守夜欢哗"的欢乐，更忧心自己"心事恐蹉跎"！

熬年守岁，因地、时不同各有差异，但总体上是在年末岁尾的除夕之夜"延缓时光，守候年岁。"我们儿时还没有电视，更没有"春晚"，甚至自"兵工厂"接引的照明电，也十分微弱、时有时无，但那也一点不影响每年的熬年守岁：每年年三十下午，家家户户全都早早地扫净了庭院、贴好春联、包好了饺子。四五点钟，天尚未大亮就开始燃灶煮饺。

饺子煮好了，点响三声"雷炮"、燃放一挂长鞭。爷爷或父亲便盛上几碗热腾腾的饺子，第一碗捧至堂屋"神坛"供神灵、奉祖宗，第二碗端到牛棚、猪圈谢牲畜，第三碗送给爷奶（父母）尽孝心。而后，一家人每人一海碗，那便是我们丰盛的"年夜饭"！虽然没有几盘几碗凉热菜、酸甜汤，但半瓶散烧酒总是有的。爷奶、爹娘饮几盅，哥哥、姐姐粘几滴，一家人是那样欢天喜地，美好无限！

吃过美好的"年夜饭"，早就准备下的大块、耐烧、不起烟的上等劈柴，在堂屋里已经燃好。家人们不再串门走邻，也不再从事任何活计，全都围火而坐，开始熬年守岁。虽然没有坚果点心，更没有象征平安的苹果、寓意团圆的汤圆，但一家人总是有说有笑，其乐融融。

父辈们在盘算着一年的收支、年节要走的亲戚、上门的客人，等等，孩子们则是把新鞋、新衣比了又比，试了再试。做的和说的大都是美好的、吉祥的，一切霉气、难过的事、忌讳的话是绝口不提的。实在没话说了、没事做了，父亲或哥姐就拿了饭勺子，给大家爆炒玉米、黄豆，偶尔也会烧几颗花生、燎几根粉条。随即，一家人就同爆开的米花般欢喜不断，像变粗的粉条般欢乐连连，直到远近的鞭炮声一齐爆响。

远近的鞭炮声一齐爆响的时候，期盼的新年终于到了。新年到了，各家各户全都走到自家院子，一起燃放、观看自家或多或少的鞭炮、烟花；燃罢鞭炮、烟花，爷爷或父亲便领上家中孩子，带上烧纸、供品踏雪出门，去到自家坟院祭奠逝去的亲人（赶早，可能是躲避"除四旧"吧）；祭奠归来，大人们才上床小憩。

而小孩们已经急不可耐地换上了新衣、穿上了新鞋，开始呼朋引伴地挨家捡拾炮仗去了。随即，整个村子就欢腾热闹起来了！

"儿童强不睡，相守夜欢哗。"旧时，熬年守岁叫人回味难忘。如今，随着国家的富强和进步，除夕之夜已经不再靠烤火取暖、借燃炮添欢。家中，各台的春晚丰富多彩，好戏连台。街市，有不打烊的超市酒店、不歇业的酒吧茶座，更有精彩的音乐会、舒适的影视城、热闹非凡的不夜城等。那真是：熬年、守岁，欢乐多；属你、属我，最舒心！

发表于《金融文坛》第 62 期

医圣大爱著圣书

　　"建安二十二年，疠气流行。家家有僵尸之痛，室室有号泣之哀。或阖门而殪，或覆族而丧。"东汉末年，战乱频仍，病疫肆虐，曹植的《说疫气》就形象地描写当时的悲惨之状。是时，为挽救苍生黎民，南阳郡涅阳县（今河南邓州市和镇平县一带）的张仲景，"感往昔之沦丧，伤横夭之莫救，乃勤求古训，博采众方"，著出医学圣书——《伤寒杂病论》。故而，张仲景便被后人尊称为"医圣"。

　　张仲景，约生于汉桓帝和平元年（150年），其父张宗汉曾在朝为官。少时，因勤奋好学，博采众方，医术超群，为人诚恳，不分贫贱，有求必应，在灵帝年间（168—188年）被南阳百姓推举为孝廉。建安年间（196—220年），被朝廷指派为长沙太守。

　　在长沙任内，他仍深入民间，留心各种疾病，搜集民间方剂，召见各地名医，商讨医学，不断丰富自己的医学知识。为了医治百姓、增进医术，张仲景择定每月初一和十五两天，大开衙门，在大堂上为群众诊治。后来人们就把坐在药铺里给人看病的医生，通称为"坐堂医生"。

　　后因全国各地流行伤寒病，他便辞去太守职务。从此他"勤求古训，博采众方"，结合个人临床诊断经验，研究治疗伤寒杂病的方法，并于建安十年（205年）开始撰写《伤寒杂病论》。经过多年努力，他"撰用素问九卷，八十一难，阴阳大论，胎胪药录，并平脉辩证，为《伤寒杂病论》合十六卷"。

　　《伤寒杂病论》不仅提出了六经辨证的方法，而且开列了治疗的方剂，其中，《伤寒论》载方113个，《金匮要略》载方262个，除去重复，两书实收方剂269个。剂型包括汤剂、丸剂、散剂、膏剂、酒剂、洗剂、浴剂、熏剂、滴耳剂、灌鼻剂、吹鼻剂、灌肠剂、阴道栓剂、肛门栓剂等，同时详细说明了各种剂型的服用方法。这部医学圣书熔理、法、方、药于一炉，开辨证论治之先河，形成了独特的中国医学思想体系，对于推动后世医学的发展起了巨大的作用。

　　张仲景所说的伤寒，与现代医学所说的"伤寒病"不同。现代医学所说的伤寒，是指由细菌引起的肠道传染病。而张仲景《伤寒论》中的"伤寒"，则是

《黄帝内经》中"今夫热病者，皆伤寒之类也"，泛指因感受寒邪而导致的发热性疾病。他把病证分为太阳、阳明、少阳、太阴、厥阴、少阴六类，即所谓"六经辨证"，并根据人体抗病力的强弱，病势的进退缓急等方面的因素，将外感疾病演变过程中所表现的各种症候归纳症候特点、病变部位、损及何脏何腑，以及寒热趋向、邪正盛衰等，作为诊断治疗的依据。

华佗称《伤寒杂病论》"此真活人书也"！清代医家张志聪在为《伤寒论》作注解时，予以高度推崇："不明四书者不可以为儒，不明本论（指《伤寒论》）者不可以为医。"《伤寒杂病论》的实用价值体现在理、法、方、药，是集秦汉以来医药理论之大成，并广泛应用于医疗实践的专书。它是我国医学史上影响最大的古典医著之一，也是我国第一部临床治疗学方面的巨著。他确立的辨证论治原则，是中医临床的基本原则，是中医的灵魂所在。而张仲景的著作自隋唐以后远播海外，至宋张仲景即受到特殊的崇拜与尊奉，其人被奉为"医圣"，其书被尊为"医经"，其方也成为经典方。

仲景大爱著圣书，医圣尊名永流传！

老鼠嫁妮儿远去了

> 吱，吱，抬花轿，
> 老鼠嫁妮儿真热闹。
> 新媳妇穿个大灰袄，
> 新女婿戴个红缨帽。
> 前头喜旗整八对，
> 后跟响手带火炮。
> 花轿抬到墙角起，
> 碰见一个大狸猫，
> "啊喔、啊喔"都吃了。

　　小时候正月十六过罢年，就等十七"老鼠嫁妮儿"了。那天，奶奶和母亲总是早早找来一些红头绳儿或一绺红布条，把剪刀、锥子等铁制的尖嘴家什裹好、绑紧，压在床席或枕头底下。同时把针线布笸儿、活筐儿都收起来，并神秘秘地嘱咐我们："今儿个老鼠嫁妮儿，可不敢动剪刀、弄针线！"

　　到了晚上，大家都要早早上床睡觉，还不许我们嬉笑打闹。睡觉前，不仅把小孩脱下的鞋子包好压在枕头底下，或鞋底儿朝上倒扣在灶台上，再用铁盆儿之类重物压好，而且还要特意把墙角旮旯的杂物挪开，把灶台上容易碰倒的瓶瓶罐罐、碗筷瓢勺放到碗柜，或靠墙处等安全地儿。我们好奇、好笑地问："真的假的？"母亲笑而不答，奶奶却相当严肃："小孩子家不兴多嘴！"

　　虽然每次都想好了"不要睡着，一定要听老鼠吹号"，但每次都迷迷瞪瞪睡到大天亮。天亮后，母亲会笑着问我们"听到老鼠嫁妮儿没？"奶奶却嗔怪："不兴胡说。没听俗话说'你扰它一天，它扰你一年'！"

　　尽管如此，奶奶还是会告诉我们：正月十七儿晚上，是老鼠嫁妮儿的好日子，所以人们不能惊扰它们，还得把鞋子藏好，不然老鼠会拉去当花轿哩！然后就对我们讲起了那个老掉牙的"瞎话儿"：

　　说很久很久以前，一对老老鼠住在阴湿寒冷的黑洞里，眼看着自己的老鼠妮儿一天天长大了。俩老老鼠就商量："要给闺女找一个好婆家，让闺女摆脱不见天日的生活！"于是它们就出门寻亲。刚一出门，看见天上白花花的日头，它们琢磨着：日头怪厉害，黑暗鬼魅都害怕它的光芒，咱就把闺女嫁给日头。日头听了老鼠夫妇的请求，皱着眉头说："我不行，云彩能遮住我的光芒。"它们就去找云彩，云彩苦笑着说："我不行，大风会把我们吹散。"它们去找大风，大风说："高墙能挡着我们的去路。"她们又找到高墙，高墙说："老鼠打洞能把我挖倒。"老鼠夫妇面面相觑："咱们老鼠虽然厉害，但咱们害怕猫啊。"于是它们找到了花猫，坚持要将女儿嫁给花猫。花猫听了哈哈大笑，满口答应了下来。结果，花猫把老鼠全部吃掉了！

　　我们听了总是似懂非懂，一头雾水："到底太阳厉害还是猫厉害？""老鼠为什么不把老鼠妮嫁给老鼠娃？"……

　　不过过年时家家户户贴的"老鼠嫁妮儿"年画、剪纸，倒是蛮好看、蛮有趣的：画上张灯结彩，喜气洋洋。娶亲的仪仗队有花轿、彩旗、灯笼、伞盖，还有鼓乐队呢。吹吹打打好不热闹，和人们娶花媳妇儿一样一样的。队伍中甚至有俩鼠还扛着"正大""光明"的大旗，真是好笑极了。

　　"老鼠嫁妮儿"传说有好多种，但大体上有两种结局：一种是鼠小姐喜嫁鼠公子，皆大欢喜；一种是老鼠执意要和花猫攀亲，最终葬于猫腹。

　　"硕鼠硕鼠，无食我黍。"据古生物学家从化石中研究追溯，原始人类出现在上新世，而老鼠却出现于渐新世，它比人类早几百万年。"鼠"字在甲骨文里，就像一只象形的老鼠。民间传说，玉皇派猫通知牛虎等禽兽上天排生肖。老鼠偷听到猫的传话后，捷足先登，糊涂的玉皇封之为十二生肖之首。猫反被挤出12生肖之列，因此猫和鼠结下了深仇大恨。

　　"老鼠嫁妮儿"的习俗，在我国不少地方都有流传。老鼠为什么要在正月十七嫁妮儿？人们明知它们偷吃粮食、咬坏东西，还要在那天恭敬待它？儿时总是懵懵懂懂，长大了也没心思多想。现在想来，正月十七人们过完了新年，"讨好儿"一下逮不完灭不绝的老鼠，算是图个吉利吧。"嫁"即"嫁出"，人们是想通过美好的形式把厌恶的老鼠逐出家门。把"老鼠嫁妮"编排在正月十七，有除旧布新、送阴迎阳的意思。要不，"老鼠嫁妮"最后咋会嫁给大花猫呢。

　　"嗑嚓嚓儿，嗑嚓嚓儿，专咬您家的红薯干儿。""又上房子又蹬碗，还咬您家的花布衫。"老鼠是与人类长期伴生的动物，它不但没给人类做什么贡献，还没少搞破坏。但"老鼠嫁妮儿"之民俗，反映了鼠在人们心目中复杂、矛盾的心理，可能是想通过此达到"和谐共存"吧。

随了时代的发展和进步，人们的生产生活水平不断提高，便于老鼠钻窟窿打洞的土墙草屋，早已被坚固的钢筋混凝土楼房所替代，老鼠们的生存空间只有荒坡野地。正月十七忌惮"老鼠嫁妮儿"的那些老规矩、旧风俗慢慢地与人们的生活渐行渐远了。驱逐也好、共处也罢，世间万物总有它生存的缘由；民俗也好、陋习也罢，民俗习惯总有它的传统。

"老鼠嫁妮儿"远去了，咱也不瞎扯了。今年是庚子鼠年，唱首儿时最最动听的儿歌，让我们共同祈愿：春满乾坤福满门，愁消云散祥瑞临！

> 小老鼠，上灯台，
> 偷油喝，下不来，
> 喵喵喵，猫来了，
> 叽里咕噜滚下来！

清明时节雨纷纷

"清明时节雨纷纷，路上行人欲断魂。"

"清明"既是中华民族二十四节气中的一个重要节气，也是一个古老的传统节日。这节日源远流长，丰富厚重。比如一千多年前的许多唐诗，就记录和描述了那时清明时节的很多风俗和故事。

"晋阳寒食地，风俗旧来传……西见之推庙，空为人所怜。"边塞诗人王昌龄在《寒食即事》说晋阳旧有的寒食风俗，是为了晋国贤士介子推。中唐诗人卢象在他的《寒食》中也说"四海同寒食，千秋为一人"，是因为"子推言避世，山火遂焚身"。

"春城无处不飞花，寒食东风御柳斜。日暮汉宫传蜡烛，轻烟散入五侯家。"晚唐诗人韩翃（南阳人），写了一篇"日记"叫《寒食日即事》。这"日记"不仅道出那时的"寒食节"有灭火、（朝廷向大臣）赐火习俗，还道出那个时节长安城处处柳絮翻飞，杨柳舞动，落红无数。更重要的是，他触景生情、有感而发，为时下"五侯"获宠而忧虑重重。

元稹说："今年寒食好风流，此日一家同出游。"韦应物说："晴明寒食好，春园百卉开。"杜甫说："寒食江村路，风花高下飞。"白居易说："寒食非长非短夜，春风不热不寒天。"看来一千多年前的寒食节与今天差不多，也是春暖花开，不热不寒。

王维说，唐代繁荣时上巳、清明前："蹴鞠屡过飞鸟上，秋千竞出垂杨里。少年分日作遨游，不用清明兼上巳。"唐彦谦说："上巳接寒食，莺花寥落晨。微微泼火雨，草草踏青人。"韦庄丙辰年（唐昭宗乾宁三年）在陕西鄜州遇寒食城外醉吟："满街杨柳绿丝烟，画出清明二月天。好是隔帘花树动，女郎撩乱送秋千。"就连漂泊不定的杜甫也说："十年蹴鞠将雏远，万里秋千习俗同。"他们不仅说清明、上巳、寒食差不多在同一时间，同时也指出，那个时节春暖花开，大家都热衷踏青、蹴鞠、荡秋千。

诗人王建对当时寒食节祭祖、扫墓等习俗，在《寒食行》中讲得更是详细：

"寒食家家出古城，老人看屋少年行。"诗句不仅道出那时家家都很是重视扫墓，而且说"牧儿驱牛下冢头，畏有家人来洒扫"。出门远离家乡的人，会在水边遥祭他们的祖先，带领着妇女们向家乡的方向祭拜（"远人无坟水头祭，还引妇姑望乡拜"）。诗的结尾"三日无火烧纸钱，纸钱那得到黄泉。但看垄上无新土，此中白骨应无主"，表明当时人们上坟扫墓就盛行燃烧纸钱。

唐代杰出的诗人、散文家杜牧说："清明时节雨纷纷，路上行人欲断魂。"一生四处漂泊的孟云卿说："贫居往往无烟火，不独明朝为子推。"湖南的胡曾，那年在"寒食节"旅居繁华的唐都长安，看到寒食节京华的人们"金络马衔原上草，玉颜人折路傍花。轩车竞出红尘合，冠盖争回白日斜"，油然想起了故乡长沙，以至于"谁念都门两行泪"。由盛唐向中唐过渡时期的另一位杰出诗人刘长卿，在《清明后登城眺望》里不仅说清明后"草色无空地""万井出新烟"，而且也道出自己被贬在外的孤独和寂寞——"长安在何处，遥指夕阳边"！

清明时节，行旅的杜牧"欲断魂"，漂泊的孟云卿"无烟火"，旅居京华的胡曾"两行泪"，贬谪在野的刘长卿很孤寂。然而清明时节遭遇最最苦悲的，还是我们伟大的"诗圣"杜甫。

他因营救房琯触怒肃宗被贬，因生活无着先后漂泊甘肃、成都、奉节等地。大历三年（768年）正月起程，三月到江陵。诗人本想北归洛阳，又因河南兵乱、交通阻隔不能成行。他在江陵住了半年，生活一天比一天恶劣，晚秋移居江陵以南的公安，没多久公安也发生了变乱。他到岳州（岳阳）、衡阳，投友不成四处碰壁。在陆地上没有安身的处所，此后的三四年间小船就是他的家。大历四年冬天，寒流侵袭长沙，大雪下得家家灶冷，户户衣单。他以船为家，停泊在湘江岸边，从秋到冬，一待就是四个多月。

他在《清明二首》中说："朝来新火起新烟，湖色春光净客船。绣羽衔花他自得，红颜骑竹我无缘……此身飘泊苦西东，右臂偏枯半耳聋。寂寂系舟双下泪，悠悠伏枕左书空。""旅雁上云归紫塞，家人钻火用青枫……春去春来洞庭阔，白苹愁杀白头翁。"十年漂泊，年老病废。卧病在舟，漂荡无期。右臂残疾，左书艰难。无依无靠，困苦难挨。迁徙的大雁已经飞入云际回归边塞，无法北归的他还在用江南的青枫续火。汇向洞庭湖滔滔不绝的春水，阻断了他回家的道路。茫茫白苹一片，愁死他这个白发老翁！

大历五年（770年）寒食节，杜甫在贫病交迫中作《小寒食舟中作》："佳辰强饮食犹寒，隐几萧条戴鹖冠。春水船如天上坐，老年花似雾中看……云白山青万余里，愁看直北是长安。"——寒食节次日小寒食，依然禁火冷食。在简陋的小船上，依着简易的几案，戴着隐士般的破帽，想着凄凉的过往。春日水涨好似飘浮在天上，老眼昏花好像蒙着一层雾。在万余里的青山白云之外，带着无穷的愁思，眼望北方他日思夜念的长安，并在望眼欲穿的思念中，困死在了漂浮于湘江之上的小船中。

　　记录和描述一千多年前唐代，上巳、寒食、清明风俗和故事的唐诗举不胜举。有言明缘由、时间的，也有描写美好春景的。有讲说风俗习惯的，更有道说伤感遭遇的，不一而论，俯拾皆是。这些足见我中华文明源远流长，寒食清明丰富厚重！

　　　　　　　　　　　　　　　　　发表于《南阳晚报》2020 年 4 月 3 日